起初

竹书

王朔 著

新 星 出 版 社 NEW STAR PRESS

新经典文化股份有限公司
www.readinglife.com
出　品

自序

一

竹书即西晋咸宁五年汲郡人不准盗发魏襄王墓葬出土春秋晋国史官及其继承国魏国史官所作编年体史书。想来当年应叫《乘》《晋书》《魏书》什么的，今从坟冢刨出来，即称《汲冢纪年》，又称《竹书纪年》。

《竹书纪年》是秦火之后除《左氏春秋》外唯一留存先秦编年通史。一般认为《左氏春秋》作者左丘明虽为鲁国史官但以姓氏名其著作应视为私家史书。而《竹书纪年》若无人反对我以为应视为官史。官史相较于私史因其占有资料更全面，权威性或称可信性亦应高于私史我以为。如《左氏春秋》后与《春秋经》合编，更名《春秋左传》，全书被拆开附于一条条《春秋》经文之后，内容亦有所涂改并窜入一些经学文句，变成解释《春秋》经传，要旨虽得深化，文学无损而史实则发生一些偏指。《竹书纪年》亦因永嘉之乱及其后千年丧乱散佚至无存，到万历年间才又现世，旋又陷入伪书之争，今本古本打成热窑，可信度、史料价值受到一定贬损。到 2005 年上海古籍出版社出版《古本竹书纪年辑证》并随书收录王国维《今本竹书纪年疏证》，世人才得见较为妥当、完备本子，伪书之说亦随之云散。

未见《竹书纪年》(以下简称竹书)，曾听说竹书与《太史公书》

(《史记》原名)、《左传》多有乖牾，乃称不驯。及见竹书，发现也没那么各执一词，说的还是同一件事，只是一家说结果，一家说过程，行文俭省，都没交代背景。如禅让。太史公记：舜受终于文祖。意即舜在文祖庙接受了尧的禅让。而竹书记：舜囚尧，复偃塞丹朱，使不与父相见也。看似发生了武装政变。

禅让这个事，说起来了不起，也不是什么新发明，在古往以血缘为纽带母系大家族崩解后，新组合父系社群男－男联盟谁也不是谁生的，我意思是没妈生的那么贴谱，你说我是你生的，未必！当发生世代交替必须——自然而然形成的内部协商机制，任贤唯能呗。黄帝就是那么起来的，没听说少典有过什么安排，是您老人家凭能力受到兄弟们认可拥戴，这些兄弟日后即是诸侯。我称之为军事共主制或称军事共和。我华夏正统自夏以后实行家天下嫡长子继承，大家生疏了，觉得惊奇，非圣人不可为，其实这一古老统绪并未湮废，尤可在后发民族蒙古大汗选任制及后金八王议政得窥一斑。太史公是知道这个事的，在舜让禹那段落写下重要四字：诸侯归之。诸侯不归，让也让不成。

有竹书异本曾作：昔尧德衰，舜囚尧也。似乎给出一个舜囚尧理由。以太史公言：尧立七十年得舜，二十年而老，令舜摄行天子之政，辟位（也即退休）凡二十八年而崩。也就是说尧即便生而即位，到舜代理政务也已九十，之后又活了二十八年，一百奔二的人，谈何德衰，实为智衰、体衰，我理解的囚就是限制活动范围，是为他好，谁家有老人不这样啊？与政权交替无关，交了政权也要找个清净地方安顿养老。

又比如：周厉王三十七年国人暴动，厉王出奔彘地，王位空虚。太史公记：召公、周公二相行政，号曰共和。竹书记：共伯和干（侵犯）王位。说的是同一件事，国人暴动，共国伯侯姬和率部入镐京平暴，与召周二公共同主持大局，史称共和元年，即公元前 841 年。该年很重要，是我国历史有确切纪年之开始——在九五夏商周断代工程启动前。此前种种夸说几百几千年，不可尽信。太史公少说了共伯和，竹书没提召周二公。史笔伐竹惟求简洁，挂万漏一，理解。

诸如此类不一而足。周昭王忽然谢世，太史公记：南巡狩不返，卒于江上。竹书记：十六年伐楚荆，十九年丧六师于汉，南巡不反。是我国数千年唯一决死疆场天子。以万乘之身自轻于矢石，太史公为之讳。

竹书记：大（太）康失邦。《左传》亦颇引后羿代夏，寒浞灭夏，少康复国旧事。太史公这里则以太康崩，弟中康立；中康崩，子帝相立；帝相崩，子帝少康立。一笔讳过。

又有殷帝世系出入。竹书记：祖乙滕即位，是为中宗。太史公记：弟太戊立，殷复兴，故称中宗。而甲骨文有“中宗祖乙”字，与竹书契合。

竹书难读，竹书古奥，多一字没有，可称速记体，看半天跟没看似的。《史记》伟大历史文学巨作，叙事文学开山斧。司马迁不世出文体大家、先驱。二者不可同日而语。但是，读史不读竹书，少知道很多事。

我曾与人夸口，从太史公开笔地方往前写。竹书不是不好读么，我来给它灌水，添油加抹茶，化开它，让它好读。其实我还真是一开始没打算碰它，都写过去了，半年了，就觉得有一事未了，前边留着一花骨突儿，该往出长——没长；就像孕着一胎该生没生，胎儿不死，老呢儿动。抹回头一写，一家伙岔出去三十万字，小喷子似的，把第一人称“我”都写丢了。

二

《穆天子传》亦是汲冢书，与竹书同次出土。以天干地支记日，逐日记载周穆王西行数万里，至天山会见西王母，又出天山数千里，至西北大旷原，停留三月折返。有人说是纪实散文，有人说是小说虚构，且为后人杜撰。后发现有周生僻字还是唯西周独有惯用词我也忘了，认定还是去西周不远大致为战国作品。

太史公亦是隐而不彰，只字不提，只记穆王将要征犬戎，祭公谋父劝谏，把主要篇幅给了祭公，显见祭公意思太史公深以为然：先王耀德不观兵，观则玩，玩则无震。先王显示自己德行而不是炫耀武力，老是炫耀武力就成玩闹了，就没人怕你了。王不听，遂征之，得四白狼四白鹿以归。

我倒是没觉得穆天子意在炫耀武力，西行这一路与风俗迥异各族人民打交道，尽待之以礼，厚赏之，是古天子气度。冒昧地说，西域、中土就摆在那里，之间布满新旧石器时代遗存，千百万年人们来来去去，踩出的路何止一条，我就知道在更高纬度还有草原路一条，水路一条。旧有两地交通全拜张骞凿空陈见，实在是我们误会了太史公，太史公所谓凿空真实意思表达是第一次开通了大规模商道，有了政权间常态交流。仅凭这点出入，《穆天子传》这本书就该让它重见天日，使我们知道周人曾经的豪迈和极具世界性之视野。

该书行文开阔，至少作者有过一次非凡旅行，否则不可能房前屋后转转、乡下走走就编得这么天外有天。其所记风物饮食宝藏人民嘴脸极为详备，虽其命名奇崛诡异如《山海经》，基本无法与今日天山南北居民百物百货一一对印，大多可谓哪儿都不挨着哪儿，但也正是这份舒朗，恰可为文本再生留出巨大空间。就喜欢这种空有轮廓可容想象展开大事记，梗概体。

这一段也是我写的手滑部分。我安排时为宗周守藏史李耳老师与穆天子同行，负责记录起居，差一点就说他是《穆天子传》作者，至少《传》借引了李耳老师所记随志文本我这么暗示。在西北大旷原停留三月，我再次冒昧让穆天子西行，去了波罗的海和还是森林的西欧，穿越希腊半岛到达中东。当时所罗门王正在兴建第一圣殿，我让他们见了面，李耳还和所罗门馇了歌。李耳老师在这一路经常与穆天子谈天说地，受到路人启发，奠定了《道德经》基本思路。

三

正如我在《起初·纪年》的序中曾经说过的，我是拿口语所谓新北京话写作的作者，检查文字也须拿口语来回溜。北京方语很多有音无字，以象声代形容，我就自作主张添上几个字，秉承古汉语同音通假旧例及国家语言文字委员会在读音上一向坚持的“从俗”精神，从音不从字。有时会憋几句不地道夹生外地话，如吴语、粤语和貌似关中人应说的陕西话破一下，其实古代关中人所说的话应当也不是今天的陕西话，这只说明今天我国各方语强省文化交通影响所及，及小说文体自带所谓游戏性，与特定历史人物及其语言环境无关。书中凡涉外语，皆以中文音译之，以尽量不使汉字中出现字母，破坏方块字整体美感。

就是这样一些不成样的东西，以竹书、穆天子传为骨梁，从五帝到共和十四年，中国有信史止。

二〇二二年四月九日

1

曰若稽古。黄帝纪年五年霜降，在妫水南岸台地草冈子一棵栗子树下，炎帝设野餐款待黄帝，史称栗下之会。

《九丘》中两首古歌，一首华歌一首夏歌，同名《栗下》，收录了这次餐叙不同的菜单。《华歌 · 栗下》：伞伞栗下，醢鱼酢虾。倾之倒之，黍醴味寡。倒之倾之，美言醇嘉。斯谓有华，始知入夏。吃得很简单，就是剁成茸的生鱼和醋泡的小虾，主人把酒都拿出来了，主客都喝得有点高，高的原因不是酒好，而是聊美了，客祝词说看到花开，才知夏天到了。

《夏歌 · 栗下》：覃覃栗下，麇腥炙羊。君赠卵盐，我献芥酱。君爱糗饵，我爱酪浆。盐何以苦？浆何以糨？颠倒予思，齐貌去邦。夏歌这顿饭吃得横点，有生切麋鹿嫩肉和烤羊腿，主人请客人蘸大粒海盐吃肉，客人向主人献上芥末。同席吃饭两个人饮食习惯差别很大，主人必须垫巴点粮食，客人喜欢喝酸奶，盐为什么发苦？粥怎么会粘在锅上？这是个好问题，换位思考，不如洗洗脸去……旅行？

一般认为（这个一般指我汉官方主流学界李鼻司马谈卫绾诸辈）《夏歌 · 栗下》应为黄帝所作，即便由御用歌者代制——怀疑夔——也是以黄帝口吻，如拟旨，代笔书信，版权还属黄帝。歌中“君”指炎帝揄罔，“我”即公孙大人自谓。炎帝向黄帝提出尖锐问题，答案不言自明，盐苦是因为搁多了，粥变成糨子是火猛，都是用力过度。

“齐”通斋；古人有斋心礼神的说法，戴圣初稿《礼记 · 内则》亦有“斋面见姑”句，定稿不知何故删除——且不去管他；此中“斋”皆有清洗涤除之义。黄帝用在这里还有专指，古之战士临战皆以赭石白垩绘图腾于面，以求佑护兼震吓敌胆，曰武妆。“齐貌”即卸下武妆，换言之将结束战争，这个没什么争议。“去邦”争议很大，官方主流意见黄帝生而有知，慧而知远，善审时，事业发展得很好，天下如一只久炖羊头即将烂在他锅里，岂有一念之间起去意之理？

李鼻先生认为此“去”乃“克”之讹记。去、克一音之转，古之肃慎、秽貉，今之扶余，方音皆读去为克，回家曰回克；去哪儿了曰克哪儿了。公孙部起于妫水，世居燕北，与东胡民族不少交道，黄帝也许平时满嘴跑胡腔——东北话著名的容易把人带偏；外交场合当用雅言，何况作歌？长枞有言：三代以上无文（此说或可商榷，或言文不及义），行歌如行书，必以正！夔不该克克不分，纠正为乖，记为“去”。

克邦的“克”，李鼻先生取肩以任物之义，曰担当；齐貌克邦——用和平、非暴力的手段承担治理国家的重任。司马迁问他爹：请问这是何等手段？马谈曰：无为。马迁摇头。

文皇帝属官方但非主流，也很喜欢《夏歌 · 栗下》，生前曾说：一念之间起去意是常有的事阿。

三代以降，困扰历朝史学界的一个重大疑惑，就是炎黄三战，炎帝一胜再胜，深入追击黄帝于塞上，最后一战亦未闻败绩，黄帝何以“夺其志”，异本作“得其志”。

起初，太康失国，国胙中断数十秋。少康复国，在纶城安七庙，告祭列祖，发现夏族子孙已不识其祖，止个别人听说过禹，知他是个土木工程师，他疏浚的几条排水渠至今仍能步行，无人知晓舜尧，问起颛顼轩辕老少尽茫然，还有儿童竟在太庙里寻找后羿和寒浞的牌位。

少康觉得这样下去不行，因言：不知所谓，焉将何往？担心政权在他死后再次落入他姓之手。连夜约谈中康老臣伯靡，请他重修国史。

伯靡，三朝元老。后羿代夏时曾事伪夏有穷氏，任共工，主管百工匠作。后羿将政权交还中康，又在中康朝任朕虞，主管畜牧狩猎。后相朝任秩宗，主管祭祀和朝中庆典。（李鼻先生注：有夏，天子不称帝，称后。《夏小正》记曰：禹，本名文命，舜时入仕，任有虞国司空三十九载，国人习称司君。司君敏给克勤，逊蔼可亲，伤其父鲧功之不成受诛，遇事多辞让，功成弗居，践祚后自言德薄，不敢称帝，告天下其后“帝”惟指五先帝，乃将“司”反写，自称“后”；改国号夏后。）寒浞灭夏，伯靡老与寒浞进行了坚决斗争，逃亡到外婆祖家有鬲国，联络被打散夏后遗民，带队投身少康复国运动。向寒浞之子寒浇占据的过城派出女间谍艾刺杀寒浇就是他的主意。尽管刺杀失败，当晚无月，夜色昏晦，女艾眼神不好，错杀了帮寒浇缝衣裳太晚睡在那儿的寡嫂女岐。但还是惊着了寒浇，从此不敢住在舍内，老在海岸野地里转悠，假装打猎，为少康放猎狗咬死他创造了机会，论功记在伯靡头上。他年随军攻打寒浞都城斟寻，伯靡老亲出阵前向城头喊话，招降了全无斗志寒军士卒，开门献城，带着复国军直入世室，把年已八十起不来炕的寒浞堵在被窝里。

伯靡当众宣布了寒浞罪行，下令将他拖出被窝凌迟处死，亲执白刃割下第一片肉，献给少康，自己吃了第二片。

这样一位老人——伯靡先生自己也记不清自己多少岁了，只记得年轻时在共工任上做事，和寒浞父亲伯明是好朋友。伯明祖上老哀当过黄帝司机——车正，世代玩轱辘，是阳城有名的修轱辘行家。有一天伯靡去伯明车铺给牛车拿龙，伯明说生了个儿子，想了几个名字都不合适，烦请他起个名字。当日正下小雨，地上浮土都叫雨浞湿了，他就说：叫浞吧。——谁想这孩子以后变成这样！伯靡老既是谋略家，又是军事家，在内阁几个重要部都做过部长，熟悉政务，还识几个字——任共工时常去陶工坊看陶师傅往官窑彩陶上镂刻吉祥寓意颛顼字母做饰文。但是没文化，因后太康、后中康、包括后羿，几代君后都爱听歌，荒废了政事，酿成巨变，总结历史教训，认为声色是致祸首因，吃掉寒浞之后，他老人家下令把斟寻城内所有歌手都宰了。现在问题来了，少康同志找他谈重建历史，可是知道一点历史的人都不在了。

一般认为，侯冈所创文字即是早期幼稚期颛顼文。目前只在新砦一些陶器残片上有零星发现，字母尚未完全统一为鸟类，除鸟外还有其他兽形或山川造物，能看出笔致承袭阴山岩画，多为图形，胡可达符号级。这样复杂的文字很难为一般人群掌握，颛顼在世时估计也就是他自己和侯冈侯岭几个有绘画基础的人认得，且能书，比密码也就容易一点。有材料显示，帝喾这么近的人——颛顼接班人，也不熟悉颛顼文，所以他上位后即命侯岭生造了另一种文字——仙人形书，直接脱形阴山岩画，也别拼音了，看图说话，画山像山，画水三哆嗦，还是只有他和侯岭认得，他陟当天就失传了。今天能见到唯一仙人形书文本是青海同德巴沟乡宗日出土的二十四人联手舞蹈彩陶盆，字面意思还是二十四人联手舞。这种一朝天子发明一种文字风气很不好，人亡字销，来者还是文盲。

帝挚、尧舜没听说有这样的文化建设。禹一辈子跑工地，是个有什么话当面说不打底稿的爽快人。他儿子启也没过几天好日子，上任就和有扈氏开仗，公族共天下打他这儿改一姓私天下，数千年国体一朝倾覆，天下骚动，诸选帝侯鲜有悦服者，伐蔑侮心累，维持局面更累，没事就听歌，歌风由此盛矣。到他好儿子太康，听歌听得更厉害，自己都会唱，和大臣说事唱着说，大臣回事也唱着回。太康最后绝唱没有流传下来，回他那首绝唱——由他五个兄弟联唱的《五子歌》传下来了，歌词充满怨恨。

唉内喂，伯靡下令扑杀了朝中所有歌手，有夏一朝文学、历史也就随之湮灭了。长枞先生有言：古之中国，先有歌舞之盛而后有语文焕烂，而后有史之褴褛，若人先有体而后有面目而后有精气神。文字泥承光大，非文明隆化之始，后人不察，落入文字控，悲夫！司马谈对李鼻说：这儿我必须拦您祖师我敬爱的长枞先生一句——还有画，与歌舞同出，在文之先。李鼻说：先生要听你这么说——高兴。

后少康撂下一句话：你看着办。就回了。伯靡老人想了一宿，二天早起，叫人把在城南人口市当中介的艾找来，请她办两件事，一是派过目不忘画工速去阴山，把那些岩画记脑子里带回来，他打算将自家里外墙和纶城西北两面城墙清出来，请画工临上面；二是派出耳尖嘴巧便衣，去阳城故地、东夷各邦访问淫祠神社，普查巫觋神女，有能歌者请回纶城，说有好事等着她们，尤特务请留意民间乡里至今健在长寿歌者，有一个带回一个，说给她们预备下了好酒好菜好棺木。艾抿着缺齿之唇乐：明白。伯靡说不是你想的那个意思。

艾，原是伯靡家一个使女，母系祖先可追溯到女累部战斗果儿，家族世代与战士打上来的军事贵族缙云氏联姻。舜时缙云氏出了个吃货——饕餮，因为太爱吃激起众怒。时，古德尤在，人亲爱鸟兽万物，不得已取之食，必以俭，曰适。多吃曰多杀，曰害物。食不厌精曰殄，曰败坏。此乃《舜典》勒石载刻，象以典刑的一项重罪。舜当众谴责了饕餮，将他的三族——父族、母族、妻族全体流放东夷蛮荒海角，诏曰：拜托！请用你们好胃口去吞食海中妖怪吧。

饕餮与族人上路时，国都东门大开，城内人民夹道欢送，小孩子站在路边大声喊：再见！再见！人们说从此再也不用关城门了。饕餮与族人互相搀扶着，一路哭着走向东方。

缙云氏族谱记载，……饕餮生餍沃；餍沃生奄艸；奄艸生伶仃；伶仃生艾……从饕餮到艾五代，饕餮算艾的高祖父，艾还记得饕餮爷爷老年的样子，瘦得像一盏灯，坐地上抓沙子吃，家中已经很久不开伙，陶盆陶碗啃得都是豁口。

伯靡，炎帝揄罔直系后裔少昊氏子孙，曾祖父叫穷奇，口无遮拦，好揭人隐痛，逞一时之快，是饕餮发小儿，好盆友。有虞代陶唐之际，经常和黄帝直系后裔帝鸿氏家孩子混沌，颛顼氏家孩子梼杌，以及饕餮这几个高干子弟聚在一起议论舜，认为他出身可疑，不是轩辕子孙，就是河北一村夫，这个话传到社会上，影响很坏。主管司法的皋陶将他四人传唤到市集法庭，公开控诉他们，对穷奇的公诉词是：毁信恶忠，崇饰恶言。并将他们交由当天在集市卖菜小贩和买菜顾客组成的大陪审团公决是否有罪，小贩顾客一致举手通过他们有罪。法庭宣判将四人驱逐出境，永不得踏入国门一步。

穷奇没有上诉，当天夜里就收拾行李，一个人悄悄离开国都。（李鼻注：舜之国都与列祖同，皆无闻于史，因为他也是到处走，走到哪儿，哪儿就是都，史称：一年成聚，二年成邑，三年成都。）

饕餮混沌梼杌都上诉了，上诉法庭由舜自己组成，驳回上诉，因其无悔意，刑加一等，三家皆处株连三族，流放天涯，生不得归。后慑于舆论，赦回帝鸿氏颛顼氏父族。（李鼻注：饕穷混梼应不是尔辈本名，旧例凡贵族被定罪，皆除籍，赐浑称；四凶原名无考。）

穷奇回到大庭老家，在泗水岸边支一座茅寮住下，垂钓捕鱼为生。自炎帝率东夷子弟北击黄帝一去不回，已历十数世，旧时大庭帝寮倾圮，寰坛长满荒草，猫狸踞为巢，人民不知去向。穷奇曾作河上曲：鱼跃中流兮，逝水晖晖；鲤犹恋滩兮，征人不归。有河上渔女作歌答：游鲤过江，骁娆若翔；鱼欲化龙，悉入笱网。穷奇后娶渔女为妻，在泗水渡摆摊做了鱼贩子，见人只会拱手，念四字经：恭喜发财。

少昊氏族谱记载：……穷奇生冲和；冲和生庸；庸生靡……到冲和这代，家族已是大庭村首户，院里养着两挂牛车，河浜拴着七八条小船，蓄奴数十口，还在村头开了一家制酱坊，生产“穷”牌虾酱、蟹酱、鱼露、蚝油、河鲜酱油。虾酱和河鲜酱油是名产，远销有穷国都鉏城，泥坛上寥寥数刀，阴刻着一垂髯老者侧头像，据说是穷奇遗像。

冲和暗地恢复了家族母系祖先那边的老姓：姜——姜冲和。用这个名字和东夷各方国商贾交往。姜冲和生有二子，长子生下来脑瘫，冲和以为不祥，弃之于流。二子仲庸，继承了家业。这年，宫廷卫队司衡——羿，趁太康出游打猎百日不归发动兵变，一方面陈兵洛水北岸，遮断太康归路；一面亲率夷兵入世室，驱逐太康之母及诸兄弟，因夏民以代夏政——以人民的名义宣布废黜太康后位，自己代行执政。百日后阴就后位，称后羿；仍沿用夏后国号。史称后羿代夏。

羿，东夷有穷国战士，姓穷，排行老三，又称夷羿；羿叔。家族世为职业军人，诸侯征伐，许玉帛以为佣兵，尤以善射称于世，父、祖皆古之名射师。祖穷羿，曾为帝尧御驾右射夫，在陶唐国组织的一次各诸侯国选手参加国际射术大赛中，越野速射，将环丘陵布设十面铜镜射碎九个，获得比赛亚军。时，正值盛夏午后，按八卦方位放置的十面铜镜交互辉映，还引起一场不大不小山火，半坡草木被烧焦，参与救火的一些老乡不留神瞅见草中镜子，有发生短时失明，赛后各国选手也普遍反映视力下降。

羿叔称后后，夏后氏旧吏纷纷避让，一时朝中无人，安排工作都逮自己出面，于是派太太女嫦去鉏城找她姐女姮，请姐夫到朝中帮忙。女嫦娘家祖上可追溯到混芒时代古帝俊，是黑齿这一支下来的，姜姓，比较早开始农业劳动，种黍，人工繁殖鸡鸭鹅鹌鹑四鸟，家庭生活在石器时代就比较富裕，是地主。青铜时代开始，家族掌握了制铜技术，在家乡苦泉旁设小坩埚，取胆矾投醋烹之，通过置换反应获得冰糖般炉渣，曰冰铜。是锄的发明者。其居住小村落因得名：鉏。后发展为都邑，成为有穷建国国都。祖姜闳，有穷国第一代国主，因在春天向重视农耕的虞舜贡献了锄，受到褒扬，被封于自己老家，赐国号：有穷。这个穷不是贫困的意思，是穷工，穷治，用尽一切手段的意思，放在这里是指一种态度，凡事先问一个为什么，穷究其竟而后释疑或完弃，换言之，是一种科究以学精神。有穷，即这里有一个科学家的意思。

姜闳是史上头一个也是惟独一个不是因军功，而是因为出色劳动获得封国的平民，在位六十年，把有穷国拉扯成东夷诸邦中强国，周边小国人遇有穷国民，皆不敢仰视，拜曰：强国人。民感其功，每言及必拱手向天曰：国父。

父姜虎，有穷国二代酋长，婚有鬲国主女——娥；无子，育有四女，嫄、姮、嫦，小妹纯狐——狐狸窝拣来的；有哀生之美，娥怜而认作义女，一家人宠着。长女嫄嫁给家里长工，炒铜师傅，几斤胆矾放几两醋，一投准，就是这个比例不肯告人，放醋要背着人放，制铜工业离不开他，要养老，不如招婿，家中四个女儿，总要挑个姑爷入赘，问了师傅，是孤儿，无父无母，从小被蟒津之野一个隐士收养，学习炼丹，愿意姓姜。嫄本长女，母娥多病，从小在家里主家务，听了父亲安排，在被窝里哭了一宿，早起擦干泪，从了。

次女姮，年十四，经街上王媒婆撮合，与鉏城有名财主，家里开酱坊少掌柜姜庸订了亲。虎对这门亲事比较满意，两家同属姜姓，虽不是一支，但老姜家这点事彼此还是有所耳闻，知道仲庸是炎帝内脉下来的，祖上犯了事，贬回山东，如今虽是个买卖人，根底还是帝王孙。炎帝家世，东夷诸邦加一块，应推首望。姮嫁过去，没二年，生长子靡，嫄还没生呢，靡算姜家长孙，虎没事就爱抱着靡在国主院门口高台阶站着，擎等着街坊打听：闺女小子？豪迈曰：小子！

三女嫦，三岁与佣兵队长羿指肚脐为婚，作为一国之主，虎不但要传家还要考虑传国。虎储位也久，坐上国主内张席子年已古稀，身体看上去还行就是不能坐牛车，天下路都不好走彼时，车轱辘是木头，刨得很圆，跑一圈就方了，当时政治活动主要是各村村长在边境上见面聊，去一回骨头架子颠散一回，马车虽已问世，因为轱辘问题，不能得到推广。

后启伐有扈氏是马车第一次投入实战，启在出发前还特意叮嘱车上射手要射得准一点，战斗中还是给颠飞了，没有起到作用，战后总结，还是牛靠谱。虎之衰年也不能喝大酒，喝一次几天缓不过来，东夷各村，有个穷人礼，待客之道是多进酒，他敬一碗，你喝十碗，紧着你喝，不喝跟你急，喝不动瞧不起你，喝喷了觉得礼到了，敬重你，什么事都好谈。

嗖！虎每次村长开会都要带上羿挡酒。羿年轻时也很强，一副英雄相，有喝光一席酒，喝趴下八方诸侯壮举。虎去阳城朝觐夏后，也带着羿，夏后启不太闹酒，就是听歌，一边听歌一边有一搭没一搭跟你胡聊，问问你们国庄稼今年长得怎么样阿，打了多少斤鱼呀，姑娘好看么，稍微接得快点，就让你下回来多带点东西。虎也很厌烦，感觉自己像个送货的，经常装耳背，问东扯东南，还假装爱慕夏朝文物，装肉陶鼎也惊啧不已，摆出一副没见过世面看什么都好，都想跟人伸手的馋样，让夏后启从打听别人到舍不得自己家当——完成心理转换。虎心说：您最好烦我，早点撵我走。

这时就看出羿行了，能顺着启聊，爱吃鱼，行，明儿给您送十车刺儿少的；喜欢姑娘，太有的是了，隔一天给您发一百个够么，可是不保证都好。把启也沤乐了，说你看我像缺姑娘的人么？太康即位，喜欢田猎，撞羿强项上了，跟羿混成腻友，俩人经常把虎撇下自己跑到世室阙顶上射移动靶——飞鸦或闾巷走鸡，天黑也不见人影儿，进屋点火炬寺人见虎一人蹲地上打瞌睡，对他说：你怎还不走，他们早走了。

虎回国好几天，羿才从阳城回来，带回绣衣丽容夏族歌女，进院指柴房说：去！换了衣裳劈柴去。

后来就有太康派的寺人背着腊羊和山药来看虎，进院就劈柴生火炖山药腊羊汤，说我代表老大来看你，您岁数大了身体也不好，以后就不用大老远往京城跑了，有什么话让司羿带到就行了。虎说司羿？他都有职务了，负责哪司阿？

羿平静对虎说：天子希望我接手他的卫队，他底下内些兵都太屌了，太平年月长久，家里又都有背景，到他这儿就是混日子，站没站样儿，走没个走样儿，拿张弓都嫌累，射门能射到窗上去，他不好意思说，我好意思，替他得罪人去。

虎说那……好哇，后信任你，你就好好干吧，本来我还有心把我这个位子传给你，现在看来也吹吹啦。羿说爸——我能叫您爸么，我和嫦关系也明确这么些年了，虽然没正式过门，也算老夫旧妻了……虎说别！别往近了攀，过了门也别改口，不是亲生愣装亲生，怎么听都别扭。羿说那叫您什么呀？一家子互称职务也怪别扭的，在家都跟上班似的。

虎说叫名字！我喜欢我名字。羿说名字，我还真叫不出口，还是叫您老师吧，老师听着不远不近的，也尊重——老师，我觉得吧，这俩事不冲突。虎说内俩事阿，老师和名字？

羿说不是，我当卫队长和您……把位子传给我。我年轻，不怕辛苦，可以两头跑，确实也是，再让您这么操心受累，管家又管国，逮让人说我们做晚辈的多不孝阿。虎说你，受得了两头跑么，路那么破，车那么颠。羿说我学骑马，马都买了，嫦也挺支持我的，说想跟我一起学骑马，将来我们俩都不坐车。虎说她，就别学马了，那畜生啦么高，学驴吧。

明日，虎开了个家庭会议，把自己有点累的想法和太太、女儿们说了，几个女的一致同意：给他给他给他！这年头，还有人抢这份苦差事，你快退休吧。

婚那天，羿穿着孔雀般夏朝军服，熊皮帽子插雉翎，虎皮短裙，腰挎青铜径路，脚蹬彩绘木屐，人也高了一头。

虎对前来喝囍酒诸侯宣布，他送三女儿的嫁妆是他的国，从今往后，羿就是新的有穷国主。诸侯听了反应是纷纷议论：他不是么？嗐！我还以为他不是呢。

又二年，羿提出迁都，他在洛水之阳相中一块地方，都是石头，土地价格等于白给，他已经圈了一大片地，请巫师蓍占龟卜，皆曰吉。堪舆师看了也说好，说石，磐也，过日子累点，立国则不必担心根基。新国都名都想好了，叫穷石，取有穷国歌“荒帷穷坠，胥祚于石”歌词大意。

羿给虎老做工作咱国怎么说还是太偏，离我上班地方太远，我们小俩口还年轻老这么两地分居不好，嫦怀孕了，驴也骑不下了。虎说你什么也不用跟我说，老师不操那心了，你想恁么干恁么干，国是你的了，可有一条，老师能不迁么？老师说话八十了，明儿就死了，就别去那么齁老远了。羿说那，光留您一家不合适吧。虎说有什么不合适的——合适！

有穷国百姓动迁时唱了一路歌：匪沮匪拒，载尘载凫。不能阻止不能反对，只有跟随。

羿称后后，派太太嫦来鉏城找她姐姮，请姐夫去朝中帮忙。这才几年，鉏就成丛林了，虎已经不在了，姐夫长期接触硫酸铜，皮肤神经肺都受到严重侵蚀，迁都前就肝坏死肾衰竭过世了，家里剩一门子女的，只有庸有时过来看看老太太。他家酱坊牌子也砸了，有一年天热，蚝油长毛，虾酱长蛆，真臭了，不是本身特有那个风味，让部队拌饭吃了，他后来大主顾主要是各国军队，部队伙食糙，战士饭量大，下饭主要靠酱，各国部队都有中毒的，死的最大干部是队正，周围几个国家兴兵要来攻打他。还是虎从中说合，作好作歹，让庸把全部家当拿出来，虎自己还贴了一批铜活，割了边境上几块好地，赔偿给各国，才把事平下去。这之后庸就啥也不干了，每天在家睡觉，醒了去街上转转，跟其他无聊老头下五子棋。司羿迁都，街都没人了，就剩老爷子一户和他一户。几场雨下过，藤爬上各家墙头屋顶，蒿藜破路蹿起一人多高，老虎白天趴在街角树荫下睡觉，夜里老熊挨家挨户敲门，他在家也斧不离手，下晚在院里生火堆，能串的门也就老丈杆子这一家了。

嫦带着一队健奴吆喝着长棍打草劈藤斩葛推开老国主脱轴院门，

一家人见了她都很欢喜。纯狐立即炕脚采几只牛肝菌，窗棂子揪一堆木耳，就手撅几株比灶而列秋葵，出门仰脸射下一只落在屋顶啄翮的雉，这边娘儿个寒暄还没道完，那边鬲中汤已然川川冒蒸汽。

嫦说我妹已经这么能干了。嫄说全指着她了，好在如今吃饭不是事，饭都长屋里了，有时大家懒不愿意做饭，就在院里支上锅等着，听见噗通去捞，锅里准有东西。嫦说熊还老来么？嫄说老来，但是不敲门了，都熟了，老街坊了，知道我们也不好惹，来也就是扒墙头瞅一眼，这不又来了，可能是闻见味儿，知道家来客了。嫦惊回首：哪儿呢？嫄说缩回去了，这狗东西，别看身子笨重，灵活着呢，一肚子鬼心眼。老太太也在一边乐呵呵地说左邻是猫咪一家，后山墙是狗狗一家，一开饭邻居都上墙头了，看着你吃，每次吃饭压力好大。嫄说纯跟它们熟，老克扣我们给它们吃，你没发现妈都瘦了，老差一口每天，说她也不听。嫦说多做一点呗。嫄说做多少都差一口。

纯狐溜墙根冲接壁儿喊了一声：哥！我姐来了。一会儿庸和姮一前一后从乱草遮掩墙洞钻出来，一人怀里抱着一只刚生小奶猫。老太太说彩铃生了？姮说五只，四只黑狸一只橘。嫦说都有名字了。嫄说妈给街坊都起了名字，虎叫老哥，熊叫老舅，都当孩子。嫦说羡慕你们呀。

晚上点灯，嫦把来意讲了，仲庸说我们担儿挑还真瞧得起我，您瞧我这胡子，白得跟羊毛似的，我还不知进退，往那惹祸地方奔？嫦做了一晚上工作，说担儿挑也不容易，凡事都问他，都逮自己拿主意，你知主持朝政一天得做多少决定么？二百个！比过去全听人家的累心多了，胡子不比你白的少。最后姮跟她妹翻儿了，说你再招你姐夫跟你急，谁都明白的事怎么就你不明白呢？

嫦又跟家住了几天，帮老太太把炕上拱出尖的笋刨了，爬满窗的觚扯了，生了豆芽苜蓿芽、猫头鹰做了窝的草房顶重新苫了，顶歪墙小叶杨锯了，带上纯狐和伯靡回了。

纯狐哭着喊着舍不得老娘，娥说去吧去吧，年轻人应该到大城市闯闯，要不等我们这帮老头老太太死了，你靠谁呀。

庸跟伯靡说别假装你什么都行，遇事往后稍一步。伯靡说知了。

纯狐走时，街坊小动物十八相送，喵喵汪汪叫了一路。纯狐这一路泪就没干，喊：我没不要你们，我会回来看你们的——真哒！

到了阳城，纯狐进了世室，伯靡就去共工衙门上班了。

话说回来，饕餮饿死那年，台风卷走了一切，奄艸只剩一张人皮铺炕上，伶仃捧着一把海草说爸，您吃点吧。奄艸说不必了，我现在就想静静，你带孩子逃荒去吧，记住，到哪儿都别说咱们姓饕。

伶仃拉着小艾，一路要饭来到阳城，直奔城南人市，地上拣了根蒿子插小艾擀毡的头上，蹲牛路边。牛路上车来人往，有财主仕女、擦着大白脸的老鸨袅袅而过，时有人询价：小孩怎么卖呀？伶仃说一口价，给孩子吃饱。三岁小艾学舌：吃饱。人皆摇头：这孩子，喂熟逮多少粮食啊。

天擦黑，伯靡下班从这儿路过，轱辘椭圆了，坐着跟过山车似的，把车推到伯明车铺拿龙，解了轭，背手牵牛在街上踱步，走走牛站住了，回头瞧，牛在吃小艾头上蒿子。

伯靡骂牛：至于的么，饿成这样；拽牛，自己一趔趄，牛纹毛未动，扬起巴掌：找我抽你是不是？伶仃说话了：打它做什么，牛碰上亲人了。再一细瞧，牛眼里含泪，痴痴望着艾，磨着牙欲言又止的样子。伯靡也觉有趣，说什么情况，真是隔了世的母子？伶仃说：说起来你可能不信，牛是孩子高祖父，年轻时折腾，把家败了，自己转世也做了牛，只能吃草干累活，如今遇到疼爱的玄孙女，牛心里愧呀。

小艾也挺会来事，抱着牛头贴上脸去说：太爷，不哭。伯靡也乐了，说好吧，你这孩子卖几两芸豆，我让他们爷儿俩团聚。伶仃说一口价，管饱。伯靡说不挑吃什么吧？小艾说挑！伯靡说挑也没问题呀。问伶仃，你卖么，要不你们爷儿俩都跟我走？伶仃举起柴火棍式的上肢，绷着块儿说：爷但凡是个伺候人的，能瘦成这样么？伯靡肃然立正：得罪，看出来了，也是个宁撅不弯的汉子。伶仃说但是你管我顿饭我也没意见。伯靡说都没吃是吧，叫路边店家，切二斤驴肉，来两碗羊杂汤，四碗——四碗够不够——四盆小米饭！怀里摸出一把散碎海虹壳，拍给小二，这位爷要添什么，傾着他！小二说得嘞。

伶仃剩小半盆饭搁一边，跟闺女说：石马时候也别把碗里饭忒搂光了，再饿，也剩几粒。伯靡说讲究。伶仃说这位兄弟，不白吃你这顿饭，送你句话，有一种背字叫天注定，赶上了认怂也没用。伯靡说我确实逮回家喂牛了。对小艾说跟爹说再见，牵上太爷，咱回家。小艾说再见，紧跑两步把小手递伯靡手里，边走边回头说：爹爹，侬自家当心哦。伶仃在后面喊：妞儿，记住，你是夏人之后，惨成什么样也别干那忒下三滥的事。伯靡无来由心头一热，攥紧小艾的手。

伯靡抱着熟睡小艾进家门，伯靡夫人说你这是上哪儿去了，车呢，怎么光剩牛了？这谁家孩子你给偷来了？伯靡说石马也别说了，快上饭，饿死我了，孩子么，是我和同事生的，同事死了，算我倒霉赶上了。伯靡夫人说我怎么不知道你们同事还有女的。伯靡说好吧，是我和同事媳妇生的，被同事发现了，你还想知道更多么？夫人说不想了。

起初，小艾分在厨房摘菜，厨娘发现往往她摘的菜下锅一炒——没了；怎么码都凑不够一簋。反映到夫人那儿，夫人说你哼不能怀疑是她生吃了吧？厨娘把小艾拽到夫人跟前，掰开她嘴，牙是绿的。夫人说行了，我知道了。分派小艾到牛圈睡，叮嘱她晚上起来尿尿，顺手给牛添把夜草。几日下来伯靡回来发脾气，说上班迟到，太爷拉车有点上不去坡。伯靡夫人说行了，你甭管了。去榨油坊拉了十车豆饼，垛牛棚里，冲牛说：敞开吃，我不信你全能吃喽！

又后来，小艾反映牛棚活太轻，主动请求饭后洗碗，受到伯靡夫人表扬，小小年纪闲不住，亲自手把手教给她干，叮嘱她当心哦，勿要把碗摔了哦。小艾说晓得啦。碗倒是一个没少，还洗得倍儿干净，可是缸里水一点没见少。伯靡夫人心说我不动那脑筋了，碗干净又省水，我干嘛不开心啊。

开春有风，阴晴不定，小艾发烧，腮腺炎，全家跟着感冒，伯靡夫人找伯靡，说我算没辙了，这孩子能不能别让她干活了，就让她白吃饭，她真能把咱家吃穷了，算你没本事。

伯靡说搁你，住一外人家，客客气气，啥活也不让伸手，一年到头吃白饭，你什么感受阿？夫人说肯定我也不逮劲。

伯靡说你年轻，不懂，啊们夏族老礼儿，家里来长客，白吃白住，啥也不让干，这就是见外了，意思就是轰人了。

夫人说你能别装夏族行么？我们东夷人遇见这种情况简单，直接把客叫到门外，当面摔上门，再见也不说的。

伯靡说我打心里是赞成你们这种搞法的，可是我做不到啊。夫人说怎么把话聊到轰人这儿来了，咱俩太不好了，我可没一点这意思。伯靡说我也没这意思，我意思是你看着办，我都同意。伯靡夫人想了一天，安排病愈小艾去倒尿盆，每天亲自给她添饭，不吃顶了不让撂碗。

时，天下已经开始动荡，后羿厌倦了做天子那份责任，这跟他享乐本性不合，脑子一凉，放弃了“后”的称号，还政于中康，退回穷石做他的一国之主。羿从阳城撤退时走得特别丑恶，把世室门帘子枕席都卷走了，就差拆梁了。中康回世室第一个晚上连张草席也没有，在夯土地上忍了一宿。时人讽之：胡为乎有穷，居无席？胡为乎中康，居无席！

又过了一些年，中康陟。（李鼻注：上古天子死皆曰陟，登遐的意思。《左传》言崩，君子以为不敬。又注：鲁襄公二十八年，周天子癸巳陟，报人误报为甲寅，《春秋》将错就错，故意记为甲寅，以彰显周室过失，曰惩过，人臣以为僭妄。）

中康子相继位，天下形势更坏了，东方不断传来动乱消息。女娥病危，嫦回鉏探亲，后羿派有穷国力士吴刚随行，执长斧劈柴开路，穷石通往鉏村路已蔚蔚成林，尤以桂树大而华茂，吴刚伐木不止，桂花倾轧糜烂，香彻十里，睡在旷野里的流浪汉都于噩梦中嗅到。是夜，月大如魔洞，很多夜行人看到吴刚向月挥斧身形和洛上女嫦过渡舟楫碾碎的月影。一首描述当晚情景夏歌在当地流传：明月凿凿，力士若何？洛水烂烂，女嫦奔娥。

娥得的病是斯时罕见的老年痴呆——因为当时人很少活到老年，症状又和女巫降神附体颇似，都是不认人，故人多敬畏，并不当作病人看管，以下凡亢神待之。老太太两眼发直出门家人还以为赴神约，磕头相送：多言好事。所以老太太经常一个人在森林里走丢。嫄去找她也不时走失，庸去找她俩，三人都没回来，姮急得坐屋里哭，最后毅然去找她们仨，自己也不知去向。这次就是四个人都丢了，家里只剩一个奴小，又怕又没办法，干脆自己也颠了，上穷石找嫦。

嫦到了，首先布置吴刚把林中壅积如垒断木残枝劈作渣滓，清出一条路，再沿主路向四周开辟步道，伐出鱼刺形路网，这样找人的人至少不会再丢了。四位老人都找到了，都离家不远，嫄蹲在一树杈上，姮蹲在一树枝上，庸猴儿一树冠上——可能都被野兽追过；老太太就在后山墙狗窝那儿，这几天吃食儿全靠汪照应；都失忆了，以为自己在家呢。

嫦问吴刚：你能把这片林子都伐了么？小吴说能，但是逮用一辈子。嫦说你原来打算干什么这辈子？小吴说没计划。嫦捏捏吴刚膀子上的块儿，说：来吧那就——小子！

嫦去而不反，羿得空收了小姨子。纯狐进了世室也没闲着，有个厮混多年男朋友，叫寒浞，是羿义子兼卫队长，谁勾搭的谁也说不清，也不重要，但在世室内外是过了明的，都知道这俩人好，羿收了纯狐还专门把寒浞叫进来，搂着纯狐问他：她现在跟我好了，你有什么意见么？寒浞说：没。羿说去做事吧。

明日羿出去打猎，赶上暴雨，半道给浇了回来，一进内寝，发现纯狐跨寒浞身上，羿手里拎弓立即开弓，哪知弓挨了沦开胶，一抡成鱼竿了，寒浞搁开纯狐，一个背挎把老头夯地上，老头当场尾骨骨裂，休克过去。纯爬过去口对口人工呼吸，寒浞让她起开，自己实行心脏按压，把老头胸骨肋叉子一指一指摁塌陷，可怜羿一世了得，老了老了死于背挎。

寒浞召集卫队，沉痛宣布羿叔老死了，临终指定他接班，然后请纯狐出来作证。纯狐说昂，我在场，他是那么说来着，指着他说你……你……你，就咽气了。卫队齐呼：那就你了！

羿叔一生作为并不令人佩服，时人对他评价不高，虎说他：勇于时近怯，舞于廷近鄙。太康对他的评价是：恃忠养奸，仗义取利。媳妇了解他，说他：大奸大恶也不是，性情中人也不是，只是个削尖脑袋过日子的人。老百姓说：不熟。

寒浞身穿皮甲，手持短剑，就任有穷国主，改国号：有过；立纯狐为正妃。以庚辰年为寒浞元年。

寒浞二年，夏后相联合同姓斟寻氏和斟灌氏兵分三路攻打有过国，无功；三路师还。

寒浞十一年，夏后相十九年，寒浞兴举国之兵向夏东部边境进攻，与夏师战于弋邑之野，夏师败绩，寒军大掠牛羊人民还。

夏后相听从胤侯和斟灌侯姒开甲建议，依天子狩国门古制，将国都迁往边境贸易城市商人聚居的商丘，易邑名：帝丘。把自己和朝廷摆在第一线，也有冲喜的意思。很多大臣举家追随东去，伯靡正在服全家丧——四位老人先后走了；安排在第二拨走。伯靡有感于时局，每于家中长叹：生其时何如死其时。当时阳城已经很混乱，天子和夏族部队一走，城里夷族奴小开始抢劫，伯靡家所在这条街是贵人区，住的都是巨室显族，夜里一拨一拨过暴徒，火把熊熊闯进人去屋空豪宅，把里面洗劫一空。伯靡命全家举火，自己手持长戈坐在当庭守卫，有暴徒砸门便高呼：虎贲将军伯靡在此！

伯靡巡至后庭，忽被一条臂膀强力箍住脖子，手中戈当啷一声掉地上，翻白眼一瞧，是平时不言不语见人含笑的夫人远房外甥车把式牛四，这时又听邦一声闷响，外甥眼前一黑，回头一瞧，身后站着举着棍子已成少女的尿盆小艾，小艾喊：来呀！互相伤害啊。外甥颓了，松开伯靡捂着头躬身道歉：对不住，舅，我恨社会，错怪了您。伯靡说没事。

第二天，伯靡释放了家中所有奴小和视同奴小的远亲，说过去到不到的，你们多担待，这家是你们的了，你们看什么能拆都拿走吧。牛四还手执牛鞭恭顺地站在牛前，帮夫人往车上装被货，伯靡接过他手中鞭，说谢谢啊，以后有空到帝丘来看你姨儿。亲自赶牛车，载着家人离开阳城。小艾扛着棍步行跟在车后，是唯一经过批准留下来跟随他的仆人。

寒浞十二年三月，寒师三路伐夏，围弋邑、帝丘、斟寻三城。夏族青壮男子都挽弓上了城墙。

六月，浞之子浇克弋。

寒浞十八年六月，有过国部队来抢粮食，在斟寻之野与看青的夏军展开激战，大破之，斩斟灌侯开甲，尽割粟而去。

寒浞十九年，寒师伐夏。三个月里，寒浇率领部队与夏师主力在潍河两岸进行了登陆、反登陆；机动、反机动；筑垒地带防守，河谷地带进攻，丘陵地带进攻一系列交战。大破之，斩鄩侯、斟寻侯姒木丁，屠其众。

寒浞二十年，寒浞与东夷各邦盟于穷石，联合夏人世仇淮夷、荆蛮，九路会攻帝丘。夏后相在太庙灼龟卜求和，不吉；卜决战，吉。贵族都在太庙里哭了，然后分发武器。人民在城里也哭了，然后把门都用树桩顶上。守城士兵也在城头哭了，把老百姓送来的薄酒都饮了。夏后相穿上传自黄帝的犀牛甲，拿起颛顼用过的青铜剑，亲自登城指挥战斗。

伯靡把家里太爷宰了，肉炖了，皮剥下来制成坎肩，车轩劈了做戈，全副披挂也上了城。城头飞矢若蝗，夏后相蹲在女墙后对他说：你就不要来裹乱了，你拿戈的样子馊可笑。伯靡说必须的。

相说我还有重要任务交代给你，你跟我来。带着伯靡猫腰下了城，径回世室，进入内寝，指榻榻米上一个少女说：这是小缗，我新收的一姑娘，她这个月没来例假，我要你现在就把她带回家，说是你的女朋友，城破之日设法送她回她娘家有仍国。伯靡说这……任务太重了。后相说这就重了，我还有更重使命交给你。反身从壁橱里搬出一摞沉重龟壳。

伯靡一看龟壳点划惊道：洛书？相面色凝重点点头，爱惜地抚摸曾经历代圣人无尽把玩于今包浆粲然亮若髹漆的龟壳：这就是庖牺、黄帝、大禹几个时代三番五次从洛水漂上来的洛书，上面记载着神对宇宙的最初规划，应该说也是遇圣人而出，乱世则隐。伯靡说是是，龟都是有灵性的，千年不死，万年伏灵。相说跟龟也没什么关系，应该说是神的旨意。伯靡说是是，我们在不在都是祂的旨意。

相又搬出九副龟壳一一码在榻榻米上，伯靡一眼认出壳上刻的是颛顼文。相说因为朝中奏议庆典都是用唱的，不知你识不识字。伯靡谨慎说：不识。相说那我就放心了，这九副都是降神时上帝亲授于我的治国要领，我把它分为九项，平时我就是依据这些要领治理天下的，可惜用不上了，你把这些一同背走，城破之日沉入洛水，不与寒浞得到，他不得治国要领，乱搞一气，早晚自取灭亡，这就是人常说的：人皆服子，天丧子！相嗬嗬乐起来。伯靡说可是我还是想和您一起战斗，死于剑下。后相说死于剑下易，活于剑下难，你可以一下把血放光，也可以一滴一滴流光，我现在要求你一滴一滴流光。伯靡悚然，话到嘴边没咽下去，还是脱口而出：我们都知道你是上天眷顾的，也常见你和他老人家联系，今日之事，他老人家也没个态度？相说我去了——我怎可能不去？我夜夜去，求祂，让我进你的门，住你的国，祂的话你听了肠子都会凉，从此再也睡不着觉——祂说，对不起孩子，我的门已关，我的国已满，你迟来了几个世代。

相起而歌道：上将殪夏兮，天拱垂危。重巽贞凶兮，申命悔亡。则那则那，予何归？

七月，城破。联军屠城。夏后相死于乱军，授首城门。宗室亲贵相率赴死，世室翼庙付与一炬。寒浞尽伐夏社松，掘坛扬土，隳其重器，瘗于沤池。设席于垣，与诸侯饮夏后所藏祭酒秬鬯——黑黍郁金香纯酿以贺。命力士将城中活口，不计男女童叟，十人系为一队，逐一验足，凡小趾甲两瓣者，皆指为夏民，戮之；平甲者为夷民，释之。刑至午后，尸高达垣，曰肉阶。血可载卣，风过街生涟漪，有旋涡处皆井。

起初，联军挨家挨户捕人时，小艾还披发漆面，冒充夷女挡在门口撇着夷腔和士兵周旋，花马掉舌乱讲，说别看我们家院子大，有廊有池，其实不是什么富贵人家，是窑子，专门接待高级客人，这房子都是租的。兵说光窑子咋没见窑姐啊？小艾说我呀，我就是窑姐。伯靡夫人从屋里探了一下头，小艾说那不么，我老鸨儿，怎么遮，瞧我不高级？

兵说那，找您坐会儿，逮多少……费用呀。小艾说也分人，岁数大的一头牛，正当年的，我还倒贴呢。说着跟兵挤个媚眼，摸着兵的胸脯子说还得看他心里有没有我。兵酥得戈都提不住了，说今儿我哪儿也不去了，给你们家站岗。执戈站台阶上，有乱兵过来即横戈曰：这是军属，不得骚扰。

一会儿什长横着过来，挥手给兵一大嘴巴：你站这干嘛，跟个灯似的。一脚踹开门，闯进舍内把一身夏服头戴纱冕的伯靡跟头把式拎出来，夫人画了一半脸解了头发追出来，说老总，这是嫖客。什长说什么嫖客？伯靡怒曰：别丢人了！

什长也痛责夫人小艾：你瞧瞧你们俩，啊，干什么不好，在这儿卖，还是卖给夏佬，把夷人脸丢尽了。伯靡作色道：我不认识她们。什长说你少啰嗦，都带走！小艾路上还坚持做什长工作：看你眼熟，你们打天下就是为了欺负我呀？

三人解至垣下，伯靡一队，夫人小艾一队，夫人还在喊：无论如何请活下去！小艾亦鼓励伯靡：一会儿等我没事了捞你。伯靡修冕掸士曰：不要捞我，我身为夏人而死——骄傲。一卫兵指伯靡：还聊！还聊！

轮到伯靡，军巫说：请抬右足。军巫看了一眼说：平甲，下一个。卫兵踹他一脚：你可以走了，夷奸！伯靡面色如帛恍惚站到一边，小艾一蹿一蹿向他翘双大拇哥，夫人一脸欣慰的笑，他都毫无反应。下一位是个高胖贵妇，立受狼牙棒槌头，脑浆迸溅。伯靡骇了，手发麻脸潮热，还有一点恶心，身著厚衣却像裸体，凉风直下后脊娘——蛋子紧缩。（李鼻注：此乃肾上腺素退潮反应。）

夫人过了，向他奔来；小艾留下了，小脚趾甲裂，夫人返身奔向小艾，抱住她手搪狼牙棒，喊：她是我闺女！

刽子手和气地说：你跟夏佬生的？一看就是混血，孩子随了爹的今天也见太多。夫人指伯靡：那是她爹，也是夷人。

刽子手说那就是隔代遗传喽，抡起大棒，不好意思，请配合，我要执行命令。这时城垣上传下命令：停！国母问著夏服者，是否姓姜。夫人抢答：是是，是姓姜，姜伯靡。

纯狐长发及膝，左衽夷袍施施然自肉阶拾级而下，伯靡大下劲，憋了一天的汗顷刻从遍体毛囊发了出来，一句话没说嗓子哑了，叫了声：老姨儿。

2

老姨夫一见伯靡就说哎哟诶到处找你，进城前我就给各军下了死命令，斩人前一定要问姓，姓姜一律免死，速送我这儿来，一上午送了小一百，你老姨一看，都不是，可急坏了，抓你的人问你没有？伯靡抬嘴皮子劲都没有，抬腕摇了摇手。老姨夫：马勒戈壁的，哪个部队的你问了吗？告诉老姨夫，老姨夫替你出这口恶气！伯靡蚊子声：我哪敢问呀。

寒浞对手下人：去查。纯狐说算了，别查了，人没事，比什么都强。寒浞说伯靡：脸怎么这么白呀，干嘛了累成这样？纯狐说吓的，我晚到一步，这脑袋就是浆糊了。寒浞说快坐下，喝口酒压压惊。看到夫人和小艾，说这是外甥媳妇和孩子？纯狐捅夫人：叫人哪。夫人小艾咧嘴呲牙抖着腮帮子就是说不出话。寒浞说算了，这都是没见过死人的，下回再说吧。伯靡小声说……回家。纯狐说我安排他们先回去，在这儿也是害怕。寒浞摆摆手：你安排。问手下人：怎么停了？手下人一连串问下去，底下回上话来：夏人杀光了。寒浞说再杀，顶冕垂裳者三切一。

纯狐用自己白牛车把伯靡三口送回家，正赶上寒军一个营部往里搬，军吏正在池中洗澡，纯狐把他们都轰走了，一看家还行，门窗俱全，就是床上地下丝帛裘毯不见了，厨房油缸破了，米缸空了，陶簋陶豆砸一地。纯狐说我叫人给你们送些米肉来，你们先凑合着，回头我叫人在门口放上个岗，你们踏踏实实的，我还得回去，叫他少杀点人，明儿我再来看你们，看还缺什么。纯狐说完匆匆走了。

伯靡立转身飞奔去后庭，小艾已把显怀的缗从菜窖里拉上来，坐地上擦汗。伯靡说没事吧？缗小声说：他们就从我头顶上过来过去，说话，发现窖口了，刚说下来，又全走了。

伯靡说快回屋躺着去吧。缗说爹，城里怎么样，有后相哥的消息么？伯靡这才掉下泪，说不提了，孩子，不提了。

自从缗到伯靡家，一家子就开了会，约定今后以父女相称，对知根知底街坊说缗是伯靡在外乱搞生的闺女，现在街坊也全没了，缗也显怀了，准备调整一下口径，就别喊爹了，就说缗肚子里这孩子是伯靡的，万一的情况也想到了，万一老街坊九死一残活下来，撞上了，就说是伯靡无耻，过去骗人家来着。伯靡叹：经此一事，宁复言节？小艾也痕着泪说：今天我相信我妈不是你同事了。伯靡说我不知道你父亲是谁，但我知道是个牛波的夏人。

联军在城里烧杀七日，七日之后就没什么可杀的了，鸡犬也杀光了，帝丘已是一座死城，尸首无人掩埋，恶臭蒸云。

附近野兽二次围城，夜晚突入城内，拖走几个睡着的哨兵，还有大白天当街行走叫鹰啄了眼的。部队已发生腹泻和精神错乱，各部之间因打砸抢发生冲突日见升级，死了人。

联军遂下令各部退出城圈，在郊外举行了大型公开分赃暨分列式，痛饮三日，各自班师回国。

三日头上，寒浞拉着酒肉带着寒浇寒戏和纯狐一起来认表哥表嫂家门。一起来的还有两个东夷方国诸侯，两位侯爷一见伯靡就给跪下了，叩首如插秧，哭得浑身乱颤，说这就是我大爷？寒浞说是啊是啊。对伯靡说听说你活着，都想来见你，我给拦了，这两个是跟你近的。伯靡心里有点明白，还是懵，拉着手坐下，细问氏系，一个是有贝国主，烈山氏，山戬之后；一个是有乃国主，连山氏，采女之后；都是炎帝揄罔跟前的重臣。有乃国主说咱们两家本是一家，都是炎帝之后，你是嫡的，素女那枝下来的，我是庶出，采女内枝，早先她们是姐儿俩，一起开奶站，后来都做了炎帝的妃子。有贝国主说我们家是姑爷，输给炎帝唯一女儿媿——就是倒插门，招的驸驴。（李鼻注：上古豪族娶帝女，曰驸骥；入赘帝室曰输，曰驸驴。）

伯靡对这些人名闻所未闻，人物关系也是一笔糊涂账，也不想搞清楚，端起爵说那更逮喝一爵了。寒浞端起酒来，第一遍酒洒地上，仰脸向天，说出一番惊天地震的话：炎帝冥灵在上，东夷小子给你雪恨了！

起初，伯靡跟三姨女嫦去三姨夫后羿主政的阳城做事，行前仲庸跟他深谈过一次，说你去你三姨夫那里做事，可能会听到关于我们这一氏的一些传闻，都不要信，我们家这个夷姓——姜，是从你爷爷那辈才改的，因为什么你大概也有耳闻，之前我们这一氏世为夏臣，我们的祖上曾与黄帝相约，世为兄弟，这是我们这一氏的承诺，不管出现什么情况，我们守约。这是我要跟你说的话。

伯靡到了阳城，和后羿手下亲贵近支有一些唱酬来往，在酒席上经常听到来自东夷的歌女弹唱东夷小调，这些小调曲式辞意据说承自古华歌，有些曲目唱的就是炎黄之战：百泉绌绌，军都苍苍；千里使将，木石吭锵；百泉咄咄，妫水琅琅；丧我九师，夺我七帜，歼我帝于赤乡。这里明确指出炎帝战死于红土之地，部队损失殆尽，军旗悉遭收缴。席间东夷诸人，每闻此曲，无不痛哭扼腕，怒目撒呓挣。

东夷小调多怨望之作，曲调如泣，歌词如哭，据称都是当年东夷各地妇女望征人不归，痛心伤腑而作：……昔我往兮，黍苗历历；今我来矣，道生荆棘。昔我往兮，新妇在堂；今我来矣，鸺鹠在梁。昔我往兮，扬且稚羞；今我来矣，苍且颓瘅。当年东夷九部世家子尽随炎帝北征，炎帝带走了东夷几乎全部强壮农夫和最好的匠人，百泉一役，一代毓秀之士凋谢于塞上，致东夷社会发生重大退化，支撑城邦日常生活的手工业不复存在，大片肥沃土地无人耕种，留下来的寡妇拉扯着孩子一夜之间退回渔猎时代。文化有衰退，未消亡，民心民情都寄托在歌词中，“昔我往”“今我来”成了这类哀怨小调表达定式，影响遍及天下，至今尤可在国风、小雅这等新诗中看到此类句式。

伯靡知道东夷民间有情绪，一些部落坚信炎黄无合作，炎帝为轩辕所弑，证据摆在那里，征人一去不回，岂有得胜不还乡的道理？也不是所有东夷人都持此观点，伯靡夫人，魁隗氏，出自东夷大国有窑国，也是太老太老的贵族，祖上是史上第一任炎帝姜魁，因为年代殊久远以致无闻，家道几起几落，在东夷也算望族，虎当年参加姜姓国际宗亲联谊会认识了夫人之父隗窑，都是各种炎帝之后，还得尊隗老一声老大哥，聊得特别亲，把外孙推荐给人家女儿指腹为婚，自己暗涨一辈儿。姜娜——伯靡夫人，就持传统观念，认为炎黄之战是和局，无分胜负，她家那一代的祖宗隗衢就是当年百泉阵中炎帝揄罔身右的擎旗手，“得其志”也好，“夺其志”也好，都是“帜”的误读，原指议和会场上一种仪式，互换军帜，她娘家至今还保存有当年交换来的一面赭染赤色夏军军帜，粗丝双面绣直立咆哮大熊，熊脸都被摸没了。她家北征人都回来了，还领回一堆夏女，故她也有夏人血统。

姜娜说，那些没回来的很多是在涿鹿之战牺牲的，那是场血战不假，再有就是不愿意回来的，老家太穷。哀怨小调的通病就是经常哭错冤家，以歌征史蒸的是包子，当真应了那句话：好看全在褶儿上。姜娜原话。

缗在伯靡家匿居的日子，偶也参加夫妇俩议论，也是夫人一派。姜缗，连山氏，有仍国女，玄女之后，也是开奶站的，祖上往根儿上追，也是炎帝——三世炎帝姜明之后。

伯靡郁闷地说行了行了，咱都别往远说了，考虑到当时帝有普施雨露之德，大家都是帝之后行了吧，就说这事，你们家老人有回来的没有？姜缗说有，我们家老奶奶战时在情报部门工作，几次打入敌人餐厅几次曝露，反复自首坚持在工作岗位，被定性为非法战斗人员，不受武德保护，军法就地活埋，黄帝还是特赦了她，战后遣返回来，一生感念黄帝，说黄帝始终保持一个普通好人的本色，拥护他的领导。

小艾羡慕遗憾恨地说可惜我家无名无姓，跟你们唠不到一块。对姜缗老奶奶干的事很感兴趣：打入敌人餐厅，听上去很有意思，怎样演才能做到不穿帮呢？缗说简单，就是当面一套背后一套呗。夫人说我看你行，你当面就好几套。小艾乐：我也觉得我行。然后大家一齐转向伯靡，问：炎帝本人呢？你们家老祖，他上哪儿去了？伯靡老实回答：不知。

夏人也有诛揄罔说法，中康、后相宴饮上，偶也听到夏女唱：……织文哮熊，赤帜央央。我车既攻，诛彼元凶。（李鼻注：此歌可征，夏人首使战车，动力待考，疑似牛，轩辕之名定矣。）中康听到会立即制止，要求换歌，貌似心存忌惮。

后相时代，越到后来形势不可收拾，这首歌越多拿出来唱，唱的时候大家很骇。伯靡几次想请问这歌子唱的到底是哪场大战，看到大家都那么开森，一齐合唱，也没开口，私底下问歌女，歌女说不知。

伯靡把这支歌和前述东夷小调都作为史料收到他后来编纂的歌本《夏小正》里了。

三日宴上，寒浞问起伯靡今后打算，伯靡说还没有想好，想回鉏村看一眼，三姨早捎话来，他父母埋了几次都被野狗刨出来，她一个人没力量深埋，希望伯靡回去，帮忙埋深一点，还有外婆、大姨，都有这问题。

寒浞说应该，你老姨其实也该回去一趟，把你三姨接出来。纯狐说我是打算回去一趟。寒浞说处理完家事，欢迎你上老姨夫这儿工作，老姨夫这儿官职随你挑，想多负一点责，相的位子留给你，咱们自己的天下就逮用自己人，你们家在东夷有威望，老姨夫也需要你这样信得过的人。老姨夫说他的新国都定在斟寻，阳城就不必存在了，他准备暴晾三年，等城里尸肉都被野兽叼光，筋烂没了，拣拣骨头，封一座白骨堆，置兵观，纪念他的武功，然后把阳城彻底铲平，深犁三遍，种上黍稷，当年一定大丰收。伯靡说行，我完事就去斟寻找你。

伯靡夫人、小艾、缗都出来见了老姨夫，和寒浇寒戏认了亲，表弟表叔胡乱叫了一通。老姨夫看到腆着小肚子的缗十分高兴：哎呀，我这也是要当姨姥爷了。送了几位女士一人一匹绢，说这是我和你老姨一点小意思。寒浇盯了缗半天，羡慕地说表哥，你也教我两招，到哪儿乱搞能搞到这么好看一小表嫂。伯靡说好看么？一般般吧，我这也是砸手里的。

老姨夫表弟们走后，伯靡与夫人语：古者天子伐四夷，取其魁首封丘，筑阙，以儆效尤，曰凯旋，曰兵观；今者四夷伐天子，枭天子于券台，观兵以威天下，暴矣，淫逆矣，吾未见如斯之甚者也矣！夫人也说：太过了。

又三日，白天狐狸上房，墙头爬满肉蛆，尸体在街上发出彭彭爆裂声，恶臭如腻汗发乎毛孔，人脸都油汪汪的。

寒浞来到表哥家，说你怎还不走啊，我爸和你姨都走了，我是最后一批部队，奉命掩护你。伯靡说没人通知我呀，掩护我干嘛？寒浞说你不知道，淮夷、荆蛮几个大酋长都没走，就等着擒你呢。伯靡说擒我干嘛，我招他们了？寒浞说嗐，还不是祖上结的那点梁子，他们认为蚩尤之死你们家脱不了干系，要拿了你去祭蚩尤，进城灭户名单头一个就是你们家，要不是我爸拦着，拿兵压着他们，你——你赶紧跟我走吧，小表嫂她们呢，叫她们快出来。伯靡说我这还都内什么——没收拾呢。寒浞说还特么收拾什么呀，一堆破烂，将来置新的，你们这些人真沉得住气。

伯靡连忙进舍，把正在打包袱的夫人艾缗叫上，互相提携爬上寒浞派来的牛车，插进驮着掠来的粮油皮帛毛驴和一车车年轻女子组成的辎重队，在士兵护卫下，离开阳城。

断后兵卒一手拎油甑一手执火把，一路走一路放火，把能着的都点上，去城三里，犹在乌烟中。

当日秋阳甚好，牧野黄熟，止阳墟一点如墨，丝丝幺幺，愈远愈见其黢黢。伯靡、夫人、艾缗都流下眼泪。路有夏遗民作哀歌：七月秀苇，狸猃肇肆；寒浞杀我，殄我禋祀。八月剥瓜，剖瓠弃籽；寒浞杀我，刈我子嗣。九月纵火，辰系于日……寒浞取强弩射杀歌者。

行至洛水，伯靡与寒浞道别，他家一船北渡回鉏，寒浞大队东去渤海之滨他的封地过邑。寒浞对表哥说跟长辈住在一起总是耍不开，你要在我爸那儿呆着拘烦，就来找我，我带你玩。伯靡说我考虑。

伯靡一家弃车登舟，寒浞大队人喊驴嘶，鞭打慢牛，迤迤然绝辙而去。

舟至中流，伯靡推舟子落水，自己摇橹，顺流而下，至夜，夫人艾缗入睡，把十副龟图沉入河中。

上古，洛水是条大河，北接泗水，东注沛丰湿地。伯靡手不离橹，掌磨出老茧，脚蹬出血泡，橹都摇断了，人跳入泥浆中，一步一陷，竟至齐胸，陆地行舟通过沛丰湿地，进入微山湖，把缗送到南四湖沿岸有仍国，全瓦交到她渔霸父亲手里，自己这才折回鉏，与三姨相见。大家哭了一场，三姨哭完也咽气了——本来就是拼着一口气等着他，他再不来也等不及了。吴刚当时还在，每日清晨听到林中当当敲木不是啄木鸟，是他。伯靡请吴刚清出一小块空地，刨一深坑，将三姨父母外婆大姨并排葬入，将她们日用所爱骨针骨梳、玉笄玉簪、石刀石杵、陶甑陶鬲——家里有的，一股脑丢入坑中，覆土如初。再移来一丛棘楚，天天浇水，看着，不使地鼠啃了，三日后棘楚成活，长出新芒，七日地表生出苔藓，把当天简单午餐——混浆芸豆饭，端到荆丛前来吃，掬一把泪也算祭扫了。伯靡谢曰：姜虎孙伯靡不能守业，今将弃往，敢告。

小艾用木炭、赭石在院墙上画了一组壁画，告知纯狐家人已安葬：几个小人在刨坑，植荆，联手祈愿，画得都跟跳舞式的。伯靡泼灭火种，掩上老屋门，自己套上轭，拉着夫人小艾北上，渡黄河，去了夏族故地——徒骇河上的有鬲国。

这一年是夏后相二十八年，夏亡天下。

来年，缗生少康。

3

寒浞六十年，即少康元年，后少康在新都纶城交代年近耄耋的伯靡重修国史。一生热爱情报工作，战后仍以人贩子身份为掩护经营纶城最大一张秘密情报网的老艾——艾大姐，从全国各地鸡脚旮栏儿找来民谣歌者，热热闹闹举办了一届挎界歌会——以歌之名吊史之膀子。赛后大姐把歌手顺手都卖了，也是她们闹着，不卖不答应。歌词由她手下最强干员，平素专门夜间伏窗听墙根、过耳不忘者分段背下来，每天一组去伯靡老家中复述，由伯靡夫人蹲地上以竹枝速记于新脱泥坯，再一块块念给伯靡老听校。伯靡老眼睛不行了，大白天看不清自己有几个手指头，下台阶经常一脚踏空。伯靡夫人刚摘的文盲帽，在有鬲国呆着那段时间央个伯靡教的，呆着也是犯困。伯靡一开始不爱教，说你有那工夫还不如学画画呢。夫人一句话打动了他，文字是用来传阅的，全天下就你一人识字你不觉得奇怪么？于是在徒骇河边找了块沙地，撅了几根杨柳枝，把二十三个颛顼字母传授给了夫人。当时也让小艾学来着，小艾学不进去，上着半截课就下河摸蛤，觉得用不着，在文盲的世界就你识字，上哪儿看字去呢？当时她就是这么回老先生的。现在后悔了，这次重修国史，她嫩么大一情报网，但凡有一个识字的，也不至这么累。

伯靡夫人拼写的那一地泥坯，经过烧制，呈送给少康征求意见，素陶版，共十筐，因尚不成形，暂定名《夏小正》。

装车时艾大姐毛手毛脚，把夫人平时习字用过的土坯也装进去，多出三筐，以为是码得不齐呢，一块堆拉世室去了。

这其中有夫人点点滴滴记下的对星象农时、动物习性、植物生长的观察，以及一些语文心得，祭与献有什么语义区别，祭是牺牲同类，牺牲非同类曰献云云。还有一些纯粹女孩子的幻想——夫人也有一颗少女心哟，如雀入海为蛤，玄雉入淮为蜃。当然还少不了菜单，吃过什么随手也写上去，有鸡桴粥、羊羔助厥母粥——听上去像药膳；吃到鲔鱼很欢喜，唠唠叨叨说这可是好东西，祭祀可舍不得往出拿，再放臭了，全唧己个吃！因感叹不能时时吃到，叮嘱自己记住鲔鱼上市的节令。甜点也很多，有煮山桃、煮梅子。软烂的小豆糜是经期吃的补品，在栽满兰草的浴室冲完澡，来上一碗，特别女的。雁南飞记，打雷记，刮大风也记，用辞颇可爱，曰俊风。处处留意，野菜开花，燕子归来，小虫子推蚂蚁卵，池塘蜉蝣多了也记上一笔。还有莫名其妙一句：爽死！

后少康夜读《夏小正》，上面那层全是这东西，耐着性子读了两块砖，怒曰：这都什么乱漆疤糟的！派寺人举着火把去传伯靡，伯靡佝偻着像个影子飘进来，少康拍着筐说：这就是你整的国史，怎么没我们家事儿啊？后缗——姜缗，现在是太后了，这时也没睡，自从当年怀着孩子躲进伯靡府菜窖就坐下失眠毛病，每日在宫中绣鹰，越到晚上越精神，听到外面嚷嚷，连忙放下绣针掀帘子赤脚奔出来。新造的世室很辽阔，完全仿照传说中黄帝明堂尺寸，柱高七丈，间七丈，长七十七，阔十七，人在其中，如行峡谷，讲话有回声，二人私语亦如相骂，据说是为了防止朝会上有人开小会。

后缗奔到大厅中央那缸百芯油灯前，衣袖带的风扇得整缸火苗一齐忽悠一下。少康抬头说妈，你怎么来了？伯靡也从一地砖抬起头，循声望向地上影子，冲着影子说，你穿太少了。后缗说我还以为你们俩吵架呢，没事就好。少康说我怎么会和爷叔吵架呢，我们在谈工作。后缗说那我歇会儿再回去，跑这一趟脚腕子都酸了，出一脖子汗。

伯靡说还是睡不着？后缗说睡着就醒，吓自己一跳，还不如不睡呢。伯靡搬起一块砖递给少康：这不么，写你们家事的，都压在下面了。后缗说你眼睛行吗，不是说都瞧不见了么？伯靡揉着勾了芡似的红眼说：我不用都看清，瞧清一个字就行。后缗说你们要找什么我替你们找，我眼睛好使，闲着也是睁着。后缗识字，怀了孩子后相紧急教的，说日后若是生了儿子，请教会他则个。

起初，姜缗在微山岛生下少康，为掩人耳目，对外声称是伯靡的孩子，连她爸姜隅都瞒着，小名叫个少靡，说是自己贪玩，和伯靡搞上了，怀了孩子被后相发现，撵出世室。姜隅始怒，后释然，说那倒也幸亏捡了条命。但是对伯靡有意见，忿其不拎着东西来向业余老丈人道扰。缗说他那人倒也是君子，答应她三十不嫁，许纳为妾，姜隅勃然，不许。

少靡总角，也曾问过母亲，父亲是谁，有没有父亲。缗答有，叫伯靡，在北方，因为另有家庭，不能和他们在一起。

少靡说恨他。

少靡舞勺之年，就在湖边替姥爷家放牛。舞象之年，当上全国牛羊总管——牧正，一心扑在牧业上。

缗教他认字，不学，说字里有鬼，看见他就招手，害劈阿。姥爷支持他，说牛驴不识字，也是一世。一日降大雪，牛羊在圈，下午就跟天黑一样，缗点上油灯，把少靡叫来，在一盆凝了皮子小米粥上用筷子划出相的拼写，说是这个字有鬼么？少靡吓得捂上眼。缗说这是你生父名字，这个鬼就是你魂魄不散的父。少靡始不信，后垂涕，怒，鬓炸如松狮，一夜之间腮唇长满胡须，学会读写，更名归宗，曰少康。

三个月后消息传出去。有渔民在沛豊湿地粘鸟，看见一群穿甲衣带铜剑的人在泥里推船，为首者膀圆如猪臀，同行人喊他椒叔。椒叔向渔民打听去有仍国怎么走，渔民给他们指了条岔道，自己赶紧划船回来，向国主姜隅报告。

姜隅说椒叔者，天下力士也，寒浞贴身侍卫，他来我国——目光转向少康——必是图你，你逮立即走！当刻从梁上割下一条咸羊腿、一刀酱牛肉，打包交给少康，与他耳语：你自己走，不要带人，免得走漏风声，我在后门拴了一条小船，给自己预备的，舱里有弓箭和换洗衣裳，你划上，下泗水绕洛水，去虞城，找姚虞思。

少康问姚虞思是谁？姜隅说没时间跟你细说了，见了小姚，就说你姓姒，名少康，他必收留你，他是你叔伯侄孙。

这里人物关系逼较乱，我必须交代一下，这个侄孙不是从老姜家这边论的，是从伟大的颛顼大帝那儿论的。虞思，商均之子，虞舜之孙，再往上追溯，舜他爸因贫致盲——母亲怀孕时严重营养不良，胎儿发育不全——小时候叫小瞎子，老了叫瞽叟。瞽叟父是个劁牛的，叫桥牛。桥牛出生时家道已经中落，父亲句望靠给人打短工维持生计，是文盲，但名字是祖父起的，有文采，句读勾，望通往，读如昂，勾昂；请走的意思，也是文明用语滚蛋。句望父敬康，封在虞地，伯爵，是个玩家兼败家子，与人赌博，把封地一块块输光了。敬康父穷蝉，侯爵，颛顼五十九子，牵连到十二子鲧的案子，虽未受处分，也灰了心，从此离开中央。民谚古帝之泽五世而斩，说的就是他家情况。——从颛顼到虞思，整九代。

少康，禹四世孙，加禹五代，禹父鲧，鲧父颛顼，整七代——可不侄孙么。

起初，唐尧刚走上领导岗位，带领中央团队云游天下，在历山遇风雨，怎么转都转不出去，一个在山中开荒种麻的农夫，指引他们走了出去。唐尧老年，实在厌倦这种居无定所责任重大百密终不免一疏的紧张生活，曾作怨词：战战栗栗，日谨一日；人莫踬于山，而踬于垤。老人家在颍水遇到了一个正在耙地的农民，跟人聊没两句，就唐突地说我把天下让给你吧。农民像看疯子似的看了尧一眼，一声没嗳嗳，活儿也不敢干了，蹲河边洗了洗耳朵，扛着耙子回家了。尧又追到人家，人翻墙跑了。村里小孩成群结党跟在尧后面起哄喊：你把天下给我吧。在熊耳山，遇到一个挑柴樵夫，问了句路，人家说怎么怎么走，就截住人家跟人说你别砍树了，我把天下让给你。樵夫也蛮有幽默感，说让我做天子，我看行，可是你来的不巧，我刚得了忧郁症，正要去治疗，没工夫治天下，天下当然很重要，可是没自己生命重要，谢谢啊。

随行四大诸侯长都看出尧的忧桑，又帮不上忙，不敢乱接话，怕话头扯到自个身上，话头还是扯到了他们身上。

尧坐在长江边说喂，四岳，我在位已经七十年了，你们是不是每天都在想，这个老头子没几天可活了，天命将落到你们身上，坐上我则个位子？

四岳说我们可真没这么想过，我们也都老了，平平安安过了一辈子，德行并没有增进多少，不敢坐脏了则个位子。

尧说我这位子怎么这么招你们不待见啊，上帝知道这事么？农民也躲着我，樵夫也拿我打岔，好像我要害你们式的。

四岳说真不是老大，真是想干，干不动。尧生气地说那你们都回去想想，咱们这些亲戚的孩子和四海之内那些谁也没听说过的名人里面，有没有一个爱干能干、干着又让大家放心的人可以推荐，我还就不信了，这位子传不下去！

刚从越北交趾南方总督任上退休回来的羲叔说我知道有这么一个名人，老大，你可还记得当年咱们在历山迷路时，有一个农民，非常机警，靠辨认老虎足迹，把咱们带出来，当时你还夸奖他，有神一般的洞察力。

尧说记得，这个人叫什么什么……来着？

东方总督羲仲说叫个姚重华，小名顺子，这个人在东方还真有点名儿，特别顾家，被父母讹住，至今未婚。他父亲眼睛都长心坎上了，虽然瞧不见可心眼比别人多俩，每天在街上碰瓷儿，人见他都躲着走。母亲握登傻精傻精的，蛤蟆也能拧出二两油。弟弟姚象更是奇怪，自己啥都不是，还谁也瞧不上，什么也不干。这个家全靠顺子为人儿，巴结着做事，豁出自己为家庭做贡献，家里发生几次针对他的谋杀未遂案，也隐瞒不报，把个破家一点点置起来，父母兄弟能喝上汤捞饭，才不至一家子沦为犯罪分子。乡人称他：愚顺。

尧说能跟品质不好的人愉快地生活，还能稳住局面，不失控，是个治国人才。我来测测顺子道德水平，希望不是文能界常见的那种养名售奸的人。

尧带队东行，来到诸夏与东夷各部接壤的寿丘，在郊野设立天子行辕。尧一个人进城参观顺子经营的重华百货店，发现他卖的东西不便宜，而且都是一口价，宁肯不卖也不让价，很欣赏，说讨价还价是一种大家集体往下走、互相试探底线、在堕落中结成同盟的训练，最能讨价那个人就是生活中最爱占便宜的那个人，最终会有一个大坑在等着他，朕甚鄙薄。又给小姚胡乱相了个面，发现此人猫眼方口，目光如电，却不处处与人眼芒相接，是个有规则意识、懂得避让、善自处的人。随即放出大招儿，提议把自己两个年过半百女儿娥皇女英嫁给他，顺子还就答应了。

行辕刻下炸了棚，西方总督和仲与北方总督和叔哥儿俩搀着自家老人和，到羲仲羲叔哥儿俩下榻帷舍，与他们家老人羲一起议论，这也行，这算……厚道么？羲说永远不要低估底层人民往上爬的决心。禹，少时跟娥皇女英分别谈过不伦恋，被姐儿俩追得满山跑，深知这俩大小姐脾气，搞不定，对大他好几轮的堂哥决定没说什么。禹父鲧，尧亲堂叔，对老侄儿拍了大腿，说了那句厉害的话：不吉利呀大侄子，不带把天下送给匹夫的。娥皇女英虽然对这桩婚事不甚满意，也不爱听这话，种下了日后鲧受诛肇因。尧对这个动不动就拍大腿教训他的老叔也不甚感冒，让你治水，九年筑的坝全垮了，害得我九年搬十八次家，我怎那么爱满世界溜达啊！还是受惯了他的气，不会急，慢慢跟老叔解释，我是嫁闺女，不是送天下。临时编了一串瞎话，他也不是外人，是咱们公孙家老亲，跟你比我还近，是你五十九弟穷蝉那枝的孩子。

鲧一下也听愣了，我五十九弟，穷蝉？穷蝉那孩子不是叫敬康么？我见过，不是这岁数。尧说不是敬康，敬康的孩子——也不是，脱口说了句心里话：勾昂。外面草地上一堆人正在劁牛，尧顺嘴说桥牛，桥牛是他爷爷，他是桥牛的孙子。鲧彻底给说晕了，没再说什么，踱回自己窝棚，一路低头掰着手指头数这辈分。

尧对闺女说，听说这家人特讨厌，你们到他家，甭跟他们客气，那个傻缺婆婆瞎逼公公要跟你们吊腰子，摆长辈谱儿，直接踹他们。娥皇女英说不！我俩嫁过去，就想好好过日子，有多大气，俺俩——忍了。

丹朱四个最要好小伙伴，饕餮穷奇混沌梼杌，也跟丹朱说，还带这么论的，哪来这么一耷拉孙，我姐她们够得上他三世祖了，愣给捏一块，太乱了吧也。丹朱说那怎么遮啊，你们把我姐接你们家去。饕餮说那还是他吧。

后来，尧郑重给顺子改了名，请他姓回公孙，名舜，全称公孙舜。舜从道德部长做到冢宰——百官长，又兼任国务卿，主管外交，一步步做到天老三的位子，名满天下。东夷各国并不认可他是失散多年公孙之后的说法，还把他当自己孩子，都说，老姚家那小子出息了。舜出生地姚墟村还有一个说法，说舜并不是老瞎子的种儿，是他妈握登下雨出来割猪草，雨后出了条大彩虹，和彩虹生的。又后来，舜流放唐尧，囚丹朱，践天子位，改国号有虞，东夷那边流行的说法是“虞舜代夏”。寒浞灭夏那年曾在洛水边带领叛军起誓，史称寒誓，其中有言“有夏多罪，天命虞代”云云，将虞舜、后羿先后登上夏最高统治者权位事迹，记作天命二次反转，自己这一遭是第三次。文皇帝做代王时，山西平陆老农民平整土地，曾发现春秋时被灭国北虢之虢侯墓，出土竹简，竟是这小国编年史，因出土地点位于古下阳邑，史称下阳之书，上面记有一些夏殷旧事，称夏桀亡国“大命四倾”。

哎内喂，寒浞灭夏剪除了所有夏后氏后裔，并未难为舜孙虞思，仍让他居住在当年禹封给他父亲商均的虞城，延续有虞国香火，平毁帝丘后还顺道去了趟虞城，参拜有虞氏祖庙，在老前辈舜的牌位前献上一颗猪头。当时商均还在，没人敢猜他活了多大岁数，反正就记得老人太康失国时就剩一口气，几十年过去这口气还没断，也不能睁眼，也不能张嘴，只是在炕上微微喘内口气，寒浞还特到病榻前致意，执晚辈礼，坚持用鼻饲法喂了一勺羊奶。

义均，娥皇女英独子，曰大妈二妈，献腹者，娥皇。两位老太太老来得子，起小惯得没样儿，想吃啥——吃！想砸啥——砸！想骑谁，两位妈就恬着脸去求人，你就让他骑会儿吧，又骑不坏。四岳让他骑了，共工大大、丹朱舅舅、舅姥爷禹，朝廷大院这些个有头有脸的人都让他骑遍了。

伟大的尧——他外公，差点被他活活墩陟，一天到晚坐肚腩上，上下猛墩，还拿小棍赶老头：嘚儿驾喔吁。老头还挺乐，忽然一口气没上来，娥皇赶紧把义小胖抱下来，说他：以后不能这么墩外公。他爸舜，一不留神也让他骑了，正盘地上窝着脖办公，突然脖子一沉，肩上当啷下两节莲藕般的小胖腿，当下大怒，一溜肩膀把小丫的搁地上。娥皇女英这通追骂：你像当爹的么？儿子骑你一下怎么啦？对孩子都不知道让着点。舜脸紫绀，低着头不吭声，两拳杖席，从娶了这俩姑奶奶，他在家就永远是这么一副执拗坚忍的姿态，后来实在被骂急了，说：你们这么做是害孩子！然后一晚上没合眼，脸上被饱含吐沫星子同一句话喷满：我们怎么害孩子啦怎么啦怎么啦怎么啦……那一夜，他身下那一小块竹席因汗斐然成斑，翌日拿出去晾，邻居以为小胖尿炕，娥皇述其委，邻笑曰：妃竹。义小胖也在大院出了名，穷奇大大一见他就跟他逗：行啊你，小胖，尧舜禹都让你骑了。

小胖，人见人爱，在那个可天下没谁可能吃撑了的艰难岁月，大家都是头一回见胖人，饕餮后来证明是消渴症——糖尿病，越吃越瘦，体形依旧杆儿狼。有夏，就没胖这个词儿，猪都带腰身，跑起来跟大狗似的。胖是穷奇大大特为小胖创造的字，月从肉，半；跟房悉放在俎上那半扇牛似的。

小胖最喜欢的人当推外公，其次丹朱舅舅和他那班不正经朋友。最怕的是鲧，鲧也是他唯一没骑过的大人，都屁颠屁颠跑到人背后握拳准备往上蹿了，鲧回头看他一眼，就傻那儿了，内张老脸上大写着一个字：滚！娥皇也不敢废那么多话，抱起傻掉的儿子就走，回来跟女英说：没人性。

朝廷大院生活紧张简朴，在一个地方住不了几天就要转场，日常状态就是行军。每家很少私人物品，有专门寺人盯着大车装载，多余之物甭废话甩掉。除了儿童，老人妇女都要拿自己的弓，背自己皮褥子，加上当天路上吃的干肉、水囊、箭袋，负重至少三十斤。青壮男子还要一路打警戒，到了驻地轮班放哨，一天忙下来，累得都矜持了。

银河照亮世界，各营棚鼾声一片，只有丹朱家帷舍前那堆篝火笑语不绝，一帮年轻人在开趴儿。院里小孩趁大人入睡，都会溜出来，去凑热闹。小胖能走了，半夜醒了，也老一个人摸去，坐在各种姐姐大大怀里吃东西，鸡爪、羊眼、鸭掌这些女孩子喜爱零食他都是那时才知可吃，爱上的。

他这个还就不是人教的，是天生眼力价，进一个场子，一眼就能贼出谁是老大，就会向老大卖乖，把自己正在吃的东西巴巴举到丹朱舅舅嘴边，丹朱舅舅张大嘴啊呜假装咬一口，摸摸他头，说真乖。那些女的也捧场，说外甥真懂事。

丹朱不说什么，看小胖眼神透着慈爱。小胖吃撑了，就靠某姐姐怀里在大大姐姐们忧桑歌声中安然睡去，早上醒来，已在俩妈铺上，是丹朱舅舅抱回来的。偶尔扫兴是他爸带人查哨巡到火堆旁，皱眉看一帮少男少女在欢乐，谁也不敢说，看到小胖，戟指：你——回喊！丹朱说舜：干嘛呀，搞得那么紧张？来来来，你也唱首，听说你早先在家也是民歌王子。扯着舜不让走。舜说你们有五弦琴么？没琴我唱不出来。

饕餮说哟喝，行啊。把自己手里三弦琴递给他：你来。舜控弦而歌：南风之熏兮，可以解吾民之愠兮；南风之时兮，可以阜吾民之财兮。丹朱说还想着工作呢？

这些夜晚篝火趴儿给小胖童年留下美好回忆，长大以后显露出艺术天赋，喜欢唱歌，男高音。喜欢跳舞，尤是那些表达劳动、调情做爱舞蹈，挤奶舞啊，打奶油舞啊，和各种挤眉弄眼含羞带臊，动作稍微有点偏女性。有时穿上他大妈裙子，包上他二妈头巾，揪着一根柳枝一把一把捋柳叶，被舜撞见，破口大骂娥皇就特么受你弟影响！娥皇说什么特么受我弟影响，受我影响！

时，尧已老年失智，多次当众摸小姑娘，被诸侯会议判为年老德衰，解除了他的职务。丹朱定性流氓，热衷旅游，喜欢开瞧不起人的玩笑，晚上不睡早上不起，别人抗洪，他坐船游玩以至于搁浅；不分昼夜在家里搞蒙大裸，与两性朋友多次发生关系；论罪应该灭族，考虑到尧还是做过很多有益于世的工作，在民中有威望，灭了尧的族对天下无法交代，议决将爷儿俩解往舜老家姚墟分别看管休养。

舜在朝中全面掌权，说话也强硬起来，当面警告禹：你以后对我有意见当面说，不要背后乱说。禹说：俞。面对舜的嚣张，女英也有点怂了，只有娥皇不吝秧子，敢跟他对骂，舜曾希望小胖姓姚，娥皇坚不同意，说你这个公孙舜可是当着大家改的，你先当着大家改回叫姚重华。舜遂搁置。

小胖长成大胖，改叫胖堆，还是乐乐呵呵一个人，也不学赶车，也不学射箭，据说发明了围棋，天天端着棋盘找人下棋，赢饭的。还在营门口设残局，赢小孩手上大桃或杏，被人家大人骂：你可真有出息！还是跟母亲这边亲戚近，走动多，没事去陪那些姨姥姥、姨奶奶聊天，嘴甜，人家留他吃饭，他也吃什么都香，还跟老太太们学会了很多古夏歌。

时，禹继父职，出任全国水利总调，为避舜锋芒，在外十三年不敢回家。再次回到大院，苍老蕉萃，打着赤脚，因为老蹚泥，小腿迎面骨跟刮过似的，根儿毛没有，门卫以为是臭河工，恶叱之，不许进。堵在大门口玩棋胖堆一眼认出禹，掸衣让道，恭敬喊：舅姥爷；始得入。他日每于院中遇禹皆垂手宾让，嘹亮喊人。禹看他无所事事的样子，对娥皇女英说孩子老这么下去也不行啊，要不跟我去工地，也见识见识自然之美民间乐苦。舜听了很赞同，叫禹下次出差带上胖堆。禹去壶口分洪携胖堆同行，一路教他辨认山川草木禽兽，没出冀州就叫一场豪雨沦病了，发高烧，只得分出一辆车把他送回来，被娥皇女英一通哭骂：禹杀我子。下次去岳阳，胖堆还想跟去，被禹峻拒：你那俩妈，我可惹不起。

姚重华二十以顺闻，三十遇尧，擢为婿，改名虞舜。五十摄行天子事，五十八老丈杆子陟，守丧三年，六十一践大位，在位三十九年，百岁南巡，陟于苍梧之野。时，娥皇女英，百二十岁，想去南方奔丧，子均，六十九，苦苦哀求，使不得。不听，乘牛车去营三里，被九十七岁禹单臂拦下，指着天边说看见那片云没，正在下暴雨，江淮决口，百兽人民正往北逃，你们再往前进就是喂鱼，应立即转向台丘。说罢拽牛角，将她们强行带回头。娥皇女英说我们就是想到他没的地方哭他一场。禹说南方的雨已经替你们哭过了。娥皇控诉：为什么他那么大岁数，期颐之年，还要他往外跑，跑那么背的地方，天子就一定非必须死在没人去过的地方么?

禹说这就是天子的命，像一只不知疲倦的公虎，巡狩四方，最终老于穷乡。世世代代天子都是遵循这一古制，把一生献给巡逻，埋在哪儿都是自己家，谁让这个家大呢?

女英哭着说不公平，匹夫皆得正寝，独天子野殉，这是对他尊敬呢还是尊敬呢？

禹说你也觉得不公平是吧，这样，你们找人，联名呼吁一下，为使未来天子不再死得人都找不到，从根儿上解决办法就是不要再这么满世界跑了，要有一个常住地，法定该他居住的地方，建议成立常设首都，你们集体拦驾跪求一次，我批一下。娥皇女英说行，我们回去找人。

禹接掌政权后，平反冤狱，把一息尚存丹朱从姚墟迎回来，又派人去东海、南洋、西北沙漠寻找当年被流放的四凶后人，使者只找到混沌梼杌后人，已然披发赤身蛮夷，满脸刺青，不复能言夏语。饕餮穷奇后人使者说不知下落。

主管司法的皋陶召集一个会议，讨论对舜带来这批东夷干部的处理，伯夷、益、朱虎这些尧旧臣都参加了，也请了禹。会上考虑到这些人几十年来也没犯什么过失，执行的都是舜的政策，也算淳淳拙拙，多数人家都搬来了，生活完全融入夏族，与夏人几代通婚，孩子看着就是夏族孩子。

于是定下原则，老人老办法，新人新办法，来夏多年，根儿扎在夏地的，就地退休，鼓励返回原籍。新人，这几年刚参加工作的哪来哪去，不做结论。讨论完这个问题，下一个议题是对义均的处理，皋陶说继续留在朝廷显然不合适。

伯夷说要提防东夷有些人借他说事。益建议以其人之道，也把他遣送回老家姚墟，还住在丹朱住过的那栋土楼里。朱虎说我送他回去，你们都甭管了，路上我给他来个大咔嚓！

这时寺人前来报告，说义均来了。大家往帷宫外探头一瞅，胖堆光着膀子，脊娘上背着一捆荆条，跪在草地上，沉痛告白：各位叔叔大爷，你们好，我知道我爸做了很多不应该做的事，伤害了你们的感情，今天，我作为他的儿子，特来代父请罪，向所有被我爸伤害过的人道歉，愿受千刀万剐。

禹先受不了了，一拍大腿：别你妈瞎逼聊了！自古夷夏是一家，在座的谁身上没流着几滴夷人血？不要再说那些防着谁处理谁的事了，都解散！拄着棍走出屋，叫胖堆起来，解下他背上荆柴，随手帮他揪出几根扎进肉里的刺儿，难过地说胖儿，这都谁教你的，搞这一套，有我在，你没事。

义均说妈教的。禹说你妈她们最近神智清楚了？义均说别的事都清楚，就是不能提我爸，一提折腾得厉害，一天到晚抱着蚊帐竹竿哭，不哭就收拾东西，吵着闹着要往南去，不让去就撒泼，每天我都必须陪她们到帷舍后山竹林转一圈，假装到了九嶷，哭一场，才罢休，晚上睡觉不敢睡死。

禹说都是老人了，还这么折腾，你回去吧，好好照顾好你妈她们，不要想太多，你的未来我会考虑。义均说嗯，可是我还有一个请求舅姥爷，我想见见丹朱舅舅。禹说可以，我去征求一下你舅舅意见，你回去等通知。义均说嗯。

又几日，寺人来通知，说可以见了。义均带了院里发的麻油鸡蛋，去大院门诊部岐伯承包的病房看丹朱，丹朱躺地上，就是一把骨头，一动跟核桃似的卡啦卡啦响。义均还是那番话：代表我父亲向你道歉。丹朱说你得了吧，咱不从他那儿论，从你妈那儿论；来，胖儿，给舅舅一个拥抱，舅舅在那鬼地方谁也不想，还就想你。胖堆抱住舅舅，哽咽了。

十月，黄昏天渐渐暗下来的时候能看见南门星，乌鸦落满桑树，倏尔齐落于地，忽又飞上枝头。娥皇女英同日去世，隔了一日，丹朱也在小胖怀里停止了呼吸。禹正在荆州抗洪，小胖安葬了三位老人，把妈们和舅舅同埋于桑下。

十一月，成人脱下皮甲，一些大院孩子在收割后空旷田野驾车射猎皮毛新厚的狐和肥兔。禹从南方回来，找义均谈话，向义均传达了他的决定，将他封在洛水之阳的虞城，那里离禹新选定的国都阳城不远，方便大家日后来往，禹希望义均立即动身。

义均到了虞城，因此地属商，人们都叫他商均。一个跟随舜的寺人偷偷去看他，对他提及舜在苍梧野地里望着流星雨咽气时表达的遗愿，希望儿子改宗姚。商均记住丹朱的话，从母论不从父论；未置可否。明年，立家庙，祖祀虞舜，让儿子虞思姓了姚。

4

少康辗转来到虞城，姚虞思顾虑重重接待了他，对少康说先住下，别声张，我这里人多耳杂，遍地是寒浞的探子，你不能叫你现在的名字，有没有曾用名或化名？少康说有，叫个少靡。虞思说你有什么专长，我给你找个掩护身份。

少靡说专长？我在有仍国做过牧正。虞思说再想想。少靡说实在没有什么特别的爱好，做饭算么？我在家没事喜欢自己整饭。虞思说妥了，正好我们家大厨走了，我就说你是我新请的东夷大厨。于是把他介绍给家人，说这是新来的庖正，少靡师傅，业内叫号顿顿香，我们家也不要老吃河洛菜了，汤汤水水的，换一下口味，尝一尝响油亮芡东夷本帮菜。

少靡当场就撸胳膊挽袖口，下塘抓鱼，挎着篮子去农贸市场买菜，晌午整出一地菜，蜜酢鲤鱼九转大肠酱爆鸡丁葱烧海参什么的。

虞思也有俩老闺女，大姚小姚，品行无瑕，勇敢诚实正直，就是又懒又馋，一直没学会纳鞋底子和缝皮袄。那时中下层已拿女红辖制女性，指为妇德。上层还部分残留母系社会遗风，女孩子当祖宗养，许自己说不许别人说，一般自己也不说，生活方面尤持开放态度，随闺女心意——造去！少女时代越多爱慕者——情人，越出风头。家长态度一般宁可终老闺中，养你一辈子，也别因嫁而嫁，委屈自己到讨厌人家当小媳妇。不嫁不丢脸，嫁过去受气叔可忍，婶不可忍。中康朝那么衰弱，女儿嫁到和国受到婆婆践踏，中康顾不上，中康弟胤侯不干了，和氏那么古老一贵族，因为拿穷人礼要求媳妇，让中康女做被货，面儿全掰了。胤侯发动军队，指责和侯没能及时预报日蚀，引用行政法典：历法早于四时，要把制定者杀掉，不能原谅。历法晚于四时，要把制定者杀掉，不能原谅。挥师灭了和氏连带出来挡横的和氏兄弟之邦羲国。后相一生危殆，灭国时发出的最后一道敕令是重申“四民不得无端制礼以制人”，将礼的适用级别从一般的士，提高到“无世勋者无礼”。

寒浞灭夏，废除夏所有礼法，独保留这一条，并将礼的门槛再次提高“非公中不得有礼”。也就是说不是公家活动，一般私谊往来，婚丧嫁娶，即便是公侯大夫，亦不得擅动礼仪排场以张声赫，自己关上门搞一些小讲究座次阿、客套阿就可以了。衣冠鼓乐亦有严格限制，细则规定，可以穿貂，不许插雉。可以弹拨，不得鼓吹。犯者大夫以逾制论，民比私刑，“初犯者大夫罚俸三月，民笞三十。累犯大夫褫夺世勋，民笞百，没为奴。”都是严控礼俗边界，不使民间因俗制礼以乱俗。

长枞先生有言：昔者唐尧修五礼，以禁百官。制五刑，以威百姓。名殊义同，法也。罚也。各适其适。今者礼多且滥，刑重且僻，刑大夫，下庶人，甚也。罚上加罚耳，无他。

李鼻按：礼，圣人构范以正德，实为贵胄刑，名礼。故下庶人，无典，曰私刑。

大姚属猫，嘴刁，爱吃鱼。（李鼻按：也不知猫爱吃鱼这个神话从何而来，猫多畏水，到哪里吃鱼。）小姚属鸟，数着粒吃米，三五粒即饱。俩姑娘平时吃饭都得三请，吃没两口放下筷子就走，跟饭有仇似的，夫人没少为吃饭跟孩子置气，瞪着虞思说像谁呀？虞思说你别看我，我们家几辈都是好好吃饭的。夫人说会不会因为太能吃了，报应到孩子身上。虞思说你说话能不能讲点道理。夫人说怎么不讲理，人命中凡事都是有数的，祖先作妖会折子孙寿，祖先太能吃了，子孙命里就没的吃了。虞思说我少吃点，我把我饭量匀给孩子，——行不！放下碗，大骂闺女：你们特么就是不知福，欠把你们赶街上去，街上多少人没的吃！大姚小姚说：疯了吧你？

自打少靡来了，主理厨务，俩姑娘吃这根筋好像突然开了，上桌就不下来，挑剔菜品，这炸得有点过，这有点脱护，这完全没熟，动不动喊厨子：拿回去重做。但还是吃了，每样尝一口，也是满嘴油。夫人很满意，表扬虞思：你就这件事做对了。少靡也是二把刀，业余和专业区别就是专业每顿都一样，业余每顿和每顿都不一样，有时忽然就特别不在线，汤咸死人，肉跟皮筋似的，二姚摔盆子，进厨房跟厨子吵：你是不是急脾气？少靡说我是，能看着水从零烧到九十四，九十四到一百，不能忍！大姚说我教你，俩小姐教厨子怎么做菜，姐儿俩动嘴，少靡操作，烧出新菜端出来请爹妈品尝，逼少靡说比我强。夫人很不好意思，说虞思：你是不是说说她们，这么胡闹，厨子再不干了，好容易找这么个对大家口儿的。虞思说我说她们，——你们差不多行了。

少靡有苦衷，几次找虞思，没开口就让虞思拦下了，说你什么也不用跟我说，我什么也不想听。扭脸带夫人下乡收租子，一走十砬天。

再回来，大姚会自己炸带鱼了，小姚会发海参了，接风饭二姚争先掌勺，少靡打下手，八个菜两个汤，做给爹妈。

夫人感动得差点掉眼泪，特别到厨房给少靡敬酒，说敬你，少靡师傅，你都不知道你帮我多大忙。

夜里夫人忽然梦中惊醒，捅虞思：你听见了么？虞思说什么。夫人说我怎么好像听见有惨叫。虞思说不知道。夫人一绷子坐起来：你听你听，又来了，这都石马声啊，听着不像人声。虞思摁倒夫人说奋觉奋觉，明天我让人上房轰野猫。

虞思扭脸又带老伴下乡，一直走到黄河，收了一车粟回来，还捆回几个交不上租的佃户，进院先把佃户吊大槐树东枝西丫上，说你们什么时候想通了就放你们下来。抬腿进舍，看见大姚在炒糖晒，小姚在刷篦，点点头说：都挺好？二姚没搭理他，装了一篦冒尖三合一红烧肉——鸡腿牛腩猪脚，这是他们家传名菜，小胖发明——屁颠颠端厨子屋去了。

夫人现在改白天补觉了，夜里反正睡不着，老太太披着被货坐炕上，瞅着窗外槐树念叨：今年树叶都落得早了。

虞思趴着，一手托腮，也不知转什么心眼呢。老太太说头前儿我去药铺，想着给孩子抓几副胖大海，结果断货。

虞思说秋梨快下来了，到时候渍点，润肺。忽又一阵惨叫传来，老太太忽然揪住自己胸口，似悲似喜。虞思说咋地啦？老太太说闺女和娘连着心呢。虞思说嗐。老太太说这么下去也不是个事啊，前儿个我去街里拿弯儿，遇见几个寡妇，都跟我打听你们家厨子哪儿请的。虞思说再让她们蹦跶几天，等街坊四邻熬不住了，上门提意见，我自有接招儿。

又二日，大早起推不开门，门外跪一地街坊，说都有工作，都不容易，有早起挤奶的，有早起卖混浆凉粉的，有早起去城门换岗的，求放过。虞思说行，我知道了，明儿——明儿让你们大伙睡个美觉。卖凉粉的说别明儿啊，我们的工作是一辈子。虞思说一辈子，天天，睡好觉，我保证。

少靡腰酸腿断一觉醒来，发现虞思蹲席旁，若有所思看着他，一骨碌起来说哟，吵着您了。虞思说不是吵着我了，吵着大家了，你的事迹现而今全城家知户晓。少靡指墙上挂的毛毯，窗上堵的被货，说做隔音了。虞思摆手：给你两个选择，一是起床立马自个离开这儿；一是带上太太走，我有一个庄子，不大，有田一成，十个平方——里；城外有我一支队伍，人不多，五百，一个旅，我都送给你，算我们姑娘陪嫁，你好自为之，将来混得好，不用来谢我，混得不好，也不要再来找我，把我闺女全须全尾送回来就算对得起我。

下晚，一家子把几天剩菜折箩，装了一鼎，点上蜡烛做了个锅子，以水代酒，吃了顿杂合菜。虞思没喝就大了，说这回我们老姚家和你们公孙家扯平了。老太太说你说什么呢？少靡二姚就着跪姿对老两口三稽首，又互相拱了拱手——三人同时笑场：就算拜堂了。倒是老太太掉了两滴泪：这也太凑合了。大姚说嗐，我们又不是死去，还在乎这一天半顿的。

饭后，趁着月色，少靡套上牛车，拉上二姚，在城外会合由夏后遗民组成的一旅难民，连夜去了纶庄。

伯靡来到纶庄时，庄已经有点邑的意思了，环庄立版夯了土墙，墙外挖了土壕，进庄吊桥有民兵把守，盘问清楚来人姓甚名谁与庄内人关系所为何来——有人接，才放下吊桥。

当时少康还没把名儿改回来，还叫少靡，伯靡报上自己名字，还没说自己什么来路，守桥民兵就自作聪明说你是少靡他爹，轱辘咕噜把桥放下来，——请！少康闻讯赶到，伯靡倒不知怎么称呼了，只是和少康反复拥抱，说想死你了。

少康勒着他后脖颈子贴着他耳朵说你就说是我爸！没事，知道的都知道怎么回事，不知道就让他们不知道。然后松开手，倍儿脆地喊了声：老爸。伯靡咬牙提气，应了声：诶。

就这样，少康正经喊了伯靡几天爸，后来部队壮大，正式亮出旗号，拉出去开展运动战，少康恢复叫少康。伯靡主动找到少康说以后你甭管我叫爸了。少康说没打算以后再管你叫。因为当时很多战士真认为他们是父子，还有人就是冲着他们父子来的，怕新战士一时转不过弯来，再产生思想问题，这都能是假的，还有什么是真的，再疑到少康头上，又过渡了一下，叫了一阵伯父，父亲的兄长或者养父——父一辈，随你们猜吧。这时姜缗也来到部队，帮着一起运筹席轭，大家天天鳔在一起，见了伯靡也挺亲，当年差个几十岁挺显的，现在五十、九十放一块还挺般配，又引起一些不好的揣度，还是姜缗先发现了这个问题，从别人目光中感到不舒服，跟儿子说以后沾父的都别叫了，涨一辈远一房，叫爷叔。

自此天下皆知义军里有一员重将叫爷叔，伯靡的名字反倒无人提及，渐渐淡出人们八卦，都打成那样了后来，寒浞还年年托人给伯靡捎奶酪，送羊腿，当然都送有鬲国去了。

大反攻那年寒浞还捎口信，问伯靡他那儿能不能躲躲，不是寒浞本人要去，想把纯狐和他几个表妹表外甥女送去。伯靡知道这事刚吃完寒浞，一起分享的人里有个有鬲国世子，姥姥和伯靡母亲是亲姐儿俩，伯靡刚去就住他家，后来包裹什么的也都寄他们家，知道这事，当笑话说，还往你那儿送呢，不知道您就是爷叔。伯靡听后惚恍了，记不起刚才摁着寒浞砬他第一刀时，老姨夫抬眼看他没有，印象中一直耷拉着眼皮，任人宰割的样子。

伯靡旋踵去找纯狐，世室哪儿哪儿都趴着死人，想找个活口问都找不着，后来清点女尸，没有发现纯妃。有在世室掏粪多年老夏奴说好些年没见过纯妃了，听说早死了，寒浞后来一直单身，吃饭一个人吃，也没听说纯妃有后代。

伯靡又派人去鉏查看，去的人回来说吴刚死后，林子无人打理，路都没了，萝蒿厮缠，蛇蝎栖丫，进不去人。

5

后缗在伯靡指导下将《夏小正》分为歌本十筐，姜鄉随笔三筐。歌本十筐又分夏歌六筐，华歌四筐。伯靡向少康做汇报补充所谈一些看法及所举一些新材料，和少康对这些新材料的表态，经后缗记录作为《夏小正举要》七筐，块儿堆归于一隅，史称十七筐本。

十七筐本作为夏后国家档案一直保存在纶城少康世室。石渠阁馆藏颛顼文《夏大征》七十筐，记叙了黄帝到中康六帝四后十朝起居燕饮密室偶语内心独白，一般认为取材十七筐本，因其体例多为歌体，所言多韵文，史称《前夏书》。李鼻先生考证，作者伯靡。少康二年，伯靡死，故事毕于彼。

有商，伊尹修撰甲骨文版夏史，史称《后夏书》。其间前十朝轶事显见也援引了十七筐本，有些辞句就是照搬，可见十七筐本入商后还在。周武革命，帝辛自燔于鹿台，引发宫中大火，继而乱兵掳掠，十七筐本散佚，部分篇目流入民间，后被当作商周时代各国民歌收入伯常骞汇编《万邦风咏集》，只是编者不知，后人亦不知。春秋有人编《诗经》，再次散佚。

姜鄉本一直存放在姜鄉手里，后流入社会，传抄致残，即是我们今天看到《夏小正》，止四百余字，被认为是一本讲星象农时的农业技术书籍。

《夏大征》记载了伯靡和少康的一次谈话，从谈话内容看，应是

《举要》佚文。伯靡在谈话中着重谈了夷夏关系，这在当时是严峻的政治现实和社会问题。天下甫定，夏民中要求向夷人复仇的呼声强烈，民间多发仇恨犯罪和借驱夷侵财灭门案。东夷各邦诸侯迟迟不肯前来朝见少康，少康亦担心东方不靖，不敢复员军队，大量军队驻扎纶城，扰民且难以负担。伯靡说夷夏关系新伤在夷羿、寒浞，暗扣在虞舜，根子在百泉。舜的扣好解，夏未负他，他亦未负夏，发生过一些斗争，都是在上层，下面不知道，他统治时期，夷人以他为自豪，是得人心的，夏后氏实际也是他扶植起来的。

少康说是，我们家尽管宗禹祖颛顼，太庙还是给舜留了牌位，我就是他曾孙姑爷么。我这个曾老丈杆子，我以为可以作为氏族交好夏夷融合模范多褒扬，国史不要搞成征服史，多写共同经历，我就听说朕——应该怎么讲？祖丈杆子——商均，和丹朱感情很深。

伯靡说臣也这么想，夷僭夏有三，只有这次流了血，夷羿——臣三姨夫，人混点，还是和平代夏，最后也还政于夏，从大时间观看，斗是一时，和平相处是主流。

少康说能不能把姨夫写成知过痛改？伯靡说那也说不过去，把历史写成人格高下较量，有夸大人心力量，把历史道德化之嫌。少康说那您认为历史是怎么形成的？伯靡说有一种力，叫无序。

伯靡说这次整理国故，很大力量花在搞清揄罔下落上，这个人在东夷人民心中位置之高近于黄帝之于诸夏，百泉之后不知去向，拧了很多夷人，是那些仇夏、对夏不友好人士主要心结。少康说这你逮出来说话呀，这是你们家家事，你门儿清，我也很关心，你们家老爷子到底去哪儿了，瞅着您这么硬硬朗朗的，家族枝繁叶盛，我们家老爷子不能亏了他。

伯靡说我们家的事我也并非都门儿清，有几人能说清祖宗八百代怎么没的跟你们家似的，没被满门抄斩是肯定的，您讲话了，我硬硬朗朗蹲这儿呢，但广我一人拍胸脯子，出来说全瞧我了，我没事我们家老祖宗也没事——也没睡服力。

少康说是是，我就是一活例子，我没事，我们家其他人事儿大了去了，还逮靠证据。伯靡说证据，我带来了。

少康接过一块烂如渔网丝巾，放鼻子上闻了闻。说这什么呀，怎么一股脚丫子味儿？

伯靡说证据保管者——我夫人，拿它擦过脚。这是当年贵远祖一手缔造，贵烈祖曾经指挥的夏一师军旗，在百泉换旗仪式上与鄗天祖护佑旗手隗衢交换，隗衢同志珍藏至今。

少康说停，你是说没打起来？伯靡说打起来，有了伤亡，只怕扭脸成一家子也难。我夏军事法典《军礼 · 合军第七十》据说就出自百泉，依据真实历史拟就。其中写道：合军：勒兵，大观。首长歃盟。部伍易帜。这里讲的易帜就是换旗。这条丝巾别看它破，有味儿，传达的是一个重大且亲切的历史信息，百泉不是一个战场，是校场，一个大阅兵，大聚义、大欢乐的双赢大会。考查古代歌谣，“得其志说”最早见于夏歌《采葵》：采葵采葵，抽薪止沸；大叔在田，得妹之志。

这首歌出自冀州，演唱者冀州南午镇军寨村居民二组李大娘。据李大娘反映，她家祖上是军户，是我夏开国之初派驻滏阳河守河屯垦卒，家里现在贴的门神还是玄嚣，可能是隶属于夏一师地方武装。这首歌李大娘从小就会唱，是流传在滏阳河、子牙河一带的老情歌，内容是勾搭小姑娘，小时候大娘挎着篮子去野地剜野菜，家里大人都会说：小心大叔。一桩男女间情事，何以与炎帝黄帝扯上关系，产生嗯，文化挪用，据现有材料查证，最早改编出自我夏御用歌者，讴歌手，也是音乐世家，代代叫一个名的——夔。

上古始夔，著名鼓手兼石磬演奏家，皮厚如牛，拍打自己屁股焊大腿即能奏出撼山动岳之嚣张鼓乐，听似噼噼啪啪，暗中发射两万赫兹以上超声波，能摧人心智。涿鹿之战，蚩尤率蛮兵冲锋，我军动摇，黄帝命夔率臀而舞，一振五百里，再振三千八百里，塞上草木尽凋，军都太行一日变秃岭，虎熊茶迟，翱鹰直线坠岩，我军多老兵，蛮兵皆少年，闻声魂悸，有失禁者立地射精。蚩尤时年不足三十，亦大受其扰，脑子里老有一只鸽哨在绕，忍不住望天，夏戈近身仍引颈望天，遂受戮。这是黄帝军医岐伯现场观察到的，后来刀笔书刻在他开给一个伤员血府逐瘀汤方里，不知是开出来当药引子还是正聊着不过脑随手拿手术刀划拉的，这方子传下来了。之前，百泉大观夔也参加了，拍臀助兴，因其臀鼓有闻其声乐杀人之恶名，故又称刑乐，使方圆五百里百姓误解，以为百泉在杀人，遂有诛揄罔说。岐伯是在场之人，清楚是怎么回事，却在千古名方小柴胡汤里很不负责地加了一味“诛揄罔”，使患者茫然，寻来茱萸、渔网，与柴胡人参黄芩半夏甘草生姜红枣合煎服下，本来等着通便却造成便秘。善意之理解，可能是欲记讹传以正视听，未及训诂反给讹传做了背书，留下千古疑说——他为什么老拿药方练刀？

舜时那个夔六世——夔子，已不复再有其祖拊臀退百万军之威，一般值夜班。朝廷大院野营，夔子于火堆旁特悬石磬，击石敲更，犹今之敲梆子，一面唱偃歌助大家安眠，一面发声嚇阻野兽，超声波犹在，人已老，只有小胖被吵醒，夜行动物不能安静狩猎，纷纷走避，遂有百兽率舞之盛。

旷野银河下，熬夜的夔哼哼唧唧，守着火堆创作了很多颂歌。其中一首取境于《采葵》，准备用在下次岁祭大飨上献唱，这是他作为讴歌手另一项重要职守，岁岁要求有新歌，也是难为他了，上阕改动较大，尽是排场，“顿戈顿袯，百泉滚滚。千军蒐蒐，旄旆吹吹”。下阕窜叔妹为兄弟，“大叔效飞，仲叔效驰。载越载止，神夺其帜”。十分写实生动，大叔指揄罔，仲叔指轩辕，他二人才结拜为兄弟，于校场千军前表演旗舞，追逐腾越，席卷跟头，点到为止，舞蹈高潮是二人手中大旗在眼花缭乱中神易手。

夔为创作这首颂歌除广泛借鉴民间曲调，还对营中老同志和老同志家属进行了深入采访。当年参加过百泉大阅老战士都不在了，但是二世还有一些，他们讲述应该算第一耳闻，可靠性略低于第一手，当时旗怎么扛，人怎么立着，换旗时对走几步，先出左手还是先出右手，交换后是拢上还是展开，舞几下，说得都跟他们见过似的。

说起炎黄二帝谁年长一些，材料来自小胖。夔本来想当然认为黄帝是老大，年龄也应该大一些。小胖跟姨姥姥们学的夏歌这时用上了，有一首叫《哎呦喂》特别古老未遭雅阉透着山歌那股子糙劲儿和土腥味儿的夏歌唱道：哎呦喂，正月里公鸡拍翅膀，大晌午亲哥哥坐在姆炕上；二月里采芸剥豆实，大兄弟黑下钻入姆闺房……十月里大姑娘忙纳袄，我娃骨碌碌跌下床。哎呦喂，叫声行者哥，先别慌；叫声公孙弟，别急撤！也不要你赠羊汤，也不要你送毛孩儿，则个香喷喷、肥嘟嘟，掐出水的胖水滴老娘我自唧个养！

教胖胖唱这首歌的姨姥姥说，行者是揄罔得名前流浪时的旧称，公孙就不用说了，他们早年都在妫水两岸混过，跟同一个姑娘好过，这首歌就是那个姑娘传下来的，姑娘名字已经不知道了，志气在那儿摆着呢，都是我夏烈女。

姨姥说：怎么会打起来，当然打不起来，人和人就怕见面，又不是才成一家子，早就是一家子。

歌词交到当时的秩宗伯夷那里审查，伯夷皱着眉说大叔仲叔……这么叫好吗？我们当然知道指的是谁，百年之后尼，千年之后尼，难道歌唱前还要先解释一下么？夔说是我考虑不周到，没想到千年之后大家还特爱唱这歌，我想少了。于是就将歌词改成“揄罔效飞，轩辕效驰。”拿到舜那里试唱，舜听了皱眉，说直呼其名不大好吧，颂歌毕竟是庙堂曲，还是郑重些。于是改成“东帝飞飞，天子效驰。”这一改毛病出来了，效驰无乃可称追随，弟可为，天子不可为。于是又改“东帝飞飞，天子翩翩。”夔小心指出韵脚问题，舜说作歌最忌因辞害意。复云：严格说天子翩翩都涉轻浮，也与历史不符，当刻当场黄帝尚未遭公推，成就天下共主，还有一场涿鹿之战要打嘛，此时称天子亦不妥，二帝地位是平等的，炎帝为兄，似应更借重一些。复变辞为：东帝翩翩，西帝妥妥。遂定稿。

是夜银河如川，眠于旷野如眠海底，无霜自寒。小胖半梦半醒间，夔之清唱字字入脑，每一音化为画面，混淆为戏剧，人车驰骋，旌旗穿要，间有尘土、青山、长河，溃散乱军，他自己也混入败军，跟着跑了一夜，东躲西藏，甚是辛苦，早起尿床，留下目睹了一场战争、噩梦一场印象。

晚年成为植物人前，虞思侍奉汤水，眼见他糊涂怕他更糊涂，跟他瞎聊天，问他百泉大战您参加了？胖儿深沉点头，说战争不好，你们年轻人不懂，当年我没保护好炎帝，自己先降了，是我一生的痛啊！言罢大哭，一生惊惧、拧苦都借着这场哭宣泄出来。

虞思知道老头不容易，不知勾起了哪出，没当回事，下来对姚她妈说，羡慕将死之人，将来我临死，都别拦着我，我也要大哭一场。负责倒尿盆的李婶不懂这里的事，听了老爷子半句话头，出去倒尿盆站在公厕门口跟来解手的胡婶扯闲篇儿，说炎帝太冤了，都降了叫黄帝打死了。——加了自己发挥：话都说到这份上了，你给我们家留条根，哪么给你当奴伺候你倒屎盆呢，黄帝愣没答应，一挥手：斩！一大家子——九族啊，都头脚分家了。胡婶蹲着较劲，绞下一条，说昂，你怎么知道？知道李婶是个满嘴跑帆船的。李婶说我自然不知道，我们家老太爷说的，我胡说，他能胡说么？

胡婶爽过，抖开裙子站起来，说太坏了，杀猪还得留崽呢，夏人心咋这毒呢。脚后跟儿跟着一串嘟噜屁砸回家，看到老公端上来的混浆豆饭发愣，胡叔说还不快趁热吃，凉吃更放屁了。胡婶一推碗，说还特么吃什么吃，炎帝都让人害了！一仰身卧炕上，脸冲里吩吩的——生气；跟着大翻身，旱地划船，蹭到炕沿，一提鞋，出去了，自此炎帝死于百泉说又多一源头。

舜以前，尧之时，至少在朝廷大院，老人口中并无百泉战说，皆曰百泉观，百泉比，百泉蒐。战说始见于尧卫队营跑操时喊的一首队列歌曲，伯靡说我怎么知道的？因为我三姨夫当过卫队司衡，回家老哼。歌词大意：百泉大比，我师蹲蹲。百泉大观，我师衮衮。蛮牛斗角，我车覆耘。元戎载旃，干矢如霖。六师齐拜：天子万年。一二三四云云。一派校场纵兵沙土飞扬的场面。少康说并没有见到“战”字。伯靡说有“斗”，斗战同源，一音之转，我外婆家有鬲国那些舅舅，斗鸡的鸡，叫作战鸡；斗之优胜者，叫作战将。少康说可以这样是吧？伯靡说并不觉得牵强。少康说好吧。

尧这个卫队营，底子是黄帝亲卫三师老部队。涿鹿战后，天下罢兵，黄帝裁撤有熊国全国军队，只留下三师三个营，一个留在清苑给出任总善后的颛顼作国之禁卫，其余两个带上，去看看——拿脚丈量一下，朕的天下有多大。

黄帝没走出多远，就在清苑接壁儿徐水遭到一帮新起的赤膊露嘚儿蹲野地喝羊油小米粥的流民犯照儿，黄帝挥兵驱逐他们，孰料草中立起更多肩扛抛石器裸汉冲上来搏斗。流民像天上的蜂鸟越打越多，黄帝不得已退守锅盔山，派人突围回清苑调兵，放信鸽传符天下勤王。颛顼派出手下那个营，还紧急召回一些跑运输、开镖局复员军人拿起弓矢驱车驰往。北方诸侯陈锋部、娵訾部也相继派出骆驼骑兵。儿路车骑在草原上掀起漫天脏土，荤粥见烟儿撤了。

黄帝在锅盔山与诸侯合符相庆，再次确认大家还认他是老大，听了兄弟们的劝，在涿鹿韭菜梁山背风山脚将歇了一些日子。看到营盘一天天摊大，军兵把营伎娶作媳妇，怀了孩子过上日子。天下又将这里视为贸易中心，各国粟麻牛羊药材宝石香料络绎不绝往这里运输，叫卖声经日贯耳，眼见依山起了连片贫民区和销金窟，深恐为世所累，一夜之间拔营走人，把各国商贩都晾那儿了，很快遭到荤粥洗劫。

黄帝这次是向东，去看海，越军都，入寒水，过通舟角见芦蒿逾顶，桑榆合抱，想起少时与女嫘携手来此观潮，觑见一地狼藉，问女票介尼玛是海？介尼玛不海底么？女嫘说：尼啦见过海底，也就知道桑田了。如今老妻已逝，桑林阴阴，在老龙头，黄帝面海而泣，作歌曰：阿阿浪下鸥，夭夭天外鹤。斯谓得天下，鸣禽振远翮。遂生出离心，起意飞升。

时，还有一阕传世：爻爻海上风，度丢云中阁。人生天地间，忽如远行客。我惊问：这、这是黄帝所作？东方朔说是。我说可是……东方朔说可是被一个来长安逛街游客托言宛洛无耻冒用了。游客诗说尽繁华，植入此二超逸句，可谓生愣，我为黄帝叫屈。我勒个去！我说，谁说黄帝一生缄默，看来话都让人抢了去了。东子说黄帝话挺多的。

当年派去增援黄帝那个营，黄帝去时并未放其归建，颛顼另在清苑招募失业军人与老三师留守处成立了一个新的营，不再沿用三师番号，正式更名：帝卒一营。首任司衡，艾姐五世祖，饕餮他爸云勃孤梨，资格很老，原是女累氏支部戎人，公孙和亲女嫘当陪嫁参加的队伍，跟黄帝打旱婚氏，入海生擒女婚回岸，立首功，擢拔亲兵，后又下部队当伍长，一师二师三师都干过，一级一级升上来，干到营主官。百泉之战又日行三百里，往返千里，为部队运回救命大批给养，再立大功。战后加授缙云衔，许戴赤雉翎。舟毛毛谁也不服，见到老云乖得像只兔子。云老本来在部队还能升得更高，打涿鹿率队冲锋崩瞎一只眼，转业到地方当了地主。这次颛顼找他，二话没说，扔下二百垧地三百只羊又戴上熊皮帽子。也只有这样的老资格，才能镇住这帮兵油子。一营老兵来自夏军各部队，共同的经历是参加过百泉大比，老聊。云老就委托当时与夔齐名另一位讴歌手，作曲家、骨笛演奏家伶伦先生谱写了这首战士歌曲《百泉》，以兹增强荣誉感。

这个营——帝卒一营，后来作为中央警跸营跟着颛顼跑遍天下，打听黄帝下落。至岫岩，在骆驼砬子山遇息慎夷，役犬牧猪，说未见到姓黄的老头，与之盟，得弓玉归。至交趾，遇骆越蛮，与女同川浴，说来过又走了，留下一支黄氏，在此称王。与黄氏见，生番也。赠衣冠，得玳瑁翠毛归。至毛乌素沙地，遇析支戎，女主部落，与夏先民貌类，乌发褐瞳皙肤，言古夏语，围兽皮，食羊酪，逐水草而居；说见过一老头，自称曾富有天下，一个人长日枯坐沙丘冥想，不进饮食，一日飓风，地形大改，人没影儿了，只一领粗麻衲衣砂埋半截，析支人认为老神仙升天了，驱邪后，葬衲衣于子午岭小桥山。颛顼说你们还能找着葬衣之地么？析支女说应该行。引颛顼及一营至小桥山，指指山脚指指山坡，一营大力发掘几贯山顶，终无获。析支女说可能布化了。颛顼狂叫一声：呢呕！遂命云勃孤梨垫土为丘，曰：轩辕丘。祭曰：您就让我们俗一回吧。

女主携部落少女献羊酪奶酒于轩辕丘，对颛顼说：请让我安慰你，她们安慰他们。颛顼悲许，仰而受之。云老遂命一营集体大受。日后女主得一女，名罂；罂生婴；婴生婪；婪生要；要生脩；脩生了儿子，叫大业。大业生大费，是舜时的人，跟着禹开通嶓冢山导漾水入汉水汇苍浪有功，舜记功颁禹黑陨石，禹说这事还真不全是我一人干的，我朋友大费也出了一把子力，想给大费讨个封赏。舜说大费，你孩子将来一定有出息。娥皇说：你也不能光拿话儿填糊人呀。

舜郑重授大费黑旗飘带。娥皇看不下去了，说这么招吧，你弟弟那表侄儿生那闺女春儿不是有点跛么，嫁大费得了。

舜说：可。大费曰：诺。从此不再去工地，在行辕后厨当饲养员，喂养专供食堂食用野生动物。大费也不知身上哪来那么一股煞气，刚捕捉回来愤怒鹰虎豺豹一见他都蔫了，贴耳伏地，耷羽待宰。随营巫师去看了一眼，回来说可了不得，这是柏翳之气，千年古柏树荫下积攒的阴气，日后子孙会出大杀戮者。舜听后批评巫师：别宣传迷信。对大费说不要惊慌，我给你改命，破一下你的阴气，遂赐姓：嬴。

颛顼在小桥山祭奠了黄帝，归途中走到黄河渡，在一营士卒鼓噪下，践帝位，改国号高阳。这一年是公元前2294年，丁未年，距公孙清苑称帝过去整百年。颛顼陟于何时何地云老也说不清，只记得是在一片丘陵上，春天，远处有山新黛，近处有河，有野鹿伏岸饮水。颛顼说我这辈子净瞎走路了，没活明白，告诉后来那个帝，我去过的地方别去了。

云勃孤梨拍着昏过去的颛顼喊：我们也不明白，我们还没您明白呢。颛顼醒过来说：我没跟你们比。说完就陟了。

这一年空气道方士术器洛水获龟，龟背有符书：天授帝术器。遂煽惑亳地饥饿奴工执斫、执针、织纴作乱，攻打使他们做工不给他们吃饱的各处贵族庄园。辛侯扑灭了他们。公元前2216年，乙丑年，辛侯在亳地即帝位，是谓帝喾。

帝喾改国号高辛，只通知了一营，使他们跟着改叫高辛国老一营。外地野民见到帝喾，还叫他黄帝。云老向帝喾转达了颛顼遗愿。帝喾说行吧，我对看风景也没大兴趣，我到这个世上也不是为了看一圈地表，逛天下逛傻了的我也见过，心里不开窍到哪儿都开不了窍，大面儿上转转得了。云老也老了，腿脚不好使，多年野外生活使他浑身哪儿都疼，没事老逮拿拳捆哒捆哒，上次所都蹲不下去，解大手逮俩人举着，行军半躺在牛车上，走头一个，看见山水眼熟就叫车停下，挣巴着对帝喾说别往前走了，这地方我们来过。大队就往那更野、没人迹地方转向。

帝喾在位六十三年，野外露营受熊袭胸猝陟。仓促即位的帝挚从此对旅行产生恐惧，带队走到一个无人知晓山谷，命一营收起天子旌旗，在山谷两端放上哨，吩咐谁都不让进，诸侯来了也不让进，就说我不在，我下南洋了，给你们放假放这儿了，你们也都换上便衣，遇上老百姓就说你们是匪。

云勃孤梨说没问题，我们就不让人知道这儿有人，碰上采药放羊的直接灭口。帝挚带领一营在山旮栏开荒，一心栽培杂交黍，他选育种子不求产量，只求皮实、旱不死，没人浇水也能疯长，实际是向狗尾草退化，但是优势物种，几场雨过后就闹哄哄长到山顶上，把本地草都挤黄了。战士们出去射猎，也能吃上狍子肉熬小米粥。帝挚说这比咱们平时吃得差很多么？我看差毬不多，噢，就许他们隐不许天子隐啊，我还就隐了。云老说支持您，为什么当天子啊，就是想不干什么就不干什么。战士们说噢，这就叫隐啊，我们还当什么呢，就是躲起来自己过日子，这也叫事？我们原来也天天隐。

有小地方君子，听说天子隐了，不答应，背着菜籽油焊腊肉苦苦找了几年，意外撞进山谷，跪献哈喇了的菜油和长膜的腊肉，本想进几句忠言，大伙还是挺需要您的什么的，打着赤膊的帝挚收下礼物对君子说不好意思骗你了，我不是天子，我是强盗！君子一溜烟颠儿了，回到家乡说打眼了。

山谷也不知属于哪一个小邦，有一年来了一小队发型奇特重髻袒身官兵歌舞击鼓，进山剿匪，被裸体一营击退。官兵小队长还躲在一棵树后，探出半坨脸试图招抚他们，喊：你们要降，许你们转官兵。一支箭噗——，插他云髻上，剃秃一趟线，开出一血槽。

云勃孤梨躺着指挥完战斗，彻底爬不起来了，从黄帝到帝挚，三百多年过去了，他再坐起来，是无天理。反正也是多年裸体，弟兄们就把他安置于山坡黍子田，想吃吃，想拉拉。帝挚去看他，云老说您别过来，我这味儿大，咱们远远的说话。帝挚说嗐，谁嫌弃谁呀，我这身上味儿也不小。

云老说幸亏你把我们带出来了，这要还在城里，我这病逮多折腾人啊，他们逮对我多不好啊。帝挚说我来看你，主要想听听你还有什么遗言，将来万一碰上你孩子，总逮跟他说点什么，好像你没白死似的。云老说我前前后后跟了这么多帝，要说觉寤一点没提高，我自己都不信，身不由己这件事我是想明白了，你们到日子也逮死，我还有什么好说的，我想死，死了。说完一歪头，蹬腿，滋出一泡稀屎，安了。

又几年，帝挚也得了农民常见病——死得快。正耪着地，一头栽地上，只有出气儿没有进的气儿，正在旁边耪地的战士赶过来，想急救他，帝挚说都离我远点，让我自己度过自己最后的时光，我抛弃家人天下跑到这儿来了，不是为了临死被你们这帮人围着。战士们退开，该干活干活，该喝粥喝粥，一边支起耳朵听，就听帝挚一个人躺在沉甸甸谷穗下捯气，喃喃自语：原来是这么回事，原来是这么回事啊……嘀咕了一夜，第二天早上去看，人已经凉了，遍体露水。战士们把他深埋在那片谷子地，唱起战士们集体作词新营歌：你辛劳一生，如今埋入黄土，就像你从未出生……

帝挚在位九年，天下莫知，遂有击壤歌。

公元前 2145 年，丙子年，唐尧即位，改国号陶唐。唐尧派羲和二老去帝挚谷，宣老一营出山。老一营收割了当年谷子，扬了场，杀了满圈猪——鸡闻讯都飞到山上去了，没逮着几只，满满登登垛在大漆剥落文绘依稀天子云车上，叫这些年掠来的各族妇女洗了脸，领上大大小小的孩子，也坐上驴车，自己们登上擦了獾油的皮甲，扛起新磨亮的戈，步行打着天子红旗，浩浩荡荡开向唐尧临时驻节的孙河。

沿途百姓从破草房出来观看，老人感叹：多年未见天子威仪了。热心的穷娘儿们拿出竹篮盛的粗麦饼和瓦罐装的酸浆汤犒劳部队，战士们嚼着肥猪肉伸出油手拒绝：不需要！

唐尧在孙河滩接见了老一营，说你们这些年日子过得恣儿啊。老一营丁匡五四连人带戈趴了一河滩。唐尧说回来了，就要像个部队的样子，把性子收收，家属都送到家属院，兵回营房。介绍穷羿给他们认识，说这是你们的新司衡。

穷羿站到队前按着径路说：明天鸡叫头遍起来跑操，到时候我会带着狗拿着皮鞭挨个叫你们起床。

陶唐一朝，时间也长，老一营人员几次调整，在编人头始终保持在建营之初二百五十员——不含奴隶、营伎和随军调遣的百工——都是老泡儿，世职世守，缺一补一，如饕餮，根据云老贡献，补入一营做司务长，开除军籍后，又补进来舜弟姚象太太一个远房表侄儿当伙夫，还是在后勤。

公元前 1989 年，壬子年，我夏立。老一营依旧是天下第一营，帝禹走到哪儿都带着，参加过多次抗洪，几次水淹到下嘴唇，禹没走，部队一动不动。太康朝，夷羿做了司衡，扩编帝卒，增设两营夷兵。洛水之变，一营睡梦中被二营三营缴了械，官兵遭到遣返。

6

起初，成汤灭夏后进入夏旧都纶城，在世室几口废井起获夏后大量陶档，其中有《夏大征》，成汤不识字，命伊尹制象文，�甲刿骨，全部雕译过来，自己边扫盲边看，尝到了识字的快活，说这可比一天到晚广打听人怎么想的省事多了。这种新发明的文字以第一代商侯契命名，曰契文。

成汤夜读前人之想之为，越读越怕，整年睡不好觉，对伊尹说：禹力能移山，智能引河，却有太康、桀那样的子孙，承受不起这份尊贵，闹到最后连普通人日子都过不成，朕每想到这些就睡意全无，不知道取天下这件事是福还是祸及子孙大难的开始，将欲取之必先与之是不是说我呢？

伊尹说：是说所有得到一点东西就不肯吐出来，就认为自己是所有者的人。《神的花》说：人啊，你这过客，这世上没有一样东西属于你，凡你吸进去的，我都要你呼出来；凡你吃下去的，我都要你排出来；你在这里所得的，便是你在那里所付的。君上取天下，或曰天下与君上，取之与之都不是君上你的私物，只是从君上手上过一圈，总要子孙在将来如数付出，或曰被取，谁赶上谁倒霉。

成汤烦得满地走柳，搓着手说那可怎么好？得天下得出雷来了，你替我想个办法，如果我现在就放弃和将来子孙被取有什么区别？伊尹说区别就在于君上得天下大不易，放弃亦大不甘心。子孙生而有之，被取，不甘心也许没有君上彻骨。成汤仰脸想了一会儿，说我也不能全信你说的话，把雷转给别人扛——譬如你，是不是也不道德？伊尹说……是。

成汤说我决定了，把问题留给子孙，请你把夏后的教训雕刻出来，使我子孙以夏为鉴，将被取的日子推得越远越好。

伊尹说君上的毛病和一般人一样，以为自己全做到了，事儿就能躲过去。成汤说是是，我是有那么股明知戏不大强努之的愣劲儿。伊尹说那叫盲目。

回到亳城，伊尹聘请司天通司地灵二老出任历史顾问，力邀我商几个能文近臣仲伯、义伯、伯飑分别担任五帝纪、夏纪、后羿寒浞纪主刀，准备在《夏大征》基础上撰刻全夏书。从我商这三位文臣的名字看，长子继承已在商社会广泛施行，各行各业都是老大在挑班做事。

仲伯，长枞先生祖，长兄夭折，父母就胡乱给起了这么个本是老二又沾老大的名字。家族本是庶民，祖祖辈辈在黄河上钓龟，龟板卖给各神社巫师占卜，龟肉卖给病人滋补，黄河龟灭绝有他们家一份功劳。仲伯从小帮家里干活，往神社送龟板，天天接触卜人，渐渐认得卜辞——就当玩么。伊尹在卜辞图符基础上创建甲骨文，仲伯遂成我商第一代识字人——和贞人大大们一拨。成汤灭夏，起获了夏四百七十年积累财宝，需要清点造册，仲伯受到伊尹推荐，得到这份工作。工作完成得很好，有鉴宝名册《典宝》传世，受到成汤赏识，任命为守藏史，加爵卿士，封于长地，成为吕尚之前因钓改变命运第一人。后复建图书馆，招募因世变失业落魄街头给人看相老李家色字辈的几位先生，使中华文脉一强枝得以续涓。故李家人见长家人，不论是否受教，皆以师称。此次伊尹修夏书，第一个想到的就是他。

伊尹召集司天通司地灵二老及仲伯义伯伯虺三大臣及李红李白李黑李青李黄诸子在纶城举行夏书体例讨论会。这时派去收集文物的人又从斟寻、阳城遭到焚毁的世室废墟和老百姓家鸡窝猪圈发掘搜罗来大批铸有浮雕的素陶片，几乎囊括了有夏以来所有古文字：黄帝云书、颛顼鸟书、帝喾仙人形书、唐虞时代变形文、禹篆什么的。材料十分丰富。

经五李整理复原，其中不乏夏歌、卜辞、谕令以及大量军队文书。尤为珍贵的是还有一些夏初开国名臣自述，或曰回忆录。石渠阁、骑裆楼所藏风后回忆文、玄嚣回忆文、蟜极密件、夏军法典什么的都来自那批文物。

伊尹在会上定了个调子：还是以帝为轴，讲事件，材料不怕多，关联人物只要有记述都可以上。伯靡作夏书，本是局中人作给局中人看，所言多涉亲好尊长，有畏惮，有好恶，我们不管那些，我们没什么好顾忌的，伯靡弃之不用、不方便用的，我们用！不避贤讳，不下断语，不怕前后冲牾，左手打右脸，任后人自去泥中澄金。此三不原则，后之治史者——司马氏诸子，称泥沙俱下体；亦称浪笔。

会上确立了纪、传、世家、实录四种体例，实录即口述。时，去夏不远，五帝子嗣凋零，尚有余泽可察。各大名门虽已中落，不肖孙尚在，大事件找当事人苗裔还找得到，也还愿意谈，比马迁访古时条件要好。伊尹很重视这一类家属采访，要求作者动笔前一定要亲眼见一下每位传主嫡亲子孙，他们讲什么倒不重要，重要的是从这些血亲后裔身上观察传主本来性情音貌。伊尹说凡历史名人到我们听说时都被打点过了，每一选择集中于道德选择，每每左右人行为的人格特质隐而不彰，了解人很重要，了解人的局限很重要，至少可为我们理解为什么这许多倒霉偏偏叫他赶上添一注脚。伊尹说太多事件其实并无深层原因，开始也许有过审慎权衡，发生之后则全然是见招拆招。三分反对把人都设定为理性的人，那样会加重历史可以设计且有方向错觉。

后夏书写作并不顺利，前期采访工作尚未全部结束，成汤二十九年亳地爆发霍乱（李鼻约按：成汤十八年商立，汤践帝位，故有帝位十一年），井水受到污染，成汤在祭祀时吃了井水拔过的瓜，当夜上吐下泻，陟于白宫。（李鼻约按：商尚白，帝宫皆粉墙白茅，门楹柱窗刷白灰，阶砌石英，故曰白宫。）

世子太丁也参加了祭祀，吃了瓜，伊尹赶去报告成汤陟的消息，发现世子也在痛泻，太丁坐在恭桶上听完伊尹报告，没提裙子就薨了。伊尹不知道是卫生问题，以为遭了天谴，下令国中斋戒，向神社献生人祭。太丁弟外丙瓜都切了，因为斋令到达没有吃，任瓜娄了，这一年乙亥，立为帝。

成汤大殓，姬妾未得子者皆从殉。伊尹也张罗着率百官一起殉，为帝外丙啼哭所止，说你们都殉了我怎么办？伊尹悲痛情绪不能缓解，说都是女的随陟，先帝到地下连个扛盾的人都没有，遇到夏桀怎么办？于是帝外丙许大臣中与先帝感情格外深厚一二者随陟，群臣推举了仲伯，仲伯回家就上吊了。伊尹去哭了他一场，与仲伯子长梃谈话，希望他到五帝纪写作组工作，克承乃父未竟之功。长梃说不能胜任那样伟大的工作，但是你们下回需要人随陟，我愿意。

伊尹说这样的荣誉怎么可能回回都落到你家，别人会有意见的，你放心。坚持将编撰五帝纪的工作交由长梃拿总。

长梃借口寻访黄帝二十五子中未得姓十一子下落，离开亳城滞蓟地不归，五帝纪编撰工作实际陷入停顿。李青将收集到的很多材料偷偷拿自己家里去，伊尹下令他交回，打了他的板子。

帝外丙二年，亳地爆发天花，外丙宠爱的姬回家探望染时疫垂死老娘，老娘对着她脸呼出最后一口气，姬回宫就感到嗓子疼，当夜和外丙办事，喘得不行，三天后，俩人都出了水痘。伊尹下令隔离他们，将爱姬连人带铺盖都烧了。

七日后外丙陟。外丙的姬都自觉上吊了。朝臣推举义伯代表大家随陟，义伯当着大家就上吊了。丁丑日，伊尹在太庙立外丙弟中壬为帝，大赦天下，禁止未出水痘者担任公职。

伊尹去义伯家道喜，一敲门出来的是不认识的人。伊尹说不对呀，我来过，吃过好几次饭，这不是故义伯先生府上么？人说不知道原来住的是谁，我们也是通过中介找的房子。

邻居有认识伊尹的出来说，义伯家人在他殉国后连夜搬走了，好多家具都没要。伊尹说跑什么呀，好好的你跑什么，这不是坑人么？于是自己负担起夏纪和五帝纪主刀工作。

伊尹找伯虒谈话，问你现在有什么想法。伯虒说我就希望帝身体好，你也好，大家都好。伊尹说可以向你透露一个机密，这次事先请名老巫医把过脉，身体倍儿棒！

话虽这么说，心里还是不踏实，伊尹住进白宫，每日亲自监理帝饮食，九鼎八簋端上来，自己先挨个吃一遍，等一个时辰，没倒下，才允许中壬动箸。中壬喝的水，每一罍伊尹都先喝一口，等半个时辰，没倒下，才允许中壬进饮。所以中壬每次喝水都拖很长时间，一个午饭都要吃到夜里，养成估计中午会渴早上就叫水和吃凉菜的习惯。也发生过太庙大飨群臣向帝敬酒，伊尹应接不暇喝倒下，寺人以为酒不干净，按流程立即将敬酒者拿下强制帝洗胃的事故。

中壬身边的姬、膳夫、扫工、拭工，也要定期检查身体，早餐必须喝板蓝根，午后喝柴胡汤，发现咳嗽脸潮红者立即送巫隔离，七日不愈者鸩。

中壬幸姬，伊尹就在外屋等着，姬出来不能走，送到指定地点隔离，三日后中壬无恙，才予释回。这三日中壬也必须自己呆着，故中壬性生活十分规律，有夜间挠墙现象。

这一系列措施应该说有效。中壬二年，亳地爆发细菌性痢疾，宫里膳夫感染时疫仍坚持工作，不洗手为帝制作冷荤，伊尹吃下，不到半个时辰肚子就咕咕叫，剧痛无比，捂着肚子往茅房飞奔，还是拉在了路上。中壬看到菜上来，知道吃还且呢，靠墙随便打了个盹，醒来菜已经全撤了，当天在厨房工作的膳人、高催都被灭族，尸体焚烧撒石灰深埋。

伊尹养病仍不离白宫，躺在外屋哼哼哟哟，中壬过了一个斋月。

中壬三年爆发流感，中壬姬群中发现一个流鼻涕的，全体赐死，换了一拨新人。中壬还没跟新人搞熟，又爆发流脑，新人中有一人发热烦躁，全体赐死，又换了拨新人。这次不要求德貌，只要求小时候得过各种传染病挺过来有免疫力者，考核过程很严苛，病人做饭给她们吃，服务员也都是呼吸道传染病患者，雀屏中选者皆健妇，麻子，中壬拒绝性交。

中壬四年，帝中壬午睡醒早了，发现外屋安静，立即爬起来上吊自尽了。伊尹好容易得空跑到白宫对过写作组办公寮过问一下夏书进展情况，和大家聊聊创作思路，放松一下，回到白宫，发现院里静悄悄，平时拴着的马牛走出棚厩在院里溜达舔墙，应该守在门口的寺人宫女不见踪影，推门一看，挂了一屋子人。伊尹喊人，无人应。推开寺人歇班住的茅寮，挂着一寮人。跑到后庭挨门推开姬居住的寮，每间挂着两个人——姬和她贴身丫鬟。大中午的，一转眼，整个白宫都挂梁上了。伊尹拧巴了，跑到宫门口疯狂振铎。蹲在阴凉处看蚂蚁搬家的戈卫起身跑过来问咋地了？伊尹指着宫内问刚才发生了什么？戈卫说并没有发生什么，只是看到院子有人扎堆嘀嘀咕咕，然后都拿剪子去牛棚剪绳子，还有人到门口跟我借腰带。伊尹说你被灭族了，快去通知你的家人吧。

帝中壬陟，随陟人群是我商史上第二多，迁鼎商邑以来最多。《殷书》记曰：中阙为之一空。原先给帝中壬设计的陪葬坑摞着也码不下，又在旁边挖了一个万人坑。（李鼻约按：第一多发生在夏后荒三十三年，七世商侯子振迁都于殷，视察新夯筑城墙，城墙塌，子振薨，随行百官一起遭到活埋。八世商侯子亥捉拿所有参与筑城工匠，令他们全体随薨。《殷书》记曰：殷地十年不闻婴啼。三十年后子亥到有易国去访问，在那里乱搞男女关系，被有易国君绵臣杀害。九世商侯子微要为父报仇，国中男子竟编不出一支完整军队，只得向其祖父子冥老同事河伯借兵，河伯将当年在子冥手下工作过对子冥有感情的老河工编成一支部队交给子微，又对河工军训了四年，才一举灭了有易国。）

伯虺乘坐牛车，身穿麻衣，脖系白帛，招摇过市，到伊尹府邸求见，说我准备好了，可以立即在你们家门框上殉国。

伊尹说再议，再议，这次随陟人数之众，史无前例，宫里这两天连个扫地的人都没有，日常运营不能维持，是不是还要各部门再出人，我要听听大家意见。扭脸召集群臣开会，群臣认为她们是她们，咱们是咱们，还是应该考虑出一位有代表性、大家都服气的人物随陟。然后大家都把目光投向伊尹。伊尹说明白大家意思了，只是新帝未立，我还不能够毫无愧疚地去见地下诸帝，请大家再容我几天，把该办的事办完，关于谁更有资格随陟也应该听取新帝的意见。

时，成汤子辈已无人，新帝人选毫无争议该着长房长孙，太丁大子太甲。十二月乙丑，伊尹在祖庙祭告成汤，引导王位继承人太甲恭敬地拜见他的祖先，当着百官和诸侯的面教训了太甲，这篇训话被李青记录下来，是为《伊训》。辛巳日，太甲即位，改年号太甲元祀。

伊尹征求太甲意见：现在您刚即位，朝中好多关系还没理顺，一些属吏因为跟您不熟，该办的事拖着不办，东夷那边也有不稳迹象，今年朝贡的干贝和海带迟迟不肯送来，黄河上艄公报告，入夏以来已经几次看到鬼方战马在河滩饮水，河北老百姓担心今年夏粮无法入仓，你认为我应该随陟么？

太甲曰：可。伊尹说好吧，那我回去准备准备，洗个澡，就此跟君上道别了。太甲说见到叔叔大爷替我问好。

伊尹回家撕了身上袍子搓成绳扔过梁，蹬着趴地上的奴小刚把下巴搁绳套里，夫人冲进来一脚踏平奴小，伊尹掉下来摔在地上。一帮爱妾冲进来扯着伊尹胳膊哭闹：你净顾你自己，你走了，我们是不是还得殉你呀？伊尹痛斥这帮妇女：你们特么的只想顾全自己小命，全无大义观！妇女们说不管！我们就要活下去，还要你跟我们一起活下去。夫人说别跟他废话，先摆他捆上。伊尹喊人，伊尹大子伊云按剑入。

伊尹说：立刻把你妈和这帮女的宰了。伊云说禀告父亲大人，我已发动家臣解除了帝卒戈卫武装，封闭了宫门，并以大人的名义在亳城实行戒严。伊尹说魂淡！伊云朝母亲点点头，说把老头嘴堵上。转身出去。伊尹告饶说我不骂人了。夫人把脱下的袜袋又套大脚上。

当日，亳城街头爆发几起小规模巷战。伊云带人挨家挨户看望群臣，征求他们对形势的意见，开国老臣汝鸠率领家将突然杀出，与伊云在胡同里展开对射，伊云把他们射回去，围困在家里。另一位开国老臣汝房家中正在举行婚礼，宾客吃着一半放下碗筷，拿起弓箭全体上房，蹿房越脊杀奔伊尹家宅院而来。伊云上房阻击他们，互射中有长矢掉落中庭，插在正在盛开的罂粟花池里。入夜，伊尹中子伊奋指挥的河防军到达亳城郊外，与前来勤王的韦伯、彭伯部队进行交战，击败了他们，之后全军入城。

伊奋进宅向母亲报到后去看望父亲，伊尹正在炕上喝汤，手绑在后面由爱妾喂食，拒绝张嘴爱妾就捏他鼻子。

伊奋喝令小妈解开父亲手脚。伊尹说别碰我！解开我就成你们一伙的了。伊奋向父亲报告，刚才我奉父亲大人命令和兄长一起进宫面见君上，君上表示十分爱惜父亲大人才能，不能答应父亲大人随陟请求，如果父亲大人坚持随陟就是违抗君上的命令。另外君上也表达了高贵的谦逊，说自己年轻，确实没想到领导天下是那样艰难的一个使命，非常愿意有个机会再学习，多充实一下自己，再来履行天子职责，恳请父亲大人不要放弃他，不避毁谤，受累代为主持几日国政，这会儿兄长正在陪同君上前往桐邑的路上。

伊尹长叹：你们是逼着我做夷羿啊。遂令爱妾解开绳索，抬手给爱妾一个嘴巴，揉着手腕说：妈拉个巴子老子血脉都不流通了。爱妾搀扶着他下炕，说慢点，小心腿麻。伊尹在地下站稳后指着几个爱妾说：你、你、还有你，都被灭族了，快去通知你们的家人吧。

伊尹没有进白宫，而是住进白宫马路对过那排钉着“夏书寮”榆木牌子的草房，把这里当作他摄政办公地。写作组放下手头工作，仓忙为他起草各种文书制令。伊尹命五李以“伊尹无私惟德是辅”破题各自创作一篇文章，以便把真实的他和太甲告诉后人。

李青交得最快，写得最曲折，有乱将自己代入谋于史上窃据一地之嫌，未受采用。李红写的叫《咸有一德》，李白李黄李黑写的都叫《太甲》，为区隔计，分别以上中下名之。

李红写的《咸有一德》和李白的《太甲中》因为想象了伊尹还政于太甲的场面，受到伊尹喜爱，自己收藏起来，并亲自动刀添了一笔沉痛心声：天作孽，犹可违；自作孽，不可逭。伊云说这不是咒自己呢嘛。伊尹说你们可害苦我了！

伊尹还修改了《太甲上》《太甲下》，减文学，省情节，把自己真那么以为的天道观、义理观以及对君德的期冀和对成汤的怀念摆进去，命铎人摇着铃走街串巷宣讲，以昭己心，纾民惑，止巷议。下阳书称这一年是伊尹元年，凿凿有言：伊尹代商。

《殷书》称这一事件为“随陟之变”，记曰：伊尹放太甲于桑林之社，乃自立。七年，王潜出自桐，杀伊尹。天大雾三日。（李鼻约按：桐，桐邑；亳东七十里，商故地，商社所在，有桑林和契当年初封于此开荒辟建土庙。后商立，负责照看商社的祭司和守护桑林的宗室支嗣聚落成邑，屯土为墉，竖桐木为门，北开，曰桐邑。王居于中，曰桐宫。）

太甲在桐宫得了抑郁症，不思饮食，每日穿着丧服，祷于桑林，人一天天消瘦下去。负责陪伴看管他的伊云每天变着花样给他熬粥制羹，带着他在桑林里散步、粘鸟。夜里太甲失眠，侍寝的姬睡得死去活来，踹都不醒，也是伊云一宿一宿陪他熬着。他们俩原先也是朋友，不能说不熟，伊云大太甲二十几岁，在太甲眼里一直是老大哥。太甲小时候独门独院住在城里，有时一人出去玩会受到胡同里市民孩子的欺负，截他搜兜，也不敢告他爹，太丁那时候忙着演太子，正经还来不及，都是伊云罩着他，带家奴去抄那些野孩子家，打杀他们的父母。太甲第一次性体验还是伊云把当时自己一个小女友发给他，带他入的道。俩人从儿时趣事聊到少年淫窦初开和成年的乱把漆凿，从友辈遭际聊到父辈作为，历代执政者得失，上古人物评价，聊到国事，聊到今天，都抑郁了。伊云说不管怎么样，我爸比我大三十多，比你大近一甲子，你总活得过他吧。

太甲说我真没那心了，我爸原来老跟我说，没事比有事强，我一直不懂，住到这里才明白，我为什么要再给自己找事呢？伊云说不许你这么消极，到时候你要往后哨，我会亲手拿剑督着你回去。于是太甲每天在桑林祷告，祈求上苍让伊尹长命百岁，使自己有机会终老桑林。伊云和他并跪祝祷，祈求上苍宽恕伊尹的罪过，使自己能活着看到太甲弟弟复位。太甲说：上苍听到咱俩祷告也会错乱的。

伊尹七年夏，雨连绵，后酷暑。亳城阳沟滋生大量螺蛳，亳城士女竞取生食，以为佳味，全城爆发甲肝。伊尹姬妾皆少，贪食螺蛳，急性发作者辄去之，隐而不发大三阳者巫医不能查，照旧服侍伊尹，亲密接触。未几，伊尹现黄疸，蜡面猫眼，服中药丹参、三七、黄芪、五味子无果。请巫作法，洒符水，悬铜镜于卧室，以桃木为弓，牡棘为矢，鸡翎为羽，逐光影而射，亦无果。入冬，沉疴日深，午休梦见老商侯府，成汤还活着，自己还是厨子，厨房特别大，簋鼎鬲井井有条，正准备烧饭，发现缸里没米，甑里没油，一扒拉火塘，火种也灭了。走出厨房后门，鸡窝是空的，猪圈也是空的，天是灰的。心里着急，想去找成汤，穿过一间间昏暗屋子，想着成汤应该在的地方，都不在，整个府邸空无一人。醒来脸上有泪，难过像热水流过肋间。命爱妾取龟板灼于炭，繇曰：春天的花香秋天仍未散去，雄鸟衔来树枝小鸟出窝一去不返。海底出现蓝洞，月亮不在天穹却在深渊。失群的象在原野吼叫，奔丧的人死在途中。橘猫瞪人像见了鬼，流浪的狗妈妈流下眼泪。晚上睡觉紧闭门窗，早上起来猫不见了。无咎。爱妾说你还能活。伊尹说你懂个毛！

十二月丁卯，大雾。伊奋驾车来到桐宫接太甲和伊云回亳，路上听到雾中有女子唱民歌：屯如坛如，乘马烦如。匪寇婚媾，子贞不字，十年乃字。太甲在车中流下眼泪，说：又听到亳地口音了。车子在雾中进城，堵在路上，路边有遛鸟老人认出太甲，愕然驻足。

车子入伊府，庭院四角点着艾草，充鼻一股呛人烟气。夫人正在指挥下人在院里支席棚，把伊尹历年所得赏赐、诸侯赠送宝物从屋里抬出来，环列中庭。伊尹四季衣裳也都从箱子底翻了出来，几个爱妾在外廊一字排开，一人拿一铜犁头，含口水喷上——进行熨烫。伊云陪着太甲登阶脱舄，入内寝长廊，听到伊尹中气十足在廊尽头喊：不喝！接着听到瓦罐摔地上破裂声。一个湿了衣襟和脚，满脸愠色的爱妾拉开帛门手捏一摞碎瓦倒退着爬出来，带出一股黄芪味，翻了他们一眼站起来小碎步沿廊疾去。伊云做了个请且含鼓励的手势，太甲正冠收腹，长呼一口气，爬进卧寝。伊云伏在地上支起耳朵听，屋里无声无息，一会儿传来窸窣声，帛门拉开，太甲小声说：你进来看看，我怎么觉得他死了。

伊云飞快爬进屋，来到仰面瞪天的父亲跟前，拿手在鼻前和半阖的嘴边试了试，又拎起父亲右手腕搭了下脉，说可不死了么。太甲说你可给我作证，我可什么都没干，进来话还没说呢，他就死了。伊云撸下父亲眼皮，说：我就说我和你一起进来的，进来他就这样了。太甲指着伊云身后说：又开了！伊云回头再次撸下父亲眼皮，一松手，眼皮又翻上去。太甲说伊老，您要还能听见，就动一下手指。

伊云说爸，你放心，我一定帮助太甲复位，做不到的话我跟您一起走。再次撸下伊尹眼皮，摁了一会儿，感觉手心凉透，才松手。俩人紧张地盯了一会儿，这次没再翻上去，各自长出一口气。

爱妾拿着抹布进来，从门口开始擦地，边擦边叨唠：老头谁也不理，就惦记你，听说你来，一大早就折腾我们，让给他换袷子，换被货，就怕你来熏着你，老头跟你说他死了想带谁走了么？伊云说没你，他嫌你笨手笨脚的。爱妾说我是笨，怎么做都不讨好，老头很麻烦的。爱妾擦到榻边，看了眼老头：睡了？伊云说累了，眯会儿。爱妾说不对呀，这色儿怎么跟泥似的。拿手一试老人鼻口哎呀，——没气儿了！

伊云说昂，不会吧，刚还说要起来给太甲拿什么东西呢。

爱妾说你傻呀，你自己摸摸，人都凉了，跟蛇似的，老爸什么时候走的都不知道。爱妾哭号起来：我滴个天啊，你怎么说走就走啊，撇下我孤苦伶仃可怎么个好啊……

是夜，伊云顾不得给父亲发丧，带领家臣护送太甲进入封门已久的白宫，从家里带来抹布亲自擦出一间卧寝让太甲安歇，自己仗剑在门外警戒了一宿。

戊辰日，大雾。太甲在太庙复辟，改年号太甲七祀。大赦随陟之变参与者。更伊云名曰：陟；以志不忘。任命伊陟为卿士，为兄弟俩主持分家，各得伊尹田宅家产一半，自立门户。夫人爱妾扫地出门，令各归娘家，听其再嫁，终生不得入亳城，因事起于彼故。这一年是己巳年，史称太甲复国。

守藏史李青记：太甲杀伊尹，乃立其子伊陟伊奋，命复其父之田宅中而分之。伊陟亲自去跟李青解释，没有发生流血事件，老人是正常病故。李青不为所动，说我听说不是这么回事。伊陟说你听谁说的？李青说亳城百姓众口一词，有人看见了。伊陟杀李青。李红复记：太甲杀伊尹。伊陟杀李红。李白复记：太甲杀伊尹。伊陟说跟我来宁死不屈也要诬记这一套是吗？再次抡剑，铜剑卷刃，切了李白脖颈子一道红印。伊陟收剑入鞘，说算你命硬。遂下令查封夏书寮，驱散写作组。士兵踢着诸李屁股，不许他们拿走丁泥寸竹，把他们轰到大街上去了。

五百年后，周公率领部队平息武庚叛乱，进入亳城。白宫已成大杂院，殷倾覆后失去世禄封地的商王子孙挤在里头栖身，大厅大殿都打了隔断，一户一小间，生火做饭在廊子上，侯伯将军光着膀子抱着孩子满处转悠，夫人郡主披头散发为谁揪谁一根葱、占了谁半尺地破口对骂。周公带着部队中周室子弟来白宫参观，进行教育，指着这些人说：这就是亡国之民，假上智，一穷，就露了馅儿。

夏书寮那排草房还是草房。起初，太甲陟，沃丁继位，将夏书寮赐给当朝卿士咎单为宅，咎单扒了原来的草房，在原址起了新草房，诸李多年收集来的陶瓦泥坯和记录了大量采访的龟板兽骨不知去向。帝小庚继位，三年，征鬼方，师老于河朔。咎单夺卿，放于徐淮，因事谋于彼故。帝小甲、帝雍已时代这片草寮就一直空置在那里，成为鸟窝狐巢。

帝大戊继位，重新起用伊陟，将这座宅子赐给伊陟，伊陟翻苫了草顶，没住就死了，伊家后人把房子卖给费侯中衍。大戊三十一年，费侯帅师伐蓝夷，不克，师老于蓝水。费侯夺爵，放于荆，这片草房重新收归国有。六十一年，东九夷来宾，曾经装修作为接待他们的客馆，后来就一直作为客馆。

时，商人居亳已百六十年，亳地环境恶化。因长期随意倾倒生活垃圾，没有公厕和粪便收集制度，连贵族妇女都随地大小便，亳城井渠皆遭污染，喝起来有股羶味，腻嗓子，清水烧开沉一底絮絮，熬粥漂一层油星。累年爆发烈性瘟疫，巨室大族不敢住在城里，迁至郊，自凿井而汲。商人以为遭到诅咒，帝大戊使巫咸祷于山川，巫咸自己拉肚子死了。

帝中丁元年，告于庙，迁都嚣。亳城一时人去城空，这片草寮成为无主产业。又二年，寮圮为轩，有巫占据草堂，塑伊尹像，将这里改为伊尹祠，主发财、良缘、多子、产后虚弱。后成为亳地著名淫祠。周公入亳，此宅是全城装潢最阔气，白经黑夜点灯举火营业的上等妓院。周师征用了寮舍和从业人员，作为军官俱乐部，周公指挥部也设在院里。

周公每天到军官食堂吃饭，伎人上完菜就站到墙根，执云板清唱助餐。周公听到伎人唱“女承筐，无实。士刲羊，无血”，说这就是商民歌。伎人唱“龙战于野，其血玄黄”，就不知所谓了。伎人唱“爻爻海上风，度丢云中阁”，不禁有所思。伎人唱“斯谓得天下，鸣禽振远翮”，一碗粟米饭三次吐在手心，招唤来伎人问：你唱的这是什么？伎说古歌。

周公问古到什么时候？伎答不知古到什么时候。周公问谁教的？伎说壁教的。周公说啥？伎说您晚上到我屋里来就知道了。周公说淘气！伎说你想多了，并没有勾搭大人的意思。晚上，周公秉烛至伎寮，伎轻裘以迎，噗一口吹熄周公手中烛，公顿时陷入一团漆黑，伸手摸索，说你在哪里？时，月入南窗，照亮东壁，泥壁凸凹有致，渐显一行行鸟云虫符，公虽不识符意，也知是古文字，不禁浑身颤抖。伎说我在你身后。公回身揽住伎，说姑娘教我。姑娘说哟，你多长时间没碰过女人了，抖成这样，来来来……带着公倒在地上。

公护住自个说等会儿等会儿，我先问你点事，这壁上字你可认识？姑娘说认识。公说敢问姑娘，祖上何人？姑娘说祖上，听说是侯，也是带兵的，在外国打了败仗，失了侯，到我这代就成这样了。公说敢问姑娘贵姓？姑娘答：费。

公翻身上来：失敬，原来是费侯之后。这么说，这是您家老宅。姑娘说真哒？我说怎么进来处处觉得亲，摸着黑走道都撞不了墙，一直还以为是昝丹姐家呢。公问谁？费姑娘说我们同事，我接壁儿，她们家祖上是卿，这块地最早就是商王批给她们家盖的，也是后来瞎出主意，失了卿，成了我同事。你见过，就是昨天和我一起唱的，长挺好看的。公说我哪记得你们长什么样啊，你能把她叫来么？费姑娘说行，算我们没长清楚，你行么，二过一？公说我不是穷人家孩子。

费姑娘说知道，你们家姬妾成师。爬过去敲墙，墙那边说干嘛呀，我们这儿刚进门。费说客人找你。墙那边说完了过去。接着就听女生惊叫哎哟！哎哟！哎哟哟……男生怒吼嘿嘿嘿。周公敲墙：是辛有么？墙那边一下安静了，一会儿一男的问：是公？公说是我，别等完了，你们俩现在就一起过来。费说行啊公，不是说你们周人挺装的，这不许那不许的。公说工作中我们有我们的规矩，私底下，我们还是人。

辛有和一妞儿俩人裹着一床被货敲门进来，公扒拉开妞儿，把一把骨头的辛有拉到东壁说：你看这上写的是什么？

辛有举头半天，说这上写的什么？公凑过去，使劲揉了下眼，大叫：怎么没了？

费姑娘说月亮没了大哥，月亮现在照在西壁，你去看西壁。公蹿到西壁，兴奋拍着壁喊：合着四壁都有啊！昝丹说合着叫我们来就晾着我们呀。周公不理她，和辛有一起头并头踮脚爬墙，借着月光上下乱寻摸。公说看明白点没有？

辛有是军中少有的识文断字的人，父母都是巫，说这是画符无疑，可能是字儿，还有么？我逮多看看才能出判断。

公说壁是一批坯垒的，墙内边应该也有。拉着辛有俩人光腚跑出去。昝丹说把我叫过来了，他们俩颠儿屁了。费说你永远搞不清周人是怎么想的。

一会儿周公和辛有回来，一边一个夹着昝丹坐下，乐呵呵看着她。昝丹向后倒去：谁怕谁呀。公抻胳膊把她拽起来：你待会儿的，我就问你，你们家最早盖房子这坯都是从哪儿弄的？昝丹说我先从地里挖了土，又从河里挑了水。

公说别闹！昝丹说好吧，我说实话，我不知道六百年前发生了什么。公握住昝丹脖子使劲摇晃：那你知道什么，这到底是不是你家呀。辛有说公，公，人命。费姑娘说你放开她，我说，我们都不识字，这些字只有一个人认得，我们都是他教的。公松了手，说谁？费说李大爷。昝丹说你差点掐死我。公说乃大爷？费说你听。外面传来守夜敲更梆子声：邦，邦……就是这位大爷，李大爷。费说，敲梆子的，他家世代都是这院守夜人，昝丹姐家没搬来，梆子就在，六百年前事，他全知道。公对辛有说把老李头叫来。辛有说你穿上点儿。公满地摸：我衣裳呢？费说我扔墙角了。公说点个灯。费说没灯。公说我蜡烛呢？费说你还要啊？公说废话！

费说没火。公说你们到底要干什么！费说这你要问我们院长了，他怕我们有火点了这房子。昝丹嗖一下蹿起来跑了。

公喊不掐你了。费跟周公说我跟你说啊，一会儿李大爷来了你客气点，没你这样的，你势力大你很了不起么，我们这儿谁家没封过侯，不要再让人说你们周人野蛮了。公揖手道歉：我失态了，我丧失了一个军人面对女士应有的风度，明天我会在军官食堂当众向昝丹小姐长揖致歉，使她有面子。

梆子不紧不慢，由远及近，敲到窗下戛然而止。

费推开窗扇，一白衣老者洵洵然立于杏树下。老者说你可是周公旦？周公说：正是我小子。老者说听说过你，多杀伐而好典章，善征战而爱礼乐，以干戈取天下却有兴文教拾人心之弘志。

周公说我的心意当着我王兄都未曾提起，没想到却被亳地一个更夫洞知了，请问长者，商守藏史李青是你什么人？

老者说是我八世祖，老夫名宫，字不牛。周公长揖：想来是五音辈李氏子，失敬。如果我没猜错，此处便是夏书寮所在，随陟之变后你们李氏宗人就没离开，一直暗中守护于此。李宫说世禄者守官，世耕者守田，我李氏世为文字业者，故守书。周公说夏书可好？李宫说夏书安好，只是有点脏。

公说长者可否引小子一覩？李宫说覩一貌观壁则可，见全豹，就要把这所宅子全部推倒。

李宫说当年沃丁把夏书寮赐给咎单为宅基地，李氏一听就知道不好，全族变身百工，包下这个工程，连夜施工，将万斤陶龟埋入地下，夯土为基。泥版不敢入土，恐复归于泥，遂立于壁，这么多年冒充壁画也就混过来了。这六百年，我李氏父死子继，为守护夏书稿，天知道我们都经历了什么，伊陟就是我们整死的，帝大戊把费侯府赐给他，他请来古建队进行翻修，认出古建队都是我李氏子孙，不得已，李氏家族给他下了蛊，为了不使这所宅子落到他人手里，李氏家族变身巫，把这里变成淫祠，害了多少人啊，后又变成妓院。

公说啊？您是老板，这院儿的——院长？费说我没跟你说么？宫老说丢人呀。公说但是值得，不光我一人感谢你。

宫老敲了下梆子，流下老泪：太苦了，太缺德了，死了都不能进祖坟。公说功在万年功在万年。

宫老又敲两了下梆子，说我日夜想，什么时候出圣人啊，我啵儿都不打一个就把这倒霉院子交出去。费说院长，您盼的内天到了。公胳膊肘一捅费：还不赶紧出去安慰安慰你们院长。院长说我去投河！让河水洗尽我千般缺德万般羞，让我转世做路上的石子儿，千人踩，万轮碾。然后就面瘫了，望着月亮，眼神迷乱，狂敲梆子。

费披件褂子跳窗出去，一下一下捋着院长胸脯，说理解，不还有我们呢嘛，明儿就让他解决这个问题。

周公说他经常这样么？费说经常，不能提这事，提就疯。

周公说但这事是真的？

明天，管叔和蔡叔的部队得到徐国和奄国增援，向亳地反攻，站在亳城城头就能看到东南方天是黄的，可闻鼙鼓声。周公早饭没吃就匆匆赶往前线布置军事，临行交代辛有办理几件事情，一要他立即军管妓院，向李不牛院长宣布任命，命他为周守藏史，请他组织李家人推倒院墙，发掘夏书稿，把每一片碎陶残瓦装筐装车，不要等战争消息，出一车往丰京运一车。二是做好妓院从业人员转移安置工作，愿意参军欢迎，不愿意参军听其自便，昝费二人不要放走，随车解往丰镐。顺便再摸一下同院其他女子身世，家族在商做到尹保之上者可一同解往。这个工作的范围可扩大到整个亳地，我们不但要考虑重修夏书，还要考虑修殷书，这些人都是很好的口传讲述者。

7

起初，辛有以庶民应征入伍，从一个军队文书一路擢升到周公车正的位置，是我周自己培养的新一代战车指挥员，在周对周边方国崇、黎、密须及昆吾的战争中多次立有战功，军中有名，一直在部队工作，这次要他转业到地方工作，很不愿意，磨磨叽叽说能不能等打完仗再说。周公批评他，建构起一个朝代的历史，使后人能从中得到教训，比七个师都重要，我军并不缺勇于驾车临阵的匹夫！答应辛有，等这项抢救性发掘工作完成后，可以考虑重回部队，给他一个师带。

周公对管蔡武庚的战争进行了三年，随后又向东夷、淮夷用兵，打了三年，平定了淮夷，灭东夷五十三国，在东至海，南至淮、北至辽东的广大地区，插上了周的王旗。成王六年，在岐山之阳大阅兵，耀武威于天下，才结束周初这场旷日持久的大战，史称二次克殷。这六年，辛有完成了他的工作，把老妓院起出的万斤陶龟之书悉数运往丰京，迁李氏族人于镐。周公也实现了他的承诺，将新收编的殷八师一个师交给辛有，辛有到任后立即率部投入营造洛都的工作。

周公复政于成王，并没有去封国鲁，一直居住在丰京西城，靠早年封在周南的老采邑供给生活。老人家拿自己钱盖了一所仿古典夏式风格的草寮，丰京百姓称其为夏庙。（李鼻按：所谓古典即三七四六不等之长方，奠基于五尺高台，四面环廊有阶，阶下绕池，可以洗脚，一看就是发大水期间记忆建筑。周公所建无池，黄土垫地，南面有阶，曰新古典。）在夏庙养了两个写作组，一个是由旧殷内史向挚牵头组织一批殷室太卜太祝为主的殷书筹备组；一个是由不牛先生负责以李氏子孙为主的夏书筹备组。周公对不牛先生讲，拜托您老费心，将所得夏陶瓦泥合撰连缀成册卷，无使寸瓦丁泥遗落，我希望这套书将来的名字叫《全夏书》，务使我等无愧于后人。不牛老闻言涕下，哽咽说：莫非我真赶上盛世了？

不牛老入周后精神时好时坏，加上年事已高，视听语表能力均严重下降，所谓负责只是挂名，实际工作多由其子李氏五谷辈李黍承当。当时李耳刚出生，因为头大撑坏了母亲产道，一时传为趣谈。李黍上要侍奉汤药承欢老父，下要照顾产后抑郁无奶妻子和缺钙天天夜哭幼子，每日焦头烂嘴角，到单位正是补觉好时间，古文亦有催眠功效，在单位得一雅号：睡猫；工作效率可想而知。

成王十四年，洛都营造完工。十八年正月，成王到洛都办公，并将九鼎安放在那里，以为东都，曰成周。周廷两大官署卿事寮、太史寮一分为二，一半去了成周，一半留在宗周——丰镐。两个写作组都留在丰镐，周公也没有去，呆在家里。周公这时身体也不大忒好，退休后闲话没少听，心情也很低落，平时不出门。这一年，部队干部轮换，辛有在河南干了十砬年，思念北方家乡，想从驻守亳地殷八师调往驻宗周西六师，命令下来却调往同在河南驻洛都成周八师，愿望没有实现。于是找了个出差机会，扛了一袋新收粟米和一罐芝麻油去丰镐西城周公家中去看望他。脱舄进屋，看见周公正在服务员老费帮助下，用半拉水晶瓶子底非常吃力地看陶坯版颛顼文风后回忆录，泥坯龟板散乱一地。

辛有心疼了老头一阿秒，说老首长，这个年纪了还看这些费眼睛的东西。周公发脾气：我不看谁看？讲了多少年，搞个提览总要，十多年了，毛儿也没见着，都怕费眼睛，这样下去，我是活着看不到夏书了。辛有说您也是，就让老费唱么。老费说内不都是唱篇儿，你以为什么都能唱啊。周公说她那个公鸭嗓子我也是听够了，她不开口还好，一开口鸡都不下蛋。老费说你瞧，现在拿我当仇人了。辛有说老小孩。

周公问了一下河洛的情况，辛有汇报说还算稳定，殷遗民不愿意遵守周人制度的都移民到宋国去了，留下不走的本来也是殷下层，子姓人坐天下好处也没落到他们头上，只要应许他们做生意什么都有了，要了解这些人想法也简单，到他们那些个乌烟瘴气庙里跟他们一起跪一会儿就知道了，十个九个是求财的。周公说让下层挣着钱，这很重要，我倒不关心下层，看看我们的下层就知道了，都一个德行，不遇上灾年出不了乱子。宋国怎么样，跟他们的部队有交流么？辛有说定期和他们师旅长喝大酒，他们那个兵不行，是让咱打怕的，见了咱眼睛都没地儿搁。周公问上层呢，宋国的公室还在那儿搞他们的迷信？辛有说更迷信了，不过公族里也有赶新潮的，把咱们的丧礼学去了，坟修得比咱们还阔气，舍得花钱。周公说就这个学得快，学没学到我们周人凡事严格制度化，以制度约束人的精神啊？辛有说那还真是学不到，还是爱喝酒，一沾酒上上下下都处于放任自骇的状态。您老当年提的那个建议，让他们属公侯的每家出一个子弟到洛都当人质，学习周朝的礼仪，现在看来太有必要了。

周公说那到底实行了没有啊姬诵那个小子，简直都没法跟他说话了后来我，我说东他一定奔西。辛有说实行了，每年冬烝那是必须聚的日子，宋公指定会带着全家来看咱们成王，成王请他们搓一顿，大家假客气一番，饭后就把最小的孩子留下。小孩子有样学样，过上二百年，想不让他们跟咱们一样他们都不干您信不信？周公嘎嘎乐：我信。老费端来小菜，一人一小桌，说您再呛着，一提怎么搞我们商人就乐得不行。辛有说你还商人呢，在咱们周国呆多少年了，我批准了，你算周人。老费说呆多久还是想我们河南的混浆饭。

辛有说还真是，河洛的酒再好喝，还是想我们岐山出的黑米香酒。抿了口爵：怎么是凉水？老费说老头不能喝酒。

周公说小辛来看我，我们多少年没见面了，上酒，秉废话！辛有说我管着他，不让他多喝，就给他倒半爵。周公说小辛呀，我现在是个囚徒啊，在家受管制，人老了怎这么没劲那。推爵换罍中，小辛把想调回丰镐的想法跟周公做了汇报：甭说您觉得老了，我都老了，喝一顿大酒几天缓不过来，早上带部队跑操真爬不起来，不定哪天就走您前边了。周公说姆，瞎说。辛有说狐狸死在荒野，头都向着自己出生的那个土堆，我一想起岐山黄土里埋的老爹老娘心里就拧个儿，就回屋自个哭一会儿，老俩一辈子受苦没看到我好起来，咱部队有规定，死哪埋哪儿，我想回咱们宗周部队工作，您跟召公熟，能不能跟他打个招呼，我生为王室犬马，死后多陪陪父母。周公说我的话姬奭现在哪里还听得进去，分陕之后西部的事我就插不进嘴了，更不要说我现在什么都不是了。我建议你啊小辛，不是想回丰镐嘛，脱军装，到我这里来，我这里正需要你这么个人，懂文物又能管人，人头又熟，这个话我能跟姬奭去讲，他不能有意见，你那个颛顼语还能不能讲啊？辛有说都交回昝老师了。周公说你聪明，捡起来容易，你回去想一宿，能不能来给我个答复，现在喝酒，不聊那些乱漆疤糟烧脑的事了，小费呀，给搞两个羊蹄好不好？

辛有回到招待所，也没想直接就睡了，二天早起就上周公家喝粥去了，说我想了，来！这岁数了还图什么呀，就图一个跟着您心里敞亮。周公说那其实也不用我跟谁打招呼了，你回部队直接转业就完了。辛有说行，我自个就把这事办了。

辛有回部队请求转业，部队挽留了一下就批准了，帮他把家搬了。孩子大了，都在洛都工作，有自己家庭，不愿意回西，下人都是殷人，心里那个优越感还没打掉，是有地域或曰氏族歧视的，认为自己是被周这个西北蛮族所征服，不乐意去她们平时私下嘴里的“小邦周”。辛有也不勉强，哪儿还找不着下人啊，一辆牛车拉着老俩就往西来了。

起初，辛有在往来亳城丰镐之间运送夏书稿的路上，躺在陶坯上闲得没事辨认禽鸟，昝丹从旁指点，教他认全了字母，虽不明词意，也能拼读，一路念念叨叨，没到丰镐，就把颛顼文拿下了。进而发现这颛顼文很多词的发音竟和岐山一带乡下人所操方语相近，有的文言就是他们那一尕达人特有的切口，在旁人看来古奥至牛吼的话在他听来就是熟悉的乡音，如管女娲叫娜斯，管舜叫赫尔君。云书与颛顼文同词根者十分有七，读音则更近戎语，管女娲叫娜斯酷儿；舜叫赫尔君斯。唉内喂，辛有这个老粗一不留神成了古语文通家，在漫漫长路上经常顶着大太阳与昝丹费合唱夏歌怡情——他强迫昝丹和费每趟都陪着他；还能与事儿多精神恍惚特别难伺候的不牛老用颛顼语对骂：法克丢！

成王十九年，辛有得到宗周守藏史的任命，周公对他讲，你在部队的级别是中大夫，到我这里呢，只有这么个下大夫的职缺，委屈你了，将来，小宗伯死一个，我可以提名你。

辛有说能回家乡我已经很知足了，到地方降一级安排，正常。周公说你这个人阿，优点就是不计较。

辛有慎了几天就到沣水西岸那座新古典风格夏庙上班，进了廊子发现庙里静悄悄，绕一圈没找着门，扒着窗户往里看，从东头挪到西头，看到西窗一隅，一人正伏案沉睡。

辛有拍窗喊：嘿！嘿！醒醒。睡者毫无反应。辛有擂窗，那人只是背部抽了下筋，仍不抬头。辛有回身找砖头，听到刷、刷……廊子拐角先出来一扫把，后脚跟出一保洁大妈。

辛有喊：内谁……大妈抬头，脸上拦了一道丝巾，说你找谁呀？辛有说这庙里的，上班了么现在都？大妈说你是谁呀？辛有说我是这头儿！大妈走近了，哦了一声，说门在这儿呢。带辛有来到一排落地窗前，使劲晃了晃框子，滋拧滋拧——挪开条缝儿，大妈一步迈进去，喊：老李，村里来新人了。

辛有进屋，刚才痛睡那位昂然望着他，辛有紧走俩步热情打招呼：李老啊，不显老哇。李黍说辛老，又上我们这儿军管来了？辛老说不干了，不打仗部队没意思，跟你们一起混来了，你怎么老往我身后瞅呀，我后乙儿有谁呀？李老说没人，我眼花了，看谁都跟长了毛似的。辛有说别呀，还指着你呢，老爷子好么，什么时候去看看他老人家，还是那么会折腾人么？李黍说哎哟，还真是只有你能治住他，到现在也还是怕你，一闹到无法弄的地步我们就喊辛大扯子来了，立刻跑回自己床上乖乖坐着。辛有说瞧瞧你们给我制造的这影响，我有那么恶么？环顾空荡荡的大庙，说向挚老师他们组怎也一人没有啊？李黍说向挚老师他们组眼睛都熬坏了，在这儿也找不到好巫师，看草医耽误了，好几年不来了，听说都自费回老家找本村土巫瞧病去了。辛有说我们周巫还行阿，你们殷人还是信鬼不信医是吧？李黍说他们，——他们殷人还是相信凡事都是自己冲撞了，找对人，求一通情就能放自己一马，死活整不明白有些事就是找对人也改变不了结果这个明摆着的道理，让他们相信不嘬不死就是那么难。

辛有说你们李家这些年也大松心啊。李黍说不瞒你说，我们李家这些年家族内部也发生了一些奇怪生理现象，五房满打满算十几个大小子，突然都不生儿子了，怎么生，可劲生，七八个，十几个，一嘟噜，全是女孩，净剩生活困难了。请人看了风水，说咱们这儿阴气太重，想生儿子的都请假了。

辛有说你不是生了个儿子，还没来及跟你道喜呢。

李黍说我也歇了两年养元精，儿子过了百天才刚上班，咱们这儿还真是阴气重，一进来就困得不行，刚还梦见女琬女琰妹喜仨人，魇住我动弹不得，听见你喊就是起不了身。

辛有说搞古文字的宿命就是免不了会撞上这些个怨魂恨鬼，回头我想办法，宗周几个太祝我都熟，请他们来驱回鬼，可以叫他们去库房偷一尊咱们缴获的老商社成汤神主牌，放这儿向阳窗台镇一镇，妹喜她们怕他。李黍说那敢情好，既然是偷，最好多偷一尊周武神主牌，老向他们组也老撞见妲己，见了就睡不醒。辛有说武王不敢偷，正经在社里呢，但是武王用过的钺、旄什么的有的还在库里，能搞到，周公的行不行？周公咱熟，他们家东西进门啐便抄。

李黍说周公，差点意思，女的不怕他，最好武王。老周公季历的东西能不能搞到，那个最灵，我们殷人最怕季历。

李鼻按：季历有功于殷，伐翳徒戎大克，获三大夫，前来朝歌献捷，帝文丁始赐圭瓒，复赐黑米香酒，加封季历伯爵，季历八辞，文丁九下钦命，香酒没喝完翻脸把人家扣住，披枷带锁扔进军械仓库，也不送汤食也不送水，活活渴死在里面。殷人也觉亏心，传说季历死后变成厉鬼，专屠殷鬼，殷民几百年都把他绘为门神贴在门上，以拒魍魉。按照殷人的说法，周武起誓灭殷，哪里是帝辛胡闹，帝胡闹也不是一天两天了，正根儿是老周公那件案子结下的梁子，只是那么说是一家之恨，讨伐天子要大器，替天下人讨公道，乃可称天意。所以说不能玩得太黑，眼巴前是利落了，报应在儿孙。

辛有说这会儿你又是殷人了。李黍说我现在也不知道我是谁了，我谁都是。辛有说你甭管了，我想办法，周武、季历俩人随身物我必给你弄来一套。又问：还什么困难，都一起儿跟我说了，一起儿解决，眼睛怎么样？要不要特批一些猪肝菊花鱼眼？李黍手摇得跟风车似的：不要跟我提食疗，当真瞧不真着了吃活人脑子都没用，拒绝乱吃贱物治病！

辛有说可是咱这工作全指着眼睛呢，你们这眼睛全花了，那不等于战士的戈卷了刃。李黍说这你就不能指着我们李家这几号人了，噢，都给我们熬成近视眼呀，我们五房这些年不下百十个丫头生下来全眯觑着眼——都遗传了！我们李氏族人几个掌门是开了会的，不能子孙都搞文字工作，要爱护眼睛，已经决议其他房转业搞别的，养殖什么的，多看看绿色，就留我一房继续从事文学，反正我眼睛也没治了。

辛有说我要不同意，你们搞什么什么不成。李黍说你别那么王道，天下就我们一家识字是吗？不带找着一家子往死了用的，你放我们一条活路。辛有拿赭石在地上划拉着记：眼睛不好，多招一些年轻人。忽而抬头问：昝丹老师呢？我记得她当年不是留在你们这里当助理研究员，我亲自给她办的除奴籍恢复民籍，跑了好几天呢。李黍说刚才陪你进来的不是她呀？我以为你们见过了。辛有说啊？她怎么保洁了？你们又拿人不当人。李黍说不是没事干么，我们都不在好几年，她一人呆在这儿守这个摊儿，我回来，她就爱上扫地了。

辛有走出大庙，阳光强烈，瞬间短暂失明，手搭凉棚拧次身子，才看到昝丹远远坐在把角高台边上当啷着两条腿吃鸡杂便当。辛有作亲切微笑状，昝丹没瞧见。

辛有走访了一圈，不牛先生也见到了，还抱了抱正在他妈怀里闹觉的李耳。殷书组各位老先生在家不在家的能见到的都见了，谈了心，发觉情况比他想的要复杂，表面看是眼睛和生儿子问题，根儿上问题是两个写作组经费一直得不到保障，周公当年从自己采邑拨了两个庄子，以其出产供给写作组，这两个庄子都是纯农业村，风调雨顺写作组可以混个温饱，逢到匪患旱涝，年成不好，乡亲们都得出去要饭，写作组当年就得自己想辙。头几年李家还撑得住，也不是没钱，周公也接长补短有些赏赐，田猎射的黄羊野猪送来，大家分一分。后来周公也扯不开弓了，李家开窑子挣的钱也花光了，大家东挪西借，再后借也借不出，就各显神通，原来干过什么现在能拣的都拣了起来，得活呀！有倒腾小买卖的，有给人教馆的，还有跑到渭河码头上给人卸货的——卸货这位就是李黍。老爷子讲话了，别人家旧业能重拾，咱们家，不许！李黍头一回扛麻包走跳板半道就闪了腰，正骨后在野祠里找了个给巫祝写签画符差事，下了班就去那里上夜班，维持生计，缺觉也不都是李耳闹的。殷书组那几个老妖也绷不住了，打出神算子招牌在丰京撂地摆卦摊，也没生意，周人一听他们殷人口音，就不信，说你们自己天下都算没了，还跑这儿蒙事。说是眼睛不好回河洛瞧病，其实是跑了，他们自个就是巫还找什么巫？回家挣几年钱，念着千秋功业还有回来接着熬灯费蜡的，不念这个的就在家置房子置地了。周公知道了这个情况，又拨了一片山林和沼泽给写作组，但是出产什么多大出产就逮你们自个奔了，老林子不会现成端给你们。李家怎么没男的？男的都扛上斧子锄头进山了，这些年就在南山开矿采玉，伐木种芋头，养活一大家族男女老少几百口子喝芋头槐花粥，都黑得跟老鸹似的，手掌全是老茧，胳膊根儿比柳树腰还粗。

辛有上周公家汇报情况，替大家倒了一通苦水，说有些无处投奔又没把子力气老馆员都拉上棍要饭了，昝丹现在靠给街道扫大街混三顿饭，就这样，还天天坚持上班，饿得直喝灯油。拜请周公看在大家这么艰苦还这么努力份儿上向成王请奏，可不可以将写作组这老几位列入太史寮宗周这一杆子编制，吃上朝廷的俸禄。实在攀不上，可否商请召公大人恩准咱们组七十以上老先生在太史寮单位食堂挂单吃饭，都是老头，吃不了多少，哪怕只给两个名额，大家轮蹭，隔天能吃顿饱饭。老头子气得拍了地：这是我个人的事么？这是我姬旦个人的写作组么？我这辈子为钱跟谁张过嘴？不就是吃不上饭么，都到我家来吃，慢说几十口子，几千口子我也管得起！辛有说那不能够，那影响太不好了。

周公喊：阿费，阿费！阿费磨磨蹭蹭从门扇后爬出来，说：在。周公说我那东阙四条房契呢？阿费说收着呢。

周公说找出来，交给辛有，让他明儿卖了，给大家救个急，轮班吃饭，亏你想得出来！说完转身向内，面壁踞坐，吩吩生气。阿费冲辛有使了个眼色，俩人一前一后爬出去。

在廊子上，阿费说你干嘛呀你逼老头。辛有说赶紧的，拿房契，我等米下锅呢。阿费说没有。辛有说你怎么招阿，阎王过了小鬼不过？阿费说真的是没有，别看老头子外表风光，又是封邑又是封国，号为上公，早穷了，东阙四条、西阙六条几所房子早卖了，现在这所公爵府也抵押给了商人开的当铺，早死当了，只是人家畏惧老头威名，不敢来收房。

辛有说你胆儿也太大了，周公府你也敢给当了，你怎嫩么缺钱花呀？阿费说你真是一个糊涂人，我就是敢当也逮能够当阿，我现在还是奴籍呢，就是穿件好衣裳上街都逮让人扇回来，我有什么花钱的地儿？都是他内宝贝儿子伯禽干的好事，封在鲁，那么一穷地方，老头一生顾惜脸面，带过那么多兵，灭过那么多国，从没刮过地皮，不像吕尚，没他那么有钱，就让儿子空着俩手去了，又要筑城又要养军队，建立一个国家哪儿不需要钱阿？原来那些奄国的夷人也不服从他，经常约他打仗，钱从哪儿出？还不是回来偷偷变卖他父亲那点房产，我攒的那些首饰都让他借了去了，回回说还回回嬉皮笑脸赖着不还，差钱差到这份儿上我也是醉了。

辛有说我了解东夷，那里是炎帝的故国，少昊氏曾经兴旺发达的地方，虽经历数十世衰败，人民看上去野蛮落后，一副夷狄的样子，内心却很骄傲，太师刚到营丘也很困难，强行推行周礼，激起民变，各村渔民都来攻打他，太师还是本地人呢，人家也不买他的账，后来简化了礼仪，尊重人家当地原有的风俗，才打开局面。伯禽年轻，不知变通，他老爸定下的章程，只会不走样执行，热衷于大型祭祀，在夷民中推广三年守制丧葬制度，搞得小户人家主要劳力三年无法工作，全家饿肚子，三年搞不定地方。老头子对他也很不满意，讲过这个话：将来鲁国要北面为臣事奉齐国喽。

阿费跟辛有说你不许跟老头说阿，我们这儿都瞒着他呢，老头不能再受刺激了。

辛有说我不说，那你们平时过日子都怎么过阿？阿费说要不说没法过呢，我这辈子手头没这么紧过，借呗，跟周围小铺赊呗，等老头开支还呗，今晚这顿哪儿奔去我这儿正想呢，你带钱了么？你不会出门不带钱吧？辛有从袖子里摸出几枚贝币递阿费手里，说靠的勒，求爷爷告奶奶倒被奶奶搜了兜了。阿费说下回别老空手来阿，带两只鸡。

回去跟昝丹李黍聊这个情况，昝丹说你也够会聊天的，让老头找召公批饭钱，你不知这俩老头有梁子，当年“姬旦代周”这个话就是召公讲的，周公当廷跟召公解释又很不恰当地自比伊尹，俩老头差点没撕巴起来，还是毛叔曹叔他们给拉开的，你真是哪篡不开提哪篡。辛有说我真不知道，内时候我在部队——在前方那。昝丹说你也别瞎忙活，不就是咱仨吃饭的事么，你是在职守藏史，能到太史寮食堂就餐，每回多打一份，就说你饭量大，回来分李老一半，我你就甭管了，我自己解决。辛有说也只能这样了——你可别干糊涂事阿。昝丹说说什么呢你？李黍说我吃不了那么多，我能分你一半。昝丹说行，李老，等我饿急了的阿。

这一年，辛有面向社会公开招聘文史馆员，条件是自己带饭，每天能多带一份饭者优先。昝丹说你穷疯了吧？辛有说我没办法，我就不要脸了，只要能把工作开展下去，我什么都干得出来，你们还别逼我，在部队打仗我还吃过人呢！

召公派人送来一担米，一缸油，说是赞助这个组的，也没提安插人，留下一句话：步子大了容易扯着蛋。

冬十月，庙外来了一要饭的，也是找不着门，挨扇拍窗户，扒着门缝往里看。昝丹正在磨刀笔，被他吓了一跳，说：来要饭的啦，你们谁出去打发一下。辛有李黍都装睡觉，一声不吱。昝丹拉开门，踩着槛子说：此地没什么可以给你的。

来人说我回单位，我是这单位的。昝丹眼神冷得能使开水结冰，说我起小就在这单位，怎没见过你呀？来人说我在这单位时你还没生呢，我姓长，名梃，你找一明白人问问，有没有这个人。昝丹说等着。抹身进屋，把李黍伏睡的案子猛一撤，李黍全身一栽，立马昂首——大醒且怒，捂着后脖颈子吼：跟没跟你说过我颈椎不好，真跟你急！

昝丹说问你认识不认识门口那人呢？李黍说：不认识！昝丹说叫长梃。李黍两片嘴皮子快得跟吐瓜籽皮儿似的：什么特么的挺也不认识！咎丹轻手蹑脚走到辛有面前，一撤案子，辛有仍旧伏案姿式架在半空，哈哈大笑：早防着你那。咎丹说门口那要饭的可说是咱们单位的，你去跟他说吧。

要饭的自个进了屋，溜溜达达走到二人近前，说二位过冬好，我呢，是最早进组那批元老，后来为了一个选题出差很多年，因为打仗阿，什么的，一直没回来，也难怪你们不认识我，我都不知道这组还在呢，后来碰上姬克，听他说你们还在，让我归队，你们的地址就是他给的，你们查查咱组内工作日志，工作日志不会丢吧？从我在那会儿就要求日志必须记，保存好，到时候夏书出的来出不来，全看它了。

李黍说在在，工作日志在，我们一直记着呢，你再说一遍你叫什么？要饭的说长梃，长短的长，擀面杖那个梃。

辛有说你认识姬克阿，早到什么时候？不牛老进组了么，李不牛，李宫先生？

长梃说李宫？不熟，我在那会儿有个叫李青的。

李黍说找到了，长梃，夏书五帝纪组组长，帝外丙元年赴蓟调查黄帝未得其姓十一子……李青是我七世祖，你认识？长梃说对呀，李红还有，李白李黑，人都不错。

咎丹说我必须说你可一点都不显老。

长梃说我明白你们拧在哪儿，我没蒙你们，真是我，长梃，问题出在我爸也叫长梃，我爷也叫长梃……啊们长年和燕北戎生活在一起，随了他们那儿的风俗，一家子叫一个名，甭管多少辈儿，讲究的贵族后边加一个几世，譬如我，长梃六世，这是我全名，可是我跟你们不能上来就这么说阿，上来就一通解释，那不成碎嘴捞刀了。

李黍说有有，燕京戎不就是古夏人一支么，古夏人有这风俗，姓名是财产的一部分，跟荣誉呀，深仇大恨阿，都属于非物质遗产，可以父传子，子传孙。一传说记载，少典这名字传了七世，有七个人叫过这名；玄猿传了五世，五世玄猿才是我们知道的那个轩辕黄帝。儿子不叫这名了，叫玄嚣昌意什么的，各自有了封地了么。

辛有说你这么说我们就明白了。上前施礼：欢迎回组，组里正缺人呢。

下午大家就不工作了，辛有去太史寮食堂打了一锅黄米饭烧茄子，咎丹上街背手转了一圈偷了街坊只鸡揣怀里带回来，李黍去绿化带撅了一些槐树杈，几个人在庙里拢起一堆小火炖鸡汤，就着烧茄子汤泡饭，边改搂边听长梃介绍他祖祖辈辈搞选题的情况。长梃说他这一趟收获还是挺大的，基本搞清黄帝十一子为嘛没随他姓的原因，这十一子都是黄帝当年在与西戎各部歃盟大会上跟人家女主揣上的，在母亲内边长大，按人家内头规矩，孩子都随了母亲姓氏。

长梃掏着耳朵说：不好意思，这是我思考的习惯，必须掏着耳朵才能想事。咎丹说比他强——指辛有——他抠鼻子。

李黍说我是睡着了比较清楚。长梃问咎丹你是记录员么？咎丹说我是。长梃说你记着点。说黄帝这十一个儿子都挺有出息的，也是赶上了好时候，女主谢幕，男主登上历史戏台，先后成为所在戎部首位男酋长，现在能找到并且他们自己也承认是黄帝子孙的有燕京戎、班方、鬼方、丹山戎、犬戎、西落鬼戎、余无戎、始乎戎、翳徒戎、白狄、赤翟。

长梃问咎丹你怎么不记呀？辛有说别记了，这几家戎我们都熟，一直跟我大邦周打仗，我都去打过他们，我公季历百战百胜，打燕京戎栽了大跟头，吃了唯一一顿败仗，六师折损三师。长梃说你知人燕京戎管你们叫什么吗？辛有说知道，周戎。这不是秘密，我们周戎跟黄帝没有血缘关系，我们自己生自己。李黍说我听到的是黄帝这个人太特别了，是上天所降统治万民的那个人，所以要他降子孙于各部，领导各部。昝丹说你们和鬼方犬戎什么的通婚么？——问辛有。

辛有说通婚？名人里没有，一般老百姓不知道，但是老打仗，每次都抢点女的，你懂的。我就跟一鬼方女的生过一孩子，怎么着吧？昝丹说那你就不能说跟人家一点关系没有都是自己生自己了。

长梃加入到写作组后，住在庙里，看稿速度严重提高，也算半个夏人了，对夏人习俗方语很熟，有些方语你单从词意上解就是未得尽解。辛有也脱光膀子上陶山瓦海淘字，和昝丹搭伙译成篆文，每天从日出混到月落——不累；回家夫人都不给开门。李黍老师眼睛确实不行了，再让他看稿是害他，就分配他管后勤，每天给大家烧烧水，熬点粥，拿辛有的饭卡到太史寮食堂打几个菜。李太太抑郁症越来越严重，几乎不能照看孩子，李耳也六岁了，淘！自个上火上掀药罐，药罐折了，烫一腿，在大腿膀子留下一疤。李黍只能带着儿子一起来单位上班。大伙说你就别来了，歇半年，没人查你岗。李黍说我就不想在家呆着。李黍睡了，小李耳就在字堆里钻来爬去，假装钻地道，有时就尿在陶竹瓦龟上。

辛有还是一变天儿就去看周公，给拎点时令蔬菜和便宜瓜果。周公牙都松了，消化能力也弱，吃肉放嘟噜屁响且恶臭，自己都嫌弃自己。阿费就给他熬菜粥、制果泥。辛有汇报说全夏书编出来还看不到头，提要搞出来，指月可待。

周公说好好——好阿！我一生做事无未善尽终始者，看不到全夏书，看到目录也算没白忙一场。

周公听说长梃从北燕回来，感兴趣，希望找他聊一聊。辛有回去转达了周公邀请，长梃表现出扭捏，说我不想去诶，听说他是个很严厉的人。辛有说哪有，那都是不了解老头的人的说法，老头人特好，一点假招子没有，当着他面什么都能乱讲，我也特讨厌那种一天到晚彬着在家里都跟演戏似的家伙。长梃说我还是怕见老人，因为不得不恭敬而拘束。辛有说你见了你就知道啦，给我个面儿。

辛有拖着长梃去了周府，长梃称周公殿下，周公称长梃先生。周公请长梃吃烤栗子，长梃说谢恩。周公问长梃召公那个儿子在燕干得怎么样阿，蓟地的人对他有什么看法？听说燕京戎是公孙本部正根儿子嗣，很想听听他们的情况。

长梃说妫水、军都山脉是公孙氏起家的地方，寒水至通舟角一线是女累氏旧地，环津塘湾则是早婚氏老根据地，黄帝收女嫘为大妃，女婚为次妃，这三大氏加上盘踞在燕山太行余脉绝岭之山戎各部，形成最初的公孙部，后公孙部男子前往清苑立国，是为有熊。百泉涿鹿战后，天下路大开，黄帝及其诸子带领队伍陆续出走，玄嚣到达长江流域，昌意最后定居在若水，他们的子孙遍及九州，成为各地大族首望或渐次湮没无闻，所以才有尧出于唐，舜起于冀这样的事情。留在清苑的女人和孩子，势力单薄，受到蚩尤余部苗民的轻视，屡次发生苗民侵凌夏人的事件。黄帝六年，怀延盆地爆发苗民大起义，颛顼镇压了他们，为绝后患，实行了氏族灭绝，这使夏人在其他部落心目中有了残暴的印象。颛顼南下后，连年西来各戎部相率进入清苑草场牧马，与夏人发生激烈冲突，夏人无力防守清苑，婚夫人带领余众退回寒水，重上玉泉，恢复氏族制和采摘渔猎生活，是为燕京戎。

长梃说燕京戎秉承古夏人精神信仰，是战斗民族，国之大事惟戎与媾。重荣誉，轻生死，认为人是自然之子，死亡是一种回归，当以恬淡态度处之，人死在哪儿就躺在哪里，近山往山里一扔，临水往水里一丢，由他去。敬神不拜鬼，对黄帝的祭祀也很简单，四时一碗水。一年当中最大的庆典是蒙大裸，春分夏至各一次，本族男不能参加，专门邀请异族糙男，邀请不来便去掳掠，务使育龄女子得孕。故燕京戎多水瓶双鱼性格，男生表面朴实，内心错综复杂，假装率真，其实自私。女生好奇心强，都特别能说，好起来通情达理，拧起来油盐不进，平时很懒爱指使人，自己能少干一点就少干一点，战时挽弓上阵与男人并肩作战。文丁二年，周公季历败于蓟，其实是被女的打败的，燕戎男军已经溃散，女兵阵容不动迎着周卒沉着射石。周卒冲到跟前人都搂怀里了，还奋起朝人鼻子啊呜来上一口。周军不是被打败，是被拧巴坏了，故折三师于寒水。燕京戎男女共同的特点是多情、简单、易轻信、热情至腻歪，就像一般戎人一样，规则意识差，有时拿单纯占便宜，对抽象事物理解困难。

周公说有意思。长梃说姬克公子挺懂事的，到了寒水没筑城，先去拜会当地妇女界，向燕京戎祖母级人士赠送全套青铜炊具和细陶餐具，受到大妈们赞许。后率部参加蒙大裸，与青年妇女结下深厚友谊。次年三四月带着鲫鱼猪蹄和可以撕成尿袷子的豆包布回访产妇，使孩子认识父亲，并以军纪要求每一个做了父亲的士兵必须每节气至少一次去探望孩子和母亲。去也不空手，从部队伙房捎去米油羊肉，帮人家扫院子挑水，务求争取留宿一夜。受到燕人武士挑衅呵骂，打不还手骂不还口。慢慢、春风化云般让燕人妇女感受到婚姻的方便和……方便。培养燕人对偶制观念，能娶一个来家的奖赤铜五十斤，玉璧一对，房一所，猪一圈；娶俩翻倍。

周公说太好了，能这样热情地充满爱心地推广先进文化，这个小克子还真是有办法。

辛有说她们过去不是也结婚么，婚夫人就姓婚，大妃次妃说谁呢？周公说一个氏族不与世同进，制度退化也是有的。

长梃说云书颛顼文都没有“妃”这个字，妃是我们契文的翻译，夏文中的对应词是“傍家”，大傍家儿，二傍家儿。

阿费说那，有娶着仨俩的没有？长梃说我这不是一直给两头当翻译么，结婚喜酒喝得我每年头夏至都醒不过来。

阿费说那人当地男的不眼气呀？长梃说眼气你也娶呀，你娶咱也上门贺喜，送羊送酒。

周公一拍大腿：你嚎嚎这个小克子！

长梃说第三年，公子开始进行丧葬改革。也不跟燕人说什么，就派兵扛着铜镐木锨在村口候着，看见谁家死人抬出来往野地里扔，就跟着，也不多讲话，弃尸的人前脚走，后脚给埋上，添个坟头，栽棵小松树，采俩野枣一盆泉水供上。回头再派个营正，披上麻到事主门上哭一场，送白布半匹、铜二斤，以示吊唁。阿费说人家事主能乐意么？长梃说见了不要钱铜布还有啥不乐意的，驻军长官亲自上门慰问，左邻右舍跟前多有面儿阿。

周公又是一拍大腿：你嚎嚎！阿费递上一枕头，说您拍它，都熟了。

长梃说燕人最老内老太太，燕京戎大酋长他外婆死，您猜怎么着，公子亲自披麻戴孝，在老太太坟前摔瓦盆，嚎得嗓子都哑了。部队出肉出油出餐具，摆了一河滩酒，请全部落老少吃流水席，还派咱部队乐伎三十六人，以诸侯礼六羽演于野。您猜怎么着，酋长掉了泪啦，他妈他傍家儿他闺女全感动坏了，给咱世子敬酒，说你们周人这个办法好，对过世老人尊重，以后我们死了也按你们这个方法办。

周公说你嚎咱家那小子，有人家孩子一半心眼我也不用捉这么大急。礼是人情阿，跟他讲多少遍说懂了懂了，把天子赐我的那些钟鼓车驾都日弄了去，还是当排场了，不定怎么招人讨厌呢。

8

成王二十一年端午，阿费喂周公蛋黄，上一口还在吧唧嘴，下一口递到唇边，人已经卒了。周公病重期间成王来看他，周公表达过想葬在成周，死后魂魄依附成王的意愿。

成王当时说应该没问题吧。周公卒未几，京畿发生风灾，大树连根拔起，庄稼都吹倒伏了。成王说这种时候还是先救灾。又说人死了应该依附父母，没听说依附子侄的。

二十二年，将停尸一年的周公就近葬在毕地文王墓旁，赐谥号“文”。大封周公九子：长子伯禽袭鲁公；次子君陈袭周公；三子龄为蒋伯；四子朋叔为邢候；庶五子樊为凡伯；庶六子穆为胙伯；庶七子微为滑伯；庶八子惠为祭伯；庶九子无名为茅伯。葬礼举行完就命他们到自己封国去了。

伯禽在鲁国的宗庙又为父亲补办了一次葬礼，在葬礼中使用了成王赐给他的天子仪仗鼓乐，君子以为无礼。有鲁国君子星夜结伴赴洛都向成王打小报告。成王说制定礼仪是为了使上下和睦，如果因为礼使上下生出嫌隙，就失去礼的本意了，天下死利益者众矣，无使更添死观念者。斥退了君子。

成王对召公讲：鲁国的这个风气呀，上上下下都把眼睛擦得贼亮盯在别人举止上，从没见一个人到我这里报告，说我发现自己德行有亏欠，不配做君子，请求处罚。都是检举别人，希望别人受罚，我不愿意生活在鲁国。

召公说周公很伟大，周公衰年成圣，制定的道行规范都是心如止水的老人易于遵守的，他的儿子个个生龙活虎，却被“无改于父亲之道”这顶大帽子压着，不得不在表面上下功夫，所以鲁国的禘祭繁且厚，内心不安静却要做出恭顺的样子，这就是虚伪了。君子有四德：恭敬惠义；亦有四损：阴伪党议。戴君子冠，存小人念，是真小人。我在这里跟君上打一个一只羊的赌，鲁国一定第一个出乱子。成王说父亲太伟大，儿子不好过阿。

二十三年，成王颁布诏令，废除契文，推行周大篆。

二十四年，於越来宾。有女子变丈夫，丈夫变女子。（李鼻约按：这应该是有记载第一例和第二例变性手术。）

二十五年，王大会诸侯于东都，四夷来宾。冬十月，归自东都，大事于太庙。成王召回向挚，在殷墟重新成立殷书组，使其能就近搜集发掘殷遗物。有马化为龙。（李鼻约按：马高八尺曰龙。）

二十七年，不牛先生辞世，辛有代表夏书组全体同仁前去吊唁。李黍请长假，依制回家守丧三年。有马化为人。（李鼻约按：应该是某人家里马丢了，马棚里站着一人，说：我就是内马。）

二十八年，辛有在绿化带小树林拉野屎，完事横穿马路没看车，被马撞了，伤了脾，草医以为脾主运化，给他开了山楂丸回家休养。

燕公子姬克回丰镐祭祖，长梃走他的门子，在他们家棠梨树下拜见召公，献诗《甘棠》称颂召公。召公欣赏他的才华，为他解决了编制，安排他在太卜挂名龟人，支领干俸百束干肉，不必真去钻龟，还在夏庙上班，待史那边位子出缺，再补为史。长梃问召公：您是觉得修夏书挺扯的么？召公说没有阿，我觉得很有意义。长梃成为夏书组实际负责人。

阿费失业，蒋伯龄捎信愿意她去蒋国，阿费跟捎信人说请你回去跟伯龄说我谢他了，河南熟人太多，不去。继任周公君陈依奴隶管理办法将她送到南门外人市发卖，辛有出面一个贝币将她买回来，赠给长梃，说你们俩能一块凑合凑合么？阿费说不想凑合。长梃说巧了，我也不是凑合人。昝丹给费介绍一个辛有老战友，退伍车右，在夏庙旁路边练一个修车摊儿，专钉马掌，说他能帮你把奴籍除了。费说草！他特么一天到晚摸马掌再摸我？我就这秧吧，当了一辈子奴，突然不是了，我再疯了。于是以奴的身份继续留在夏庙打杂。

二十九年，全夏书提要誊出，堆九大筐冒尖。辛有拥筐大哭，诉曰：谁也别拦着我，我必须扛周公坟前让他老人家看一眼，我答应过他，我答应过他呀，呜呜。

隔天小雨，辛有找老战友借了辆别人家放在那儿修的马车，昝丹费帮他把书筐装在车后，费跳上车帮子说我也去，看眼老头。辛有说坐稳了阿，嘚儿——驾！赶上车颠颠走了。

午后天放晴，辛有、费赶着一轱辘泥的轻车回来。

昝丹站在高台阶上问书呢？俩人都不说话，辛有卸了套，放马到绿化带吃草，费低头往廊子走。昝丹一把扯住她，说：书呢？费一把没甩开。辛有走上台阶，说书，我给烧了，你说，我不烧，他怎么看？昝丹死死揪着费：你也不拦着点？

费说我觉得他说的有道理。昝丹说你知不知道这是我这多年……蹲下哭了。

长梃闻声从屋里出来怎么了怎么了，别为我吵了。辛有说没事，你们内目录，没留个副本阿？长梃说需要么？需要就弄一个。辛有说弄一个，需要。长梃说周老坟怎么样？辛有说长草了。长梃说人阿。辛有蹲到哭泣的昝丹旁边，跟她咬耳朵，摊开两手，作笑脸人状，昝丹一把推他滚下台阶。辛有躺在地上说：我可还有病呢。

三十年，林氏伐骊山戎。骊山戎来宾，向成王告状。有马化为狐。（李鼻约按：行不行阿！）

同年，李黍在守制期间心肺衰竭过世。夏书组同仁去李家吊唁，李耳十七岁，头缠麻布身穿衰服出来跟个人似的磕头，问什么都答唯唯。同仁夸这孩子懂事，有里儿有面儿。

李夫人当堂跪求长梃，赏孩子一碗饭吃。长梃答应她，守制期满，让孩子顶他爸班来夏庙当差。

三十一年夏，有马化为鹰。（李鼻约按：盗马贼年年有，路数年年新。）长梃在蓟生的儿子，一小老赶找到夏庙，报名长梃，昝丹就让他进来了。长梃掏出俩贝币让儿子去住大车店。辛有给拦下了，说干嘛呀，这么大一周天下没咱儿子一口饭吃？做主收留了他，让他跟着昝丹做清洗陶瓦工作。对长梃说就别让他跟你一名了，拢共不过几个人，一喊俩人回头，入乡随俗，另起个名。长梃求太卜那边的同事给掂了个字：枞。

爷儿俩都住庙里也不合适，长梃在丰京南城找了间房，挑了个吉日，和长枞一起搬了出去。一次单位分东西，长梃长枞都不在，泾河新打的鲶鱼，费怕搁臭了，打辆马车给长家送去。敲半天门，院里出来一白头老太太，满口燕语，费说奶奶，长梃在家么？老太太说半天，也听不懂，问长枞在不，还是听不懂，费就把鱼拎了进去，放在厨房出来，听厢房里长枞说妈，谁来了？费也没暖声，出门跑了。

三十三年，王游于卷阿，召公陪同，献诗《卷阿》。成王回来住进丰京的宫室，在这里操办儿子婚事，命世子姬钊去房国迎娶房伯的女儿，房伯祁阳随车一同来到丰镐。

当日，辛有在过结婚车队时狂跑穿越马路，再次遭遇车祸，被马踏在肝上，车轮碾过膀胱，当场卒于路中央，因为违反交通规则个人负全责，没有得到赔偿。夏书组同仁前去吊唁，辛有夫人不让进门，在屋里指桑骂柳树。同仁在院外大槐树下三鞠躬，手心捧着泪离去。

召公命长梃接任守藏史，关系正式调到史这边，两头跑。

这年，周朝建立正副史册制，太史跟在王身旁，有大事发生，记于史册正本。宗周这边守藏史另记副册，直接归档。

三十四年春，刮沙尘暴，大白天跟黄昏似的。长梃坐在屋里说就剩咱们三杆老干葱了。昝丹说咱妈好吗？长梃歪着脖子说谁妈呀？昝丹说不知道谁妈。长梃说听不懂你说的话。

是夜，咸阳下雨，满街黄泥如金。摆摊算命的瞎子占曰：天雨金，三年，国有大丧。

李黍子李耳夹着包袱来夏庙上班。长梃命长枞做他的师父，先从伐竹削简做起。

三十七年夏四月乙丑，成王陟。

次年甲戌春正月，世子钊即位，是为康王。命冢宰召公总领百官，为首辅。诸侯朝于丰宫。

康王元年秋，昝丹过世，临终快乐地说：这辈子可过完了。阿费葬她于西门外乱坟岗子，坟前语亡魂：别回来了。

十九年，夏有雪。鲁公伯禽卒，公子酋立，是谓考公。

二十一年，大旱。鲁考公卒，弟熙立，是谓炀公。鲁炀公依照王城的规制，把自己公门露天的观，加顶改建为三重茅的阙。太史毕公认为这个事不大，长梃以为大，有僭越之嫌，记于另册。

二十四年，召公卒，公子克袭召公，遥领燕侯。召公克为夏书组解决了编制，在守藏室下成立夏书分馆，陶瓦龟竹作为典籍收入馆藏，人员胡乱安插在礼官以下各单位，有挂名鸡人的，有挂名诅祝的，还有家胥、占梦徒、司几筵下士不一而足，好歹有了保障，喝上粥了。大家都很感谢长梃。

李耳因为不好好工作只知贪玩和长枞一出去就野一天，受到长梃严厉批评：你这样对得起谁？长枞挨了他爸俩耳刮子一脚，踹到墙角，指着骂：你小子将来永远不会有出息！长枞顶嘴：您说的出息是什么呀？话没说完爬起来就跑。

二十六年秋九月己未，康王陟。费出走，不知所终。

次年庚子春正月，世子姬瑕即位，是谓邵王。（李鼻约按：金文之邵，即篆文之昭，后世多记为昭王。）

成王到康王五十七年未用刑罚（刨去周公主政六年），史称成康之治。

邵王元年，鲁炀公卒，公子宰立，是谓幽公。幽公从小喜爱祭祀的庄重和仪式感，大人举行祭祀，别的小孩看会儿热闹也就散了，他能一天跟在大人后面学着行礼，进入太庙，跟到家似的，每个黑黢黢牌位都喊得出谥号，喊得那叫一个亲，因为站有站样，跪有跪样，受到长辈喜爱，都叫他小大人儿。弟弟姬沸因而相形见二，经常受到父母训斥：你怎就不能像你哥一样？他能做到你为什么就做不到呢？

姬宰做了鲁公，便严格按照周礼规定的五行配五色五味和五脏过日子。孟春正月住大寝东堂左边那个房间，穿青色衣裳，佩戴青玉，乘坐青龙马拉的插着青色旗子、轱辘刷青漆的车子，祭祀窗户，向窗户献猪脾脏为祭品。这个月推算出来应该吃酸的和羶的，所以只吃酸浆麦饭和点了醋的老羊肉。在第一个辛日祭天，求丰收。挑一个亥日带领卿大夫到特意给上帝保留的一亩三分地表演耕种，具体表演方法如下：幽公亲自推耒耜入土，推三下，卿推五下，大夫推九下。然后大家返回大寝太庙会餐，喝酒，曰劳动酒。

仲春二月，住大寝东堂中间的房间，穿青衣驾青马佩青玉，还是只吃麦饭和老羊肉；祭窗户。在第一个甲日，命令百姓祭祀地神。燕子飞回来的那天，向主生男孩的禖神献牛羊猪三牲，带领夫人姬妾一同去祭拜，当着高禖向怀孕姬妾敬酒，把男孩子玩的弓套和弓箭授给她们，祝愿她们生男孩，如果没人怀孕就算了。春分前三天，派官员到每户人家窗下使劲摇铃，警告他们：要打雷了，性生活不检点，生下孩子有残疾，父母要遭殃。

季春三月，住在大寝东堂右边那个房间，还是一水青，吃酸羶，向炎帝庙献黄桑色丝衣，祈求蚕茧丰收。宫里女的斋戒。禁止所有妇女打扮，专心养蚕。用小鱼向宗庙献祭，求麦穗饱满。将种牛种马牵到空场，看它们交配。然后在国都举行驱鬼大傩，在九门斩狗，剁碎狗的身体去疠疫之气。

孟夏四月，住大寝南堂左边不向阳那个房间，口味为苦，气味为焦；祭灶，祭品为肺。穿红衣，乘红车驾红马插红旗，吃鸡和豆子……唉内喂，每个月都有一堆花样，穿不同颜色衣服乘不同颜色车吃不同味道的饭菜，换着房间住。

各种祭祀，祭山川，祭季节，祭四方神祇和所有曾经活过的名人。舞蹈演员向祖师献一把芹藻，也要帅卿大夫百官去观礼。以致专门用来喂养牺牲的国家牛圈草料不够吃，要特别号召百姓，每个人都要出去拼尽全力割草。鲁国的百姓不是老姬家从陕西带来的周人，人家祖祖辈辈生活在这块土地，种什么养什么怎么过日子，都是符合这里的天时地力多少年得到的经验，如今都逮按五行走，统一步调，官员下到田间地头进行监督，到日子一齐耕地，一齐挖渠，一齐砍树，一齐粘鸟，一齐染布，说停就得停，谁不停打谁屁股。百官也很痛苦，负责农业的春天就要赤足站在水田里，指导农民旱地应该种什么，沼泽应该种什么，怎么种，农官说我哪知道阿？负责山林的每天奔波在荒山野岭，长在林子里，检查每一张网子有没有粘了小鸟，刚刚生育的母虎是否母子平安，不少林官就这样失踪了。到了收获季节，不论职务高低，卿大夫都要挽着袖子下地抢收抢晒，保证每一粒粮食及时入库，周朝人都知道，鲁国上卿手上有茧子。

头道霜见地，所有工匠都要停止手中工作。有司派员到各处摇铃宣布：寒气突然到来，人的体力不能抵挡，都回到屋子里去。这个月，全国老百姓参加军训，都到收割后的田野上列队，司徒把执法鞭插在腰间，带领大家向鲁公宣誓。然后鲁公驰骋，开始打猎。

邵王十四年夏四月，恒星不见。秋七月，鲁人弑其君，拥戴公叔沸为君，是为魏公。臣下弑君乃我周开朝以来首例。

邵王正在拉夫征粮准备向楚蛮用兵，无暇东顾，派长梃代表他出使鲁国质问此事。

长梃回来报告说是鲁国太史惹的祸。肇端始于去年孟冬十月，这个月是太史以牛血涂于龟甲，占卜侦查臣下有无结党营奸之事的季节。占卜结果指向了一些下层君子，鲁太史揭发了他们，君子受到鞭打，怀恨在心。转年七月，鲁公身穿白衣，乘坐白马拉的打白旗的兵车，帅卿大夫百官去西郊举行迎秋大礼回来，在公廷上接见军队干部，请大家吃大麻狗肉煲，有同情君子的军官刺杀了他，然后伏剑自戕。魏公在这件事情上是没有责任的，事发时还逃进大寝躲在妇人床下，被大家拖出来，硬摁在公位上接受臣子的北面之拜。

鲁国的卿大夫说是我们强迫他做我们国君的，要罚就罚我们吧，我们愿意集体自杀。长梃还报告了一些姬宰在日常生活中处处比照天子食寝制度严格要求自己，劳民害物，涉嫌僭越的事迹。说我了解到的情况就是这么一情况。

邵王说先周公制定的礼仪我都不敢完全照搬执行，否则什么也别干了，这个姬宰也不知过什么瘾呢，行吧，先这么遮吧，等我从南方回来再说。就出发去了汉水。

十六年，周师渡过汉水，深入楚地，荆蛮坚壁清野，纷纷闪避，大军盘桓楚地数月，只遇到一群犀牛。但是占领了大冶的铜矿，士兵改作矿工，挖了很多铜带回宗周，赏赐给贵族做餐具，人人整一盘子，民众以为是很大的胜利。

十九年，有彗星划过夜空，光芒遮蔽了紫微星。铜绿山被荆蛮夺回，守军被掠为奴。邵王起西六师，以周武公、辛伯为帅，再次亲征荆楚。长梃随王出征，为记武功事。

部队从丰镐出发就是阴天，一直到达江汉地区仍未见老阳，空气湿得能洗脸，刀剑锈在鞘里，拔出来都是绿的。弓也多开胶不能使用，只能用弓弦系鞋带。王师溯长江而上，炫耀兵威，到达夔国边境城镇秭归而止。回师到达汉水遇到荆蛮联军，周师兵车陷于泥淖，不能开动，王中飞刀而陟，尸体沉入汉江，被疾流带走。同日战死的还有周公君陈、祭伯惠，尸首皆不知下落。长梃只来得及在竹简上刻下：丧六师于汉……就被一柄飞轮般掷来战斧切开胸膛，血喷在竹简上。这枚竹简后来被鄂部连同邵王衣冠一起归还给了周。

周太史记：王南巡不返。没有向诸侯报丧。宗室贵族拥立世子姬满继位，是为穆王。

李鼻约按：这是我周立邦以来遭遇的最大军事灾难，看家老部队西六师全军覆灭，君主阵亡。三代斯时，周被认为最重武功，定鼎以来发动的战争，大数倍于殷夏。考查几家史籍，没有征伐也就是成康那几十年。故时人云：夏正德，未用兵之刃；殷秉义，始用兵之刃；周信力，尽用兵之刃矣。——虽然这话也不尽然。成康四十年，周在休养生息，四夷也在休养生息，至昭穆，周国力达到鼎盛，四夷也变得强大。昭穆二王都是军事家，像他们祖先一样剽悍尚武，相较于日祭月祀时享更热衷亲自带领部队远征。周穆王曾对劝阻其对犬戎用兵的祭公谋父讲过句著名的话：先周公建立的制度千头万绪就一句话：大事在祀与戎；祭祀我都按日子祭了，怎能偏废战争呢？周穆打仗跑路跑得那叫一个远，令人发指，百代之下更无第二人。周昭，守成之君，亲蹈白刃，轻死于战阵，上下几千年也是没谁了。长枞先生有言：子顺而父骄，下驯而上轻，周人制定的制度克自己。又言：我是不赞成惟德是辅的，天道这个东西，有轮回，也不是你德行完备就能躲过去的。一般认为，周人的战斗精神和好运都在这爷儿俩手上造光了，其后诸王，一王不如一王，有周八百年，七百年都是在那儿混，叫人欺负得一点脾气没有。桀纣虽暴，亡国之日仍像战士一样去战斗——到最后一口气，家国虽倾，允保宗祀。周末代天子赧王延，生前即被世人遗忘，寡居于王城，令不出寝户，死得像个老百姓，死后绝祀。呜呼！这就是君子常说的有的人一生死两回吧。君子说礼崩而后人心不古，敢请复礼。王者悦而不纳。秦庄襄王灭周时对西周君和东周君说：周公制定的这一套家国共体、以血胤安尊卑的政治制度连同其内在伦理你们自己家都没执行好，承不承认本朝实践的结果是失败？二君伏地不起，说：承认，承认。

9

元年己未春正月，穆王践位，修建以他父亲谥号命名的邵宫。追谥长梃：文忠。诏令其子枞袭守藏史。长枞抗诏逃进终南山。李耳也要跟着去，长枞说：你就别去了，你一大家子都指着你，你走了，置亲老妻子于何地？李耳说小子可抛下家属。长枞说不许！为求解脱抛妻弃子不得要领，心何以安？不信此辈终得解脱。家人乡属之望亦是常数，有数尽之日。等你摆脱了俗累，再来南山找我。李耳说呕了。

三月，召公克乘车过夏庙，临时起意下车，进来瞜一眼，发现只有李耳一人在奋觉，说就剩你一人了？李耳说是。公说好好好，背手走了。未几，任命下来，李耳续任守藏史。

冬十月，在南郑修筑祇宫，以那里为陪都。修筑邵宫的工匠全调到这边来了，冬至没能回家，王命赏胖头鱼和猫肉。

九年，筑春宫。召公说您是房子不够住么？王曰：不是，我就是想住得宽敞点——行吗？召公唯唯。

十一年，任命祭公谋父为卿士。姬谋父是周文公旦之孙，周武公君陈次子，烈士子弟，因同日战死的祭伯惠膝下无子，都是闺女，三岁过继到姬惠名下继承他的国家。姬惠死后亦被追谥为“武”，晋爵：公；谥号祭武公。故谋父称：祭公。

这年秋天开始囤积粮草，调集马匹，修理军械，组织人民军训。冬十月，王亲临校场观看贵族比武，分赶大车、射箭、摔跤三个项目进行考核。祭公问王：我能打听打听您打算干嘛么？王曰只是依礼行事，你忘了咱们冬天要军训了？

祭公说我以为现在为先王报仇的时机尚未成熟，江汉地区人民还不太拥护咱们。穆王说我没打算讨伐荆蛮，真的，我保证，以先王在天之灵发誓。祭父哦哦，我想多了。

十二年孟秋，大起九师，将驻守河洛的成周八师及殷八师一部都调来了，以御车第一毛公班，射箭第一井公利，摔跤第一逢公固为三路元帅，在郑宫前誓师授旗，北征犬戎。

祭公早起还没漱洗，听到街上几千匹马咴咴叫，几万人整齐跑步，哐哐哐，地动窗摇，来不及备车，痕了口水，手挽长发一溜小跑，到郑宫门口才把发髻盘好，插上簪子，一口水噗——，喷地上；问穆王：您为什么呀，犬戎招您了？

穆王很严肃，说犬戎居住在一千五百里之内宾服区，依照我周礼法，每个季度头儿上都要来丰镐随我一同祭祀先王，大家见个面，吃个饭，这是制度，打从我即位以来，十二年，就没见过犬戎王树墩一面，故而我要讨伐他，向他炫耀我强周的兵威，不是为了我的面子，是礼！

祭公说人家犬戎是游牧，跟着水草走，今天在宾服，明天在要服，后天就可能到了荒服，您不能拿咱们的地理观念套人家。穆王说你等会儿……

毛公踢着正步走来，穆王从王卒手里接过沉重的白色旄旗伸直胳膊授给他，于丹田处三拱手：拜托。随后举右拳向正在通过的部队晃了晃，部队吃乌阿——嶽，一齐歪头看他。

祭公说依礼法规定，子孙不能每日来参加祭祀，君王要检查自己思想；诸侯不肯每月来，君王要检点言行；夷狄不来，要检查自己的德性，是不是人家不佩服你了。都做到了，他还不来你再去打他，你不反省自己怎么先跟人家码了？

井公踢着正步走来，穆王把黑色旄旗授给他，对祭公说：你说的都对，那又怎样？

逢公走来，穆王授旗，冲祭公喊：丙废话，回嘁！把你的盔甲登上，马换掌，车轮刨刨圆，跟我一起——出个远门。

穆王看到一个年轻人站在一排文吏中上蹿下跳，非常起哄地向部队挥手，喊他诶，你，哪单位的？小伙回头——并不小了——立正报告：守藏史李耳在。穆王说守藏史？很好，回去收拾东西，跟我走。（李鼻按：余祖耳生年一直混淆，歧说纷纭，民间甚至有生于殷商说。家族内也向有两说，一说生于成王十三年，一说邵王四年，两说相距五十四年，皆言之凿凿。若依前说，穆王十二年耳祖即八十有一，年纪实在太大了，不应当也不可能奉旨出征。幽王二年三川地震，余家祖屋亦塌，壁中出土不知何年所修无头族谱，可能是为防失窃藏于壁中，这次没再失传，辗转传至余手，谱曰：……黍生耳，耳生耳云云。始知此耳非彼耳，黍子耳之子亦名耳，这就对上了，父子同名乃一时之俗，随王出征当是时年二十有七之小李耳，从背后看，是个年轻人。）

秋八月，部队西出黄河，穿过腾格里沙漠，并没有找到犬戎主力，一直在打狼。九月，班师回到丰镐，向太庙献上四头白狼。

十月，穆王率部队再出磴口，穿越腾格里沙漠，还是没有找到犬戎大部队，只是掠杀了一些零星牧人散户。一个老者说树墩已远避到戈壁阿尔泰以北去了。穆王对李耳说搞不清西北域外的情况，这个仗打的就是瞎猫碰死耗子。

十二月，部队在野外过了冬至，年底回到丰镐。

随军出征的小李耳记曰：腾格里流沙千里，终日狂风，地形每天都在发生变化，忽如河岸，忽如怒涛，忽如卧女，像大地在刷鬼脸。来自中原的战士，那些笃信只有土地可靠出身农家的孩子，在一日三变的世界中迷失了，很多人信了鬼怪，部队流行各种灵异传说，说穆王是金毛狮子，晚上睡觉会变身，咬死身边卫士，喝他的血。王下令杀了信谣传谣的整伍士兵，晚上当着大家面睡在露天，谣言不能止。

进入十二月，部队断了粮，靠射杀天上飞过的禽鸟维持生存。那些禽鸟斑斓羽毛堆积在周师走过的千里之路上，风一吹，又像鸟群一样飞起来，担任后卫的战士边撤边磕头。

十三年春正月，王大起九师出动伐西戎，井公毛公逢公都病了，只有祭公随行担任军帅。祭公没有指挥部队经验，发出的号令十分混乱，下达的行军命令是去阴山南麓之阳纡山，部队却走到冀州的阳纡之渊，发现情况不对，已经在渊上，只见黑浪滔天，鱼儿又大又肥。穆王发了脾气，解除了祭公指挥权，一车当先走在前面，带领部队原路折返丰镐。

秋七月，西戎来宾，参加完祭祀吃冷肉饭时问穆王：听说春天王师曾经出动来攻打俄们，俄能问问为石马么？穆王说你听谁说的，没有的事。

八月，徐戎趁河洛空虚，侵入洛地，洛都宣布戒严，关闭城门。王命成八师所部星夜回防，一夜之间征用了丰京官民所有马车。王乘坐造父赶的著名千里马骅骝、绿耳拉的轻便马车，先部队一天抵达洛都。守城军士不认识王，不开城门。造父在城下叫骂：你们不认识王还不认识马么？兵这才打开城门，放王进城。

十月，王有事回丰京，坐造父赶的骅骝绿耳拉的车一夕之间赶回丰京，处理完事情，太阳没出全，又返回洛都。

十四年季春，王帅成八师与楚国子爵熊胜率领的蛮兵两路会攻徐戎，大破之，斩徐偃王，拆除了徐国都城。

夏四月，王命拾徐人骸骨，在徐墟置军观，易徐墟名军丘；在军丘之野进行大型围猎，很多春天怀胎的母兽和幼兽被杀害。因为狩猎季节不合礼，太史记之。

五月，在桐宫故地桑林造范宫，王卧于桑树下饮酒，观民女采桑，设置了桑园守吏，以禁绝流氓入桑林调戏妇女。

小李耳得空去游览殷墟，遇到向挚的孙子向畤带着殷书组的人在那里发掘大墓，问：谁的墓阿？向畤说倒霉，挖了个女的，后母辛，我们准备回填了。李耳说武丁媳妇阿，太甲墓还是没找到？向畤说不找了，这儿的农民没实话。还是你说的对，要靠挖墓找材料，下辈子我们殷书也动不了笔。你能相信么，前儿个我们内太戊墓挖出的甲骨居然还有伊陟的作文《原命》，这都四朝帝过去了，老头儿还活着呢！因问李耳：你们怎么样，找不到理由不玩活儿了吧。小李说这不，又抓我的差，给他写传。

九月，隙翟入侵毕地，砍伐栗林，洗劫了供奉在周社的青铜器和老玉，拔了诸先王坟头草，无耻号称：扫墓。

卿事寮五公办公会议——召公周公井公毛公逢公，纠集各自家臣，拼凑了一支队伍，赶走了他们。王命在宗周丰镐组建新六师。

十月，王仍在东方耀武扬威，在萍泽湖畔举行了阅兵，王亲自下水划鸟舟，还在舟上饮了酒，作诗《萍水》。

十一月，将禁军力士高奔戎在军丘之野生擒的虎崽拿木笼子装着，运往东方通往洛都的形要之地大伾山饲养，垒石为邑，置军兵，曰虎牢关。

十五年甲戌，春正月，留昆氏来洛寻亲，献豁丹上等美玉百枚。

王命筑台陈玉，使用耐火砖，形若垒壁，曰重璧台。安排活儿最深的盛姬住在上面。盛姬是盛国国君盛伯之女，第一代盛伯是周武王七子武叔，与王同姓同宗，是侄女，王因此命盛伯为姬姓族长。周礼规定同姓不通媾。王者认为凡事有变例，没什么不可以。君子期期以为不可，记为姓盛的姬，曲尽其智为王者讳。

王在范宫接见留昆氏女族长女娓，听取她的请求。娓说她们是女娲部过昆仑没跟上队伍留在当地一支，故称留昆氏。

娓称她们是中国所有贵族妇女祖先，有不可推卸使命找到她们失散的姐妹，听说她们后代一个妹妹被神农氏第一位炎帝姜魁生了，为了牢记出身，自称有部，犹太，犹他；一律是曾经阔过到今儿也放不下架子以致有时下不来台的意思。根据留昆氏掌握的线索，这位妹妹曾经流浪到陕西眉县邰亭，后来一路向东，到过汾水下游台骀，最后听说消息是曾在山东费县台亭出现，已经姓墨和台了。

穆王说不吃劲，她不是来了么，只要人进了中国就丢不了，告诉我妹妹名字，我叫人去找，没有找不到的。

娓说那就麻烦天子了，妹妹姓姜，叫姜原。穆王愣了。

娓说天子听说过她？穆王说呃——，听说过，这个人做得很大。娓鸡冻跪直：妹妹在哪儿？我要见妹妹。

穆王抬眉毛把祭公招过来，耳语了几句，说是这样，女士，子孙找祖先的事年年有，祖先找子孙我们还是头一回碰见，不得不慎重。我听说辨别两群人是不是一个祖先，不用验血，考查她们的语言就知道了。抬下巴指祭公：这位先生是我们这儿语言专家，女士可以和他聊几句。

祭公问女士你们管村儿叫什么？娓说屯儿。祭公说你能写下来么？娓说只会写字母。祭公说没事，字母我看得懂。叫人拿沙盆来，娓用手指写下 duwr。祭公又问：我怎么说？娓答俺，在沙盆写 an。祭公说别介？娓写下 bil–tsi。祭公说窟窿。娓写下 chowr。祭公说：丫的。娓写下 yad。

穆王说够了，古人云：亲不出五，事不过三。三词相当就足以说明大家同出一源，现已超过三词。伏身下拜，大叫三声：祖宗！祖宗！祖宗！娓说可找到你们了。

穆王问老家还有什么人？娓说老母还在。穆王喊：套车，把我好马牵出来。娓说啥意思，撵我走阿？穆王搀着老太太往外走，说老母身体怎么样，还能赶上见她最后一面么？娓说我这屁股还没坐热呢，早起到现在还啥都没捞上吃呢。

穆王说现在就吃。喊高奔戎高奔戎。高奔戎挎着刀从警卫室奔出来，说：在。穆王说给老人家搞点饭，叫力士组集合，数一百下后出发。高奔戎说是！带着女娓往灶上走：胸是炒鸡蛋你吃么？女娓问什么胸？奔戎说鸭胸。

造父从马厩牵出骅骝、绿耳、赤骥、盗骊、白义、逾轮、山子、渠黄八匹名马，说干哈呀，上哪旮？穆王说三百呢？叫他也来。三百跑出来，手上都是水。穆王说赶紧，套车。

造父把骅骝绿耳套在主车上，让它俩驾辕，赤骥白义拉边套；三百套警卫车，渠黄逾轮驾辕，盗骊山子套边。

力士组孔牙蒌豫长弓短剑风风火火跑进院里，帮着三百往车后装金贝朱砂干肉酒粟。另外两个车夫芍及和耿翛也从马房出来，问我们用去么？穆王说你们当然也得去了，路上就要三百老造俩人阿？穆王的几只中华田园犬重工、彻止、来白、南奚、犀黄汪汪叫着跑过来，扑穆王；穆王挨个胡噜犬，和小母狗来白接吻，说宝贝儿，这回你们就别去了。

小李耳得到信儿赶来，马已经开始捯蹄，造父手里提着缰绳，穆王扶着他肩膀站在他身后，车右是系着安全带打饱嗝的女娓。警卫车比较大，三百站在车正位子，奔戎站车右，臂上挽着长弓，孔牙蒌豫芍及耿翛他们一堆人挤在车后。

小李往警卫车上爬，耿翛说没地儿啦。穆王说让他上，你们挤挤。对李耳说给家里留个信儿，就说我去盐池检查工作了。然后两乘大车起步。被狗夫拉住的小狗一片哀鸣。

车子驰出范宫大院，小李把刻了字的竹简扔在尘埃里。

这一年，东西两京老百姓忽然听不到王的消息感到很不适应，两京宫殿门虽敞着，花开花谢，却不见天子仪仗出入。往年经常搞的部队出征，部队凯旋，祝捷、献俘各种大型活动，今年一次也没搞，两京街头显得安静了许多。听坊间部队家属说，很多部队都放了假，士官和老兵回家帮着家属收庄稼去了，城里窑子、酒铺生意受到很大影响。

冬十月，卿事寮派出铎人摇着铃发布消息：王观于盐泽。好事者议论纷纷，是安邑那个盐池么？内有什么好看的，看也是白，不看也是白。有刚从运城贩私盐回来的老客说没瞧见呀，天子要去了，我这盐哪背得出来呀。有在孟津渡收鱼的鱼贩子说瞧见天子过黄河了。大家说瞥瞎说了，他过河做甚？西京在河则头捏。有长年奔波在晋冀豫之间贩卖妇女的人贩子说在井陉看见了天子，坐在路边喝水，旁边歇着两挂大车。大家说我呸！他喝水能叫你瞧见？人贩子也给说不自信了，说那就是一特别大的财主，他内马，太牛了！

事后，李耳被五公会议传唤，接受质询，作证说，并不能一一禀报所经路线，马跑太快了，所经过山都虚了，河水仿佛停止流动，人脸只似一团肉，沿途试图打劫他们的山匪路霸，射出的箭都掉在车辙上，每天都能看到骑马追赶他们的贼人跑着跑着马腿断了，一头栽在土烟里。他能记得的河名只有一条，那是一个跟他们一同牵牲口涉水的贩骆驼汉子高声应答：呼驼。再往西就不见村落阡陌，只见牧场牛羊，形形色色戎人骑在马上，看见他们掉头就跑，问什么也不回答，说什么也听不懂，舌头捋不直似的，与他们同行的留昆氏老太太也不懂戎话，说她们戎人之间打交道多数也是比划。老太太从没坐过车，从昆仑出发是一路磕长头要饭而来，只记得自己下山时还是个姑娘，现在辫子都白了。第一天就晕车，吐得什么似的，每天五花大绑在车轩上，一副散了架的样子，歇脚给老太太按摩的重任就落在李耳身上，苦不堪言。

天子在鬼方认了一门亲，一帮晒得倍儿黑，脸蛋两块高原红，俗称红二团的人，把我们堵在一座大山山谷里。内天天子忽发兴致，想去爬山，我们刚下了车，正在活动腰，四面山头冒出一连片脑袋，奏是这帮人，个个手托大石头准备往下砸，一个老汉开口喊：俄们是周人，腻们是蜡一个？

召公说被你知道了，我们原来是鬼方。李耳说当时也没想太多，就是沉浸在突然听懂人话喜悦中，天子边走边舞臂，放声喊：俄们也是周人，俄就是周天子阿。内些人一听扔下石头，蹲在山坡上哭成一片，哭诉：说好的成了事就来接俄们的呢？召公眼圈也红了，说鬼方是我老姬家十一世先公埋骨的地方，俄姬氏就是在那里形成了自己宗族，有了自己的语言、风俗和第一座小城——豳邑；才和周围戎人区别开来，才成其为周！滔滔湟涧阿，苍苍子午岭，黄土如金的大塬阿，是俄每个姬氏子孙午夜梦回心灵故乡阿。

毛公说是是，俄现在做梦还老推开窑洞门，眼前是一道道梁一道道峁，脚下是深沟。

召公说人不能好阿，好了就有人来分你的好，大塬明明是俄们种熟的地，人家就要把羊赶进来吃你的青苗，放着北边大草原不去，不给吃还不行，抄你的家，杀你的人。说是古公亶父仁义，不与人争，主动让国，属实是争不过，叫人家撵出来。那个薰鱼实在野蛮得很，不搞武装行吗？戎狄攻打我们，汤殷也来打我们，我周最后怎么在中土站稳的脚，就是去给帝辛当佣兵，专事征伐，才得到人家承认，你是个国，才把戎狄这顶帽子摘了，我周战士流了多少血呀！你见到的内些人，奏是当年叫人打散，受伤掉队，没能跟上走的我周子孙，古公大姑爷季绰为了这些孩子，主动留下，把他们一个个找到，收聚在一起，绝壁开荒，武装自卫。很艰苦，很英勇，孤军与强大薰鱼周旋几百年，使薰鱼骑兵不能南下，为我周发展赢得宝贵历史时机。他是不是姓亓，内个老汉？

李耳说是是，亓老汉，我听天子那么呼喊他来着。

召公说这是他们本家姓，他家第一代老家长亓季绰，叫号亓老三，原来是一代攻玉名匠，艺术家，尤善啄璧，人称亓璧。我周最早礼器很多出自他手，至今周社、太庙还保存不少他的作品。古公很尊重他，把女儿嫁给他，封他一族于春山之西湿地，伦序属外戚。古公特许他这一姓入宗籍，世代以宗室旁枝视之。你就不要叫人家红二团了，人家有正经氏名，也是古公赐命，曰赤乌氏。

李耳说是是是，我是不知道，天子知道，两边一聊就对上了，赤乌人拿出酒、羊、牛、麦、糜子招待我们，天子把自己身上带的玉佩摘下来回赠他们首领亓染，说下回，这回出来匆忙，有点拿不出手，下回一定，缺什么，喜欢什么，写下来，百倍与你。亓染说啥也不缺，俄们现在日子过得好得很，奏是希望你们能还来看俄们，还认俄们这门亲戚。

召公眼圈又红了，说：还得说是老亲戚。

李耳说我们在那座盘六圈才能登顶的舂山下歇了五日，天子登山露了一怯，站在山顶说：舂山，是天下最高的山。

李鼻案：舂山，因形得名。贺兰、祁连皆有峰凸拔浑直曰舂。穆天子所登之山，今称六盘，大篆“舂”犹有六旋。

亓染赠送两位赤乌姑娘女听、女列——给天子，以便让他更好地休息。赠送他们培育的优良粟种——给我；说你带回去试种一下，抗旱又抗虫。我长得很像农民么？

天子歇得不错，又发感慨说：赤乌氏，美人之地也，宝玉之所在也。亓染很感动，说您太容易知足了。

天子跟俩姑娘说我还得往西走，车上没地儿，等我回来，带你们去丰京。俩姑娘说行，我们等你。又说你们上西边哪儿阿？天子说昆仑，见西王母，我们老家儿。女听笑道：那你真应该请我们姐儿俩当向导，这条道没比我俩再熟的了。

赤乌氏养玉攻玉，除本地开采，还远去豁丹——即优地也拿采购籽料，每年往返，故路通人熟。赤乌名列周宗室，并未参加古公迁岐后实行的废戎俗，归化中原，垂衣而冠的文化革命，依旧戎地风习，男女无别，自主内外，女听女列就是专跑豁丹的采购员，每回都得找西王母，昆仑、豁丹好玉都窑她老人家手里。女听说你碰见我们俩算碰对人了。

天子给大家开会，商量下两个人，力士组除了警卫，平时主要是干脏活累活，搬开横在路上的大树阿，与扑出来的野兽人类搏斗什么的，考虑到前路更加凶险，不宜下。车夫四人组日夜轮换驾驶，为行车安全计也不宜下。女听说我们俩也会赶车。天子说你不知道，我这马不是二般的马，一般人弄不了。女听说君上您是真没见过好马，过了贺兰山，遍地都是这种马好吗，您这几匹也就算中上。天子说别了，别玩这悬了，过贺兰真有更好的马，我买两匹，让你俩骑着。

李耳说我可以下。天子说就你不能下，没人往竹上记，咱这一趟就跟没跑一样，白受累，逮让后人知道。

女娓大妈说我可以下。天子说你？咱们是去你那儿阿。大妈说我要求下！我晕车，我骨裂，我这些天死的心都有了，不管你们谁上谁下，我坚决不上了。天子说那你怎么回去呀？大妈说我走，我踏踏实实的。天子说还差一人，拿眼睛看芍及，这样，你换一车，让亓染再找一车，你赶着，不就是慢点么，反正你也没别的事。芍及说为什么不能是她们赶着？

召公说小李小李，我现在只想听你们见西王母那段。

李耳说话说我们到了一座山，山有四季景象，山顶是白斗笠一样的冰川，冰舌像炸群白马四散奔逸僵死在半坡上。背阴坡面是荒漠，有连绵的冰碛丘陵和壮观的冰水冲积扇，生长着刺矶松、驼绒藜、粉花蒿和粗如灌木的雌雄麻黄。向阳坡面是草甸，生长着紫花针茅、银穗羊茅和石化长脖鹿般雪岭云杉，渗入荒漠的雪水从这厢冒出来，坠入大滑梯般的山谷，形成无数飞眼频顾眨动的高位沼泽。再往下又是荒漠，沙土棕栗色，生长着昆生葱、针茅和合头草。

女列说这些土特别补钙，她们每年都挖一包拿回去给族里的老人吃，跌跤不骨折。李耳说你们是搁粥里阿还是蒸发糕？女列说蒸发糕，点酸浆，否则吃起来有股碱味。

没出祁连，造父三百就废了，手心肿得跟发糕似的，攥不住马缰。剩下路都是女听女列驾车，一人一乘。这俩女的吆喝起牲口声壮若牛吼，八骏没命跑，都累成鹿了。

到昆仑时候大家都睡着了，车一停醒了，发现车旁围拢一圈藏羚羊清秀小脸，孩子一般无邪望着我们。从山根到半山晃动的都是藏羚羊、藏野驴优雅的屁股，山都给堵了。

女列说它们也是来吃土补钙，不然怎能在高原每天马拉松。我们混在羊群中慢慢往坡上走，偶尔会跟一队狼走成并排，它们看样子也都吃饱了，当我们不存在，瞟都不瞟一眼。

女列说在这儿吃羊根本不用去逮，随手抱上一只就行，但是你不能抱小羊，母羊会凶你。女列指着前边说：西王母。

云杉冷湖边，西王母身裹一张虎皮，花白头发编成独辫垂至脚下，远看跟尾巴似的。孔牙说靠得嘞，这儿还有虎阿？

女列说已经灭绝了，你没发现那是一张剑齿虎皮么？

李耳说怎么看出来的？女列说皮张比较大，虎斑色儿没那么黄。西王母正跪在地上挤奶，母羊驯从地站在她脸上。

李耳说内是她养的？女列说这儿谁养谁阿？都是失去孩子的母羊，奶头发涨，主动来让老太太挤的。老太太一辈子捡垃圾活着——女列指的是以一种大地清洁工的姿态，像兀鹫一样只捡食动物残骸，通过自己肠胃使生命得到轮回且不害物。李耳说我一直为人不得不同类相食——我指同为生命——这种罪恶的生活方式难过，认为这是人摆脱不了的原罪又苦无出路，今天看到至德，毋可说至善，是神一样的存在。我曾经恨神，为祂给人安排的根性，不能原谅祂的残忍，怎么可以这样，使人——生而罪恶。今天我看到了神的初心，从一开始就给人留出了正当的生存之路，我爱神了。

召公说你就不必向我们嘚嘚你的邪教了，我们对你脑子里奇怪想法不感兴趣。

李耳说天子叫我们停下，不要再往前走了，他一个人双手合十，一步一拜，磕着长头——这是他一路上向女听学的——五体投地向西王母爬去。老太太说介是谁家孩子呀?

李耳说我看到天子脸搁在老太太膝上，老太太用手分着他的头发，给他编辫子，念念叨叨。阳光铜剑一般刺在老太太戴满绿松石、羊脂玉老手上，光芒折向四面八方，其中有天子泪光。我等不忍卒睹，纷纷转身看高山风景。这时听到老太太唱民谣：白云在天，丘陵自出。道里悠远，山川间之。将子无死，尚复能来?唱的就是我等此刻眼中的风景阿！吾等——就连奔戎那么糙的人——眼中都流下思乡的苦泪。

天子唱答：予归东土，和治诸夏。万民平均，吾顾见汝。比及三年，将复而野。

召公说老太太一首歌就给他洗脑了，万民平均?老太太还活在原始社会。毛公说你认为老太太——西王母，是咱们祖先么?李耳说祖先什么样儿阿?祖先要活着，也不能够是咱们现在这秧儿。

听证会结束往外走时，召公叫住李耳，跟他说，关于我周原来是鬼方这件事，你知道就行了，就不要再往外传了。

李耳说没跟任何人提。召公说你那个另册也不要记。李耳说我记完都让您瞧一遍。召公说就是这个意思。

10

十六年乙亥，霍侯薨。王将已经手残不能赶车的造父封于赵，三百封于博，让他们安心去过退休生活。这一年岁晚儿，芍及赶着车把女娓大妈拉回丰京，大妈已不复人形。

王把大妈安排住在邵宫。大家都以为她是西王母，丰京一时轰动，百姓奔走相告，闲人聚集在邵宫门口看热闹。召公毛公他们提了羊羹去探望她，跟大妈攀谈了一顿，出来召公说：也没什么见识。跟着就过年了，李耳一直在家休假没上班，办公寮新来的见习史官戎夫把这件事记在了新一年。

11

十七年丙子，天子发动新六师，以祭公谋父为大司马，井公、毛公、逢公、虢公、邢侯、共伯为师帅，起国库之窑，满载黄金、贝帛、朱砂百车，浩浩荡荡，先北征后西狩。

第一站到了亶父故地，封亓染为溷伯，赐黑漆广车四乘、黄金四十镒、贝带五十、朱砂三百袋。命其重建溷邑，立先公祠，奉祀不窋至公叔祖类十一世古公，史称北溷。赤乌人民慰问部队，献食用马九百、羊牛三千、穈麦百车、酒千斛。祭公代表部队接受了慰问，回赠铠甲十副，青铜长剑十柄。

天子说向溷伯打听女听女列，说上回从昆仑归来，车到黄河死活不肯过河，说回家看父母，这一去就没了消息。

溷伯说我去找找，应该还在，头前儿还看见她们在马路上拾粪来着。

第二天女听女列洗白白抹香香头上插着花来了，天子留她们用饭，她们说坐坐就回去，家里还有事。天子说还是要麻烦你们出山，坐惯了你们赶的车，坐别人的总觉得慢。

女听说我俩已经嫁人了，都到人家住半年了。天子说听到这样的消息，我很难过，搞不懂你们，结婚对你们真的很重要么？明明可以靠脸吃饭，偏要嫁到人家拾粪，生一堆笨小孩，最后落的个把一生献给家务，最恨你的人是你老公。

女听说你的话谁敢当真呀，你对人生的看法真黑暗。

女列说凭什么我们就只配拾粪，我们嫁的也是牧主。

天子说喊，你们内牧主，还不如我们长工呢，不让你们白跑，拿出两匹丝，一人一匹，这算工钱行吗？你们一辈子也穿不完。女听说你太瞧不起我们了！天子说卜呜是，真不是！主要是咱们在一起好玩，上回多好玩阿，你们这李哥，回去一直念叨你们，说就没见过你们俩这么有意思的女的，能摆他聊飞了，埋怨我没把你俩留住，我要瞎说明儿就让祭公把我推翻喽！说完东张南北望：祭公不在吧？

坐车帮子上的李耳说还真是，指心区，放不下，一跳就想你们。女听说你们周人说瞎话都不带打磕啵儿的，我不冲你，我冲高哥。奔戎立一旁脸没地儿搁：我咋没觉得捏。

女列朝孔牙走去，说牙哥，说好的跟我私奔呢，我可还都记着呢。孔牙说一定要当着他们说么？

蒌豫踹芍及一脚：还呢儿傻看什么呢你？芍及撅着嘴把马鞭交给女听。女听说：蒌哥。

部队离开北溷，拣直北上，于博多渡出黄河，入崩耳之邦。崩耳人，世居河套，操古夏语，自称是黄帝十三子崩耳后代。当年黄帝追寻其先人足迹西行，诸少子随行，其中有十三子崩耳，过河套，黄帝封崩耳为黄河伯爵兼大祭司，主祭黄河。黄河为江、河、淮、济四渎之宗，故曰河宗氏。

黄帝老于昆仑，崩耳留在昆仑守陵，没世而终。千百年以下，他的子孙往来于昆仑、河套之间，一头照看黄帝陵，一头履行河伯世职，方音依旧，行状风情已半戎狄化，主要生活也靠放羊，这些年才开始垦荒，种些粟米。处对象也随了戎，一个女子嫁到你家来，就是王了，一辈子都得管，老公没了，家里其他人要顶上。下葬还是夏俗，再穷也要弄顶草帽扣逝者头上，才算礼到。如今忽遇束发扣冠、大襟右衽中原军队，感觉每根头发都亲，牧羊女扔下羊鞭就往战士怀里扎，张嘴喊表哥。战士造一大红脸，知道戎女热情，不造这么热情，扭捏问我是谁呀？牧羊女也不含糊，说你是三伯的队伍呗。她是从昌意那儿论的，昌意在黄帝诸子中行三，黄帝临走把政权交给了三伯的儿子颛顼，这么喊在家族内是讲得通的。后面的事她们一点不知道，跟河套其他戎部一样，千百年来管黄河中下游人都叫夏。淳朴的战士还跟牧羊女解释，我们是周天子的部队。牧羊女就笑，露出一副什么都明了的诡秘表情，戎人老人早教导过孩子，什么殷周，内都是夏人做买卖不认账，编出来的日哄戎人的，夏人鬼着哩。

前军统帅井利了解了情况，跟夹道欢迎的河宗氏父老讲：没错，咱们是叔侄关系，但是我们应该管您叫叔，姜原您听说过么？二伯玄嚣家大小子蟜极儿子喾的太太，我们是她孩子的——队伍，从崩耳那儿论，差着三辈呢，叫叔都是占您便宜了，正经应该管您叫爷。河宗氏河右总管柏絮说：那不能那么论，都是后人，至多论两辈儿。又琢磨，姜原是吧？太太那边的，应该叫舅阿。井利说就这么定了，老舅！

柏絮以长辈礼，打赏外甥部队豹皮十张、良马十二匹。井利代表外甥收下，向柏絮赠我周侯爵冕，带画衣裳一套。

柏絮说你怎么知道我心意？我就喜欢咱们中原右衽大花衣，比送我夜明珠都高兴。当场穿戴起来，大家都说像。

天子听了报告，表扬井利，认为处理得很好。自己也赶去见柏絮，亲热地叫老舅，说外甥来晚了，早就想来看您。

柏絮当场给叫跪下了，说不带这么乱叫的，我要应了天爷劈我。躬身把这一届河伯柏夭请出来，说你们聊吧。

河伯和天子序了宗谱，还是舅，高天子一辈。天子说老舅您就别客气了，我周从不因职务变迁擅改辈分，即便是天子，该叫什么还叫什么，人伦大于天。

河伯夭说你们这个规矩好，流水的朝代铁打的亲戚，今天咱们就按家里礼节，过了今天还是按国家礼仪，别让那些戎人笑咱们公私不分。于是依据礼物轻重顺序向天子赠五匹二丈帛加二斤豁丹玉籽料、斗大白玉圭一方。说拿着拿着，老舅也没什么拿得出手的。

天子说这还拿不出手，老舅太阔了。命祭公代他收下。说我就不跟您比阔了。伯夭命人杀羊，设十里野宴于河上，犒劳天子及周师旅以上军官。天子命军乐团临河奏唢呐鼓乐《河操海》，声振河谷，闻者皆掏耳朵。

大吹大擂中，天子因问伯夭：听说黄帝葬于昆仑？伯夭说是。天子说不是都说葬于桥山么？伯夭说不知道桥山葬的是谁，昆仑这个是我们亲手葬的，一千年没断人，现在还留着守墓人，每年我们都去扫墓。对别人来说，黄帝是个传说，对我们来说，就是自家老人，至今活在我们生活中，孩子们成亲，老人下世都要去报告，心里有啥想不开，也去墓上念叨念叨，就或也了。天子说嗯，我去年也去了，没碰上你们，那你们跟西王母应该也很熟吧？伯夭说谁的母？没听说过。

天子说不应该呀，都在一山上。伯夭说很多人都假装跟我们很熟，其实我们根本不认识他们。天子说好吧，黄帝怎么突然想起去昆仑了，是受到什么召唤，还是老年间藏了个心愿，还是就是脚野，没去过的地方都想去转转？

伯夭说大外甥，你也是有天下的人，应该比我们更了解你太公公——咱从姜原那儿论——的心情。黄帝晚年常讲，一个人最悲灰的就是不知来历，为石马成了这么个人，将来要去哪里，这样的人最可怜，即使有天下又有石马快乐可言呢？他老人家说，我根性愚钝，不能生而知之，又没人配指引教导我，天下皆以为我习用干戈就是人之顶流，以为人聪敏、有决断、善审时，就是什么都通了，还拿我去充当百业之师，其中该尬不足为外人道。故只能采用笨办法，寻着先人来路，一步步蹚回去，去寻摸那湮落中途所知仅见。

天子说这就是开历史之滥觞者的悲哀了，无人可以为师。一般人认为，一个人做到天子就可以了，做到头了，再进一步追求也只能求不老和升仙，他们哪知黄帝求知不得的辛酸。那么问题来了，黄帝认为昆仑是先人所居乃所降生，怎么讲——之巢吗？伯夭说当然不是，黄帝这点常见还是有的，以人之习性反演，即便是上帝生民，也要把他生在低热湿洼、食物丰杂易得之地。黄帝有大能，内观涤览，有先头部队，知道过了昆仑还有沃野，过了沃野还有大旷原，有嫣然之山，你十四舅儿羊，打前站到过那里，生个儿子叫始均，始均建立的国家叫北狄，到了那儿你可以跟他们提我。——再往西，有三个连在一起的大泽，一个咸，一个黑，一个蓝，叫三淖。隔着蓝水淖，就能感到热风扑面，就能眺望祖先之乡了。黄帝是做了研究的，准备倾余生穷治其源，只是年老气衰，一生征伐身上留下无数隐疾暗创，走到昆仑，旧创发作，倒下了，临终留下遗言：告我子孙，求知路不可起步太晚。说完大吼三声：不甘！不甘！不甘！就陟了。是死不瞑目的。黄帝之陵年年都长三米高芳草，叶掌全裂，裂片披针形，密生灰白贴伏毛，开黄绿花，有异香，嗅之可闻黄帝哭泣。

天子听得满脸通红，手心出汗，站起来说从这里到昆仑多远？伯夭说快马三日可往返。天子说难不成有一条去昆仑捷径？伯夭说也不是什么捷径，就是贴着山根儿，可劲跑。

天子下令：全军准备西进，克日向昆仑出动。因问伯夭：老舅可否为小甥引路，我欲走遍西土之路，穷尽世间所知。

伯夭说首先说——感动，昂，这种知不知——拼死求知的精神。你也不是天天来，我就受累再陪你们走一趟。

时，犬戎王树墩正带领军民万户、牛羊数十万，在阴山之阴、西拉木伦河之右游牧，心里想着秋天去丰镐觐见穆王，带些肥羊，说开两国的误会。忽闻大批牧户自阴山之阳而至，传说有中原部队至河套。遂于晴日率众登嫣然之山南望，果见河套之野有连片军队营帐和环列战车，军士皆束冠，旗旆多红黑，一望便知是周天子的师旅。树墩十分恼怒，站在峰岭之巅对属下说：没招他没惹他，还没完了。属下也很激愤，太欺负人了，年年伐我，使我牛羊落膘，妇女难保胎，请求入侵雁门。树墩说不然，自古牧人与农人以黄河为界，黄河以北归荣迪，黄河以南归诸夏。周人有仁义，我荣迪奉天道。我当年归周，也是看在大家同出鬼方的份儿上，有些话讲得通，做人的道理也相去不远，只要周师不出黄河，我亦不入雁门。属下说大王你怎恁糊涂呀，周师这还不叫出黄河阿？再者说，雁门亦属黄河北地，我们不算坏了规矩。树墩说不然，既然历史上形成了以崞山勾注为界农牧实控线，我就尊重这条线。我不是尊重别个，我是尊重历史，不忍见朋友刀兵相见。周师目前只是凭河而踞，也许只是转转呢，看看河上风景？允许看风景。只要周师没有进一步动作，转一圈回去，我就不认为意在图我——我现在划下的线在阴山之阳。

于是派出侦骑，出白道至山之阳，密切监视周师动态。本人则带领军民向北部高原移动，以免周师一旦越过阴山，正面遭遇。不日，侦骑报告，周师没有回河内，而是集结部队向西开进，看样子走的还是五年前出腾格里伐我的老路。

树墩杀白牛祭天，祷曰腾格里在上，我做到德累义尽了。遂折鞭立誓：从此不再朝周。传檄草原各部落：你们遇见农民就抢他们个底儿掉！

12

孟春癸丑，天子在黄河大转弯南向之阿，举行扩大师帅会议。会上决定井公利、逄公固组成前指，前指即为全军总参，负责谋划六师作战行动，重大事情向祭公汇报，祭公请示天子，天子下最后决心。

会后天子在河边散步，指阴山连脉一座娆峰之影问：那是什么山？伯夭答嫣然之山——但不是儿羊所至之嫣然。伯夭说在我北疆，凡起势徐缓婀娆无名之山皆称嫣然。此是通便之称，就跟碰上年轻女子都叫小妞一样。天子说就跟遇上孩儿都叫娃似的。伯夭说是这个意思。天子说那要按名去找，不定找哪儿去了。伯夭说找人有找不着的，找山，最损多走几步，绕点远，把重名的都爬一遍。天子说也对。伯夭说您瞧不过去，要不您给起个新名儿？天子说我看就叫嫣然。

戊午，卜占吉日，天子在河滩祭祀河神。天没亮就扮上，头戴王冠，身披画衣，腰系绅带及长达膝盖红牛皮围裙，曰——韨；插三尺长笏板于肚腩，两肋再插上同样尺寸玉铲，如围玉甲；腰板挺直，手捧玉璧，南向面对黄河——立了一早晨；直到日大出，曾偃、伯夭才施施然而至。他二人一个身为太祝，主祭祀；一个身为河宗，出演河尸。

几名祭仆将冻得梆硬牛马猪羊犬五牲扛来，扔在河滩。曾偃燃柴，曾偃祝祷，曾偃念念有词。伯夭一动不动如木雕般垂手僵立，待天子将手中五斤重垂棘之璧端与他，才一扭脸将玉扔下河，面向西连滚带爬磕头，一会儿站起来，正掸土，神明降临，充满其内，用一种嘶嘶拉拉带啸声空气音叫喊：穆满，你应当永远把心思用在实际事务上！天子连忙伏身，南向而拜，慌得说不出话来。伯夭又喊：穆满，我将向你展示春山之宝，命令你昆仑鸣嘛舍四平泉七十（这里舌头有点打卷），到了昆仑之丘，就能看到春山之宝，有些话我不便明说，你自己体会。说完面如炉灰，噗通一把栽地上，口喷白沫。天子说我去……一定去。再四向南而拜。

应邀观礼的井利跟李耳小声说这都用什么呀，这么大。

李耳说自来骇。奔戎奔过去一盆水泼伯夭脸上，伯夭一骨碌爬起来，瑟瑟抱膀子说来过了？天子说来过了。伯夭说话儿带到了？天子说带到了。伯夭说说的什么方便透露么？

天子说你老喊得河内走道人直回头，还有什么不方便的。伯夭说那就是面儿上的话了，喊得能让大家听见，一般都是——咱有什么说什么阿——可说可不说的话。天子说可不么，一个劲让我好好工作，咱可以聊点别的了。问井利他们：你们下劲了么都？井利说我们就没起，一直瞅你俩呢。

己未，天子仍在河套一带休息，召开二次扩大师帅会议，会议地点设在草地，大家围坐在草上，一边晒太阳一边聊，周围都是吃草的牛羊。李耳记：大朝会于草地。

天子说你这么记没人知道是哪儿。李耳说可是这儿就没名儿，奏是草。天子说没名儿你不会起呀？指着远处一墩败草说——黄山，你就记大朝于黄之山。李耳说会了。

会上聊了什么没有记载。李耳笔记只记有会间休息，伯夭拿出祖传羊皮画册子给天子观看，上有朱砂绘录历朝开国天子到这里祭河向河中投放的宝物。其中有莹润如瓜的玉石，浑圆若旋的东珠、灿若蟾光的银器、滑腻若膏的金泥，还有汤武用过的强弓“射人”、周武用过的熟铜短剑“步光”。

天子说也就是说，老几位都来过？伯夭说逮来呀，域中四大，道、天、地、王；人君易姓，逮知会其余三大呀，否则算怎么回事呢？这也就是为什么历代帝王入职都要柴山祭河，就是通知各位老大——我来了！是这么个礼儿不是？

天子说是是，单位换领导也一样，得通知各部门，否则黑不提白不提别人不知你是谁，有可能把你当冒充处理。

伯夭夸耀：同样的东西，天子用过的值万金，诸侯值百金，士——卖不出五十金，老百姓捧来的值不到十斤铜。

天子说没听懂，什么意思阿，你还把这些东西捞上来卖呀？伯夭说嗯，我是说这些东西除了本身价值还有文物价值。

井利说老百姓对天子的想象是无穷的，我在洛都街头也听人给天子吹牛掰，说天子的马走千里气死猛兽，天子的狗走百里能执虎豹。天子说讲这个话的人一定见过咱们围猎，看见咱们放狗去追野兽，哪知执虎豹的是你们。井利说是是，没我们，重工来白也得掉头就跑。天子说憋你妈瞎嘚嘚了，——开路以马斯！

乙丑，全军沿河南下，于中卫折向西行，入河西走廊扫荡前进，分别击破犬戎五个小王，掳其众及牛羊。

女听女列各驾一部车，脱离大部队，一天一夜跨越祁连山脉，跑进素日泰主峰冈则吾结脚下高山草甸。伯夭说到了。

天子说到哪儿了？伯夭说昆仑呀，一指周围大墙也似雪山，最高内座峰就叫昆仑之丘。

天子仰脸一看，确实有点像，峰顶冰塔林立，春季雪线之下，遍布岩堡冰碛，冰舌张牙五爪顺着峰角刃脊爬下来，森白如山肢骸骨。山脚可行之处亦多雪蚀洼地、冻胀草丘，动辄陷车于烂泥稀塘。有鹿、羚在此停留，见人不惊不走。

天子说昆仑很大是不是？伯夭说要说我也是老昆仑了，年年进山不止一趟，从小到大您算跑了多少趟，年年都跟没来过似的。天子说行吧，咱们去看黄帝陵。伯夭说我想想阿，在哪边，过去都是我自己骑马进来，坐别人车进来有点不认道。女听说你可千万别不认道！

伯夭胡乱一指：介里。带着大家往山右走，深一脚浅一脚爬坡，说记住要领阿大家下回要自己来，白天，太阳必须永远在你左边；夜里，月亮在你右边。

天子踢着硬土说这都春天了，哪有一点绿呀，崩耳老师当初就在这儿守墓？伯夭说当着真人不说瞎话，其实是在更南边一点的黑泽，这地界生火都找不着柴火，冬天大风能摆你直接刮山内头去，扫人跟扫地似的，住不下。这时就听见轰隆隆闷响，也不像天雷，像从脚下发生，大家都吓站住了。

伯夭侧耳听了听，说不定哪座峰又塌了，这在春天是常事，有一年我进山，一座峰就在我眼跟前塌了，就跟天塌了一样，忽家伙冒出一万多头白熊全冲你来了——跑什么呀，根本来不及想，马都尿了，马多冷静一动物阿，我从没见过马被吓滋了，直接天就黑了，跟钻被窝似的，一万多斤凉被窝，给捂那儿了。天子说我发觉你特别爱说万。伯夭说多呗，我知道的最大数就是万。幸亏我人高，头发还呲出来几根，叫她爸——指女听——给我刨出来了，你爸是我救命恩人你造么，没他没我现在，所以你跟我递葛我一点不生气。

天子说你们这么熟阿。女听说嗐，我爸也是个爱溜达的人，我说周语有点大舌头，我们呢儿管这种人叫：大溜子。

李耳说怎没埋着你爸，你爸当时站哪儿？女听说我爸练过跳高，一跳，躲过去了。天子说嗯哼，黄帝太会找地儿了。

迎面一座冰塔孤零零矗在一片砂碛上像把玻璃巨钺。伯夭停脚，指着冰塔弯腰喘气，半天，小声说：介里就是黄帝陵，又称黄帝之宫。天子说你为什么突然说话这么小声阿？

伯夭捂着自己嘴说：在黄帝陵前不能大声说话，祷告都不许出声，自己心里跟自己说，要不然会雪崩。伯夭就地趴下，默默磕头。天子以下诸人也各自找地儿下跪，坡挺陡，有点跪不开，就顺着坡撅一溜，后边只能看见前边臀部。

一沱沱白雾飘过，跟放烟似的，吞没冰塔。风在群山间咆哮，发出各种瘆人混响：呼梳梳、啪啦啦、夸嚓嚓；还有尖刃刮锅般的唿哨。天子伏在地上瑟瑟发抖，余众无不战栗。

伯夭拉着天子退到坡下，说礼毕，今儿就到这儿了，咱们必须马上下山，否则天黑到不了黑泽。天子说黑泽有什么可看的？伯夭说黑泽是个村，可以住，有热炕。村里人也是我们崩耳人一支，我们是河套崩耳，他们是昆仑崩耳，互相都知道，但是说话像两国人。

回到车那儿，女听正拿脚踹轱辘，高奔戎说怎么了？女听说方了。奔戎说换备用轱辘阿。女听说这就是备用的，出贺兰没多远就方了一个你忘了。伯夭说克服一下。女听说你上去试试。伯夭上车，女听拉着马走了一步，咯噔一下，伯夭抱住轩柱才没出溜下来。天子说别弄了，再翻了，车不要了，马解了，大家都上后车挤一下。

女听爬上车已经没地儿了，天子说坐我腿上。女听往天子怀里一靠，说太姿儿了。女列说都坐好了么，都坐好了开车了。一提缰，四马在前，四马在后，夸哒夸哒走起。

伯夭说这个陵其实是黄帝自己选的，当初他们也是贴着祁连北根儿西行，一路见山拜山，见水祭水。临上昆仑头一晚，就是在咱们马上要去的那个黑泽村过的夜，当晚刚住下，黄帝寤了。天子说你们吃什么了？伯夭说啥也没吃，这地方能有啥，就吃的盐水鸭，黑泽水是咸的，所以鸭子本身有咸淡，啥也不用搁，白水一煮倍儿鲜，原来我们来这儿扫墓就老有人托我们往回带，一会儿你要吃了觉得好，我给你进贡。

天子说盐水鸭就寤了？伯夭说我这也是听老人说的，黄帝什么人阿？黄帝说，我一生都在劲儿上，无机遛，如今大下劲。跟我们先公说，其实哪儿也不用去，都在自己心里。

天子点头：姆，像句醒话。伯夭说第二天上山，走到今儿咱们去内地儿，就不走了，说这就是我的应许之地，起小老梦见内地儿。大家还问呢什么地儿阿您老梦见。黄帝说：站。天子说啥意思？伯夭说总站，终点站，你不旅行家么，一站一站走，最后有一总站。天子说噢。伯夭说黄帝跟我们先公说，你们走吧，甭管我了，我到站了。大家伙不走，说这才哪儿到哪儿阿？他就急，拿戈要刨人，大伙就跑，也不敢走远阿，就躲远远瞭望，就听天上吹起号角，起暴风，老爷子刚扭过脸，峰就塌了，整整齐齐切下来一扇面，刚垛地上时候比这大，是金字塔，全透明，还能看见老爷子站里头笑呢——据说阿。这些年化了不少，塔都出腰身了，不能再热了。天子说我也寤了。女听说你寤什么了，也到站了？

天子说寤了一道理，应许之地是死地，化身之地。过去老以为是一能过好日子的地方，好日子哪儿不能过呀。

夕阳跟一红脸蛋似的一路尾随着他们，从一峰之后赶到另一峰之间，一拐弯，不见了。气温骤降，身体宽的人散热快，高奔戎第一个牙打嘚嘚，天子瞅了他一眼，也开始打嘚嘚。一车人被传染得打嘚嘚，跟一车啄木鸟似的。天子把女听捂怀里俩人一起抖，女听忽然乐了，天子说咋了？女听说没事，又一头扎天子怀里。

李耳看到远处篝火，激动站起来，指着前方发出哑巴那样啊呜咿呀乱叫。大家讶异望着他。天子说你还能出这声儿呢。李耳握着腮帮子坐下，说突突突然不会说话了。

几个昆仑崩耳人披着狼皮低眉顺眼合掌加额迎接天子，生起两堆火，让天子和他的随行人员坐在其间，前后烤着。

随刻又端来丰盛晚饭，盐水赤麻鸭和鸭血汤。自己退到圈外默默跪一地。

天子说汤很好喝，鸭子名不虚传，稍微有点叫水。我同意了，将来你们给我进贡。昆仑崩耳人眼睛盯地不嗳声。

天子说怎么都是男的呀？伯夭说周围跪这圈，才刚迎咱们，给您扤汤内几位，都是女的——姐大，她们这儿老贵族，您什么眼神阿？天子哦哦，失礼，眼拙，天儿太黑了。

伯夭说昆仑崩耳是先公和当地部落女主所生传人，其中还有一很长故事，我就不讲了，反正就是远道来客又冻又饿，路遇牧女相济，互相收——内一套。她们一直生活在黑泽，还保存着母系社会习俗，女主当家，讲的是一种特别古老的南方古猿语和古夏语混合语言，主要特征是名词动词化，动词形容化，形容词象声化，譬如吃叫忒勒忒勒，喝叫滋喽滋喽，睡叫呼噜呼噜，打叫乓啷乓啷，你好叫——嗨！言而总之是一堆象声词儿，您跟她们说事儿最好比划。

天子说你问问她们认识不认识西王母，我一老姐姐。伯夭和姐大亢嘁亢嘁聊了几句，一拍手说嗐！西王母阿，你别问她们了，问我吧。天子说一开始我跟你说的是什么母？伯夭说：一个叫希望的人的母亲，没往我姥姥那儿想，因为我们这儿发音是黑娃母。天子说你们这儿人互相都勾着是吧？

伯夭说这么说吧，凡是西膜北疆有头有脸女的往上捯根儿，都能捯到她老人家那儿。当年西褒女帝娜斯酷儿东征，兵败鱼甜，她手下女将西瓦逃进昆仑，建立了北褒。几千年下来，子孙遍及天山南北大小绿洲，留昆氏是其中一支，王族。所以我们都叫她西瓦太姥。西瓦王朝传了三千年，末代西瓦太姥没有女儿，王位被塞恩黑旺太姥继承——她们那儿传女不传男。黑旺王朝传了三千年，没有女儿，王位传给了塞旺太姥。现在这个王室还是塞旺家族，在位的是黑娃母一百零九世，就是你见过的那位，你们叫西王母。黑娃母是大神、女王、天下所有人之母这三个封号合称。她是没跟这儿住，还且往西呢，比这儿再远上几千周里，要穿越戈壁。

天子说我就说嘛，上回走了半年，差点没渴死，这回一天就到了。上回嫩么多野羊野驴，这回毛儿都没见着，你一口咬定是昆仑，我心说就别跟你们当地人争了。伯夭说这是小昆仑，简称昆仑之丘——我没说清楚吗？赖我，在我们这些老西北嘴里，管贺兰以西都叫昆仑，取地势坤无与伦之意。

天子说好吧，明儿早点叫我，我要再爬一下小昆仑，神说登上昆仑之丘可观春山之宝，我还没明白是啥意思呢。

伯夭嘴凑天子耳边嘀嘀咕咕说了几句什么。天子说要是不得罪她们，我就算了。伯夭说她们可能还真有点不高兴。

天子说那这样，让奔戎去，就说是我儿子。把奔戎叫过来，嘀嘀咕咕。奔戎说不去不行我就去。天子说不去不行。

伯夭把奔戎带到姐大群那儿，跟她们亢嘁亢嘁说话，姐大们合掌加额而谢。天子遥相拱手还礼，扭脸给奔戎使一眼色。奔戎就被姐大一手拉着去了不远处黑地窨子。

明天，阳光灿烂，天子登小昆仑，走到半山发生雪崩，伯夭说不能再往上爬了，站在这里看一下就行了。天子环顾四周，高空气流滚滚，云如热奶喷涌。伯夭给他指出应该是黄帝之宫的位置，只见山巅之下一群冰塔，并不能分辨哪座为黄帝寝居。天子说这也没什么呀，还没我在北溷登内春山风景好呢，草木不生，何来之宝？

伯夭说您是指着看见金山呀还是玉山？您还是人生太得意，你是不是觉得生活特美好阿？天子说我有蜡么俗么？

伯夭说到了昆仑您要还拿万物皆备于我的心情看世界，就说明您的不俗全是假的。这可不是我说的，是黄帝说的：大痛大醒，小痛小醒，无痛——黑着。天子说确实我也不能抱怨人生不幸，一生所遇大痛，不过我爸死。伯夭说有的人他爸死一万回，他也就是哭一万回鼻子。

伯夭说你试着用黄帝之眼看看地表。天子说黄帝阿，谁能跟他比呀，八争，天下胡与争？伯夭笑：您呀，心里永远装着天下。这时李耳爬上来，仓忙掏出刀竹说这个好，我逮记下来。伯夭说咱能不提天下么？咱能不提——争么？天子说我懂你意思，活着，便能与宇宙同观，这是我做不到的。

天子说我一人走走。伯夭说别往悬崖边去阿。伯夭说：有天下，复取天下，念念不忘，人活着就没别的事好干了？

天子说我可都听着呢阿。李耳说能跟我些微透露一下啥叫春山之宝么？伯夭说：说出来就不是了。李耳说你就告我一不是的。伯夭说就是一种认识，天地之丰饶，无关人事。

一会儿天子耷拉着脖子回来，说把柴火拿来，咱把烟点了。伯夭说醒点没有阿？天子说我现在不想和你说话。

伯夭说那就是有了。对李耳说是凡醒过攒儿来的都这样，不爱说，说了也没劲，再惊着还在攒儿里的人。李耳说我胆儿大，你告我吧，咱们在谁的攒儿里。伯夭说告诉你是害你。

给他们当挑夫的崩耳汉子背着干柴上来，码好柴垛，点火，一股青烟直上蓝天，在高空被气流扰动，倏尔凌舞奔佚。

天子歌舞咏之：斯人已归兮山陵为宫，功成弗居兮放天下於东隅；千载之下兮犹有余秧。伯夭歌舞和之：天地大攒儿兮黑且加转儿，层层有光兮望月如日；斯人已醒兮尤在彀中。禋祀既已，踩灭了余火，寻路下山。(《古北方言考》：攒儿，套儿、坑的同义词。)

其后五日，天子一直呆在黑泽村，窝在地窨子里足不出坑。天时阴时雨，经常可以看到大群北归鹭鸟在黑泽冒雨起降，有棕熊孤身在新绿荒原上游徜，站起来眺望人烟。

女听给天子送餐，听窨子里嚷：谁让你进来的，出去！女听丧眉耷眼爬出来，一身鸭血汤。大家围上去问怎么样阿？女听说：怎么也没怎么，嫌我吵着他睡觉了。

李耳跟伯夭说昨晚我也做梦了，梦见人类生活都是一屉一屉的。女列说你想吃你们家发糕了吧？李耳说什么发糕阿，一代一代在里边收得倍儿齐。伯夭说你有点意思了。

李耳说明白此身皆非不是应该释然么？伯夭说难过是不可避免的，是对自己过往糊涂自套套人的追悔，脏心眼惟有眼泪才能去脏除腻，之后就蔼然了。释然，那还且呢，要亲眼看到自己珍举所爱果不其然桩桩件件现在眼前，才发觉自己早经致哀过了。李耳说靠的嘞，我别明白太多了。

伯夭说咱俩想的一样，抱着残念活在当下，说下大天来也别耽误过日子，言而总之一句话，顺利拿下今生。李耳说你怎么知道我是这么想的？伯夭说看出来了，就冲你每天过得那么仔细。女听说仔细怎么啦，日子还不让过了？伯夭说就这句话接不住。日子，就是人给自己下的最大的攒儿，多少赖皮借此遮羞。女听说我打听打听，您每天跟家内叫什么呀？伯夭说我就不爱跟这种笨且较真儿的人聊天。问李耳你有没有特烦一人又离不开，不得不和这人死搞在一起的经历？李耳说我媳妇净这么说我。女列说我有过，我一前男友，嘴至贱，就是离不开不知为什么。葽豫说活儿好吧？女列说活儿一般。伯夭说这就是我对日子的态度。女听说什么态度？

李耳女列葽豫去黑泽湿地玩耍，在注入主湖的溪流中钓鳇鱼。李耳认真记录湿地面积和植被：方三十里。女列说你是指这一个水泡子还是整个湿地？李耳说就这一水泡子。

李耳写萑苇、莞蒲、茅蓓、蒹菼……女列说你懂不懂阿？这是猪毛蒿、芨芨草、大针茅和盐爪爪。李耳说你管我，我就瞎写怎么了。女列说这人怎么这样阿，不懂还不受教。

有当地呼吾羌妇女向他们兜售白玉和黑珍珠。女列说玉就别在这儿买了，这儿的玉没豁丹玉好。又说黑泽产大蚌，生吞味极鲜美，就是要留心有珠硌着牙，故羌人管黑泽亦叫珠泽。他们挑挑拣拣买了一堆大蚌回来串烧，并没有吃到珠。

戊辰日，六师先头部队到达黑泽。天子出来迎接他们，没事人一样，推荐他们吃盐水鸭。部队向当地呼吾羌部落征收军粮，计食用马三百、牛羊三千。天子赠送呼吾氏女主金手镯十五只，镶有贝壳朱红腰带三十条和工布短剑十二柄，以充粮资。女主请求赐封，天子封她为昆仑女伯爵，命她世代守护黄帝之宫和春山之宝。女主向天子进献九碗蒸象鼻和一木桶麋鹿肉酱，天子胃口大开，吃了十分称赞。随军巫师丰隆入山采药，误食毒草骇死，葬于黑泽。天子亲自给他坟头培土。部队有三十名伤病员不能随军行动，天子亲自托付昆仑崩耳女族长，把病号留在黑泽，女族长表示欢迎。

天子又从呼吾氏赶来牛群中挑出十二头黄牛，对留下的病号说你们病好了，可以试着开荒种地。病号说您不让我们回家了？天子说你们自己回去不安全。

天子问高奔戎：你怎么样阿，要不要也留下？奔戎说决不！爬我也要跟着部队走。天子命蒌豫把他搀架上车。

部队西行，过德令哈，进入柴达木盆地南端布尔汗布达山麓。格尔木河流经这里，分东西两支，西支叫昆仑河，北流穿越戈壁，多断流成季节河，至黄土小平山折而东去，注入黑泽，故羌人称其为黑水。黑水沿岸产软玉，且又是优地也拿豁丹玉主要集散地，从东方低地各国来此采购玉石的商人称这里为群玉之山。名曰山，其实是很开阔的高原河谷和十分发育的湖泊湿地，植被稀疏，生长着历经冰河期存活下来的高大史前树种冷杉。很长年代，人们把黑水玉混同于豁丹玉，今日亦称广义豁丹玉。大荒最老十二姓氏之一，古帝容成后人居住于此，是最早的工人阶级部落，全族世为玉工，垄断了玉石加工行业。

癸巳日，周师到达，尽抄市场上玉料，计有籽料三车，山料无算。天子命容成氏琢璧一万双，命邢侯带两个旅留下监督他们制作。

孟秋丁酉，容成氏头人潜时请天子在小土坡上喝酒。当日正是鸟换羽毛季节，天上到处飘鸟毛，要一边聊天一边浑身上下摘翎子。

潜时向天子进献好马和牛羊。天子说你们是工人，又不放牧，我不能接受你的畜产品。潜时请求天子宽限工时，说您这批量有点大，我们带资制作没有那么多资金，您老是不是能预付点工钱。伯夭说容成氏是古帝之后，他们起初不是雕琢器物，是刻书的。这一带高古时期一度曾为图书馆，西褒亡国，一部分上层人士流落于此，为容成氏收留，其中有阅尽岁月老年女巫，把人类累千万世积攒的生存技能和透过内观开启的世界观以及神的教诲传授给了容成氏，容成氏将这些珍贵知识镌刻在黑水河滩柔软玉石上，史称石书，所谓先王藏书于名山，说的就是这件事。我们先公曾随黄帝来此学习过历法、占星和房中术，故有容成氏为黄帝师的说法。

天子说书呢？伯夭说历经数千年河水冲刷，又成籽料了。

天子说这世上到底还有没有历久不坏的东西你告诉我。

伯夭说天爷使万物无常就是怕我们恋物自恋，在不值得的地方较劲。

天子说好吧。对潜时说不是不给你们钱，我说过不给你们钱么？说完命人凑了十八只金酒罂、朱砂三百袋交给潜时。

潜时合掌加额伏地而拜，说太谢谢您了，孩子今年有盐吃了。

天子跟伯夭说：还是出来得急了，带东西少了。遂命所属部队，禁用金银交换食物，贵金属一概上交统一调配。

潜时跟天子说我们这儿往深走走，也有座山叫春山，您想爬么？天子说不想。回头问伯夭：你都跟他说我什么了？

起初，部队过戈壁，遇七日大雨，季节河山洪突发，卷走很多正在洗脚的战士。天子命人原路返回收殓战士遗体，集于一塔，名曰西征战士留骨塔。当地人有飞鸟尽是亡者灵魂化生传说，故又称鸿鹭塔。天子封一个臂展三周丈，外号叫长肱——此人专业在车战中拿挠钩勾人平时高空取物此时已骨折不能随军——老战士于黑水西河，叫他守塔。对他说：你要记住你是周人之后，将来你要混好了，有了自己国家，就叫留骨之邦。

戊戌日，部队开拔，沿大漠之南——当年庖牺燧人部裹挟女娲部余众东归之路线西行，沿途遇到零散牧户，皆自称女娲之后。伯夭跟天子说这条路你应该熟阿，上回你们不就走的这条路？天子说别问我，我现在完全晕了，你能不能告我，我为什么在这里？伯夭说你要见黑娃母。天子说哦哦，想起来了。过了一会儿，又问：我为什么要见她？伯夭说这个大概就是一种古老盲目的迷恋吧，有的人一生没什么成就，就把走很远路，见过很多不认识的人，当成就——好吧，我不知道。天子说伯夭呀，想不想将来去我周工作，我很喜欢你，我们那儿就没人跟我这么说话过。伯夭说我是错了么？我错了。天子问奔戎：你这个名字是谁起的？奔戎说俄大。

天子说是希望你叛周，投奔戎狄的意思么？奔戎说可不敢开这个玩笑，俄大只是听说戎地多，希望我去开荒。女听说你缓过来了？

辛丑日，部队断炊，扛了一天。井师犬戎兵献熟烂牛肉一坨，天子吃了甚美，说也没见你生火，肉怎么炖得这么软和入味？井利回答，他一路都把肉垫屁股底下当鞍子，墩熟的。天子说好吧，将来你要当了厨子，就叫这道菜犬戎牛肉。

日入，在台基奈尔河遇见乞律人。很小的一个部落，百十口子，只有妇女和孩子，还处于石器时代，只有木棍和石斧，放着几头骆驼、一群瘦羊。天子说也不要你们献什么，管我们部队一顿饭吧。乞律人母羊奶头被挤出了血，也不够战士一人一口，后来母羊失踪。天子下令轻装，把祭祀用的青铜鼎簋送给乞律人赔偿母羊。乞律人说这个饭盆有点大。战士说你们可以化了做成剑。女家长温归跟战士说，西南大山里有铁矿，你们可能有兴趣。战士说我们不是地质队。

癸卯日，再次穿越戈壁，日照强烈，战士体力受到很大消耗，步兵扛戈几乎走不动道。祭公命令车兵下车，腾出地方把斧钺戈盾堆在车上，全军徒手跋涉，还是有很多兵中暑，倒下再也没站起来，部队开始杀马饮血。

丙午日，走出戈壁，听到先头部队欢呼，看到远处低洼地带一片葱色，反光的是湖沼，成千上万头无人看管牛羊在湖上低头吃草。走过丘陵，一块块肥厚、尚未成熟的青稞田在风中推来挤去。天子说什么情况，我幻觉了，还是海市？

伯夭说您没幻觉，也不是海市，咱们到蒲昌海了，古人叫它泑泽，当地人叫它盐泽。天子说我不管别人叫它什么，我要叫它快乐的田野。未等天子下令，部队已经开始组织收割，派出伙夫去湖上牵牛羊。日暮时分，田野上星星点点生起篝火，架着整牛整羊，风中飘过浓呛膻味儿。

天子两手端着一只羊腿，左右甩着腮帮子拿牙撕，发出满足呻吟：姆，姆，我怎从没觉得羊这好吃捏？女听说还是饿了。天子说后悔把锅给内帮女的，喝不上汤了。这时一扛羊鞭脏孩子爬上坡骂他们，骂什么也听不懂。一会儿又来一女的，披头散发跟孩子一起骂他们，他们也不理这茬儿，该吃吃，该喝喝，把油手抹草上。孩子捡起土坷垃往这边扔，萋豫去撵她们，孩子女人都不跑，跟萋豫打，孩子咬了萋豫一口，被萋豫一脚踢坡下边去，给女的一绊，撂地上，单膝摁着，女的嘴啃泥还骂，四蹄乱蹬，萋豫不知捅了女的哪儿一下，女的不嗳声了，一张人皮似的铺地上。天子说你没弄死人家吧？萋豫说没，我点她穴来着。天子说别弄死人家。

一会儿天黑了，就见远远一溜火把，可能是在马上，快如流萤。火把到了坡下，可以看见火光中炸腮胡、愤怒黄眼珠和闪闪白刃。七萃之士把他们堵在沟沿，吵成一片，剑都拔出来了。伯夭说我去看一眼。一会儿捂着左脸回来说人不干，非要见天子。天子说这都哪儿的人阿？伯夭说我也不知道，自己说叫毡含、粘罕什么的，挺没面儿一帮人。天子说他们总有老大吧，问他们老大是谁，跟他们说，不就吃了他们几头羊么，不白吃，让他们统计一下，吃了多少，赔他。

女听说他们打你了？伯夭说没有。女听手伸过来我看看我看看。伯夭一把隔开她说最烦人假关心了。女听说真特么不识好歹。女列说不会打起来吧。天子说不会。刚才被蔓豫放平的女的站起来，懵着瞅了眼这边，脚踩棉花下坡去了。

坡下火把乱窜，吼得跟杀人似的，突然静下来，有人慷慨悲怆说话，突然又嚷嚷起来，突然又静了，跟演戏似的。

李耳探头探脑想去看热闹，女列扯住他说你别去，再摆你打了。天子说眯一会儿，裹着狐皮上车，在车上喊：听，听，你来一下，跟你说点事。女听扔下手里啃了一半的羊蹄，在裙摆上蹭了蹭手，上了车，一会儿就听车上咕唧咕唧的。

坡下拢起一堆火，蔓豫小跑回来问酒还有么？女列说有，刚开两甑，没怎么喝。李耳问咋样了？蔓豫说喝起来了，这伯夭是真能说。抱着两甑酒匆匆而去。

李耳说我也得眯会儿了，吃饱了就犯困。女列说你眯吧，我看着火。李耳似梦似醒听一帮糙爷唱了一宿长调，梦见了夏庙，自己在昏暗角落刻字，字迹宛然，女列进来，拉拉扯扯，对他很有意思，他拉着女列找地儿，夏庙深处竟然还有一间空屋，刚感到皮肤温度就醒了……火在噼里啪啦响，坐在火堆边添柴的是女听。李耳翻身再入梦乡，这次是波涛汹涌大江，只身飞跃……梦里尤想：上哪儿去了这人？

再醒来是遍体露水的清晨，火堆已成暗红，青白炭灰冒着缕缕轻烟。伯夭、七萃之士横三竖四睡一山坡。远处湖区，牛羊仍在吃草。一群群战士在水岸遛弯，更多人一排排横卧在绿野上。女听女列说说笑笑走上山坡，光着胳膊抬着一木桶白晃晃鲜奶。天子从车里冒出头，打着哈欠问谁的奶，女列答羊的。

丁未日，天子在绿野支起大帐，接见部队旅以上干部和战士中的上士。下大夫和上士们穿上礼服，按照在朝礼节循序进帐向天子作长揖，天子命令部队继续休息。

己酉，部队会餐，粘罕首领无凫一帮人也被请进大帐，与诸大公、侯爵、军直属队大司马以下各有司中大夫、下大夫、七萃之士花插着坐在地上。祭公报上部队连日来吃掉人家的牲口数，计有良马百匹，耕牛三百，牧羊犬七千，骆驼二百，野马三百，肉牛肥羊各两千，青稞三百车。

天子也吃了一惊：怎么把人家耕牛都吃了？祭公说就是有点胡来么。天子说野马几个意思？祭公说他们说野马也吃他们土地的草，我意思就不跟他们扯了。天子说是哈，言而总之是吃了人家的了，咱们还有什么？祭公说昨天清点了一下，还有金酒罂二十八盏，镶贝红腰带五十条，朱砂三百袋，都是准备献给西王母的见面礼。天子说不管那些了，先给付他们，希望他们能觉得稀罕。

小臣抬来这些物品向无凫展示，无凫抚摸着贝带久久没有说话。其中一位小臣同时兼着管儿师，抽出自己腰间别的挂着真丝流苏雕花洞箫说：得，这也给你。无凫立刻被这支美丽竹器吸引，六指摁眼儿，顶至唇下一吹，洞管发出深邃凄恻仿佛来自幽冥的声音。伯夭把黑米香酒斟满金罂递给无凫，说牛羊么，没了还能再生，这件神器发出的呜吁却是希世难得一闻的大音，据说能招来亡者灵魂，使飞鸟凝翅于半空，百兽蜷蹄于跃中。无凫示意酒放地上，耷拉着眼皮继续吹管，洞管声声，尽是无凫一腔辛酸。

天子问无凫你们是自己一头，还是跟谁一头？无凫说我跟自己一头。天子说黑娃母你熟吗？无凫说前妻。天子说呕。

无凫说我是她老人家七房，后来又娶了八房，把我打发出来了。天子说呕，故事还蛮曲折。无凫说上次你来相亲我就在，你没注意我，吃酒没让我入席。天子说你说什么呢，什么相亲？无凫说黑娃母阿，你们不是当场订婚了么，约定三年后举行婚礼，我都听见你们对歌了，黑娃母怕你不来，你说一定来，你们这不是送亲队伍么？伯夭说恭喜君上。

天子说别听他胡说，我是把她当母亲！无凫说她对外一直说是收干儿子，我就是当干儿子给收的，你走后我们还庆贺了三天三夜，天山南北都传遍了，黑娃母又收了个填房，是东方一个大国国王，敢情不是？天子说你们这儿行不行啊，男女都不能正常见面了，见面就这事儿？无凫说不太了解东方习俗，你们那儿男女见面都为什么呀？天子看大家：我很少见女的，不太清楚。井利说我也很少见，见的都是熟张儿。祭公批评李耳：你上次跟着一起去，怎不拦着点阿，苗头不对就要把话说清楚。李耳说没觉得呀，不知道发生过。

祭公看七萃之士，七萃之士也都低下头。奔戎说黑娃母一直表现得很尊贵，君上也……臣等以为就是礼节性拜访呢。

伯夭说成了亲让回家么？天子说伯夭，跟你急阿。祭公说你让他问问，悔婚有什么后果。无凫说我当然是没见过这种事啦，据说阿，大房，后悔了，也是西方一个很大国的国王，死得很惨，内什么给揪下来剁成肉末，炒了盘蘑菇。井利问什么东西？无凫说蘑菇。井利说噢噢，我听成萝卜了。

宴会结束，天子对祭公说我对这个无凫印象很不好。祭公说我也是。天子说晚上你们是不是还要请他吃饭？祭公说六师军官集体请他，约好了的，在我总部。天子说让你卫队晚上不要睡觉。祭公说冷静。天子哈哈一笑。祭公说犯不着跟他置气，他一戎狄懂什么呀？天子说你忙你的，我没事。

祭公翻回头找女听女列，说你们俩酒量行吗？女听说要灌谁呀？祭公说天子有点郁闷，你们俩晚上陪他多喝两罂，我怕他闹事。女听说不能够，有咱俩在，他闹不起来。祭公说我可全指着你们了。女听说啧，我俩误过事么？

下午姐儿俩就在湖边宰了只羊，切羊肉片，腰子穿串。

天子在湖边走柳，女听跟天子说晚上来阿，我过生日。天子说你过生日有什么好庆祝的，给人间添一祸害。女听说行，我们都不配出生，这世上就你一人该出生，晚上你别来。

晚上湖边生起篝火，七萃之士和李耳都来参加女听大趴儿，一边吃烤串一边聊天。天子也恬着脸来了，送给女听一块白玉璧当生日礼物，说尽管你跟纯洁不沾边，还是希望你用玉的品质要求自己。女听说你说这种话也不怕闪了舌头。

天子跟伯夭聊，最近老梦见干涸的海，伯夭说你的欲望在消退。天子说你说我这岁数是不是早点？伯夭说不早了，你这岁数该了。天子说确实觉得也什么都没劲了。女听说你这是中年危机。奔戎说我这老梦见一身屎是怎么回事？伯夭说你一定有什么事没抹干净。李耳做了杯饮料，问要不要用点。天子说用点，用了就特别春，追着女列聊我要不回周了，你愿意跟我一起放羊么？女列说你干嘛不找听？天子说听，像干活的人么？女列说你从哪儿看出我就像干活人？天子说你丫连牛粪都拾了还说什么呀？列说我拾牛粪我乐意，可我要跟了你，我还得套马，还得掰牛，还得打狼，里里外外活儿全归我了，你连壶茶你都烧不开，——本姑娘不养大爷！

祭公偷摸溜回来一趟，问李耳怎么样了。李耳说给老头弄春了。祭公说内边我们也早早把那内哥儿们灌趴下了，这要没事，我就让人把他送走了。李耳说你再慎会儿，再慎会儿。天子看见祭公乐呵呵过来，说你们内头怎么样阿喝的？

祭公说都喝美了，就是觉得您不在不尽兴，让我请您过去呢，无凫喊了一晚上没白活，央个我，特想认您当一干哥。

天子说你跟他说，我还想认他当干哥呢。祭公说这可不能乱认。天子说你就说我歇了。祭公说不！我就说你不爱去。天子说行，你就替我得罪人吧。

第二天早上，大家都没过劲，天子提议去湖上看日出，一行人沿沙洲走到湖深处，这里水富含盐，很多动物尸体腌在老卤中，长年不腐，已成腊肉，其中貌似有老人少女。水静若瓷，远观似黛，近看碧透，水底盐山如白珊瑚，以手试之，有烧灼感，拔出过风，即现一手盐。无凫说我们管这叫玄池，通黄泉地府，死人都推送到湖里，万年不腐。天子说哟，没白活来了。无凫说您没来，我们都没喝好，听说您不待见我，不爱来我们内局，我们就来跟您凑一局。果见六师军官也都大红脸，拨芦分苇，深一脚浅一脚跟在后面。天子说谁说的，我只是玩起来不爱换地方。无凫说是也没关系，许您不待见我们，不许我们不待见您。天子说没白活，你这一晚上长进不少阿。无凫说我不是不懂事，我只是不会说话。

天子说待见你，对你好阿。搂着没白活对跟上来的祭公说，叫乐团起来，奏点乐，这小风一吹，不是一般的没着没落。祭公说叫上了，下劲儿哪能没音乐呀。没白活说跟你们玩真好玩。军官们这时脸上红也褪了，搂着自己肩膀挤成一团说咱们这是要看什么呀？李耳说咱们现在是一大局了。

军乐团于芦苇之间摆开钟磬奏广乐，陶埙方起，远岸窝颈而眠鹬鸥鹭鸟纷纷抬喙，磬石乍响，大鸟们便一群一群扑翅踩水，夭夭卜卜布满天空。当天没有看到日出，湖上有霾，天已大亮，湖上还是阴的，大家熬不住，陆续撤了。

天子兴致不减，在湖上溜达了三天，晚上也不睡，跟没白活规划玄池园林面貌，说你要把周围都种上竹子就太美了。

没白活说现在也不是种竹子季节呀，——行！明年，明年开春我给周围都种上竹子。

这三天，军乐团一直在吹奏，吃饭靠喂。到第三天晚上，全累劈了，笙箫笛嘴全肿了，不能自主呼吸鳖过去几个，家里有磬，跟家玩过乐器吃饭也敲钟几个公接替乐师敲敲打打。

井公说我部队还一堆事呢，我不能跟这儿没接没完。毛公逢公说我们也有事，也不能一点觉不睡。趁埙独奏一低头，全撤了，留祭公一人来回奔跑敲磬叮了半宿。女听从芦苇荡跑出来报喜：天子晕过去了。

癸丑日，趁天子昏睡不醒，祭公下令全军开拔。湖上牛羊遍野之盛景不再，饥饿的狼在沙丘上出现，发生粘罕部落民众袭杀掉队战士情况。部队溯孔雀河西行，沿途皆绿洲，丰沛的孔雀河水像一河白银满满漾漾，密如蛛脚的支流爬入两岸沃野至极细至无，红色的胡杨林使田野终日如同黄昏。

丙辰日暮，部队看到一座位于台地上的城市，矗立着高大木栅栏，走到近前发现城中空无一人，也没有房舍，而那些所谓木栅栏则是一件件粗犷的胡杨木雕，顶部呈圆锥状或分叉，通体被漆成朱红色，上端浑圆，中段被錾成多棱形。伯夭告诉天子，这不是城市，是当地贵族墓地，那些圆顶木桩是——用粗口说——鸡巴；她们崇拜这个。天子说靠，她们不能光崇拜这一个吧。伯夭说看见那些顶上分叉的桩子了么，跟桨似的，那是咱们——哦不！我崇拜的。天子说谁长成这样，也太不像了吧。伯夭说也是取意呗，有舟楫之利。

黄昏，部队宿于小河边，河岸丘陵地带生长着大片茂密野茶树，西膜语曰茂苑。战士牧马于此，马皆不食，马夫食之味苦，谓之苦山。伯夭说这东西不是这么吃的，乃采野茶捣浆加姜加盐制羹，献于天子，天子饮后口舌生津，大赞。

晚霞巨染，有成群野黄羊和野骆驼来河边饮水，战士匍匐偷猎，羊驼不知避人，射获甚丰。天子遥望那群木雕，皆偾张紫红，若有所思，对伯夭说西部景色我也看够了，我想从这儿回去了。伯夭说您说慢了一步，黑娃母已经派人来接你了。天子说这就到她们国了，我以为还逮几天呢。

伯夭说也无所谓谁的国吧，当初西瓦建立北褒时，曾于昆仑放出四只鹞鹰飞往四个方向，放言鹰飞过的地方都是我褒天下。奔东飞那只鹰飞到祁连力竭而死，所以祁连以西都是她们家的，君上入她们家久矣。天子说她们这儿有内种抢亲的怪风俗么？伯夭说您还揪心这事呢，我都不敢招您，有，都是姑娘抢心上人，您这，好家伙，谁瞎了眼抢您呀。

奔戎说您老踏踏实实的，您老带我们这些人是干嘛的，就是防止您老受到不法侵害。天子说你能不一口一个您老么，我不是怕谁，她们人呢？伯夭朝晚霞猛招手，一队女武士骑马从无比夺目处黑黑黢黢逆光走来，越走人越鲜活，或栗发黑瞳，或乌发绿瞳，或赤发黄瞳，个个面色白皙，隆鼻高颧，头戴尖顶白羊毛毡帽，帽子缀着鼬鼠皮。领头女武士帽子正中缀着鼬鼠头，帽顶插着高高的假肢般的胡杨木棒，木棒红线缠绕插着雕翎；身披白羊毛斗篷，内穿紧身白羊皮腰衣，裙摆短不掩臀；脚蹬猞猁皮短靴，靴底毛朝外，靴腰毛朝内；右手挎一只草编小篓，左手挽缰；赤裸大腿两侧，一侧吊着红柳木弓，一侧吊着羊皮箭囊，里面一排利箭——红柳削尖销入芦苇杆。奔戎说君上我不知道您阿，要是她们抢我，我不反抗。天子对伯夭说上回我怎全没瞧见阿。伯夭说没回去对了吧。葽豫低声说大白腿！大白腿！

帽饰鼬鼠头那位女武士下马，挺胸直立，颔首而拜。伯夭说北褒风俗，不跪男子，点头已是大礼了，遇地位低者则伸出左手，任人拾吻。姐们儿伸出左手递给伯夭，伯夭双手捧起轻啄一口。扭脸对翘唇以盼的奔戎说您就别盼了，你这种地位的人符合身份的礼节是跪下舔靴。奔戎说我去……

姐们儿叽哩呜拉说了一顿，伯夭说欢迎您，她是苏摩塞旺女领主，天山北路总管，西方女帝黑娃母特意派她来接引东方王子。天子看着苏摩腼腆地光笑不嗳声，伯夭说您回话阿，怎还不好意思了？天子说不知说什么，没跟女的说过正经话。苏摩塞旺，也是王族了她？伯夭说名字带塞旺的全是公主，黑娃母很多女儿，她们王族女性从小都要接受军事训练，长大带兵——您问候黑娃母大帝阿。天子说你母亲一切可好。苏摩叽叽呱呱说了一堆，伯夭频频点头：伊维赤，伊，伊。对天子说：首先说明一点，黑娃母是她太姥，她太姥一切都好，就是听说王子如约前来，有点小兴奋，这几天忙着准备迎接王子，醒得早点。奔戎说我不乐意了阿，什么叫王子阿？我们这儿正经天子，叫大王都委屈。伯夭说我是直译，北褒语汇中男的最高等级就是王子。祭公说你意译。

天子还是面带羞臊，说后边你替我说，过她太姥这段再把话儿递给我。伯夭说也好，您拿着点劲，别让她们觉得咱们男的对她们老上赶着似的。伯夭和苏摩各种聊，十句翻一句，她太姥特爱喝你们内黑米香酒。天子说你跟她说带了。她太姥特别喜欢你们内锦。天子说带了。伯夭说哟，这段我逮正经翻给大家听了，是说给你们大家的，苏摩公主说，东方人来到西土，因为她们这里实行走婚制度，以为西土女子都很浪放，时有发生调戏骚扰西土妇女事件，结果是大家都不愿意看到的。这次贵军来到西土，希望各位约束部队，不要发生不愉快事情，一旦发生，她们将按照当地风俗予以严惩。天子说请公主放心，我的部队从未发生过扰民事件。

奔戎说我打听打听严惩怎么个严法儿。伯夭问苏摩，苏摩简短回答。伯夭说也很宽大，罪不及无辜，使哪儿割哪儿。

李耳问女听：你觉这样合理么？女听说我觉合理。

此时炊烟四起，部队开饭，天子留苏摩公主及随从在营中用餐，按照北褒风俗在地上铺了麻黄草，命亨人烹制东方风味搁了桂皮干姜大酱的黄焖羊肉端上来。这帮女的劲儿劲儿挎着小篓，席地而坐后还从里面拿出胭脂补妆。天子说我能看看你那小篓里都有什么吗？苏摩公主说嗐，就是我们女孩子用的东西。把小篓递给天子。天子打开看，里面除了胭脂还有铅白敷粉、石漆眉笔、木梳和一个三角形木块，天子拿出三角木块说这是干嘛使的？

苏摩公主说身上痒，刮皮的。说着拿木块在寒毛丛生胳膊上刮了刮。天子说这儿挺干的哈。苏摩公主说平时我们都拿羊毛脂擦身子。再往里翻，翻出一包花儿。天子说喔塞！

苏摩公主说我这个还兼着点巫师工作，大家有点精神需要，与神共舞，昂，我这个就——苏摩公主蛇形晃手，一前一后动脖子——你懂的。天子说懂，我要有点什么问题能请教你的神么？苏摩说行阿，但是你得信祂。天子说我信。

天子说喝点我们这小酒？苏摩说喝点。天子给苏摩斟上。

苏摩说是著名的香酒么？天子说你来了，那必须的呀。

苏摩把酒凑到鼻尖，眯眼闻了闻，晃着下巴说伊——赤提。

跪在天子苏摩后边的伯夭朝上菜女列张嘴：来块肉，饿得叮不住了。接了肉嚼两口来不及咽吐手心里，又把头凑过去，跟苏摩说你尝尝我们这羊肉。扭脸跟天子翻译：忘给你们带胡萝卜了。跟远处一个红发姑娘说：敬你一罂，我这鬓角头发原来也是红的。跟天子说：是吗？跟姑娘说真的，我妈就全是红头发。跟天子说：天下红头发是一家。跟所有女士说：喝了。自己回头把手心那块肉劈阿——塞嘴里，挺脖咽了，接着开始打嗝。天子扒拉着伯夭肩膀喊：你跟她们说我闺女刚生下来，阳光底下一照，也全是金丝儿。苏摩公主给伯夭递了盏水，说你分四十口咽下。

七萃之士排着队给苏摩公主敬酒，公主说换大盏，你们喝一个我喝仨。逐一饮遍，面白如雪。伯夭给天子翻译：从没醉过，特想醉一回。酒一直喝到月亮过了中弧，天子击鼓，苏摩公主赤脚献舞，转转转，吃乌阿——就像一把花伞撑开。

是夜，苏摩公主及随扈自己搭羊毛毡房宿于天子大营。

丁巳日，苏摩公主及扈从骑马引导天子及六师至蒲类海宿营，继续大酒。祭公欲调部队善饮之卒助阵。天子说别啦，为什么要弄一堆喝不醉的人在这儿互相灌，那不成比喝水了？咱们，喝到哪儿算哪儿。问公主你这么喝也高兴是吧？公主说是也，魂未离窍，但是飘着。李耳也不喝酒，一直在那儿偷乐，谁也没理他，自个笑疼了肚子。女列问他你弄什么了？

奔戎起而舞剑，老猿望月在那儿造型。红发姑娘笑得都不行了。一转眼，奔戎和红发姑娘不见了，一转眼，二人又坐在那儿，互相彬着。蒦豫问奔戎你是不是让人收了？奔戎说绝对没有。蒦豫说你就陶嘴铜牙吧。

己未日，部队到达赤石山，此山红色赤砂砾岩、泥岩构造，草木皆无，飞鸟绝迹，只有一种毛色沙黄的沙鼠可以存活，故当地人又称此山为黄鼠山。时已仲秋，昼夜温差很大，赤石山白日酷热，地表温度可以爆羊肚，日落仍可暖脚，温若热炕。来自黄土大塬的战士很喜欢，把营扎在西坡，迎着落日，人人躺在微烫砾岩上烙背蒸汗。这一带已是苏摩公主领地，公主邀天子及七萃之士下山至沟底大峡谷游玩。

沟底宛如绿色游廊，流淌着一条自天山而下融雪河，狭长弯曲河岸长着石榴、阿月浑子和无花果树。沟口有人家，住着泥砌半地下房子，正在铺着麻黄干枝房顶吃馕和瓜。男人和男孩一看领主来了，解开头发盖住脸躬身退到牲口棚里去了。女人低头吻公主手，把主人位置让出来。

天子在这里吃了甜瓜，喝了农妇家酿葡萄酒，把瓜籽吐给李耳，说留着，咱回去种点。公主说你嗑这瓜籽，跟别的瓜籽不是一味儿。李耳就攥着一把瓜籽在那儿嗑瓜籽吐皮儿。

刚出坑的热馕天子看着有点馋，揪着吃了口，嗬搂着舌头说这是痕末做的，好香。农妇说麦。天子没明白。农妇拿来麦穗，天子还真见过麦穗，跟李耳说咱有阿，我见过，秋天地里黄的就是它吧？李耳说昂，应该是。天子说没错就是它！你怎还不如我懂庄稼阿？李耳说回头我种一回。天子又望着奔戎说：怎咱弄不了这么好吃阿，蒸得的麦一粒一粒的跟松子儿似的，吃着硌嗓子？奔戎看着天子不嗳嗳。公主说你还吃过麦饭呢？天子说昂，每年开春我都要忆苦思春。

公主带天子下到院里看小毛驴拉的圆磨，说就这东西，小毛驴一赶，就成粉了。天子问公主能送我么？公主说抬走。奔戎上去一抱，直接累弯了腰，说还挺沉。天子说你这身子骨阿现在是真不行了。天子看到人家地上堆着葱头胡萝卜，抄起一颗葱头咔崩一口，辣得鼻渟眼泪，赶紧扔了说啥玩意。

公主说不是这么吃法。捡起一根胡萝卜在大腿上蹭蹭，咔吧咬下一截儿递给天子你尝尝这个。天子躲说我算了。

李耳接过来咔哧咔哧嚼，说嘿，甜不疾儿。公主说你知道芹菜么？胡萝卜最早是芹菜。李耳特别认真问农妇这叫什么，内叫什么？都刻一竹板上，末了问农妇能匀我们点么？公主说这你着什么急呀，有的是。

晚饭就摆在这家人房顶上，村里各家送来手把肉、马肉干肠、奶皮子和成桶葡萄酒。月上沟口，大家聊得正欢，伯夭含着手指头坐着睡着了，大家说别叫他了，他太累了。大家听不懂互相话，就比划。天子指指心又指酒碗说我现在特别恨我岁数大。公主说欧了，干一碗。坐红发姑娘和奔戎之间的蒌豫不停前后晃身子，李耳说你干嘛呢？蒌豫说我挡着点，这俩老眉来眼去。

13

庚申日，部队沿天山北麓准噶尔盆地南端行进，日暮到达呼图壁河，宿于河之阳，晚饭吃的马鹿和野山羊，井利猎获一头雪豹。随军巫祝在草甸上收割了贝母防风大黄党参很多药材，战士排队来开药，巫祝说你们还补阿？

辛酉日，部队午后到达玛纳斯河，全军放假在河滩拣玉。奔戎拣了块百多斤状似狗头玉，献给天子。天子说怪沉的。跟公主说献你吧。公主说这就是我们家东西，你拿我们家东西献我？又说不明白你们为什么那么喜欢石头，我觉得还是金子比较耐看。天子说不稀罕算了。问奔戎磨呢？奔戎说哟，忘拿了，咱不还回来么？天子拿手指点了点他，没说什么。

李耳捡了块墨玉，以为是石漆呢，拿在手里看，女列说能献给我么？李耳双手奉上。女听捡了块葱叶绿玉，跟谁也没说揣兜了。

壬戌日，部队到达艾比湖，湖上浮着厚厚一层橘红色卤虫，天子看了一眼回头撸着胳膊给公主看：瞧这小米粒起的。

公主说爱吃虾么？天子点头爱吃。公主说虾就吃这个。

天子说你养虾了？公主说没养。祭公也是满脸小米儿奔过来说咱能不住这儿么，跟谁吐了一湖瓜瓤似的。天子说换地儿换地儿，今晚别吃虾。

部队移师奎屯河，在河岸上宿营。公主跟天子说明天就要和君上告别了，我的领地就到艾比湖，再往前是我姐阿塔尔领地，她会在阿拉山口候着您。伯夭十分疲劳，随口给翻译成明天就要和君分手了，今晚是咱俩最后一夜。天子听了一愣，什么意思呀这会儿突然说这话，出于教养，也不能让话掉地上，说别呀，你一说最后一夜我都快哭了。伯夭说他都快哭了，一想到再也见不到您了。公主说有没有这么舍不得呀，这么重感情，早怎么一点没看出来。伯夭说她也舍不得您，知道您是个重感情的人，相见恨晚。天子眨巴眨巴眼，说她真这么说的？伯夭说逐字逐句翻译，一句柴火没添。

天子说那怎么办呀，我这说什么呀？伯夭说他千言万语不知从何说起。公主说那就什么也别说了，晚上还见呢么不是。伯夭说什么也不用说了，晚上你还想见她么？天子说……行啊，哪儿阿？伯夭说他问你晚上哪儿见。公主说还你那儿吧，你那儿宽敞。伯夭说晚上她来找你。天子说行，等她。伯夭说他等你。公主奇怪地看了眼天子，说我回去换身衣裳。伯夭说她回去打扮打扮。

祭公来叫天子吃饭，看见天子公主伯夭三人在一起密谈，七萃之士都站挺老远，脸朝远方，说你们怎么站这儿阿？奔戎说听一半不敢听了。公主一人甩着手走了，天子伯夭向这边走来，祭公说饭得了，现在吃还是等会儿吃？天子说等会儿吃，公主还没好呢。祭公说还是一起吃？天子说一起吃，明儿就散了。祭公说还是大局。天子说就别叫那么多人了，就我们几个。伯夭说我得先吃。七萃之士说那我们也先吃了。

天子说行，谁乐意先吃谁吃，你们干嘛这么看我呀？又不是我招的她。祭公说你们俩还真有事了？天子说我也觉得很突然。祭公说刚有的事？天子说约我。祭公说你考虑过影响么，你这回可是奔着黑娃母去的。天子说我也没想到，另外我也不喜欢你的说法，我奔着谁去了我？祭公说你好好考虑考虑。扭脸找到正在吃一条鱼的伯夭问：天子公主怎么回事阿？伯夭说怎么了他们？祭公说天子说公主约他。伯夭说是，约了，吃晚饭。祭公说没别的事？伯夭说你想多了。

祭公说我想多了，好吧，没事了。祭公去找井利，他正在看人鞭打一个兵。祭公说怎么了？井利说特么的拉了裤兜不洗，还打架，动刀。祭公说该打。跟井利说天子晚上有趴儿，叫你去。井利说完事的。祭公又去找毛班逢固，他们也在处理军务，摁着几个光溜溜兵拿军棍打屁股，祭公说天子叫你们吃饭，有事找你们。毛班逢固说这就过去。兜一圈回来见天子正和李耳私聊，飘耳朵里一句话：建议您还是不要提前服下……

晚上，公主来了，祭公说你坐这儿，挨着我，你都要走了，我还没跟你好好喝过呐。叫红发女，你挨着天子，你们聊聊为什么都有红头发，我觉得你们俩也不知哪儿长特像。

毛公逢公风风火火奔进来，说我们没晚吧？祭公说没晚，毛老，你坐公主那边，公主明儿就走了，你都不跟人聊。

毛公说不聊不代表心里不敬爱，笑眯眯地端起酒，说公主，我敬你，认识你是我这辈子荣幸。公主说你们怎么都对我这么好阿。祭公说孩子多大了？公主说没孩子。毛公说我猜一下您岁数阿，——十七？公主说谁十七阿，十八。

祭公说太不像了。天子说你吃点东西。红发女说我们这儿说人岁数小，是骂人。毛公说十八就管这么大地方，哼比我周还大，都没人敢追你吧？公主说还行吧。逢公说你们都有奴隶吧？几个女的嘎嘎大笑。逢公说怎么了？公主说有，主要是放羊和种瓜。几个女的又笑。井公披着斗篷进来，说远远就听你们这儿笑。天子说你这身上怎么都湿了？井利说河上起雾了，还挺大，才刚差点撞上一匹马。红发女说我的马吧，不好意思拴门口了。天子说部队怎么样阿？井利说出来时间长了，开始互相闹意见，正常吧，不打仗部队太闲。

女听拿来银碗，给他倒满葡萄酒。井利说现在都喝这个了，端起银碗转着圈看上面葵。女听说都是公主拿来的。

井利说公主，明儿就走了？多呆两天呀。公主说有事。井利说什么事阿，有人弄你们？告老哥谁，老哥替你抽他。

天子说井，这话说的贴谱。跟公主说真的真的，你有麻烦跟我们说。公主说还好啦。井利说你们跟人打过仗么？

公主说打过，我这片主要是南方唐羌、牦牛羌什么的老过唐古拉和我们争牧场，每年都要去驱赶他们，那些人挺烦的，真是都懒得轰他们，让他们吃去吧，不就是草么，东边就是你们了，也隔着十万八千里。天子说你们这心态挺好。

伯夭说还有我们。公主说你们不算。祭公说还是地方大。

公主说我们主要边患还是西方蛮子，每年都有一帮穷疯了的人冲出来跟你玩命，黑娃母大帝瑶池放在依波海，主要为挡他们，不就是什么都没见过么，给！喜欢什么送什么，拿金子砸。实在不可理喻我们就撤，让他们自然消失。天子说你们这思路挺逗，人还会自然消失？公主说您以为古人都是怎么不见的？我们从小就被教育，能拿钱办的事都不叫事，要会算大账，以千年为单位，问题解决不了的就不解决。

李耳说这就是文献中提到的那些有累万代治世经验的古帝牧天下思想，我以为已经失传，没想到今天还在这里切实地执行。祭公说都是女帝吧你说的古？

李耳说是，都是女娲大帝以前的世代，我想留下来考查这里古老的道统。天子说不行。天子说尽管明白这里的道理，但是很难做到遇上什么事都当没发生。祭公说咱们都是认真过每一天的人。

天子说我还真不是。祭公说那我换种说法，您是爱上自己这一生的人。女听说爱生活每一天。毛公说你活得够糙的。

井利说哎公主，我们过来你怕了么说实话？公主笑没怕。

毛公跟红发女说咱俩喝一个，我们这儿小伙儿你有看上的么？红发巴拉巴拉连说带笑，毛公拍伯夭她说什么呢？

伯夭回头说昂？女列说她说不能和你们结婚。毛公说你也懂她们话？祭公说就不结呗。逢公问天子你找我有事。天子说没人找你。井利说你有家么？公主说我为什么没家？我的瑶池在博格达峰北坡，离黄鼠山不远，赶明儿，你们回来，请你们去玩，这一次净赶路了。毛公说你们一人一瑶池阿？逢公说哦，你们管宫叫瑶池。天子说还没见过你的神呢。

公主说就今儿吧。天子说行阿。李耳说我也申请。红发女说你会爱上她的。天子说已就已就了。祭公说我们都爱你——公主。公主说我姐人也特好。天子说两码事。

祭公叫人把肉撤了，酒留着，抬盆火来。奔戎溜进来往红发女身边一坐，说我也来凑一热闹。公主把她小篓子折箩抖落到火里。奔戎抓着红发姑娘五指翻看她手背上昙花刺青。公主说你们行吗？伯夭说就跟谁不是巫似的。

天子扒拉祭公：边儿去。跟公主说你平时都干嘛呀？公主说我，就吃点东西，没事发发呆，有事出去转转。天子说有没有感到像咱们这样，昂，生在帝王家，别人还得奔，咱们也没啥可奔的，用赛跑的话说，生在终点了，有点没着没捞？公主说有。

天子说你不是一个享乐主义者吧？公主说我是。天子说但是你总对自己为什么来到这个世界有一点好奇吧，不是只为来消耗一圈资源就跑吧？公主说不是，玩完也觉得烦。

红发女捂着脸抖肩膀。奔戎说我说什么了你笑成这样？公主笑横她一眼。伯夭说她没笑你。

天子说你怀疑过自己么？公主说怀疑过。红发女捂着肚子倒在地上，哎哟哟叫：不行了。天子说这孩子，吃蜜蜂屎了。奔戎问要不要喝点水？红发女点头。

天子说我怎没啥感觉呀，你的神降临前兆是什么？公主说就是全亮了。天子说哦，都差不多。天子说你跟你的神都说什么呀？公主说就是感动。祭公叫进来一个吹埙的，跟他说吹点丧的。

李耳想起开点，稍欠屁股，就定在那儿。井利说我怎么突然有点高兴啊？伯夭问公主在哪儿呢？公主说还在这儿。

伯夭站起来伸懒腰。毛公说我怎么瞧谁都好看了。

奔戎和红发女出去，又回来了。井利问奔戎几更了？

奔戎说天都快亮了。井利说昂，这么晚了，我得走了。逢公毛公起来往外走，说部队还有事。女听不舍地说你们都走阿。李耳噗——，嘴唇一痉挛，活了。女列说瞧见啥了？

李耳大着舌头说渊兮湛兮，我嘿粗去过过风，这埙太缺德了。祭公追出去说我还大喷啦。

一帮人都出去了，一会儿，公主眼珠一转，也活了，爬起来走了，帐幕里就剩天子，和内个坐他身后，对他耳朵眼吹埙的乐师。

天大亮，天子醒，帐幕里悄无一人，外面有部队集合铃声、口令和马步杂蹄。天子身子一歪，就势躺地上，蜷缩着抱着自己睡了。

14

癸亥这天上午，天子代表祭公在伯夭陪同下与北褒海西总管阿塔尔公主在阿拉山口进行了接洽。阿塔尔公主身材高大，戴二周尺半高尖顶羊毛毡帽，梳掺缠染色毛线粗独辫，额头围缀海贝彩色毛绦带；外披袖口收至酒杯口大小羊羔皮大氅，内套红黄棕三色方格呢斗篷；贴身白毛纱内衣，套红边纱状平纹细毛线衣；下穿五色混纺粗毛线曳地筒裙，脚蹬短腰翻毛高跟皮靴，靴面挂一排铜扣，靴口缠彩色毛绦带；左腕戴红色牛皮套袖，袖口缀铜扣；右手拎小羊皮坤包，手背刺鹰，如铁爪；浓妆艳抹，瞳如琥珀，在阳光下透闪有芒。

祭公在周人里算大个子，身高八周尺（合今一米八五），看她都要抬头，这时日中，正是顶光，加上远近雪山反射，不免眯眼。阿塔尔公主说你们怎么都跟没睡醒似的？祭公说我们昨晚开会开得很晚，这几个月一直在国外行军，大家都有点睡眠不足。阿塔尔说哦，我们也刚从国外回来，去了趟巴比伦、尼尼微和尼木鲁德，巴比伦王和亚述王请黑娃母年度访问，我们跟着去买了点东西。

祭公说西方的形势怎么样阿？阿塔尔说哟，不是太好诶，尼尼微有一种战争气氛，我们在那儿的时候每天都有市民和军人在浇灌之门前集会，要求进攻巴比伦。帕拉沙尔二世会见我们地点你能想到在哪儿么？剥狮子皮屠场——竟然！

伯夭说我听说那个人特别喜欢猎狮是吗？阿塔尔说太不喜欢他

了，我们一向认为集体猎杀动物是一种怯懦行为，他把这当男子气概，向我们炫耀他拥有的狮皮，还送黑娃母一张，好像得多大脸似的。伯夭说我一直想去巴比伦，他们内空中花园是真的么？阿塔尔说嗐，就是房顶，把水引到房顶，房顶多，都连着，种点绿植，就叫空中了。叫我们这些生在雪山冰湖的人看——不够看。伯夭说他们王还是尼布甲尼撒么？

阿塔尔说好像是马比提阿布拉撒什么的现在，他们内发音特奇怪。巴比伦不灵了，军队都不归国王管了，都在传亚述人要打过来，做生意外国人都在甩货，铜匠铺在打剑，我们想订点扣子也不接活了。所以我为什么急着赶回来呢。

祭公说他们打仗跟你们有关系吗？阿塔尔说不行阿，他们一乱，巴比伦尼亚周边那些蛮族胡里安人吉米莱人就会向东跑，越过希底结河袭扰埃兰，就会轰起埃兰周边米底人、塞西安人，推动更东边萨尔玛西安部落越过伊兰高原，渡过质浑河，入侵我们领地，用我妹的话说，就是突然冒出一帮穷疯的人。人家也不是好好的就疯了的，都是受战争影响。

阿塔尔公主给祭公解释，质浑河是北褒理论上的西部国境，鹰曾经飞到的地方，也可以叫毗连区、识别区。外人进入质浑以东，她们就要警戒，她这个海西总管就要派出轻骑实行侦察、警告、驱离行动。她们的国防线，也叫红线，放在药杀水，外族过了药杀水，她们就要动员军队，进行战争准备。祭公说是紧赶着往后撤吗？阿塔尔笑你怎么知道？是，我们这样国土纵深大国，经常采取这种打不死你遛死你战术。

阿塔尔说差不多一千年前，伟大的哈穆拉比击败埃兰后挥师东进，穿越黑沙漠，渡过质浑河，向当时的黑娃母六十九世派出使者，命令我褒举国投降，否则灭国屠民，寸草不生。老六九回答：行，你先逮着我们吧。激怒了哈穆拉比，发誓要扒老六九皮，用她的皮做一面鼓。可怜的没见过世面的哈穆拉比以为打遍美索不达米亚就是打遍世界了。他的战车从日出跑到日落，从日落跑到日出，撒马尔罕那时连口井都没有，他把那儿的草都贴地皮割了。到了药杀水，老六九站在河对岸朝他一乐，转身骑马走了。哈穆拉比渡过药杀水，看到更广大旷原在下冰雹，终于累了，向我国求和，也不要我们称臣，也不要我们进贡，只要求我们遵守他的法典，简约为两个原则，一是同态复仇，以怨报怨，别人打断你一根骨头你可以打断别人同等部位那根骨头，俗语叫以牙还牙，比别人多看你一眼，你就把别人宰了——进步；二是买家风险自负，意思懂，既然参加商业活动就要有风险意识，是不是进步不知道。老六九拒绝了，告诉来使，法理三分同意，拒绝的是这种强迫人的姿势，与我褒律法精神“己所欲亦不得施于人”相悖，为我好也不成！第二年冰雪融化，我军在葱岭追上他们时，哈穆拉比的兵就是一群叫花子，扛着轮子，背对朝阳行军，每个人瘦得跟苜蓿似的，没有小腿肚子。

阿塔尔说话说六百年前，伟大的赫梯王穆尔西里一世攻陷巴比伦之后，沿着伟大的哈穆拉比走过的路线，渡过质浑河，命令我褒举国投降，否则灭国屠民。我军给了他一个无视的背影。伟大的穆尔西里的战车从日落跑到日出，渡过药杀水，穿越红沙漠——算他狠！追击我军到依波海，恳求我军决战，我军又给了他一个背影。这个轴缺追过今天我们站立的阿拉山口，追过奎屯河，追过玛纳斯河，追到古尔班通古特大沙漠，当时正值春季融雪，大漠里白梭梭、蛇麻黄一夕开花，眼看连片繁花似地毯，扭脸谢了，露出无比的黄。轴缺终于拧巴了，向我褒求和，愿和我褒平等交往，放弃对我褒所有领土要求，只求我褒遵守赫梯法典，简约为两个原则。一、以钱报怨，凡犯行皆有对价，可以酌定钱款赔付了结。这一取代同态复仇进一大步思想，当然不是赫梯人首创，在《乌尔纳木法典》中，此原则被称为赎刑。二、承认人性不完美，正义有偏颇，审判嫌疑人，法官必须——首先考虑有无免责情由，有则免。此一司法原则被称为：宁纵毋苛；是进步，慎用正义。可惜穆尔西里这一请求没有送达我方。当时黑娃母七十七世正在祁连以东访问河宗氏，穆尔西里大帝的使者不知到哪里找她，一路要饭穿越河西走廊，走过了梭儿，没有遇到我军，遭遇鬼方，被掠为奴，牵往陇东种地。

伯夭说我知道这事，我邦史册记载过这事：河宗旻十五年——我太爷的年号；西台伐北褒，次于天山。仲春丙午，黑娃母还师河上，沉玉于河，北狩贺兰。听老人说，当时我太爷出面接待的老七七，老七七压根没提打仗的事，只说过几天有一帮拿铁的缺可能要过河，我先替他们付了船钱，你帮他们运过河。之后在河之阿祭祀了河神，往河里投了几车玉，站在河西眺望了一下河东，说了声够他们跑的，就转进贺兰山挤奶接羔去了。这年夏秋，不断有穷疯了的流民涌入河套，我太爷见人就问是老七七朋友么，人皆说不是。后见西来各路流民匪帮人人歪扣铁制头盔，手拿锛刃铁剑，问起来才知，穆尔西里一世典当了军队全部装备，含泪回国了。

李耳说对不起公主，您能重复一下那位被鬼方抓走种地的穆尔西里使者名字么？公主问祭公这是谁呀，怎么咱说话他乱插嘴呀？祭公说哦，这是我们历史学家，他负责记录一切发生和传说的事情。公主说哦，不好意思学家，我没有这位使者名字，只是听说鬼方突然强大起来，会使用战车集群突击了。阿塔尔公主说咱别站这儿聊了，我脚都酸了，你们王子一时半会儿还过不来吧？祭公说大约母得下午了。

公主说这样，我先带你们去阿拉海看看你们宿营地，先住下，再商议明后儿——哪天，王子拜见黑娃母的事，我跟你说过那儿的鱼特好吃了么？祭公说你说过。公主说那我就没啥可说的了。祭公说我站着都快睡着了。伯夭说咪兔。

当天正午，部队通过阿拉山口，在阿拉海设置了营地。午后，天子来到军营，与阿塔尔公主见面，占卜甲子吉，就决定明天觐见黑娃母。阿塔尔公主说咱们要不要演练一下明天觐见仪轨，以免忙中出错。天子说不用了吧，又不是没见过。阿塔尔说上回你们是撞见，今回您不想正式一点么？我听说你们挺讲这个的。天子说不用，讲究是为了治各种不服，我这回是走亲戚，回外婆家，我不能让外婆跪我呀你说是不是？阿塔尔说那咱就说好了，谁也不跪谁，互相点个头就算礼到了。天子说从简，一切从简，要不显不出亲来，咱们谁跟谁呀。阿塔尔说你们无所谓我们更无所谓了。

阿塔尔说晚上要不要弄一趴儿？天子说今天不弄了，早睡，别明天又没精神，让外婆看着不合适。阿塔尔说你为什么老提外婆呢，你这是从哪儿论的？天子说内什么，不是我们始祖姥是你们这儿跑丢一姑娘，我从她呢儿论的。阿塔尔说行吧，那就明儿再说，你们早歇着，明儿日出我来接你。走了两步，又回来，说明儿你见了我们大帝最好还是不要叫外婆，黑娃母不是特爱听这话。天子说那我叫什么呀，她爱听什么？阿塔尔说亚述王巴比伦王都管她叫姐。

天子说行，我随那些夷狄王，也叫姐。阿塔尔说这样比较好，都是王，辈份别差太大。

阿塔尔走后，天子坐在地上拔靴子。祭公说你还困啊？天子说我还困，没完全醒就给叫起来了，晚上吃饭别叫我。

祭公说我也困，我能跟您这儿凑合一会儿么。天子说能。

祭公挨着天子躺下，拉毯子给天子盖上。七萃之士退出，把毡棚口门帘放下，棚内立刻暗下来。

祭公听见天子翻身，说睡不着？天子说正在默明天走向外婆动作，手有点没地儿搁，摆臂跟小兵似的，背后头也不合适吧？祭公说背后头人以为你拿着刀呢。天子说没走向过别人，都是人家走向我，你们走向我的时候手都搁哪儿阿？

祭公说你忘了，最近老没正经走向您了，我们手都搁前边，举着块玉，必须让您看见手。天子说哦哦想起来了，那你也给我准备两块玉。祭公半梦半醒说：明儿一定特别顺。

甲子日，天子到达黑娃母一百零九世瑶池依波海，在诸大公、侯爵、军直属中下大夫、七萃之士簇拥下觐见她老人家，左手托一白圭，右手托一黑璧。对面一大帮女的，穿高跟，戴高帽，描眉画眼，高男的一大截，跟一墙壁画似的。

阿塔尔公主上前接走白圭玄璧，天子说哎……玉璧已三传两递没影儿了。阿塔尔说怎么了？天子说没事。空手跟黑娃母一百零九世矜持点头，说：姐。

零九世刚烫的头，头发有点炸着，戴着五周尺高毡帽，神态高冷，坐呢儿不嗳声，点没点头也不知道，好像帽尖动了一下，跟上回内老太太一点不像，也没丝毫对他感兴趣的意思。天子悬着心稍微放下，就势儿回撤半步，丢个眼色让人把礼端上来，七萃之士和公侯一齐动手，一趟一趟提来彩绣丝绢两千丈、素白绢六千丈，堆老太太脚下，小岭似的，天子得踮着脚尖才能瞅见老太太。老太太这才开口，说来就来吧，还带什么东西。天子说也都是用不着的，产量有点大，送不出去，搁着也是招虫子。老太说那就好，我就爱用别人用不着的东西，下回还有什么用不着的也可以一块堆儿拿来。说完就不见了，隐入一片艳脸之后。阿塔尔说弟，请回吧，下一次会见在走十二里地以后。天子说没听懂。阿塔尔说十二里是我们的计时方法，相当于日晷蹦两个字。伯夭说等于你们一个时辰。阿塔尔看天子还有点懵，说你不换衣裳阿？我们这儿王族一天最少换五次衣裳，黑娃母更勤点，一天九次，白天七次，礼仪规定的。天子说噢噢衣裳阿，也换。

阿塔尔带大伙走到一片绿草地，说这是我们餐厅，你们在这儿歇会儿，一会儿喊你们吃饭。天子喊我衣裳呢，拿来换一件。奔戎凑到跟前说眼下要换就只能换我这件了。阿塔尔抿嘴乐着走了。

奔戎说我觉得她们对您没上回热情。天子说不热情就不热情吧，也别忒热情了。问井利你们那儿议论什么呢？井利说我就说真做得出来，愣一件回礼没有。天子说行行，让人听见。毛公说咱们这回可真是底儿撂了，回程只有桂皮和沙姜了。井利说白天换七次衣裳，晚上睡半截还要起来换两次，有人会因为一人衣裳很多就对这人格外高看的请举手。逢公说我听说仆从阶级会用穿家里最好衣服对主人表示敬畏和自我尊重，就跟穷人会倾其所有给稀客做顿饭似的。

一少女扛着鱼竿来到湖边，也不支竿，就那么蹲着。井利说你干嘛呢？姑娘也不理他，就那儿支着下巴发呆。井利过去蹲在姑娘身边，跟人搭葛：想什么呢？姑娘忽然巴拉巴拉说了一堆很激烈的话。伯夭隔着人说没经过她允许，你不能和她说话，也不能蹲她旁边。井利嗖一下蹿离了那儿。

伯夭巴拉巴拉跟姑娘说了堆烂漆疤糟的话，告诉井利：我跟她说你是一外国人，不懂这儿规矩，跟她道了一歉。

天子说她是贵族么？逢公说看着不像，这么较劲像普通人，普通人对自己权利比较敏感。

毛公说至于的么，蹲边上都不让。伯夭说她们这儿男的社会地位比较低，风俗规定男的不具有独立自然人身份，必须从属于女性才能得到食物和工作，打死女的偿命，打死男的赔一只羊。逢公说擦那，那不就奴隶么？蔓豫说男的男的！

只见一帮男的经过这里，低头戴着护耳毡帽，上身左衽大翻领羊毛短大衣，双手揣袖筒里，腰缠皮带子，下身斜纹本色大宽裆粗羊毛长裤——裆都快掉地上了——扎在沾满泥的长筒靴里，像是从哪儿集体干活回来。看到那位正在发呆眼翻在天上的姑娘，都摘下毡帽，低三毕恭向她吐舌鞠躬。

伯夭说这帮男的可能是男的里等级比较高的那种，受女的宠的，她们有一词儿叫什么来着，哦，牝奴。天子说靠的嘞，带这么聊的么。逢公说好黑暗！祭公说咱们家老奶奶要是不离开这儿，是不是咱如今也这揍性。天子说我建议我们就不要议论人家社会了，到人家介里就要尊重人家风俗习惯。井利说您一句话，我立即把她们都抓起来。天子说住嘴！

阿塔尔搀着个歪扣尖顶毡帽，被沉重桩子压成缩脖坛子，走路颠脚老太太来到草地上，跟天子说你盆友。天子说您让我跟您说话么？阿塔尔说昂？娖老阿，你不记得了，曾经私自以我国名义访问过贵国，精神有点不正常。天子说怎会不记得，娖老嘛，您回来了。娖老说回来了，想家阿，外国再好也不能死在您那儿您说是不是？祭公说她精神不正常？

阿塔尔说也不是老不正常，也有明白的时候，犯了病就去外国访问，跟人套亲戚，蹭吃蹭喝，头些年老往巴比伦跑，还去过埃及，见过尼布甲尼撒一世和拉美西斯九到十一世，这二年开始往你们那儿跑。也挺可怜的，原来是我们这儿一大巫，豥岔道了，有一大神附到她身上就再也不出去了，去各国访问的是内个神，你问她，她啥也不知道，醒了就赶紧回国，你能想到么，这是一个走遍世界的人。天子说甭管疯不疯，确实给我们两国友好交往搭了桥。阿塔尔公主说是是，我们这儿有句俗话，世上本无路，疯子眼里全是洞。

阿塔尔说你们饿了么？天子说您要允许我说，我们饿坏了。阿塔尔说那就吃去，走，去另一餐厅。祭公喊：开饭！

天子问你们几个餐厅阿？阿塔尔说我们俩餐厅，一个西湖餐厅，一个东湖餐厅。天子说俩餐厅有神不一样？阿塔尔说没神不一样，都是芳草地。天子问井利部队吃上了么？井利说部队早吃上了，部队没什么事，来了就做饭。

天子搂着老太太你现在是谁？老太太说本人。

走到西湖，草地上闪烁着很多眼睛，细看是一只只虎斑猫。人的座位铺着麻黄枝，人坐上去猫就往人身上蹿。天空万鸟博翼，忽而天就暗了，忽而又亮了，耳畔全是哔卜拍翅声，像很多手腕在抖落被子。天子不停从腿上往下摘猫，喊怎么全是猫阿？阿塔尔公主喊要不根本没法好好坐下来吃顿饭，鸟在你头顶上拉屎，还叨你后背。一个牝奴跑过来拿一束猫薄荷往天子背上一扫，猫立刻掉下来，躺地上一排。

一队牝奴怀抱大鱼姗姗而来，给大伙一人上了条七八斤重还甩尾乱蹦——的鳇鱼，每位跟前安上一盆红柳枝炭火。有大鸟垂直俯冲，猫咪皆虎伏炸毛，大鸟扎改平飞，快帆一样掠过众人眼前。公主喊今儿就自助了，你行吗自个？天子把大鱼摁在炭盆上烤，鱼皮滋滋啦啦冒青烟，喊：我觉得会干一样活儿心里特高兴。大鱼一拧身蹦地上，天子扑上去抓，蹭了手鳞。奔戎抠住鱼鳃拎起来，喊你逮这么逮鱼，把鱼摔死喽再烤，你瞧瞧人家。诸大公、侯爵都在振臂摔鱼。

公主喊黑娃母向你敬酒。天子胡乱瞅了一圈也没瞅见黑娃母跟哪儿，捧着银碗仰天一饮而尽，喊：先干为敬！

小猫竖着尾巴走着一字步围上来，在炭盆旁停下，坐得好好的，仰起小脸看鱼、看人，人就开始喂猫。

烟蒸火燎那头传出一东西，经牝奴之手，传到阿塔尔手里，是一锦帛包裹长方体，阿塔尔把东西递给天子，天子解开包裹，露出一块雕着楔形文字泥版文书。公主对伯夭涅斯牙斯喊，伯夭冲天子喊：这是黑娃母送你的姜原族谱，有她母亲、母亲的母亲……天子喊什么？伯夭喊……她妈是黑旺太姥一百世，独生女，本名嫄，出去放羊，被过路的夏戎拐走了。天子喊昂？伯夭喊：丢了，黑旺家没继承人啦，王位就归塞旺家了。天子喊可不可以这样理解，其实我有权利继承褒国王位？伯夭喊你有姐么？天子使劲点头。伯夭嚷：要是塞旺家姑娘死绝了，你姐就能当黑娃母！大家忽一齐扭脸，错愕看他——前一阿秒，天上鸟忽一展翅集体高飞，草地错那安静，伯夭这句话倍儿脆掉地上，自己脸也蓝了。

天子说内什么，我代表我姐敬大家，搞起来。公侯们跟群马蜂似的，嗡一下又聊起来。伯夭给公主翻译：王子敬黑娃母和您，您特像他姐。公主说我像他姐？伯夭说年轻的时候。公主说来，弟，喝一个。伯夭说公主跟你走一个。天子说从关系上讲是这么一关系？伯夭说成立。

一个头上戴花环涂红嘴唇牝奴拿张箜篌来到草地，跪着开始弹弦子，吊着嗓子唱：徂彼西土，爰居其野。虎豹为群，於鹊与处。嘉命不迁，我惟帝女。彼何世民，又将去子。吹笙吹簧，心中翔翔。世民之子，唯天之望。

伯夭给天子翻译：降生在西土，睡在野地里。每天与虎豹为伴，最好的朋友是飞鸟。上帝命我流浪于此，我是祂惟一的女儿。人类，你来自哪种世界，又是一个过客么？你吹着动听的笙，我心像鸟一样飞。人类的儿子呀，和你相遇是上天的安排么？

在座北褒女武士面露哀伤，个个流下薏米般白亮的泪。

阿塔尔公主说这是嫄公主被拐走那天唱的歌，她人虽失踪，歌子却在草原牧人中流传，透露出她当天遭遇了什么的线索。嗯嗯天子同情点头。阿塔尔公主说我不得不说，这里有一个卑鄙的乃情故事，一个吹芦笙的陌生人诱惑了她，孩子太孤单，孩子太害怕，就动情了。天子说为什么说是卑鄙的？乃情，难道不是俄们每一个人想往的？她思春得春了。

阿塔尔公主说你作为一个成年人，又是个老练的性交者，根本不该说这种浮夸的话。专一性行为造成的躯体依赖会因时间发生退行性改善，内啡肽不再一触即发乃至全程引而不发，血清素水平降低使神经之间疲于交谈，反过来促进了性交的纪念性和刻板化，两个人在床上像两头大象，体积庞大，触点窄小，而这种退行性变化发生速度并不一致，女性往往迟一步，经常像一头虎鲨搁浅在海滩上。天子说是是是，据我观察，女性并非总是后知后觉的那一个，只是由于习俗和文化压力耻于表达甚或不以为怪，身体早已无感，环境不给出路，无奈只得将其拉抬为高级精神现象——以自骇。

公主说你明明懂得还这么说尤特可恶。天子说我不是怕你是那种乃情至上者么，我降低了我自己。公主说所以我褒特别立法禁止排他性性垄断，禁止用煽惑语言主诉生理反应，就是怕有人偷心换日，利用童女不成熟控制她生命，你造么，童女之可悲就在于让人办了就以为爱上了人家。嫄公主的遭遇令人扼腕。天子说但是我觉得把男性集体降为第二性才是彻底解决办法。阿塔尔狂笑哈哈哈，说我很欣赏你。

伯夭说请允许我冒失建言，有一种情感是永不退转的，就是那个半截腰嗝儿了的人。公主说相当同意，正热乎着，给撂半道上，不知所踪，也可使人没世不忘。天子说听上去公主也有伤心事阿。公主说嗯，我们这儿还有一野蛮风俗，每人必须找一回不痛快，否则不叫成年。我们采取的方法是有组织暗杀小女孩初恋情人，作为成年礼送给她。天子说你们，——佩服。

井利凑过来说我认为你们就不该让公主出去放羊。公主说没办法，三千年前，有羊放就不错了，到处是虎豹，哪里是来给人作伴，是拿我们当饭。经过依波海的流民称这里是沃野，因为杳无人烟，羊很珍贵，不是吃的，奶只有病号才能喝，我们的主食是鸟蛋，这些人到了东方就到处说，我们靠捡蛋活着。歌里这部分唱的相当写实，当时我们就那么苦，公主也逮干粗活。不瞒你说，连件整衣裳都没有，脸从来不洗，今天撞上就是小叫花子，所以一勾搭就走，理解。内时我们这儿姑娘都想走，你们是没来，来也都毁你们手里了。

井利说内时咱什么情况？天子说差球不多，到哪儿也遭人嫌弃，姑娘真跟你走你都不敢接着。这么跟你说吧，三千年前全地表就没几个人吃饱过几顿，顿顿摊鸟蛋，太奢了！鸟不下蛋怎么办？阿塔尔说咸鸟蛋就酒，也不是我们发明，是神的恩赐，祂使烂熟的野葡萄变酸发酵，就有了酒，我们叫这能使人忘记劳苦的液体：上天的甘露。——走一个。

天子说：祝福你，神的独女。你一定是不肯嫁给你父为你选中的其他天神，被祂罚到人间。阿塔尔说你错了，我们在天上是没性器官的。天子说好吧，我不敢往下想了。

祭公说她们怎么走了？内头内帮女的忽然都站起来抖落衣裳，牝奴在扫地。公主说哦，她们去换衣服，一会儿还回来。天子说你不换？公主说我就知道今儿没工夫换，多穿几身。说着脱下貂皮大氅，露出里边狐皮褂子。天子看到里边还有毛衣，说你不热呀？公主说热。祭公说你们平时这饭也是吃起来没接没完？公主说一般不吃饭，饿了零揪，吃起来最少三天三夜，有一回黑娃母纳新，我们沥沥拉拉吃了小半年，吃完孩子都早产了。但是也没人管，带回家睡觉的。

这天的宴会进行了四天，黑娃母回家睡了两起儿。井利偷偷去黑娃母帐幕掀了下帘子，看见黑娃母一人睡得挺香。

天子一直熬着，跟阿塔尔狂聊：听说你们这儿有一种狗，身上长着豹子斑纹，头上长着牛角，叫声还是狗，叫狡；得到它就会使国家粮食丰收。公主说没听说呀，问旁边女武士：你听说过一种能让粮食丰收的狗么？女武士笑着摇头，说长着豹斑的鬣狗见过，但是头上没角，也不能使粮食丰收。

天子说还有一种鸟，样子像野鸡，浑身鲜红，吃鱼，叫声像鹿，叫胜遇；飞到哪个地方，哪个地方就会发生洪水，我想逮一只，放到汉江去。公主说吃鱼的鸟很多，全身红的只有火烈鸟，你肿么心眼那么坏呀。天子说我恨荆蛮，因为他们把我爸办了，我祝他们年年发大水。公主说露馅了，你心里有恨。天子说哥心里什么都有，哥说出来自己都怕，但哥不以此为荣，你不能拿我心头闪念论断我，要我做出来，才见是非。天子说哥是在对自己厌恶中长大。公主说谁又不是呢？一直欣赏自己、佩服自己的人逮次成什么样阿。

天子说听说你们这儿往西九百八十里，有座山叫长留山，山里野兽都是花尾巴，鸟是花脑袋，山里有个鬼，主管水中倒影和海市蜃楼。公主说你这都听谁说的呀？天子说你甭管我听谁说的，有没有吧？再往西二百里，有座山，山里有种兽，形状像赤豹，五条尾巴一只角，叫声像敲石头，叫狰。有一种鸟像鹤，只有一只脚，老喊一个姓毕的人：毕方毕方；毕方在哪里出现就会发生火灾。再往西三百里有座山，山里有个兽像猫，却是白脑袋，叫声如猫猫，名字却叫天狗，养它可以避凶煞。公主说你喝多了吧，你说的是我们这儿么？怎么觉得你跟小孩似的，严重怀疑你小时候是迷信老太太带大的，老讲鬼故事，脑逮瓜听小了。天子说真的真的，不信你问他们，他们都知道，说的就是你们这儿，西王母山么。

祭公说那倒还真没瞎说，我们是移民国家，大迁徙世代幸存者，小孩，男娃，生下来就被狠心娘抛弃，我们有一俗语，现在可以认定是从大迁徙世代流传下来：姥姥不疼舅舅不爱。现在听起来都心酸。一个小孩，对地表绝对陌生——整个人类都很童年；入穷山，涉恶水，您说，他能瞅见什么？见人不是人，见鬼不是鬼，吓也吓死了。今天你放你们家三岁孩子自个蹚一遍无人区，给你讲的一定也是本恐怖奇幻史。迷信也是传承，其中也有慈爱和温暖，从小我不听话、淘气，我奶就吓唬我，说西方三百里一座山，每座山都住着一个鬼，人脸羊身，专吃小孩。说西王母有条豹尾……

公主说这可不能瞎说，老太太听见跟你急。西边再有山就是大高加索山了，那里是有很多山羊，羊也可以说像清秀小姑娘。

祭公说我奶说再往西一千里，住着个鬼，长得像条黄口袋，六只脚四只翅膀，浑身像火一样发红光，脸就是一个肉球没有五官，永远不停在唱歌跳舞，我奶说是帝江死后变的。

公主说我觉得你骇得比我厉害，太有想象力了，姐无语了，拜托能不能把我们这儿编得光明点，都是鬼你们不能活下来。祭公说我想我奶了，先人们不易呀，每个打从你们这儿走到我们那儿——还活着的人，鬼知道他们经历了什么。

天子说你没有什么鬼故事要吓我一下？公主说你好幼稚。天子说你对我们东方人怎么看，听说过我们么？公主说西膜都传你们是拜鬼——祖先的人。天子说那你们拜什么？

公主说我们有信，我们是见过神的人民。天子说我胆小，你可别吓我。公主说你瞧，讲正经的又不敢听了。天子说你说！公主说姐还没喝好，再走一圈。井利说其实我觉得吧，都一样，拜鬼和信神，都是迷信权威相信顺从能沾上光的老实人。阿塔尔说你这么说，说明你一点都不懂什么叫信仰。井利说见过迷信的互相瞧不起。

第三天夜里，阿塔尔讲给天子听，三千年前，有一个神曾光临依波海，白天出现两个太阳，其中一个越挎越大，像摔烂的瓜金汁四溢，使森林燃烧，河海沸腾；入夜则变成一只拖着长长光带疾飞的银孔雀，使另一轮弦月像口痰黯淡无光，那是神暴走的形象。就在那骇人晚上，神的声音在每个仰望祂的褒国女孩心底响起：我都看到了，我的女儿，你受的苦，我都看见了，你受苦的时候我也在受苦。我来是为唤醒你，你忘了，你不是无缘无故在此受苦，这不是一个惩罚，也不是一个沉沦，而是一个约定，一次短暂的外出，到时我将接走你，到时你就知道，这漫长的一生只是转念一瞬。

天子说你有点抖诶。阿塔尔公主说每当说起这事，姐就有点激动。天子说说得好像你在场似的。公主说我在场，就像我现在坐在你面前一样信么？天子说信。伯夭说这位老哥是他们那儿唯一有资格信神的人，东方人公认他授信于神，他的王号翻译过来就是神的儿子。公主打量天子真吗？这可不能乱来，你的神是谁？天子说：话是这么说，真不真，不能回答你。公主说这么含糊倒是有几分像，假的赛着口壮。

天子说那么，约定是什么——神差使你们外出上这儿来？公主说你知道规矩，不能说，这是神和每个使者单独的约定，到时就叫醒你，要你去做一件事，也许挺大，天下有危，要你去扛。也许挺小，专为等一个人，见到了，向他传句话。

天子说你不是被叫醒了么？公主说是阿，我不是等你呢嘛一直。天子说：话呢？我等着听呢。公主说我还不知道你是不是我等内人呢。一旁竖着耳朵听的众人齐说：嗐！

公主说后来天暗下来，只剩一个下弦月，那个神走了，走得很远，但没有消失，祂厕身群星之中一直照看着我们，每当我们忘记约定，又陷入绝望，只要向祂祈祷，祂就闪耀。

井利说哪儿呢哪儿呢？公主指向恢弘银河：那儿呢，天琴座，最亮的那颗。天子说瞧见了，真的在闪诶——好亮！

公主说有人祈祷，环顾众人，厉声说，谁在这里祈祷？

井利说不是我。公主说知道不是你。这时，一直打瞌睡的婗老忽然站起来，狂翻白眼身手如狼地向这边走来，走过众人，停在李耳面前，以一种嘶嘶拉拉带气流声的空洞腔调说：

这世上人立的教都是福报教，律法都是因人群立，名以神为大，实则以自我为中心。人所知皆是进取之道，教人更多、更快榨干这个地表。我要你得一条更慢、更少，不但你们活，其他生命也能活，万物皆得保全的道，只为个人立。

李耳骇得站起来，说我吗？我并不知道什么道可以更少，更慢，还都照顾到了。气流音说你想想，你知道。公主躲在天子身后拼命向李耳摆手。李耳鞠躬说请问您是哪位大神？

气流音说我是眼泪之神、痛苦之神布达丝。你们走过快乐、美满，最终都会到我这里来。说完婗老噗通躺地上，紧闭双眼在那儿蹬腿抽筋，两个牝奴上来将她架走。阿塔尔面如白垩。天子说怎么了？公主说不能问名字，问了祂就会跟上你。李耳立在那儿发呆，问伯夭：怎么找上我了？伯夭说神托付了多少人阿，从古至今，祂就一直传信给人，可是又有几个人真听进去了呢。公主说祂赋予了人那样的秉性，又怎么能指望人像祂一样无所图呢。公主说神哺育人类就像喂养小孩子，一手拿着掺了蜜汁的奶，一手拿着苦酒，人只喝掺了蜜汁的奶，喝光了还要，没有就闹，那苦酒在神手里，满满的，一滴没少，最后只有自己干了。伯夭说天使超越自己权限许诺了太多，方便法门不方便，只是助长了妄想。

公主说看到那么多人假装找到了门路，简直了。公主轻佻拍拍天子脸蛋：老家伙，你是不是也以为自己属灵，被派来作酵？天子抓着公主手，摩挲着：其实我是很谦卑的。

公主笑你骗我没有用。祭公突然援援地说：上帝为什么允许恶存在？公主说这件事你站在人的立场永远也想不通。伯夭喊：求福的人得祸了。两个坏人笑成一团。

第四天早上，所有人都坐着睡着了。阿塔尔私下向天子赠送了一架埃兰人进贡包银榉木马鞍，包着毯子，说别让她们看见，这是不让出口的。天子捅醒蒌豫，叫他牵来盗骊，安上马鞍，上去一坐，嘿，高一截儿！伸手把公主一拽，提溜上马横怀里，跟半梦半醒大伙说姆俩出去兜一圈。盗骊撒开四蹄，载着天子公主奔向曙光初现如遭铜镀草原。

草原之巅是楚伊犁山，褒语叫弇山。太阳从那里升起来，又从那里落下。天子驱升于山，山上岩石嶙峋，安详又静谧。天子在一块泥质砂岩上用剑尖尅哧了一行蝌蚪文：周天子穆满到此一游。跟公主说，跟你比，我觉得我太玩闹了。公主喃搂喃搂说一些话，天子也听不懂，看着公主傻乐，使劲眨眼。公主用手在浮土上划了五个楔形文，蹿逗天子镂石头上，天子一刀一刀照猫画猫头鹰，钻了一串小三角：西王母之山。

15

己巳这一天上午，天子参观了依波海北岸露天铜矿和阿塔尔私人所有小铜炉，观看了赫梯师傅熔炼铜扣子和鞋拔子。午饭后部队集合，一师整队完毕开拔一师，放踵西行。

黑娃母率诸公主诸女武士前来送行，还是远远站着，叫阿塔尔传话给天子：海西有种大鸟，非常厉害，专叨马眼，马经常跑着跑着就失明了，人还不知道，路上小心。天子笑着双手加额示谢。阿塔尔说你真去找毕方阿？天子说我有那么次么？又说：你真不送我？公主说送，就上了天子车。

辛未日，到达热海。热海盆地萨尔玛西安部落向阿塔尔公主献羊，向她礼拜，称她为“密梨达库”，或译为“我的牧者”。男女老幼都来听阿塔尔讲话。阿塔尔说有一个人是吃素的，得了只鸭蛋，天天捧着那只鸭蛋，用自己掌心温度孵出一只小鸭，这只小鸭下了一百只蛋，又用这一百只蛋孵了一百只鸭，下了一万只蛋，就这样百十万千乘上去，到他临死成了鸭蛋大王，世上每只鸭蛋都是他的鸭子下的，但是他一口也没吃过。这个人死后下了鸭子地狱，成为鸭子饲料，一只肉虫。肉虫喊冤，这不公平，我一口也没吃你们，如今你们却要来哆我。那些鸭子说你孵我们就是害我们。

阿塔尔说，又有一个穷人，把家里仅有的一只鹅借给富有的邻居下蛋，邻居许诺一年后还给他九只鹅，一年后他去找邻居讨要九只鹅，邻居给了他一把鹅毛，说鹅，我吃了。穷人把邻居告到法官那里，法官罚了邻居九只鹅，偿还给穷人。穷人死了，直下地狱，发现和邻居还是邻居，向地狱黑天使哭诉，说这不公平，我，穷且诚实，为什么把我和这个骗子关在一层？黑天使说：因为你们俩的贪心是一样的。

天子说我去！你就跟人说这个。公主说怎么了，难道不是吗？阿塔尔说，又有一对兄弟，父亲死后得了一些遗产，哥哥是属肉体的，把钱换了酒肉自己吃了，弟弟自认为是属灵的，把金子买了粮食和衣物分发给穷人，对哥说你的钱都花了，我的存起来了，将来我更安稳。哥儿俩死后都下了地狱，弟弟拍打着地狱铁门哭闹，说我不该在这儿。黑天使过来说你怎么了，为什么不该在这儿，你们不都是为自己么？

癸酉，部队到达药杀水，马萨格泰部落献羊三百。部队使用制式装备架设带铁螳螂——锚的名为“飞江”的浮桥，渡了一夜河，只过去不到一半人，有战车倾覆沉入河底。

阿塔尔站在河岸上对马萨格泰人讲话：有一个人种梨树，想在树荫下乘凉，又想在来年得果，来年树叶很稀疏，没有结果，这人砍了梨，种枣。邻人问你是爱吃枣呢还是爱吃枣？这人说都不是，我只是想种一棵对我有好处的树。又有一个人有两个女儿，大女儿守寡单过，小女儿住在父亲家里，吃的穿的都用父亲的，小女儿对姐姐说，你瞧，你过得多辛苦，一切都要靠自己，而我，所用的一切都是父亲供给，这也说明父亲更爱我而不是你。大女儿说哦，你是这么理解爱的。

天子把公主拉下河滩，说别说了，过河。公主说我聊得好吗？天子说太狠了。公主说求我，就告诉你故事的底。天子说不想知道。公主说非告你。天子说这会儿想告我了，不听。公主说你也是那想得好的人？天子说不好意思我是。

乙亥，天子率七萃之士和车乘一部到达撒马尔罕坎儿井，住下等待大部队。至丁丑，仍有两个师没跟上来。天子说咱们也快分手了，你还有什么话要跟我说？阿塔尔说你的兵也太吊儿郎当了，行军无斥候，住下来不放警戒，跟一群老百姓似的，药杀以西是塞西安人活动地域，昨天我远远看到他们白色毡幕，晚上看到炊烟，估计你们到来的消息已传遍草原，你们这么懈怠，会吃亏的。天子跟祭公说你瞧瞧，咱们的问题人家都看出来了。对公主说你提的意见非常及时。遂下令部队提高战备等级，将战车连成环形营屯，旅派出两哨，戍卫屯角。师派出卒哨，兵车一广（二十五辆），分左右两偏，拱卫营门，右偏月升套车，日中卸套；左偏日中套车，月升卸套。夜晚击更鼓，各营步哨互喝口令，循哨位逆时针下传，务使口号之声彻夜不绝，全军将卒时刻警醒。

戊寅日，有掌畜胥出去放马，人被割首，马匹不知去向。同日，各师陆续报上来外出打水、割草士兵失踪共计十余人。

师派出旅级部队前往搜索，在草泽中发现士兵无头裸尸，更可怕的是地上除了一点喷溅血，再无一滴血。巫祝检查后说，只能认为血被喝了。部队再次提高警戒等级，加强营门戍卫车两广，派出游阙伍乘昼夜巡视，甲士枕戈而眠。

己卯日，虢公指挥的五师和共伯的六师赶到，报告沿途遭到游牧民狙击手冷箭射击，伤卒副一员，两司马一员，卒十七人。五师一个卒的伙房被抢，快要煮熟的炖牛肉被拉了屎，伙夫二人被割喉吸血。六师一个旅部受到突袭，折损下大夫一员、上士三员，一车营伎失踪。

庚辰日，部队疾进至质浑河，架“飞江”渡河。阿塔尔给天子和几个公爵开会，蹲在地上用红柳枝写写画画，说这里是处盐沼，有隐泉，掘地数尺可见清水；这里是个绿洲，有泉水和井，当你看到白色毡幕就要准备战斗了。塞西安人是野蛮的民族，杀死敌人会喝他的血，据说这样可以使战士增加勇气。他们的勇士身披敌人头皮缝制还带着头发的斗篷，头领用镶银的敌人头颅喝酒，信仰女神塔别缇和她的男朋友巴博斯。不要假装友好送他们礼物，他们会认为你软弱。他们不接受投降，也不要战俘，因为沙漠养活不了那么多人。不要让他们靠近你们。你们要一直向南，不要受哈扎尔海吹来的湿润海风诱惑过早折向西，因为向西有更广大的沙漠。

阿塔尔说出了黑沙漠你们应贴着沙漠边缘西行，不要使那些黑色的沙垄脱离你们视线，就像俗话说的：对男朋友不能太近也不能太远。这样你们就能以最快速度到达哈扎尔海，那儿的人都是骗子，每天换一副面孔，他们告诉你向西你一定要向东，就像俗话说的：真相总在谎言反面。哈扎尔海就是你们所谓蓝、黑、咸三大淖中咸的那个，不过我一直搞不懂你们说的三大淖是哪三大，因为哈扎尔以东还有一个大淖，也是咸水，喔来喔，它们在古代应该是一个海。如果你贪恋海岸一直沿着海岸西行，就像贪恋女色不肯失位灯捻成灰还在那儿鼓球，你就会走进大高加索山，我不认为你们这些二十六幅车能通过外高加索剃刀般的山地，你们想看巴比伦大城最好见到塔乐贺河就南下。其实你们该更早南下，一见到海就南下，我给你们的忠告是越早南下越主动。话说你们此番西行，周游列国目的是什么，有没有目的呀——你们？

天子说我认为真正的生活在别处。阿塔尔说好吧，我也不打听了，由北向南穿越伊兰高原是最短的路，塔别缇保佑你，你的车骑可以在三天之内到达扎音台河谷依思发汗草场。从这里往西一天路程，有一条河叫底兹河，过了这条河，再走上半天，你就会看到一座建在土丘上的大城，那是埃兰人千年都城——舒珊，哈穆拉比那个著名法典就在这座城内，那是他们二百年前从巴比伦抢来的。埃兰王希尔哈哈六世会率领全国军队在城下等着你，你可以跟他提我，我跟他有点交情，但是面儿特薄，他后宫一个妃子是我褒和亲送去的，估量目前已然失宠。

天子说你们这么瞧不上男的，也和亲？公主说不顾一切面子追求和平是我褒立国精神。我褒法典上承女娲法、女娼法，开宗明义第一条就是：万恶杀人为首，其次伤生，其次害物。凡可避免减少杀害者皆可称善。我们最早是吃素的。

天子说你们觉得杀害植物问心无疚？公主说这个不一样，植物春华秋实，见霜凋落，我们拣掉落地上果实吃，吐籽儿帮助植物传播后代，性质如同鸟，和植物是共生关系。后来营养有点跟不上，割草没劲儿，冬天老素着不抗冻，也拣其他动物嚼剩的骨渣儿吃。后来我褒对法典第一条进行了修正：凡不因你而死之肉骨皮，食之可视为清洁行为。

天子说在我们拜鬼者那里，管这叫伪善。公主说哦对，我们信神这儿也叫伪善。为防止更大的伪善，修正案同时规定：凡因食素称善，坐娇妄；与节欲称仙，多智称贤，怀德称圣，并列为四大魔行，惩罚是驱逐出我褒。因为堕落天使就是通过诱惑人自称义，自立道德，在虚妄的自满中忘记自己毕竟是在勒索这个环境的原罪，自夸为善，行更大的恶。

祭公说他们到底有多少军队呀？阿塔尔公主说谁？埃兰？哦，历史上曾经出动过三十万，这些年不知道。井利说不多，我们曾经击败过七十万人军队。天子说嗯，他们是不是也不接受任何友好表示？

阿塔尔说也不是，但也不代表什么，巴比伦谚语说：埃兰人是属浪头的，和你越近翻脸越快。伊舒西纳可大帝死后埃兰就衰落了，百多年来一直遭受亚述和北方蛮族的进攻，现在是弱者心态，打心眼里认为所有人都对他们不怀好意，在打他们主意，你这样不明来历东方君主，带领一支军队突然出现在人家城下，你说你是干么来的？讲友好，沙姜桂皮可有点拿不出手，人家什么都有，俗话说得好，舒珊金子像沙漠沙子一样多。玉——人家也不觉得是好东西。

祭公说他们部队步兵多还是也有车兵，剑是铜还是铁？天子说军事上的事你就不要问她了，我们到时候再说。

阿塔尔说我先告诉你们撤退往哪儿走，不要再往南了，南是大海和沙漠，沙漠不能穿越，而且穿越过去还是海，如果你们被断了后路，就只能从海上回国了。也不要继续向西，即便你们击败埃兰人，立刻就要面对更强大的巴比伦。巴比伦后面是好战的亚述和赫梯，都是能出动三十万军队的大国，五百年前就使用铁剑，一千年前就与埃及进行过五千乘规模战车会战，你们胜算很小，你算算你们这万把人和三大国百万军队车轮大战之后——就算你们全胜——还剩多少实力？个人强烈建议你们不要越过希底结河，那条河流了太多血，没人能涉过那条河干净回来。也不要北上，北上之巅就是大高加索，翻过去你们就全是步行者——驴友了。最安全方向就是原路返回，从哪儿来回哪儿去，退往哈扎尔海。如果你们想我，再往东退，我会站在这儿迎候你们。

天子说讲好了阿，还在这儿等我。说完扭脸带着公爵们踏上浮桥。公主在后面喊：……想得好的人，想受照应的人，不要到我这里来，因为我这里没好处给你们。

天子忽然悸怔，口喊呕！买！噶！井利说咋滴啦？天子说这是《三坟》里的话。转身蹬蹬蹬跑回桥头，大声喊：无有好处，因何称信？阿塔尔说因为当信！祂就在那儿。如浩渺星辰，夕阳晓月，不因人心向背乃迁。

天子说哦。又蹬蹬蹬跑回过桥队中。再回头，阿塔尔已带着她的人走了。

16

辛巳日，部队全天在沙漠里行军。那些连绵不绝高达数十周尺的黑色砂垄和一座座新月形的寰丘使沙漠大白天阴影重重。队伍被这强烈明暗对比裁剪得一截一截。人在明晃晃日头下会产生视觉空窗，前面的人凭空消失，步入阴影则如时光飞逝，倏尔沉入黑箱，蓝天在上，自己走在锅底。

各部均报受到游骑跟踪，那些人骑着骆驼或马行走在远方，忽而出现在右前砂垄上，部队摆出战斗姿态，引弓仗剑爬上垄顶，那些人似乎又远在天边。有时那些人近在咫尺，就站在左近沙丘上观望，胡子眉毛都看得清楚，部队组织轻骑进行驱离，冲了半天，那些人还站在原地，距离还是那么近，自己倒像没跑出几步似的，这沙丘好像不时在倒转。

入夜沙漠远远近近举火，星星点点，像凭空出现夜未眠大城。那是凹地汇集的石漆和天然气在燃烧，空气中有浓烈芳香烃味。头顶有圆月，投下一个个光圈，惟独不照你，你这一线是死寂暗走廊。仿佛在做梦，青灰色月光下有马刀舞蹈而来，身边有人中箭倒下，你射出的箭软绵绵落在脚下。

壬午日，天空黑云滚滚，伴随着闷雷，倏尔长空撕裂，闪电骤现，像上帝在亮剑。大雨如织，却未落到人头上，在半空化为彩虹，人如虾蟹蒸得面目赤红。部队遇到天坑，广若山谷，深不见底，毒气升腾，巫师作法，磔犬涂血以镇坑中妖孽。有战士被蛇咬伤脚踝，青紫而死。午后日昳，部队到达盐沼，有散落红柳泥屋民居，屋内只有枯柳般老人，影子一般坐在角落，目光倔强，一言不发。先头部队喝干了村子唯一一口井，后续部队只得用剑戈在潮湿低洼地抠沙，涌出来的水清若无物，不可思议的甜，痛饮有强烈幸福感。

黄昏日夕，六师走在最后的一个二十五人步兵两，突遭大股牧匪进攻，两全员牺牲。

癸未，各部均受到不明牧匪不同规模进攻，少至十数人，多达上百人。部队边打边走，全日都在进行战斗。

甲申，先头部队报告发现南北流向河流和点点绿洲。共伯集中全师射士二十人，执硬弓长矢，在大队后面缓行，待尾随牧匪攻上来，返身来了三个齐射，并以旅下大夫率甲士三百驱车打了个反冲锋，斩首七十。

傍晚日入，全军到达绿洲，将村子里未及逃走人民剿灭，羊只掳走，在河岸上举炊。

乙酉，部队出黑沙漠，折向西行。沿途所过绿洲，人民皆走避，果园所结果实，家中所遗犬羊，或为我军食用。夜晚气温极低，部队生火取暖亦普遍发生砍伐果木，拆毁民房梁柱、门板、牲口围栏行为。

丙戌，部队进入丘陵地带，地势逐渐抬高，视野得到舒展，迎面吹来西风清凉中带着潮润，时或得闻一丝咸鲜。

先头一师与一支西南而来数百人骑兵交战。来者头戴毡帽，身裹皮袄，下身光大腿，只一块皮子兜着蛋子，猴儿在马上嗷嗷怪叫着冲锋。本军稍一动作，即行溃散，弓矢皮袄遗落一地。师一个百人卒步行展开追击，捡拾战利品，转过一个沙丘，遭到反突击，本军车兵驰救，虽不过百步之遥，顷刻发至近前，卒已全部遭到杀伤，敌窜之夭夭。祭公传令各师：你们遇敌袭扰，一律不得追击，保持队形严整。

丁亥日，部队越过一座小石山，看见千壑之外闪烁的蓝，像一根针那么细，走走又没了，走走又浮现，爬了一天坡，在落日背景下找到那笔闪烁，还是一根针那么细。入夜，部队在一片稀稀落落长着山毛榉大缓坡上宿营。战士裹着皮袄躺在草上，耳朵贴地，听到訇然之声，接连不断，好像地角塌陷。有东夷籍士兵说这是海浪阿！一些战士兴奋地爬起来跑上山冈，只见清辉之上一只月牙，清辉之下茕茕树影子。

次日醒来，人好像在云上，满坑满谷跑着滚滚白云，脸颊和草如同水洗。部队在云上开饭，集合，检查武器。有卒正说昨晚内海浪呢？战士趴一片在地上听，起来说：还在。

赶脚出过太阳，地上草亮了，后脑勺和脖颈子感到暖。云像妙手活画山水，一峰乍出，一峰复起，吐纳若喷，错那变身白熊，大熊抱小熊，长天舒腰。很快天又阴了，白熊变灰驴，变苍狗，变绵毛，缠缠飞飞忽见针脚，菱方提花，勾挑如织。部队此降彼起行走在开阔丘陵之间，旌旗旄旆忽而一齐飘动，忽而集体下垂。海的味道越来越醒鼻，舔嘴唇感到咸，像尝到自己的血。睫毛也似盖霜，看草木有点虚，眨眼频仍，大胡子战士一抬头即能从须丛中抖落出盐粒。

海的方向依然成疑，也听不到海浪拍岸声音，天地像堵上耳朵一样宁静，飞鸟无声无息，倏尔阳光乍泄，身后忽然洼蓝洼蓝如海。各部长官在车上喊：不要停，不要扎堆儿回看，那是天蓝。跟着天就黑了，睁足眼睛只能隐约看见举起指甲。战士普遍恐慌，互相打听，一天就介么过去了，木觉得累呀曾么就晚上咧，啥么时间段阿介都是？老兵假装见多不怪，说野地行军经常能把人走得魂不在窍，丢时间。

新兵蛋子说不逮，木吃饭饭尼还，介个事咋么也忘不了阿。

问长官，卒两干部也有点懵，平日计时白天靠人戳在太阳底下当人晷，晚上听梆子——部队统一给打梆子喊更，现在一天没见太阳，也不知如何判断，特别是在车上拿了一觉的，以为就是晚上了，个别单位开始卸车，准备宿营和晚饭。有战士还骂：特么的少吃一顿。师帅一级配有青铜漏刻，知道时辰，派出铎人沿途摇铃：不要停不要停，还是上午。

午后落雨，就一块云彩，不当不正停在山凹里，像上帝的澡堂子，从天上的莲蓬头滋水，部队走过去都被沦一透心凉，后面部队开始蹚泥。部队过完雨也停了。峡谷开始起雾，地表灌木长出雾凇，马匹看不清道，须驭人下来摘了轭，牵着走。战士像盲人，一个搭着一个肩走，还是有人跌落山崖，发出声声惨叫。祭公问卸车牵马的女听：他还睡呢？女听说还睡，刚才摸了一下脑门，有点发烧。祭公说那就别叫他了，让他睡。叫来两个伍战士抬着车辇走。

打从进入黑沙漠，穆天子就一直昏睡，起初三天三夜就没醒过，大家有点担心，但是一听牛吸水般强大呼噜又晓得是在睡觉。巫祝来搭了脉，说脉搏深沉有力。大家说那就是累了。心疼老头，六张几的人这么折腾，小伙子也逮趴下，是逮恶补一觉，也就不再管他。第四天头上天子醒了，问到了哪里，喝了点奶，倒头又睡。之后还是以睡为主，到饭点叫起来，扒拉两口饭，饭后拉泡屎，散荡散荡，跟大伙聊会儿，聊着聊着又着了。

尽管是在雾里，还是能觉得是在下坡，腿够着走，五趾较劲。前卫卒走在最前面一个摆出梅花形战斗姿态搜索前进的伍，听到雾中水哗啦哗啦响，有羊咩叫，随即撞上一只羊，一脚踏进溪流，看到更多的羊，一个穿皮袄光腿姑娘惊慌转身跑。伍里有个兵是打河西走廊被俘犬戎战士，本人是萨迦人，通各种戎语，编入前卫卒，喊：带鹿马特，瓦怕撒娇。

姑娘还是不见了。伍蹚小溪在一只只饮水羊头前穿过，羊冲他们大声咩叫。雾里出现一个老者，说揪啊格力黑根。

犬戎兵说鬼方。老者说马萨亥特，斯瓦搁菜。犬戎兵说欢迎，马萨亥特人。伍长说他管俄们叫什么？犬戎兵说马萨亥特，西方人管鬼方叫马萨亥特，是东方塞西安人的意思。

伍长说跟你说多少遍了，俄们不是鬼方，俄们是周。犬戎兵说周翻译过来还是鬼方，萨尔玛西安、斯基泰、塞西安各种语都是同一个词。你们是我们东方的兄弟。伍长说好吧。

大爷摊开两掌涉水上前，撅着粉红小嘴亲吻伍长，互相都被对方胡子扎着了。大爷巴拉巴拉说了一大堆阿掐派，哈尼，斯瓦力士抛枕什么的。老道——犬戎兵名字叫道格，战士们都那么叫他——说老人请东方兄弟去吃东西，好吃的。伍长挠着脸说好啊。

情况报到祭公那里，祭公说这个伍长很有办法，会办外交。天子刚醒，有点睡塌了，蔫蔫靠在车帮子上没精神，说谁有办法了？祭公说一师一个伍长，行进中与塞西安一个酋长相遇，被人家拉去参加宴会，他还就去了，和人家打得火热，现在人家邀请你、我、都去婚礼。天子说我就不去了，还是有点累。女听说你去吧，下去走走也好，闻闻海边新鲜空气，越睡越累。天子说讨厌这雾，看不清路。女听说雾早散了，这是天黑大哥。这时海潮声已满盈于耳，轰——哗！轰——啪！貌似海岸相当陡峭。各部队已开始造饭，陆续亮起的火堆在越来越暗天色下，勾勒出海角和湾岬轮廓。

这是个獠牙状海岬，一侧是悬崖，一侧是浅滩。海潮从两翼扑来，一个短促宏亮，一个悠长拖沓，同音不同调，久闻有一耳塞聪之感。天子一路走一路打哈欠，遇到正在煮饭部队就停下来看一眼锅，说呕，熬小鱼儿，八错。

越往前走火堆越密集，战士穿得越少，祭公说你们可小心感冒。战士咧嘴憨笑不语。再往前，战士都赤果果一丝不挂，排队挤在一起揪嘚儿扯蛋打闹。祭公说你们什么情况。

一个发髻插玉簪也一丝不挂汉子说准备洗澡阿，前面部队都洗上了。祭公说这么晚，海水行么？汉子说不是海澡，是热水澡。祭公摸不着头脑，说哪来的热水。汉子说师帅下的命令，前面部队已经洗上了。果见成两成卒的兵洗得红扑扑的，披着湿漉漉长发往回走。

井利喝醉似的满面酡红头顶冒汽水摇晃走来，上来就扒天子大襟，说太舒服了，你一定要试试。天子说你放开我，什么就舒服了。井利说汗，汗出得舒服，跟换了皮似的。又去扯祭公衣服，说一点都不冷。抓着女听手说你摸我你摸我，身上烫不烫？说完嘶一声，弓起身子：你手怎嫩么凉阿？女听说嚯！跟刚出锅肘子似的。

井利拉着天子奔向一座攘着蒸汽的尖顶白色毡幕，对堵在门口裸男们说都起开都起开。掀帘子把里边人轰出来，一人屁股蛋给一脆的，去！一边凉快去！挑着帘子奸笑说：请吧各位，都脱了阿。女听也低头解大襟，被井利拦住：您下一锅，您进去我们坐不开了。女听说哎哟诶我被臊着了。

天子一进毡幕就往堆满石头火盆跟前蹲，说怎这么膻呀？井利拎进一桶冷水和一管箩灰白色麻籽，说留神别嘘着您。抓起一把麻籽往烧红的石头一洒，毡幕里立刻充满草香，随即噗——，浇上一瓢冷水，热石变灰——腾起白色蒸汽。

井利不断往热石上浇水，毡幕内如降大雾，人人捂着脸，汗珠子啪嗒啪嗒往下掉。井利推进来一苍白裸男，差点踢着天子，说这就是内伍长，这待遇都是他跟人套磁套来的。

最年轻的奔戎先说不行了，捂着脸摸出去。接着祭公说我也不行了。井利对垂头不动的天子说你别死扛，这跟意志没关系，不行赶紧出去。天子起身捂着脸出去了。

女听女列和捂着嘚儿的李耳进来。女听说这不就蒸汽浴么。说完捂脸蹲角落去了。女列岔着腿一瓢瓢浇水。李耳说可以了。女列说我要开始搓泥了。李耳捂着脸直挺挺跑出去。

海滩上排列着一座座冒着蒸汽小毡幕，赤裸男人们拍着屁股扑进海里，大喊大叫上来，抱着双肩再次钻进毡幕。

远处一座广大毡幕内，当地人在举行宴会，男人们坐在地毡上，传着一只镶银头颅喝酒，女人们在外面几口大锅旁忙活，往里端一盆一盆拆骨肉。男人们在唱歌，发自丹田那种，俗谓下水道钟声，阴郁敞亮，充满回忆：一个人和一片天，一座草原，一匹马，一棵树，一只鹰，一场大雪——啊啊喝，阿嘎什给米雷伦，为啥哩怕死嘎卖大力，马赛里碧池诶米，阿给拉背底，欧拉尼根，拔丝扒拉嘎瓦黑恨……

穆天子和祭公坐在那些唱歌男人中间拿手抓肉吃，摇头晃脑假装为歌声沉醉。伍长和道格坐在主宾位，挨着老酋长，井利次席。老酋长敬酒先敬伍长，再敬井利，再往下传。

更早的时候道格跟老酋长吹过一牛叉，说伍长是我们大头领，这支部队都归伍长管，所以人家老酋长才特别给面儿。

井利带天子祭公他们洗完澡说吃席去，提前也都托付了，说咱们必须帮他圆这个牛叉。天子说没问题。伍长领着天子进来就没介绍，看这一圈人中哪两位之间宽点，就把天子祭公分别插进去，只介绍了井利，说是他手下副将。

天子好几天没正经吃饭，觉得这肉还挺好吃，隔着人问祭公：这什么肉？祭公说我觉得像牛肉。天子东瞅西瞅，说怎没瞧见新娘，不是结婚么，怎么都是男的。祭公说还没到时候呢大概，没瞧这都是长辈，到时候就出现了。天子捞起一块腔骨连啃带吮，吃得干干净净，又拣了块大的，啃半圈发现没肉，全是筋膜，结构有点眼熟，拆下来的骨节拼在一块，是半个膝盖，心说牛够大的。又拣了根细骨，叼在嘴里嘬，嘬到肉厚处，感觉有嚼不烂，抽出来一看，是半拉脚趾甲。问祭公：这是牛肉么？祭公说我吃的是牛肉。

这时唱歌的男人们已经不行了，人人脸上带着泪痕，有了三分醉意。传酒速度明显加快，银颅到每个人手里都是一搁而尽。他们一晚上唱的都是同一首歌，经常听到粑粑这个词，一到这个词，所有老爷们儿都疯了一样挠自己的脸，还有人拿刀割自己脸蛋。天子给祭公使眼色，祭公说你想走阿？天子点头。祭公说你先走，过会儿我到外面找你。

天子又慎了会儿，喝了一轮酒，在歌声忽起的慷慨中，双手撑地后挪退席，一拧身起来走了。

祭公出来，天子正在望星星，海岬上到处是火堆和人群，一些人很欢乐，一些人很忧伤，当地妇女围坐在火堆旁哭天抢地。光腚部队源源不断开进来，排队入幕。天子说这是婚礼么？祭公说井利跟我说的，我也觉得不像。天子说这个井利，靠谱几天一定大不靠谱一次。李耳女听女列坐在一圈当地妇女之间，人家在悲诉，他们在吃东西。天子说我们走了，你们走不走阿？李耳说刚坐下。天子说那好，你们慢慢吃。

回营路上看到一些军民联欢景象，当地姑娘火堆旁有我们战士，部队火堆旁有当地妇女。

己丑日，部队继续驻扎在哈扎尔海，各师轮流洗澡，祭公下的命令是让每一个战士都洗到了。井利伍长仍被扣在老首领那里喝酒，那首歌还没唱完。伯夭去听了一耳朵，情况搞清楚了，逝者是老酋长叔叔，部落最老武士，有三件人皮斗篷，因为部落都是沾亲带故，故而也是全部落叔爷。叔爷活过六十加二十又三分之一春秋，身体倍儿棒，连当时较为普遍的体癣和疥疮都没有，皮肤像硝熟的牛皮一样光滑，故有资格按照塞西安人古老习俗，领受荣誉死亡，在全体部落成员参加的告别礼上，由部落最年轻武士——通常是本人嫡亲子孙——斩首，大卸六十块，与牛同煮，众人分食，吃到的人会得到他一部分勇气和智慧，叔爷的生命也通过这一庄重仪式获得某种延续，实实在在活在众人骨血里，跟吃什么补什么属同一生命观，其中有朴素的物质不灭原理和信息即物质的深刻认识。按照风俗，这个告别礼要进行四十天，喝四十天酒，唱四十天歌，并举行洁身仪式。这四十天，是和解的日子，和平降临的日子，这时来了客人，即便是仇敌，也要放下宿怨邀请一同喝酒和洁身，很多世代恩怨和多年结下的死疙瘩就这么——解了。部队到来时，告别刚开始。

庚寅日，只有六师担任山地警戒两个旅还没洗上澡，五师派部队去替换他们。海滩上蒸气浴小毡幕更多了，大批塞西安妇女云集在浴幕旁贩卖自家出产苹果、樱桃果酱和炒麻籽。一些小吃摊与海岸停靠渔船形成供应链，用当天捕获新鲜鲟鱼制作鱼子酱和烤鱼，还提供一种加入麻黄、大麻与牛奶共同煮沸的热饮，曰圣饮。很多休假战士去吃吃喝喝，出现娱乐性洁身。

祭公去海边散步，发现不少浴幕有男女混浴现象，回来问伯夭，这个男女混浴是本地风俗么？伯夭说是吧，你们洗澡男女分开？祭公说在家分，都不是外人。伯夭说噢噢。天子说井利不能在这儿喝四十天吧？祭公说已经喝喷，叫人背回来了。

辛卯日，派出侦察部队向南越过厄尔布什山。部队之间开始流传耸动听闻香艳恐怖故事，说有外出老伍长受到两位美女邀请一起洁身，二过一，事后获赠金斗篷，秘嘱次日再来，次日老伍长再来，带着全伍战士，二女事五男之后，颇怨老伍长惠己及人，遂不知去向。有少年美战士单独入浴，遇同浴大姐，与之接，后大姐联袂至，强与之接，竟日无休，终不起，撸亦不起，挪不动窝，遭遗弃，遂高温过劳而死云云。言者凿凿，说得有毛有样儿，哪师哪卒哪年兵。也确有得获金斗篷战士回到部队拿出来炫耀。李耳见过那斗篷，是一件缀有黄金狮鹰兽的羊毛斗篷，当地人叫那狮鹰兽格里芬，是他们想象且崇拜的动物，犹如华夏的龙。李耳说那只金格里芬熔冶极精美，造型形式化，疑是族徽。祭公说这样下去不行，要出事。遂命各师停止休假，除公干一律禁止外出。派出匡人中士率史徒去海滩搜查野浴幕，纠察违纪官兵。

当晚，纠察队逮捕挈壶下士二员、司戈盾下士二员、候人上士一员、司险中士二员。两名正与四女同浴大仆下大夫拒捕，匡人中士吃了耳光。在一座浴幕内，一名赤裸男子假装听不懂周语，对纠察人员喝令他报出部队番号命令置之不理，胡乱说着他自以为的外语，纠察人员对他执行逮捕时受到其女伴袭击，一名匡人徒手臂被咬伤，阴囊受到膝击。

纠察人员将裸男带离现场时亦遭在场女商贩集体拦阻围攻，我纠察人员衣裳有给扯了的，脸有给挠出血道子的，为保护武器奋不顾嘚儿，多人被捏攥致昏厥。裸男乘隙脱逃。

《古北方言考》：嘚儿，男根。

壬辰日，有大批妇女冲击部队营门，要见部队最高长官。祭公出面接待了她们，倾听她们诉求，这些人里有姑娘，多是寡妇，说她们不容易，这一地区战争频仍，嫁了几茬丈夫都在战争中死去，留下一大堆孩子，在荒凉的哈扎尔海沿岸，一个女人独自拉扯一堆孩子，辛酸可想而知。很多村子几无健全男子，被迫实行多妻制以保障妇女权益，老头都废了，还要一次次做新郎。就是这样，也只有陪嫁丰厚富裕家庭姑娘有机会走进婚姻，与残障人成亲。像她们这样拖一堆油瓶上了岁数寡妇只能到草原上去喊，搂着羊度过一冬又一冬。

塔别缇终于听到了她们呼声，万里迢迢送来了这么多筋骨强壮好小伙，她们是卖了羊，把家底掏出来，跟街坊借了钱开浴室，使尽手段笼络，百般不要脸才成了好事，哪个有自尊女性心里不委屈呢？如今她们未婚夫被部队扣留，使她们人财两空，如果部队不交人，她们只能跟部队拼了。说着纷纷敞怀，向祭公亮出她们腰里别的剔骨尖刀。

祭公说冷静，你们说你们是订了婚的？寡妇们说是，而且是按照当地风俗过了礼的，由女方向男方赠送彩礼——金斗篷。男生接受了彩礼就不能反悔，否则就会被视为背约，女生家族会认为是奇耻巨辱，就逮白刀子进红刀子出，两个人要死一个，不使男生以血洗地，女生就要自杀以谢族人。

祭公说本军一向十二万分尊重婚姻、契约什么的，视其社会得以成其为社会神圣基础。我要去调查一下，如果真如你们所说是订了婚，过了彩礼，本军一定支持你们请求。如若不是，只是各种鬼混，你有心猿我有意马，硬要本军交人，本军不惜开战，叫你们血流成湖。妇女们说行，你去查吧，我们也不是不讲理。

祭公出来，叫人传令各师，通知到伍，凡是拿了人家金斗篷的士兵都到他这里报到。命虎贲下大夫率虎士三百执戈待命，随时准备应付事变。有环人下士前来报告，更多妇女抱着孩子正在前往营区路上，其中还混有少量独眼单腿男子，喝得醉醺醺的，腰里别着刀子。祭公说知道了。

各师陆续以车解来夹着包袱低头掩面战士数十人。战士刚下车还有点满不在乎，说还带这样的呢，送人东西还带往回要的哪。祭公说你们都跟人许什么愿了？战士们说真没有，我们是那人么，磕婚的路子，那多不显好阿。祭公说不磕婚，开始卷人东西了。战士说哭着喊着非要送，不要太撅人面了。

祭公说来来来，看看你们的宝贝。战士抖落开包袱皮，金闪闪铺一地。祭公逐一细细打量了这些战士得来的斗篷，果然精湛，除了金狮鹰兽，还有金麋鹿、金狼、金牛。

祭公说真好手艺，金器打得这样好，这儿铸的剑也一定锋利，都收起来吧，这么好的东西值得好好收藏，出太阳时候晒晒，掸掸灰，平时放点樟脑别长虫子，赶集时候穿上，昂，两口子，一手拉一串孩子，街上一走，多让人羡慕。

战士们集体下跪：公爷，俄们错咧，俄们给人送回去，赔情道歉。祭公说现在知道错了，胡闹的时候怎么不想想后果？什么人你们都敢招，好啦，人家找后账来了，要招你们的女婿。战士们跪求：老长官，您不能把俄们交出去，您了解俄们，从小都是在部队长大的孩子，俄们的爷跟着你的爷，俄们的大跟着你的大，俄们跟着您，北讨南征，部队就是俄们的家，俄们哪是过日子人呀。祭公说我也感到很惋惜，你们都是好战士，失去你们也是部队的损失，我会跟你们的大说，你们是在战斗中英勇牺牲的，都是好样的。

战士们大哭，磕头如插秧：您打俄们，罚俄们，求您，别赶俄们出去，让那帮蛮子领家去，那还不如叫俄们死了呢。

祭公说哎呀，也不要把未来看得一片灰暗，部队还要行动，走到哪儿还不知道，战斗是不可避免的，人不知就撂在哪儿了，你们能有这个结果，未必不是好事，这里的生活我看也不错，天天鱼子酱圣饮，俄在家都吃不到，更别说洗澡了，你们生活水平比俄高。战士们哭成一片：不成，不乐意，我爸在家给我说了个媳妇，我奶奶还活着，八十，回家。

祭公说不要哭哭啼啼的，既然做了战士，就要接受战士命运，今天你站在这儿，这儿就是你的家，明天你倒下去，这片土地就是你归宿，哪嫩么多啰嗦！这要是个战斗呢，这些女的堵在我们门口，我现在就下令你们几个打阻击，守在这里，战至一兵一卒，你去不去？好啦，就当战败被俘吧，擦擦眼泪，打起精神，去见你们婆姨，我刚才看了，有几个还是很不错的，就你们这个德性，不算辱没了你们。祭公对底下人说，安排伙房，搞一个会餐，送送他们。

下午日晡，部队杀了羊，把门口堵的妇女都请进营房，营区到处跑小孩，满视界乱蹿，没大没小，有流鼻涕小脏孩还钻进天子帐里往地毯上打滚，被蒌豫瞪眼轰出去。

内几十号战士都解散头发，披在肩上，换了左衽翻领羊毛短大衣、宽裆裤和短靴，没精打采蹲在地上。各家女人抱着娃看着他们笑，感谢部队长官给她们做主，让她们有了男人。一些妇女还拿来自家酸马奶饼、羊奶酪丸子，往祭公怀里塞，祭公一个劲往后躲，说都搁席上，待会儿大家一起吃。

祭公也是给闹累了，说我回去处理点事情，一会儿开饭到。回到帐棚歪着就着了。几个在旅贲氏服役过的老下士约着去给天子磕头，也是告别。老兵们磕头时都流下眼泪，说再也见不着俄周，见不着您了。天子说趁年轻开始一种新生活挺好，没有比较的生活是不值得过的，隔着过往眺望曾经岁月，可以使人内心丰富。你们前半生是周人，下半生是戎人，也算活了两辈子——值！说着摘下自己腕上几件佩玉分送给他们，说：下回再来，到你们家吃抓饭去阿。

癸巳三更鼓，部队紧急集合，卷席拔锅连夜拉走了。井利说我内个伍长还在喝呢。祭公说派人喊他。井利派了个兵拉两匹马去接伍长，部队走出二里，兵和道格骑马赶上队伍，兵报告：伍长醉得跟泥鳅似的，拿不成个儿，喊也不醒。

祭公说那就让他在那儿喝一辈子吧。井利问道格你怎么没事。老道说我喝多少都不醉。井利说任命你代理伍长。

五更平旦，天开始发白，部队进入厄尔布什山脉。井利发现部队有可疑人员混入，溜肩裹皮氅，歪扣甲士头盔，低头走在行列里。于是喊车停下，等可疑人走到车下一把薅住，翻腕一瞅，竟是明眸皓齿少女，说怎么回事？

这个两的司马连忙跑上来说报告上官，这是我女朋友，新交的，非要跟部队走。井利说好容易摁下去的事，你这儿又出状况。两司马说报告上官，我们这位头三天就住部队来了，跟来部队闹事内帮人没关系，我们这是乃情。井利说别跟我扯这个！

这个卒的卒长跑步上来，向井利顿脚作揖，井利说你知不知道这个事？卒长说知道，跟我汇报过，我批准的。

井利说还有没有其他类似情况？卒长说没有了。这时过来一矬子战士，井利一拔头盔，露出一张惊慌女孩子脸。

井利在队伍旁等了会儿，从中揪出一堆女孩子，细一盘问，男朋友都是干部，从两司马到卒长，几个旅帅都弄了年轻女朋友，其中一个还是祭司女儿，眼神如狐，正大着。这些人跟井利求情，不增加部队负担，我们自己口粮给女友吃。

井利说禁止在驻地谈乱爱你们是知道的，这个事我决定不了，逮请示。遂驱车去向祭公报告。祭公正在车里睡回笼觉，被井利扒拉醒，一听又是女人事，巨烦：不要再跟我提这些破——事了！蒙头又睡。天子从后车探头问什么事阿？

井利把情况简单说了一下。天子说广你们一个师有这个情况？井利说不可能广我们师。天子说是不是自愿，是自愿部队就不要干涉那么多了，我们只管不要出现拐带这种事。

井利回去把女孩子们聚集在一起，让塞西安向导问话：你们是不是自愿自动？女孩们使劲点头。军官们一齐嚷嚷：不自愿我们敢么？在家也嫁不出去，我们这都是姑娘妈硬塞的。井利说你们特么的倒是不拉空。一挥手叫所有人入列。

午后，部队经过达玛万德峰山脚，透过北坡茂密山毛榉林，看到一条巨大、近乎硅化木船残骸坍圮在雪线下。塞西安向导说这是上次大洪水留下来的，当时全世界海水涨到达玛万德峰那么高，鱼都游到山顶周围，陆生动物和不能在海浪中觅食飞鸟都灭绝了，一些绝望的牛和灰狼艰难求生变身鲸鱼。向导说他们祖先是渔民，长年往来于海上，对气候变化很敏感，察觉到冰川融化，海水在上升，于是砍伐了一座森林，造了这条大船，也不是光这一条了，还造了一些小船，是一支船队，整个部族都上去了，还在大船舱里养了一些可吃的陆生动物和能下蛋的鸟使菜单丰富。浪太大，随风漂流日子太久，小船都沉了，大船日复一日也成了漏勺，船上人因为忧郁和疫病纷纷死去，只剩一男一女两个小孩。这时船开始下沉——不是下沉是水退，大船就搁浅在这座山峰。所以这一届人类都是这俩小孩生的，这一届走兽飞鸟，也都是从这船下来的。所以他们是人类始祖，凡喝淡水的都应该尊他们为大，只有鲸鱼没有报恩义务。

天子说这是神话还是传说？向导说铁证在那儿摆着呢。天子说人类肯定是有始祖，这一点毫无争议，造成混乱的是每个地方都有一个故事，自命始祖来的。向导说如果你了解这地表毁灭过多少次，人灭绝过多少次，就不会觉得混乱。

天子说我周历史也短，搭上传说两千年，反正你们谁说我们都听着。女听说祖宗是谁对你有多重要？天子说我周有个谚语，要知道鸟是什么变的，就要找到孵它那只蛋。我周还有一个谚语，要解开拴死的绳，就要找到记扣那个人。

女列说我听说被神厌弃的人，只好自己想办法，从身体这方面寻上去，给自己找个来头，就像父母双亡小孩，挨了欺负只能回家叫他哥，而他那个哥，其实一点办法也没有。

天子说我周确实是一直自己罩着自己，也挺好。李耳忽然鼻涕蛤喇。天子说你怎么了？李耳说我也不知道，只是觉得辛酸。天子说自从布达丝好上你，你变得爱哭了。

前方部队突然一阵骚动，有兵兴奋跑来报告，二师射中一只虎。

17

甲午，部队全天在环山如丰胸高原盆地行军。天边皆雪帽山，大地平且多褶，夏天长出的苔藓和地衣在含盐北风吹荡下变得干燥蓬松，走上去咔擦擦响，像走在胡子茬儿上；又像遍地蛋壳，一脚踩烂一个。束练一样的雪水河从四面淌过来，漫过平沼，推出一道道弧岸，淌着淌着就没水了，像是被砂吸干，丁点印子都没有。弧还在延伸，好像它本来就是条埂，执拗地伸向远方。单调景色使人昏昏欲睡，每个人不由放慢了脚步，队伍越拉越长，从这座山谷绵延到那座山谷。为使部队紧张起来，各师组织了一系列小规模战术演习：两行进中转入防御；两行进中转入进攻；山地条件下两进攻、卒进攻和盐沼荒漠地带旅级步车协同进攻。

乙未，仍是毫无变化高原景象。太阳烤得人满脸腻油，抓耳挠腮，裆里背上像钻进小虫，各种痒。干燥酷热的风迅速夺去体表水分，人处在高蒸发状态，鼻子一醒都是血。

祭公组织一师和二师在开阔地带进行师对抗演习，天子带领其余各师师帅集体观摩。演习之后，祭公进行了讲评。

前几日出发的侦察部队返回报告，再有一天路程就能到达扎音台河谷，那里有城市、农地和大庄园；那里居民对外来人员不太友好，正在村头扬场的农人远远看到我军就四散跑开。他们试图接近一座庄园，未到近前，庄园里人就从高墙上向他们放箭。他们在河谷伏击了一辆马车，车上坐着个大油肚肥腿子男人，自称是舒珊市民，谷物商人，遇到他们并不吃惊，说今年夏天从东方到舒珊贩皮毛的萨迦人就带来消息，说东方马萨亥特一个大酋长正带领一支大军向这边开来，轮蹄碾过之处皆为鬼乡，男人被肢解，女人牛羊被掳走。舒珊城里人心惶畏，国王、贵族正在召集军队，市民们也武装起来，加固城墙，囤积食物，准备抗击来自东方的入侵和围城。他们本打算把俘虏带回来，半道肥仔跳车逃跑，他们不得已射杀了肥仔，只带回一串湖蓝色珠子。

天子套上长串珠链举铜镜自照，摩挲着珠子釉皮上包浆，说很有历史感的手饰，应该是黏土烧的——不会吧，他们连块宝石都找不到，都能打铁了。祭公说祖传的可能。

丁酉日，部队到达底兹河，对岸有一支薄弱、只配备草叉和镰刀的民军防守。一师强渡底兹河，击溃民军，俘虏了他们领头的，当地一个村长。经审讯，村长交代，国王希尔哈哈六世已经发布动员令，命埃兰人民就地展开抵抗，焦土清野，不得向入侵者提供一粒粮食，资敌附敌者，人灭门，村灭村，财产充公。祭公释放了村长，并赠送他一袋桂皮，请他去向国王传话，我军只是过境，无意侵占他们城市，袭扰他们人民，设若贵地能提供我军给养，我军将颗粒无犯。当前我军将暂停于底兹河一线，等待他的消息，如果明天日出前得不到答复，我军将自由行动。村长满口应着走了。

戊戌日出，没有村长消息，附近几个村子陆续冒烟。正在麦地里放马的战士报告当地人在烧房子，人民赶着牲畜，驮着粮食锅碗西行。俄而，有人在麦田放火，因为阳光白炽麦子金黄，起初完全察觉不到火势，只是闻到一股股焦香飘来，麦田似要飘走，穗叶间抖动着热烈气流，麦粒爆浆，像是在膨化，接着看到火线像一只粉白长袖妖娆地甩过去，麦田大亮，旋即大黑，天色亦随之发黄。祭公下令部队前进。

隅中，井利率先头车骑纵队超越难民人潮，沿宽大驿路驰入卡尔黑河谷，试图迟滞他们的游骑散兵均遭长弓射杀。

河谷遍布葡萄园、无花果林，河岸长着成行绿疯子似的番枣树，在河上投出斜碎颤抖影子。井利一看到半空亘立舒珊城眼泪差点下来，太像镐京了！也是一座黄土城，四四方方，城墙像剑一样直，座落在两百周尺高像只倒扣篮子圆丘上。同样土黄色的王宫层层叠叠矗立在城之巅，俯瞰着河谷，远远能看到王宫高大阙门、宽阔阶梯和分坐门柱两旁四位戴毡帽巨大神像及廊柱浮雕。正午阳光投在神像身上，像日晷一样精确切割他们脸庞。

城下一行行重装步兵、轻步兵、骑兵和一组组马披甲人披铠双马战车，像阳光浸泡中的溺水者，又像被纷烂光煞集体催眠，耷拉着脸龟屌木鸟排列着，从卡尔黑河岸到视不可逆及处。

日中，周师各部及穆天子祭公陆续到达，仰视舒珊王宫，皆曰：嚯！遂以三个师的正面，双线配置，面对埃兰军摆下战阵。祭公观察了埃兰军阵形，说重装步兵在前，是防御的姿态。井利问天子你准备攻城么？天子说昂，攻城干什么？井利说来都来了。天子看祭公。祭公摇头。

天子说你们觉他们城跟咱们像么？众人说：像。天子说想知道坐门口内几位大神是谁。问伯夭你知道么？伯夭说还真不太知道，只知道巴比伦主神叫马尔都克，亚述叫阿舒尔，赫梯是女的——阿丽娜；没听说埃兰主神是谁。

女列说纳鲁特、恩利勒和胡姆巴，他们的三大主神。天子说你怎么知道？女列说交过一埃兰男朋友原来，他是德尔城人，被斯基泰人俘虏为奴，带往东方，后来跑出来，碰上我，在我们家吃过一阵饭，也拜尹娜娜……

天子说谁，尹娜娜？女列说伊丝塔尔，金星女神，同时具有爱、美和好战的性质，是德尔城保护神。

天子说都拜星星，没一个像我周，一点家庭观念没有。

女列说人是人，神是神，这是不能乱来的。天子说可是我不信人有向空虚构本事，神活得那么像人，一定是有那么个人，被升格。伯夭说埃及人像你们，祖先死后升神。天子说去埃及怎么走？女列说我帮你问问阿。

对过一金甲骑士飞马驰来，掷下一颗人头驰回本阵。天子说谁呀，你们有人被俘么？井利说没呀，我们都刚到，一箭还没放呢。祭公说村长。天子说擦那！这就是拒绝了。

祭公说看来不打一下子走不了。井利说敌前撤退也要以进为退。天子说那就打一下，打得好进城，打不好——跑路。

祭公车载二士，左黄戊右白旄，往来驱策，号令全军箭上弦。归来说左翼逢固部当面之敌衣色不一，刀矛参差，疑是临时召集民军，可以电车锐卒猝击之。

天子说战役决心你下，我意把大冲车拿上去搞一下。

起初，西六师丧于江汉，组建新六师便根据技战术发展和新形势下军事斗争需要，改变了部队编成，将全部重装步兵师改为五个轮步师和一个全轮蹄师，以加强部队机动性。

开国定编，先周公为我周制定的步兵师员额为每百人卒一车三甲士，步卒七十二人，炊事员十人，服装五人，厩养员五人，砍柴挑水军夫五人，卒长一员，卒副二员，分由甲士充任。旅五卒，师五旅，合计二千五百众，战车二十五乘。

新编轮步师每卒增设三人装矛戟扶胥轻战车十乘，加上一台指挥车，计车兵三十三人，其中甲士十人；保留炊事员五人，厩养员五人，取消服装樵汲，增设木匠五人，铜匠五人，步卒四十七人；全师人员不变，战车增至二百七十五乘。

轮蹄师则全员配车，每卒轻战车三十乘，保障车四辆，指挥车一台。旅掌握一个辎车寇骑的电车卒。师掌握一个大扶胥冲车旅。计轻战车五百六十乘（含指挥车、保障车），电车一百四十乘，大扶胥冲车七十二乘，合计七百七十二乘。

六师合计轻重战车两千一百四十七乘，人员万五千众。这是战斗力，不包括王、王卒及大司马属下各有司叙官材士所乘车辇及驮运粮秣伤员军夫营伎之牛驴役车数千辆。

祭公遂击大鼓，各师帅敲鼙鼓，旅帅卒长振铎，两司马摇铃，全军逆时针左旋，调动全军唯一全轮蹄师井师至左翼当面，向敌发起冲击，逢师步车跟进展开，掩护井师两翼。

先周公生于军国，从小玩打仗，少年随父兄出征，成年后统帅天下之师，灭国无数，不但是我周卓越军事指挥员、杰出战略家，还是优秀战术家，曾著有周公兵法十六篇，并不像别家兵法会讲一些“攻强养强，离亲以亲”权谋和“杀人安人，以战止战”大道理，而是纯以战地指挥官经验，简明扼要传授步兵教程，提出著名的打敌重装步兵“三板斧原则”，又称三五制，又称轮转制，排队打饭制。

当时虽号称进入战车时代，部队编成中也有相当数量战车，但由于木轮战车较受战场条件限制，中原东夷诸古战场亦多险要，湖网沼泽，不具备大量集中使用战车条件，实战中战车多用于作战指挥，伴随突击，阻截敌骑，在追击中迂回包抄，宿营则连接屯卫，故被称为军队之羽翼，张扬兵威及扩大战果所用，一支部队核心战斗力还是重装步兵。周公等老一辈军事家亦是步兵决定论者，反复讲解决战斗靠步兵。

周老从多年战争经验中发现，部队大量伤亡发生在两军接触头一刹，步兵分队以宽大正面接敌，犹如两座山相撞，多数人来不及捅第二剑就嗝儿了。战后收殓战殁者，亦多见力战肘腕脱臼骨折者。周老年轻时也曾上阵斩人，深知再有腕力连斩三人劲儿便走了一半，胳膊如同秫秸轻得几无知觉，青铜剁骨亦不免锋刃崩坏，再战则效率陡降，伤亡概率陡增。牧野之战一击之下，周师伤亡过万，都是各旅排头兵、卒伍长，部队骨干，若非殷师倒戈，再击、三击，周师殆矣。

战后整军，周老提出三五制，将古老围猎式平行站位改为楔子队形。师进攻，旅进攻，皆以一卒当先，卒则伍伍编组，头尖尾巴长。第一伍接敌，抡三斧后快闪；第二伍上前接敌，三斧退下；三伍续上。以此轮转，周而更始。以百人卒为例，每个兵都能保证在充分发扬臂力后有足够时间养腕和磨刀，当他们再次轮回至第一组即可恢复体能和锐利，对敌亦可始终保持强度不减之突击性。这样战死的就是真干不过人家，不是手腕抬不起来眼睁睁看着人家突刺窝囊死的。

这一新战法拿到部队试训，并没有发生大家担心的挤成一疙瘩，抡不开。担任蓝军的演习部队按照东夷各国阵法陈兵，即吕尚兵法所言“长兵强弩居前，短兵弱弩居后”，跟打鱼的似的。红军部队一叩即透，二组人员迅即打开突破口，全卒跟进。而不实行轮转之蓝军士卒，总是先敌没劲，弱柳般一排排趴下。一击下来，点算战果，蓝军伤亡倍于红军，且余众皆虚脱，不复能战。而红军士卒尚有余气可贾。在随后进行平定管蔡武庚战争中，这一战法受到考验，管蔡部队亦是周师，很熟悉这一套打法，布阵亦伍伍编组，加大防御纵深，不搞扫大街，排排站。王师进攻时出现以轮转对轮转局面，打成顶牛。

两军干劲十足对抡了一天，寸功未建，最后都累劈了。王师各部相机行事，遂将这一战法演变为多头并进，两个卒乃至三个卒并肩攻击，同时打进几个楔子，使彼顾头失尾，唉内喂，几个头不是重点，重点是使一线战斗人员得到轮转。后来吕尚将这一重要战术原则补进他的兵法，曰“更发更止”。有人密报周公你的思想被抄袭了。周公说嗐，怎么体现思想的重要性阿，就是看引用次数。

喔来喔，在一阵石弩急袭后，箭雨延伸，井利登车击鼓，指挥大冲车旅成三路纵队攻入敌阵，埃兰军右翼崩溃，冲车旅驱逐碾压，突至舒珊城下。跟进之井师电车并逢师右转电击埃兰中军，埃兰中军为方盾长矛铠甲步兵，迅速聚拢围成四面铁蒺藜墙，我螳螂兵下车执长柄天钺劈盾，旋遭敌车反突击。冲车旅在舒珊城下亦遭敌大批战车反冲击，部队陷入苦战。毛师、辛师相率投入战场，与井师逢师实行轮转。与此同时，我右翼虢师、共师（缺一旅）当面之敌，也以强大铠甲步兵向我发起进攻，一度突破虢师共师结合部，我逢师未及休整再次投入战斗，才堵住缺口，恢复阵形。战至日昳，祭公手中仅有的战役预备队邢师三个旅也投入了战场，与极疲劳之逢师实行轮转。祭公三次鸣金收队，部队撤不下来，对方不是路子，听闻我军鸣锣进攻愈发猛烈，各部均报敌越打越多。战场侦察发现，西南、西北两方向不断有新部队加入战斗。就地审讯战俘，得知敌新增番号计有拉旮什旅、扎巴兰旅、德尔营和锡雅尔克军团，都是驰援勤王市民商团。

哺时，共伯放在底兹河口执行守备一个旅溃退下来，报告受到大股敌骑遮袭，丢了渡口。尾随敌骑旋踵而至，径直冲击王旗所在丘茔。天子亲自组织虎贲材士实行了两轮强弩齐射，才令敌骑却步。自己也放了一箭，胳膊差点扭了，揉着肩膀说我这五十肩哟。

祭公说这么打下去不行，我军将被合围。天子说我军已被合围，现在只有坚持到天黑，再想办法。返身登上女听驾驶的云辇，举剑于鼻，高呼：全体都有，跟我来！一车当先冲下丘茔。祭公以下各王吏王卒齐发了声喊：呕拉！长车弯弓，一波流，逐敌骑于无影之外。

日入，天暗下来，各师当面之敌攻势逐渐见缓。淡月见于天，舒珊城上响起钟声，如金舟荡冰川，各种撞山。埃兰人停止进攻，弃械伏地，面向王宫祈祷。

天子亦拉着女列伏地祈祷：胡姆巴在上，我们真没别的意思，只是来看看祖先走过的地方，求你看在列的份儿上，使我们平安离去。凡你庇佑的城，我必绕行，凡你庇护的人民，我必敬他如兄。他日列必向你献香油，尊你为大，阿哄。女列说你都替我定了是吗？天子说你们不是熟么。

入夜，月如冻石，舒珊城像一座烛台在空中幽幽发光，神像脸只能看到鼻尖。卡尔黑河谷遍布一撮撮火堆，像地下有煤层突然烧通。我三面皆有敌炊，连烟数十周里，惟卡尔黑河以西一片清冷。师帅会议议决向西突围，逢公请用占。

天子说疑用占，现在还有什么好疑的，立即突围。祭公遂命各师收拢部队，沉轮方幅散战车百辆于卡尔黑河，覆设天航。井师迅即过河，过去一个旅展开一个旅，扩大巩固登陆场。各师亦撤下一个旅渡一个旅，不等不停，过河集结。

夜半荒鸡，天子率直属队过河，过河后，面向舒珊王宫双手合十连连顶礼：谢胡姆巴。众皆欢笑。

己亥日出，顶在最前面共师两个旅全部撤下来，开始渡河。敌发现我渡河，并未展开追击，只以小股骑兵逐次占领我弃守阵地。食时，共师最后一车过河，纵火焚桥。敌骑进抵河岸，并一度与北上我军夹岸伴行。隅中，舒珊消失于视野，我全军上车，向西疾行，将卡尔黑河远远抛在身后。

庚子，部队到达希底结河，隔着宽阔大河，遥见对岸无边麦浪烘托着一座宏赫大城。天子说我终于见到巴比伦了。伯夭说这是呼吸之神恩利勒庇护下的尼普尔。天子说甭管谁了，咱都不招他们，我与胡姆巴有约，我不愿意祂劈了列。

祭公严令各师不得一兵一卒过河。井利紧急召回已结筏半渡先头伍。部队沿河屯车连营进行休整，修理损坏车辆，淬磨钝缺剑戈。减员较多逢师、共师将五个旅整编为四个旅，炊事员厩养员补入伍。舒珊一战，暴露出周师重装备多，指挥层级多，缺乏可灵活反应之轻骑的弱点。祭公抽调原补入各师犬戎五部战士千人，依其旧属编为十人一什，百人一队，二百人一营——五个营的骑兵旅，自任旅帅。任命五个犬戎小王为营将。仍叫他们指挥自己旧部，命他们向东、北、南三个方向游击侦搜，扩大警戒。

辛丑，天子率七萃之士、虎士三百并戎骑一部向南疾驰至伯拉河与希底结河两河汇流之渊——哈马尔湖。拜谒湖畔月神欣庙，宿于番枣林。

壬寅日夕，天子宿于海湾，饮于月下，以观沧浪，对奔戎说你造么，我这是头一次看见海。奔戎说真哒，咱们原来瞧见内些是什么呀？天子说内都是湖。

一截朽木被潮水推上岸，才发现那是只中段挖空的舟。舟里爬出一个满面胡须长发缠腰形同树懒的人，上了岸就趴地上亲吻沙子，伸出双手向天喊了一哑嗓儿，就趴下瘫软了。

伯夭走过去踢了那人两脚，回头说航海家。天子让奔戎送过去一罂酒，说问他是哪儿的，伯夭说不知道。天子说问他，能不能到马萨亥特——从海上。伯夭说能吧。天子立刻站起来：问他，几天？伯夭说三年，先用一年造船，再等半年风，再漂一年半，还指不定能不能到。天子一屁墩坐地上。

奔戎说我怎么觉得这人一句话没说呀，酒也没喝一直没动窝——是不是死了呀？伯夭说死了，一上岸就死了，那些话都是我说的。天子说你——，不再理他。

癸卯，天子北返。途中拜谒了一所村庄的农神坦姆兹庙和一座小镇上的大神安努庙，向安努献香酒和桂皮。参观了神庙中只有一间教室的学校，听孩子们在那努祭司指挥下合唱，那是史诗《吉尔伽美什》的一章，吉尔伽美什划断一百二十支桨渡过死亡之海，得到永生之草，正要塞嘴里，又被蛇偷走吃了，获得顿痦，英雄亦有一死什么的。又和神庙祭酒尼撒库和负责驱魔的巴努聊了半天对魔和癫痫的认识，对巴努所言魔就是一种发酵人性，故愈古老人民愈具魔性观点深以为是，吃光了人家番枣和无酵面饼才尽欢而撤。

甲辰，天子回到军中。北方形势已经很严重了，亚述王“屠狮者”帕拉沙尔二世亲率二十万大军出尼尼微，陈兵希底结河两岸，遮断我北去之路，并以小股骑兵南下，与我警戒戎骑发生接触。巴比伦王马比提阿布拉撒一世亦动员军队，沿希底结河布防，与我军隔河相望。东面埃兰军亦以一部渡过卡尔黑河，目前在距我军二十周里处设营。我军现处于三面受围危机态势。祭公问天子南面情况怎么样？

天子说南面是大海。天子说应当向三国派出使者，解释我军过境目的与和平宗旨。祭公说派了，跟三国还提了阿塔尔和黑娃母，说您是阿塔尔表哥，黑娃母外甥，是个旅游者，作风有点奢华，我们这些人只是你的奴隶。巴比伦王比较给面儿，说认识阿塔尔，老来，年初还陪她逛过街，知道她喜欢铜活儿，也听说她有很多马萨亥特表哥。但是，他们国已三年大旱，国库空虚，殊难一次接待这么多人，您可以带十个奴隶入城觐见，部队不能过河，一定要过河，则必须缴械，在指定地方宿营，可以管粥。天子说见过面儿薄的。

祭公说希尔哈哈六世也有回信，说马萨亥特人的话像风一样早晚不同，现在仗也打了，死了人，人民愤怒，再说什么也晚了，务请自重，不要再踏入我国境一步，以免得罪。

天子说我比较关心亚述王的态度。祭公说亚述王比较无礼，将我军军使割了鼻子，放回来说，别跟我提人儿，谁在我这儿都不好使，限我军三日内向他投降，可以给你——咱们一个好死，否则全体活剥皮。天子说这特么都什么人呀。

祭公说现在看来，东西两方向外军虽近，并无积极进攻动作，他们部署军队更多是自保，警备亚述。对我威胁最大当是北面亚述，亚述迟迟不南下，也是顾忌巴比伦埃兰两国反应，实际上亚述一旦南下，首当其冲就是巴比伦，极大可能就是亚述根本就是谋图巴比伦，讨伐我军只是借口。当前我军应当忍耐，不搞刺激敌小动作，进一步观望，亚述大军曝露于野，靡费巨万，利在速战，数日内当有剧变，届时再图发作。天子说同意，命各部轻装，做好随时走准备。

乙巳平旦，希底结河对岸巴比伦军纷纷拔营，向北而去。前方侦察戎骑报告，昨天夜里，亚述大军南下，围了巴比伦城。其河东部队也在夜里渡河，尽发河西，只在河东留下少量骑兵。祭公下令全军上车，立即向北迅猛出动。

日出，周师驰过希底结河之阿，遥见河西一座大城浮尘蔽日，城下密密麻麻小人，推着车梯正在攻城，人的呐喊像远方将至的暴雨，一架架玩具般投石机不断向城头抛去飞蝇般石蛋和油桶——偶有射偏石蛋落入河中，激起数丈高水花，方知是巨石。东岸河堤亚述骑兵只是面向我军戒备，并不干涉我军通过。祭公亦对各师下了死命令，不放第一箭。第二条命令是快速通过，不得停车看热闹。天子云辇违反军令，女列松缰，给天子指高达五百六十八周尺蜂巢般埃特梅兰基塔庙，又带他驱近河堤回看七十五周尺高、一百二十四周尺宽祭蓝色琉璃砖砌伊丝塔尔门。一车减速，后面车就扎堆，七萃之士、王吏王卒全停车在那儿看攻城。都是来自平房之乡，对巴比伦叠廊架柱山窟一般巍峨宫庙也是啧啧生叹，七嘴八舌说跟俄老家塬上老窑似滴。河堤上亚述骑兵看见王的白旄，擎弓挚箭向这边汇集。祭公扬鞭飞车过来，哨了盗骊耳朵一鞭，盗骊惊了，拉起銮驾狂跑，这才疏散了交通。

这日一整天，周师都在往北拉，每匹马全力埋头疯跑，轮蹄声震大地。隔着希底结河，亚述部队源源不断向南开，貌似曾经看到他们的王，一个金盔金甲大胡子站在四匹白马拉的双轮战车上，身后一个仆人高举华盖。一些站在河岸撒尿亚述步兵看到掩旗狂走周师还以为是友军，向这边乱挥手，各师也鼓励士卒向他们含笑招手。

日中，共伯含笑招手驰过土烟弥漫巴比伦，井师已至雉堞高大尼尼微城下。尼尼微全城戒严，面向东六座城门和面向北冥王之门、月亮女神之门、浇灌之门全部关闭，士兵伏在城头张开弩机，唯一敞开南门还有粮车出城，在甲骑护送下向南驰去。城东北一组巨大彩墙宫殿群建在一百周尺高台基上，顶层廊柱间有衣袂飘飘妇女俯瞰地面通过军队像一群蝴蝶，井利撅臀翘首向高高在上蝴蝶抚胸作礼。

周师在尼尼微折向东北，沿扎林内河进入山地。日入，到达迩米亚湖。后队报我辎养车队遭到尼尼微守军截击，损失大批牛驴，共伯正与之交战。祭公给共伯下命令，不要与敌纠缠，尽快脱离战斗，辎重给养能带则带，不能带放弃。

由于担心亚述军追击，部队只在迩米亚湖歇了下鞭，饮了马，立即又向更多高地北方转移。塞西安向导说沿塔乐贺河东行，一日之内可达哈扎尔海。天子说不想再见那些人。

丙午，部队在外高加索陡峭山地间行军，很多车子在崎岖山道上颠掉了一侧轮子，木匠无法修复所有散架车轮，只得从趴窝车卸下尚能使用轮装到另一辆趴窝车上，然后把失去双轮的车劈了，遗弃在山道上。为不使车子过载，在特别狭险路段，天子也下来步行。

隅中，部队到达拉孜丹河，这里有通向西方古商道。部队散坐在左岸茵茵山坡上休息，炊事员挖灶埋锅，战士们喝上两天来第一口热汤。后队传来消息，共师已摆脱亚述骑兵追击，进入山区，正赶上来。山口吹来北风带着海的味道，祭公给部队鼓劲：我们就要走出去了。

午后行军走的都是下坡路，越走越热，山谷里小溪边开满热闹小花，树都是翠的，远眺山外已可见云集翱翔白色海鸟。战士卸了石甲挂在肩上，天子也脱了老皮袄，光着膀子边走边劈阿劈阿拍胸脯子，女列说你痒是不是？

日入，部队到达喀喇撒戈海滨，像走入盛夏，太阳已经隐没，天空仍然耀眼。海色釉蓝，有些沉重，像是拖不动庞大肿胀身躯。走到沙滩观潮，浪像一匹匹扬鬃骏马。一条小河从山的方向奔来，快要到海断流了，消失在沙地里。

小河岸长着瘢瘤累累棕榈树，打满花刀叶子接光面像盛着水，背面如焦枝。空中一股臭鸡蛋味儿，到处热泉咕嘟人脸感到烘烤，踩着烂泥都能感到隔着靴底的烫。撩那热泉水有点咬手，靴子走着走着掉色儿。野橘林窸窸窣窣像是有人穿行，一头棕熊钻出，下巴挂着橘汁呆呆看着部队。

丁未，全军洗温泉。海鸥喧闹使人致聋，各部自发举行射鸟比赛，乱矢齐发，海鸥如雨坠落，散羽漫天。天空鸟群振翮，嘶鸣益甚。奔戎献酒于池，天子对同浴之祭公井利诸帅说你们也喝点。祭公说就这么点酒了，紧着你吧。井利说你现在有点贪杯呀，到哪儿都喝点，你是不是有酒瘾了。

天子说於乎——这水有点烫！我这样是不是有点不好阿，最冒尖的不是德行，享乐却样样不拉，后世出了问题会赖到我身上，说我这个前人没给他们做个好榜样。奔戎说什么世代人民盼的也不过是太平日子，劳作能获得回报，娶得起太太，有衣穿，有饭吃。家家暴富——那是不可能的。官员做好自己本职工作就可以了——也不要管得太宽。就像天有四季，人间治乱交替也是自然现象，老百姓有点钱不也是消费么？您喝口小酒为什么就给自己扣帽子德行有亏呢？这跟德行扯不上，您省又能省多少？君王有没有德行不在自个日子过得抠缩不抠缩，与臣民有共同的爱好，大家才踏实。

天子点着奔戎问祭公：这是谗言么？祭公说不尽然。

井利说有道理，我们确实也怕你变成圣人，没法处了。

天子说那好，赏赐他。因为是在浴场，裸体，就摘下左手拇指玉射决——穆天子是左撇子——塞给奔戎，说你不是惦记这很久了么，给你。奔戎趴泥里磕俩头，蹭一脑门黑。

李耳拿把竹签到处问人：这是哪儿阿？一个泡得晕得乎的兵说：温山。

18

起初，部队在山里行军，就曾发现石垒残垣和破碎赤陶片，在这里——喀喇撒戈海沿岸，又发现成片退化柠檬林、柑橘林和杂草中突兀的单株麦穗和空地上一格一格石地基，显示这里曾经有人居住，不知什么原因又离去了。

部队里塞西安女孩子告诉她们男朋友，这里是她们史诗《阿玛》所唱沃野，她们先人就居住在这里，过着无忧无虑生活，后来因为神的挑拨，发生了内战，人们互相残杀，田园荒芜，剩下的人逃进山里，在山那边哈扎尔海重建了家园。

井师军眷中那个有着狐一样眼神的女孩胡麻衣塔尔，她父亲是个霍塔尔——也就是祭司的意思，会唱《阿玛》，每个塞西安女孩子冬天夜晚都蹲在火堆前听他唱过。

听说有史诗，天子很感兴趣，中午喝海鸥汤时就让井利把祭司女儿叫来，请她来一段。

胡麻衣塔尔说我没学完呢，《阿玛》是长河史诗，要唱三年，她只能唱七天。天子说三天都用不了，你唱一顿饭就行。胡麻衣塔尔说那故事接不上我可用说了阿。天子说你别让我们听糊涂了就行。胡麻衣塔尔说我那把格里芬头琴没带。陪她来的男友一师二旅旅帅井奇说你就别嫩么多事了。天子说您来口酒润润嗓子？胡麻塔尔说能把你内罂都给我么？

胡麻塔尔说唱：起初，塔别缇和太阳神苏利正午交辉在乌拉尔山生下阿玛，引起男二号不管之神巴博斯嫉妒。起初，众神是圣洁的，像光一样散播在天上，也像光一样透明，无私无念，充满荣耀，那荣耀实在美丽，众神也无法无视，于是美中生爱，在耀眼的光芒中有了形，有了光和光的交辉，产生了更炽热更强烈的光，叫夸耀。于是有了明暗，那在暗处一向矜持的沉沦为自大，于是有了嫉妒。巴博斯是众神里第一个嫉妒的，于是有了神的堕落。巴博斯这堕落的神在塔别缇睡觉时偷走了她的婴儿，将他丢弃在乌拉尔山一个叫也里可温的峡谷。醒来的塔别缇找不到孩子顿感一阵虚弱，然后大大地发怒了，对巴博斯说我必丢弃你如你丢弃我的孩子。于是塔别缇也堕落了。在塔别缇与巴博斯旷千百万劫持久不分胜负——因为他们都是永生的——的撕打中，众神纷纷站队，太阳神苏利、火神密特拉、雷神因陀罗站在塔别缇一方，月神苏摩、风神伐度尤那、热神阿塔站在巴博斯一边，运用他们的神力相互毁灭，于是众神也一同堕落了。所以神这个词“里瓦”，在后世就演变成具有魔含义的“以底瓦”。

胡麻衣塔尔说这是《哈拉什阿玛》的篇章，在《乌帕尼萨斯阿玛》中尽管讲的是同一个故事，但是堕落开始得更早，众神在爱上自己荣光那一刻就一齐堕落了，并非起自巴博斯与塔别缇开撕那一时。美、爱、夸耀都是情感这一石子投入心念之湖溅起的连串水花，那最外圈儿的涟漪就是矜持，依次套圈即是自大、嫉妒和愤怒，就像一个人的脸和后脑勺，你不能光要脸不要后脑勺是不是，你懂我意思么？

天子点头，说还好几部《阿玛》呐？胡麻衣塔尔说不同的人活在不同世界，有不同领受方式，对犹塔——战士，和基珊——农人，就不能讲同样的话。在显乘《哈拉什阿玛》，美、爱、夸耀、矜持、自大、嫉妒、愤怒这七副面孔三张挂在光明之神哥哈什脸上，四张挂在黑暗之神安毗利脸上。密乘的《乌帕尼萨斯阿玛》，七副面孔都挂在安毗利头上，三张在前，四张在后。在《哈拉什阿玛》，他们是死敌，世代相杀。在《乌帕尼萨斯阿玛》，他们是孪生兄弟，他们的父亲是无限时间之神赛敏，依然世代相杀，你懂我意思么？

天子说我懂你意思，这意思很浅白，你可以省下这话了。

胡麻塔尔说对不起。奔戎说我接你一句姑娘，敢跟你聊的都不是二他叔。胡麻塔尔说对不起。天子说原谅你。

胡麻塔尔唱到，也里可温长满椵树、冷杉和落叶松，无数大河从冰雪覆盖的群山发源，向北注入冰洋，向南流向草原。阿玛饥食松塔，渴饮冻泉，和松鸡、黑琴鸡一同玩耍，心地像纳罗达峰的雪洁白无染，无知无畏，不善不恶。众神看顾他也败坏他，苏利使万物有了色彩，也因此有了差别，使阿玛发现了美，遂生厌弃之心。因陀罗雷击森林使其燃烧，烤糊了松鸡和黑琴鸡，使阿玛发现他的朋友很香。密特拉教他摩擦生火，使他在伐度尤那怒吼的严冬御寒，也可以用那热力烤他的小朋友。吃好吃美了的阿玛从此没了朋友。

胡麻塔尔唱：饱暖思永生。阿玛是神子，本有千年之寿，但只有前三十年是轻盈紧致的，之后一天天衰弛，后九百年就像老核桃树度他那老天拔地的日子，吃什么都靠牙床。

阿玛向塔别缇请求给他一具像神一样永远年轻灵活的身子，换句话说就是请求立他为肉身神。塔别缇是生命之泉，但也没有立人为神的权力，这权力在她的父和情人赛敏手里，甚至赛敏也不能任意使用它，因为设人为神就意味着跨质能，神不是生命，乃至不是物，故而无始终，尽管其创造大能，常以生、灭譬之。使生命进入无限，那不是赛敏接纳生命的本意。有复杂机巧生物或言上天有好生之德，赛敏闻之无感于内，祂不知这上天指的是谁，反正不是祂。赛敏使这世上有了时间实在是出于一场意外，是其为阻止宇宙诞生使出的最后大招——有针对性大规模湮灭不得不放任的后果，与其说是生，不如说是灭。赛敏不能接受能量以高度压缩的形式存在哪怕是非常特殊的情境所致。亦不接受能量有方向、有结构和首尾贯通。也许一般机巧生物会称这一组织链条为秩序，却并非赛敏在时间开始前、于炙热死寂的“无”中积循习惯的那个超平静、完全无交换的能态。对赛敏而言，那才叫秩序。赛敏心机深黑若洞，即便是塔别缇及其以下诸神亦无从体观，因尔等与光阴共生故而属时间。是的，塔别缇以下诸特长神并非无始终。这优越只属于赛敏。赛敏是循环大师，尽管祂主导的每次循环看上去都像沿一条无尽线性发育，因其无尽故而显得目的眇渺，故有多情自恋生物误会自个便是目的。塔别缇也曾谄媚赛敏：猜着您为什么了，就为瞧我给您添彩儿。赛敏说：你讲这个话既不了解我也不了解自己。赛敏老人的话内含答案，了解老头不能听老头怎么说，要看老头干了什么，赛敏老人自无始来就干一件事：撒网，再闭眼等着网破——偲怎么会关心网里谁游过呢？老头盼的是下一轮次，网都攥手里——攥出汗！为达成这一目的——快一秒是一秒，必须有人添乱。老头设计的路径是凡有方向之压缩能量皆使其自发重组，以形成更复杂、更耗能大结构，不得不汲取更多外部同序能量自我支撑，一方面加剧散热有毒于环境，一方面由于自身过于复杂终将自顾不暇而解体。这类理想的、自戕害物的压缩能量老头称之为：生命。

嗖！塔别缇再三恳求赛敏，给孩子一个机会，使他成为一个好人，有无尽的时间可以反省自身，追求完美。赛敏说什么时候开始当一个好人需要给他补偿了？不！那不是我的宇宙的规则，我从不打赏那些希冀得到补偿而变好的人，也不听他们的呼唤。退下吧塔别缇。

塔别缇无奈，只得赐爱子以药石，要他好好保养身体，争取延迟衰老十年、二十年、三十年？再多也不能了。塔别缇还给爱子一个选择，你要每天不动，趴地上，只吃青苔，我可令你千岁不易容，这是我职能范围内唯一为你能做的了。阿玛说像绿毛龟么——不！

胡麻塔尔唱到，黑暗之神安毗利听说了阿玛的心愿，看到了人万年不老后的远景：大地干裂，江河断流，山林光秃，飞鸟走兽绝迹，海底像晴天一样空空荡荡。决心阻止这件事。那时世上只有阿玛一个人，每天独往独来，并不觉得缺少了什么。安毗利与月神苏摩商议，请她在阿玛走夜路的时候以满月降于山间，盯阿玛一晚上梢，他走到哪儿跟到哪儿，一路款款注视，使他有伴儿的感觉，才知一人多寂寞，乘其软弱之际，派自己分身之一眼泪之神布达丝潜入其心并永驻其间。阿玛自此见风流泪，望月断魂，颇生厌世之心，遂于一百二十岁那年自我了断，自沉北冰洋而死。因他是人类始祖，史上第一人，在开满红爪石蒜的冥河之畔醒来，发现地狱也是空荡荡，还是只有他一人。他所能做的只是坐在地狱门前发呆，或者扫扫地狱院子，上上下下爬十八层楼梯，给还没生火的凉油锅劈点柴。地狱没有光，故而没有时间，亦无昼夜，老是重雾霾那样铁青的天，每天都是同一天，所谓一日等于永恒，说的就是地狱的日子，阿玛更没盼头了。

地狱无日月，无风热雷电，无动物、无生养——塔别缇本是母神，生殖之神来的，故有司各神势力伸展不到这里。但是地狱有水和花——漆黑的冥河与血腥的红爪石蒜。每年地表河水结冰植被凋零之季，水神瓦尼和植物神赛奈特会来地狱转一圈，看看永不上冻且不流动的冥河和开不败的石蒜，同时受塔别缇之托，了解一下阿玛思想情况，对他说现在你知道死并不是一种解脱而是一个更寂寞的开始了吧？阿玛说知道了，如果让我选，我宁愿在地上混着，至少心情有起伏，伤心也是一种享受，现在的我，就是俩字——无感。

瓦尼说我有一个好消息一个坏消息，你想先听乃个？

阿玛说好的吧。瓦尼说我也不确定对你来说乃个好乃个坏，我还是一股脑告诉你吧，你，——再生了。阿玛说呕！买！噶！瓦尼说但你永远回不到地上，你被封神了，赛敏发现系统漏洞，有一个新成立的单位没有神，就任命了你，你猜是哪儿？阿玛说不想猜。瓦尼说就是你现在站的地方，你被封为死者之神，同时还把我的部分职权划归于你，兼地下水之神，管理冥河。你的愿望实现了，你将返老复壮，永远年轻。这时雪白的胡子从阿玛嘴上纷纷掉落，已然秃得发亮的脑瓜重新长出绒茬儿，牙床疼，摸上去有硬物往外顶。

阿玛仍然很沮丧，不高兴，说我唧叽个一个人，成为自己的神，有意义么？瓦尼说有意义呀，你不首先成为自己的神，怎么成为大家的神呢？阿玛说大家——大家在哪儿呢？

瓦尼说这正是我和赛奈特来和你商量的事，为了装满地狱，使你名至实归，我们需要更多的人，这就要向你借点东西。阿玛说什么？瓦尼说你的精。阿玛说啊？瓦尼说不是你想的那样，请张大嘴伸出舌头。赛奈特用一根裹着棉球的橄榄枝在阿玛舌苔很厚的舌上轻蘸了一下，说好了。瓦尼说你的子孙将从植物而生，将来也要通过植物和你——咱们这些神取得沟通。我希望他们将来有一副素食者胃肠，不要过于戕害那些先他们而在的生灵，但是谁知道呢，神尚且堕落，人又怎能不受诱惑？他们都将是短命的，不会超过你的阳寿，现在去扫院子吧，这里很快会热闹起来。

瓦尼和赛奈特从地泉而出，恢复为哥哈什本尊。安毗利从阴影中闪出来，说谢谢你给人类机会。哥哈什严厉地说：希望你恪守诺言，把人性的一半让渡出来。安毗利说我不明白你为什么一直那么有优越感，你有爱了不起阿？我也像你一样关心人，见不得他们自暴自弃，我可以把人性都交付于你，他们的感性、理性及直觉，由你赋予德性。哥哈什皱着眉说你要什么？安毗利庄重地说：我只要给他们学习的能力。

世间又经过四十轮荣枯，一日醒来，阿玛听到地上咚咚奔跑小脚丫声，地狱天花板往下簌簌掉灰，那是他的克隆物，又一届人类始祖，从被子门双子叶纲石竹亚纲蓼目蓼科大黄属诞生的男生麦什耶和从被子门双子叶纲金缕梅亚纲荨麻目桑科所生的女生麦蕊汪娜在奔跑。

19

戊申，部队继续停留在喀喇撒戈海北岸，喝海鸥汤，享受矿泉浴。胡麻衣塔尔通宵说唱《阿玛》，天子浑身涂满滋泥，听得如骇如飞。胡麻衣塔尔唱到，麦什耶和麦蕊汪娜的子孙世代繁衍，逐渐兴旺，人口畜群布满南乌拉尔山大草原。阿玛成神三千年（即穆天子到达前两千年），二麦的子孙分为东西两支，东支沿讶异刻河南下到达哈扎尔海和阿拉海。西支沿窝瓦河南下到达喀喇撒戈海。阿玛成神三千五百年，生活在哈扎尔海和阿拉海沿岸的东支一支向南越过伊兰高原深入两河流域。另一支进入两河流域上游。第三支向东渡过质浑河和药杀水到达葱岭，在这里又分为南北两路，南路翻越兴都库什山进入旁遮普平原，征服了达罗毗荼人，进而占领了更东方的印度河－恒河流域，在那片肥沃炎热的土地上建立了十六个小国，他们主要贡献不在武功而在精神层面，攒了一本伟大的书叫《吠陀》。北路人口众多，部族庞杂，散布在讶异刻河到葱岭之间广大草原上，有叫他们塞西安人，有叫他们萨迦人，有叫他们斯基泰人，喔来喔，都是阿玛的精脉。最东面一支越过葱岭进入祁连，渡过黄河，在那里他们叫鬼方，也即东方的塞西安人……

天子说啊？聊到我们头上了。胡麻衣塔尔说歌里是这么唱的，具体是不是我也不清楚，后来派生的部族太多，外族人也乱叫，把我们自个都叫乱了。天子说也别管外族怎么叫，你们——咱们，有没有一个自己的称呼，管自己叫什么？

胡麻塔尔说尤那。天子说有什么讲究么？胡麻塔尔说这个词翻成汉语是高尚的意思。天子说哦，自我要求不低呀。

胡麻塔尔说歌里是这么唱的，麦什耶的子孙相继来到地狱，发有三色红、黄、黑，人有健硕猥肥，见了阿玛都叫父。阿玛也不能分辨他们的支系，请他们互相检查，哪么有一根红头发，就是尤那。其余的，对不起，下错地狱了。

胡麻塔尔唱到，阿玛成神四千年，生活在喀喇撒戈海沿岸的尤那人民开始一拨拨翻越高加索山脉进入安那托利亚高原，最早内拨与当地人混居，被称为卢维人、帕来人；其中一些与赫梯人融合，被称为西台人。另一拨与有北非血统的爱琴人融合，被称为吕底亚人。一些尤那部落经巴尔干半岛到达爱琴海，自称弗利吉亚人、伊奥利斯人、爱奥尼亚人、希伦人，外族人一概管他们叫油麦尼散。

祭公说这里我就有点听不明白了，既然阿玛－麦什耶是人类始祖，天下人自然都是他们的子孙，外族人哪来的？怎么还有外族人，那些爱琴人、达罗毗荼人什么的。

伯夭说这个你就别问她了，她只是个孩子，一个歌者，歌里没唱到的，她也不知道。我游走于东西方，听过的史诗也太多了，凡唱创世，自命来自人类始祖嫡脉者都有一个破绽，就是你刚才提到的问题，外族人哪来的？怎么会有发展得很好的外族人挡在他们路上？是他们的兄弟很麻烦，就意味着他们不是独受眷顾的那一个，有哥大在他们之前受造了。不是他们兄弟更要命，就意味着他那个始祖没那么始和唯一。要么只能认为上一届人类没搞干净，这又意味着质疑谁呢？

胡麻衣塔尔说《乌帕尼萨斯阿玛》称这是安毗利的离间，他使人的境遇有不同，流散各地，被山河阻隔的人们口舌有长短，指认有错乱，一个人，一个故事，在不同人群中有了先后版本，人们就起了争执。哥哈什看得很清楚，这世上最初的不平等，不是起因财富，也不是起因肤色，而是发生在两个婴儿左右脑发育的偏废上。安毗利使哥哥右脑发达，行动能力强，对当下环境全息接收——也即图像来图像去；当环境投射潮水般涌来，处理方式也比较直给，图像切图像，在图像中抓细节建立即时因果链以达成行动。弟弟则左脑较活跃，语言功能强大，故内心图像可联觉为音频，音符连锁对所见图像清源归流，进行追溯、辨识也即思考，后发展为文字控，较先将内心所望和应激反应集合为一人格指代——我。自我强大，能用文字标注信息，且能化用经验改善认知的人被习俗认为适应能力强，应对办法多，较善权衡利弊使事件总是朝对自己有利方向发展，一般被称作聪明。不识字，只能图像切图像，建立短粗因果链且总是在行动那部分人，由于缺乏远见和优化事物能力，当涌来图像太多，文件太大，就面临打不开或打开直接宕机的窘境，随之而来的行动则陷于混乱，一般被称为鲁莽和冲动，不但不能使自己获利往往反使自己受害，把自己搁那儿而不自知，一般被称作笨。这一分野在人类社会中反复出现，被当作自然使然而接受，笨人也承认自己笨。最终安毗利得逞了，人按他的恶意切分为高下立判两部分，聪明的和笨的。也即善于学习和不善于学习的。赛敏在上，总有一天这世界会颠倒过来，出现功能强大图像处理器，使右脑人翻身，在未来图像世界获得生长优势，阿们！左脑人把德性据为己有，称德性是一种后天习得需要深刻领悟且谨慎保有的——修养。这也为人不认兄弟，在兄弟之间划下鸿沟留下口实。并不那么聪明的聪明人——因他看不到根底只看到浮萍——说天可变，财富可以转移，权柄可以易手，智钝不改。井利跟天子说我去睡会儿。

胡麻说哥哈什教导世人说：人有千万种理由嫌弃同类，却无一个理由败坏他。这权力不在人，在赛敏。赛敏是做工的匠，树由祂种，由祂伐，由祂作成各种各形的样式。代赛敏伐树的人，赛敏最终会剁掉他执斧的手。人们点头称是，说谨记了，回头继续厮杀。人有一个秉性哥哈什也无法矫正，因那秉性得自造人的神，即自以为正确和独大。在神，那是其来有本，神之为神的品质。在人，是缺失。

天子说你知我怎么想？这所有以父为始祖史诗都是比较晚近的，最早不过几千年么，在那之前女的早创世了，所以他们一落地，发现到处是人。

20

己酉日出，天子率七萃之士并戎骑一部先大队出发，向着北方草原驰去。出发前天子把井利叫来跟他讲，那个姓胡的小孩，我有些话还想问她，你把她叫来，让她上我的车。

井利去旅里，找到本家侄子井奇说，叫你女朋友收拾收拾去天子那儿报到。井奇说是。井利说有困难么？井奇说没。

日中，一条大河横于眼前，河岸低平，静静河水像沉甸甸丝棉褥子几无波澜。两岸泥土糜烂，早经泛滥的洪水在旷原上留下千梳百绺辫状岔流和一串串口腔般潟湖和酱缸般黝黑的沼泽。无数大鸟灰黯肢体几乎填满沼泽——在腐坏。鸟羽成泥在岸间叠积如丘。这里似乎是个鸟墓地，触目可见喙翎残断肢体斑秃垂死大鸟默默站在沼泽里。从前只见鸟群在天空飞翔，蜡么美，如今看到生命难堪的一面。

天子在车上伸手拿酒皮囊，奔戎说下车再喝。天子说啧。李耳问胡麻衣塔尔这河叫什么？胡麻说滴扽。李耳说啥？胡麻说滴扽。李耳记：饮于溽水。

天子咽下一口酒，把酒囊递给胡麻，说小胡阿，你说学习是安毗利给人类的能力？小胡说我没嫩么大酒瘾，现在不喝。天子手还伸着，小胡接过酒囊，说《乌帕尼萨斯阿玛》中安毗利有七个分身，除了眼泪女神布达丝，再就是学习女神五姐妹，本尊嘉妮、思考女神叟趣、创造女神柏爱、智慧女神卡妮、文艺女神格拉。天子说还一个呢，还一个分身是谁？小胡说幸福女神俄西，安毗利也给了人追求幸福的能力。

奔戎说我怎么觉得安毗利的分身都是我喜欢的，学习、思考——这跟智慧不是一回事？小胡说跟怀疑是一回事，所以叟趣的另一个名字叫姗迪。蒌豫说我怎么没发现你喜欢思考？奔戎说我不当着你面。李耳说我也有点喜欢布达丝，每次哭完我都觉得自己纯洁了点。天子说幸福是什么呀？奔戎说想什么来什么。小胡说只是一种心理，以为自己暂时什么也不需要了。天子说这也不让阿？小胡说让，但是不重要。

小胡说所以安毗利在人中比哥哈什更受欢迎。天子说可能是哥哈什有点严肃。李耳说智慧被归入黑暗这倒没想到。

天子说很容易想到阿。小胡说我阿爸说哥哈什是终极之神，安毗利是过程神，出发点不一样，对人的态度才不同。在《乌帕尼萨斯阿玛》中哥哈什和安毗利有场辩论，哥哈什说你要让人知道厉害，立于下场看过场。安毗利说人是假装有远见其实只重当下且充分自恋的动物，下场——难道他们不知道么？为什么不允许他们自欺，给自己多一点错觉呢？

天子说小胡阿，我没猜错的话，你爱的也是安毗利。小胡说哥哈什在《哈拉什阿玛》中曾经痛斥编派神、给众神传八卦的人：快闭上嘴吧你们这吃血肉的！你们不该论断那生于火的，他去过的地方你们没去过，他见过的你们没见过，他得过的你们没听过，他失去的你们无从想象。在你们是行善的，在他是险恶；在你们是恶运，在他是恩典。哥哈什说，看呐！你们这一生总在相互交易——连牺牲也不忘索要回报的人，精明的人，竟敢在地上称善，好大胆子！在《乌帕尼萨斯阿玛》，安毗利也曾对一个在战争中失去信仰的武士说，如果你相信这一切都是出于神的安排，还有什么好说的？如果你不相信这是神的安排，还有什么好说的？与其问为什么，不如问自己配得什么。我阿爸说神的善恶不由人下结论，因为人的是非是根据自我获利原则决定，那样看神，会生悖妄，一门心思想着神是因人而立——只为人行神迹，没有比这离神更远的了。

天子说哥哈什老师除了瓦尼和赛奈特，分身还有哪个？

小胡说在《哈拉什阿玛》哥哈什七位一体，除了本尊，分身还有太空神安底累斯，大地神庇司比，动物保护神瓦舒、人类保护神马诺。《乌帕尼萨斯阿玛》中的哥哈什九位一体，多出的两个分身是坚信之神叶根海吉，服从之神戛巴伦戛纳。阿拉海以北旷原里有一个隐修教派，叫痛哭派——汝拉伊亥。他们唱的《乌帕尼萨斯阿玛》据说是来自较早版本，在那个版本中，人类保护神马诺是安毗利另一个名字。这个教派在阿玛成神四千年，被也里可温祭司大会宣布为异端。

奔戎说如果我能封神，我愿意当欢乐女神。小胡说欢乐层级比较低，没有被单独授予神格，是幸福女神手下的洒扫婢女，和兴奋童子是一对儿，每天围着俄西转，给她提鞋。

哟——，奔戎一捂脑瓜回头，干嘛？女列盯着手里一根头发说：红的。

日昳，井利带着两个旅赶上车辙迂回、蛇行于旷原的天子车队，向天子报告，部队逼较疲劳，经希底结河突围和翻越大高加索减员严重，掉队人员尚未归队，且装备损毁严重，车辆完好率低，马匹伤膘，蹄甲开裂，加轭辄卧，鞭打不起，很多单位只能推车行进，我这两个旅还是全师拼的车，因此行动迟缓。祭公去共师组织收容，大概还没离开喀喇撒戈海。

天子下车，登上一座积羽成丘腐殖堆，说派人催他们，叫祭公即刻赶来。井利说是，向后方派出传令骑兵。

风从北方低低刮过来，平陆衍陵风过草伏，露出身壮如堡的野牛和成群高鼻羚，它们呆立在原野上，迎风嗅臭。有五彩凤鸟乘风飞来，拍翅舞于旷原，旋停间浑身解羽，悲鸣数声，粉生生仆地而死。井师士兵与戎骑争拾鸟羽发生撕掳，井利喝住他们：这也抢，什么好东西，……正，向后转！

日落，更多彩旗般凤鸟天外飞来，落地解羽宛转而死，像是一场鸟的华丽葬礼，每个送葬者倾其生命使葬礼增色。

风把那些斑斓如染扑蒲扇般羽毛轻飘飘吹向空中，拣拾羽毛的戎兵孩子一样来回奔跑，脸上挂着开心蠢笑。

月出，六师首长乘车赶到羽陵。更多的部队还在路上，行军火把蜿蜒至远。是夜，天子飨公侯于羽陵之上，委托祭公做西征以来大事回顾和前一段战役总结和当前部队面临问题的报告。各师帅一致认为不能再往前走了，装备和人员现状都不允许部队再涉险地，讲起部队实力的损耗，伤病俘人员惨状和马儿的羸弱，公侯们都流下眼泪。毛公逢公认为我们现在应立即东返，取当年女娲部走过的路线，穿西北大旷原经葱岭回国。虢公共伯认为时已季秋近半，严冬将至，回国路途遥远，部队在旷原大漠将遭遇不可预知之困难，应就地休整，挨过冬天，养肥马儿，来年仲春再上路。都有道理，都是从部队实际情况出发，井公祭公观望，是夜无结论。

庚戌，宴会规模扩大到王吏、七萃之士、诸旅帅及外国友人伯夭、女听女列胡麻，乃奏广乐。争论仍在进行，部队情况好一点的希望立即走，部队情况严重不好的认为走不了，走就是损失。天子征询祭公意见，祭公说不是特别紧急情况下，应遵循向弱者倾斜之原则。天子拍板：过了冬再走。

李耳记曰：天子三月舍于旷原之野。天子天当房地当床在旷原住了三个月。

这三个月里，李耳一笔未记，新六师西征战记里有寥寥数笔：六师之人翔畋于旷原，大畋九日，得获无疆，鸟兽绝群，收皮效物，债车受载，天子于是载羽百繟。六师官兵在旷原游猎九天，大肆射杀动物，把鸟兽都打绝了，得到的兽皮鸟羽按毛色进行打捆，借车装载——向谁借？理应是天子，天子直属队车况较好，就出车帮部队往回运，天子也因此得到天鹅羽一百捆。据宫中人讲，回国后都絮了褥子和枕头。

天子行迹再见诸史是一百零一天之后。李耳记：己亥，天子东归，六师未起。天子已经启程返国，六师没有行动。

井利后来解释这个事说，没有一起行动是因为没在一块堆儿。他印象里，围捕高鼻羚的时候天子还在，举着弓站在车上亢奋嗷嗷叫，打完猎，大家分皮子，就没再见过天子了，内一百捆天鹅羽还是祭公发脾气，说谁不在就没谁的份儿，这个事不能这么搞！硬是要各师拿份子凑出来的。

这三个月里部队组织砍伐队至褥水右岸森林伐巨杉，造新车，粘弓削箭，换殳戈把儿。又缝皮袄纳皮靴，晾干肉，为穿越大旷原做准备。井师五旅还抢劫了冬季转场塞西安牧人羊群，人不知怎么处理了，羊上交师部，由有放羊经历厩养员进行管理，计划跟着部队一起走，每天有奶喝。井利闲得没事，也抱着鞭子放了两天羊，跟羊倌学习用抛石器轰羊。

仲冬十一月，有大风雪来袭，气温骤降，褥水河面被风吹得立起来，刹那间冻成绿玻璃般冰城，飞卷小浪花内雕在垂拱冰壁中。渡鸦白发苍苍，双翅堆满冰晶，越飞越低，最后落在地上蹒跚挪步，一脚便能踩住耷拉膀子。

井利祭公诸公侯躲在生火地窖里喝小酒，调各师营伎进行文艺汇演。其间发生操羊事件，井利烹了那个厩养员。

在无聊和寒冷中蹲了一冬，各人体重均有增加，不少人还闹了意见，逢公和虢公不说话了，问半天也没问出什么事，就是谁也不理谁。这一切，都没有天子影子。井利回忆。天子脱队行动，之前也不是没发生过，他也不是特别在意，也管不着。天子脚野这是大家都知道的，祭公可能跟他们讲过天子去向，但是忘了，应该也不是什么印象深刻理由。

再见到天子应该是来年仲春。季冬将尽部队就开始有些不稳，天子久不露面，卒伍中流言四起，说天子被几个歪果仁——指伯夭女听女列胡麻塔尔——洗了脑，信了戎狄密教，已经抛弃部队加入某个教派隐修去了。又说大畋实际是一场兵变，几位不肯归国公侯谋弑了天子，阴图拥戴祭公为王，在此开国。又说天子早在希底结河突围就中了毒箭，这几个月一直在抢救，终告不治，几位公侯秘不发丧云云。

祭公严厉追查流言，将流言制造者——几个伍长烹了。连续向全军声明，天子正在附近塞西安部落友好访问，与部队一直保持联系，不日将回到驻地，已在路上了，明日将到——又被一个太热情部落留住了云云。同时派出戎骑向四方侦游，给他们的命令是：你们不找到天子不得回头。同时秘密召开师帅会议商讨最坏打算。天子受歪果仁影响太大师帅之间其实也早有议论，但公侯们一致认为天子叛国不可想象，比较大可能还是溜达大发了。于是会上通过两条决议，天子下落一定要搞清楚；不管发生何等状况我等决意回国。

孟春将尽，向北派出的戎骑带回一匹瘦马，马上趴着双腿绑于马腹，脚掌乌黑的天子直属队司铎。该司铎吐字艰难报告天子已动身回国，目前在乌拉尔南山也里可温等待部队，要他们前去会合，说完就昏死过去。

部队紧急集合，连夜拉出去，迎着日出走，在窝瓦河曲东渡，溯讶异刻河北上。因辫流开冻，泛区泥泞，部队行动迟缓，紧赶慢拔数十昼夜，才在乌拉尔南山广大峡谷间一座奇特城市废墟与天子直属队会师。这城市说它奇特是因为它的房屋是用累累马骨插泥糊建，所有房屋互连呈放射性布局，泥壁无窗，出口开在天花板，出去就站房顶上，非常具有工事性。每排屋前掘有一口水井，一座烤炉，炉旁堆满铜渣。

这里居民神秘信仰遗落在草原上，放眼可见石头排列寰阵和巨大石柱，估量是对太阳和生殖的崇拜。整座城市有大火烧过痕迹，地表与倾圮泥墙呈赤色，叩之如砖。巷闾舍间并无争斗而死遗骸曝骨，亦无被打烂陶陶罐罐。井利也曾问过天子：你们烧的？天子满脸倦色说：我们到已就这样了。

李耳和新六师西征战记均记载会师那天是仲春己卯，连前带后天子脱队一百四十一天。部队里很多说法，很多人在天子直属队有老乡，听老乡说，这小五个月他们一直在路上，穿草原，钻森林，爬高山，过大河，各种海，结冰不结冰，普通战士没地理概念，去过哪儿也说不上来，只记吃和女人。

没人，老乡说，偶尔奔过去一个都跟动物似的，有时以为射熊，放倒了翻过来一看是一女的。吃的还可以，基本能保证每天吃到鹿，吃到蹿鼻血。还吃过一些特别胖没有脚肉墩儿，也不知是鱼还是啥子，不畏寒，一大片卧冰上，见人也不跑，拿棒子挨个敲死，切开全是肥膘，吃起来口感如荸荠，生脆，咯吱咯吱弹牙，还有点回甜。插捻儿点火就是一风吹不熄油灯。咱们新晋女御胡麻塔尔说这种动物叫杰瓦奴。

祭公找李耳谈话时井利也在场，亲眼看到李耳拿出两捆雕满省文白桦木牍——这几个月也不是一笔未记——交给祭公，祭公将木牍收在自己行囊里。（李鼻约按：省文，周大篆减笔之简体，故曰省。多为军中、司狱书吏录事所用。）

李耳讲记得很乱，此去多化外之地，也曾入饶胜之邦，各地人民口音杂驳，地名、人名多从当地语发音，余者尽量统一为塞西安语注音。有的河海山岛胡麻亦不知所谓，就依其形貌随意指曰，尚待整理。祭公讲看完没问题会还给你。

李耳讲木有发现天子有受伯夭或胡麻塔尔精神控制蛛迹，一路走走停停都是天子主意。他们本来也是畋猎，追踪一只受伤大熊西渡褥水，结果轰起成千上万只驼鹿和盘羊奔跑，就一径撵下去，没想到那片草原蜡么平坦，跟铺了地毡似的，马车跑上去一点声儿都没有，车轮转得跟纺车似的，从来没这么顺溜，都舍不得让它停，大家都有点飙车的意思，一不留神从一个日出跑到下一个日出，天子也曾派人通知你们过河是吧？祭公说是回来过一个匡人，部队当时那个情况，不具备大规模移动条件，就地休整是会上定的，我也派人去追赶你们，叫你们不要走得太深，和大队保持在接触范围。

李耳说没见到你派的人，我们那时大概已渡过尼巴拉河。

祭公说也是，草原上跑丢一个人比跑丢只狗容易。李耳说天越走越高，地越走越大，人很难驻足，停在哪儿都像停在半道上，回头看比前路更遥远，行走变成一种魔性需要。

他们一路驰行至巴拉提撒戈大泽，沿岸北上至一块白雪覆盖大陆，那是太阳照不到的地方，有一个与其地貌相反的名称，叫黑暗之地。有红头发野蛮人穿着杰瓦奴皮缝纫皮裤，脸上涂满鱼油，举着鱼叉向他们叫嚣，他们射箭警告这些野蛮人停在冰块上，遂掉头南下，渡过维斯拉河、奥得拉河、艾北河、莱伊河、索门河、加巴代涅河、塞涅河……

祭公说你们净过河了。李耳说是，我现在不见河想。我也问树林叫什么，得到是白眼，胡麻塔尔说就叫林子。内边全是老林子，经常一天一天见不到阳光，要不怎么把日子过乱了，老赶脚没见过几回日出，出林子河岸醋栗花都开了。

井利说林子里没人追你们呀？李耳说有，老有人从树上跳下来或者撒网，我们平时走路都刀尖冲上，乘车把盾掮背上，莫名其妙背后老挨箭，一天下来都跟豪猪似的，有伤亡。

李耳说他们沿着诺耶河南下抵达浩瀚大泽阿塔兰提戈。胡麻说那里原来是一个大陆，曾经有一届人民居住在那里，因为抄袭神的荣耀，在地上建天堂，自我崇拜，神使他们连同其土地一起沉没了。天子说建立巨大的宫殿，南面称尊，使四方纳贡，兴暴师以伐不敬是不是也属于模仿神的荣耀？

胡麻说是。天子就很忧愁。奔戎说我以为神做灭绝一方人类这种事也需要很长时间准备，不见得叫咱们这代赶上。

天子说你太会聊了。胡麻说我听说并没有下一代这回事，从古到今都是一茬人，生生死死，反复凝华，这代没赶上，下一代——赶上内代，还是你。奔戎说爱咋地咋地吧。

李耳大哭。祭公说你又哭了？李耳说我又哭了，我为生生死死而哭，睁眼闭眼，老在这个世道上，地下也全是熟人，什么时候是个头阿。天子说按你的说法，我们就是上届人民，看来神也不能使灵魂断灭。胡麻说只能拘禁它。胡麻说我不是神，说这种话要冒很大渎神风险，我们是在探讨神的权力边界，依小女子之见，神也不能将有归无，因为那意味着祂自己的终结。信息一旦产生即不可删除，只能将它归档，投入宇宙垃圾篓，有异端管这垃圾篓叫真空。

伯夭喊胡麻胡麻。胡麻说干嘛？伯夭说只是试探说话的是你本人还是谁附在你身上。胡麻一翻白眼昏过去。伯夭说安毗利。天子说你好警觉。伯夭说经常驱魔，事主突然开口谦卑，就要警惕。女听说冷。

天子南征，沿阿塔兰提戈大泽至毗梨扭山，直属队全体人员背对山峰，拒绝登山，几至发生哗变。遂东征，抵达另一大泽古马提撒戈（李鼻按：即古地支瓮大湖），饮于如纳河入海口。河口泊着一些船嘴尖锐包有青铜装甲——有的还嵌有铁矛多桨快艇。岸上有一个石块树枝堆码要塞，上有一些红袍人在张望。胡麻夫人说这就是阿玛史诗中说的腓尼甚——紫红人，他们是住在海上的人，管自己叫海军。天子向他们亲切招手，紫红人举矛挥舞，作强烈不友好状。

复次（李耳自按：因屡穿林海天昏地暗，时日混淆，不能详确记日，故以此），天子东征，沿崎岖不平海岸迂回南下进入费曼河谷。平原上有耕作良好农田，秋后收割的麦草一座座屯在地头有如碉房尚不失金黄，一些地块刚出苗冬小麦如阔大草坪在料峭天气下一片油绿。有七丘之民聚于柴垣之内舞锄以拒周师。晴朗的日子，可以看到古马提撒戈海上有船近岸航行，那船甚大，甲板蹲满赤身披锁奴隶，两舷有众人齐力划桨，从日出到日落，赶脚原地未动。

复次，天子南征，饮于大火山，地表如渣，渺渺冒烟，土壤皆温。海湾有船猬集，紫红人挥长鞭驱策成队受缚金发男女上船，见我至，皆划入海中。海滩有木桶遗落，以剑凿之汩汩而出皆黄澈之橄榄油，忽得一桶暗红葡萄酒，酸爽。

复次，天子北征，因属队不肯登山，故始终沿海岸翔行，深入诸半岛、海角做各种南北向大悠抻。有山入海，则行于陡坡，栽楞着膀子，整日蹑足抬车。车辆亦常陷柔细沙滩，蛤蜊海星吃到吐。天子东征，复南翔，复又北翔。海风如锉，少年见苍。冬阳亦骄，白颈生锈，人人身上一股虾酱味儿。

海上船渐多，并非尽是奴隶船，颇有装载石料巨木者，皆向东而去。湾岬有大城废墟，神庙楼台空余梁架犹孤立于夕阳。胡麻指看废墟间圆木错搭宏大厅堂，说内就是典型的油麦尼散王宫，他们有很多王，盖的王宫都差不多。

天子说哟，跟炎黄时代东夷大庭很像诶。胡麻打听了一下东夷人生活方式，说还真是挺像，油麦尼散人实行的也是军事共产主义，国王、贵族、战士都挤一大厅里，国王贵族睡高台，波利密斯逮斯——战士，睡地上。吃饭在一起，谈事在一起，小事开小会，大事开大会，故又称此厅为会堂。

天子说这就是部队宿舍阿，东夷西戎油麦尼散，世上最早出来闯荡都是流民战士，这种生活自带魅力，很多人沉迷于斯，或者也许称王，内心还是那个喜欢集体生活小战士。

天子属队穿越那片巉岩山冈重叠海岸，所过每一座会堂都在饮酒纵歌，十数里之外就能听到远远传来喧嚣吵闹。

大多数时候，属队为避免冲突，低调绕过会堂。有时以为绕过去了，几百糙汉结成方阵，方盾长枪，堵住路口，一副死磕的样子。属队就跟他们耗，冬天海风刺骨，绷一会儿，赤膊披甲糙汉即原地哆嗦扶不稳盾，属队一波流冲过去。

在流经奥林波斯山峭壁的毗尼奥斯河谷，天子差点失去自由。时，大家久未沐浴，都痒得不行，行军老挠头，头皮咔擦擦响，人人双肩披雪——尽是头皮屑。天子说他奶奶个腿的我必须洗头。遂于河停车，大家都解开头发蹲河边洗头。

连日食生啖腥使天子有点轻腹泻，久蹲有点夹不住，流水亦有促腾意，河界开阔，不是行那事的地方，就拧着滴水长发且行且顾盼，转向草多林深坡那边去了。李耳亦不耐生鲜，多食禁受不起，且于车上伴驾常憋尿——停不停车不由他，罹患轻微膀胱刺激症，停车落地头都没洗，蹦蹦跳跳去攀岩，拣一视野开阔背风崖畔处，踞于涧上，兀自快活，孰料积攒殷实，骤雨初歇淅沥又至，几次将起又慌不迭蹲下，竟拉起线儿屎。忽听有人哼小曲：有酒湑我，无酒酤我，坎坎鼓我，蹲蹲舞我。只见天子鬼鬼祟祟摸上来，撅了根树杈，找了一土坎，吹着口哨撩袍子，露出大白臀蹲下。李耳连忙别过脸去，再回头只见天子低头捡树棍，刮呀刮，正不可开交处，口哨戛止。耳惶然举目，坡下已布满红衣人，低声说着外语，天子被人拿鱼网兜着，一抡背在肩上，快步离去。

奔戎洗了一冷水浴，光膀跨步在河滩上打长臂猿拳，忽见李耳连扑带爬从土崖上滚下来，手指东方，眼神狂乱，嘴里喊乌安可瓦……奔戎说冷静，你这么喊我啥也不明白。李耳浑身颤抖，说……快！君上让人背走了。奔戎说谁背的？

李耳大口咽空气，跺脚说谁背的——重要么？然后脸色一变，心肺供血不足，失能躺地上。奔戎说明白了，交给我处理。扭脸去找虎贲下大夫纪周，说老纪，出情况了。二人简短碰了个头，集合起队伍，兵分两路，纪周带虎士沿山地徒步搜索，奔戎率七萃之士驾车顺河谷——向东追下去。

毗尼奥斯河入海口，泊着条大船，穆天子裸着身子捆着双手跟着一群金发男女踉跄着往跳板上跑。红衣人皮鞭在他们头上劈阿劈阿脆响，落在皮肉上就是一道血槽。穆天子上了船，就地蹲下，眼巴巴望着岸上，眼神凄恻。这时就见一股烟儿越卷越顸，遍地粉尘，充耳夸哒夸哒响，粉尘如门洞开，驰出一队战车，每辆车左立一个满弓甲士，嗖，过去一辆；嗖，过去一辆……岸上站立红衣人纷纷躺下，船上桨手也齐刷刷后仰，眼眶子戳着箭杆。最后一小撮仗剑红衣人被战车团团围住，车上伸出如林殳戈打掉他们手中剑。天子猛地站起，举起被捆双手，喊：我在这里！拽倒绳上一串人。

大船在燃烧，桶装橄榄油彭彭爆出橘火团，裸男裸女四散奔逃。天子揉着手腕子说我没事，还是比较明白，没跟他们犯拧，没挨鞭子。天子拍着身边一多须猛男说这兄弟不错，一直帮我，替我挡了两鞭子，有什么玉以外东西替我赏他。

胡麻说我这项圈先给他吧。摘下黄金双猫项圈给猛男，说你们俩拴一块是吗？天子说是。猛男说温妮梅噶大丽丽（不合适）。胡麻说噶度西斯卖度哄（拿着拿着）。

胡麻跟猛男聊了两句，猛男说塞舌利亚，度那西屋好累坞，度腓尼基共，爱列伯爱伯塞谁。胡麻说他是当地色萨利人村长，红衣人偷袭了他的村子。村长巴拉巴拉又激动说一大通。胡麻说这些腓尼甚人本来是经常来往很熟的客户，每年来收谷物和橄榄油，头二年突然变身强盗，捕捉色萨利男女去以撒利利做奴工，以撒利利国王梭罗孟达兴建一大工程，需要工人，奴隶价格飞涨，这些人就改人贩子了。

奔戎扯着一个满头淌血显然经过暴打身上只剩红背心腓尼甚人过来，一脚踹跪在地上，说这是船长，活埋还是剥皮？胡麻说剥皮吧。天子说什么剥皮，批评奔戎，出来不要学内些野蛮的东西。胡麻说好吧，我野蛮。

奔戎说看来您是真没事。天子说来，我跟船长聊聊，问他，哪儿人呀，干这行多少年了，知不知道自己惹多大事阿，原来打算把本王发哪儿去给你们当孙子呀。

那腓尼甚人就跪在沙里喊冤：巴力、阿舍拉在上，我要晓得那在草丛中行方便的是有大名的东方贤人、阳光下最智慧的国王穆满，还对他行这不义的事，让阿舍拉现在就变身狮子吃了我，以我血洗她的牙，使我的子孙从这世上灭绝。

天子说阿，你听说过我？腓尼甚人说您像一股春风从东方吹到西方，人没到，名言已像飞鸟衔来的种子在我们荒芜的心中开花，我们这儿甚至都有了句关于您的俗话：西有梭罗孟达，东有穆满，要是智慧可以称重，梭罗孟达能压垮一头牛，穆满能压沉一条船。李耳问伯夭你是不是把天子是谁告他了？伯夭说你看着我呢，我一直在你身边。奔戎说我刚打他，就那儿嚷嚷。李耳说那都谁传的？天子说别别，别乱，让船长说话，我都还什么名言阿——传你们耳朵里了？

船长说嗯，多少人通过思考使自己变得不可理喻阿。嗯，谈论思想就是有思想么？在人里建立名声就像在集市上卖鱼，最受欢迎的那个人难道不是叫卖得最贱的那个人么？

天子说我说过这话么？女列说像你说的，你说了也不奇怪。天子说可这不是我真正思想。女列说您就别挑礼儿了，我能说句名言么，投出去的影子都是歪的。天子说让船长起来，给他找件褂子，见不得滴里嘟一大串在我眼前晃悠，都蹭土了。

村长在一旁岔然，唧唧咕咕，胡麻说村长说腓尼甚人的舌头生下来就打着花刀，吐沫星子都是六瓣的。天子说我们不负责调解他们之间恩怨。

船长披上死人身上的红衣，扎上腰绳，说他是苏尔国王海拉姆的仆人，古马提撒戈舰队爱琴海分舰队司令哈拉姆，奉海拉姆之名在古马提撒戈海沿岸进行航行管制和贸易。

天子说一人能卖多少钱呀你们像我这样的？哈拉姆司令说本来很便宜，一人值一到两歌珥清油，一百到一百五十歌珥大麦——看怎么谈了；这是四体没疤牙齿洁白少年的价儿。您这样的，有什么说什么，我这人从不说瞎话，可能卖不到，可是现在涨了，慷慨的梭罗孟达为他的神建殿，掏银子买人，您这样的搭着卖，大拨轰，约母能卖半舍克勒银子。

天子说我还赶上好时候了，内是多少阿——半舍克勒？司令说不知您那儿是怎么吝的。天子说我身上带内些东西你都给撸哪儿去了？奔戎说我这儿呢，怀里掏出一把金玉首饰，摊手心，乃是您的？天子说都是。挑出枝玉簪掂掂，说这逮有一两，递司令手里：这儿舍克勒？哈司令掂了掂，说正是半舍克勒，当然您的价值不在面儿上。

天子说很大么他内殿？他内神，叫什么，过去难道没有居所么？司令说搞了几年了，分跟谁比了，跟埃特梅兰基塔庙、尼尼微的伊丝塔尔神庙没得比。他们的神，叫个雅威。过去，他们全国都是从埃及回来的，每天在路上，圣所是皂荚木镶金柜子，一直抬着，现在安定了，要造个屋安置这柜子，听说也是雅威吩咐的。我的主人海拉姆跟梭罗孟达熟，他们是父一辈的交情，梭罗孟达和我的主人签约，每年用两万歌珥小麦、二十歌珥清油，换取利巴嫩的松木和香柏木，以撒利利没有森林，砍树对他们来说是一件犯愁的事。他们国出石头，眼下全国壮劳力都在山上开石方，八万人凿，七万人抬，一点点往他们的都城叶路萨兰姆搬，很多人脚都砸瘸了。我太太跟我说了好久想盖个厨房一直盖不起来，因为苏尔、西顿好石匠都被招去做工，在那儿砌墙，还是缺人。

天子说灵吗，雅威？司令说这个，就不是我这个外邦人方便说的了，我太太说我是个爱搬弄是非的人，我是很爱议论人，但从不议论神，他们觉得灵就好。天子说你不信反正？

司令说这就跟各人有各人父母似的，别人家父母再好咱也得孝敬自己父母不是。天子说你这个想法很东方阿。

哈司令说我们有我们的神，伊勒。负责我们这部分的是他妹阿舍拉和妹夫巴力，一直待我们很亲切，也指挥我们打胜仗。天子说你们这些小国都自己弄个神？司令说够不着的地方太多，完全靠自己太不托底，好比两军打仗，你总不能向别人的神祈祷吧？天子说还真是。司令说方便透露么，你们打仗向谁祈祷？天子说我们占卜。司令说哦，你们是观兆。

天子谦逊地说跟瞎蒙也差不多。司令说你们不会没神吧，全靠瞎蒙，我不信。奔戎说啧，聊半天聊什么呢？跟你说话的就是我们的神。司令说哦……明白。天子说这么说严重不合适，我只是受托人。司令说嗯，我们这儿的说法就是给您老涂油了。天子说也是经过自己的努力。天子仰望天空，伸出双手：我们的神充满天空，以不同示相示人，祂在人里有不同名字，在天上只有一个名字，叫——老天；再客气点叫帝，天上的帝——上帝。司令说明白，你们是概括信受，信了个所有大力的总和。我的信仰不允许我附和您的说法，但我内心有个声音在说，您是对的。在最高点，只能有一个垂悯者，不能想象天上宫阙如地下列国有疆土，各自垂直管辖，神之多名，只是由于人们仰望祂的受光面有不同，这一面亮，内一面就黑；这一面热，内一面就冷；故有万千称谓。

天子说我不太了解梭罗孟达阿，但是人家要说咱俩齐名，东有穆满，西有司令，我不能反对。司令说我怎么能和梭罗孟达比呢，他作箴言三千句、诗歌一千零五首，能讲论自利巴嫩的香柏木到墙上的牛膝草，又能讲论飞禽走兽、昆虫水族，我怎么能和他比呢？天子说说来听听，他的箴言和诗歌。

司令说对伤心的人唱歌，就如冷天脱衣服，又如碱上倒醋。你的仇敌若饿了，就给他饭吃；若渴了，就给他水喝；因为你这样行，就是把炭火堆在他的头上，雅威也必赏赐你。

天子说有点意思。司令说你的肚脐如圆环，不缺调和的酒；你的腰如一堆麦子，周围有百合花。天子说呵呵，一堆麦子，这可还行。李耳说能给他改一个字么，一捆麦子。天子说状态不一样。

天子北翔，至于赫勒斯彭特海峡，投以“天浮”架桥，铁螳螂不能抓底，铁环绳索尽随疾流而去。遂以散碎金器二百舍克勒、沙姜百袋，向苏尔古马提撒戈舰队爱琴海分舰队司令哈拉姆先生租用停泊于海峡入口伊姆罗兹岛的赫勒斯彭特区舰队大型撞击装甲舰十七只，全军桴海。三日至古马提撒戈极东之苏尔港登陆，受到苏尔王海拉姆殿下的欢迎。

海拉姆殿下在宫中花园设下酒席，款待天子一行。席上有橄榄木烤的吃青草小牛，可以蘸鹰嘴豆酱芝麻酱和葡萄醋的生切绵羊羔卷，薄荷叶石榴籽拌茄泥，无花果番枣小豆蔻炖鱼，撒了迷迭香和白芝麻的发酵饼和涂满蜂蜜的黄油杏仁阿月浑子甜奶糕和饮用不尽的酒。有来自埃及的黑肤伶人演奏十弦齐特琴和芦杆长竖笛助兴。天子献锦绢十四、素绢三十四、桂皮百袋作礼。海拉姆说舒格兰，安达曼那安达古那胡那密斯里费里曼辛。天子说呵呵，我也特别高兴，一定。

海拉姆说听说你想拜会梭罗孟达？天子说内个人好打交道么？海拉姆说是个喜欢热闹的人，你要说因为听说了他的名声，特意从东方来听他的智慧话，他一定很乐意指导你。

天子说听说很多国的君王都去听他谈话，前往叶路萨兰姆的车马掀起的尘土长年不息，凡是听到他金句良言的人都受益甚多。海拉姆说并不知道哪国君王特地去听他谈话，只知道他每天摆流水席，招待那些肯听他白活的人，故而通往叶路萨兰姆的路上尘土飞扬，每天坐在他家吃他的人确实各国都有。你能想象么，这些人一天要吃掉肥牛十只、草场牛二十只、羊一百只，还有鹿、羚羊、肥禽什么的，还要吃细面三十歌珥、粗面六十歌珥——六十歌珥粗面阿！这些人胃口有多大。

天子问胡麻六十歌珥是多少？奔戎说我在城里给马买饲料，四歌珥差不多等于五周升，六十歌珥就是七十五周升，加上细面，是咱们部队七十人一天的口粮标准。天子说也还好嘛。海拉姆说也还好？还有那些肥牛肥羊诶，肥牛我吃五舍克勒就再也咽不下别的东西。天子说您不赞成他这么铺张？海拉姆说他父亲沙威是个老实人，放羊娃出身，当初放的那群羊还不够他儿子一天吃的，拼死拼活打仗，吃了多少苦，才坐上王的位子。沙威进入叶路萨兰姆建的第一座宫就是我运去香柏木，派石匠为他建的。我爱沙威，沙威是战士，像朝霞一样美丽，就是有一个弱点，太爱女人，这在战士又怎能说是缺陷呢？沙威在位四十年，我们做了四十年朋友，那时我们都年轻，他经常像你这样，夜里一个人跑来，坐在我的花园，我们一起聊天，饮酒，谈论诗歌。沙威也是诗人、歌者。我更爱他的诗，有人性的软弱和恐惧，而不是居高临下的道德训诫，“他的年日如草一样，他发旺如野地的花，经风一吹，便归无有。”“你安卧在羊圈，像鸽子的翅膀镀白银，翎毛镀黄金。”——多美！海拉姆高吟：“我几乎跌倒，我的痛苦常在我面前；我要承认我的罪孽，我要因我的罪孽忧愁。”——多沉痛！我们这些做了王的人，掌握别人命运的人，有几个还能剖露心肝，承认自己被罪孽环绕？

天子说听上去，您不喜欢道德训诫？海拉姆说我赞成社会有禁忌，人群有界限，只是反对把自己搁外边谈论这件事。艳羡鹰的人不一定像鹰飞得一般高，赞美龟的人不一定要像龟隐忍千年。高标德魁，对不起，你要先做到私德无亏，行止无玷，不要一方面穷奢无度妻妾成群，一面又讲宁得知识，胜过黄金；妓女是深坑，外国女是窄井，她埋伏好像强盗，她使人中多有奸诈。这叫什么呢？天子说我倒是一向敬佩批评归批评，自己总归是自己——这种人。哈拉姆说你人真好。

海拉姆说感谢阿舍拉，让我活到胡子花白的年龄，见过那么多凶恶的事和伪善的人，不会再受那些涂着乳香和蜜的肉舌煽惑。想想年轻时真可怜，到处去拣拾别人的唾余好像拣拾生活的钥匙，谁的生活当真是从别人口中得来的呢？

月亮上来的时候，海上吹来使人畏瑟的风。坐席旁点起猎猎铜火柱，海拉姆的脸在火光中像秋后的枣子一样红，拉着穆满叨叨唠唠说：你能相信么？我这样精明的老人都算不过他，我们签了一个合同，我向他提供香柏木、松木和一百二十塔连特金子，造殿和殿里所用的金坛，陈设供饼的金桌子，排列左右的金烛台和金花、灯盏、蜡剪、金杯、金盘、镊子、调羹、火鼎还有贴在殿门上的金——一百二十塔连特阿！整整三万六千舍克勒，你背不动，我也背不动，只有毛驴背得动。作为回报，他答应送我二十座城。我诚实履行了自己的承诺，到他履约时，你能相信么，他把我带到加利利山上，指着山洼里二十个猪圈一样的村子对我说：二十座城，归你了。海拉姆大声说：迦步勒！迦步勒！这就是我朋友的儿子，我这把年纪可以做他爷爷，胡子都白了，可是我怎么说，我说兄弟，你给我的是甚么城阿？人家就那么好意思，一声不吭，迦步勒！迦步勒！天子说啥意思阿？老爷子说一塌糊涂。

天子说还喝么？老爷子拉着天子的手，说都不许走，刚喝出点意思来。老爷子拍着天子手背，说你是东方的梭罗孟达，你告诉我，父亲太严厉，儿子会怎样？天子说我不能接受这个称呼，内是哈拉姆岔我。老爷子说您谦虚。天子说我要说自己谦虚就是太骄傲了，我是真虚。老爷子说父亲太严厉，孩子就会走向父亲的反面。一个人，在前方替你打仗，你在后方搞他的老婆，还派他去送死，这在人里也是丑行，何等处置也应当。一个人，没有听命屠绝一城的人，留下他喜爱的人和无辜的牛羊，你就要厌弃他，褫夺他的权柄，不理解。我从神的诫命中受教，不可杀人，又看到满城的人被灭绝净尽，不理解呀。这人若非你所造，你没权利这么对人，这人若是你所造，你就要担待，人堕落，你也堕落么？神的门，过去如繁花盛锦，万朵怒放，人行得进去，身在永日不减金光照耀下的青草斜川，静海云天。今日神的门由蹿飞喷射红线浑绕，像污浊的血在洗铁铸的门，我老了，进不去了。

酒喝到夜半，月光如霜，齐特琴的丝弦也被露水打湿，琴声暗哑。老爷子叫人架走了。天子和衣睡在火柱旁，他带的人也睡在地上。次日平旦，他们就起身往叶路萨兰姆去了。

那时天还没亮，通往叶路萨兰姆的路上都是行走的民众，其中有贵人，也有穷人、乞丐、生病的人。天子的车队不时有驴车插进来，驴车上堆满谷草，散发着干香。天子停车叫李耳上了他的车，问他：你平时作诗么？李耳说只是写一些感念，算不得诗。天子说还是准备一下，这个梭罗孟达看来懂一点诗，到了他宫里，可能要权诗，到时候我可叫你阿。

李耳说您呢，您平时不是也丰镐乐歌、岐山小调曲不离口，诌出来不一定比他次。天子说这个事是这样的，我要现了呢，是我周现了，你要现了呢，是你个人现。李耳说好吧。

走走停停行到叶路萨兰姆城下，天也亮了。天子恐大队入城惊扰地方，就叫纪周带领所有战车到旷野结营，只带上胡麻李耳和奔戎萋豫，女列为御，一车数人往马门口行去。

把守城门军士看到天子域外装扮就伸手拦下说停，外邦人，你们从何方而来，所来为何？列国中不见有你们这样的穿戴。胡麻说舍拉姆，这位贵人是来自海外的智者，全东方的大王，听闻梭罗孟达王有大智慧，不远万里特来请教。

天子说你别替我瞎吹。胡麻说没说瞎话呀。军士说阿肋路雅，我们王的名声竟然传到飞鸟折翅的东方，请贵人顺街前行，看到莫利亚岩顶的圣殿左拐，就望见林宫了。胡麻往军士手里塞了块金子，说拉帕迪欧马累母。军士说舍拉姆。

叶路萨兰姆城里浑如一个大工地，街角树木和街道两旁窗台落着厚厚的灰，随处堆放的石块、沙子和建筑垃圾把巷子堵得曲曲弯弯。伴随着鸡叫，连坡累脊帐棚里来自列国的工匠奴隶正连滚带爬起床，无数工头站在门口高声吆喝，人们在山上引来的水槽前争先恐后洗漱。暴土攘尘广场上，黯红涌动，很多妇女蹲在炭坑边烤饼，一字排开大铜锅在滚沸，里面煮着山羊肉和鹰嘴豆，那是工人们的早饭，还挺香。

车子行至一处隆起，看到一片依山营造大殿，结构已经落成，外墙雕刻的天使、棕树和花朵尚未完工，还立着鹰架。最高那重殿长约百二十周尺，宽约四十周尺，高六十周尺，用精金包着门扇。殿前又有四十周尺长、二十周尺宽廊子，廊子左右各有一根高三十六周尺、径围二十四周尺刻满百合花和石榴的精铜柱。下面依次又有宽十四周尺、十二周尺、十周尺渐渐收窄三层陪殿。正面看，长度接近伊丝塔尔门的宽，高略低，因建于岩顶，也显得煊赫和排场。

梭罗孟达王的新宫座落在莫利亚岩顶南面，长二百周尺，宽一百周尺，高与圣殿相同，也是六十周尺。柱子有点多，殿里立着三行香柏木柱，每行十五根，托着柁梁。天花板也是香柏木的，柱子之间打着隔断，将大殿分为三进，隔断有窗，三进的窗都是相对的，隔断的门也双双相对开了窗，这样闭着门也能从里头一眼望到殿外廊子上，——外廊宽六十周尺，长一百周尺；廊外又有廊子、柱子和台阶。

梭罗孟达著名的盛宴就摆在这两道廊子直到尽敞门窗的三进殿里。各国使宾散坐在铺满大殿和廊子的利巴嫩雪松地板上。因这宫的地板门窗都用了利巴嫩雪松，坐在地上能闻到利巴嫩森林松脂味，就叫利巴嫩林宫。林宫的陈设在列国中也是罕见，也不是壁画，也不是雕塑和铠甲武器，而是二百面用金六百舍克勒、手工锤出来的黄金挡牌和三百面用金一百五十舍克勒同样手工锤制的金盾牌，高高低低屏风一般摆放在每进殿、廊子、院门口——哪儿哪儿都是；确实有金晃晃一片效果，在晴天使人目眩，阴天使人憔悴。

天子一行以为自己算到得早的，没进宫院拱门就闻到酒臭肉羶，听见市集那样嘈杂的人声，宫院里上菜端盘的仆人跑来跑去紧张得像救火，廊子到殿里坐满或喝颓睡倒的人，长如溪流的酒席堆满肉骨鱼刺、发黑酱料和咬了一口半口带牙印的面饼，几只金酒杯倾倒在席间，白色亚麻布像浸染上了血，金盘金碗沾满酒渍油渍手印唇吻如同锈蚀斑斑烂铜。

一位面容庄严穿得像王子举止像仆人——困得睁不开眼仍倍儿客套管家一类的男子，收下奔戎进献的丝帛香料，也不问他们来路，就带着他们找座儿，扒拉着人，让大伙挤挤，安排天子他们坐在最外层廊子，天子一抬胳膊，正怼奔戎脸上，奔戎葽豫哥儿俩立刻自觉挪挪，蹲露天台阶上。

胡麻给天子介绍席上菜：介是鹰嘴豆酱，介是芝麻酱、法拉费丸子、烤茄子、生洋葱、渍橄榄、酸黄瓜、番枣……

天子说这我认识，水。捧起碗喝水。奔戎说怎么都凉菜阿，有热的么？萋豫说有主食么？胡麻说有热的，应该有，探出脖子举手喊人：朋友！诶，诶，看这儿！扭脸看见一篮子剩了一半的皮塔，递给萋豫：主食。问旁边一人：您还吃么？那人迟钝地缓缓摇头。胡麻说那我端走了，把那人跟前已然凉的罗非鱼、牛肉卷、小羊腿和一种叫哈敏的炖锅子逐一递给李耳，说往内边传，跟奔戎说都是热菜……

天子对面一个一直垂头打盹的人忽然抬头说：你们是乃国的？胡麻说东方，马萨亥特。内人说够远的。胡麻说你知道阿？内人说不知道，也就是瞎打听一下。胡麻说你是哪儿的？内人说附近，亚扪。胡麻展了眼席间人，说这都是各国人么，我怎么瞅着像一国的，都包着头，大胡子。亚扪人说嗐，都是方圆百十里哥们儿，这位，摩押的；内个，亚兰的；这位老兄，西顿的。胡麻说你们——哥几个，昨儿就来了？

内人说我么，上个月才来，得到信儿——晚了，来了就没挪窝。最不要脸的是内个打呼噜的，琐巴人，开张内天就来了，在这儿混一年了。天子说好，开张就不关张，牛！

胡麻问亚扪人：梭罗孟达大王，——在吗？亚扪人说好几天没见到他了。胡麻说我们有事找他，他什么时候在呀？

亚扪人说这可不好说，一般憋出新诗时候会来，来也挨里边，跟挨着近的几个人聊，咱这儿竖着耳朵也听不见，我特别推荐他这儿的牛肉卷，你们为什么瞅着美食不动呢？

胡麻说我们是吃了来的，怎么才能坐到里边去呢？亚扪人说要等里边有人走了，空出位子，才能往里挪一步。胡麻说你一个月没动窝？亚扪人说我是自己不愿意进去，听不来。

亚扪人瞪着大眼说一千大几阿！天子说啥？亚扪人说媳妇，七百公主。天子眨巴眨巴眼说：噢。亚扪人说杠杠的。

胡麻说我意思咱就别等了，这逮等什么时候去呀。女列说要不咱逛逛街去？胡麻说这街有什么好逛的。女列说才吃一肚子油腻再坐一地菜跟前——坐不住阿。天子说我觉得这地板不错，我躺会儿，你们愿意转——转去，今晚可以在这儿懵一觉，明儿还不行咱就撤。奔戎跟女列说咱俩换个地儿，我昨儿离得远，没吃好。抬屁股换到席上，把哈敏挪到跟前，拿金汤匙捞着鸡肉、豆子和大麦粒狂吃起来。

穆天子和衣睡在地板上，打了个盹，梦见范宫的桑林和盛姬，感到了自己的欲望。醒来一个衣着华丽男子正低头瞅着他，这男子长着一副聪明人样子，黑头发，尖鼻子，薄嘴唇，眼珠如琉璃，在眼窝里灵活地转动，看到他醒就笑说：你们几个都在自己小世界里。天子知道这是梭罗孟达了，连忙起来说舍拉姆，自我介绍是马萨亥特王穆满。叫起各自垂头发呆的胡麻、李耳、奔戎整衣行礼，说这都是跟我来的。

梭罗孟达王说听说了，西有本王，东有穆满。一边请天子一行到殿里就座，说欢迎你，我的东方同事，三日前我就跟下面人打招呼，你们看到头发盘上去穿丝衣佩戴石头的人就直接请进来，在我的国里，没人为难你吧？天子说阿肋路雅，一定是你的话传下去了，所有人见到我们都非常客气。

最深内进殿摆着梭罗孟达的象牙宝座，宝座用精金包裹，有六层台阶，两旁有扶手，靠近扶手有两个站立的金狮子，六层台阶有十二个金狮子，左面六个，右面六个，对对相立。台阶左侧地板盘腿坐着一只小乐队，六个伶人正在演奏齐特琴、里尔琴、皮桶竖琴、叉铃、竖笛、双笛六样乐器。梭罗孟达没上宝座，也坐地下，挨着天子。仆人飞快换了遍菜。

梭罗孟达说刚去工地看了俄斐运来的檀香木，我想把宫里和圣殿的栏杆都换成檀香木，里尔琴的音板也都换成檀香木，你觉得怎么样？天子说我觉得特别好。梭罗孟达说太忙了，同时装修圣殿和王宫，什么事都要问我，我现在脑仁只剩一点点。天子说是是，装修的事最烦人了。梭罗孟达说我决定了，管他！都用金子包起来，省心。天子说对对，金是永远不过时的，而且跟什么都搭。梭罗孟达说我统管大河以西到菲力士地，到埃及边界诸国，使列国都进贡服事我，从提弗撒到迦萨，四境都平安。我又免除国中以撒利利人的劳役，不使他们做奴仆，挑选亚摩利人、赫人、比利洗人、耶布斯人、希末人的后裔替他们做苦役。我做王之后，从迪安到别是巴的犹扎人和以撒利利人都在自己家的葡萄树和无花果树下安然居住，吃喝快乐。我算一个好国王么？

天子说没有战争，免除徭役，使人民都有安全的居所，不受冻馁，一个国王不能再为他的人民做更多的了。梭罗孟达说我还教导他们过明智的生活，你愿意听听我给他们写的箴言么？天子说不胜乐意之至。梭罗孟达向伶人做了个手势，弹里尔琴那位年轻人就一手摁弦一手拨弦，歌唱起来：

好生气的人，不可与他结交；暴怒的人，不可与他来往；恐怕你效法他的行为，自己就陷在网罗里。不要与人击掌，不要为欠债的人作保。你若没甚么偿还，何必使人夺去你睡卧的床？你先祖立的地界，你不可挪移。你看见办事殷勤的人么？他必站在君王面前，必不站在下贱人面前。

天子举起金杯说：我要为我尊敬的梭罗孟达王喝一杯，太有爱了，当爹的手牵手教小孩子走路也不过如此。

梭罗孟达说必须教育他们，这是我的看法，人民长着沧桑的面孔，心底还是不懂事的孩子，他们也不是笨，也不是不会算计，而是目光短浅，像护食的野猫只盯着眼前饭盆，不管这口饭吃下去有什么后果，他们就要当这一刻的好汉。他们是得过且过的一群，头脑就是一私搭乱建的小厨房，拿糊涂当善良，压抑当道德，自诩平凡，我称之为平庸，平庸即幸福——我呸！看他们过内日子，自己糊弄自己那劲儿，真替他们糟心。你们那儿人民怎么样？

天子说也一样，富人穷人看似差别很大，其实是一类人，爱好都一样，日子过得倍儿本能。梭罗孟达说仅凭本能怎么够呢？天子说搞不懂他们。梭罗孟达说有没有想过把他们都咔擦了？天子大笑：这话只有你敢说。

梭罗孟达冲仍在一条一条唱箴言的伶人大吼一声：闭嘴！从伶人手里拿过里尔琴，对天子说不听这些低幼的废话了，给你听点真格的，我新写的诗。说着低头拨弄起琴弦，自我愣了会儿，开口唱起来：

虚空的虚空，凡事都是虚空。我见日光之下所作的一切，都是虚空，都是捕风。日光之下，并无新事。我得大智慧，胜过之前在叶路萨兰姆的众人，我又察明智慧，乃知这也是捕风。因为多有智慧，就多愁烦；加增知识的，就加增忧伤。

女列说你帮我问问他，他都干嘛了就空虚了，当过女的么？天子说你自己问。梭罗孟达说你们说什么呢？天子说没说什么，嗯，我今天到此本来坐下就想走的，现在知了，你还真不是盖的，照说我该和一曲，但我确知境界在你之下数尺，不便献丑，这位年轻人是我老师，李耳李夫子，别看岁数小，乃我周灵魂诗人，就请他代我献诗一首，不成敬意。

梭罗孟达说行，我给灵魂伴奏，夫子，您什么调，朝鹿还是远方无声鸽？

李耳说您合适，我都行。言罢一双细眼暗淡下来，失神望向廊院，右手揪住大襟扣袢，伸出瘦嶙嶙的左手，够着，小波浪一般抚弄着空气，胡乱吟道：

有物混成，先天地生，寂兮寥兮，独立不改，周行不殆，可以为天地母。吾不知其名，字之曰道，强为之名曰大。

天子暗暗伸出双大拇哥。梭罗孟达也点头，说我见一切虚空，夫子见其中有物，真巨眼也。言罢自己又歌：

我恨恶一切的劳碌，因为人用智慧、知识、灵巧所劳碌得来的，却要留给未曾劳碌的人为分。这也是虚空，也是大患！人莫强如吃喝，论到吃用享福，谁能胜过我？神喜悦谁，就给谁智慧、知识和喜乐。这也是虚空，也是捕风。愚昧人将遇见的我也必遇见，我何称更有智慧？可叹智慧人的死，与愚昧人无异。这也是虚空，也是捕风。我恨恶生命，因为日光之下所行的事，我都以为烦恼，都是虚空，都是捕风。

李耳吟：金玉满堂，莫之能守；富贵而骄，自遗其咎。得之若惊，失之若惊，是谓宠辱皆惊。信不足焉，有不信焉！江山废，有大瘠；慧智出，有大伪。吾所以有大患者，为吾有身。及吾无身，何患之有？

梭罗孟达歌：日头出来，日头落下，急归所出之地。风往南刮，又往北转，不住地旋转，返回转行原道。江河都往海里流，海却不满，江河从何处流，仍归还何处。

李耳吟：豫兮，若冬涉川。犹兮，若畏四邻。俨兮，其若客。涣兮，若冰之将释。敦兮其若朴，旷兮其若谷，混兮其若浊，孰能浊以静之，而徐清？

如是，梭罗孟达高歌，李耳鸮吟，接龙唱了两天两夜，天子也扛了两天两夜。其间天子也插空和梭罗孟达王聊了几句，天子说我听说您作的诗“神创造天地，神的灵运行在水面”至为感动。梭罗孟达说不是我作的，是我们这儿古人听来的。天子说哦，能请教这天地是指我们眼下脚踩的土地和头顶的蓝天么？梭罗孟达说还能是哪儿呢不是这儿？天子说哦，诗中又说“天上要有光体，可以分昼夜，于是神造了两个大光，大的管昼，小的管夜……”这是指太阳和月亮吧？

梭罗孟达说是。天子说我能理解这是在造了天地之后么？梭罗孟达说正确，因为这是创世第四天，而造天地是在这一切发生之初——未计时之前。天子说哦，明白了——喝！

第三天日中，王和李耳嗓子都有点唱、喊劈了，王的指头一直拨拉弦子，也有点肿。有仆人来告知梭罗孟达王：示巴女王到了。梭罗孟达王就扔下琴到大院门口迎接女王去了。

奔戎说咱能撤了么？天子说我看行。女列眯着眼说要不眯一觉再走，困着呢。天子说回去睡回去睡，一会儿不定多乱呢。站起来对立在身后的仆人说我们有事先走了，就不跟你们王打招呼了，替我跟王说，感谢他的诗，我度过了一段难忘的时光。仆人说您慢，还有东西送您呢。从脚下提起两捆扎着皮绳的羊皮纸。天子说什么呀？仆人说王作的雅歌和我们的《五经》，王说你们有什么不明白的，可以读，都在里边了。天子说舒格兰，阿肋路雅，回去好好学习。晃着食指跟李耳说：小李呀，好好想想为毛我就没什么好送人家。李耳说我的问题。

一行人出了殿，顺着廊子溜边走。林宫门口下坡街巷停着长长驼队，驮着沉重的皮篓，空气中飘着麝香、乳木果油和野姜精油的味道。一个戴王冠宽肩膀焦糖色皮肤女人靠在躺轿上在梭罗孟达王陪伴下穿过花园向这边行来，一边东张南望啾啾啵啵说着话。胡麻说这我可真一点听不懂了。

天子双手推着胡麻肩膀说走走走，别叫捕风看见。绕着廊子从另一头台阶下到厨房，迈过一排排蹲在地上摘菜的女奴和剁肉大师傅和上百个灶眼炖的锅子一窝蜂出去了。

21

天子在旷野会合了属队，按照事先约定，驰回苏尔海岸，在天子老朋友哈拉姆先生陪同下，前往古马提撒戈舰队司令部拜会舰队司令兼古马提撒戈沿岸最大海运商贾拉姆大人，双方共进了通宵餐。天子热情地向贾拉姆大人展示并介绍了东方物产：丝绢还有桂皮。双方一致认为有必要立即开辟一条从苏尔到马萨亥特的航线，并就将来获利的分成进行了讨论，最后确定为三七开，每一船货物到达苏尔港获得的盈利，海拉姆王、贾拉姆大人各抽三成，哈拉姆先生一成，剩下的三成归天子。作为首航利润的预付，贾拉姆大人同意提供装甲撞击舰二十艘，搭载天子属队，组成特混舰队，由哈拉姆先生任司令，择日起航，沿途在苏尔殖民地西西利亚、迦太哈达斯特补给，出日布罗陀海峡，经古纳利群岛、爱内亚湾、示巴－俄斐海岸、环阿非利吉亚大陆进入阿丁湾；再沿阿拉比亚半岛进入阿欧曼湾，环南亚次大陆向未知的远东探险。贾拉姆大人说，我年轻时做水手经常出日布罗陀环大陆航行，向南到过古纳利群岛贩运锡矿石，向北运送象牙、香料和棉布，到过多雾的阿利舒舒不列巴尼亚群岛。那趟航行糟透了，岛上居民没什么购买力，最擅长的买卖就是抢，这一趟算白跑了，象牙怎么拉去又怎么拉了回来。

哈拉姆说贾拉姆大人是航海家，古马提撒戈每一个岛子都有一个爱人，小儿子都当海军了。贾拉姆说不要提我年轻那些事了，我曾经最大的愿望就是亲眼看一看富饶的东方，现在终于有机会由你们实现了。来，干一杯，——木哈姆！

当晚大家聊得很骇，天子拒绝了贾拉姆大人顺便装载一些利巴嫩香柏木和橄榄油的要求，说这些东西在我们那儿没销路。贾拉姆大人拿出埃及长绒棉纺的棉布和一条絮得倍儿厚的棉被。天子说不好意思，我们有丝绸和葛布。贾拉姆说你试试这棉被，睡觉特舒服，不扎人。天子说行，被货我收下了，棉花种子你能给我点么——我买。贾拉姆大人说不能。

在舰司铺在地上的海图上，天子看到一柄长剑般的蓝色夹在两块大陆之间，剑首指向东方一片海蓝，问这是什么海？贾拉姆说阿里巴哈阿哈抹。胡麻说红海。天子说为什么不能穿过这个海，那样我们可以少走半个世界。贾拉姆说我们的舰队无法进入红海，指着海图上细细一根绿线说，这其实是条地峡，八百年前埃及法老辛努塞尔特三世开掘过一条运河，并以自己的名字命名，可惜三百年前就淤积了。现在这片土地由梭罗孟达王控制，他和海拉姆殿下共同组成了一个海运托拉斯，垄断了红海沿岸的贸易，我们插不进手去。

天子说谈一谈没可能么，海拉姆殿下难道不是我们的股东么？贾拉姆说实际情况是这条航路原本是我们和以东王在做，向俄斐运送生铁、锡和小麦，从俄斐运回黄金象牙乌木和香料。我们曾经计划造一批大船，反向走我们今天所说那条线，环阿非利吉亚航行，在沿岸布点儿，建立新的殖民地，由于梭罗孟达王之父沙威王突然发兵攻打以东，搁置了。以东在战争中失败，以撒利利领兵元帅约牙屠灭了以东地所有男丁，使以东地荒芜，辛努塞尔特地峡从此落入以撒利利人手中。他们不允许歪果仁在地峡造船，禁绝了海上生意。到了梭罗孟达王继位，垂涎俄斐的黄金，就自己造船，因为以撒利利没有懂航海的人，才找海拉姆殿下成立公司，我国出水手，他们出船。他们一次就从俄斐运回四百二十塔连特黄金——也不知拿什么换的；都运到叶路萨兰姆去了，海拉姆殿下只挣了壶葡萄醋钱。你想想，你跟他有商量么？

天子说以撒利利军力馊强是么？贾拉姆说以撒利利的战车像天上的乌云，马兵像雁群，射出的箭像下雨。我国陆战队比较差，登陆作战弓经常拿反，不晃悠膀子瞄不准。天子说那到底是多少阿，乌云也罢，雁群也罢，有个数吧总逮？

贾拉姆问哈拉姆是多少？以撒利利你熟，军情你应该掌握。哈拉姆说能套车的马四万，战车一千四，马兵一万二。

天子说那是有点多。贾拉姆说战争选项就不考虑了，咱们还是踏踏实实走西路，绕点远不怕。阿舍拉在上，风浪吞噬的是人的生命，杀戮吞噬的是人的灵魂，我们要做生意，不要作战。天子说阿舍拉听到了你的话。

又过了三日，属队在舰司码头登舰。离码头时，所有水手喝得烂醉，把身上值钱手饰和好衣裳扒下来交给送行家人。妇女们在岸上哭得望尘抢地，将装酒的陶罐摔碎在岩石上。

观看完舰队离港壮观场面，天子把女听叫到前甲板跟她说：船我是磕来的，不使他们进行环大陆航行的蛮干而是驶往喀喇撒戈海——送咱们归队，这个任务就交给你了。

女听说为什么是我？天子说因为你最动人，你的眼睛像温泉，看着就暖和；你的唇像微启的门，像一个隐秘的邀约；细密的牙像戴孝的素帛，又像厅廊深处的象牙床；你这样的最招中年人喜欢。女听说你不让话掉地上难受是吗？天子说不好意思最近一直在看雅歌，说话有点跟着走，我太容易受人影响了，不为我，为你自己，上次晕船你还没受够么，你想淹死么？一个大浪打来，你周围就都是亮着板牙的鲨鱼虎鲸什么的，它们吃人不是一口吞下，而是叼着你甩来甩去。

女听说行了，你别吓唬我了，你咬着后槽牙甩头的样子真拧巴，胡麻和列在干什么？天子说她们也出动，咱们都出动，我想好了，到迦太哈还不能搞定他，我就发动暴乱，打死也不能喂鱼去。女听说姐已经开始晕船，姐已经晕船了！

向西航行的日子，阿非利吉亚大陆吹来的风已然相当温润，波罗蒂诺以撒拉科奔半岛荒凉远山点点飞绿。苏尔水手赤膊划桨，背上肌肉像一群群蹿行地鼠你推我挤鼓丘起来。

奔戎和属队小伙子谦卑地向桨手们请求学习划桨，桨手们欣然将位子让给他们，趴在一旁喘气，捏膀子。

天子和李耳也赤了膊趴在前甲板晒太阳。天子说你写的东西我看了，八错。李耳惊问您什么时候看的。天子说你晕船的时候。李耳说是哈，怎从不见您晕船阿？天子说我天生不晕，但是也不喜欢没完没了颠来倒去，看什么都是跳的，遛个弯每步都在拐弯。李耳说实不相瞒，前几天我死的心都有了。天子说明明已经窈冥有知，却被循见拘着，故尔时或眺首天外，时或矮檐放言，能说干净的话没说干净。李耳说比如呢？天子说比如江山废，有大痞；江山废事儿不大，痞怎样，不痞又怎样？左不过是生物多样性。李耳说我再想想。天子说你再想想，你自己都把话头预备下了。

李耳说大道废！天子说哎，这就把话说到头了，下一句状情表物都无所谓了。李耳说大道废，众神立怎么样？

天子说无所谓无所谓。李耳说大伪是什么呀依您所见？天子说触目可见，不必啰嗦。李耳说真诚重要么？天子说真诚不重要，最烦的就是内种真诚坚持愚昧的人。

天子说你很懂兵法么？李耳说只是一路随军看你们打仗，觉得好玩信手所录。天子说还是对权力兴趣太大，小心不要把自己搞成伪。李耳红着脸说我……天子说扯那些个干嘛，还是支招儿。特别想问你，这些个话都是你平时自个琢磨的么？李耳说我笔迹您还不认识？天子说不是，我意思是有没有某个时刻拿笔的手突然被握住——我指的不是人。

李耳说有，三五日可能有一个下午或清晨，笔头子活了，思想跟不上，字就一行行泻出来，左右脑通了的赶脚，你认为是布达丝？天子说我什么也不认为，就是看您这东西大喘气，私以为您欠多问自己一句，无不为之后呢？知常知容天下莫能与之争之后捏，你没事了？功遂身退——退哪儿去？复归于婴儿就完了？"成其私"有点收不住阿。

李耳说您觉得我应该退哪儿去？天子说你是写你自己么？你太逗了。李耳说不是，我是替大家伙——替圣人问。

天子说没看过《三坟》吧？李耳说怎么没看过，守藏室有，颛顼帝钦定本两卷。天子说这就对了，绝地天通事变后，颛顼亲自勘定三坟，将上坟抽出，藏于石匮，几千年来都是帝传帝，不与外人见，你们守藏史诸君能看到的也只是二坟——经过删窜的中坟和下坟。有些事我没法跟你说，回头我破回例，借你上坟看看，你就知道劲儿往哪儿使了。提出表扬的是内句：玄德深矣，远矣，与物反矣。请教夫子，是指与物同返，归于一元，还是逆反的反——与物质运行律相悖？耳说也指与物同返，也指不服从物质律。天子说滑头。

耳说倒要请教君上您了，玄德是返还是反？您老上坟在手，谅必洞若观烛。天子说神说，人人得有一条回头路，又说此路不动因果。我竟不知此路通往何地。越来越强烈感到黑暗的力量，终究不能接受宇宙二元的想法。耳说也是循见。

天子说也是循见，光明源自黑暗，潜规则支配显规则尚能接受，这是本人极限了，一想到光明黑暗来自不同组，各不相干，本人就乒溃接乒溃了。

女听满身酒气，蹬着一起一落的甲板登山似的攀过来，看着仰面躺着的天子李耳笑嘻嘻说：你们俩傻帽聊什么呢？

天子说少喝点。女听说这可是你说的。天子说算我没说。

一个涌滚来，船首一沉，女听呕一声，鼓足腮帮子，眉毛都红了，天子李耳连忙蹿起，一左一右架住女听，拖她至舷边，哇一口喷向海里。

西风夹带着暴雨在海上掀起宏涛广涌，一只撞击舰整整一排右舷桨手在一个巨浪滚过甲板后失踪了。甲板上的马也呈现晕船症状，不停捯蹄，晃脑吐沫，坐卧嘶鸣。多条舰只发生绳索崩断，马匹拖着战车冲入大海。各舰舰长宣布停止使用船尾厕所，一名射人下士在船尾洗屁股（行船中解大手之水手俚语），只见人蹲下，未见人起来。雨水海水顺着甲板缝隙流入舱内，舱内滴滴答答像钟乳岩洞，人们奄奄一息躺在吊床上，不停把胃容物吐在自己脸上。天子脸色铜绿，头发一绺绺粘在额前，木然坐在李耳铺上，木偶般拍着他的后背，李耳头几乎垂至地板，不时发出呕，——呕的惨叫。

日暮，暴雨仍在下，舰队划入西西利亚岛巴力耶莫港，一只接一只在沙滩上坐滩。一只舰触暗礁倾覆，人马车落一海面，车拽着马缓缓沉入海底，游上岸的人像鱼一样赤裸。

22

后来本人醒了，我指的是本人还魂了。李耳对祭公井利说。本人并非在沉睡，也不是昏厥，而是迷乱。你们没晕过海船，不知道内滋味，就像跳崖，悠一下沉下去，胃在嗓子眼，忽一下拎起来，血压在屁眼。设若有一种运动叫蹦极，我愿意承认是它。反复蹦极，反复蹦极，没完没了，阿舍拉在上，设如当刻我如现在坐在你们面前这样清醒、有行动力，本人会立马伏剑切断自己脖子。

祭公说所以你信了异邦的神？李耳说只是随口一说，迷乱亦不足以说明我当时的无助——乒溃，对！就是这个词，脑子里只有两个字：乒溃；这两个字是蜡么大，充满了我全部知觉，这时你就是办我，我也悍然不知。祭公说没有人在那种时候还想着办你。井利说你们到底在干毛？李耳说大家都在蹦极，每个人对自己都是彻底放弃的态度，活着，听凭自然宰割。之后这运动戛然而止，四周静得像刚响过雷。我浑浑噩噩醒来，和上一个记忆隔着一大块空白，而上一个记忆是在海里喝水，可我从未落水。井利说那叫恐惧，在你脑中反复闪过的不祥画面最终变成记忆，每次我敌前冲锋，砍完人之后也是空白，上一个记忆是趴在草丛装死。李耳说嗯，我的选择是立即下吊床，爬上甲板，才发现船上只有我一个人，全舰队船趴在海滩，人不知去向。那时雨已停，风还在刮，月亮隐而不显，只有微弱星光，我站在海滩上，大地如摇篮，竟带来晕眩。——人都死了？那一刻我成了石像，头皮过刮刀，寒毛倒竖，那恐怖胜过见鬼，赶掘……赶掘……

井利说赶掘你是世上最后一名人类，听你说话真累。祭公说你怎会有这赶掘？井利说老做全军覆灭噩梦。

李耳说被全人类遗弃那个时间段他一直在跑，爬上爬下检查滩头所有船舱，最后确认这暗黑无边海滩只有自己一个人，默默流下生无可恋的眼泪。过了不知多久，好像睡了一会儿，李耳听到人声，几个苏尔水手哼着淫荡小调溜溜达达走回来。水手告诉李耳，巴力耶莫要塞司令——贾拉姆大人众多私生子中的一个，请天子、哈拉姆司令和舰队全员去他的官邸吃饭，你们天子还在那儿喝酒。一会儿女列回来了，给李耳打包带回一份剑鱼卷和一份阿兰济纳——一种夹了肉酱火腿和奶酪的油炸米团。

李耳激动加冷，吸溜着鼻涕，捧着米团吃起来。女列说瞧你内德性，跟没吃过人饭似的。李耳舔着手指头说你不懂。

列说舱里臭得像茅坑，愿意不愿意咱俩到沙滩找一背风地儿歇会儿？李耳说把姬老那件虎皮袄拿上，就冻不着了。

列说姬老不会冻着吧。耳说谁管他死活！列说我去拿。

耳说怎么是湿的呀？列说也不谁吐的茄泥，我在海里投了投。耳说再不吃茄子了。列说你过来点，我这半扇都露着呢。列说你行不行阿，有顾虑？……别给脸不要脸阿！

清晨，白云降于海滩，一团团赶着飞上黑色火山岩垒砌的要塞城堡。穆天子从湿滑陡峭石阶上一步步挪下来，不时抡胳膊，搪开奔戎伸过来的手，近视眼一样眯觑着，在米汤般游雾中跋涉。不断退去的潮汐发出水泼地声响，海滩上出现一只只伏卧绵羊，那是裹着羊皮睡在地上的人们。

女列围着一领貂出现在雾中，迎着人说：回来了。天子直着眼就过去了。后面跟着的奔戎说断篇儿了。女列说我夭叔呢？胡麻说后边呢。列说耳老抽抽了，身上烫人。奔戎说我怎么瞅这貂这么眼熟阿？列说不知道谁的，地上拣的。奔戎说麻蛋！我的。揪着列翻毛领给大家看，上面剪了个歪歪扭扭的“奔”字。列挣巴开说你的怎么啦，穿穿不行阿，瞧你内鸡样，还绞了名字，你不是不会针线活么？一把抱住突然冒出来的伯夭说叔，叔，你还在么？伯夭说我在。列指着前方喊：快！拉住他，进水了。奔戎蹿入雾中，俄而再现，抱着下半截湿透的天子平放沙滩，天子躺那儿哆嗦。列蹲下说你是老头了不能这么喝了你造么你已经很老了。胡麻说你这会儿跟他说什么他也不知道，船呢？列说左边，你们过了。

伯夭说你手好凉。列说你摸我干嘛？伯夭说你连叔都冤枉？列说老流氓！奔戎说谁批准你穿我貂满地滚去的？伯夭说我去！你怎喝了酒这暴力阿。胡麻说姬老坐地上了。奔戎说我给扛船上去。列说懂不懂——懂不懂阿，沙地睡不招凉。

胡麻惊叫这儿怎么卧着一只活虎？列说是耳老，我都没碰他，他就惊厥了。伯夭说我以赛敏的名义命令你——布达丝，退下！伸手一搭李耳额前，——赫，烫我这手泡！你们谁行，摆他弄船上去。列说你问我么？伯夭说我千杯不醉，就是脚软裆酥。胡麻说都起开，一哈腰把耳扛起，头里走了。

李耳老师醒来赶掘自己被侵犯，上下寻摸发现自己身上都是圆圆红印子，貌似有人趁他失去知觉拿他狂练盖章。菊花有异物，下手一探，是根管，拔出一瞅，是芦笛。一个大胡子苏尔人端着盆浑水喊：列跌的哈列的！伯夭说别动！好容易插进去的。李耳说……你们。大胡子把盆墩地上，夺过笛子，粗暴把耳老翻过去。伯夭说这是舰队军医，正准备给你灌肠。耳老说不要。大胡子劈阿扇他屁股蛋子一下，说代巴苏拉富比拿底塞可。伯夭说你好几天没排泄了，粪便会形成梗阻，有些没消化的葡萄籽会发芽，你要不想肚子里长出葡萄藤，就不要乱动。耳说这是什么水？伯夭说热水，加了橄榄油。大胡子举着一只污秽铜漏斗在耳眼前晃了晃，耳忽觉一股暖流充满下体，肚子像钻进一只活斑鸠，咕咕叫。

伯夭指着盆说有意思了您就这儿请。耳老说我不！托着肚腩滚下吊床，赶掘四肢轻得像鹅毛，下床就往天上飘，实际是往地下栽。伯夭拿脚尖接住他，说你坚持不到便所的。

海鸥追逐着快船，白色飞沫冲刷着船舷。伯夭上身前倾双手背后拽着下蹲的李耳，耳边俱是海鸥鸣嚣和排浪声。

耳老说我好了。伯夭说你再洗洗。耳老说好啦！挺身一蹿抱住伯夭。伯夭说你弄我这身湿。奔戎牵着天子一步一挪蹭到船尾，说你们好了？李耳问天子你也不好？天子说我正常。稳稳踩着甲板边缘刀雕的两个脚印拉着奔戎手蹲下。

在李耳老师高烧惊厥的日子里，天子和哈拉姆司令完成了平分天下谈判。割让葱岭以西、阿尔泰山以北——直到北冰洋、阿塔兰提戈大泽之间所有土地给哈拉姆先生，并上尊号：大埃米力克；全称：赛敏庇佑下的西北方之王，西北方所有旷原、森林蹄角兽的牧者，喀喇撒戈、哈扎尔海、阿拉海飞鸟和鱼虾的主人。双方互相承认，并同意结成军事同盟，南方诸国进攻大埃米力克，东方大王有义务提供战略纵深，并在大埃米力克请求前提下出动兵车参战。双方还同意保护东方通往西方－北方的贸易通道，为双方来往人员提供便利。东方大王与海拉姆王、贾拉姆大人先前签订的贸易和约将转为东方大王与大埃米力克之间的和约予以执行，条款不变，海拉姆王和贾拉姆大人的分成归大埃米力克。双方还同意保护双方境内少数民族，互相承认对方是黑娃母国的宗主国，允许黑娃母在质浑河－天山之间高度自治，不经另一方同意，单独一方不得对女儿国征税、索物和提这事儿。

大埃米力克国首都兹定于尤那圣地乌拉尔山南麓之也里可温。东方大王将护送大埃米力克到达那里，并倾囊资助埃米力克建筑堪比巴比伦、尼尼微的大城，预付款沙姜百袋、桂皮百袋、金牙二十只，等待天下尤那人的回归。

此条约目前暂为口头约定，待哈拉姆先生到达也里可温顺利就王位后刻在石头上。

谈判结束，哈拉姆司令便在天子、女听、女列、胡麻塔尔、奔戎等人簇拥下登上甲板，向领航操舵的苏尔航海长下令：左满舵，再左满舵，保持航向……

李耳老师交由祭公谋父核审的西征随志并无有关此一密谈记录，只提及一笔：舰队离开巴力耶莫港并没有按计划横穿古马提撒戈到阿非利吉亚海岸的迦太哈达斯特进行最后补给，而是掉转航向，向来路——爱琴海方向赫勒斯彭特海峡划去。查阅曾经治疗过哈拉姆司令的巫师伯夭先生的法事记录可知，会谈发生时哈拉姆先生正在中邪惊厥中，意识模糊。左史戎夫依据奔戎葽豫等七萃之士和祭公井公等新六师老人报告照章誊就的《新六师西征战记》录有哈拉姆司令会谈结束一句偶语，并无具体所指：你们给我用什么了？

情况就是这么一情况，舰队趁着夜色划过赫勒斯彭特海峡，对伊姆罗兹岛上驻军的火把问询置之不理。进入喀喇撒戈海之后便沿着西海岸划行，绕过北岸克里米达旦半岛和希特米半岛进入阿速里撒戈内海。从那里划入褥水，再逆流而上划入窝瓦河，再划入卡马河，最终进入别拉牙河。

乌拉尔东山雪岭的融冰像夺目碎钻倾注而下，河水变得丰沛，清可见石河底忽然生出许多游弋小鱼。别拉牙河愈近源头地势拉抬愈甚，船头仰角几近垂直，桨手经常离座出溜下来，怼在后座腰上，“别拉呀别拉呀”的喊叫不绝于耳，河故得名。

最后几十里高山溪流，全员登陆背纤，将船拉上山头，一艘艘搁浅在冰碛上。

哈拉姆司令满意地说：后人想破脑袋也想不出这些军舰为毛卡在山上，以为这里原来是海底呢。天子说我也喜欢想象后人在那儿乱猜。祭公说后来呢？李耳说后来，我们就在这儿等你们了。井公说你们过褥水没瞧见我们？我们就住在水边上阿。李耳说怎没瞧见，瞧见了，部队在出操。你背着手在河边沉思，我还喊你呢——和奔戎一起喊你：井老！井老！井公说我呢？李耳说你，仰天长叹而去。祭公说我逮静静，哈拉姆司令——大埃米力克，他们内国——哪儿呢？

李耳说内不么，天子跟前跪一溜，抱着天子腿哭呢。祭公说为什么哭呢，这不好事么，白得半拉天下。李耳说可能是感谢。这时只听内边爆发一通嚷嚷，天子手一挥，抬腿就走，司令撸下天子一只舄，脸上挂满泪珠。天子光着一只脚单腿往这边蹦，众人哭喊着在后边撵。祭公伸出双手接天子，天子搪开他手，蹦到李耳身边金鸡独立，说你跟他们讲理。

司令一个蛙跳扑住天子支撑腿喊：你们不能走阿！属下也哄然而至，不看对象连祭公井利腿一并锁住，喊成一片。

李耳对祭公摊开两手：讲多少天道理了，掰开搓碎讲，打天下用托儿，坐天下不带用托儿的，我们说到底是外军，您都登基了我们再不走不成占领军了？我们也有自己一摊子事，国内想我们也都快想疯了。——不听！说什么都没用。

井公说他都登基了？李耳说登了，刚上岸就登了，手下人都封了侯，就怕他们反悔，你现在可以管他叫大埃米力克。

大埃米力克一通嚷，既激动又恳切，还摇天子，反复查看天子表情，天子冷着脸只是凝视远方。祭公问女列他说什么？女列说还是内些话，你们走了，这儿就剩他们哥几个了，说好的城圈儿呢？怎么也得给他们留几个女的呀。祭公说那你就留下呗，怎么不混个王后？女列说我们这几个女的，你们许了多少家阿，我老公还在家盼着呢。祭公说噢噢忘了，你是已婚妇女。女列说你们眼里还有点对婚姻的尊重么？跟你们出来我算知道男的了，关键时刻全要我们。井公说起开！一腿乓开脚下人，说一个女的都不给！来呀，绑了。天子说别呀，这都是朋友。井利说不能听你的！一挥手，四周围观六师士卒一拥而上，连抱带摔，捆了大埃米力克及其属下。

天子穿上舄，抱歉地说你瞧，我说话也没人听了，要不，你跟我们走？井利扯着天子一溜烟暴走：跟他废什么话呀！

次日庚辰，天子属队并六师离开也里可温向东出发。辛巳旦出，共师最后一车平灶登车。后卫车长把十袋干姜扔到捆成块儿堆的苏尔人面前，说这是天子留给你们的回家路费。又将一柄锈剑扔给他们，说：好运。

23

癸未日，天子进抵额尔齐斯河曲，在一座飞鸟积羽青杨落木万世风尘掩埋的腐殖丘上宿营。当地人称此丘愕目托姆，是有弹性的小山的意思。李耳连读愕目记为戊脱之山。

井利带队出去围猎，围住一个正在游牧的萨迦部落，动员其头人木得离奇（萨迦语智慧的意思，李耳记为智氏）向天子献上白马两匹，刚捕获尚未驯服的野马、野牛四十只。井利有点嫌东西少，又扣下了七十只猎犬，当天就全吃了。

甲申日，井利再向木得离奇请求支援口粮，强索肉马四百匹、牛羊三千头；智氏畜群减半。天子批评了井利，问奔戎咱还剩什么？奔戎说就剩一堆玉了。天子检查自己行李车，发现玛纳斯河拣到的那块狗头玉，说这玉就别带了，齁儿老沉的。奔戎不舍，说背回去就是国宝。天子说不要了。命葽豫搬下车，葽豫闪了腰。天子又命纪周搜检各公侯、王吏、下大夫私囊，得金酒罂十九只。井利抢回一只，说您好歹给我留一只，我就这毛病，不用金碗喝酒不醉。又命诸公侯、王吏、下大夫上交换洗画服旧袍带，公侯王吏皆称没的换了，都洗断了。只收上下大夫蛤蜊皮绿腰带四十条，都是新的，没舍得用过，带着折印。又命各公侯、王吏、下大夫小灶上交烹饪佐料，大家都说真没有了，好多天煮肉不放姜了。当日食时，天子待各灶炊烟初起，亲自突袭，将未及下锅之散碎桂皮沙姜没收，凑了百袋，说今儿起我带头吃白水羊头，我还就不信了！随后又命纪周起了全军巫祝的窑，将清热解毒镇惊止痉兼治咽喉肿痛口舌生疮皮肤消毒之百搭神药朱砂混杂雄黄、磷灰、沥青装了三百个半袋，连同上述狗头玉、金、带、桂姜一齐赏了木得离奇，说不白吃你们的。

木得离奇老人大为感动，说从古至今过境的军队都是吃白食，你们是头一个回敬我们礼物的，我拿着这东西心慌阿。

天子说不想说我们是礼义之师么，哈哈开玩笑，老人家，这点东西，已经拿不出手了，一辈子没白吃过人家，白吃你的，丢不起这人，依我的秉性，应该让部队再帮您放几天羊，端起碗来才不亏心。木得离奇说那不可以，绝对不可以，别耽误你们赶路，我必须说，您让我对人性有了信心——不说了，活久见活久见。遂又献马奶酒百斛，说这东西喝了，比羊肉叮时候，特别适合一边跑车一边用，省饭，两头误不下，您一天能比往昔多跑出半天的路，瓜籽不饱是人心，您还礼是骂我。天子说我还不走呢，我能歇两天么？我跑路快一年——不止一年了！头年我就出来了。酒您也别送，您容我多歇一天，我就万谢了。木得离奇说酒，还是您的，歇一辈子——也成！爱吃鱼么？我们这儿北边有一大湖，鱼多得见人蹦高，头前儿我去湖边拿弯子，您瞧这一脑门大包，鱼砸的。

天子说好阿好阿，我爱吃鱼，尤爱鱼和羊煮在一起，泡饼吃。木得离奇说您这叫不会吃，回头您尝尝我炖的鱼汤，石马也不用搁，就喝鱼内鲜味，一辈子想阿。天子说好好好，你是特别愿意请我喝汤，不去得罪您？木得老人伸手拔井利的剑：我剜出心给长官看。井利一把擒住他的手：不要乱来。

天子说那我就受累去一趟。于是命奔戎蹲下，请木得老人蹬着上车，木老说这……奔戎壮吼：还不麻利儿的，我就是干这个的！木老上车，女列女听背上牛粪鼎鬲笊篱，一车人乱蹄扬尘奔向北边大湖。

木得老人钓鱼时，李耳拿着刀笔一个劲在旁问：大爷，这叫什么湖阿？木得老人叽里咕噜，含痰沙音在喉咙里骨碌：萨尔泰姆……李耳说啥？草丛蹿出一只眼神霸气肥屁动物，女听喊狮子狮子。女列说什么眼神阿，兔狲内是。李耳一惚恍，为低蔼云气所惑，写了一错别字，记曰天子北游于瓢子之泽。后祭公审稿，凭朦缺记忆，订正为左又水右夕土宝盖巾——古“师”字。后经左史戎夫复订正为：狮子之泽。

乙酉，天子沿额尔齐斯河右岸南下，河道时或向东，继而南还。三日后己丑，忽见水势浩大，夺夺滔滔，阿渺连天。

天子连日于行进中饮马奶酒，囊不离手，开初那股泔水味儿过去后，竟有些成瘾，不吹一口嗓子眼发紧。同时零嘴不断，截长补短来口鱼片、马肉干，到了饭点儿，也跟着大伙一起暴搓白水羊头爆肚什么的，不免有些积食，中腹梗实，嗳气俱是恶味，遂于野桑树下持斋，轻断食一日。李耳记曰：至于斋桑之泽。

庚寅，有马帮南来，翻身下马者左衽毛衣，宽裆毛裤，背着麻袋，指名要见周天子。纪周搜缴了他们弓矢，将来者引至桑下。为首男子自称北褒阿尔泰山南麓暨额尔齐斯河全流域总督阏秋丹内卡（李耳记为阏氏），受阿塔尔公主差遣在此迎候天子，并献上公主厚礼——麻袋。天子打开麻袋一瞧眼泪就下来了，说还是我妹想着我。麻袋里是一堆堆捶扁的金罂和揉成一卷卷粘着羊油和奶渍的贝带——都是天子西征路上颁赏沿途生番旧物，也不知阿塔尔公主施了什么法子又给敛回来了。祭公睹物也不免感叹：女的要靠起谱来那是真靠谱。阏秋丹内卡说公主说：周天子慷一己之慨，周济天下，东归之时手头一定紧，这些东西是底下人孝敬她的，公主一时半会儿也用不上，还是归还旧主，也许用得着。

天子说其实我——有的是，哪还差这点，还巴儿巴儿的送回来。祭公说公主美意您就受了吧。女听说这就是女的。

阏秋丹内卡说：公主还有一些话，我也记不全，简单谱了个曲，都在歌里了。说着搬出一架箜篌，弹了个过门，摇头逛脑唱起来：低头吃草的羊不知天上的云飞向何方，可是云弄湿了它。胡逼奔跑的马看不见迎面的风，偏偏风乱了鬃发。闻到草原上肉锅飘的姜味儿就知道你回来了，举起手中金碗就想起和你共饮的日子……

奔戎对女列说：满满的都是思念。女列说——嘁！

天子伸手去拿装酒皮囊，说我要记住今天这个日子。吱喽，逮了一口。女列说老秋，你唱的是祝酒歌么？

天子踹李耳，嚷嚷：我要记住今天这个日子！李耳磨笔，改前之所记：至于献水。

是日午宴，天子赐爆肚阏秋丹内卡，秋丹咽下说：香。因听说周师是从西北大旷原返回，含笑道：西北大旷原我熟阿。又听说天子从西南大泽借船经窝瓦河溯卡马河至乌拉尔南山弃舟东归，不禁说左了，要是我在，给你们领水，就不必绕这个远。咱们可以扛着船穿越乌拉尔荒原到托波尔河下水，沿河而下到额尔齐斯河，再沿河而下到鄂毕河，再沿河而上到阿尔泰高地，再扛着船穿越高地到叶尼塞河，再沿河而上到安加拉河，再沿河而上入贝海尔湖，再环湖而行入娑陵水，再沿河而上入鄂尔浑河，再漂几天，你们就到家了。

井利说内是哪儿阿都？什么姆们就到家了，你把姆们当谁了？秋丹说你们不是马萨亥特人么？井利说……是阿。秋丹说你们不是住戈壁阿尔泰内边么？祭公奔戎也不干了，嚷嚷起来：谁住戈壁内边阿，我们还且往南呢。秋丹连说对不起对不起，我搞混了，把你们和马塔贝特人串了，都姓马。

天子说能走水路当然更快，可你说的这条线我怎么从没听人说起过？秋丹说是凡草原牧人，从小都知道，因为我们世代逐水而居。这条线西起窝瓦河，东至鄂尔浑，故称窝鄂水道。我们先人沿这条水道走马放羊，白骨留在了水道两岸。

秋丹弹箜篌，始运鼻息吭哧，吭宽了音道亮嗓：姆姆姆，昂昂昂，能带来雨水的云阿，夜一样黑；吹绿草原的风阿，冻死牛羊；留不住人的窝鄂水道阿，阏那亚人生生死死……

天子踹李耳：你兹嘛纳么笨，不能出口成歌？女列接住第二脚，说也不能看人家靠谱，我们就成不是东西了。

天子说从这里去嫣然山怎么走？秋丹说和这里是直线距离，阿尔泰有很多隘口、河谷可以穿行，贵军只要保持正北，七日——最多十日，便可到达。

井公并七萃之士一齐拜服于地：君上，求你了。

天子说同意去阿拉海找我妹的举手。只有奔戎一人举手，咯吱咯吱嚼着肚丝说：不多走路吧？不多走路同意。

辛卯，天子东征，躺在车上喝酒，未到日中即已烂醉，不停支身问赶车的女听：是去阿拉海么？女听说是。又问是去嫣然山么？女听说是。

部队沿额尔齐斯河东段曲折迂回的低岸缓慢前行，日暮进入梯级夷平、断崖层叠的阿尔泰山谷。李耳有点转向，不能料断方位，笼统记为：乃遂东南。

井利与阏秋丹内卡同车而行，跟他聊：你穿这身有点眼熟阿。秋丹坦荡说我是黑娃母家牝奴，我家世代——我舅舅、舅姥爷、老舅姥爷都是黑娃母家牝奴，按我褒的说法叫牝奴专业户。井利说内个……有什么诀窍么？秋丹说不要吃主子的醋，撒娇分场合，实诚，比什么都重要。井利说挺好。

秋丹说主要是细节，要特别注意细节。井利说打你么？秋丹说不打，我自己抽自己——确实也是我错了。井利说感到你的实诚了。秋丹说其实我特看不惯你们，对主子一点不尊重，什么都说。井利说我们那儿，平时都不让女的吃肉。

秋丹说不吃肉怎么有劲儿？井利说就是不想让她们有劲儿。秋丹说我们让吃。井利说是是，你们不能没劲儿，身体怎么样？秋丹说身体还行。井利说还是累？秋丹说累。

甲午，天子属队超越井师，为全军先导。乙未，到达乌伦古海。北褒阿尔泰军管区司令兼乌伦古屯牧区百夫长胡曼钮尔在那里迎候天子（李耳记为胡氏）。天子说你这个军区有多少人？胡氏说目前就我们这一百来人。天子说防区呢？

胡氏答：东起额河源头，西至托波尔河交汇点，北到都新乌拉峰，南到通古特大漠。天子说哦，你们守备任务很重阿。胡氏说还行吧，头年出去巡逻，紧着走，三年能回来。

天子说这么个地区，有必要保持一种永久性军事存在么？秋丹解释：他这个军管区是当年穆尔西里入侵我褒临时组建的，战后留了个架子，当时主要考虑为下一次战争备份指挥系统，西方一有事，黑娃母撤到这里来，立刻就能动起来，撤不下来，这个战略区也能单独组织抵抗。后来西方也没老有事，撤架子的事也没人提，隔了几代就把这事忘了，老参谋都下世了，就剩老胡了。

天子说老胡阿，安不安心在这里工作呀，家是哪里人呀？秋丹说老胡无所谓，老胡祖上是赫梯大将，追击我军最坚决，是第一支越过阿拉山口的部队，后来部队回不去了，手下只剩几个兵，向我褒投降，被安置在这里屯牧——家乡是回不去了，有六百年了吧老胡？老胡说有了，都褒化了。

女列说屯牧是个什么梗？秋丹说牧——就是放牧，这儿不是挺适合放羊么；屯——应该是个马萨亥特词，从鬼方逃出来的赫梯战俘带回的新概念，大概是集中在一起养活自己哪儿都不让去的意思。

女列说也没见你的羊呀。老胡说刚巡逻一圈回来，都吃了。秋丹说放羊还是挺累的，管它们生管它们养，也不能见天杀它们，靠水吃水，这几年老胡他们都改屯渔——打鱼了。那边补渔网内帮，都是他的兵，当初几个人，现在上百了。

老胡说还是打鱼好，设么时候下网都有底是，还不用喂养，听说你们来，我亲自拉网，干了几天，不成敬意。遂献红鱼、河鲈、斜齿鳊、银鲫各万尾。

天子说这么多，吃不完阿。奔戎说留着，晒咸鱼。李耳说能不能搞一点小米粥？老胡说设么肉？李耳说算了。

天子属队遂宿于小海子，晒咸鱼，等候六师。当晚，井利车到，赶上喝杂鱼汤。

丙申，属队还在晒鱼，天子、井利、七萃之士数车，在阏氏、胡氏引导下先期出发，沿流东行。

己亥，进入翠柳依依白桦烁烁，宛若绿色穹庐的额尔齐斯大峡谷。阏氏的流域总督府——几只帐棚，稀稀拉拉搭在断裂山地褶皱间一台久经风雪侵凌、立面剥蚀、既像老窝瓜又像织布线坯子的侉平崖冈上。李耳环顾三面垚磊品矗凸凹如雉堞的辉长岩山体，记曰：瓜纑之山。

天子说你这个总督府也是莫名其妙，安在这么个旮栏，级别还这么高。秋丹说我这个总督也是羊倌，平时也是放羊，最近准备练习当渔民，老放羊受不了。天子说你这个治下有没有一百人？秋丹说都算上——不止。井利说我求你了，能住水边么？渴了现下山阿？秋丹说这个，也是有历史原因的，阿尔泰南坡是我褒祖地。传说一种，当年娜斯酷儿大帝兵败鱼甜，西瓦太姥被俘，趁夜脱逃后不是躲入昆仑，而是避入阿尔泰，起初也是住在水边——喝水方便嘛；不方便的是这里也是本山百兽饮水点，太姥经常夜里睡得正香被野驴马鹿踏过，屡屡惊怖起身与棕熊雪豹格斗，才不得已，一步步退往绝壁，图个清静。太姥独自在此无人之境隐忍半生，衰年世相流转，天下自定，方才出山，复国称帝。史上著名的放鹰划界，就在现总督府所在台口。故此地亦为我褒圣地，看护圣地的建制也比一般行政区划高半级，历任总督都是黑娃母自兼，这二百年才出缺放给外官——我这个总督是起哄。

井利说也就是说——传说不止一种？秋丹说若干种，周围几座山——塔尔巴哈台、阿拉套，甚至蒙古内边的唐努乌拉、汗呼赫，都跟我们争，昆仑天山都急了。天子说争不行阿，你逮有遗址，烧过的炭，蹲过的坑儿，嚼过的骨头渣儿，抹过的画篇儿。秋丹说遗址有，大量，您有兴趣我带您瞅瞅。

遂引天子至无名之山，入山腰洞穴，洞中石壁自下而上画着一只只褐红色鹿羊，双套圆圈、下垂尖状物和小胡子一般密集竖道。井利一见圆、尖状物就指着喊：逼！逼！鸡巴，——阴毛！天子说你能不一下就想到那儿去么？问女听你觉是什么？女听说燃烧坠落的星星。秋丹说这都是西瓦太姥作品，她在这儿住了很多年，出来——称帝后——手都是红的。

又引天子至干沟口一处史前石墓群观看峭拔方阔记功柱般的鹿石，指说太姥立的。天子说太姥劲儿够大的。仰看上面浅刻的鹿，问井利你看见了什么？井利说眼已瞎！

秋丹随手采来满把麻黄、阿魏菇和遍沟开放的野玫瑰，放在石皮风化石筋羼晶的石围墓上，合掌低头，念念祝祷。

李耳问谁呀这儿埋的都是？秋丹矜持说，我们家先人，在我之前出生、死去的历代阏秋丹内卡。李耳说不会吧，这是你们家祖坟？秋丹说也不全然，尽管我们阏氏是最早归顺我褒内批男生，根据家族传说，在西瓦王朝末期，我一老祖舅爷就在黑娃母帐中效力了。听我舅说，这位老祖舅爷当年还是个孩子，在嫣然山下鄂尔浑河边放羊，遇到北方冻原南下的马塔贝特部落，被掳走，卖给山那边西瓦家为奴，这孩子因鹅成了我褒阏氏这一支开山祖。依照我褒习俗，由当时黑娃母赐名：秋丹内卡；小男孩的意思。这也成了我褒阏家门后世所有男生名字。然鹅，我舅说，你要记住自己本名，孩砸！不管这些女的喊你什么，喊了多少代，你的本名——咱们阏家本名，叫阏那亚，咱们从前在老家——西北大旷原叫这个名。阏家曾在那里的窝瓦河畔放羊，是勇敢骄傲的自由人，世人畏惧我们，叫我们：阏那亚牧人。

李耳说后来呢，这位秋丹内卡一世？秋丹说因为渎职，没能使西瓦王朝诞下女性王位继承者，被赐死。李耳说阿？

秋丹说其后三千年，黑旺家主政，我阏家门多位舅爷，因为只会生儿子，被赐死。据家族传说，还有一位舅爷——胖秋丹内卡；在黑旺家族最后一位黑娃母下葬时，被生殉。

李耳说同情，可是……难道……秋丹说当然不是！可以这么说，有传说以来，从黑旺王朝到现而今塞旺王朝，十个黑娃母至少一个身上淌着我们阏家门的血。

女列说我都不敢问了。秋丹说你说，我知你想问什么。女列说你有王室血统么？秋丹说不直接回答你这问题，可以告诉你我褒血统法是怎么规定的，女随母籍，子入舅籍。我舅是奴籍，所以我也是奴籍。李耳说父呢？秋丹说父赐死了。

女列说尽管法律规定我们都知道——不容情；可是，您，这样的身份，是不是还是会多少受到一些优待，譬如说又发生渎职这种事，不至于赐死？

秋丹说感谢塞旺太姥的仁慈，塞旺太姥主政伊始，就修改了我褒血统法五十八条，旧法规定：内服男，满二十，无生女记录者，令出宫，赐死。新款规定：凡同母所生子，犯五十八条，免死，流三千里。后减为千里。再后——这届黑娃母履新后修订为：可酌夺在流放任所就职。李耳说明白了。

庚子，大部队陆续有到，兵都坐在咸鱼上，两眼双唇全是血丝，轮没停稳就一窝蜂奔向河边，趴一长溜埋头痛饮。

秋丹引天子至阿塔尔公主私人矿坑，声明这是公主第二份厚礼，凡裸露地表之石允许手采，以充军用，唯一纪律是：不得使用工具；——相信你们是君子。李耳记曰采石之山。

天子以下诸人忙忙碌碌一天，拾得散碎海蓝石、紫罗兰、石榴子石、芙蓉石、黄玉、水晶、钽铌单晶矿砂数百袋。

李耳不能尽识石种，且多共生他质，强记为：枝斯、璿瑰、琅玕、瑕瑶、玲瓆、尣璳、玗琪、琭尾云云。

奔戎曾见断层中一露头绿晶，初，薄如蝇翅，以指去抠，越抠越宽，逾乎龟板，李耳女列亦来相助，三人六爪齐心去刨，刨出一面碧墙，奔戎十指流血不止，李耳女列亦披发散怀，指甲俱裂，仍不见边际。奔戎拔剑欲撬，遭天子喝止。

众人下撤时皆怀抱满盈，兀恋恋难舍。李耳双手执袋，腋下亦夹袋，无遑他顾，竹书刀笔失落坑中。

辛丑，天子东渡乌伦古河南行。时，通古特大漠梭梭、艾蒿、囊果、苔草一夕开放，腥艳无比，连坑累谷，如百花潮。纪周带领部队走在前面，以为遇绿洲，遂引全军入沙衍。

天子昨日得石大喜，夜宴秋丹又献盐烤旱獭和鹅喉羚，就着马奶酒大撸其串，闹得很晚，过了河都在车上补觉。

五月太阳已经相当灼人，天子热得直蹬被货，梦中在窑坑出砖，心说我怎么上这儿搬砖来了？扭脸看见哈拉姆司令，手挽长鞭绕过窑坑向他赶来，猫腰一蹿——醒了。可能是才刚一直张着大嘴呼吸，嗓道干得像烟道，扒拉旁边大屁股，嘶哑呻吟：水。正在做梦奔戎闭眼说嗯……水。胡乱在地上摸起一只水袋递到身后。天子仰脖等半天，掉下一滴。天子弃水袋使劲拐哒大屁股：水，水。奔戎这回真醒了，拾起脚下几只水袋都是瘪的，举拇指扣摁前排驾座女听腰眼：水，——水呢？女听全神警张赶车，提缰吆喝牲口：驾，驾，驾……愤怒回头：水——我都喝了！

天子已在车中摇晃站起，暴嚷：——渴死人了！奔戎喊停车！单手扶住天子，说：马上！随即脚后跟一拧，身子一栽巍，翻出车厢，一字马坐在滚滚黄尘中。

黄尘落地，复归于沙洲。天晴得仿佛没太阳，只有溅满八方金光和一轮宽边帽一般刺人白晕。蜃蒸熏熏忘川沙垄，惟见坐在地上的奔戎、拧着花辫儿的车辙和孤丁浮阙停在不远处的天子大车。——部队在哪里？——百花在哪里？

奔戎爬起来，抖抖胯，托着裆，艰难拽步往大车走，只听女听一声惨叫：天子晕过去了；才小跑起来。

天子嘴皮暴裂，躺在女听怀里翻白眼。奔戎说没找着人，前头没车，后边也没车——你怎么跑的路？女听说我就是跟着前车跑的，刚他们还在呢。天子突然蹬腿，哐哐踹车帮子。

女听喊天子抽了，肿么破？奔戎撩袍子，说眼下只有这招儿了。站半天放下袍子说你有尿么？女听酝酿会儿说也没有，全出汗了。奔戎拔剑递给女听，按我们骑兵传统，只能放血了。女听接剑，一手攥住奔戎手腕子，认真找血管，奔戎夺手大喝：你疯了！指车左咴咴喷鼻赤骥：——放它。

女听乓啷掷剑，说我不。奔戎说你不要糊涂，人重要还是马重要？女听说绝不！奔戎说我呢，不太懂马结构，这一剑下去也许要了马的命，但我决心救天子。说罢拾剑挺身欲出。女听拦下他，自己蹦下车，剑背身后，另一手抚赤骥颈良久，一击见血——赤骥奋蹄长啸。

天子满嘴鲜红醒来，咂摸着齿间腥味儿说：这就是梦里琼浆的味道阿——还要。女听奔戎皆默然。这时只见一股黄烟儿越卷越浓，女列驾后车赶到，李耳露出脑袋说：你们怎么停这儿了？女听说你们还有水么？女列说等着。扔过来一只软塌塌水袋，接着又是一只……问：还要么？

天子听闻女听刺马血救他，褪下手上一只玉镯赏赐她。女听拒受，说主意是奔戎出的，功在奔戎。天子拎着镯子说我可举着呢，你们甭管谁总逮有一人接着吧。于是奔戎双手接过去，捧着镯子磕了俩头。女听将赤骥解下套，喂它柴胡手掌参冬虫夏草。天子许它不拉车，单腔匹马随车奔跑。

纪周率前队也拐回来，说不能再往前走了，全是沙子。部队掉头，沿巳时——九点钟方向横出沙衍，乃遂南征。

甲辰，到达博格达山北麓逐渐下降山地与通古特大漠过渡流沙地带，李耳记曰积山之边。那里景色单调，唯一可见点点绿色都是低矮耐旱蔓柏。女听说过了。天子说什么过了？女听说你内情儿瑶池。天子说我哪情儿阿？女听说苏摩公主阿，你们不是约好了么，回程她在瑶池等你，陪你转瑶池，——自个都忘了，我还替你想着呢，要不要掉头？

天子说没过的时候你怎不提醒我呀？女听说没过的时候我也没

发现，过了才发现。奔戎说老情儿就不要随便再见了，见了就剩该尬了。对天子说您就别谁都惦记了，再忙坏了你。胡麻也说过就过了吧，别回头再过了，又蹚沙漠，受不了。天子说我没提，是她提的，哎，你们有没有发现，这一路全靠我维人儿，我要不出来，你们全没戏。女听说你要不出来，我都不认识你。奔戎说你是特喜欢就你有面儿的感觉么？你是特地出来找这感觉么？你干脆留这儿别走了。

天子说还能不能好好聊天了？人和人之间的包容还存不存在？偶尔夸自己一句还不许了？胡麻说你是偶尔么？

粟特商人命怀的驼队从药杀水出发，经热海翻越木吒尔特山口，沿特克斯河东出，经库尔德宁阔谷、巴音布鲁克草原、达坂湿地至此与周师相遇，狭路并行。井利跟命怀搭葛：你这都驮的什么货阿？命怀答葡萄酒。井利说打算卖哪儿去呀？命怀答听说东方有大国，那儿的人嗜酒如爹，准备卖那儿去。井利说我就是大国人，东方滴，我们不喝酒。命怀笑，不信。井利说卖谁都是卖，卖我得了。命怀说不敢跟部队做买卖，回头不给钱也没法要。井利说给钱，真的。

命怀说那你叫我瞧瞧你的钱。井利喊李耳：诶，老李，上回公主还给咱们内批金碗在你车上吧？

李耳说在。井利说你给我几个，换点东西。李耳隔着车递出麻袋，说要不要跟天子说一声？井利说不跟他说，跟他说老多给钱。将麻袋给命怀看：怎么样，能换你几驮酒吧？

命怀拿起捶扁金罂放后槽牙咬了咬，说行，往外掏金碗。井利打他手：够了！命怀又扒拉出几条粘羊油贝带，对着阳光搓，说这能换一驮。李耳把垫屁股底下七十袋过河浸水结成饼的朱丹末子也抛下车，说这能换几驮？命怀刮了刮袋底，抠下一指头咂么咂味儿，说：半驮。井利说换！

日入，部队歇了，商队掉头西归。天子从车里坐起来，见一人放平了向他行膜拜礼，没等他反应，站起来拍拍土走了。天子说谁呀这是？奔戎说不知道，可能是你蚂蚁上树。

晚饭吃剩的烤旱獭和咸鱼，天子说我轻断食。井利扛来一桶酒，说晚上有的喝了。让胡麻找碗，倒出来是葡萄酒。

天子说我这儿渴了这么多天了，你居然还有砸窑的这个。

井利说哎呀，我这不是要考虑最困难时候嘛，这趟出差，没少和沙漠过不去，万一全军陷入绝境，一桶酒能救命。

天子说表扬井利，考虑问题越来越周详，有全军统帅的高度了。井利说跟着您不长进也难，这顿酒算我请，祝天地常在，车轮圆括，咱们离家越来越近，——都敞可儿了喝。

乙巳，粟特商人诸酐驼队追上周师，挨个扒着车找人。井利正在天子车中聊天，忽见一绣金圆边小毡帽两撇八字胡髭的脸出现在车左，朝他竖眉动耳笑，狂热招手叫他下去。

天子莫名讶异，说他怎么认识你？井利说我也不知道，我下去看看。跳下车拦住后面李耳车，叫李耳：你先别走，等我会儿的。跑步到诸酐面前，说找我啥事？酐说听说您收酒。井利说你先让我尝尝你酒好不好。酐说不好倒找钱！带井利逐件弹敲驼峰两侧悬置木桶，说听听这声儿。拿牙叼住一木塞，牙缝滋出仨字：瞧好吧！带着木塞直接坐地上。井利紧急拿嘴去接——洗了一脖子一脸，红彤彤回头朝李耳乐，诱惑勾指。李耳一个劲摆手，耸鼻乜眼。井利说你下来。李耳双手拢嘴小声说天子呢儿看着呢，等他走远的。

呸——，天子啐了口痰，脑壳缩回辇中，风烟滚滚远去。

李耳一脚将麻袋踢下车，自己抓着一大把朱丹袋子跳下地。井利说你怎还有阿？李耳笑说所有空袋子我都攒着呢。

24

丁未，天子到达蒲类海。六师还在路上。从达坂湿地方向闻味儿而至的粟特商人在积山之边到蒲类海通道两边摆开货担，向过路部队批发红酒、五色盐和孜然，淘换战士手里的塞西安金器、西北旷原鸟羽和我周铜锡具。为推销孜然，还提供现吃现烤羊肉串和铐着脚铃甩辫歌舞女郎，服务一直延伸到大漠之衍。刚从大漠下来部队见到酒肉歌舞，眼都直了，每台车都收了一下缰，到最后尾儿共师，乌伦古河渡一半就赶不动了——全堵了。

起初，天子在采石之山捡石头下来就有点跛，胡麻夫人问他怎么了，怎么走路有点儿踮脚？天子说没四，可能是踩坑里没留神，有点崴了。胡麻说疼不疼，要不要我给你揉揉？天子说一点感觉没有，不要搞得那么紧脏嘛，没四。

晚上临睡解开裹脚布查看右脚，也没破皮也没肿，只在右脚大脚趾关节处有一圈手印大小粉红，摁上去不疼。天子说没四。还和胡麻起了会儿腻，刚给人招起来，自个着了。

接下来几日，天子该吃吃该喝喝，渡乌托古河在河里洗了把脚，赤足作矫健状走过浮桥，出沙衍在车上盘腿坐麻了，还下地踩着热沙走了一会儿，自我感觉不错，旁人都看出他瘸来了。过积山之边喝了顿红酒，也没多喝，早起发觉右脚内块红更深了，有明显边缘隆起，摁上去钻心，再拿左脚一比——肿了；拿脚试地，有针刺感，全身重量给上去如踩钉子，天子说丝……胡麻说找医生看看吧。天子说医生，哪儿呢？你说的是伯夭大师吧？胡麻说我还能说谁呢，当然不是你们部队里内些只会拿手捂伤口的卫生员。天子说是哈，这些天怎么一直没瞧见伯夭？从也里可温出发他就没影了。

奔戎说伯夭大师一直在下面，进入四月，天气转暖，虫蝇滋生，部队多发疫病，先是咳嚏风寒一个传一个，部队过来听不见马蹄，一片喷嚏，干部战士个个淌着大鼻涕。继而一个伍一个伍烂大腿根烂蛋皮，走道都跟相扑的似的。五月以来，各师爆发痢疾，毛师最为严重，搞了一次会餐，趴下一半军官，毛公本人也大便带脓血。伯夭大师会同各师巫祝为战士驱邪，以卒为单位组织喝符水，巡回唱咒，燔柴诘咎，禳除凶祟，忙得不得了，听说大师也已上火，鼻子生疔，嗓子喊劈，全靠给自己发功撑着，要不要现在叫他回来？

天子说痢疾我知道，很厉害，会死人的。奔戎说听说已然出现死亡病例。天子说这种时刻，为我这点微恙，不必了，还是叫大师先为战士作法，部队战斗力在战士阿。

女听说你信得过我么？天子说信不过。女列说我们姐儿俩可都是大师看着长起来的。天子说对不住二位，跟大师混的一个瞧不上——大师有的我还想抽他呢。

这时李耳蹬着轴害扒上车问有空袋子么？瞧见一帮人围着天子一只脚叹气，说都起开，让我看看。纪周在下面扯他，说小李，不要胡闹。李耳说这是脚气呀。女列说边儿呆着去！

这一日，天子在颠簸车上坐不是躺不是，一只脚没地儿搁，坚忍地举在半空。胡麻夫人为他热敷，整只脚都红了。

胡麻问他疼好点么？天子说好像好点，好像疼到脚腕子了。奔戎说要不要用点风茄粉？天子说还能忍。

当晚月光很好，属队决定不休息，尽快赶到蒲类海。车队奔驰，势若泄洪，又如地震，每台车像色盅里的色子，被摇得稀里哗啦，仿佛下一秒就要散架或正在散架中。午夜子时，天子开始呻吟，在一片地动车摇震撼中，并未引起他人注意。胡麻抱着天子脚，正垂头假寐，也做了一些飘忽的梦——是内种入睡前意识逐渐模糊外部声控引逗的形象发散：大高加索峭壁滚落的石块；苍白的山谷空无一人；妈妈赶着羊群的背影……忽然脸上挨了一脚，惊起发现天子蜷缩成难拿一团，想摸自己脚又够不着，脑门顶车帮子大张嘴像要咬谁，凑近听是在大声呻吟：呃……呃……呕……

胡麻说你咋么了？天子痛苦嘶吼：……疼！胡麻说那总么办。慌乱中要去抬天子脚。天子说别碰我！胡麻说要不要叫他们停车？天子说不要。奔戎一脸懵圈，睁着睡意未消大眼问啥情况？胡麻说这位喊疼。奔戎说我看看，问天子怎么个疼法，是像刀割么？是像火燎么？是像狗咬么？天子说风吹过就疼。奔戎说这还行，别忍了，先止疼。拧腰翻天子私人行箧，摸出水晶瓶装战伤急救镇痛风茄花粉，置微末于金罍，红酒调和，软敷脚趾红肿处，天子痛稍解。俄而复发，命倾水晶瓶于罍，复满酒，奔戎举着罍说你可不能都喝了。天子说我不都喝。接过罍仰饮而尽。

属队到达蒲类海已是日出，海子一片金光，女听奔戎捂着眼跳下车就跑。李耳女列从后车下来，说你们俩跑什么？

女听摇着手，说没法看。李耳说咋地啦？蹬着辐条攀上去展了一眼，扭脸跳下地，大红脸捂着胸口说心跳，有点呼不上气。问奔戎天子不是病了么？奔戎说是病了，上半夜给的药，起到这会儿。李耳说你是不是把药给拧了？奔戎说不可能阿，止疼药搁在水晶瓶，春药搁在玛瑙瓶，我不能错呀。

和一排战士站在湖边撒尿的纪周抖了抖放下袍子，向这边走来，说天子脚怎么样了？一边拿眼瞅云辇，见轱辘扑哧哧往下吃泥，说这车怎自个抖阿，地震了？哥姐几个看着他，没话。纪周往云辇那儿紧走几步，骇然立定，拿手指着，踮着足尖回撤，说我没听错吧？李耳说这药这么厉害。奔戎说我就涂了一点，拢共就一指甲盖。女听说他喝嫩么多不算呀？奔戎说喝下去不走这路。纪周说不管怎样，天子没事比什么都强。这时天地忽然静了，胡麻光腿裹着狐皮褂子蹦下车，指着奔戎骂：真特么不是个东西！奔戎说怪我呀？

纪周对渐渐围上来的战士喊：去去，卸车，拢火，今天不走了。

天子一动不动，呆若木鸟，瞳散如斗，大了五日。第三天祭公车到，即命人锁了奔戎，说天子醒不过来，便要拿你问罪。奔戎张口欲辩，祭公叫人塞了他满嘴马粪，说不听解释。一面又命人飞骑去传伯夭大师并各师名老巫祝、老军医来蒲类海报到。部队还是有不识字，敢下手，尤特善炮制石药应对急症，致死不知多少人也疗愈很多人，从实践走出来深受战士信赖的卫生员，并非如胡麻所言只会拿手捂伤口。

伯夭大师乘共伯帅车赶到临湖属队营地，各师名老巫祝及诸老军医已搭本师师帅专车先期到达，聚于天子大棚会诊。

老军医采集天子尿液滴于猫眼——猫是出动军犬在湖滩草甸逮的兔狲。兔狲当刻散瞳，很快下了诊断：服用风茄花急性中毒。巫祝们详细询问了天子前一夜所为，听到有外敷致大起情节，说妥了，讲解病理：未能舍诸妻妾恩爱，于淫邪中心不流逸，含受魑魅，色阴通结，心触客邪而不能动。

怎么施救，巫祝派、卫生员派吵成一锅饭。巫祝派认为此客邪是天魔，但入人心腹，必大受乃归，除置玉悬镜击鼓跳傩禳解，还须献人牲祭，方可脱此厄难。自祭公以下诸大公、伯深以为然，一齐扭脸去看捆作线轴扔在地上奔戎，奔戎身上杀进皮肉锦索簌簌作响。井公讲怪话：不会是谁招的邪吧，咱们这次西征撞了多少外鬼阿。诸大公、伯又一齐望李耳。李耳装聋，盯着老军医催促：你们赶紧想法子哟。

老军医说湖水还很凉是吧，应将天子抬至湖中浸泡至清醒，并采防风、甘草、桂枝生水煎服——有绿豆么厨房？有绿豆可一同捣碎煎服，茶叶也行，咱们不是在内哪儿什么什么苦山采过茶么我记得。巫祝派说见过愚昧的，绿豆都来了。

大师下车，女列女听立即贴上去，假意服侍，小声请求：救救奔戎。大师昂然不作理会，直入大棚，翻了下天子眼皮，听了双方医案，说都行，都准备着，先从省事的入手，走一步看一步，死活不醒，再设牲祭。走过去踢了奔戎一脚：药也是胡吃的么？这时，已是第五日头上，天子五天粥羹未打牙，倒也没显出脱水，依旧肌肤丰盈，浥浥有泽，胡麻报告每天洒水来着。奔戎绑了二日，未进饮食，却一副皴皱干瘪，腰条见窄，手腕受力见肿胀，双腿及臀还有黄绿俄凛。

大师说解了他，给羊鱼热汤，搓洗干净，一会儿要上祭台，养得不好，神明不受用。说罢自去车上卸下道具行头，散了头发，命女听举着铜镜，对镜画白垩朱砂雄黄石漆为妆。其他巫祝也各自穿戴起来，有把车辕当把杆下腰压腿的，有临水走柳喊嗓子的，有举铙钹哐哐练镲的。奔戎洗净了，漱了口，套了领素帛短袍，坐在一鼎一篮白水羊头水煮鱼前吧嗒吧嗒掉眼泪——咽不下去。纪周安慰他：家里老人不用担心，我和蔓豫会时常看望，塬上内几百垧地我会安排战士去代耕。你这次是光荣的，祭公同意按殉国待遇抚恤，可以进祠堂，部队准备送块匾。奔戎说俄还有个童养媳，告诉俄大，叫她往前走路吧。俄的盔甲送给你留念，铜剑送给萋豫。

老军医分为两组，一组采草煎汤，一组为天子更衣，脱光抹净，裹上细葛布，四人上肩，扛着，在诸大公、伯、王吏簇拥下，向湖岸缓缓走去。祭公在一旁来回小跑着絮叨：都扶牢靠了哦，留神脚下哦，天子有动静喊我哦……

一行人脚下渐次松软，潮了，稀糊了，仍不懈前行。水至膝，诸大公、伯、王吏停步，目送老军医踏浪而行。水过腰，平肩了，四颗脑袋带着一具天子貌似浮起，忽而一齐消失了，诸大公、伯、王吏哇一声叫出来，井利失声痛哭。

祭公难以置信喊：沉底了？这时一波涌高推，四军医并天子于潮尖又露出头，随着落下来的浪峰又沉回谷内边。

共伯眼尖，喊：他们在凫水！扑上来的浪头撞在他胸口，烂溅一口鼻。——众人抹去脸上水痕，看到再次出现的五人组，他们确实在游泳——四军医拖带着天子，面向人群狂蹬蛙腿或打水，不时乱有手臂于水上挥过。诸大公、伯、王吏不顾脚下粘滞，相顾鱼跃，额手相庆：天子醒惹！天子醒过来惹！遂一窝而出，蹦蹦跳跳，大扭胯，拖泥拍水迎上去……

天子上了岸，正经晕了过去。诸大公、伯、王吏八手十六脚将他抬回大棚，解下葛布，擦干身子，妥妥安在铺着虎皮的热被窝里。这一天是壬子，李耳因到处喊他搭把手，既为天子又为奔戎又为自己担惊，精神高度紧张，用惯刀笔遗落在采石之山，新锻淬刀笔未及开刃，便没有记录。

癸丑丑时，天子被疼醒，一群黑脸人围着他，火塘影子不时从人背后爬上毡穹，像一只怪鹰一遍遍掠过，身体如在被窝里溶解，露在被窝外那只脚趾正在断掉。因骂：你特么捏我脚干嘛？伯夭说我们正在给你脚会诊。回头问内群黑脸人：你们什么意见？黑脸人说这是因为血热自沸，又沾水在潮湿地方站立过久，寒凉外搏，汗浊凝滞所致。又说这是由于平时肥甘过度，湿壅下焦，寒与湿邪相结郁而化热，停留肌肤……天子骂都特么给我滚！伯夭说我们会诊的意见，你这是痛痹。天子说我都快疼死了，废什么话？快给老子上风茄。伯夭说那还是这样分工，一组人去各级医卫单位征集防风、独活、当归、红花、白芷、威灵仙……外用浸泡；一组人去征集防己、杏仁、红小豆、海桐皮、淫羊藿、泽泻……煎水灌服；倾囊清箧连渣儿提取，务必保证十日用量，家里没有，就上野地去采。天子喊祭公！上风茄。

伯夭对祭公说这几天就不要给他吃羊鱼了，灶上有没有红皮萝卜？祭公说一年多没见了。天子说祭公！你不理我是吧，我撤你的职夺你的爵。伯夭说那就发动战士挖点白茅根，看海子里能不能钓上鳖，肉你们吃，鳖甲磨成粉，与白茅根炖水给他喝。祭公说真不用给他吃别的么，他可是好几天没吃东西了。伯夭说你看他瘦了么？没事，人饿几天死不了，他这个病就是吃出来的，这段时间到他痊愈，都不要给肉。祭公问奶行吗？伯夭说奶行。

天子改作揖央个：大师、祭公，求你们了，就一口，一口行不行？疼得实在受不了啦。伯夭说如果他表现好，不这么哇啦哇啦叫，可以给他一滴，决不能再多。天子钻进被窝，被子拉到下巴，嚷：我表现好。伯夭说你叫上几个人把这棚里东西都挪出去，地儿腾开，天子穿过内衣给我一件。

祭公说你还要作法呀？伯夭说什么招儿都使上吧，不定内块云彩有雨呢，万一不灵也不留遗憾。

天子喊没内衣，你们家穿内衣呀。

伯夭说本人用过的其他东西也行，沾过他汗、口水、精液——都行。祭公说喝水缸子行吗？伯夭说要能烧的，不行揪他根头发，胡子也成。祭公说那就他这被货吧。天子揪着被角不放手：八给。祭公说那就他铺这虎皮——铺一路了，说着猛一下把虎皮从天子身下撤出来。天子喊你弄疼我啦！

伯夭说行，我去准备了。披着虎皮走了。祭公回头瞪天子：想要风茄——么？天子连连点头，一脸谄媚：想。

其后数日，天子大棚香烟缭绕，唱诵不断，伯夭以桃木为弓，向东南西北四方射了柳树枝。又焚虎皮，柴天瘗地。秘祝曰：……敬请移痛于祭公、井公、逢公云云。又收集属队老兵从丰镐穿出来一次没刷过溲臭破鞋，环大棚五步一只，摆了一圈，命七萃之士执簸箕日夜镇守，风来扬灰，雷雨交加则拍簸箕鼓噪——以拒之。各路巫祝亦粉墨卦衣，夹裹钹铃而入，各种捣鬼，满头大汗而出。加之老军医奉送汤药，胡麻送奶，热了吹，凉了热，走人灯似的，竟日不息。

有曾经脚上中箭，家里有亲属是拽子，自己多次崴过脚属队战士，亦纷纷进献各种偏方，什么采四十种不同树叶熬一大锅，拿灯碗烟达油子当药引子每口分四十次咽下，一日十锅，药到病除；取硫磺木炭、鞘翅目昆虫四十种热锅焙干碾碎，以曾生龙凤胎今又有身足月待产高龄孕妇老尿桶熟硝刮下作药引子，每晚丑时望月空腹服下，药到病除什么的。

属队厨子也满腔热情前来献一道秘方，说是养胃的，这个病起因就是脾胃不和，寒邪是从口入，要治病必须管住嘴。方子如下：取火腿蘑菇牛脾麦芽藏茴香山韭无花果虾壳线罂粟金橘根巴豆文火细熬至汤浓，滤去渣子做汤底，涮肉，一日二斤羊，三月病除去根儿。厨子端着锅子每天在大棚口跟人宣传：这道菜的好处就是不耽误吃。

六师车马陆续到达，见到此番热闹，以为是什么好日子，国家有喜天子庆生什么的，纷纷停车观看，有在棚外排练傩舞的巫，还得到意外喝彩和口哨。祭公出来把闲人都轰走了。

纪周在棚口草地设立驰放区，铺几张狼皮，放了些冷茶酸奶，任人自取，闹得累了的，也可以歇腿喘会儿。

女听女列李耳这一班老人儿，遭禁止进入大棚，没事也全扎在这儿，听喝儿。逢人打探天子消息，比较多的消息是天子全喝了，天子又吐了。出去拣鸟蛋射鸟下士拎着空麻袋回来，说鸟蛋都出鸟了。

丁巳酉时，胡麻进奶出来，晃浪个膀子拎着空樽，一屁股坐狼皮上，靠着女听膝弯儿低声说君上有旨。背靠背坐着呆看日落李耳女列立马拼头过来，小声说接旨。胡麻说著李耳即刻拿下祭公并井公逢公诸公伯，接掌六师指挥权，向天子报到。李耳说什么？你再说一遍。胡麻说我说的不是周语阿？天子要你解除祭公兵权，指挥六师。李耳说好吧，我现在就去对祭公他们说，你，你，你们都被拿下了！呵呵，知道你是开玩乐，差点我就信了。女听女列也说哈哈。胡麻翻白眼：谁跟你开玩笑，我能开这么大玩笑么？女听说还真是真的？胡麻说我疯了么？你们好好看看我，我疯了么？

女列拿膀子撞李耳：你机会来了。胡麻说你好好想想，不勉强，干得了就干，干不了我就去回天子，说你不接旨。

女听说情况真到了这步么，指着耳了。胡麻说棚里都是祭公的人，我这也是趁着给天子擦脸才说上的话，天子本来准备传旨给奔戎和蔓豫，我说内俩人我现在根本接近不了，井利纪周轮班拿眼贼着，不许人和他们说话，进出搜腰搜袖子，就防着他们往里传东西，能自由活动的眼下就是耳了。

女列说这里怎么还有传东西的事阿？胡麻说你想阿，天子能让耳指挥六师么？还不是图这个——做了个仰饮手势。

李耳说我想过了，干不了。胡麻说行，我本来也跟天子说，耳指不上。看了眼暮色说：下顿奶时间到了，我逮走了。

李耳说你别说我不接旨，就说没碰见我。胡麻说我就说你拿不着东西，我就别为你再撒一谎了。李耳说这个好，确实也是拿不着，你就说我也挺着急的其实。

祭公从棚里出来，跟井利耳语几句，冷笑两声，远远朝李耳招手：耳，你过来。李耳说小胡，你没跟人说什么吧？

胡麻说你们看见的，我出来就直接奔这儿了，谁也没接触。李耳说你们谁拧我一下，我这抖得有点控不住。女列拧了他一把，说怕什么的，你不也没答应么。

李耳凑到祭公跟前，祭公说大师找你。

李耳掀开棚口钉的沉重牛毛毡驼着背进去，天子坐在铺上和伯夭聊天，地上放着一碗黑糊糊汤药，棚里有蝇子，两个人边说话边挥手驱赶落向药碗和鼻尖的飞蝇。一个他认识的井师外号叫琅琅——取琅琅吹牛波意——的巫，戴着面具孤独地大猩猩般跳来跳去。天子说……有一阵我真觉自己回不来了，就是祭公往奔戎嘴里塞马粪内会儿，心说手下这帮人倒霉了。抬头看见李耳，说：小李来了，你们怎么样阿？李耳说挺好，忙这忙那，顾不上来看你，您——大好了？

天子抬起右脚动着脚趾说好多了，就是这肿没全消，内块红还是红，摁上去，站起来，还是疼。

伯夭说这就叫没好，不注意，随时复发。对李耳说：我跟你说点事。天子说别走阿，再聊会儿。伯夭说我们有点事。天子说你叫女听她们来陪我聊天。伯夭说见着她们一定说。

走到外面跟李耳说：你的问题也要处理一下，否则议论太大。李耳说我什么问题？伯夭说布达丝，内个附在你身上尤那人的神。李耳说我很久不哭了，早没事了。伯夭说你不用说服我，我根本无所谓，你要让内些无知的人相信你没事，是无害的。

噗，一帮当兵的点起一堆火，哄笑着避开。火苗在白炽阳光下几乎无形，像一片抖动的蜃气。李耳说这是干什么？

伯夭说只是一个净身仪式。李耳说可是……伯夭说信我不？李耳说……信。伯夭说信叔就照叔说的办，保你没事。

伯夭带李耳走到火堆旁，说：脱光衣服。

不远处站着的祭公井利眼珠像镇着冰块。伯夭手指蛇一样冰凉灵活，把李耳长发紧紧揪起来，编成髽。接过一个兵手里短剑，往剑刃啐口痰，一把把割去李耳蓬乱胡须。

李耳蹲在地上，一桶刚从湖里打上来冷水将他从头浇透——至尾骨，在滴水。伯夭对李耳说去吧，用你最快速度穿过火堆。

李耳捂着嘚儿慢慢走到火堆前，能感到整个人在烈焰炙烤下一下都不好了，猛跨步穿越火堆——像马开胯。

25

己未，共师后卫卒最后一台车到达蒲类海，车上战士醉醺醺的，缰也提不住，马乱走花步。

车辙延长线跟着一股黄烟儿，黄尘下粟特人一眼望不到头的驼队，远远打着手鼓，正在草地上晒太阳战士都亮了。

祭公说特么的这帮奸商又跟来腐蚀部队，这样下去战士手里这点东西都要叫他们搞光，回到家乡叫人戳后脊娘，骂咱们这些长官：瞧我们孩子带的，溜溜一年，回来比没出去还穷。遂命井利派卫车驱赶他们。

井利派出一广车骑，不能阻挡，被驼队慢慢推了回来。

带队卒长回来报告：祭公命令无法执行，人家说并没有妨害我军行动，人家是沿祖辈开辟的道路进行正常贸易，天下路天下人走，人家走人家的，我军走我军的，两不相干。

井公蹿上去给卒长一个嘴巴：妈了个巴子，喝人家酒了吧？摸人家姑娘屁股了吧？一口一个人家，收人家东西了吧？祭公说哎呀算了算了，他一个行伍出身老粗，就不该放这种环境考验他。

遂命纪周从属队各职能单位虎贲、旅贲、司甲、司戈盾抽人，组成士官纠察队，由纪周带队，在商队和部队之间设立警戒隔离带，擅入警戒区者无论何人即行逮捕，不使双方人员有隙接触。纪周说我的人也就白天行，天黑谁也瞧不见，难讲。祭公说你就管白天，晚上我亲自带岗。

午后，天子扶着琅琅出现在棚口，乐呵呵踮脚往隔离区内头手鼓响动处眺望。棚口聚的人纷纷向天子问好：您能下地了？天子给所有人展示他的脚，表演走路：已经不疼了。

伯夭连忙赶过去说：你怎么出来了，不好好躺着？天子说再躺着我就长蘑菇了，我见见太阳。李耳拖过一张狼皮，天子卧狼皮上，说你胡子怎么没了？李耳说嫌脏，绞了。

天子喊奔戎，奔戎，你端着簸箕干哈，见我也不高兴。奔戎端着簸箕看伯夭，不敢接话。伯夭说使命解除。对其余六萃：你们——也解除。奔戎这才扔了簸箕，和蒦豫他们成一疙楸慢慢凑过来，一齐问安：您大好了。天子说奔戎阿，整只羊呗，素好几天了。伯夭说不可以阿，刚见好你就开造。

天子说开玩乐开玩乐，我就过过嘴瘾，我一点不想吃肉，我恨肉，腥、骚、不道德，都是绳命。女听说你精神了，瘦了好看。天子说是么，太疼了，吃素太不是人过的日子了，吃了更饿你懂吗？端起碗就想哭，乌鸡遛，见到你们太高兴了。

庚申，祭公召开师帅扩大会议，讨论部队下一步移动路线，因为粟特人黏着部队，为甩掉他们，决定不走莫贺延碛、星星隘口入河西走廊大道，而是听从犬戎小王建议，走奎苏谷地、吐尔干沟、梧桐窝子泉、那然色布斯台、甜水井、居延泽这条犬戎牧人常走的夏季小路，到那里再决定是沿亦集乃河－弱水南下入河西走廊，还是拣直向东，渡巴丹吉林大漠奔阴山之阳、黄河之阿。伯夭说到了介里，我就算到家了。

会开到一半，蒦豫慌慌张张来找伯夭，说天子脚疼又犯了。伯夭匆匆而去。师帅们也是一个劲嘬牙花子，说介怎么闹。祭公皱半天眉头，说想定不变，还是按计划移动，犬戎五营散会就走，把奎－居小路沿途情况摸清楚，明早六师发动，部队走得慢，君上马快，晚几天出发，正好谁也不等谁。

同时对六师行军序列进行调整，井师天子比较熟悉，和共师对调，留下等天子。共师一直当后卫，净吃剩的，一路艰苦，战士体重普遍轻于各师，马也羸瘦，弱不胜轭，这回让他们随祭公行动，作为六师前锋，明天第一个走。

辛酉日出，共师摇铃起床，沿蒲类海跑了操，喝过咸鱼韭黄豆芽汤，共伯带着旅卒干部检查内务，进行评比。各卒长开会讲纪律，布置校验马具车器，然后开始装车，过了隅中，才发出第一台车。

祭公值了一夜岗，神情憔悴，出发前去看望天子。天子正坐棚口狼皮上生闷气，旁边放着他的早饭，羊奶起司和胡麻油醋汁拌金莲花大黄叶杏仁沙拉，一口没动。祭公说不错呀，你的早饭比我的香。天子没理他。祭公又看了看天子脚：好像没上次严重么。对蹲在一只赤鬲前，拿小扇子扇火——煎药的胡麻说：怎么又犯了？胡麻说谁知道呢，也没吃什么，昨晚他们涮肉，我们就眼巴巴看着，汤也没敢喝一口，他们敬酒，我们这位喝药，陪了一晚上，还夸我们有毅力呢，下晚没到子时就犯了。天子说找斧头来，把这条狗腿剁了！祭公说我一会儿就走了，到前边看看，规划一条跟来时不发生重叠路线，越往东部队越不好带，见到熟悉山川心就不稳了，尽量不让战士知道自己在哪儿。你莫急躁，生病这个事急只能气着自个，别人在岸上，只有你在火里，贡献个人万般绝念时心情写照一条供你参酌：总有事儿过去内天。

天子说行了，忙你的去吧，我这儿一时半会儿还死不了。

祭公说井利不走，他留下善后，有什么事可以找他——我跟你说话呢小胡。胡麻说哦，知了。

共师最后一台车消失已是下午申时，太阳将要落山。逢师一点动的意思没有，砍柴士兵背着柴草络绎归来，各卒伍伙夫慢悠悠薅着马粪发的豆芽，聊着，当当剁羊蹄，扒大肠洗肺头，捅火热鬲炖杂碎羹。

井利拎着一只鼓囊踹小口袋，颠颠来到大棚口，对胡麻说猜我给你带什么来了。胡麻解开袋口，说哟，麦粉，哪儿弄的？你又跟人做买卖去了。井利说祭公走了，这儿都归我管了，还缺什么，跟我说。胡麻说太好了，君上想粮食都想疯了，做梦都喊粥，今天终于可以吃一顿了。井利说世上最可怜的人就是吃素的人，还有生病的人，全让他赶上了。胡麻说愁死个人，早上内块起司吃到这会儿还没吃完呢，说吃出脚丫子味儿。井利说太惨了。

是夜，李耳又给天子弄来几只胡萝卜两把枣和一打鸡蛋，说这是粟特人自己吃的，死说活说皮袄换的。胡麻说你能把他们内母鸡弄来么？李耳说鸡他们不换，只卖鸡蛋。女列说见过会做生意的。这时天子醒了，说：说话的是耳么？李耳说是我，瞧我给你弄什么可口的来了。天子说这不还是兔子吃的东西么。李耳说还有鸡蛋呢，跟麦粉祸在一起，再祸点奶油，蒸一蛋糕您觉怎么样？天子说没糖阿，没糖怎么吃阿？李耳说我瞧准了，湖边内棵大什么树上有一蜂窝，明儿我给您捅去。天子说内个你有么？李耳说乃个呀？

天子说非我明说呀，明说就没劲了，你呀，别净想着给我弄吃的，弄点内个，比什么都强。李耳说内还真不好弄，全在大师手里控着。天子说你不会偷阿。女列说你还有这名声哪。李耳说我……行，我偷，不会——学。女列说知道师父是谁么？李耳说你？女列说井利。

李耳去找井利。井利叉腰站着嘬牙花子，望了会儿月，说女列这么说我，也就是说我拿她一双靴子叫她知道了。

李耳说我是要用羊油沾手先练夹泥鳅么？井利说你这都哪儿听来的？又望了会儿银河，说伯夭老油条，逼较坏，睡前衣裳都摆坛城，洒一圈黑猫胡须的灰魇着，顺他东西不难，但是回来不定中什么招儿呢。这么遮，也别犯这险了，是天子用吧，天子用我想办法，我呢儿还有点，给你拿去。

井利举着火把进他帐棚倾囊倒箧，说我这东西老阿，说起来还是三年前跟着天子打徐戎剩下的，当时我中了一城砖，愣是忍着疼没舍得用，别一下都给他招呼了阿。李耳说用剩还你。井利说还能剩么？

起初，在依波海黑娃母连轴宴上，天子和阿塔尔公主连调情带淡逼信仰，也就是李耳被布达丝上身内次，阿塔尔问天子你的神是谁，天子没回答，糊弄过去了。后来一路上，李耳时而和天子同车，车上聊天也曾问过天子：你真有个神？天子当场乐喷，说这要平时，在我周，你这么问我当坐大不敬。李耳说这不在国外么，也没别人。天子说许你胡说，我也时常问我自己，有神么？如果有，昂昂昂！如果没有，自古传下来的内些神书，《三坟》什么的，圣人先王，我小时候被灌的内些，天命什么的，就全成了瞎话，而我本人，就是一大骗子，靠撒下一弥天大谎坐在这位子上。每当想到此就觉得脚下要塌，腰要蛇，就惊得不能再往下想了。

李耳说什么叫昂昂昂阿？天子说昂昂昂就是没问题，一切如尔所愿。李耳说可是全没得到确认。天子说不跟你说了么，不能再往下想了，太吓人了，脑机停转儿，钻金刚石上了。李耳说我敢想，我替你往下想，万一没有，您还真……不敢往下说了。天子说你也怕了，歇转儿了？李耳说没歇，狂转——钻不动，兹兹磨墙。天子说多少茬人夯的，太顽实了。李耳说我换一问法，其实你不知你的神叫个啥长啥样？

天子说叫个啥重要么？李耳说再换一问法，您就没见过您的神？天子歪头看李耳：那又怎样？李耳说嗯，不见也好。

天子说没阿塔尔那么走运的，她的神竟然大白天出现，屈尊降到她们头上，当着那么多人交底，我滴个妈呀！还有比这更不讲理的么？李耳说三千年前，的儿哥，她在场，这你也信？天子说那些话她编不出来。李耳说头上没人儿，自个就是老大，多牛阿。天子说你还小——小李。

李耳揣着井利给的鋈金银壶，跑回大棚，跟胡麻要了盏金罂，续了净水，眼见沏出了色儿，火苗跳跃——忽悠一下，就不在了。

其间经历了山河烂枯，群星凋陨，自己孤单走过一世又一世，从不曾有家，不曾有爱人，所有记忆，曾经的念想，像风中之沙吹得无痕无影……落地睁眼，还坐在原地，火塘煮茶叶蛋的水咕嘟咕嘟开锅，正在滴水的漏刻尚不满一盈。

天子歪在铺角，脚边倒扣空罂，也不曾挪窝，双手用力搓着脸颊，说全想起来了，我见过，经常见，每回见过又忘，每回忘，窈冥又来提醒我。这回忘不了啦，你作证，我是上帝反叛的儿子，生生世世遭到镇压，身体碾为齑粉，化为乌有，灵魂被封印，解往洪荒，因此我到过宇宙每一处角落，见过世界所有景色，在烈焰中熔身烈焰，在尘埃中降为尘土。祂所做的这一切，只有一个目的，抹去我记忆，使我忘掉反对祂的理由。我曾在漆黑海底化身熔岩沉默亿年。也曾在干涸河床化身砂砾无念无想空度万载，直到河水再次漫过研磨成泥。也还曾在荒僻的异乡被出生，给一对无知父母当颟顸的小孩，学些做贼的道理，夹缠在失于算计的恩怨中，在小地方奋力求做大，不知天外有鸿信，人外有故事，黑梦有不死的灵和盈缺不改的本来面目。也不知有祂，天只是一大块盲目温存的蓝，无边无际无有始终。

天子流下寒凉的眼泪：但每一世，我终会想起，岁月静好，心里忽然长毛，就过不下去了，就像此刻，真相大白，我是谁，从哪儿来，为什么会在这里。天子指着李耳大声说你要给我作证哦，以后我要是忘掉了，你要提醒我：你是上帝的儿子。李耳眨巴眨巴眼，说：诶。又说：你不是都叫天子了吗？穆满也愣了，说是哈，大家都这么叫我，大家一直在提醒我，我为什么还是会忘呢？

26

壬戌到壬申这十砬天，部队拖拖拉拉，一个师一天都发不完。师部旅部都慎到末了，吃了最后的午晚餐，二天早起再磨磨蹭蹭上路。天子的病也是反反复复，平了又肿，淡了又红，始终脚趾像坠了线锤。但是精神好多了，每天攥着小银壶跟攥着宝似的，喝水掺点，喝奶也加点，饮用之后就眯住哪旮栏安静地沉浸在自己世界里。井利把自己部队都送走后，回来说：不着急，什么时候好利落了什么时候走。

粟特人帐棚已经得寸进丈和属队打成一片，做饭时灶挨灶。胡麻几次去井利帐中找他，都见里边坐一圈粟特老汉在嚼叶子。粟特姑娘和属队战士互相走错门事也时有发生，特别是夜里，纪周去查铺，有的帐棚一个人没有。大白天胡麻去湖边上了趟茅房，回来见天子铺头盘着一老汉，正在打盹，天子就在旁边午休。胡麻喊来蒌豫揪着老汉白胡子把他提出去，骂蒌豫：你们怎么站的岗？蒌豫说我一直俩眼瞪着不带眨的把着门呢，不知这老东西怎么进去的。

一些驼队跟着先头出发部队伴行，走没几天又全折回来了，说祭公在吐尔干沟设了检查站，见驼队就打人扣东西，扬言再往前跟不保证生命安全。粟特人说太不讲理了。

女听女列李耳联袂去找井利谈：走吧井总，这地方再待下去就成城市了。井利说走，我随时可以走，你们得去问大师，天子能不能移动，我说了不算。姐儿仨又去找伯夭，伯夭正给一帮粟特姑娘看手相，说爱情没有，爱和你玩的人有。听了三人请求，说我还以为你们不愿意走呢，天子早能动了。

癸酉，属队从蒲类海出发，一路——路极难走，草甸翻成泥浆，沙碛刨成沙坑，车辙完全看不见，只有一条广漠阔远垃圾带，遍坡遍野抛撒着穿撕了的战袍、蹬没底儿的军靴、使劈了的刀把儿、碎成积木的辋毂辐辏、啃成笛子的鸟肢兽骨和晒成一条线风干复为草渣的马粪和一爵爵新拉的娇黄人屎。天子说你瞧瞧你瞧瞧，这哪里是过部队，真心是一帮难民。井利因为拉货，把自己车都放走了，此时跟天子挤在一起，说您是没走过最后尾儿，回回全这样，这还没怎么招呢，这要打完仗往下撤，再扔点死人，那味儿——顶风臭百里。要不老百姓怎么把暖冬、春寒、三伏天儿发大水、全年过队伍称为四大凶岁呢，老草医都知道，必生疫病。

没到奎苏谷地，路边出现一辆跑散辐辏的车，一个兵在收集辐条找圆，其他几个兵就在马路边打打闹闹，还一个在垃圾堆上低头找什么。这是井师的兵，井利骑上车帮子骂：叫你们出发前校器叫你们出发前校器，你们就特么不听，这回可好，出门就趴窝！

再往前走，一匹辕马右前腿骨折，卧在路当间，战车歪在一边，滚了一地酒桶、铜盆银碗、成麻袋的盐、羊腿、麦粉、胡麻油，还一只马扎儿。井利指骂：搬家呢？怎没把你胳膊腿压蛇阿？特么的够开饭馆了都！

再往前，有了掉队的兵，徒手站在路边向过来的车伸大拇哥。井利骂：你特么内个单位的，不是想当逃兵吧？兵说我下来解手，他们没等我。井利骂：懒驴上磨屎尿多，才走几步你就解手！天子说你能下去骂么？你特么男低音阿，胸腔共鸣震得我肝儿疼。井利说下去就下去。一步蹦下车，和兵站在一起，说来！我帮你拦车。共同伸出大拇哥。

进入奎苏谷地，山路变得狭窄，趴窝的车一辆接一辆，掉队的兵三三俩俩拖着戈在路上颠颠走，一排排站在路边拦车，看他们穿的军袍裁剪，乃个师都有。属队车不停，掉队兵就蹿到马路中间骂街，有的还追着放箭，见天子云辇过来，才一齐垂了手，退回路边，放箭的麻利儿爬到坡上，钻草里蹲着。天子说这还没打败仗呢。蒌豫说这逮说井师没经验，当惯了先头师，只知忽啦啦往前跑，后面什么样一概不理，共师这方面做得就比较好，一定会组织收容队，专门腾出空车拉这些走不动的，还带着伏兔车毂销子，帮他们修车。天子说是啊，老太太上山搂柴火，还得跟着个提鞋的呢。

乙亥，到达吐尔干沟，路上走的兵更密了，也不像掉队，一台台车空着，整伍整伍兵却在车之间乱钻。天子扒着车帮子问你们怎么都不坐车呀？伍长说报告君上，车太堵，坐着累，还不如走会儿呢。

到了检查站——一帮执大棒士官把的口子。祭公爬上天子车，说见到你很高兴。天子说共师到了哪里？祭公说听说已经到达居延泽。天子说怎么堵成这样，我看着漏刻呢，在这儿原地不动折过去倒过来两回了。祭公说主要拥堵发生在干沟至梧桐窝子泉之间，这一段主要路况就是没路，头车跑过去是辙，二车跑过去是沟，三车过去奏是坑，四车就陷在坑里，就是一个堵点。一路无数堵点，谁也没办法。过了窝子泉能好点，马能跑起来，要不，您先拿一觉？天子说我拿无数觉了。

正午太阳尤其晒，天子烤得直冒油。胡麻蒌豫把四面垂帷卷起来，蒌豫脱下军袍刮刮扇着，给车厢通风。天子说本来是热，现在是馊。一个兵从车队头摽逆行走回来，见一个车就扒上说点什么，走到光杆云车对女听说我们车翻了，东西都扣沟里了，你们有富余吃的么？羊杂就行。女听说只有一块起司。兵说谢谢姐。天子说好么，要饭的都出来了。

戊寅，华骝渠黄跑起来，四蹄永远三蹄儿在空中，一日越过那然色布思台、甜水井。沿途虢师毛师的部队都停车给天子让路，给他的马击鼓。庚辰，追上逢师后卫旅，旅帅逢拱报告，从这里到居延泽只剩不到半天路程，他们师帅昨天已到共伯驻地，带回话他们二老正一起喝呢，请君上加鞭。

日落，望见居延浩波。共伯派出迎驾戎骑接踵连辔而至。

天子下令停车，让祭公换乘去与共伯逢公会合。祭公说你不去阿？接你的都是。天子说我不去，你们住你们的，我住我的。遂命属队宿于亦集乃河尾闾口。

天子下车在河岸活动腰腿，做柔软体操，下蹲起立。河下有女饮羊，因问女此水名甚？女答亦集乃。天子听成易挤奶，以为不雅，见南来之水沸沸滔滔，遂命李耳记曰：滔水。

复与女攀谈：会讲周语么，家里几口人呀，生活怎么样？女说毕，鬼方勒拉尔木亚日那。塔乌勒米尼俄伯各额么格阿乌额吉纳得太。天子茫然看胡麻，胡麻说我也听不懂，跟我完全不是一系列。再看小牧女，果然脸大如饼，眼细如描，肩平腰榜，色若秋梨。犬戎二营在河口放了一什骑哨，天子喊来一个骑手，说你们俩长得是一个系列，你听得懂她的话么？骑手瓜啦瓜啦说一通，胡麻说他连你的话都听不懂。

天子说叫伯夭来，看他懂不懂。胡麻喊伯夭，女听喊大师钻草棵子了。胡麻朝女听招手，女听拍着身上土溜达过来，说啥事？天子指小牧女，说跟她盘盘道。女听跟小姑娘说三白诺。小姑娘说三、三白诺。女听说塔乃比衣三优？小姑娘说三三。女听说塔，马塔贝特乐游？小孩说毕西，浊繇乐游。女听说毕，堂得图四乐胡游来？小孩说八依日赖，毕，亚无赖。女听说八依日太，三腰瓦日艾。小孩说八依日太。赶着羊顺河边走了。天子说你们说什么呢？净听说三了。女听说没说什么，我问她是不是马塔贝特族，她说不是，浊繇族。我问她要不要帮忙，她说再见。天子说马塔贝特，我怎么觉得在哪儿听过这名。李耳说秋丹内卡，他们家先人被马塔贝特人擒拿卖给西瓦太姥。天子说对对。女听说她们是戈壁阿尔泰内边的，冬天把羊赶这边来，夏天把羊赶回去，这小丫头不知为什么还没走。她们自己乱讲，一会儿马塔贝特，一会儿马耳他布里特，一会儿浊繇，我们都叫她们北狄。

伯夭一脸轻松摘着身上草刺走过来：谁喊我？天子说我喊你，不过现在没事了。对女听说你能把她喊回来么，我有点事想问她。伯夭说喊谁呀，又瞧见谁了？转着脑逮四下寻么。女听说嗐，就是一北狄放羊孩子，还没走远，就在河下呢儿，内群羊，看见了么？伯夭说北狄呀，我太熟了，这帮人挺凶的，犬戎都怕他们，年年争草场逮干一仗。

女听沿河追上去，和小孩说什么——逆光下也看不清。

天子说这个北狄是你说的黄帝十四子儿羊之子始均建于嫣然之山内个北狄么？伯夭说我说过么？奥我说过，翻过戈壁阿尔泰确有一嫣然山，是不是始均所建——不知道，好像岔着呢，也没准是人国土大。李耳说国土大，人能从西走到东，山不能挪吧，在哪儿就是在哪儿。伯夭说我说在哪儿了？李耳说你说在西北大旷原，挨着黑水，——看胡麻，你们呢儿。胡麻说没听说过有什么嫣然山。伯夭说我说的你也不能全信。天子说她们怎么过不来了，要不咱们过去吧。

伯夭说你跟她打听，她一小菇羊，她要能知道我摆脑逮揪下来给你们扤酒喝。

一行人走到羊那儿，姐儿俩正聊呢，女听说孩子倒是想过去，羊不动。天子这个那个把自己想问的说了一通，女听三三八八翻了一圈。小菇羊一看就挺懵的，毕毕、毕西说了半天。女听说她不知道，始均儿羊都没听说过，黄帝知道。

天子说你瞧，问对人儿了吧。你到咱那儿抓一老百姓问，他也可能谁都不知道，准知道一黄帝。女听说黄帝是我说的，她们叫公孙大大。天子说甭管叫什么，是不是一人儿？你就问她，公孙大大在她们那儿什么地位。小菇羊立刻接了几句。

天子说我怎么觉得她能听懂咱们说的话呀。女听说小菇羊说公孙大大算老人儿，老到哪一辈她也不太清楚，只知道他后来去内蒙了，指定不是最老的祖宗，差的不是一辈俩辈，太多万年了。天子说昂？李耳说最老内祖宗是谁呀？女听说最老内祖宗没名儿，就叫那噶其俄伯各——姥爷；姥爷到小姑娘这辈儿整七百辈儿。天子说昂？伯夭说她们怎么算的？

女听盘问小姑娘，自个掐指算了一遍，说三十年一辈，两万一千年吧差不多。伯夭说你们什么时候有万这观念的？

小姑娘又吧嗒吧嗒说。女听说姥爷住在马塔布里特，是开她们这族头号祖宗——始祖，相当于你们——咱们的黄帝。我说什么来着，她还不承认她是马塔贝特人。但是，姥爷之上还有个姥爷——什么姥爷也不能从地缝里蹦出来——跟这姥爷差七百辈。天子感叹：拎得太清了。女听说但是，跟她们差太远了，长得不一样——听说浑身有毛儿；说话也不一样——大概还不会说话；叫个丹尼索瓦，就不论了。

伯夭说这都聊哪儿去了。女听说但是，丹尼索瓦有个二十世孙，叫乌斯丢赤，大概生活在三万二到五之间。她们认，叫舅姥爷，是个大英雄，相当于你们的——黄帝之前有谁？

李耳说数得上的逮算……伏羲？看天子。天子说就伏羲吧。跟女听说弄八卦内个。女听说噢噢知道。说乌斯丢赤文化遗产几乎不存在，谁也不知他这辈子干了什么，主要贡献在长相，相传那噶其俄伯各出生时，接生婆留下一句话：太像乌斯丢赤了！所以乌斯丢赤的名儿也就世世代代传下来了。

天子说名至实归阿，使后代子孙都照他内样儿长，不是英雄是什么？李耳说对不起我拦您一句，我请问接生婆多大岁数，她怎么知道的？女听白他一眼：许吹牛不许抬杠。

天子对小姑娘说谢谢你阿，你使我们对人有了更深了解，这个玉龟送给你，拿着玩吧，耽误你放羊了。

小姑娘说不要玉，能把你剑送给我么？天子说你会说周语呀，绕我们半天。说剑不能送，小孩玩剑，不好。从李耳身上搜出刀笔，说这支笔爷爷送你，你要把你刚才说的记下来，传到后世，你就是你们族——戈壁阿尔泰大英雄。

小姑娘说不要！扔了刀笔含指吹着唿哨，去追她的羊，消失在暮霭中。天子感叹：多少聪明人净顾着放羊了。

女听说你也是瞎操心，她们呢儿事儿她都知道，还有不知道的么？天子说咱俩说的不是一码事。

27

辛巳，虢师毛师并随毛师行动之邢师一旅均已到达居延泽，只有井师还在梧桐窝子泉徘徊。祭公主持召开师帅会议，决定不等井师，即日起执行甲计划：向东沿戈壁阿尔泰南麓穿越巴丹吉林大漠至阴山南。共师休整多日，士卒精神饱满，求走欲望强烈，这边才散会，内边营盘就开始发车。

祭公携带甲计划去尾闾口见天子，天子正在帐外看共师兵车一辆接一辆向东开进。听了祭公汇报，说你们有乙计划么，又走沙漠，我这个脚不行阿，大师说每天必须大量喝水，否则嘌呤排不出去，和你们老给我吃的内些草的酸结合，在双肾形成结石，我就没肾了！祭公说乙计划有，南下，沿河走，也是穿沙漠。天子喊纪周：备车，我们走。祭公说可不可以等一下，我马上通知共伯，让他们回来。天子说不必，你走你们的，我走我的，我们兵分两路，镐京见，这是我的丙计划。祭公不嗳嗳。天子说真的，我认真想了，再往东，或南，都要进入犬戎势力范围，有极大可能与树墩部遭遇，我军久曝于野，师老兵疲，一路接敌，敌则可全力对我，以逸击归，一举吃掉我。而我两路，一路走漠北，一路走河西，则敌顾彼失左，首支尾绌，我则可互为犄角，南北呼应，进可大包抄，退可断一臂保一臂你觉得呢？祭公刚要张嘴，天子又说：再者，假使我们遇不到犬戎主力，树墩望我而走，我们一帮人出来，多走一条路，摸了更广地区情况，影响也扩大到更广地区，你不觉得收获也多一倍么？祭公说我觉得……好吧，可是属队兵力略嫌单薄，我建议，共师既已出发，就不召回了，我带剩下部队跟您走。天子说你是非让我把心里话说出来是吗？我是真嫌弃你们，拖拖拉拉，稀里哗啦，本来一天可以到家的路，等你们，一辈子也到不了家。

祭公说你要真这么想，我就不坚持了，按原计划走漠北。但是我坚持，井师上来，让他们跟你们走，一旦有事，对你们是个支援，你们回退，也有个接应——真的不能就这么几台车几张弓走河西呀我的君上！天子说行，同意了。

纪周跑来报告：部队集合完毕，请指示。天子说出发。

祭公回到驻地，毛公虢公正站在帐外看属队广车一辆接一辆南下。逢师已经出动，逢公乘车而来，手里举着令旆立于车左，准备跟祭公见一面就走——也瞧见了属队行动，说他们怎么奔南了？祭公说你先别走，你下来，咱们开个会。

会上祭公把刚才和天子谈话情况摆了摆，三公一致认为走两路不是好主意，战术问题可以不考虑，首先搞清楚这次出来我们干嘛来了，就是要跟着天子做他可靠的伴驾，这个问题不能犯糊涂，我们是没有自己个人偏好的，天子走到哪儿我们必须跟到哪儿，他嫌弃也不成。虢公说天子最近一直怪怪的，跟吃内些药没关系吧。逢公说讨论工作，不要牵扯到人性。祭公说那就这么定了，我们几个意见一致，召回共师，执行丙计划。三公说也只有这样了。

辛巳，天子看到逢师跟上来，停车，发脾气，吵吵一通，要自己折返东征。被伯夭劝下来，说我这不是跟你瞎说，你孤师横穿大漠，水源不能保证，真要出问题哭都来不及。

祭公也专门赶上来单独跟天子谈：我也不知道你对我到底是个

什么看法，嫌弃的那些话我也没跟任何人讲，我个人无所谓，部队知道会寒心的，不能这么对战士。这样，你不愿意见我，我躲后边去，逢固你能不能看，有事让他向你汇报。天子说不是针对你，我对你们……都能看。我内真是个——建议，你们不同意，就按你们说的办。

癸未，看到河谷沙地生长着成片野生罗布麻，单株可达二十余周尺高，俨如茂林。居住在这里的人主要是来自热海的粟特季节工和商人，他们每年夏天长途跋涉到这里从事生麻收割和沤制加工，秋后驮着麻织物料沿途叫卖——回家。

这里做工的人，无论男女皆著麻衣，戴麻冕，穿麻鞋，系麻绳，背麻袋，还有晾麻被的，看到部队过来，撂下手里活儿飞快出摊儿，向部队兜售麻纺制品。那些麻衣柔轻软薄，通气优好，捂一身汗也不见馊，反而愈激出淡淡麻清香，尤特适合盛夏桑拿天穿。周师干部战士一人搞了一件，披挂在膀子上，白花花一条龙，远看如孝子出殡。

当地工头兼行帮领袖骨骬特向天子进献从头到脚全套高级精纺麻织品，连手绢都有。天子正在睡觉，蒉豫从车中下手代表天子收受礼物，只顾啧啧生叹麻纺精柔，车马辚辚走远，没来及回赠干姜。

甲申，东路返回共师并戎骑五营超越属队赶到前面。

共伯经过时天子请他上车喝奶，本还想聊几句，共伯说军务在身不敢久留，干了这碗奶就匆匆登上自己车，催鞭去了。天子说老共这个人，可作我周干城，将来有事可以指待。

戎骑马营编队而过，胡麻眼尖，指着一片尘烟说内不是奔戎么？天子蒉豫都起来说哪儿哪儿？胡麻又有点迟疑，说好像是他，刚跑过去，梳一头脏辫，脸上画着狗眼，跟内些犬戎人一个打扮，但是瞟了我一眼——我觉得就是他！

天子说叫纪周过来。蒌豫传话给后车，后车传后车，一会儿纪周驾车赶到辇下。天子问他：高奔戎下放到乃个部队去了？纪周说好像是戎骑几营，祭公安排的，也不让我过问，立刻就去打听。天子说你也不用打听了，我看见了，就在刚过去内个部队，你把他喊回来，不要管祭公。

云车穿过一片麻林，纪周和一个戎将牵马候在路边，走近果然是奔戎，虽然脸画得跟烧伤似的，小辫脏得跟绳子似的，人苍得跟鞋底子似的，还能认出大概眉眼。奔戎看到天子伏地深深稽首。天子拿手指点了点他，没说话，让车往前走了。蒌豫跳车跑回来，说：老纪，君上吩咐，让你跟祭公讲，老高回属队。然后看着奔戎笑：你瞧你内揍性。奔戎说怎么招，瞧不起基层干部阿？后车停在奔戎跟前，女列直接从车座蹿奔戎身上，双腿盘胯骨轴子，搬着脸左右使劲啵了两口，说想死本姑娘了！李耳也伸出脑逮乐呵呵地说百夫长当得怎么样阿？奔戎说在这儿是给别人洗脚，在呢儿是别人给我洗脚。孔牙说不想回来了是吧。女列说不能让他嫩么舒服。后车堵一大溜，有兵大骂：你们特么干嘛呢，走不走阿。

大家往边上挪了挪，给车让道。硌硌碌碌过来的属队兵们认出奔戎，纷纷笑指：嘿——奔戎嘿。

祭公赶着一辆车，从路肩斜么岔挤过来，停在奔戎跟前，上下扫量他，抬起下颏说：你，回属队。

黄昏，部队在河岸扎营，河畔像被落日点燃，亮起一长串篝火。奔戎用工兵锹挖了个野战无烟灶，架上陶鬲，撅了些干死红柳枝罗布麻叶塞下面，趴地上吩儿吩儿吹火。天子踱过来，问：晚上吃什么呀？

丙戌日落，部队宿于河左一坡苇柳丛生经野火反复燎原又经洪水多次漫灌积炭成丘长山，坡上有人拉过的干屎橛。

曾经来过这里在这儿被人打过伏击的犬戎兵说，这里是重击巴巡人西部疆界，他们划界方式就是走到哪儿拉一泡屎，这儿就算他们的了。大家说还带这样的，这不成猫了。

李耳问犬戎兵重击巴巡几个字怎么写？犬戎兵说不会写，只会念，重置；重是一个音，击巴巡是清鼻音，发：置。

大家击巴寻、击巴熏、鸡巴训在嘴里来回捯个，舌头都抽筋了，揪着犬戎兵说你给我发一个置出来。

李耳把这仨谐音字摞一块添笔减走针摆弄半天，说怎么也不像个字阿。伯夭说我大西膜，就是有这么一特点，读写分家，越是文盲整出的字笔划越多。大家说还是画家呢呗。

丁亥早起，天子在长炭山做伸展运动，两臂平伸蹲下起立。伯夭说运动要适量，运动过量也会导致痛痹复发。天子说我这还怎么适量阿？

戊子，部队连辔南下，逢师越过属队，跟在共师后面。

祭公报告井师跟上来，井利请求接见。天子说不见。

己丑，河岸出现浣衣女和射鸟男。女生蓄发椎髻，肩背五色扎染方帕，下穿青色百褶裙。男生一身黑，头包黑布头帕，上身土布黑褂下身土布黑裤。伯夭说这就是重击巴巡人。

这一段河面水势浩渺，漫漫泱泱，水静如扫，不著寸木，其下多阔漩，飞鸟鸿羽，草茎折苇，风吹翩落，径入涡底。李耳记曰：弱水；水弱不能胜载意也。

时，季夏将尽，溽暑益甚，各车铺盖都卷了，铺上好竹席，饶是这样，人坐在席上，顷刻一圈水印，稍眯即如蒸蟹，起身如才入浴，挥手一阵小雨。驭马车手尤苦，蛋股俱遭生腌，执缰不能沾座，半站半撅，以谢酸辣。奔戎特去修理车求了箍匠，箍了两只背桶，每天揹两桶冷河水，让天子坐桶里，一桶坐开了，换另一桶，两桶坐成温泉，就势冲个凉。

天子说这个天儿还成嘛，也没想的那么可怕。慎了会儿又说听阿，你看这天上没一只飞鹰，地下没有一只奔羊，太闷了，你给唱支歌呗。赶车的女听说你看我像唱的姿式么？

这时就听女列在后面唱起来：走得越远，知道得越少。听得越多，越不敢相信传说。行遍天下路，不见他踪迹。访遍天下人，打探不到他消息。让我痛苦，日夜思念的那个人阿，不在这个世上。

俄而听到一个男声和她：走得越远，希望越远；知道的越多，不知道的更多。吃遍天下蜜枣，没有一枚甜在心头。喝遍天下美酒，再无一滴可以入口。让我割舍不下，午夜梦回那个滋味儿阿，今生再也尝不到。

奔戎说这是谁唱呢，耳爷？天子说不可能，他没这嗓子。奔戎说那就是伯夭？胡麻说去去别说！听歌。

女列唱：问哪个，不是百方千计欲归天堂，却又被那天堂，万般不容推将出来。从今后，背对天堂走人间，我只有一条永世黑暗、独行的路。还要再过多少代，才能再见天空开满强薇？还要再度多少世，才能生在你那一世？世人争说你的好，我只要见你的美。我心心念念的那个他阿，你到底存在不存在？（李耳注：强薇，塞西安传说天堂永生河畔生长的芳草，亦叫回真草。花开如霜，有强烈苦杏仁味儿，善恶之树的解药，嗅之可恢复天真。）

男声：很早以前天已黑，照亮你的只是你的泪光。很早以前路已断，你不停走的只是你的心路。多少眼泪也唤不回逃走的岁月，那个人在，如同不在。你的美一天天凋零，就像你从未年轻。痛苦也将离你而去，只留给你一世惨淡，到临了合不上的双眼。

女听说嘿！这谁呀这么讨厌，还让不让人活了。胡麻说这不岔我们女的呢么。天子笑：这有可能是小李，小李内公鸭嗓子鸭子听了都不下蛋。

停车撒尿时天子问李耳：内歌是你唱的，临了合不上眼什么的。李耳笑：我哪有那么黑暗，是伯老，学我嗓子呢。

奔戎说你们够欢乐的。胡麻从草丛里提裙立起说伯老，你就这么教孩子。伯夭说开玩乐，逗列呢。胡麻说耳哥，我要跟你换车。

李耳说不换。天子抖着嘚儿说：伯老你待会儿上我们车，跟胡麻对唱。李耳说那我也来。

再次上路，李耳伯夭都挤上天子车，天子首先邀请伯夭：要不您老也进桶里来？伯夭说行，抬腿往内只闲桶里迈，泡着唱——在讲儿。天子又对李耳说你也来试试，咱俩挤挤，特别好。李耳说我不，霸凉的，再摆我拔出点什么好儿来。

天子说你试试，不出汗，你也甭老净瞎琢磨内些没用的，还特么养生呢，也没见你比谁身体好多少。李耳说养生怎么了，我爱出汗，排毒。天子说汗都是尿，你愿意没事弄一身尿呀？李耳说我自己的尿我不嫌弃。女听说你们谁换换我呀，让我也歇会儿。天子说那随便你吧。奔戎说我换你。女听说你可别把我们带沟里去。奔戎说你不在都谁赶车呀？女听说诶，耳哥，一直想问你，你到底房中怎么样阿？李耳说房中术绝壁跟我无关！胡麻说都坐稳了，坐稳我可唱了。

李耳挎着桶边往天子背上撩水，说稳了，唱吧。胡麻说我这可是快板阿，叨逼叨，没列姐唱嫩么好听，到时候别骂我。天子说你快点吧，废什么话呀！李耳说难听也听。

胡麻说好吧。清清嗓子，脱下一只木屐，敲着车帮子，鹅似的一动一动抻着脖子，念道：诶，诶……忽然停了，哭丧着脸说：你们特么都给我搞不自信了，我还是唱吧。女听说唱！妹妹，别理他们。一把捂住天子嘴：你能不说话么？

胡麻委委屈屈慎了会儿，扯开嗓子：天地未开时，神住在哪里？时间开始前，祂在忙什么？世外本无人，祂为何开口言？女听说：牛！

伯夭说哟！这是太古老一史前跳巫唱的神歌，流传特别广，从东到西到大北方各部落跳巫必唱，内时候大家都还不怎么信神，后来信了神这歌不让唱了，胡麻这小孩怎么会唱，她们家一定是汝拉伊亥——痛哭派。天子说你别光聊，你跟人对呀。伯夭说握草，我跟她对这歌，可是要冒被雷劈危险，到时候你可逮替我戳着点。天子说我还就不信了，是不是全宇宙统治者阿？代表不代表绝对真理阿？噢，别人打听点你们家来历就跟人急，我替你戳着，有本儿连我一起劈了。

伯夭唱：天地未开时，神住在虚空。时间开始前，祂在烧锅炉。世外本无人，神也不长嘴。

胡麻唱：哎哟喂——诶，虚空是物不是物诶？是物是个什么物喂？不是——是个啥东东我滴哥哥诶。

天子说怎么突然这味儿了？伯夭说太多东西在流传中走了味儿，跳巫本来也有男女调情的部分，敬神之后大家昂——正经了许多，但是后来情歌调调就混在神歌里了。这种事非常多，你譬如握草，本来是占卜时一个庄严仪轨，占者拣数蓍草，分把执于双手，曰：握草；现在成什么了？

伯夭高歌：哎哟喂——诶，虚空是物摸不着哎，虚空是物看不见哟，虚空似物不是物喂，虚空是个大转子诶我滴个亲妹子。

天子跟女听说脑仁疼。

胡麻唱：哥哥诶，天地开阖先有谁后有谁哎？日月既明先有谁后有谁哟？万物生长先有谁后有谁喂？在先为大在后为大耶？天使和神争不休为了个谁哎哎？

伯夭唱：妹妹诶，天地开阖先有星再有坑后有水诶。日月既明先有光再有影儿复有窈冥诶。万物生长先有草再有树，再有虫、鱼、鸟、兽，后有人诶。天使为人和神争不停哎哎。

伯夭念白：哎呀呀，当是时，天使长收起光芒百丈十二翼，谦卑说：啊呀呀，我底主阿，你不该管这么细，你立这人为大，就对那虫不公，都是你生你养滴，谨循你底道行事底。神说啊呀呀，我何曾立人为大？那是人自以为大自立为大滴呀！天使长，你来看，那东方虚空四千亿颗恒星多不多呀？天使长说啊呀呀，甚多。神说天使长，你再来看，那东西南伯，四维上下，四千亿乘四千亿恒星多不多呀？天使长说啊呀呀，太多了呀。神说我都叫它们各随其转儿，依从我底道运行，自生自灭，何曾立谁为大了么？天使长说不曾有过呀。天使长说那人还说，你照你底样子造了他，他应当获得更多底恩宠，你讲过这个话没有哇？神说姆姆姆呀呀呀啊啊啊亢才！我是无所不能无所不在无须有形滴，何曾有过石马样子呀……

这时车触地弹起，所有人失去引力，头撞向顶棚，奔戎哎哟一声，消失了。女听飞身仆向驾位，挽住缰绳，喝停了马。李耳头伸出车轩，见奔戎滚成泥猴，左手托右臂，卧在尘埃中呻吟。原来他于驾驶中手腻带不住辔，遂绕缰于腕，四马遇坎儿并肩一跃，腕差点没勒断，人也失去抓挠，悠将出去，拖拽于地，幸马及时停住，被踩两脚没踏中要害，却也滚得浑身肉绽，鼻青脸紫，经蒦豫检查，右胳贝扽脱了环。

奔戎怨恨伯夭，说就是你在呢儿胡吣，报在我身上。伯夭也唬得脸无人色，连声说赖我赖我。

奔戎被后车下来的兵抬往医务车正骨，女听重新掌了缰，缓缓勒马而行。地变成搓板，车咯噔咯噔的，天子坐在桶里如在浪中，还呛了口水。伯夭说咱别瞎聊了都，今天的主题就是平安。

日穷，属队露营于野，大家喝了点汤就早早躺下了，平时喜欢各自找地儿闷灯蜜的，这时彼此挨着，紧紧卧成一排。

医务车内边传来消息，奔戎没大碍，脱臼已经复位，皮外伤也已经清洗消毒，无须包扎，主要是受了点惊吓，精神不太稳定，有点心因性低烧，再观察一晚，明晨就能归队。

夜晚，天子仰望星空，对睡在身边的胡麻说：你造么，越了解自然，越不能相信神是属生命的。

28

庚寅，河道辗转向东，迎面跃升朝日刺得人睁不开眼。这团金盂化成洗刷一白晴空，可以看到青黄相接的原野和切割分明的山廓。李耳说内片麻长得真齐。女听说内不是麻，的儿哥，内是莜麦。李耳说嗯，不是我种的。女听说没人说是你种的，老天爷种的。天子说我比较喜欢紫罗兰。

女听说哪儿呢的儿哥？内不是紫罗兰，内是紫堇。天子争说紫堇没有嫩么大的，不要以为我们不识百草。女听说内是木本的儿哥，没听说过吧？天子说好吧，我比较喜欢木本紫堇。胡麻说真的有木本紫堇么？女听说不知道。

前队战士纷纷下车，挥动长戈收割野莜麦。也有老军医来到河边，鬼鬼祟祟嗅采紫色野花。女听说咱们先等他们采了吃，没人中毒的话，我给你们蒸莜面紫堇团子。

这时看到天边起了烟儿，共师逢师帅车相继响起急促鼙鼓，各级司铎摇着铃一路喊叫而来：战斗警报，全员上车，弓上弦，这不是演习。再重复一遍，这不是演习！

野地里的兵丢下麦捆往回跑，慌慌张张上车，挂弓弦，披石甲，竖起一片红色旗旆。纪周带着虎士上来，面向河滩野地进行警戒，对探头晃脸的李耳说：回自己车，动作快！

李耳下车一溜小跑，刚爬上后车，鼙鼓停了。又听司铎叮叮摇铃，接三连二喊：警报解除，警报解除，各单位恢复日常勤务。天子也下了车，站在路边张望，问跑得满头大汗的司铎：什么情况？司铎说我也不知道，只知传达命令。

当兵的都在车上摘弓弦，脱石甲，光着脊拧拿战袍袖子扇风。各卒长喊：还没有宣布解散。

一会儿就见烟儿近了，祭公逢公一帮人乐呵呵挎着一个头戴周师帅冠、身著赤色犀牛皮防箭坎肩老汉向这边走来。

吊着一根胳膊跟李耳一起靠车帮子上看热闹的奔戎说：这不邢侯么，他怎么来了？

邢侯见到天子，三步两步赶上来，先以军礼见，再以臣礼见。天子搀起他，说都摆你忘了，你怎么自个找来了？邢侯说您忘了我，我可不敢忘了自个，一直关心部队走向呢，听说你们在舒珊城下大败，天子——您，为埃兰人所俘荒信儿，我还大哭了一场。天子说没败，打得很好，怎么都传成这样了。邢侯说他们瞎传，他们不懂，他们连谁是谁都分不清，还说您被西王母招了姑爷了呢。祭公逢公笑，这倒还真不完全是瞎说。

这时毛公虢公也已赶到，毛公说老邢，你太舒服了，一点苦没受。邢侯说我倒愿意跟你换呢，你以为踪着一帮人琢玉好受是吗？我都玉矽肺了。天子说还说呢，内批活儿完了？内哥们儿叫什么来着？邢侯说活儿齐了，都给您拉来了，回头您自个验。我给你介绍一人，说着招手把一头包青帕，青褂青裤，挂一脖子银项圈，一动浑身豁朗豁朗响的汉子叫前边来，说这是重置兄弟，比内哥们儿——潜时，靠谱多了。

重置腼腆地冲天子一抱拳，说：见过君上。天子说噢噢噢好好好，你在当地都交朋友了？邢侯说这可不是一般朋友，你知他会干嘛么？化石为玉。扳着汉子来回转身，说你让天子好好瞅瞅。只见汉子头帕上缀着一颗颗土黄恶绿圆珠，却也见日闪烁，掀开汉子大襟，裤带上挂着一只只口笛般紫色管珠，一扒拉，珠珠点碰，发出叮当脆音。

天子猫腰看半天，外行地摸摸珠子皮，说这是琉璃还是玻璃？邢侯说这么透亮，都能照见我手指，您说呢？

重置说格达是玻璃，列根儿后门晌儿才烧滴，不像银家勾盐净儿，啊们勾的奏是铅净儿，怪好的，可照？天子说你哪儿人呀？这口周语够杂的，很多古夏语的词，好久没听人说可照——行不行了。邢侯说你知唐尧时舜办内大案么？

天子说乃件阿？舜办的案子多了去了。邢侯说就是窜三苗于三危，从安徽凌家滩把三湘之苗全部搬迁到乌兰达坂、野马南山、大雪山以北重新安置——内件案子。天子说那谁不知道，这么大事，不是说安置到都货罗——敦薨去了么？

邢侯说说是那么说，舜下的命令是敦薨、三危山。重黎部押他们从巢湖走到淮河，没渡河先跑了一半，见黄河走到河拐弯又跑了一半，再逆渭水走到洮河又散了一半。当时就那个条件，重黎兵都是冀州人，也没去过西北，押解流犯是个苦差，都是拿两脚量，流犯累，他们也累，一路水土不服，非战斗减员也很多，到了哈勒腾河，就剩几个兵和重置老家儿一人了，还是兵先走不动了，说怎还没到阿，到得了么还？重置老家儿也是老实人，说还逮走俩月，翻两座大山——其实他也知不道。重置说知不道，也不可能知道，谁来过呀？

邢侯说：兵说别操蛋了！再走两天，啊们就全搁这儿了——到了！指着乌兰达坂和界别儿野马南山、大雪山说，这、这、这、这就是三危山——我说的，到了！你就在这儿好好生活吧，以后别给我们惹事了，再见。说完就撤了，摆老重一人撂这儿了，——到今个。重置说我老家儿我老家儿。

天子说你是苗人？老重说其实我也知不道，算是吧，两千年一直穿这身儿。啊们老家儿当时也就是一孩子，跟当兵的走了两年，家里大人都死光了，学了口当兵的话，要不我这周语您听着这么杂呢。邢侯说自己名儿也忘了，现在这名是到这儿起的，重置——重新安置氏。天子说不容易呀，乃个民族往前捯，都能捯出一个苦孩子孤楚身影。其实你刚才说内周语我没完全听懂，您说您这玻璃是什么做的？

重置说我说我这玻璃是昨天下午烧的，人家烧玻璃都往里加钠盐，叫盐玻璃，我这是加铅，叫铅玻璃，你看可照？

天子说我看比石头照，一般次一点的玉也没这照，喜欢，赏人用得上。邢侯说都说点石成金，那真是吹牛掰，谁也没见过，这可是亲眼得见的点石成玉，我要说是继炼铜以来最大发明不算瞎说吧？天子说那怎么招，你给我们来点，也别多了，烧个一万双玻璃。邢侯说就等着您这句话呢，我就说您会喜欢。毛公说你是不是收人什么好处了，见过给自己家买卖拉活儿的。邢侯说不是，我就是爱才。逢公说能不能烧点玻璃人儿，镜子什么的，不是能照见人么，应该比铜镜真啄。重置说不好意思，现在只能烧球，顶多是管球，工艺还不过关，拉不出平面。邢侯说玻璃烧化了，就往块儿堆跑。

天子说球儿也很好了，串成串儿就是大项链儿，挂脖子胸上——嘿！你信么，明年丰镐最流行的就是玻璃。

这时听到部队摇铃，司铎一嗓高过一嗓喝叫：部队卸车！部队卸车！天子说今儿不走了？祭公说我看你们聊得挺好，你这又给人下单订货，就别走了。邢侯说别走了，本来老重也要请你们，牛都宰了，就问君上赏不赏这个脸。天子说有牛，会不会太丰盛？邢侯说说什么呢，丰盛俩字就是为您发明的。

当日，六师一字长蛇，宿于河曲。李耳记曰：弱水之阿。一个蓄椎髻、背五色方帕、穿青百褶裙阿假——姑娘，正在烤牛，端着木碗刷野蜂蜜，一遍又一遍，歪头瞅了一眼，烟酒嗓说：不叫弱水了，拐出这道弯儿，东来这段就叫黑水了。

李耳说哦，改正为：黑水之阿。抬头看阿假：你怎么认识周字？阿假笑而不语。

重置向天子及祭公以下诸公进献冷汤紫堇莜面鱼鱼，说这是汤，您先涝涝汗，清清食道，一会儿有横菜，您看可照？

天子说照照。诸公也说怪好的。

重置向天子及以下诸公进献紫堇拍烂蒜凉拌莜面，说这是头盘，您先垫垫肚子，清清肠子，一会儿有硬菜，您看可照？天子说照。诸公尝了几口，说马虎熊。

重置献烂蒜醋汁莜面窝窝，问可照？天子说我能等会儿再吃么？诸公不嗳嗳，也不动筷子。重置献烂蒜莜面饨饨，毛公先炸了：还让不让人吃别的了，上一堆粮食。

天子说素质。问邢侯：跟莜面干上了？邢侯说这是人家的讲究，先上十八道面点是他们这儿最高规格，大早上起来就得祸面，搓鱼鱼，过年都舍不得这么吃，专门用来招待最尊贵客人，我来也就七道，就这么实诚，怕你吃不饱。

重置献莜面傀儡，天子说别光我吃，你也吃点。重置献莜面栲栳栳，天子跟邢侯扯闲篇，问他：你这一年都干啥了，这膀子都养出蝙蝠肉了。邢侯说我不是闲的么，琢玉这种事看一天也就够够的了。天子说是是，没比这更磨性子的了。

邢侯说部队长期停留在一个地方无事可做，战士也不好管理，我就组织部队开展夏季练兵，南上唐努乌拉，北下那不训湖——全流域拉练。利用柴达木丰富地形条件——沙漠、沼泽进行生存极限演训。秋冬两季，举行大操，分为红蓝两军，在昆仑祁连之间广大地域，进行跨地域、全天候、全科目、无导演、无想定实兵实箭对抗演习。我带蓝军长距离、超范围机动深入乌兰达坂，在当金山口摆下战场，预设阵地，准备伏击红军，结果红军没来，自己转了向，在山里几天转不出来——这也是无导演军演弊端，有时两军各有盘算，根本碰不上。部队断水断炊正在找路，遇见老重，问他黑水怎么走，他说跟我走吧，我就是黑水人，就把我们引这儿来了。

天子说这俩黑水通着么？邢侯说不通，隔着祁连山呢，走着我也觉着不对，问他老是一句话，你就跟上走吧。在山里，咱也吃不准，看着是向南，一会儿又奔西了，跟着走吧。

重置献莜面懒吃。天子问他，你一人在山里转悠什么呢？重置说我是去野马山挑玻璃料，野马山群石英岩比较丰富，我们平时烧玻璃用的都是南山平达坂出的含石榴云母石英片岩和含十字二云石英片岩，还有一些矽线二云石英片和夹含石榴蓝晶黑云石英片——全靠这出紫色呢。之后我说去乌兰达坂转转，那个地方是我们重置氏祖山，南方老家记不起了，别个问起老家是哪儿，都说乌兰达坂，奏是从那儿走出来，散到西膜各地滴。啊们这儿有个风俗，命薄的转转山能添寿，我是替家里老人转转，期求老人能多活几年，之后就碰上了个他，拿戈架在我脖子上，怪厉害的。——指邢侯。

天子说这山听着挺有意思的，你去过么？问邢侯。邢侯说我去过，不高，挺好爬的，有一处大断崖，跟影壁似的，全是大理岩，表面杂质全被风化了，直溜上下，摸上去跟我女儿小时候内脸蛋一样——滑！那要凿下来背家去铺地上，跟住脸蛋上似的，坐着就能照镜子，比啥么宫殿都气派。

这时牛抬上来了，邢侯说饱了的都别吃阿。毛公撸胳贝挽袖子说：凭什么呀？

重置人酒席跟黑娃母、塞西安人、梭罗孟达酒席一路子，也是不眠不休一吃好几天，可能这是整个西方的习俗吧。这也看出开饭先上十八道面点的必要性，那些莜面点心到最后剩的也都吃了，还不够。毛公还想让人再给搓点鱼鱼，邢侯说没了，发动来磨面的阿假都回家了。

重置向天子敬酒，天子先还绷着，说我真是有病，吃着中药呢，不能喝酒，可我心里比喝了还高兴。重置表示理解，自己干了。但每回重新斟满都双手举碗加额向天子敬酒，举了几把，天子实在扛不住了，说我特么就喝了，爱咋招咋招吧。随重置一路干下去。牛也如是，天子说我不能吃肉，我现在是素食主义者，特别瞧不起吃肉的人——肉是骚的。还拿手在鼻子跟前扇，眼却死死盯着解牛阿假手里内把快刀。

邢侯把牛每一部位刌下来第一片先挟天子鼎里，说你别吃，你就看着。毛公这个贱人还故意在天子鼻子跟前吧唧嘴。

重置也四请，说就一口，你就尝尝我们这牛，都是童贞阿假用紫堇喂大的一岁牛，是甜的。天子紧闭嘴别过脸，拿眼珠梭䁖祭公，眼神特别可怜，祭公看不下去，说你就尝一口，别多吃。天子说我不吃，我有志气。然后大家就乱吃，各种赞叹、舒心，谁也不理他。一会儿就听天子蔫蔫念叨：太香了。回头看他，一副被幸福击中的样子，嘴皮快蠕瞪着大眼，说：我就没吃过这么好吃的东西！

辛卯，天子已经吃大喝大了，搂着邢侯说，还是你留下，等玻璃出窑。邢侯说还我呀，别老我呀，实不相瞒老大，我的部队已经发生有兵私自用军马帮老乡翻地拉磨了，再住下去，头茬孩子该生了。这时井利来了，正脱舃入座，天子指着他说：那就他！井利说我怎么了？我刚到。

癸巳，重置问要不要宰第二头牛，大家说别弄了，吃不了，整点汤吧。席间，祭公报告天子属队几个单位断炊，希望天子和重置讲讲请他们支援点粮食。天子说为什么不让邢侯问。祭公说邢侯昨天就问了，重置也答应了，今天还没反应。天子说摆酒给我倒上。举海碗敬重置说：感谢你支援我们部队粮食。重置说应该的应该的。当天安排断炊单位到附近重置人村庄一些富裕农民家庭共食。这些兵一共在富农家吃了五天饭，临走赠送富农几副好弓、数捆长箭冲抵饭资。

甲午，宰了第二头牛，举行建窑仪式。重置请来族里几个烧玻璃老师傅，在黑水边砌窑，请天子赐名：周窑。拜了祝融、炎帝、蚩尤，献了牛羊鸡三牲，点了第一把火，曰热窑。天子感慨：想不到在这里还能看到炎帝蚩尤共祀。

吃肉的时候明显感觉人多了，牛片下来有点不够分，一盘子没传几手就剩油星了，圈儿有点大。伯夭胡麻女列女听是天子吩咐叫来的，挨着天子坐，属队一些人奔戎葽豫李耳没人叫他们，也悄默叽坐在紧后尾儿埋头猛吃。天子跟邢侯说这只牛算我的，别白吃人家的。邢侯说你以为第一头白吃阿，也得给人算钱。天子说靠的勒，合着我这是下馆子哪。

天子跟邢侯说跟你商量点事，这一路走来，处处用钱，花销有点大，不瞒你说，属队手头已就没钱了，东征以来花的都是我私房积蓄，你师里是不是还剩有一些丝帛金器，借我一车，回去还你——我你还信不过么？

邢侯说这个没问题，师里虽然也紧张，挤一些出来——还是有。

我现在主要考虑的是玻璃钱，怎么搞？一万双，不是小数。天子说实在不行就不要了。邢侯说别呀，窑都建了，我在想，您没到山穷海尽，您砸窑的东西还有。天子撸起两只袖子给邢侯看：镯子还在么？我内可都是正经上等豁丹羊脂玉，半斤重以上。你再瞧我头上这簪子，女式的，跟胡麻借的。邢侯说我说的不是您还密着有货，是，您身上穷了，可还有东西在我那儿呢，内一万双玉。天子说哦哟，怎么把这忘了，对对对，还有玉呢，他们认吗？我这一路发脚，好多外国不认玉，送不出去。邢侯说你想他们是烧玻璃的，能不认玉么？我摆您内批玉挑好的给老重看过，嘴上没说什么，看得出来，心里痒痒，怎么说也是凌家滩出来的，识货。

天子说妥了，就这么办，你掌眼，拿玉换他们玻璃。邢侯说我觉得你应该跟内几位老师傅喝几碗，别回头给咱们烧出来的净麻壳。天子说你说谁，我跟他喝！井利也端着酒碗冲上来，说谁呀谁呀，我陪你。

当日午夜，大家还在闹酒，天子自个低头扒开袜袋检查右脚，果然艳若瓜瓤。天子说我靠，你们可别再让我喝了。

下半夜，大家胡逼聊，天子说想去看女孩子脸蛋一样的大理石影壁。邢侯说内边山车不太好走，逮骑马才能上去。

胡麻说你内脚，行吗？天子说没四，现在起我口酒不喝，口肉不吃，应该能扛过去。胡麻说要不要现在就喝点巴豆？天子说没病呢，喝什么药。

乙未一大早，一行人就骑上马，叫上天子几个大跟班，奔西南达坂去了。

丙申，马队沿疏勒河西行，一整天都走在疏勒南山、托勒南山两山夹峙峰谷间。天子精神很好，说说笑笑。大家在马上分传牛肉干充饥，天子一口不沾，看都不看，说你们别害我了。井利说我发觉要减肥，真逮得点病。

丁酉日中，天子走马登上野马南山。李耳记曰：升于采石之山。胡麻说你这是第二次记采石之山了。李耳说你看见我丢内简书了？胡麻说没呀，上回你不就这么记的么。李耳说上回内两根签子也不知丢哪儿了。又说黑水还记两回呢，重名地方太多了。天子说内大脸蛋在哪儿呢？怎么都跟后背似的。邢侯说就在这一带阿，平达坂过去没多久就撞见了，怎没了？问重置：去哪儿了？重置说我一直知不道你说的影壁是啥，也没见过什么大理石崖，还跟脸蛋似的。重置下马糗在一处断崖前拿小铲尅哧半天，扒拉扒拉土，说这就是含石榴云母石英片岩。天子说怎么什么都不是阿？重置说你们以为跟逛街似的，玻璃都擦亮了挂山头上呢。天子说失望。问邢侯你到底找得着找不着？邢侯东张北望，说好像是内头，翻过这座峰的。井利说翻过这座峰再没有，我摘你脑逮当球。

戊戌，一行人到了也没见着什么大理石影壁，下山东归，每人马背都驮着两挂云母石英原石，脚都没地儿放。李耳记曰：于是取采石焉。特别注明：不是取宝石，是真顽石。

天子脚在山上就发了，一直忍着不好意思说，下山大家脚都不断磕云母石上，都喊唉哟，天子混在里边呻吟了几声，也无人关注。下到平地，大家脱袜袋检查脚腕子，都是青的，还有破皮儿的。天子脚也不是没青，跟血里糊茬的比起来，那点红算健康红。回程天子不时将右脚盘上来拿手去捏，大家看了说这个办法好，能歇腿。就都一会儿把左脚搬上来一会儿把右脚提上来，斜么岔挎在马上走。看到黑水，天子从马背出溜下来，噗通坐地上，抱着右脚哭诉：疼死我了！

29

己亥，天子回到营中，被疼哭的消息传到祭公耳中，祭公叹息，下令部队就地休整。同时告共伯，你师并戎骑各营可继续向东发展，尽速占领黄河渡，并相机渡河，与国内建立联系，告丰镐诸公，天子已归，请他们调拨食粮、军工物料，尤盼增拨一些硬通货金器、香料、朱砂，以资六师。

同日，伯夭检查了天子脚趾，确诊为痛痹复发，谴责了连日牛肉大餐，制定了休养方案，禁食，进药。

壬寅，建于黑水之上周窑正式点火，河岸站满看热闹战士，笑浪欢谑传到卧在帐中死去活来天子耳中。

当日出了一炉玻璃，多为次品，或为麻壳，或成鱼鱼，十中取一，拣出一些，蓝绿各异，色如璞玉，置于盘中滴溜溜转。井利码残次玻璃于地，握一珠在手，逐一弹射，或击飞，或粉碎，如儿童般兴奋。军中遂兴弹珠游戏，曰弹球。

邢侯选了些上好黄珠绿珠，穿辍在丝冕画衣上，佩戴整齐去见天子，问可照？天子强撑着说：照。邢侯说我准备做一试验，看能不能烧出镯子，若能成功，真是省玉了，丰镐玉商该哭了。天子拭泪说不但玉商哭，玉工也要跟你玩命了。可否请他们再试，能不能烧出白玻璃，玻璃玦、玻璃琮、玻璃杯、玻璃海碗。邢侯说诶，我跟他们说。兴冲冲去了。

天子长出一口气，躺倒放平，跟胡麻说这几日，不要放人进来探视了，我这里疼得什么似的，还要起来应付他们，哪个混账发明的生病非要探望，骚扰病人恶俗——坑人！

又说：等他们第二炉出来，我帮你跟他们要点儿，第一炉就跟人要，不合适——你为什么冷笑呢？胡麻说没四。

丁未，共师传来消息，共伯已占领前套沙坡头中卫渡，克日渡河。并告沿途各要点、水源地已放上守备，由共师车兵与戎骑混合编成。目前河西并无树墩部踪迹，人民对我友好，戎骑五营军心稳定。

这期间，祭公调阅了李耳笔记，尽删与军务无关之轩轾琐语、行歌乐词，其中尤涉天子私怀隐思，以为不恭，只保留一路地名，所见人名、物产及进献颁赏名物清册。看到前日“升于采石之山”句，想起月前行经阿尔泰境内，有井师士兵上交的两支签子——周师行伍向有规定，敬惜字竹，凡遇拾者，上交可奖布鞋一双，也是重视军中文书管理，唯恐遗漏错失之意——上面记有一些奇怪的宝石名录，疑似李耳刀笔，就翻身找出来，夹在这一卷中，想着还笔记时与李耳核实，军中杂务一忙，就混忘了。后来回到丰镐，奉旨收缴李耳所录，连同各师阵中日志一同交予左史戎夫编纂西征战记，戎夫不知所谓，以为就该接在这儿，遂将宝录誊于“采石之山”行下，此是后话。

仲秋壬戌，天子休养二十余日，脚疖大好，瓜瓤转为舌粉，已能下地走动，经常溜达到河边看烧窑。窑火似丹霞，一日数出，黄绿紫残次玻璃堆积如山。过路士卒随手抄上一把，三五成群蹲在走马平滩，抠三个土坑，叮来叮去，玩进坑，不亦恣儿乎。亦有亲兵大夫，萋豫纪周之流，将珠穿串任意悬于胸前腰间，大颗大粒缝在袖口鞋面，抬手投足，浑身宝气，顾盼自美。天子跟胡麻说：这个玻璃，叫他们一穿戴，怎恁不显好阿？胡麻说你也觉得了。

这时邢侯前来问安，说明日重置阿娘七十大寿，在村里办席，让我问你可不可以参加，我说了不行，再四非让我问，说是礼数，话我是带到了，你可以回答不参加。天子说参加。

邢侯说你又是好了忘了疼。天子说我去是去，实在闷得慌，见见人，坐一会儿，绝对不吃，我要食言，你可以抽我。

邢侯说你净说内些办不到的事。那好，你非要去，不要跟祭公说是我告诉你的，否则他又该啰嗦我。天子说我谁都不说，你也不用接我，告诉我地址，我自己找去。邢侯说地址怎么说呢，你看大家都往哪儿去，哪儿冒烟儿，准是那儿。

癸亥日，天子带着一帮人假装遛弯，转到重置村，看到一村人蹲在街上吃流水席，自己部队人也在，喝得脸红脑筋粗，假装吃惊，说哟，你们怎么都在这儿阿，我错过了什么？

邢侯也假装吃惊，立起来说哟，您怎么转这儿来了？来来，我给你介绍，这是重置兄老父亲鳏鸳老人，今儿是他大日子。天子也没仔细听，拱手还老汉礼，眼睛还往老太太内边找，说阿阿——好好，什么大日子呀？阿娘在哪儿呢？

邢侯说这就是阿娘，他们管父亲叫阿娘，是音译，不是咱妈内个意思。天子眼睛这才落回老汉身上，说啊呀呀，不好意思，老人家，怪我眼拙。重置说怪我，没讲清楚，经常闹误会。井利说你们应该叫爸爸，就不会搞错了，全人类都叫爸，是吧？重置说我们不叫爸，我们就叫阿娘。李耳说也不是全世界都叫爸，吾土之外一隅，东北夷内边有个肃慎，也管大叫阿妈，到内边也得小心点。天子说可能是咱们叫反了。遂又自我解嘲说可见语言也就是指代，习惯用法为王，迂夫以文法纠勘习法，是善治其器而不理事，得圈而忘羊。

邢侯说对对，我们不学他们，咱们说话自个明白就成。

天子说老人家，有个事一直搁在我心里，不讲出来难受，可又一直莫得机会，今天巧了，出来遛弯碰见你，可见是天意，我负责任地讲，内个事是搞错了，我代表舜向你道歉。

鳏贫老人摸不着树梢，说什么事阿？我跟你没梁子呀，我生日你能来，我高兴还来不及呢，咱们不是一直都挺顺的么，感谢你照顾我们家生意。重置把天子拉到一旁说你别跟阿娘提这事，阿娘不管这些，阿娘心里他就是黑水人，且这儿生且这儿长，只有这一个家乡。天子说奇怪了，你们家族大事你大不知道，你知道，这个家族来历也带隔代相传哒？

重置说奇怪么？你们那儿的人都关心自己从哪儿来的么？我们还有个传说，说我重置始祖重击巴巡就生在乌兰达坂，是炎帝女儿嫖拣了只鹰蛋吃了生的，所以我们也称自己鹰的儿子。烧玻璃手艺传自炎帝，只有他女儿懂怎么掌握火候，传给了重击巴巡，要不我们怎么能会呢？我们这儿多数乡亲信这个。天子说就没人想着问问炎帝打哪儿来的？

重置说那就涉及第三个传说了，据说炎帝和蚩尤是发小儿，生活在特别炎热的南方，晒得都挺黑，经常在一起玩耍，玩到天黑也不知回家。后来有一次，太阳公公和月亮阿姐吵架，都赌气不出门，天黑了半年，俩孩子找不到家，就乱走，往大约母估计是家的方向摸。这一摸可了不得，摸遍大海焊高原，什么也瞧不见嘛，听见哗啦啦，喝一口齁嗓子，知道是海。越走越喘不上气，腿沉得跟柱子似的，拔不起来，知道是高原。越走越冷，知不道为什么，以为是没太阳。半年后太阳憋不住出来了，俩小孩站在乌兰达坂红色岩石上，遂以赤为名，一个叫炎，一个叫蚩尤。天子说整个没舜什么事？

重置说舜是特别少特别少一部分人知道，这些人是我们这儿各村老祭司，他们是一个小圈子，严守这个秘密，不得向外人泄露，只有其中一位祭司去世，才能挑身边一个小孩，传给这个小孩，多一人都不行。我阿娘的阿娘是这少部分人中的一个，临死挑了我，没挑我阿娘，给我唱了三晚上大歌，第四天歌还没唱完，咽气了。我小嘛，中间也睡得乱七八糟，听得一箍节一箍节的，好像是跟着炎帝奔了东还是跟着蚩尤奔了南，反正是离开这儿了，后来又跟着蚩尤回北，也不知得罪了谁，又给我们发回南边，怎么又发西北去了，来回来去好几趟，中间有舜那么一段，后来还有，记不全了。

天子说得罪谁了你们到了也不知道？重置知不道，爱谁谁吧，当事人都不在了，我们还记那干嘛，记仇——多占脑子阿。天子说也对，老话说：养恩得恩，养仇得仇。心眼再小，也没听说往十八代祖宗以上寻仇的。邢侯说你们还聊哪，莜面盔盔都成砖头了，你给人带内礼还不赶紧给人亮出来。

天子说对对，我内礼，你都带来了？邢侯说一直摁在村外呢，没敢露，这不等着你呢么。天子说赶紧的，来半天了。

邢侯招呼他手下兵，推出辆排子车，一件一件往下搬，计有曾摔扁现敲圆带榔头印儿金罍十八尊，严重氧化现擦亮银制乌形盛酒器一双，脱色开线旧贝带五十，严重掺土橘色朱砂七百袋，桂皮、干姜渣儿百筐，还混了几斤竹笋；最后又捧出丝绳流苏雕花军乐队排箫两座——架筐上。邢侯对天子摊开两手。天子鼻子哼了一声，说：你们都跟我装穷吧。

李耳执刀竹上前欲登录，邢侯说这儿都替您记全了。袖中抽出两支竹签，一支给重置，说这是礼单。一支给李耳，这是咱家天子的。天子对老爷子说，一点薄礼，拿不出手。

鳏鸳老人出溜到地上，说从没见过这么些金贵玩意，还有笛子呢。说着整个人趴地上，摊开四肢，旋又爬起，膜拜再三。天子叫奔戎：快搀起来，老爷子做寿给我磕头——成什么样子。重置拦奔戎：叫阿娘磕完，我们这儿就这么一人性，你敬我一寸，我敬你百丈，千万别叫我心里觉得该了你。

30

乙丑天没亮，天子就张罗走，自个卷铺盖。胡麻说你脚全好了么，急什么？天子说我没脸再在这儿呆着了，玻璃珠——爱谁谁吧。叫起女听，赶上云车，摸着黑就出发了。

发觉天子走的只有女列，因为跟女听睡一块，听见天子叫女听，自己也披上衣裳起来，看见天子车走了，连忙去男生帐棚挨个踢醒自己内车人，说你们还傻睡呢，天子都走了。伯夭李耳爬起来晕头转向跟女列上车，追赶天子。

云车出了营圈，见路边站着一人，牵着一马，近看是鳏鸳老人。老人说知道你今天走，送你一程。翻身上马，走在前面。日出，见曼曼沙丘，相傍相属，兄弟般靠着肩延宕至辽远。老人勒马指说此地叫长沙之山，号曰山，其实只有沙，起风才见山，是朋友分手的地方。我们这儿有句俗话：不到长沙不落泪，从此诸君是路人。说的是再好的朋友也有情分尽的那一天，上路人带走的不止是怀念。所以我们这儿有个风俗，送客远行如聘闺女，也要送彩礼，彩礼多少，可见情义深浅，经常有好朋友倾家相赠，也有人因为穷，毕生不交朋友。我与君上一面之交，深不是浅不是，只得这些。

鳏鸳老人下马，从马背解下一只沉甸甸麻袋，双手奉上，说这里是君上所付玻璃工价美玉一百双，现原璧奉还。

天子说送彩礼的风气都蔓延到朋友圈了，我们呢儿也有个风俗，聘闺女收的彩礼给人退回去，就是悔婚了。

老人说不一样，你们是军队，养的人口多，兵喂不饱，可要出大事，你们不能没钱。玻璃值什么阿，一堆石头，收您的钱，等于抢军队。我儿子不懂事，说话四五七——没六；别跟他一般见识。这是我们几个老人商量的，务必奉还，贵军比我们用得上，您若不收，我心里没底。

天子说好好——好！搞不懂西膜人心里敲的都是什么鼓点，嫁出去的姑娘又让人给送回来，我这辈子还是头一回。

奔戎说搞不懂就尊重。天子说尊重。对下车捶腿的伯夭说：老夭，劳您驾代我收下——谢谢你阿，阿娘，如此有里儿有面儿。随手从车里拿出一件黄杨木彩绘镀银漆碗，说这是我平时喝粥用的，是不是朋友的，送你做个纪念。

鳏鸳老人双手加额，伏地跪拜后，上前把碗接走，说：这碗我供起来。

丙寅，天子东征，随行仅女列一车。出沙洲遇删丹河，河口有共师放的守备哨，一广十骑，车骑引天子南行数里至浅滩处涉水过河。天子半渡，属队和逢师赶了上来，纪周和逢公站在河岸跳着脚喊：你、你……走也不说一声……

己巳，至于文山。当地人叫龙首山，又叫东大山。戎夫后来找已回夏书馆工作的李耳核对其笔记所述地名，曾请教既然此山有名曰龙首，何又冠名“文”？耳答：记不得了。

文山脚下原为犬戎故地，冷龙岭北麓焉支草甸和大马营草原都是极优良牧场。年前犬戎五小王集体参军后（戎夫按：西征结束，论功颁赏，穆天子正式将五小王事件定性为：起义），又陆续来了一些零散牧户，与世居此地犬戎五部之人也都熟，彼此或为姻亲，嫁了女儿，娶了媳妇。共伯特将原删丹部今戎骑二营，放在谷水各河渡巡守，以示信任。

联合巡守队中的戎骑战士很快恢复了和当地牧民联系，巡守过程渴了饿了，可直接入户喝奶。天子到达后，当地密切靠拢我军与我军友好之牧民主动献马奶酒和新打奶酪。天子吃了鲜奶酪，酒赏给奔戎伯夭等人。

这一日，从国内出发的粮队和丰镐各界劳军团到了西营河。共师谷水守备区司令共伯之子旅帅共同亲自驾车，载劳军团长毕矩前来文山谒见天子。（李鼻按：毕矩，毕公高之后。姬高，周文王十五子，武王克殷后，封于毕，因以为姓。）

毕矩向天子报告，此次带来食马三百、牛羊二千、糜子千车，还有金器、贝带、朱砂、干姜桂皮无算。天子喜悦，说这回解了渴了，手头没钱日子太难过了。井利说可是您也因此体会到了贫苦人家的哀丧和不易。天子说是是，理解他们为什么那么爱急了，我这儿真还没到镚子儿不趁的地步。

井利说你应该多想想怎么能让天下贫苦人都不再受这份挤得。天子瞪井利半天，说我想起天下每一个受苦人、受苦的动物，我都不想活了！

祭公以下也都面露喜色，说老共这家伙办事太有效率了，这么快跟国内联系上了。对毕矩说你们辛苦了，这么远的路，还要赶着牛赶着羊，一路没少着急吧？毕矩说我们还没傻到从国内赶着羊往这走，牛羊都是我们到这儿现收购的，还要感谢共哥，他手下的营长帮我谈了个好价钱。祭公说还要再收，这些羊吃不了几天。共同说跟阿拉善牲口贩子归遗讲好了，预订了一批肥牛，他正往这边调货，这几日该到了。

天子随后在祭公陪同下接见劳军团，意外在团员队列里看见已退休的造父和三百。天子见到老两位也有些激动，说你们你们，不好好在家呆着，当你的土城君鱼夺百姓，跑这老远上这儿给大家伙添麻烦作甚——可千万别说是想我。

造父说你坐在丰镐当天子哪个想你？你拉上队伍出门不叫我——想部队了。三百说干地方没意思，那些个老百姓磨磨唧唧无聊透顶，聊的都是庄稼呀，雨水呀，谁家新置了二亩地，谁家又捡了注外财，东家娶媳妇，西家偷汉子。一个乡侯的门吏，搁咱部队算什么呀？一脚踹死他！老百姓见了跟见了神似的。天子笑：老百姓可不就那样么。造父说做梦都梦见还在给你老赶车呀，醒来驴在圈里叫，地方没一匹好马！他们竟然把马套上犁让马去翻地你能相信么？每天往家门口一站——这运气，过来过往全是骡子，搁咱部队下汤锅都不配！丰收的街坊，一天到晚劝我把宅子扒了重盖。村里最有志向的地主，就是多生娃。天子说地主可不就这样么。

三百说听说内俩丫头现而今给你当主御了？天子说有。造父说年轻人——女的，行吗？天子说我这不好好回来了么。

造父说我没问你受没受到惊吓，好的标准就是不出车祸呀？我问的是路上，这车——开得怎么样阿？有没有咱们当年，昂，打徐偃王，一夜之间，从宗周到成周，再一日奔回来，翔行千里嫩么——解气？天子说也有。造父说我不信！问三百：你信么？三百说不信。造父说君上，你甭老替女的说话。天子笑：真不是替她们说话，真有，不信你问奔戎。

奔戎说我什么也不敢说，我什么也没看见。造父说你听听你听听，还是我奔戎兄弟实诚，奔戎兄弟你说，论赶车，谁是天下第一？奔戎说这不用我说，当然是您和三百叔了。

造父三百随即向祭公行礼，祭公以卿礼还，说欢迎欢迎，想你们阿，怎么一去就没了影儿了，应该多回部队看看，部队这些年变化很大。造父说想回来阿，怕给部队添麻烦，给你添麻烦。祭公说这次来多住几天，过去你们熟悉的井奇逢巩都提起来了，都说要请你们呢。一面跟天子小声说一会儿要开师帅会，你参不参加？造父说酒是一定要喝的，等我最后一句话说完，不耽误你们工作——君上，这次我和老三来没别的请求，也不要你加爵，也不要你颁赏，就希望能让我和老三再握一次鞭杆，拉着您痛痛快快跑一回，再不打搅。

天子说你的手，我记得大拇指还是哪一指不能弯了。造父说我摆它掰蛇了，当一个钩，就为能攥住拳头，要不要现在给你老表演一个握手？天子不必了，我信。造父说您答应了？天子说我还就答应了，再坐你回车。祭公扭脸喊小纪、小纪——小纪你熟吧？造父说不认识。纪周就笑：过去老住一屋。祭公说把造老三老住处安排在我的帐棚，把我内熊皮豹皮都找出来，给老首长铺上。造父说不用扶，认识道儿。

庚午到壬申这三日，部队停留在删丹河与西营河之间，劳军团下到各师慰问部队，给战士捎去家乡亲人的口信和布鞋。鞋都是我周巧手女子纳的千针底帮，绣着鸳鸯和沙雁，人手一双还剩下不少——都是内些没跟上队伍、牺牲在道上战士的。口信属于统一捎给大家，由盩厔著名民歌手唱了一曲《走西口》，整支部队跟着女歌手合唱“大路上人儿多，拉话话解忧愁”，哭得不成样子，但是哭过军心大振。

这几日，造父三百一直在熟悉马，盗骊绿耳都不认识他们了，绿耳还喷了造父一鼻子，造父这个伤心哟，蹲在地上咩咩地哭。天子还是老爱好，没事上山转了转，没往远走，仰视了一番笔直擎天的云杉，被一只突然蹿出的猞猁吓了一跳，拣了几块青绿有泽含镍的橄榄岩，下山问邢侯你觉这能烧玻璃么？邢侯说没啥屌用。

壬申日中，共同毕矩联合以天子名义请归遗饮于文山之下。点数他这次从阿拉善赶来的牲口，按头数结账。也派人问过天子能不能来参加。天子回说你不能这么现滴乐我，我这一天都是有安排的。就没去，中午还是一人喝糜子面粥。

此次归遗赶来的牲口数量不多，计有马四十、牛三百、狗九十、单峰骆驼二百；半河滩就站下了。河滩上还有牧民喝水的羊，哄哄闹闹一大片，以为是一起的呢，人喝完走了。

共同说怎光有牧羊犬没羊阿？又说这马怎这么高阿，都是汗血马的身量，怎还有长毛儿的呀？这牛怎么都是牦牛阿？你给我弄骆驼来干嘛呀？归遗说长毛马叫牦马，你不是要过沙漠嘛，我给你找的都是脚力壮、能拉车的。共同说我什么时候跟你说要找能拉车的了，我要能吃的，一万多张嘴等着呢——我要吃！归遗说这也能吃，拉完车正好吃，都挺出肉的。共同说行吧行吧。跟毕矩说：你先付掉他这部分钱。

毕矩遂命跟团会计付归遗各色硬通货计：金罂十八，贝带三十，朱砂三百袋，桂皮干姜百筐。

共同对归遗说你先别走，下批货的订单现在还出不来，要等一会会儿。归遗问等多久？共同说下午能给你。

下午，共同挑选牦马、牦牛、阿尔泰雪山獒以及特意从当地牧民手里买来的高山长毛羊共三十只，以祭山为名宰杀——也确实祭了下山；分煮四锅，请各师派战士代表空着肚子来，盲吃。大家品完一致认为好吃的是羊锅。于兹定下章程：今后部队采购民肉一律为羊。

共同将新订单交给归遗，数量挺大，上万。焉支这几户的羊都拢来也不够，要上阿拉善台地赶羊。共同说还是老规矩，肉到付款。归遗说你们还呆几天？共同说我且不走呢。

天子听说了这件事，表扬了共同，说有头脑，有方法，最大限度堵塞了军需采购上的漏洞，减少了浪费。共师部队建设搞得好，看来不是偶然。

第二天，癸酉。天子命换上轻便跑车，起八骏之乘，首车右服骅骝而左绿耳，右骖赤骥而左白义；天子主车，造父为御，泰丙车右。（李耳注：泰丙，七萃之一，一直生病，养在属队，此次病愈，天子特恩准出来过过风。）次车之乘，右服渠黄而左踰轮，右骖盗骊而左山子；伯夭主车，三百为御，奔戎车右。其他闲人一律上女列所御广车，尾随。

天子双指痕口，一声匪哨。造父、三百各自起驾，乃遂东南翔行。

女列说靠！有啥么了不起的，都坐稳了，咱跟他比比。李耳说哦别别别，咱不跟他比，骨头架子颠散了是自己的。

是日，天子之乘日出至日中，跑了四百三十九周里至中卫渡。河上已敷设浮桥，共伯戎装率战车数百列于渡口，面向天子行在军礼。造父问天子要不要过河？天子说八过。

于兹造父引辔，溯河右而上，驰策三百八十六周里至石嘴子。时，日已半落，大家下来撒泡尿，喝点水。天子问造父据你目测咱们今天跑了有千里么？造父说据我目测还不到，顶多八百。三百说八百二十五。天子说那还逮跑阿。

造父说必须的。于兹造父三百各自扬鞭，催促八骏继续疯跑。泰丙久病方愈，站着颠了一天，此时实在站不住了，跟天子说俄这俩腿直嘚瑟。天子说我也嘚瑟，车兵嘛，就要跟着车一起嘚瑟，使巧劲，你是不是老躺着，都忘了？泰丙说不好意思，我真觉得自己快吐了。

天子说我看你是养病把身子骨养虚了，不适合战斗部队的紧张了，你是不是病没全好阿？泰丙说我也觉得没全好，可是医生说我全好了。造父说要不给他放下得了，让他等收容车，少一个人能跑得再快点。天子说你行吗？大车可能还在中卫呢。泰丙说我等。

黄河水在月光下像不断抖开的缎坯，又像集体投河女子沉底前一齐眨眼。骅骝绿耳喘得跟噎着仨丸子似的，不时昂首甩鬃，就是一阵热雨洒遍天子。天子说到哪儿了，我怎么觉得马有点乱蹄儿，慢了？造父也不暖暖，长发飞舞，两眼发直，偶尔发出的马语嗯嗯吭吭也早不复人声。天子说该一千里了吧，我怎么觉得后车声儿都听不见了？车轮刷一声，像滑进槽子，马蹄也瞬间消音，只闻沙沙声。天子惊问：怎么又进沙衍了？吁——，驷马驻蹄。造父说还差六周里。

这时月亮隐入云中，四下伸手恍如断臂。负分贝，能听见自己血管泵流，头发拔节儿，胃肠道灌暖壶似的呼呼响。

天子说这是哪儿阿？造父说我也没来过。天子说怎么看不见你呀我？造父说我建议我们现在谁也不要动，就站在原地，周围可能有沟。天子说你有火儿么？造父说火儿和水都在泰丙身上。天子沉默。又过了会儿，天子说我们是在等天亮么？造父说或者别人发现我们。天子说……嘚嘚。造父以嘚嘚嘚回应。天子说冷。造父说嘚嘚沙子还有一些余温，现在应立即脱掉湿衣裳，就地刨一坑把自己埋起来，保持体温。

这时听到远远有一罐铁蚕豆在摇，渐次变成有人剁砧板，一柴垛要散架，一屋子要塌……造父喊这是渠黄的步点儿，嗒嘀嗒，我听出来了。接着消音。月亮撩开乱发露出浮肿苍白脸，乍见奔戎直毛瞪眼、纠结的马鬃、闪亮的轮子……

月亮一黑，人车马又消失了。天子颤声问：奔戎，我看见的是你吗？不是幻觉吧？奔戎的吼声差点没喷天子一脸吐沫，牙差点撞到天子鼻子：是我！看见您了我也。造父在黑暗中呻吟。奔戎喊撞着你了老叔？造父以哎哟哟回答。

天子说三百呢？我怎么觉得是你在赶车？伯夭声音突然出现在脑后：三百疯了，我们把他绑起来了。天子说伯老，你也在呀？伯老说我在，就是浑身上下哪儿都疼。天子喊我拉着谁的手呢？奔戎喊我，我，我的手。天子激动地说咱们三个又相聚了。天子眼中最后一个画面是：月亮半遮半掩在云朵间穿行，断发左衽沙漠武士满弓瞄着他，一步一只光脚丫子，八面围上来……

31

新六师西征战记记曰：天子驰驱千里，至于巨蒐之人三又门各奴，乃献白鹄之血，以饮天子。因具牛羊之湩，以洗天子之足，及二乘之人。这个稿子拿出来，已是六年之后，穆王二十四年。祭公谋父已于三年前病故，伯夭归河宗，女听女列归赤乌。三百千里驰驱回来后精神一直没恢复，捆在被窝里还扯着调门喊嘚驾喔吁如仍在激荡中。其子三七把老人接回博地，不久便故去了。听说下葬躺在棺材里，手心握着内杆驾次乘哨过盗骊耳朵的牛筋长鞭，脚下摆着据称是架过踰轮渠黄脖子的黄杨木轭，殉马十匹，也算是得其所哉。

造父听说还在，已经下不来炕，多年赶车饮风餐霜涝下的老寒腿，关节肿大变形全找来了，每日要靠儿孙侍奉汤水，但仍然闻劣马嘶而悲，听叫驴鸣而失眠，不能见骡子。

泰丙病故——到了好像也没确诊得的是什么病，据说是肉苛症，浑身没感觉，荣卫俱虚，人身与志不相有，曰死。

蒌豫退伍——父死奔丧，守制三年。三年后部队已无位置，母又告病危，因而递了退伍事亲申请，依例照准。

孔牙出了点事，与属队某下大夫女有私，淫匿多年，后女及笄适人，为夫家侦破不贞，事泄，杀女灭口。亡于燕，为部队缉拿，军法会审，坐淫丧，大辟。后家人倾尽田亩代赎，减为流，发配去江淮荒蛮之地。奔戎西征后下到殷八师当卒长，随部驻守亳地阴沟，以备荆蛮。孔牙流放至淮阴之野，未几潜出迁所，逆涡水而上，往投奔戎。奔戎将他收留在连队伙房，不许别人欺凌，只许他做些轻微担水切菜活计，吃饭没问题，日常也把些酒肉军蜜与他快活。后来听说奔戎牵线，收了一淮夷果儿，生了俩儿子，小日子过起来。

戎夫希望听听当年穆天子身边这些老人对其所制篇什意见，在丰镐上上下下跑了一圈，二乘之人已不复再见，能找到的，参加过西征，挨得上边的，止李耳矣。

李耳说实际情况还要坏得多。他当时所乘第三车，是救援到达现场第一车。彼时天已现白，沙洲气温仍然很低，谈吐有哈白，肌膊生棘粒。八骏二乘不知去向，穆天子、伯夭、奔戎、造父、三百均一丝匪萦，昏厥在地，身体处于严重失温状态，面色发白发绀，呼吸缓浅有啰音，通气明显不足，反射消失，两侧瞳孔大小不等，对光反应微弱，呼之不应。

现场可清楚看到他们失路拐入沙地留下两组车辙印。黄河就在他们身后不远，依旧浩荡向北，水声哮天。前方千步之遥，可见吉兰泰盐池水在渐渐亮起来的天空下像一群锡灰宿鸟振翮不已——后经精确测量，从天子倒卧处至吉兰泰盐池，止千八百步。从现场遗留车辙分析，他们是跑着跑着突然转向，又突然停车，陷自己于绝地。不能理解这一行为的动机，只能从御者多年行车心理进行揣度。女列说长时间驰驱，御者会在狂热高速中发生意识漂移，或曰意识滞后，就像骤然迅移重心滞后一样，只不过这滞后是不间断的，御者这时做出的所有反应和发出的口令都来自下意识，或曰本能，就像喝酒断篇儿还能接着聊。大多数情况下，这种依靠本能驾驶是安全的，御者会自动搜寻浏览眼前变换运动场景，及时采取规避、减速或加速冲过去措施，就像奔跑的马儿、虎兔，也不假思索，并没有谁一头撞树上或绊坎儿上这种事——发生。但是，跑一天不行，人毕竟是理性动物，意识会偶尔甦醒，短暂接管一下局面：我这是到哪儿了？还有多远？这一想坏了！下意识从淡出到再次运幄主控会有一个几秒空窗，这几秒意识已去，下意识未明，中枢神经无任何指令，运动神经自己在那儿瞎忙，就像膝跳反应，由低级中枢脊髓完成，见招儿拆招儿，无招儿使恶招儿，大白话叫胡来——就容易发生在其他理性人看来不可思议，反常识，趋害逞凶，反人性，简直叫坑自己行为，或称疯狂。女列说我只能认为他们当时都疯了。

李耳说他们立即对天子等人实行急救，生起火堆，把老几位来回翻面烤，像燋凉饼子。胡麻女听女列对天子轮番展开专门用于应对低温症俗称一对一的紧急处置。萋豫孔牙也没闲着，被指派与伯夭奔戎一对一，我焐着造父。戎夫说泰丙没在你们车上？李耳说泰丙这个人比较自私，都这种时候了，大伙都豁出去了，他说自己也是病人，不下车，三百扔那儿半天没人管，我觉得三百后来疯情加重分裂不可逆跟这有很大关系。随着日出，气温升高，天子第一个甦醒，体温恢复正常，意识仍旧模糊，对著我军制装男性有畏缩感，不肯说话。其余几位醒后体温仍较常人低，均有不同程度痴呆、意识烦躁和发音障碍，手脚有烫伤——离火苗太近。三百是自己活活晒醒，醒来就乱跑，不得不将他牵回，再次锁上。

祭公率大队赶到已是日出，经痕迹专家勘验比对，认定现场除天子五人和我等抢救形成凌乱鞋印外，杂沓其间四个脚趾看得很清楚的脚印——独缺第五趾，据痕迹专家判断，应是踮着脚尖走路所致——均来自外人。正是这些踮脚人扒光天子五人衣裳，赶走两辆跑车。于是派出快反部队沿脚印和向吉兰泰盐池方向延伸的车辙、马蹄印进行追踪。很快在黄沙蓝池间发现被劈成柴火的跑车，一些梳脏辫儿穿左袿大袄的妇女一边哺乳一边把车板子车架子一块块投入火堆，煮大铜锅里的奶子。一些光屁股小孩子骑着八骏在沙丘上追逐嬉闹，男人在喝酒。部队展开，俘获了他们。

祭公盘问他们，得知这些人是世居天山渠搜古国之一部，后受累世纪东进西戎各部压迫，不断向东迁徙，势力衰微，草场丧失，不得不避入沙漠。当年禹去雍州解决黑河弱水泛滥，托勒、合黎、走廊三山之间无法居住，导致被安置在那里苗人骚动叛离——的事件，他们正在删丹河、大马营一带游牧，接待过禹，给衣冠单薄遇极寒天气几至冻僵的禹灌白鹄血以还魂，用冷羊奶擦浴四肢以解冻伤，当时禹四肢末端已经变黑，还向他赠送了大皮袄。祭公说有这事，这还真不是瞎说，后来禹回去给舜写报告，还提到你们可以向中国进贡皮货。渠搜人说进贡不是白给吧？祭公说不是，是交换。

祭公说：我对禹报告上提到的“导弱水至于合黎，余波入于流沙”很明白，这次西行亲眼看到了。对“导黑水至于三危，入于南海”有点懵。当然啦，关于三危是内三座山可以多解，你们这里又有了个新说法。我的问题是，南海是哪里，是哈拉湖么？哈拉湖又称黑海，位于南，貌似愣联也接得上，要命的是黑水与之并不相通，也许古代——通？

渠搜人说古代应该也不通，中间隔着祁连山。祭公说那也说不定，亘古之远古，九州一片冰封，冰解四融，焉得不通？渠搜人说咱们说的是一个禹么？渠搜人说黑水源于走廊南山不假，东南流经陶赖峡谷，汇俄博河折向北，切穿走廊南山，出鹰落峡入河西走廊，之后奔向东北、西北，一路皆是北流，最后变称弱水终于居延海。——当然啦，也分在哪儿说，按咱们现在站着的这个方位说，那叫西北海，你要站在戈壁阿尔泰内边说，也可以叫南海，不打架。

祭公躬身拱手，说受教了。看着眼前这位满头花白头发的渠搜老人说请问老神仙怎么称呼？我先自我介绍一下，我姓姬，又姓祭——因为封于祭；名谋父，是谋杀父亲内俩字，但不是内意思，是谋成于父，继承父辈智慧的意思。

老神仙以红柳枝在沙地写了三又门各奴五个字，指三又门各说此四字发一音，读弱。因我部素不以刚强见世，你看那世上素称刚强之物，山石金木，地震之，风化之，水侵之，雷击之，莫不崩坏锈灭，不能长久。而世上所谓柔脆之物，——水土草花，谢而复华，死而复甦，掘深见巨，流远不腐，寿而不夭。是故我巨蒐古人云：江下水虽柔，可穿石，可淬金，可载物。至坚不拔，至硬蹶坠。人若长久，就低不就高，服软怀柔，莫不至也。祭公赞曰：真是遭过发大水的人阿。

戎夫说这些个词儿……耳爷说都是我修润过的，巨蒐之语不可卒闻，亦无以直录，前面内些涉外言论无一不经我训正，否则你看不懂，他看不懂——没人看得懂！戎夫说是是，请教前辈，这个巨蒐是否为渠搜之异？我看前辈时渠时巨，或是另有深意。李耳说没有深意，只是信笔从音，你看着乱可以改过来，统一为巨或渠——随便你。戎夫说那我就……不改了。夏书馆同事辛长父对李耳说：我觉得内个左史有点怕你。李耳说我有什么好怕的，不过一介字奴耳。

弱奴老人讲：我的人真没抢。孩子们摸到那里，你的人已全失去知觉，孩子们以为他们死了，就按沙漠里的习惯，抄了他们衣物……祭公说您老不用分辩，只要你肯用疗护禹爷的方子把我的人救过来，不但不要你们赔偿还有赏赐。

弱奴老人亲至盐池畔射鸿，放白鹄血，止得一碗，天子都搁了。有顷，腮行见血色，又少顷，眉毛都红了，眸神流盼有春意，脚还是凉。有巨蒐女献新羊乳汁为天子泡足，搓洗揉捏，拳掴其穴。天子大振，拿眼改瞜人家，问多大了。巨蒐女呜呜嘤嘤。弱奴老人说她是哑巴。二乘之人亦复以牛羊乳浴足，手脚俱暖，相继开颜，争说驰驱趣乐。祭公说能聊了，就是没事了。

甲戌，弱奴老人在狼山之下，乌加河畔向天子敬酒，为前日族人鲁莽赔罪。献食用马三百，牛羊五千，秋麦千车，沙漠之粟三十车。天子说哎呀，这点小事还要这么隆重致歉，看来不止我周有礼呀。使伯夭受之。弱奴又献枝斯玉石四十双，璀珰、瓛绦、珌佩玉饰百双，琅玕玉珠子四十双，色丝绫罗十篋。说这都是这些年我部拣拾沙漠旅人遗物，想来都是那渴慕奢华之人死不放手的，在我这沙荒苦寒之地贵重无用，不当穿不当喝还挺占地方，你若不忌讳，便把与你，算是我个人一点心意。天子说此一地，彼一地，可以拿去给马车做些装饰。便命造父收下了。天子说我也有些心意，都是可换衣食既实用又美观，可舀水，可束腰，可杀菌，可灭虫，半夜失眠吃一粒就着，平时做饭增香也用得上的硬家伙，请长者笑纳。遂赐黄金之罂十八件，贝带四十，朱砂三百袋，桂姜百筐。弱奴老人嘎嘣嘎嘣嚼着一把朱砂豆说：我最近还真是老睡不着觉。天子说您留神，别即刻睡过去。

乙亥，天子沿乌加河南下，见阴山东脉首峰，过又又比必正四月山谷。（戎夫按：又又比必正四月当是河套戎语山谷名，依前例堆砌为字，读幽闭。李鼻复按：经查吾祖所遗竹稿，此处又又比必正四月七字非山谷名，乃当时天子过阴山绝谷闻山外牧女唱野曲有感，命吾祖速记忘补阙如所致。现录全曲如左：又见秋霜不见人，又闻雁鸣你不归。听说你在海西遭了劫，有人逼你跳了崖。听说你在漠北遭了难，有人射中了你的马。逼你的人都是同行客，射你的是你多年交下的人。天那么高你要去够，水那么深你要去蹚，如今你化作一堆白骨，躺在无名山谷，这世上只有我还记得你。四方八面的风吹过草原，四八月的黄河清了又浑。年年飞过的雁哟，看不见我白发生。你的笑哟，还能笑到哪一世？）

辛巳，天子到达小山令门草场。这里是黄河北岸，临河之畔有巨蒐牧人野炊留下的点点石灶，举目可望去岁孟春天子与伯夭献牲奠玉之所在。去春踏平烧灼过的土地今秋黛草芊绵，如染如织。伯夭指看左近如美妇侧卧，一路荫上去的山峦说：这就是去年咱们遥望那个嫣然之山，要不要上去看一看？天子说——走！

山上草已尽黄，其高及脐，此刻风虽细弱，往日必多劲吹，故如倒伏之麦东一趴西一趴倾轧于岭上。岭上间有木槿，伯夭掐其三角卵形遍布绒毛的叶片说：这叶子可以降胆固醇，是上天降物，专给体壮背厚明君吃的，你可以吃点。天子说宫里有，木槿拌木耳，常吃，我要以为这就能降胆固醇我就是天下最大的傻缺。伯夭说我也是多余，您什么没见过呀。

天子忽解腰下所佩玉螭龙两枚递与伯夭，说帮我拿会儿，快把裤衩坠下来了。伯夭说您还穿裤衩哪？天子说你不穿阿？伯夭说讲究。遂将玉佩揣于袖中，引天子继往岭峯蹿行。至峯顶指看蛇川蜿蜒，河套阡陌，说我们当地有个说法：天下黄河，惟富河套。天子说于今了然胡马至此，必下中原惹。又说：想我周了。天子下坡，大步腾跨，以裂裆扯蛋之姿飞蹿数十步乃止。随众亦如是，大开大合，及止，相顾大笑。

当日下山入帐，天子沐浴更衣，胡麻点数佩玉，说诶，怎么少了两件亵衣所系螭龙，你干嘛去了还把裤衩脱了？

天子说没有阿，一直一大帮人在一块。胡麻说那是赏谁了？天子说也没有，都是自己人，也没出什么好事，值当一赏——诶，我好像是给谁了，叫谁帮拿着……忘了，我这记性阿，如今专门记不住上一刻发生的事。胡麻说我去问。

天子说你别去，这点事还问，跟真出了什么事似的。胡麻说也许掉哪儿了，叫谁拣着了。天子说那就更不该问了，拣着的没来及拿出来叫你问到脸上，跟人家想眯似的，那多尴呀？没就没了吧，就当丢了，什么好东西，跟咱丢不起似的。我跟你说阿，以后少拿这种琐碎破事烦我，什么特么东西多了少了的，一天到晚盯着这个，不是鸡贼也成鸡贼了。

胡麻不吭声，把脏衣裳泡桶里，拎着往外走。天子说你干嘛去呀？胡麻说洗喊——都是汗。天子说洗什么呀——扔了！粗暴夺过桶，连衣裳带水泼帐外泥里。说我逮扳扳你这小家子气了，我告你小胡，你已经不用考虑生活问题了，吃穿用度几世用不完，今后不用想着什么便宜都往怀里搂，应该想的是家里浮财怎么送出去还不能叫人觉出来拿着烫手。你已经大贵了，别特么还跟一穷逼似的，一天到晚鸡鸡缩缩，算计不到别人就算计自己。胡麻说你这人太龟毛了。天子说什么意思？胡麻说就是事儿逼！

夕阳之下，黄河滩上，属队之人排成一线，或净身，或浣衣，或玩水，都光着溜沟子，黄河来水一拍一拍轻轻击打着人腿和一堆堆脏衣裳。伯夭站李耳身旁拧个手巾把儿擦嘚儿，擦一半停呢儿犯愣。李耳问：长什么了？伯夭说我好像忘了一事儿，仰头想了会儿，说哎哟我衣裳呢？李耳说泡水里呢。伯夭三步两蹿蹦过去，扒刨水中大坨浸衣，一件件往起拎。旁左有人喊干嘛呢——嘿！伯夭拎起自己袍子，湿得跟条绳子似的，上上下下摸、拍、掏，绝望说完了完了完了。

壬午，祭公来找天子谈所部戎骑之事。祭公讲戎骑五营长——即犬戎五小王，先后找他谈，表达了相同意思，西征结束在望，部队不日归周，希望得知将来对他们的安排。

天子问：你意见呢？祭公说戎骑五营自编入我军后，西征一路表现是好的，是经受住考验了的，放到哪里是放心的，可以考虑释其所部回焉支故地。如不能回，拟可允入雁门，于河右择良野而居，永为我周藩屏。天子说你考虑得很周到，人不负我，我不负人，就这么办。这一天是八月二十日。

癸丑，天子东征，进入崩耳之邦。伯夭对天子说到了这里，我就是地主了，就算送您了。崩耳河右总管柏絮在澡泽之上向天子敬酒。这里是博托河西流入河、黄河转弯折向南行共同形成的一片沼泽，因水清浅，往来牧者都拿这儿当澡堂，洗一路风尘，故曰澡泽。天子在此休整了五天，等待六师后续部队。天子说我真是岁数大了，容易累了。伯夭说到家门口了，劲儿就泄了，这还没躺炕上呢，我都不爱起了。

戎夫请教李耳：这一天是九月二十二日，距前壬午三十一天，一月有零。六师日志暨您本人笔记对此一月均无只字点墨，不知是日期有误还是不慎脱简。学生仔细检查了前辈笔记，发现果有一简失编，敬希提点。李耳说湿妈？掉了枝简，我怎么没注意，这一月干嘛去了？想不起来惹。（李鼻约按：吾家有拌馅儿专使竹筷一双，好楠竹材质，据说是吾祖耳之遗物，传擎千年，百般挟捏，犹光润有膜，弹韧不蛇，握之生凉，吾母最爱，包包子蒸团子尤特有心得，能揣馅儿，打馅儿不出水，萝卜葫芦丝有新笋清香。吾尝把玩此筷，为一杆竹对剖，迎日观隐约有痕，圆折有致疑似残断书划，对拼得全字数枚，谨录如左：麻……小产……卒……葬嫣然……天子哀……不起。没头没脑，不知所云。）

戊午，六师已至，天子束甲载立继续东行。临行准许伯夭离队，回到自己宗邦，继续履行河宗职务。伯夭上车前跪地叩首一次，上车后于车中再叩首一次，以作别。天子高声赞曰：河宗氏——点儿正！

己未，天子东行至托克托河口——黄河在这里大转弯，由是南还。庚申，入古隘参合口，宿于卧羊山长满老大奇松之南坡。李耳记曰：长松之隥。

孟冬壬戌，到达累头山。李耳训曰：雷首。（李鼻按：今雁门郡马邑县境洪涛山是也。吾祖之训庶几混同壶口中条九山之雷首，那山尚在西南千里之外。）

前向配属共师作首发之犬戎五营今已归建，由祭公亲自羁縻伴随天子属队行动。是日，五营长约齐一同在雷首北湾、雷水渗汭下流之地向天子敬酒。（李鼻按：此雷水当为灅水，洪涛山所出，或曰洪涛泉，桑干之源也。）献已用废拨作肉用之役马二十四匹，联名乞归。因二营随属队行动，二营长天子面熟，便问你叫什么来着？二营长曰：胡。天子说就一个字？胡营长说就一个字。祭公说他戎名本叫拿闻拿迷——风一样的男子；周名就一个字——胡。天子说祭公都跟你们谈过了？五位营长一起伏地稽首，说谈过了，但愿生见焉支。

天子说好好，回吧，蛟游万里，瘐死首溪；孑孓一生，不离溲池。不出门不知天地远，不打幡不知平生也短。回吧，这一向搅了你们过日子，陪我老头子白瞎了这些天。言罢涕下，低头梗着脖子吭哧吭哧伤心抽泣不已。五营长伏地大窘，起不是，落不是，祭公悄悄摆手，叫他们撤了。

孔牙奉命拉马下汤锅，见内些老马腹腿累累旧瘢，耳尖臀周犹有鞭伤，不忍，对胡说：这些马你们还是自个带上走吧，你们回去的路也长，我们现在肉挺多的，上回巨蒐朋友送的牛马还没全吃完。胡说现已入冬，桑干河两岸气候寒冷，人烟稀少，你们往前且不见人家呢，得多带犬马牛羊，还是你们用得着。黑牛白角，黑羊白血。孔牙说什么意思阿？

胡说不好意思，听说让回家一高兴，胡说八道的。旁边三营长说他是想他们家小白了，他原来有只黑蹄种牛叫白角，有只黑羊叫白雪。孔牙说哦，你们也有反着说话的风俗阿。

是日，五小王褪去周卒校袍，缴回周师旗旆，各引本部逆六师所行，向北退去。明年春，五部抵焉支。夏，树墩过焉支，夺五部畜群。五小王不支，避往阿拉善。复度阴山，入雁门，至汾水乃止。因天子许五小王居河右之口诏是去岁仲秋所拟，故戎夫记曰：八月迁戎于太原。此是后话。

癸亥，天子南征，登雁门山北坡。丙寅，穿越形如铜钘（李鼻按：古之盛酒器，钟形长颈）之西陉隘道。登东壁三道岗子南望，所见皆飞岭，乃宿于隆岭、隆山两峰夹脚相邻处，曰二边。次日过隘，隘路狭窄，六师小两万人，数千台战车，连同辎重，整整过了七日。天子一直混在队里，走走停停，吃的都是干粮，打盹就在车中。乃命已出隘口之毛师、逄师不得停留，走自己的，只管放马南进，可以提前渡河，进入成周，在洛都城外等待天子进一步命令。

癸酉，六师尽入雁门。天子命起八骏之乘，孔牙报告八骏能跑的只剩四匹，其余都在过隘路时横石突兀磕破了腿。

天子说我不管，有四匹就都给我套上。孔牙遂牵来赤骥山子骅骝绿耳套上辔轭，自己扛鞭爬车，嘿嘿一笑，一扭腚立于天子身左。天子说你下去，叫造父来。孔牙说造老现在连自己裤子都提不住，每回蹲茅房完事还得我给他提。天子说你丙废话，叫他来。造父赶到，天子问你能行吗？造父说我行。

天子冲属队诸人摆手：成周见！手落在造父肩上，轻轻一点，造父手稍一带劲，赤骥山子骅骝绿耳——欻，舞蹈家一样抬头。造父腕一松，只听乱蹄敲石，一片火星儿，四骏之鬃尾，轩轾之旗旆一齐拉平扯直，如山岚拔丝，夸啦咔啦一阵天响，惟见轩尾颠开半扇门和滚环一般蹦蹦跳跳一对轱辘，一声鞭儿未闻。

一支玉簪啪掉地上，碎成八瓣。李耳捧起玉渣儿，凑不成个针。女列说这不天子的簪么？李耳说天子头发全散了。

32

女听女列李耳仨人并排坐在一匹老马扛轫广车驾位上慢慢悠悠走着，车后拴着一瘸一拐的盗骊渠黄踰轮白义。

部队洪水般一拨拨驰过，有抢道的，有不让道的，互相叫骂：俄把你妈当嫂子！俄把你妈叫桂花！你狗日差成色咧得！你得丝含滴蛋疼！都张了弓。女列说这是回家呀，跟孩子放学似的。不时有相识者驰过，跟她们大声打招呼。井利一晃而过喊你们怎么还在这儿磨叽呀，天子已经过翟道了。井奇一晃而过喊：已经上太行了。邢侯一晃而过喊：已经过天井关了。虢公一晃而过喊：已到孟津渡！天子消息源源不断从前方传来，离宗周越近，消息越频密，越具体，越邪性。不管认识不认识，部队自发传谣，前车传后车，不能断在你这儿，所以李耳也不得不参与传谣，一会儿一回头，冲后车嚷：天子过河咧！天子入洛都咧！天子旅馆前下马咧！旅馆服务员献白鹄血给天子喝咧！献血给天子洗脚咧！造父用羊血喂四骏咧！后面也不知是内部队的，一片骂：嘴里这咧握咧滴胡交代，天子不回宫跑旅馆作甚？宫女捏？有特么服务员石马事？洛都缺水哩，马还饮羊血？木乱成马咧，批嘴给你扇扯！李耳不停道歉：对不起对不起，前车就是这么说的，我原原本本往后传，一个字儿没改，你要不信，问前边的。

戊寅，三人同车到达孟津渡。渡口一片狼藉，几条浮桥都踩塌了，共师工兵正在补桥，河北还压着共师一片车。

共同桥上桥下来回跑，嗓子都喊哑了，看到李耳小声说你们怎么才到，属队已经过去好几天了。李耳说我们这不带着瘸马呢吗。共同说：都起开，让他们过。没人听见。共同把最近一个兵滴乐过来，小声说让你们伍长起开，桥先别修了，让这车过。当兵的疯了似的往桥上跑，喊伍长伍长，让你起开。伍长直起腰骂谁特么让我起开？当兵的回身指共同，共同向伍长挥拳头，伍长立正深深一个作揖。女列说我们不过河。李耳说什么，对不起阿等一下。女列说我们不过河，你要方便，能送我们去风陵渡么？李耳说你们不见天子了？

女列说不见了，他肯定忙，我们回家了。共同疯了似的跑过来，画车轮似的抡着胳膊，咽下口粗气，小声说怎还不走？李耳说嗯，你把这四匹马弄过去得了，我们先不过了，她们要去风陵渡。共同说你麻辣隔壁的！

己卯，车到风陵渡。列把鞭杆交给耳，说你一人回去行吗？耳说看也看会了。列听跳下车，拿上自己行囊。耳把肉酒搬下来，往列听行囊里塞。听说酒我们就不要了，回去还得假装不会喝呢。列在李耳嘴唇逮了一口，小声说不许忘了我。耳说不会。听也啵儿了耳两边脸颊，说啥时候混不下去了，想着在赤乌还有你俩姐。说着用力搂了下耳腰：这小腰！

列叫了只船，说回吧。耳说嗯。小船离岸向河中划去，月亮这时上来了，向船投下一团青晕还有打蜡剥净的盎漾。

女人破了的嗓子隔着水音儿传来：天地是座打铁的炉，光阴是它烧红的炭。万物是祭天稻草狗，你看到的每一颗星早已熄灭碌碌如蛋。倏尔为人云何有喜？其生柔脆，其死也刚强，黯然化物犹在中游张狂兜转。圣人多事把浪名刻在东流水，婴儿无想饥餐渴饮无所无大所……

我说这特么的好像谁写过。东方朔你看这赤乌民歌熟吗？方朔说熟阿，我初进宫在公车署混事，窦太后还在，经常有一些北地草台班子进宫给太后唱堂会，我们这班屌人闲得没事也常去长乐内头溜边听蹭儿，有一马岭的野歌手就老唱这首叫《么呀子》的歌，还记得几句：天地哎，是座哎，打铁滴炉哎哎。光阴哎，是他滴，烧红滴炭哎哎。万物哎挣死哎，被哪个祖撒哩害起杀，跌办哎，挖抓哎，么呀子么呀子稻草狗？星星哎，上前过，黑灯吓，跌办哎，挖抓哎，祖滴逮滴碌碌哎，么呀子么呀子是个蛋蛋呢嘛……

我说不是这个。马相如一见说哦，见过，贾谊《鹏鸟赋》有相类数句：天地为炉兮造化为工，阴阳为炭兮万物为铜。……忽然为人兮何足控抟；化为异物兮又何足患！小智自私兮贱彼贵我；达人大观兮物无不可。——你怎么想起问这个来了？我说谁抄谁的？马相如说自然谁在先，后边内位就是抄的。

我问相如：乃个好？相如说都好。我说这算抄得高级么？相如说您问内个，要是前边抄了后边的，算高级。我说哈哈。

相如说你可以问马迁，马迁跟贾家熟，一直跟贾谊孙辈贾嘉通信，是好盆友。我听说喜欢北地民歌的风气是薄太后内会儿带起来，她不是在山西住过好些年么，他们呢儿山歌调调都差不多，直着出来，要死要活。贾谊有宠于文皇帝时还主动帮歌手改过词儿。你见的这所谓赤乌民歌明显就是让人上过手的，是不是贾谊我不知道，内时上赶着帮歌手改词儿的人挺多，有这么一出在先，谁抄谁还真说不准了，瞅这辞工，比贾先生差不止一截子。我说抄辞意不算抄？

相如说那更没法说了，天下皆知天圆地方，太阳围着地球转，你说他也说——你说算谁的？别抄人意象，你譬如这天地为炉，你想点别的，譬如天地为窑、天地如砧什么的，能躲多远躲多远，就不至让人一眼看出来了。真牛叉是切文意，你瞧人李耳，跳出意象直接破题：天地不仁！你就明知他是切了这赤乌民歌真魂也得说他——高！我说但是，不管怎么说，我汉居然能出这么个窃得李耳真魂的人，也是惊了我一身汗。相如说不新鲜，看着是萝卜地里长出根蒿子，其实这是自古而然一条大脉，上接许由、子州支父、善卷、石户之农，中间站着屈平、老庄，下面还有给孔老拽咧子的守门人、挑筐人、背草丈人、长沮、桀溺——戳着一大溜呢，才到贾谊，从没断过。

33

庚辰，李耳车到孟津渡。不是他赶车，是马拉他。一路手不离酒囊，车上酒一滴不剩，马停了，人还没全醒。

河上浮桥点踪全无，溇溇而去的黄汤满满登登，才睁眼以为车还在走。守渡的是成八师的兵，说一口河洛话。李耳跟兵说我是内个属队的人，要过河，麻烦你，帮我找条船。

兵说恁是谁也不中，镇这儿洛都大朝，渡口戒严，木船。李耳说帮帮忙，真的，我真有事，车上都是天子的东西。兵说弄啥咧，天子的家货什？你个企孙儿！一旁骨堆儿着去。

李耳回头，这才发现车板空空如扫，自家行装——衣冠靴杖吃饭铜碗攒的玉珠玉石皆无脚自行去也，怎么也想不起在哪儿掉的还是有贼扒车窃了去。一起堵在渡口的除了老百姓还有各师掉队的兵。跟周遭黄胖富态百姓比，颇显西征之人黑憔瘦悴，破衣拉撒，脸上点点红斑层层蜕皮——只有脑门是白的。有井师的兵认识李耳，说李老师你也没过河呀？

李耳说我这不送了趟人，回来就不让走了。井师兵替李耳跟守渡的成八师兵吵：你们弄啥不让李老师过？你知他是谁么？天子最看重的佞臣，一路都跟天子块堆儿，天子书都是他写的。李耳还拦着，说别吵，别嫩么说，不让过不过，天子书不都是我写的。带班伍长说李老师，看您书长大的，不是不让您过，过去您也进不了城，洛都也戒了严。等日中，大朝完事，头一个让您过。李耳说我没事，真的。

日中未到，兵先撤了，河南舟楫尽发河北。推车挑担百姓如离圈羊，千头百尾挣巴着往前钻，瞬间严了河冲码头。

李耳过河已近日落，洛都城门只见人出不见人入。守城军士一见他就远远喊：六师之人不得入城，概往洛水报到。

李耳赶车到洛上，找谁谁不在，营中静悄悄，遍地冷炙剩羹。门口的岗说，中午部队会餐，下午就放了假，诸公爵侯爵七萃之士——军官们都进了城。当兵的——洛水之上有花船，多一半去了呢儿。没去的跟家睡大觉，你要找人大概也只有总值班室有人了。李耳说那我把车还了吧。岗就让他进去了。属队厩养员老灰见了他说，你不在城里翔受跑这儿来作甚？李耳说想你呀，把马交给老灰，说齐了，我的任务完成。登上车厢伏地用小刀子从板缝撬出一根根祸了泥的竹简，高高抱一大摞跳下车，说灰哥，跟您借根儿麻。接过老灰递过来的绳，盘腿坐地上拆开分辫儿，一分俩，俩分四，细搓成绺，将竹签子重新穿上，打上丁香结，一卷卷码齐。灰哥去马槽添了遍豆饼，再回来，人已经歪着——着了。

戎夫说请教前辈，关于此次西征，我这里有两个里数，对不上，一是三万五千里，祭公的笔迹；一是亿有九万里，是您的笔迹吧？李耳说不是，这是天子的笔迹。看了竹稿，说祭公这个三万五是六师所行里程，止于西北大旷原，是十八年一次西征的数据。你看他这里提到的一些地方，西夏氏阿，珠余氏，我都没去过——我一直在天子身边；可能是他自己去的。还有介里、介里，曹奴氏、皋落氏，介都是十二年征犬戎发生的事，你都给连一块了。犬戎五小胡在古浪河东岸，你这里写的是当水之阳，不知从何而来。向天子敬酒，祭公叫我删了，你怎么又捡回来了，不是不让提么？当时酒没喝就把五小王捆起来带上走了。戎夫说这个是甫侯吩咐叫写上的，说是尽量还原历史原貌。李耳说现在他负责了？好吧，尺度一会儿一变。我请教你，现在都管洛都叫宗周了？

戎夫说这个我查过宫内档，当年成王迁九鼎于洛都，就有过诏令，以后洛都与丰镐同称宗周。只是大家口头习惯改不过来，还一直称洛都——成周。甫侯说历史文件记载要正式。又说宗庙在哪里，哪里就要称宗周，约定俗成的叫法就不要见诸官史了。洛都建了七庙，学生就改过来了。

李耳说好吧，听他的。内个，天子这个亿是旧制亿——十万，你晓得伐？戎夫说晓得。（李鼻约按：穆王十九年，天下贝币不敷用，甫侯上表请制铜币，以纾民用，于是铸钱亿万万，有司请扩进制，增百万、千万；亿乃称万万。）

李耳说这个十万中兼有十二年、十三年征犬戎及十四年回破徐戎之数侬也晓得伐？戎夫说晓得。李耳说我也晓得，十万里可以绕地表一周半了（李鼻按：周里，一里千八百步，合西制米六百九十三），再加上零头九万里，十九万里，整三圈……数儿有点大。戎夫不语。李耳说你是不是都不大赞成地球是圆的？戎夫说赞成。李耳说我之理解，这是天子恣纵放脱的说法，天子内个人你大概知道，无拘无束得很，九万是夏最大数，亿是殷最大数，亿有九万是无穷大近义词。我们西征时，说到什么特别多，无以计数，譬如天上星星，沧海沙粒，常说亿有九万。天子这个话的意思我以为是行遍天下，无以计里，不是实指。戎夫说能不能请前辈找天子酌定一下，到底是用三万五还是亿有九万，这俩数差得还是蛮大的，学生不敢做主。李耳说我现在见不着君上，你自己去问吧，上个表，又不是个人的事。戎夫说上了，没回音，平时见着，也没我说话的份儿，只有等他问我了。

李耳说噢！噢！噢！——想起来了，这还真是我的笔迹，我写的亿有九万。我这里有一个笔误，不是亿有九万里，是亿有九万步。戎夫说阿？李耳说你术算怎么样？戎夫不怎么样，没数到过亿。李耳说加一下，哦不！乘一下；哦不！除一下，十九万步除一千八，等于多少里？戎夫凌乱。

蹲在屋子另一头洗瓦的辛长父直起腰说：一百零五里。耳老凌乱，怒曰：以后能别拿这些破事来烦我么！（李鼻约按：余治吾祖所遗西征札记残竹多年，尝夙夜废忘，每有心得。前日马谈来访，说起秦周前事，告余：经实地丈量沣河马王镇周故宫遗址步道，每里只得二百步，九倍小于素知周里。余亦怒，痛诋之，与之绝，谢客。）

34

李耳回到丰镐就向天子请求转业，得到批准后上交了所存竹稿回到守藏史任所，继续做全夏书编纂工作。

夏庙自他去后又进了些新人，都是宗伯属下各大祝、大史、大卜、大司乐子侄。这也是一代婴儿潮，史称昭穆婴儿。爹妈都是成康婴儿——我周第一代婴儿，生于太平，世受国禄，家境中富，愈发珍摄日子的淫逸，都养出一二闲适时癖，品个酒阿，养个狗阿，收个东珠西璧、妾阿。生出二代，除了爹妈毛病还添了二气——傲怯；看似什么都有高见，会的不过是前人玩剩下的，聊不上五句话，就见眼神发飘，见直，如同蒙翳，听不进去。前些年忽然兴起一阵五帝热，女嫖和揄罔颛顼情史，简狄与帝喾合同纠葛被翻出来，在各公侯家宴上被乐工谱成乐歌反复哦吟，继而入小雅，在王廷举办的岁祭大飨上，也有大臣以女嫖事比臣心，献上那样的诗：妾心如莲，惟望君颜。妾心如纨，始为君裂。素女采女女媿这些五帝时代名媛的秀姿被木匠镂在窗棂隔扇上进入士人百姓家，为一众小家碧玉效尤，号曰五帝范儿。一些不太重要的高古怀道者譬如女偊，成为名重一时的思想家，为东阙小子风捧，名言流布于市，什么“朝彻，而后能见独；见独，而后能无古今；无古今，而后能入不死不生”。（李鼻按：彻，彻寤的意思，可为慎独反解。）还有冉相氏所谓“夫师天而不得师天，与物皆殉，其以为事也若之何云云”。（李鼻按译：师法自然终究不能像自然那么自然，却落得像无生命的物一样凋亡，天下的事交给谁办呢。）

李耳回到丰镐打听近日城中有什么新花活儿，戎夫便将这些话告之。李耳听了说：也没什么呀，讲这个话的人，心里还有死生，还有——事儿。

戎夫说不是，人还没把话说完呢，后面还有“湮灭不死，聚合不生，其为物，无不将也，无不迎也，无不毁也，无不成也，其名为撄宁”，“真圣人眼中不见天，不见人，也不见物，与世偕行而从不起念改造这个世界……容成氏说：除了眼前这一天心中没有年的概念，心静外部世界就不存在”。

李耳说撄宁我知道，还有个名字叫量子。你放眼看去吧，看不着的东西都是。圣人，黄帝算古今第一难拨万的圣人吧，我这趟去他墓了，眼中是否有天——不知道；与世偕行没做到，到最后眼中还是有人。容成氏就别提了，我都见了，太知道他们了，每天度日如年，算小账，在呢儿忙得不得了。

戎夫说行，您都见过，没您不知道的。李耳说我也不是为了跟你搬杠，我意思是说这些基本的、古已昭通的道理难道不应该早就尽人皆知，是普识了么？黄帝颛顼诸往圣曾用一生去追索，抛下帝业，焚心继晷——都忘了？一风吹了？隔几年就要重新搞普及，跟刚醒过来似的。戎夫说不瞒您说，我也是通过女偊才知道物堪比人，才听说撄宁。李耳说难过，无数求知者在我们前面英勇地倒下，要是每代都这么从头来，从负三二一讲起，这些牺牲还有什么意义？我为我周悲灰！

喔来喔，这些个世家子弟，昭穆婴儿，将来总归是要接班，司掌邦礼，尽管看着都还生，缺咕嘟，跟家识了几行字，还不够掌读题撰祝文。起小儿练过几天古琴，真拉开架势吹笙又经不起内份儿磨嘴——确实也没内个胞儿。洗冷牛头摆簋鼎嫌累手，观象辨气挨不了内份儿冻，主要兴趣集中在占梦钻龟上——都挺关心自己未来。宗伯叙官业务很忙，不打仗的时候就他们每天坐班，王在不在，卜祝们都要洒扫庭除，拂案掸灰，更换四时祭品，说的内什么一点，就是高级扫墓。出公差是经常的，公侯家有大事也找他们搭把手充个门面，也爱去，每回少不了弄点抓挠，遇到秋冬大猃还得夹着小包两京来回跑。孩子跟家荒着基本放羊，净有学坏的跟着去淫祠野庙看打砲儿，回家偷看小老妈儿擦身子。家长普遍有要求希望单位管起来，也只有夏庙这么一个清静宽绰哪儿都不挨着哪儿的地儿能呆着没人管。就由大宗伯出面安排这些子弟进庙坐堂领份干羊肉，有活动跟着哄，熟悉哈子场子上的仪轨，别真到谁家大人突然弯回去——这种事偶也发生——必须孩子顶上去的时候，两眼一抹黑，跟老百姓家孩子似的没见识。

说起来这帮孩子也是小李耳同年龄层人，都是好孩子，不偷东西，也没上一代人嫩么爱吹。时，礼已风行天下八十有年，老人因其年长，经的事多，因而最知轻重，最晓利害，讲话最平衡故称一宝之意识已深入人心，中人以上家庭孩子从小习熟循蹈进退，见长者皆怀慎戒。小李在路上飘了二年，风侵日蒸，褐如苍狗，两颊见筋，走道还有点拉胯，迈猩猩步，显得比实际年龄涨三轮不止，又是夏庙老人儿，复员军人，新来这帮孩子皆以为他必须是成康朝人，尊其为：老子。

老子分派他们整理夏陶瓦泥，依纪、传、世家、实录四种体例归大堆，每堆之中，谁说的话、做过的事，再拣出来，归小堆，标上名讳官称，有年代则依年代码放，年代不清就按故事码放——你们都能认颛顼文吧？不要求你们懂，只要能记住内个有鸟的就是颛顼文，见着鸟块儿堆，其他凡有刻镂依风格归类。小孩说没问题，鸟认识，明儿就给您理出来。

明儿，老子一进庙，砖头瓦块该搁哪儿还搁哪儿。老子把来最早正扫地一孩子叫过来，说你内活儿呢？小孩回答：干了，没找着，根本没有你说的鸟。老子指着满视野成岗成丘长了草的瓦泥堆说：这都是什么呀？小孩说瓦呀、土呀、泥呀——噢我明白了，您是说鸟埋在土里，我这就去挖土。

老子说行啦，不用你啦，我自己来。小孩说那我去给您倒水，您要温乎的还要烫嘴的？这时，瓦泥堆后立起一人，高高瘦瘦，看着年长一些，虽两手腌臜，胸前染黄，头脸却是干净的，——泰然说：我这里洗出一些陶坯，应是百泉战前女媿见黄帝残章。老子当刻躬身施礼：请教先生是？人说辛长父，我爷爷是辛有。老子说哎呀，那是故人了，我还记得辛老当年的样子。长父说我也记得先生的样子，满地玩泥。

老子说哦哦是是，跟辛老比，我们都是晚生，您乃年生人？长父说长您三岁，你是邵王四年生人吧？老子说哦，那就是兄长了，有印象，您是辛老鬼方内头夫人系出的长孙？

长父说内是我大哥，我是辛老亳城内头夫人系出七子孙辈中老大，我们这边单论。老子说呵呵，辛老也没闲着。

长父说辛老年轻时一表人才，可惜我没见过。老子说知道，你父亲调我们单位来时费了很大劲，要出各种证明——证明他和你祖父的关系，他后来来没来？我当时已经走了。

长父说没来，证明办全了，他老人家也不行了。其实他办内些证明也是给我办，希望我接我们家世职，他老人家早年在我们老家也出过车祸，下地被牛踩了，整张犁从身上耙过，胸口到小腹都跟虎爪挠了似的，五道深沟，肺都露出来了，后来长上了，但是皮儿特薄，光膀子能看见心脏在呢儿咚啪、咚啪——跳！喝口水都能看见一鼓包顺食管跐溜下来。

老子说那是不能出来做事了，在家呆着都悬，你们家净出车祸。长父说我们村神棍说都是因为我爷爷当兵时射杀过太多良驹，吃过太多牛肉，被牛马记恨上了，传檄动物界，报应到我爷和他子孙身上，非五世不能了结。老子说这个事有，穆王七年，岐山一头小牛看见母亲被屠户张三郎杀害，开肠破肚，事过三年，三郎在河边走，一头正在饮水的公牛忽向他奔来，一角挑穿三郎腹肚，乱蹄践踏肠断而亡，后经村人辨识正是当年内只牛犊。村人怜其孝勇，称之为义牛。免其伤人之责，还曾上报朝廷，请求旌表，以烘彰孝乃天地之普德，畜类亦竞为守。这个事小宗伯后来交给我处理，我考虑再四，还是不宜把孝行推广到动物界，就驳回了，批了二百斤豆饼给牛主，以示……我也不知算什么，一番心意吧。

长父说所以我将来也可能死在牛马蹄下。老子说所以你就来了。长父说所以我妈说你必须找一个坐办公寮的工作，所以我们就动心思去查我们家乃代有坐办公寮的，还真查到了，我爷最后乙儿就是坐办公寮，现成留一世职没人继承，我大奶——辛老正房内边夫人没儿子，孙辈仨闺女也没儿子。

老子说没必这也是一种报应。长父说没必。我们家就开始跑这事，向太史寮递申请这个那个一堆事儿，还就成了。

老子说欢迎，但是你过马路也要当心。长父说我现在就不过马路，什么事儿都在马路这边办，宿舍，住单位的，惨点惨点了，绝壁不去牲口棚。朋友，马路内头的——不交！

长父说其实你走内天我就到了，在太史寮胥吏科办入职手续，就见一帮同事在院里送你，帮你提行箧，说你这趟是跟天子出去，就不一定回来了，大家都特羡慕你。长父又说他来丰镐之前在家也当过几天兵，在他爷老部队殷三师一个旅里当卒司铎，跟卒长一个灶吃饭，旅帅原来是他爷的兵，对他很照顾，本来有机会提上去，可是殷八师缩编，只保留伍长以上骨干，其余冗兵一概汰撤，旅帅也转地方了，他也就没戏了。老子说还是到这里好，太史讲过你几年试用呀？到时候可以荫袭你爷的世职——守藏史，爵登下大夫，级别和我一样，相当于部队的旅帅。长父说三年，太史说也不叫试用，依制叙官父死皆得守丧三年，当年我爷宾天，家里没人守制——至少是史寮这边没瞧见，所以我袭我爷世职要把这三年补上，叫拟守。三年期满，再经过一次考核，主要考德行和业务能力，考核通过就能颁爵领干肉到岗了。

老子说那还只差一年，我走的时候你就到了。长父说所以我抓紧学颛顼文、云书、仙人形书，就怕考试通不过，这要通不过再回家当农民太糟心了。老子说还真是，你要会了古夏文，考核不过，我都能做主把你留下，你瞧咱夏书组多缺人阿，这些年轻人——指不上。长父说我还是尽量通过吧。

长父和老子相约，乃天去看看我叔，我在这儿也没别的亲人，心想着就拿叔当长辈孝敬了。老子说你叔，我也老没见了，如今也不知在哪儿，还得打听，打听到了告你。对夏书组其他小孩说：我不在的时候，这里由长父负责。小孩们说是，扭脸私下议论，得，咱们这儿就全凭俩复员军人了。

35

起初，长枞先生弃官去终南山隐居，老李——成王李耳，便要随去。长枞说等你脱了俗累再来找我。一并交给老李竹册九筐，说这是长梃先生留下的遗物，里面是他重新整理的《全夏书提要》，可惜编年不可再得，也是先人一番心血，交与你，也许用得上。老李谢过师父，一个人在庙里养老鼠，秉烛连夕，与夏陶作伴，未出二年，便编纂出《高祖轩辕本纪》三卷，《太祖颛顼本纪》二卷，《炎帝世家》一卷，《蚩尤世家》一卷；还有《百泉实录》《涿鹿实录》各三卷，《绝地天通实录》《重黎传》《女英烈传》各一卷；合计十六卷。推卷叹曰：对得起每年二百束干肉了。遂向大宗伯告老。

这一年是穆王三年春，老李七十有二，出门忘事，撒尿滴脚面，嘴里牙只剩半阙，到谁家串门谁提着心，生怕崴在这儿，担一身不是。街坊单位的人见了他不问别的，都问您老身体好？管了他一辈子的老太太也大松心，不再理会老头出入时间，口头禅是您啐便！您最好死外边。用丰镐土谚说：七十随心所欲——跑不出二里地！

大宗伯准其归养。还专门请示了召公，比照诸侯十二而冠旧例，格外开恩，准下大夫以上叙官之子十八而冠，使小李——这一年将十八，尚在舞象，未到招工年龄，所谓二十弱冠之数——得以袭守藏史，入庙坐班。格外开恩的理由是当时夏庙舍李氏更无一人。自此世官子弟接班年龄一概提前到十八，民间称其未冠而蹴，宦者称之为德政。

老李谢过大宗伯回到办公寮，收拾自己心爱文房：一把出自铜绿山磨得薄如指甲的熟铜刀笔；一块师父赠与出自楚地已磨出腰身的好油石；几卷伐自南山自己亲手刨削刷桐，穿以缣丝，一直没舍得使将来准备用以写毕生志的空白好楠竹册；一只祖父不牛先生曾经使过平常摆在案头用来涮刀洗脸，有时也用来喝粥半坡窑烧制人面鱼纹彩陶盆；一只去大宗伯呢儿汇报工作看着好随手抄——实际是大宗伯相赠，夏天雕字手出汗可以握在手心去汗，冬天喝开水怕把竹册龟版烫出印搁在上面垫碗，时有虚荣心偶也拿出去显呸一下的出自越蛮的神徽纹玉琮。一股脑收竹箧里，提着走出夏庙。

下台阶路过垃圾堆，心说我还要它干嘛？哐嘁——都扔破鞋断竹馊饭烂菜叶上了。

单位牛车正在马路牙子上候着他，牛倌说：李老太史请。老李说不用你了，太慢！说罢一溜小跑顺着树荫往前奔，嘴里还念叨：来不及了来不及了。牛倌喊：没瞧见您快多少。

李老太太正在院里晾被货，瞅小猫舔菊，见老头满头大汗奔进来，嘴里还说来不及了，说得什么喜帖子了，还来不及了？老头说回头跟你说。一头钻进屋，一会儿换了身行脚打扮，老布鞋，窄袖口，拦腰杀了根绳子，腰间挎了把锈剑，咯吱窝夹了卷老羊皮——出来，说我要走了。老太太说你是要跑小买卖去呀还是劫道去？李老说没跟你开玩乐，这回是真走，进山。

老太太脸欻——阴下来，说你内缺德师父又勾你魂儿哪？李老说咱不吵阿，咱好好告个别，我不是没打招呼，我拿一生跟你找吧，说我早晚要走，内一天？内一天？你问了一辈子，踩祸了我一辈子：你怎还跟家呀，怎还不走阿？今儿可以告你，你等着了，这一天——来了！老太太说你就憋着呢。

李老说嗐，也谈不上，人总有一走，要么生离，要么死别，你留我在这儿，到时候我一闭眼，还是走——非互相瞪着眼到没气儿才叫圆满呀？跟你讲多少年了，人真正的生活是跟自己过，最真实，最不需要演，才有工夫打量自己是谁。因为我们很弱，才巴结伙在一起，互相借力，日子过得省心一点——真省心了么？我看没有，净剩下互相搞好关系了，真正省的是饭钱。一家子在一起，热热闹闹，小日子过得倍儿红火，在一起打，不在一起想，你去听听——墙根窗下扫听扫听各门各户亲戚里道都在聊什么呢，置房子置地搞对象，这不扯么？这不叫拿无聊当远大么？这就是人，这就是家，一帮人关起门来玩命算计的地方。老太太说：那我怎么办？

李老说你好办呀，我这么多年领的工资你不都开肉铺了，继续开下去，咱儿子——你儿子顶了我的坑，每年还有二百束干肉。老太太说不是你儿子阿，你不想看着儿子生孙子？

李老说不想看，什么特么孙子，长大还开肉铺，绝户得了——谁特么需要一开肉铺的？动嫩么多心眼，受嫩么多累，托嫩么多人，就为活得久一点，再可悲点，就为比街坊活得好点——我去！一脚踢飞猫咪饭盆，小猫嗷一声蹿上柴火堆。

老太太说猫招你了？老头说猫没招我，对不起阿。老头说今儿个我也把话挑明了，我不玩了，不参加你们这游戏了，——再见。老太太喊：儿子！儿子！你快出来，你大要走。

小李耳从西屋一步跨出来差点没绊一跟头，身上挂着老李脱下的守藏史官衣——刚才跟屋里试衣裳来着，问他大你瞅我穿这身行吗，小不小？老李上下瞅瞅，扯扯肩袖拽拽襟角，说是有点小，冲老太太，你就给他做身新的又怎么拉？

老太太说没说不做呀，都联系裁缝了，都说今年官服样子要改，朝廷发行的新贝样式还没见到，听说你们这一级下大夫大带要换成青口贝，新样子没出来，新衣裳也没法做。

小李耳说大，我们就是一帮俗人，您跟我们俗一块也不是一天两天了，不差这一会儿，您非要走，我们也不能拦着，至少我是无辜的，本来无思无想，不生不灭——自由得嘞！叫您冷孤丁生这么一世界，少吃一口就饿得慌，怎么也得吃顿饭再走吧，您再批评批评我们，我们虽俗不可爱，也乐见家里出一高人，您得了道，升了仙，我们嚷出去脸上也有光。

老李说就怕这个，不知道什么叫寒碜，好吧，我就受累跟你们再混一顿饭——不许给我炖肉阿，省得我到荒郊野岭再勾起馋虫来。

吃肉的时候，老李还是吃，说你们不能给我摆这儿，摆这儿我要愣不吃就显得做作。老太太一个劲说你带东西太少，家里内狐皮领子你拿去吧，冷的时候捂上，别冻着脖子。俄呢儿还一双毛窝，你也带上，晚上睡觉穿上，狼来了叼你脚，你蹬了毛窝还能跑。李老说我不是出差诶，俄是——死嘁！

小李说死前给我们留一地址，大概内山头，不去看您招您讨厌，万一哪天我们也上山野游跟朋友一起，好跟人吹，俄大在这山呢。

老李跟小李说别傻帽似的太早结婚，别要孩子，一生不得安宁，到撩跟你也没啥关系，他是他，你是你，生生不息就是不长记性，赛着没劲。

李老临走抱拳跟家里人包括猫咪逐一道乏：永别。永别。

老太太蹬着门槛子抹眼泪说就这么一人死去了，放着好日子不过，将来你可别学他。小李说妈，您还没过腻呢？

说不惦记也还是惦记，再浑也是一起过了大半辈子的人，一变天老太太就打上包袱，包上换季衣裳和叮时候的硬吃食催小李给他大送山里去。小李说咱们算在山里多一门亲戚么？于是就去托朋友，朋友托朋友找到一南山老猎户，给动物下了一辈子套儿，腿脚猴儿挠狼撕瘢痕累累，整座山脉门儿清，内片林梢蹲着一窝猴儿，内处崖子卧着一只虎，内处山洼一活腻歪的城里人又开了二分荒——山里人管这种人叫：装客。

老猎户带着小李爬上一面坡，走过一道梁，在一个滴着泉的山洼子找到一处新搭低矮茅寮和刚开的小片荒。二人伏在对面梁上观察，半天不见有人类活动。小李说有人么？老猎户说你看那搭棚棚缝缝往外冒汽儿咧——看见没有，空气在颤抖？内是里边有人生火咧。一会儿就见一副骨头架子爬出茅寮，圪蹴在棚口发呆。猎户说内是你大？小李说瘦了。

猎户说你大不像爱劳动的，这搭还不算进山，他就歇了。

小李说他种的内都是啥尼嘛——内片绿？猎户说芋头，俄认识一娃供的种子，这贼娃专做装客生意。又说你大种这片地半分都木有，将来吃不进肚咧，都让猴儿野猪日弄得了便宜，懂门道装客都会套种姜麻，猴儿猪儿不敢乱刨咧。

小李直起腰下山。猎户说俄就不去咧，不想认识这些个装客，净管你要东西，啥都缺，俄就在这里等着你咧。

小李绕林蹚溪来到老李跟前，在他眼前晃了晃五指，老李木眨眼。把包包里裹挟的东西掏给他，说俄妈让捎给你的。又说大，你几天木吃饭咧？老李也不嗳声，只是失神远望。

小李说见着师父木有，你咋也不找他去咧？老李还不嗳声，也不眨眼，小李就圪蹴在他大身旁一同发呆。一会儿就见太阳发光，一闪一闪扎眼。老李嗯一声，长出一口浊气，捶着腰腿说：带甚好吃食给俄？不饿，想不起吃。师父阿，木找，不通才需要师，透心亮扯咧，找他作球甚尼嘛？

小李说一日为师，终身为父咧。老李说内都是木匠锅匠说的鬼话，靠着师的名头吃饭咧，就这，还饿死师父咧。

小李说下回带点姜麻来，挨地里种上，猴儿吃一口呛着肺，下回不敢乱刨咧。老李说这也是没挨山里呆过的人的见识，猴儿精着咧，遍地姜，他一个不动，就刨出个芋头来吃咧。又说对你妈好点，别让她惦记我，俄美着咧。又说回去嘴严点，别跟人说你大且这儿住咧。小李说蒂根没人打听您。

老猎户在山根儿接着小李说：跟你大说说，换个沟沟住，这洼洼不太平呢，崖上有只虎，老往下贼瞅，木事还下来溜达咧，叫你大别沾肉，肉臊腥它能闻见咧。小李说坏了，俄给他带的有羊肉，要不俄回去叫他别吃咧。猎户说木四，今天虎不饿，俄看着它盯了你半晌，起身往西边去了咧。

二回，有大雪，小李送粮进山，没下梁子就瞧见虎脚印，跟着脚印走到茅寮口，后脖颈子寒毛都立了起来，站在雪窝里喊大！大！老李掀开草帘探出爆炸头，说大清早喊啥尼嘛？

小李指着雪地上脚印：虎，在这儿过了好几圈。老李说娃，你还是不了解你大，天下皆知你大善摄生，不知你大摄养的是魂灵，八是肉躯。肉躯有死，而魂灵八死。魂灵何以八死？因其无广延，故无死地。所以你大迎面遇虎，虎亦无所措其爪——虎是不伤你大这样的人滴。小李说有道理，我明白，虎它——明白么？老李说你瞧，它怎么走了尼嘛？

小李进了寮，闻到一股老人味儿，见一鬲芋头粥已冻成冰坨，说这是乃天的？老李说不知乃天，只知是上一顿的，刚煮得想等等不烫嘴喝——时辰就过去咧，听你喊俄，不会超过三天该是。小李说：虎是八是有不吃死尸的习惯？

穆王五年河开，母子俩吃了新网捞的鲶鱼荇菜羹，想起山里还一人尼嘛。老太太打了罐麻油，挖了斗黄米，裹了领柞蚕丝春衫，交给儿子，说叫装客也迎个春，别老光着溜子。

小李背着油米跋涉进山，诸峰已绿，处处可闻鸟啼，山梁阴处尚存深厚积雪，雪下已是汩汩流水。山洼里，茅寮已塌，老李不知去向，去岁新苫青茅褐如沤麻，竹竿松枝凌散一地，到处是虎粪，剑锈在地上，用手一抽，碎成铜渣。粪中有一撮儿花白毛发，端起揉搓，似人发，又似羊毛。曾用作火塘烧红的土坑犹有余烬，鬲碎成三块，瓦片有残雪，雪上依稀有鸟爪踏痕。小李踢开一块瓦，瓦下露出半截竹，显见被人用利器刮削过，竹上歪七扭八刻着几道槽，粗看像字，缺撇少捺，无从辨认。再扒拉扒拉坑灰，又扒出几节砍蛇撅断乌熌麻黑竹坯，拿刀刮去上面的黑，显出几个浅刀省文：一、反、知、有、种……什么的。忽听有人吹匪哨，净耳一听，是风唿哨。四周林子也刷刷响，像是有人大步走远。小李喊大！你要在就应俄一声。喊完自个先怕了。

小李拣了竹节出山，一路心里拼这几个字，颠来倒去，凑出半句，也不知是否他大原意：有一种知叫反知……自个乐不可支，下坡的脚步也不由轻快起来。

小李耳到家，跟老太太说俄大不见咧。老太太说哪去了尼嘛？小李耳说猜不到，可能叫虎叼了去咧。把竹字给老太太看：俄大留哈的。老太太说：俄给他补个下半句：有一种日子叫八过日子。

36

穆王十八年春，小李耳回到夏庙，全身投入编纂全夏书。穆王三十五年，人到中年，增扩《高祖轩辕本纪》九卷、《太祖颛顼本纪》七卷。这一年，荆人入侵徐地，拆毁了徐墟的军观。毛公班的儿子毛伯迁指挥殷八师在秭归击败了他们。（李鼻按：毛氏之先毛叔郑，武王之弟，封伯侯，国在都鄙之地。毛班因功累迁为公。毛迁承国仍当为伯。）

穆王三十七年，增《炎帝世家》七卷。这一年，穆王对於越用兵，大起九师，从西六师、成八师、殷八师都抽调了部队，集结于九江。西六师南征支队从丰镐出发携带的柞木浮桥踏板，用赭石白垩石漆绘有夸张凶恶鼋鱼和扬子鳄——以镇水怪的图案；给欢送他们的丰镐老百姓留下深刻印象。听说王师胜利渡过长江，丰镐的老百姓就传，王命长江里的鼋鼍浮上来组成桥梁运输部队，我们的战士是踩着鱼背过的江。王师深入越地，到达钱塘江口的虞宾，并没发生大的战斗，越人又来这套，散了。参与南征的井公回来去夏庙看望李耳，说一出门想起你了。给他带回一些鲥鱼干和一则当地的传说，说当年虞舜和丹朱争夺帝位时曾为丹朱所败，逃到钱塘江口避居，因而内块地方被称为虞宾，意思是虞舜临时住过的地方。井利说听说你在修夏书，不知对你有用没有。

李耳说没什么用，要听各地的传说就没完了，他们为什么不攒点蚩尤的事，我这里很缺蚩尤的资料，都是南方人。并利说蚩宾？也很好听。咱们这些西征老人儿还得多聚。

穆王五十五年，王陟于祇宫。得年一百零五，是我周在位时间和寿命最长的双冠王。老头最后一次领兵出征，就是打到钱塘内次已八十有七。八十九还在会稽涂山大会诸侯，不知是不是又跟大伙算账，虽然内山有点矮，海拔一百来米（西制米），比楼没高多少。一百零一脑子还不糊涂，在甫侯制定的新刑法中引进了赫梯法典和乌尔纳木法典中以赎代刑的思想，告诫在各国担任国君的叔叔大爷兄弟子侄，对属下百姓涉五刑之罪感到证据不充分，可以采用疑罪从赎的原则，判决课以罚金代替实刑；曰赦。并且对缴纳铜的重量进行了统一规定，明码实价：墨——脸上刺傻蛋二字，缴铜百锾。劓——削鼻，倍之，二百锾。剕——砍双脚，五百锾。宫——六百锾。大辟——千锾。（李鼻按：西周初年，官铜多为战争期间缴获斧斤戈戟大刃化融重铸，铜锡比例高，一锾重六两。末年通货膨胀，铜锡比例减倍，且多杂以铅，锾重微增，约六两半。故一锾有六两、六两半二说。）

此一重大司法改革被老百姓形象地称为：以值报怨。

李鼻按：生命有价，此一观念突破当中所含旨趣怎么估量也不过分，首先打破了生命不可通约，只能一命抵一命，务使每一笔损失都是双方的损失，看似补偿了受害方实际拉低了受害方获得巷议支持和普遍同情的声势，使加害方有机会成为与受害方享有同等损失的一对，谁也不欠谁，受害人一无所获只是安慰了受害方家属——的囿见。考虑到当时刑不上大夫的制度安排，科罚赎刑只是面向百姓大众的一项救济措施，这已是一种先天不平等——相较于王法之下人人等视而言。富人较穷空之家更易拿出这些吨位的铜岂不是制造了新的不平等？这么想的人应该多是穷人。救死，如救水火，近岸者先援手，近燎者先致梯。若是无分远近一律不许动，要死一起死，要活一起活，就不是讨论平等问题了。尔况穷空之家也可以求爷爷告奶奶筹借这笔铜，好过坐等受刑无咒可念。我汉御史大夫张汤饮鸩时有断命言传世：皇恩如甘霖，公平就是每个人无论贵贱都有挨浇的份儿，而非落在每人头上雨点多少的问题。信哉斯言，斯是矣。

老头最后还是蛇在心血管上。这是溷邑老姬家原发遗传优势，吃不上饭的时候特别善于储存脂肪——于腰腹。男的大肚子，女的也大肚子，四肢纤细，俗称纺锤形，鸭梨形，每回遭灾都是最后一个饿死。当了王，生活严重改善，优势转为缺陷，高血脂高血压高尿酸，跟着动脉硬化，脑梗心梗二次卒中。姬昌姬发姬旦姬诵姬钊叔叔大爷姬鲜姬度姬振铎都陟或薨在这病上。穆满六十八得痛痹——算晚的，救了他，从此饮食清淡，脚趾一粉就像婴儿那样只喝奶，吃全素，蛋白补充全靠豆菽。一个节气必馋疯一次，放下碗就饿，肚子饱嘴馋，也只珍惜地吃半只白切鸡，严拒羊牛猪。七十八痛痹肾——结石，夜里撞塌一面墙。太医严禁他再吃豆，说植物蛋白质量较低，不利吸收，加重肾脏负担。八十九还是突发脑血栓，南征途中正听汇报半边身子麻了，右眼皮耷拉好像瞧不起人，右手右脚不听使唤跟半拉身子不是自己的似的，嘴往左歪淌哈喇子，说话跟含着颗铁核桃呜噜呜噜的。

随军巫医给他紧急灌服四十八味中药：……乌梢蛇、两头尖、麻黄、僵蚕（炒）、骨碎补（烫、去毛）、香附（醋制）、白术（麸炒）、龟甲（醋淬）、豹骨（油酥）什么的。第二天早起眼皮子睁开了，手脚能原地摆了，嘴正过来，说话清晰：我这不能吃的，你都给我吃了，考虑过我的肾么？巫医说你自己决定，是要肾还是手脚大脑？穆满想了想说：要大脑。

七日后能扶着轩轾站起来了，满面红光，走道改了姿势，先出左脚，再把右腿拖过来，右手端着，跟夹了一根针似的。

部队攻占了於越国都会稽，起王宫甬道石在涂山专门铺了条进山遛弯的麻石板路，让天子每天上下进行恢复训练。

穆王传命汉阳诸姬都来看他，荆楚各蛮夷方国首领也都拎着全蝎何首乌水牛角麝香丁香来了。於越王与非也派人送来蛇龟和全豹，问候天子，说喜欢我们国，多住几天不谢。

穆王经过这次脑梗，侧支循环一直没完全建立起来，有些旁路连接没几天又形成新的血栓。好在他这次血栓还是静脉血栓，静脉吻合支比较丰富，此处不通就转流他处，总能到达心脏。其后十余年，穆王腿脚一直不利索，住在南郑祇宫没挪窝，日常生活越来越依赖身边这些女的，经常坐完马桶站起来单手摆臂使劲努就是离不开马桶。穆王对身边的人说我再内什么不许抢救我阿。身边人说那您得亲手刻下来，要不我们不敢。穆王苦练左手篆书，在田黄石上刻下“穆满自愿放弃抢救”八字。五十四年仲冬，刚过一百零五岁生日，二次卒中，还是遭到抢救。醒来说话如鹦鹉，只有天天值夜班几个宫人能听懂一二。王嘎嘎叽叽，宫人说：失望，我对人类很失望——他说的。召公说你问问他，还有什么重要的事要交代。宫人听了半天，说没有，颠来倒去就这么一句话，对人类很失望。

五十五年季秋，王陷入昏迷，宫人有所察，已陟多时。

元年甲寅春正月，世子繄即位，是为共王。宾丧期间，安排先王入陵寝事，决定将《西征战记》百卷作为先王一生重要成就随大体一同入椁，塞在棺椁之间缝隙中。

戎夫誊清最后一字，携成稿至夏庙请李耳过目，说您看还有什么不妥的？《纪》上最后落实穆王一生走过的里程数为：东征天下二亿二千五百里，西征亿有九万里，南征亿有七百三里，北征二亿七里。李耳说没什么不妥的。

这一年，李耳也已到杖国之年——七十；与老姑父辛长父——长父娶了五谷辈李菽家闺女，李耳叫老姑的，眼神不好内百十来个堂姊妹，大部分砸手里——共同完成了《蚩尤世家》三卷、《百泉实录》《涿鹿实录》各百卷，人已近颓。

李麻叔（与五味辈李麻重名）李稷叔李麦叔也都托过李耳，给你七十姑八十姑寻个人家，听说你们单位好小伙子多。李耳说我不能再恬着脸问人家了，人家长都跟我急了，说我们孩子到你们单位是去工作的，不是给你当婶儿哦对不起口误——给你当姑父去的！影响特别不好，我们单位头儿——小宗伯都找我谈过，最近很多大史大祝提前退休，让孩子接班，你知道为石马么？又说最近几次岁贡出了差子，多摆了一个簋，敲碎一只磬，祝祷念到一半忘词，处理好和亲戚的关系。麻叔说你的名声重要阿还是你姑她们终身重要阿？

李耳说我惭愧了。回去埋怨长父你可给我惹了事了。长父说你甭管了，你姑也不是我外人，我还认识一帮男的，都是我这秧儿的，外地来接班的，我去问问他们，有没有想蹬了老家糟糠跟这儿再找的。你只要露一面，我请他们撸串你参加，在旁边帮着给掌掌眼，看谁行，都不用你说一句话。一会儿又问：妾行吗？李耳说别问我，我哪知道阿。

共王四年，王游于泾河之上，密公康随同游玩，带了三个蜜，同为姐妹，皆绝色。密公之母隗氏感到担忧，说三兽为群，三人为众，三女为姦，美且姦，曰桀；三个美女凑在一起就可以培养出一个夏桀。你想想，就凭你的德行，能接得住这仨妖精么？天子纳嫔妃都不敢娶一家子三姐妹，何况你这个小丑！小丑攒一屋子漂亮女朋友，必遭灭！你应该把这仨女的献给王。密公说：我不能把女的当物品一样随便赠送人。又说既然美女有害，就请害我，不敢害天子。拒献。

共繄本来无所谓，你有蜜我也有蜜。听说隗氏一番话，倒给招了恶心，拿我当什么了！这不是蜜不蜜的问题，是对我周的态度问题，从这件小事可以看出，密国上下仍以敌国自视视我，还得再灭他们一次。于是命王卒当场逮捕密康，用兵车载着押回丰镐，褫夺了他的爵位和封国。隗氏也一同受到逮捕，夺了她的诰封，发配到太史寮扫地，当保洁大妈。三位美女收归国有，发往军营为伎。丰镐巷语四大多余：脸盆加盖，酒盅加垫，扶墙打嗝，叉腿放屁。说的就是这种你不强调没事，加了小心反倒惹人侧目甚或招致无妄之灾的事。

李鼻按：密须氏，美人之国，其先为后稷之妃女姞，后又有女入黄帝帷幄，有诞，未得姓。有殷，帝武丁封其后于密，称密须。与涸比邻，威加环泾水虢、共、芮、阮、虞、彭诸邦，旋为姬昌所灭。遗民易其国姓姞为密，以不忘故国。武王克殷，封同姓于密，这个密康当是姬姓，此为管叔鲜因畔废国之后周灭同姓国仅见一例。诸侯皆为密公不平，以为无过降罪，雪天喝井水，莫不齿冷。

李耳去太史寮领工资，看到保洁大妈尤有富态，手捏笤帚，扫地跟绣花似的，因问：妪或居尊位邪？大妈答：曾为一国之母。耳曰：何至沦丧于此？大妈答：假懂事来着。耳问贵姓？大妈答：隗。耳说女媿者可有与闻欤？大妈说先人。

李耳说真么？大妈说不知你问的是何方何世之媿，如果是串连炎黄二帝，促成百泉停战内位女士，便是。李耳连忙起立，说失敬，请大妈落座。大妈不敢，说我还是站着吧，因为靠墙歇息已经吃过几记耳光。于是李耳也站着，与大妈比视，说你知道我是谁么？不知道没关系，我正在撰写夏书《女英烈传》，与尔等女辈张目，其中一章涉及贵先人，你有什么听闻可以贡献于我？大妈说不敢乱讲。李耳说没事，你乱讲，择录在我。大妈说全凭先生做主。李耳遂告小宗伯，请调大妈去夏庙扫地，说小孩扫地不认真，夏庙积的灰已经可以种蒜苗了。小宗伯说这还用问我，看着好，领走。

李耳携大妈归，安于柴房，免其帚扫功课，隔日进肉汤，聊半个时辰。月余，女媿传终卷，个中所言多来自大妈。与闻者——老姑父，阅后生疑，说：说得都她亲眼得见似的，能是真的么？李耳说要么这个，要么没有，你给拿个主意。

共王九年春正月丁亥，王使内史左良颁赐毛伯迁诏命，允其带剑不脱舄上殿。毛迁以为是晋爵，怎么不也得是个侯，新画衣都做了，白高兴一场。

十二年仲冬，天突然降温，要下雪，阴了吧唧。王一直有过敏性鼻炎，遇冷空气毛细血管收缩，鼻腔运动加剧，早起干嘛来着没穿衣裳，打了一喷嚏，陟了。太医不能诊断，说中了邪。巫给断了出来，降神召来医神岐伯，说是心梗。

共繄比较惨，父王活得年头太长，轮到他登基已是杖朝之年——八十。好歹当了十二年天子，乐趣不多，为什么跟密康发恁么大火？内些小年轻诸侯没法体会一个鲐背老人的感受，好蜜不发，不就看我老么，以为我没需要了，发了也是耽误人姑娘，瞧不起老人！跟谁说去呢，说出去谁听了不扭脸偷笑呢？只好挑他个礼儿，办逼尅的！就为一口气。

这一年，李耳也拄着杖上朝了——八十有二。老年白内障，眼前老一绺绺冒黑烟儿，跟眼珠子埋着一堆灰烬似的。刻字手哆嗦，书案子划得哪儿哪儿都是道儿，一次还割了拇指，血流得哗哗的，犹完成喾本纪、尧本纪、舜本纪各十卷。

元年丙寅正月，世子坚即位，是为懿王。懿王岁数也不小了，他爸十七生的他，九十二没的，他即位七十五。盛周诸天子皆长寿，穆满百有五，共繄九十二，武发九十四，懿坚在位二十五年，满百而陟，可谓亚军。可见三高折寿也没什么必然道理。时人四大白即有：头场雪，新蚕茧，天子须发大绵羊。白头天子被视为祥瑞，兆喻国祚绵久，百岁之人被称为人瑞就是这么来的。亦入雅歌，大雅《生民》曰：天子白头，以归肇祀。后来发现几代天子皆白头，公侯亦白头，朝臣亦白头，一办大朝会就显出来了，小雅《常棣》就描写了老哥们儿老兄弟相见于堂，既高兴又感慨华发忽生的景象：常棣之白，愕不韦华；常棣之华，莫不哔哔。公侯朝臣白头也就罢了，也是祥瑞，上层好，下层才好。稍微叫人有点难堪的是军将亦白头，健儿亦白头。战士年龄偏大，这在驻扎京畿西六师部伍中比较突出，六师出操，时人称看下大雪去。亦有小雅唱六师兵老将疲，马儿倒喂得很好：四牡肥肥，周道倭迟。家有少妻，岂不怀归？王事靡盬，老汉伤悲。四牡肥肥，啴啴平喘。家有饶亩，岂不怀归云云。（李鼻案：此中大小雅行文与通行本子不符，白头天子或为后世诟病，风过俗移，有心人动过手，其中可见编纂痕迹。）

老六师本是周原子弟，久住畿内，军功赏赐，累年经世，都积攒了份家业，在丰镐远郊分了好地，起了庄院。部队鼓励战士把父母接来，家安在营区附近，将来子弟也可优先入伍。军中普遍实行世职世守，父业子承，公道讲也不是我周自创，肇夏有始，是老办法，既保证了部队忠诚度和兵源的稳定，也解决了养老，是农民想出的最好点子。这么一百五十年下来，部队大院成村了。头一拨爷爷姥爷还是兵，当爹的也是兵，到孙子重孙子，就是地主儿子了。君子之泽五世而斩这个话一开始说的不是君子，内时还没君子什么事，说的是战士，战士之泽，五世而斩。也非比兴，是实况，真杀头！完不成军事任务，吃了败仗，受到军法审判，这些五代战士——混事的地主儿子，排着队被提将出去，挨牌斩首。

懿王七年，西戎入侵，戎骑一夜之间突至镐京城下，铁箭射入城内，宗周震动。六师正在放夏忙假，大部分战士在家收庄稼，能出动的兵车只有六辆值班车。部队召集起来，放下镰刀换了戈，跑步赶到城下，戎人已尽割田野熟黄之粟，掠农家女而去。

十三年，翟人入侵岐山。召公、周公均有损失，周公一个下乡收租最得力管家连同刚收上几个庄子的豆黍被掳走。

召公一个最贴心、管钥匙、老家是北原的姬回乡探母病，失踪。二公亲往六师营中坐等督促出动，还是等不及，带着家臣先上路，未到扶风，听说翟人已经刮净岐山——回了。

六师战备情况受到严厉批评。经查，按年调拨部队修车、更换辐辋的木料确实造了轮子，但是都挂在自家牛车轴辖上，渭河两岸老乡都知道，谁家是军属不用打问，瞅轮子就知道，都是兵车三十辐辏、青铜尖锐軎款。历年划拨的铜锡也都如数拨往各师戈盾司营造处冶炉，全打了生活用品。丰京城里最火一家专门售卖铜制品商铺“聚宝源”就是二师的买卖。王畿百里中等人家孩子婚娶，女方均指名要买“聚宝源”的洗脚盆和铜镜，有口皆匾好使，可以传代。夫家买不到还有新娘临户不下轿难堪事件发生。部分锡亦挪作补锅。

有司兜捕了丰京城内所有走街串户上门服务的补锅匠，峻刑拷打，供出所用焊锡来自三师戈盾司一个上士。召公亲自带队入营逮捕了这名上士，还从其营外私宅及其为姘妇所购庄院抄出囤压白锡千斤。召公给懿王的报告中沉痛指出：

自穆王三十七年伐越以降四十三年，六师未造一辆新车，未锻一件新戈。成王六年岐山大蒐，我军士官以上甲盾皆为犀皮，如今六师旅帅以下皆著水牛皮，一师某两还发现有用猴皮覆盾者——纯粹开玩乐！（召公自按：当然这里有自然原因，犀牛于今已绝，皮无可寻，就说这事。）六师之卒皆百亩之家。有的射夫，在家裹丝围裘，呼婢使奴，到部队操课破衣拉撒形同乞丐，遇纠察则称所披褴褛为作训服。有的材士白发皑皑犹立于班列，扛戈即累弯腰。有的伍长，多年不入营门，点名概由其家长工代应。臣亲自点校一卒兵士，应者相貌猥琐，毫无军姿可言，经究半为家奴，半为包月雇佣之流氓。亦有多名流浪儿童，擅入营房刷夜，冒充军人蹭饭逾旬。晚近十数年以来，我周外部环境发生很大变化，西戎各部普遍使用铁制刀箭，与仍以青铜武装之我军形成装备上代差，领先我军一个时代，使我军百年优势不再。当年穆王西征归来，预感铁器时代将临，交代大司马尽速试冶生铁，拨布币六百纯作一期费用，并将西征所获陨铁、矿铁百锾一并交予六师库藏，冶炉即设于六师营中。臣此次亲往检搜，库中陨铁矿铁俱已朽坏，不堪复用。布币账面无踪，拷问六师总会计，言累年补贴军官食堂，不复忆每笔所支，总之殆尽。臣已拘拿总会计，令其家人出赔补足乃释。

情况就是这么一情况。召公虎在春宫向懿王当面做汇报，继而言道：照这样下去，六师堪忧，我周堪忧。今日不采取断然举措，他年戎骑入丰镐，君上哭别七庙日不远矣。

懿王说你说的断然举措是什么？召虎说裁撤六师，编练新军，倾国之力探查铁矿，冶造生铁，全面更新升级武备。

懿王说裁撤六师，成八师要不要裁？殷八师要不要裁？之后这些人去哪儿？

召虎说君上，您没有军队了你明白么？你的军队都成地主了，都养得很肥，你管这些人去哪儿呢，他们爱去哪儿去哪儿！你要担心一下你自己了，谁来保卫您，有人提刀来捉你，谁挡在你前面？

懿王说行，就按你说的办，听你的。摸着自己花白头发说：叫你一说，朕觉得安在脖子上这颗脑逮都不牢靠了。

明日，召公虎入春宫，递交召开全国编遣会议——分三步走，先裁六师，五年内编练铁武新军二师；再裁成八师、殷八师，三个五年编练新军六师，全部铁武，分驻河洛、丰镐；再用三个五年，恢复全国二十二个野战师总军力，委任周公定为顾命编遣总办——的报告。

懿王看着小车推进来的竹山，说：这么急，好好的部队撤他做什么？召虎说昨天，——你不都答应了么！

懿王说昨天，昨天你来了？召虎说我……扭脸看跟前服侍的宫人。宫人说君上最近记性有点不好，有点爱忘事。大声跟懿王说：昨天召公来了，跟你说了半天话你都忘了？

懿王说噢噢想起来了，昨天你是来了，你们家都好吗？老太爷恢复得怎么样？跟他说，就说我说的，上了岁数就不要老骑马了，没事多走走，爬爬台阶也很好，也是个锻炼，老了最应该注意留神骨折，躺着不能动多给子女添麻烦呀。

召虎说他把我当谁了？宫人说不知当谁了，天子最近经常跟空气说话。召虎叹息：这样的情况多久了？宫人说才几天，也就……十砬天？反正不出二十天，一开始也就是说干嘛突然不干嘛了，话到嘴边说不出来——忘词儿。

召虎说你们平时有没有个制度，对天子说过的话记录备案？宫人说我们不识字。召虎说一个都没有么？宫人说我来之前，在跟前儿的一个姐姐是识字的，因为老翻天子书，看案子上奏章，被宫正发现，带走填井了。宫人说也不老这样，也有明白的时候，要不您等会儿，没准马上就明白了。

懿王十四年，天子已经不能辨认他的重臣，坐在王座上经常小便无声流下来，顺台阶淌到下面卿士坐的铺席上，召公周公都有被淹经历。六月，还发生了王走丢的事件。沣河上一处瓜田老农正在看瓜，远远走来一个老人蹲下挨个拍瓜，瓜农说没熟咧，再等几天就甜咧。孰料老人一拳击破一只瓜，掏出生瓜瓤就往嘴里塞。瓜农觉得老人可能是口渴，吃个瓜就吃个瓜呗，也不差这一个，再说他这瓜主要是卖瓜籽儿，不怕吃。还说您慢点咧，弄一脸，都是您的。

哪知老人吃一嘴，扭脸又捣碎一只瓜，又捣碎一只瓜，索性扯秧子揪出一溜瓜，拿脚挨个大力去踩，噗嚓噗嚓的。

瓜农怒吼：祸害人呢嘛！赶去一把推倒老人，骂：俄背不住你个瓜皮咧，你把亏人当摔包子！你看你握球势子长滴跟翻斗车一样，你再拧次，再拧次怂给你打出来挂城墙哈！

瓜农扯着老人，拿瓜秧子绑在大槐树下示众，见路人就说别看岁数大，是个贼娃子呢。老人也无所谓，表情冷漠，听凭数叨。村里地主是六师老兵，受过懿王检阅，赶着牛车去闺女家串门，路过大槐树，笑嘻嘻看热闹，车过去了，忽然心头一紧：不会吧，怎嫩眼熟阿？叫住牛，跑回来上上下下这么一扫量，拍着瓜农脊拧说：二球，你可惹下大祸咧！

懿王被当地各级士吏乡大夫、州长、党正、族师、闾胥、比长簇拥拿牛车送回来，宫里还不知人少了呢。春宫宫正问到门上，懿王跟前几个宫人还说：在呢嘛，一直睡挺好，我们守着门呢，不可能出去。宫正说睁开你的逼眼看看，这是谁！躬身把王请出来。宫人立马全伏地上，宫正说都带走，填井。王全程冷漠，穿着老兵家绣着马和云的琥珀蚕丝褂子，盘腿坐铺席上一声不吭，对宫人哭求救命呼声充耳无闻。

召公后来追究这个事，春宫上下从宫正、宫伯到内府、外府、掌舍、掌次、掌皮、司裘、司书、职内、内小臣、阍人、寺人；挨得上挨不上的，一撸到底。

王还是一念不生说走就走，新来这拨士、府、史、胥、徒跪一廊也堵不住。门不能走，就破窗而出，还曾有过翻墙，这帮人就只能跟着。为了道行方便，不使民扰王，大司马内边还派来一组熟悉周边城郭沟池树渠形要，山林川泽之阻，有权设路禁、控水井、号房子、就地征粮，善于侦察，专司行军宿营诸事军事干部：掌固、司险、候人、环人、挈壶氏等辈，候在春宫墙外，王从墙头跳下来，就由他们开道，爱去哪儿去哪儿。

十四年，王走遍沣河两岸，都鄙之内几个国都到过了。行踪日见诡异，经常半夜出来，好好的马路不走，哪有坑往哪儿走——横着蹦。无分时节，冬天立雪地里，夏天戳大太阳底下，不怕冷，也不惧热。他一到，所在国诸侯也得出来迎着，也甭管是不是地方，哪么钻坟地里，也得陪着。有时大伙也是实在累得跟不上，就撺掇举水漏的挈壶氏瞎报时，明明申时未时愣告子时，说你该睡觉了。王也不论在哪儿，沟渠池边，倒头就睡——就这条没忘，必须睡子午觉。

就这么捂着，事还是传出去了，河洛内边都知道，天子梦游了。各地乞讨流浪老头忽然受到尊重，管吃管喝，还有隆重接家去的。老流浪汉们不知何故，皆受惊。诸侯之间说起这事都摇头。朝廷下来的诏命也渐渐不当回事，说这都谁下的呀，朝廷还有醒的么？愈发在自己国内自作主张起来。

太医太卜太祝组织了几次联合会诊，假装给王贺寿，跪在王座下三排，观察王，还是没人敢下这个结论：王已经失去理智。太医揣手无计。太卜围绕春宫举办了几次大型叫魂，效果亦不彰。太祝暗地进行了几轮秘密禳祝，呼吁神明移过于召虎——这也不是背后咒人，是召公主动申请：就让我变傻！每次禳祝之后，王能醒一句，说我这是在哪儿？一般这么问的时候都不在宫里。大伙说您在哪儿在哪儿。王会流下眼泪，说给你们添乱了。有时还会说出悲怆的话：我觉得自己在自己生活里成了外人。大伙也会难过地流下眼泪，说您永远是您，您忘了，我们不敢忘。过后，又玩失踪。

召公和周公商量不能再让王住春宫了，春宫他太熟了，哪儿有个缝儿都知道，带洞的全钻过，完全不必意识指引，摸着黑，闻着味儿，横竖进得去出得来，拦不住。得给他换一地方，一个他完全没去过，所有下意识潜意识都不产生反射弧，环境彻底对感官说不，关门撞墙黑灯——的地方。

起初，造父回到赵城，因为和穆王的关系，在当地成为望族。赵城老赵家，他有一门亲戚，说起来也不远，往上数五代，是同一个父亲，就是大名缸缸的蜚廉，上古音读威廉，前朝末帝帝辛御用车手。老赵这一家，因为赶车这门手艺，世代为帝王所用，明君昏君都服务过，不但跟纣熟，跟成汤、夏桀都熟。西征时闲聊天，李耳就说，你要写一本《一个车手眼中的夏商周》，一定有意思。造父说我要恁么写了，就没人敢用我了。我们家和历朝帝王关系都好，人家能信任咱们，就因为我们只抬头看路，不回头看人。

牧野之战内天，蜚廉去北方也不知干嘛去了，这是他自己讲，代表帝辛出使去了，也不知帝辛派一个车手出国谈什么，对方对接的应该也是车手——对等嘛；可能是买马。历代史家也懒得考证他，行吧，只要你高兴，也没碍了谁的事。

李鼻按：车正，有夏以来就是明典有籍官职。上古职官中间科层少，尹保之下就是车正，比诸后世，相当于我汉二十等爵之十七等爵——驷车庶长；爵仅次于大庶长、关内侯、列侯。帝有事与他国会商，派出车正是很高规格，还派过庖正、牧正、兽臣——看谈什么事。后人少知，笑人者人笑。

也不能说蜚廉善审时，大战在即，见苗头不对闪了。据前殷老人儿讲，当时没人觉得我殷会败，七十万对四五万，都跃跃欲飞要活捉姬发呢。七十万人带车陈兵于野，从第一排到最后一排，人挨人，车挤车，绵延百里。（李鼻按：殷商里以步量有两个说法，一是三百步，一是三百六十步；前者合西制米四百三十五，后者五百二十二。以尺量还有两个说法，一四百零六点八，一七十七——米。识者自取。）

李耳走访宋国，商丘街头晒太阳的老人们讲：周人脸都是绿的内天一大早，看到我殷盛大军容，车正握不住缰，车右开不了弓，连兵车战马腿都瑟瑟发抖，武王战斧已然见血，在砍那些后退士卒。帝辛怜悯他们，不忍发起进攻，给武王讲：三条路，一是现在、立即、下车投降；一是现在掉转车头，回家；两条路我都可以考虑原谅你。最后一条，我以为不必说了，那就是——自取灭亡！不用急着做决定，允许你思考，一个时辰之后，我会回到这里，听你态度。

帝辛说完转身回到军中，走了半天，回到百里之外自己指挥位置——乘车阿，从七十万人里插空走，大家见他来，也都给让道，还是慢，马有点迈不开腿。刚坐下，喝口水，就听百里之外嚷嚷，人都动起来，有点烦，还让不让人歇会儿了。派人去问，怎么我一不在你们就闹腾。又是半天过去了，派去的人鞋都挤丢了，才回来，满头大汗，说打起来了。

帝辛正在喝羊汤，放下碗站起来，伸着脖子看，天色已暗，什么也看不清，好像嚷嚷声还小了，能看到的兵都坐地上，也站一天了，都乏，仨一群俩一伙在吃干粮，聊天。帝辛有经验，不能靠眼前情况做判断，好的指挥员要有预判，要想到下一步，第三步，第四步。于是下令：开始！这个开始是按战前制订的歼敌计划——开始，放周车入阵，分割车与步兵，专打步兵，然后聚歼车。帝辛下令后把汤底搁了。

当晚一切静好，帝辛几次躺下几次爬起来问，前边怎么样。妲妃都告诉他：在进行。第二天一早传来战报，都是战况正在按照我军预想发展：周车已经深入，遭我强力阻击；步兵已经分割，正在激烈交战中。能看到的军阵，还是一片祥和，当兵的正在开早饭，奴隶推着车、挑着担穿梭在队列里，把一碗碗冒着汽儿不知什么内容的热食送到兵手里，当兵的就站在那儿喝。部队分区开饭，没轮到的兵依旧行列整齐，戈盾在手，一动不动保持军姿和随时准备出击的警觉。

帝辛不放心，还是想到前边看一看。妲妃劝阻他：你现在去，到那儿战斗也结束了。兵注意力都在前边，你从后边抄过去，还要给你让路，你这么一走，整个阵形都会受影响。

帝辛说不行啊，哪里有战斗已经打响指挥员还坐在家里？战场情况千变万化，指挥员不靠前，战机出现也抓不住。

帝辛还是往前挤，带着自己卫队，百十辆车，吆喝着，甩着响鞭，慢一步就抽兵背上。兵纷纷闪避，给他让路，挤得东一疙瘩，西一疙瘩。面向战场的兵忽然听到后边人声鼎沸，有车队入阵，人往前涌，站不住脚，什么情况搞不清，又得不到命令，也有点慌，随着人潮往前涌，有绊住的，跌倒在地，后边跟着摞起几层人。现在也搞不清是前边兵退下来、还是后边兵涌上去乱的阵脚，反正几十万人动起来了，涨潮一样起了人浪，浪头打到哪儿，哪里就出现大面积踩踏，人摞人。那都是兵啊，手里有家伙，不能眼睁睁叫人踩死，就乱捅、乱扎，就死人。老乡帮老乡，兄弟帮兄弟，就火拼。

老人们说没见到周人，就觉得特别挤，家里有人死在牧野的，抬回来都是肉饼，扁扁的，摊得很开，一拃厚，正常尺寸棺材装不下，得拆了，重新钉盒子。血流漂杵，不可能，十个人十个人是踩死的，最多流点鼻血，血都进骨头缝儿、含在肠子里呢，跟家搁两天才慢慢汪出来，说句内什么的话，跟芝麻酱糖饼似的。周人很能吹，实际情况是杵本来在水塘里，也不知乃炊事员给扔进去的，很多人下去洗鼻血，塘有点红。李耳问帝辛呢？他惹出这么大乱子自个知不知道。

老人说七十万人，百十里方圆，有人被踩了，换你，你能知道么？我们老家儿是帝辛跟前的人，干什么的我就不跟你说了，成天跟他在一起，可以负责地告诉你，他不知道。他没觉自己走几步，看前边有点乱，心说我别裹乱了，真影响作战，不好。就回去了，跟妲妃说我觉得你说的有点道理，我就在这儿死等了。妲妃说我就说吧。我们老家儿说，内天上午有点阴天，午前还飘点雪花，帝辛老够着看前边，身上皴，脖子不逮劲，妲妃还给帝辛捏了膀子。午餐送的烤肉和牛舌，妲妃开了坛酒，说暖和暖和。帝辛还说我在指挥战斗，现在不喝。妲妃就自己喝。帝辛绷了会儿，说我还是稍微来点吧。但是可是，情况就在那一刻起了反转，本来兵还是往前跑，远远传来人声是嗡、嗡——哄！突然后脑勺全变成脸，人声像决了堤，全是怒吼：啊——一转眼，几十万人没了。一转眼啊！七十万人不见了，光天化日之下，七十万只蛾子也散不了这么快。妲妃拼命摇帝辛，喊：君上，醒醒！就那么一眨眼功夫，帝辛含着酒壶嘴儿睡着了，他得有多心累。

帝辛睁开眼，还有点懵，眼前景象让他一下醒了，空阔牧野，人全趴着，没一活口儿。——人呢？这是我们老家儿听他口里说出的最后一句话。之后的事就跟正史接上了。

教训深刻阿！老人儿们说。打仗不能带老百姓。我殷一直没有形成真正的国家意识，也无国家建设，官无常职，临事而设。军无常备，临战聚众。还是高古群架内一套，怎么能适应新形势下战争要求呢？周人世代充当我殷佣兵，将卒皆为职业军人，牧野之败，就是败在职业和塔儿哄之分上。

喔来喔，曰若稽古，蜚廉北返，才至漳河，就遇到大批向北逃难殷民，说帝殉国了，周师已占朝歌、殷都。蜚廉儿子还在里边呢，牧野阵中给帝辛赶车的正是他大儿子大来。

蜚廉赶到牧野，牧野卧满吃困了的胖虎，肥狼一群群垂着肚子伏地不动，飞来吃人的鹰鹫遮蔽了日头，黑雨一般落下又乌云一样升起；灰豺红狐死人堆里走上走下，嘴都吃刁了，只拣心肝肥嫩部分吃。这一冬，熊没冬眠。到第二年开春，地里还臭呢。本来在牧野有田的农民都不种了，说拣不干净骨头，铜犁入土缸缸响，伤犁，犁头拔出来都打圆了。

蜚廉没处拣儿子尸骨，就潜回朝歌，摸回家叫上家人向南逃难。一路上就听到通缉恶来家人的消息，沿途各津渡隘口关卡都挂着恶来黄杨木浮雕或黑陶烧制头像——跟谁也不像。蜚廉他们也是真不知恶来是谁，一问三不知，说不熟，我们在朝歌就是老百姓，养驴的，帝辛长什么样都没见过。

一家人沿着淠水往大别山里走，越走山越深，岭越峭，小儿子季胜说行了吧，已经几天不见人烟了。蜚廉说行了。

于是就在霍山半坡停下，就地刨一坑，把自己曾经为帝辛赶车使过的马鞭——大来也握过——埋坑里，曰鞭冢。也不树坟，也不刻字，拣了三块石头，以为坛；撅了几根松枝，以为柴，焚烟以告——告帝辛：君上阿，你交代给我的事都谈妥了，可是你人和国都不在了。言罢伏地痛哭良久。

蜚廉刨坑时刨出一石棺，上有铭文：帝令处父不与殷乱，赐尔石棺以华氏。翻译成周语就是：上帝不让埋在这里内个人的父亲裹进殷末战乱，特别赐给你一个石棺日后光大你的宗族。那么问题来了，善于赶车是很大的德行么，还要惊动上帝嘉奖，问过马么？这个故事是司马迁讲给我听的，我说你这个人很有意思，黄帝传说你认为不雅驯，片言不采——理由很充分哦，就因为人家话说得糙——一味去抄《五帝德》《帝系姓》，这些人乱讲话你倒当真。你告诉我，你到底是一什么世界观，你认为上帝真会这么深介入到人与人关系中么，太具体了吧。马迁不语。我说你信有上帝么？马迁不语。

我说不说话就是默印了。理解，搞历史的人很容易陷入宿命，从后往前看，总觉得一切早有安排，我这么问吧，你平时算命么？马迁说不算。我说是不相信算命这回事还是不信命？马迁说我信一个人成事坏事，都是自己一点点积攒的。蜚廉自个找石匠凿了这么一棺，錾了这么几个字，又自个埋自个刨出来，也是一种积攒，给自个——攒干劲。

喔来喔，蜚廉日后哪儿也没去，一直住在霍山丘陵畈区养驴为生。有一天，一个远道而来的君子找到他，问他你是恶来的父亲么？他说不是。君子说怎么不是？你是不是有个儿子叫大来，大来就是恶来，——我呸！生了这样的儿子还有脸活在世上——我呸！当缩头乌龟不敢承认——我呸！

君子走了。蜚廉这才知道这个天下共啐之帝辛身边第一佞臣，没他挑唆，帝辛不至于这么恶——的恶来先生原来是自己失踪儿子大来。他还琢磨呢，过去我跟帝这么近，没听说有这么个人阿，现在知道了。小儿子也不从哪儿捡回几根竹签给他看，说我哥上书了。其后各国君子闲人陆续有来，深一脚浅一脚站在驴圈前一脸正气对蜚廉说：——我呸！

小儿子季胜牵驴上街卖驴也遭人围观，痛骂外龙你妈！这个茬不拉叽的就是恶来他弟，看着就孬头吧叽歇屁黄粱，纣王哈搞一逼吊槽丢天下全怪他——我呸！滚着嘎起过二十四起。季胜买卖也做不成了，骑着驴捂着脸一路哭回家，质问他爸：你为什么不出来说话？说我哥没做过内些事，他跟帝还没您熟呢，内天要不是您出差，也轮不到我哥赶车，站在车正位置的人应该是您。蜚廉说是啊，我欠你哥一死。又说：这话就当我替你哥说吧，要是我死了，也没人跟你说。也不要讲帝了，就是一般朋友，平时对咱们不错，得了人家的济，如今人家死了，臭了，别的忙也帮不上——没的帮了；就剩一个恶名，替人家分担点，挡几个专戳死人脊娘骨的手指头，还不是应当应份，有什么可委屈的？我自小赶车在部队，见过无数生死，为了颜面不顾性命的大有之，一个冲锋，慢走一步怕让人笑话，回头说怕死，硬着头皮上，就躺呢儿了——牛叉！一个命令下来，就要你去送死，要你去诱伏，要你去诈降，要你断后，你可能死，也可能不死，被俘，受辱，身与名——军人荣誉，尽毁，没人知道你，你去不去？大有人去！当年教我赶车的老伍长，没事就踹我，让我给他打洗脚水，妈拉个巴子的老混蛋！哈扯过无数话我都忘了，就记着一句：正直的人从来不惧无名于世，只做该做的事。

伯夷叔齐在首阳山饿死之后，也有好事者来到霍山问蜚廉：你怎么还食周粟阿，你什么时候跟去呀？蜚廉只是笑笑，说我不要脸。

蜚廉在霍山住到死，就葬在山里。季胜的儿子无名，孙子叫衡父，衡父生造父，他们这一枝就是这么个情况。

恶来也有个儿子，老大结婚早。儿子叫女防，当女孩养。女防的孙子叫大骆，跟造父平辈儿。大骆的儿子叫非，比造父矮一辈，叫造父叔儿。非长大时，叔儿已经火了，有了姓——赵。非混得也不错，在犬丘给召公养马，比较遗憾的是没有姓，大人孩子都喊他：小非，非子；觉得不牛叉，悄默叽捡了叔的姓，蔫不唧也姓了赵。召公想着给王找个背静地方疗养，想到赵非。约周公一起得空去了趟犬丘，给周公介绍赵非：这是锯人。赵非因为个儿矮，站直了能仰着头跟马说话，大家开玩笑管他叫锯人——锯了一半的人。

赵非带他们参观马场。马场设在汧河边，起伏平缓的丘陵间扎着栅栏，圈出一大块厚若毛毡青青草场，有大型獒犬奔走其间，驱赶外来牛马羊。高大槐树下，一排排半露天松木板搭的马厩里养着一些屁股很圆很漂亮的河曲马，还有两匹兔头猫耳大长腿英俊栗色西膜马——在吃豆饼。

召公说这两匹种马是我用百锾黄金与粟特人交易来的。我周役马多用于挽，虽耐粗饲，有抓膘快、落膘慢、持久耐劳优点，但速力中等，每于戎骑争锋，常落人之后，形成胜追不上、败跑不了的孬淘局面。我想用这两匹马育出一代更便于单兵乘用，放得出去收得回来、能形成作战拳头的良驹。马的种名我都想好了，叫犬丘马。

赵非引二公至儿马厩，厩养员老汉正在刷洗几匹小马。小马安静而优雅，见到赵非就把头凑过来，正好吃到他手心里黄豆。

赵非说这就是第一代犬丘马。周公说还是像妈，头有点大。召公说你等它再长大点的，小孩头不都大么。

另一棵大槐树荫下，拴着一挂拉垫土的大车，拉车的役马方头短腿，腹沉如孕，正低头啃食地上稗草。召公说你知道这马是谁的种儿么，说出来能吓死你，这是绿耳的后代，叫旁边村民的马上了，几代下来，就成这样了——现在还有没有村民马进来上我们的马？赵非说养了獒以后没有了，这些人不怕我，怕獒，我们的獒能咬死他们的马。

召公说这些村民都是故意的，就为借我们的种，内些栅栏不是人为破坏马根本进不来，抓人也没用，都跟朝里这个内个能连上点关系。现在好了，狗不认六亲——养狗英明！

周公说我觉得这地方好，君上是不是也怕狗？召公说好像小时候让狗追过，所以宫里都不让养大型犬，到这儿他可不敢往外跑了。赵非说你们打算把谁弄来呀？周公说这些围栏还是要砌墙，再引河进来搞一个池子，周围盖上四合院，形成封闭空间，不要再用木板作墙了，都用砖，没缝儿可钻。

召虎说我一直比较喜欢这些大槐树，都是先公亲手所植，槐——怀也；看见这些树，就想起俄大、俄爷……

周公说我建议这个地方改个名，不要叫犬丘了，像个野狗窝子，就叫槐里——怀念故里。

十五年，懿王从春宫迁到槐里居住，槐里正式改邑。

懿王在槐里住了十年，每天呼吸田野粗粝风气，和马在一起，精神没恁么抑郁了，爱开口说话了，止一个字：诶。出门走在路上，就诶诶的叫，起初宫人还以为他喊人，一喊全回头，后来也习惯了，他喊他的，大家各逛各的。只有厩里的马一听他喊都抬头，王每次去都带一兜子黄豆，挨个喂马，也不知马是听见他喊了还是知道豆来了。锯人说马懂事，嘴上不说心里明白，知道谁爱它们，谁只是拿它们当畜生。

这十年，召公周公每个月都来看一次王，也不谈工作，只是问候起居。世子也截长补短来看望父王，给大带一些宫里厨子腌制的风味腊肉腊鹅什么的改善生活，大胃口还好。

二十一年，虢公帅师讨伐西戎，首战失利。好在虢公行事谨慎，主力放在后面，得以全师而退。这一战之后，朝中对六师还能不能打的议论不复与闻，召公着手复员六师。这一切都没有禀报王，只是在形成决议时请世子列席旁听，世子表示同意诸公意见。

王复归于婴儿，对所有动物亲近喜爱——除了狗，还是怕狗。对人，基本不搭理，包括召公周公世子，爱谁谁，只对赵非有笑脸，大概以为锯人是小孩吧。赵非也每天陪王玩，王不说话，他就一人说，牵着王的手带他去河边钓鱼，采花，像对小朋友那样耐心，一遍遍教，有时还呲儿王，王弄脏衣裳拉了裤兜什么的。王一日不见赵非就哭，大家就逮立刻分头去找赵非，不管他在干什么，架起走。后来就让他们俩住一块了。

这十年，赵非没挪窝，在槐里陪了王十年。王陟内天闭了眼还拉着赵非的手不放，世子辟方哭的时候都冲着赵非哭。

37

元年辛卯春正月，世子在宗周即位，是谓孝王。同月，到达另一个宗周——洛都。传弓矢于伏牛山之阳，丹江之上的申国，命申伯提兵北上讨伐西戎。

申伯接到这副扎着红绸子铁杉牛筋桦木弓矢很奇怪，我这儿老实芭蕉的，隔着山隔着水，他呢儿二十来个师内个都比我近，为毛叫我去打西戎阿？牢骚归牢骚，还是点了三千个农闲庄稼汉，叫他们把家里肥猪杀了，剥了猪皮，鞣制成马甲，套在肩上，用竹竿把镰刀把儿接长，扛着，号称三个师，浩浩荡荡——走伏牛山东段方城缺口，上了洛都。

到达洛都城下，守城军士不让进，说你们是哪儿的呀，怎么看着像暴动阿？申伯和军士解释：我们是申国的大军，受王征召，前来讨伐西戎，快让我进去。军士说噢噢噢，申国的部队呀，没接到命令阿，说你们今儿来。王不在，回另一个宗周了，你们找西戎，西戎在西边呢。申伯说你说了不算！我受王命至此，你个毛孩军士，肉拧头胡枣岔不给进几个意思？军士说真没接到让您进城的命令，真不能让您进，请您配合，我们这儿也是工作，不要为难我们。申伯说我不信！有让我出发命令，没让我到达命令，那我住哪儿阿今儿——你必须给我说清楚，否则我三师之众就一直挺在这里。

跟着申伯的人也特别埋迹，都老实，头回出远门，不敢嗳声，心里觉得受了欺负，每个人壳廊子腿柱子暗暗较劲，整支队伍没人动却有一股力量前涌，守门军士也感受到了这股力量，倒退数步喊：请您配合！请您配合！我这儿也是工作。然后拔刀：给您刀，要不您把我剁了得了。申伯说我剁你干嘛？我杀敌来了。回头对部下喊：全体，向后——转！便步——走。才泄了这股劲儿。申伯问军士：西戎在西边哪儿阿？军士擦着汗说顺河走，甭回头，很快就能碰上他们。

申师到达函谷关，关上有人喊：有命令给申伯。一会儿关令尹喜下来，端着木简对申伯说：申伯不必西行了，在桃林渡给您预备了船，请您和您的部队即刻上船，渡河北上。

申伯说我接到的命令是打西戎，没说击北狄，为毛要我渡河？尹喜说西，是相对于东海而言，河南山西——都是西。

申伯无语，只得命属下全体向后转。尹喜又说请申伯留步。申伯说害想乍地？尹喜恭敬捧出刀笔，一揖到地，说请申伯留字。尹喜识几个字，在他这一级边官中算是知书的，自命修行者，别的关吏放人通关都索要财物，他偏爱请名人签名，人家签了名，他还会说您再给写俩字，鼓励鼓励我。经常走函谷关的人都知道，说他是名人爱好者。申伯说：不！

申师在桃林渡登船时发生骚动，卒众看着湍急东去黄河水哭成一团，说再也看不到俺爹娘，吃不上俺家乡盆窑猪蹄了。申伯声泪俱下动员部队，对大家说：你们都是我申国的子弟，我的乡亲，我带你们出来，就一定带你们回去，如果做不到，你们吃了我。

老头身先士伍，第一个上船。船工齐声喊着号子奋力向对岸划去，那浊黄拍天惊心悸魂威势确使人有浑身毛儿炸，一去难还的赶嚼。申伯受浪不禁，还有些晕船，嘴里反酸水，一程子不停吧嗒嘴，反复念叨：没腔，扯框开！

上了岸，收拢部队，申伯命主力控制渡口，扣了所有船，不使南还。自己带健儿北行至西侯度阶地，比划了一圈，西望了一眼吕梁，东眺了一眼中条，说了声：去伙！就回了。

孝王三年，王在槐里接见了申伯，表彰他前年伐西戎，孤师犯险，退戎千里，廓清吕梁、中条，自己未失一兵一卒——的战绩；晋爵为侯。王跟申侯说：还有个好事想跟你商量，我想保个媒，你是不是还有个闺女待字未嫁？申侯说我好几个呢，一堆呢！每年都有新闺女出生，各年龄段齐备，不知您想要几岁的？孝王说诶，不是我要，是替我一朋友做媒，我这朋友人不错，你见了一定喜欢。说着把锯人叫出来，说怎么样，小伙精神吧？申侯说他呀，我必须驳您面子了，真没别的意思！我只是——只是有个闺女已经嫁他爸了，都生他哥了，我闺女虽多，也不能嫁一门两父子对不？她妹过门喊她姐什么呀——没这么干的！孝王说阿？你们已经是庆家了？我怎么不知道？申侯说不是庆家，是翁婿，我是他爸的老丈杆子！赵非说你好，外公。孝王说不好意思，我不了解情况，埋怨赵非，你怎早不跟我说啊。赵非说您光说给我保媒，介绍一对象，也没说是我外公，——是我姨儿阿。

孝王说怪我，搞岔了，那这个事就要再议了，再议也要征求你意见外公。申侯说我有个好朋友，个子到我肩膀……

孝王说不不，不聊这个了，你觉得你这个外孙怎么样阿？申侯说行！就冲他跟你关系搞成这样，上回我荣幸地受征召去打西戎，是不是也是我外孙举荐的我呀？我还纳闷呢，您怎么想起我来了，现在对上了，要没他，我当不上这个侯。

孝王说内个事跟他没关系，内时我俩还没这么熟。

起初，三年前，辟方还是世子，赴槐里奔父丧，对父王闭眼还死死攥着赵非手，大殓师怎么揉也掰不开的景象至为感动，当着众人，向赵非三稽首，说了那样深情的话：你是在替我尽孝阿！因为懿王还挺在那儿，也是辟方磕头的方向，大祝也不能指出这一行为悖礼。先王入陵，孝王每思及未与先王见上最后一面便暗自难过，就叫人赶上车去槐里看内些大槐树和——赵非。赵非就拎上一小口袋黄豆，带王去马厩喂内些懿王喂过的马。赵非一进马厩就喊：诶！所有马抬头，王眼泪就滴下来。几次弯腰拉着赵非手说：你的声音和俄大的声音真像，你在外面廊子吱哇俄就觉得俄大又回来了。

孝王即位时年纪也不小了，他大十七有滴他，满百没的，他八十三，大概也没几个人能体会到老年丧父的心情。人老了耳背，听很多人说话累，眼花，看许多人走来走去——晕；也不喜欢内些人体谅他的尬笑和背后窃语。槐里只有动物和树草，跟它们交流，用心则已，也可以不交流，人、马、狗各自静静呆在自己小宇宙里，像一排树一样沉默，也很好。

王越来越多时间呆在槐里，来就约上赵非去汧河边垂钓，一去一天，宫人暗去窥视，发现二人也无话，各自守着鱼竿发呆。王自己说能聊到一起是好朋友，还有一种好朋友，不用说话，呆着不烦，这样的友人近乎家人。因为王总是驻跸槐里，汧河上又起了一些嘎新四合院，槐里人自我感觉良好，就在集上吹，我周迁都了，新都叫槐京。消息传到各国，诸侯都派人来打听，见到什么征兆了迁都？要迁也应该南迁阿，怎么越往靠西了？召公一概回答他们：没有的事。

孝王五年，召虎又向粟特人买入种马两匹，放到槐里交给赵非喂养。槐里马场功能还在，还叫犬丘马场，培育出的第五代犬丘马，已经满视野跑了。召公用这些马装备了两个新式骑兵卒，给他们配上才研制成功的铁剑，让他们跪在马背上练习左右劈挑。这两个卒的营房就建在马场边上，每天看他们从马上掉下来也是一道风景。

八年，汧河和渭水之间草场已经随处能看到成群犬丘马在吃草。新编骑兵旅在槐邑正式成立。成立大会内天，王、赵非、诸公都去了。王把赵非请到公卿席就座，对底下一排排骑马挎弓战士说：你们今天能骑上这样威武的马，首先应该感谢这个人。

大家都说孝王越来越像先王了，看赵非的眼神就像看自己孙子。乃有流言布世，说辟方是先王的兄弟，当年即位其实是夺位，宫闱之内暗中发生了一场政变，当今世子翊才是真正的懿王世子，叔侄间达成了一个政治交易，等孝王千秋万岁之后，再由翊继承王位。召公严厉追查了流言，发现流言源头出自太史寮一个叫休甫的占梦中士，休中士在一次太史寮同事聚餐小酌上说的。召公把参加聚餐的人都用木枷栲了带回审讯。李耳本来也在受邀之列，因为内天家里出了点事，粪井滋了，可能是天热，甲烷聚集爆顶，在家抢修粪井，抹拭爆得哪儿哪儿都是的腌秽，没得闲，侥幸得免。

召公拷问休甫，问他从哪儿，听谁说的。休甫不打先招，说并没有谁跟他说，是他自己看孝王实在和先王长得像哥儿俩，而世子翊和先王长得更像，灌了两口黄汤，信口胡说的。

召公说你不是闲得蛋疼么，这也是你拿来下酒的谈资？你知不知道我周王位继承是有严格程序的，是在诸公重臣监督下依制进行，哪是叔侄俩就能在底下私相授受，造谣也不造得高级点。休甫说我错了，愿受王法制裁，但求放过家人妻小，不要灭族。休甫和召公还是挺熟的，召虎还是公子时做各种梦，都去找休中士解梦。占梦中士在周，职守之内也有岁时观天地之会，辨阴阳之气，以日月星辰占六梦吉凶的分工，几等于半个天文家和大半个望气。大卜虽也掌三梦之法，那都是观国家之吉凶，个人事不管。占梦儿同扶乩，是要惊动些窈冥势力的，一般不主张无事问，如同求人办事，老求就贫了，贫则不验，得攒着，弄就弄回大的。中士好说话，也不管验不验，有求必应。夏多雷雨，冬多吹雪，天候晦明不定，公宦人家出门当班应差，除了打卦，也跟休中士打听，今儿有雷没雷。诸公跟他也熟，生活中还是蛮需要这么个人。案子拿到五公会上议的时候，大家意思还是放他一马，也没什么不可挽回后果，譬如传王耳朵里去了，打一顿算了。休甫家里也预先凑了一笔铜，准备判脸上刺字时赎脸——丢不起这人！最后判决自个抽自个五十个大嘴巴，实际是召虎把这事压了下来。

喔来喔，当时我周已广泛实行传嫡不传幼爵产继承制，并用礼法固定下来，上至天子，下至本为四民之首却向来拿贵族标准要求自己，虽无刑免一定要再往脑袋上加一层码，主动申请循礼的——士；一律照科宣行。（李鼻按：士这个阶层很有意思，施施然于贵贱之间，上迎公侯，下逢农工，于人群当中堪比巨室之妾，又称蹭蹬之位。所谓蒲柳之姿，春风一度，夏为枕席，冬荐灶膛。故望宠之风炽烈。春秋至我汉，士中多奋发猛进之辈，挟两边之长，凭一已之技，或出将登侯，或五鼎浴身，是这个社会中最活跃分子，说一个社会兴旺，要有上下流动入口，主要是他们在流动。董仲舒建言今上，请尊儒术，谋为这等流动建设制度化走廊，实与先王之治、三代之盛无涉。其用心斯可敬，殊堪叹，诚如长安大舌头语：贼都别说贼！）违者可以告官，以悖礼降罪，轻令其改正，重夺爵，削籍为民——还是令其改正；加不齿三年。庶人可以乱来，内个不管，随你们打成热窑去。周公旦当初制礼时便说：庶人已经很惨了，就不要分三六九等了。

赵非之父大骆是召公家门人，爵列下士，因为是诸侯家下士，级别相当于天子脚下乡遂之地上农夫，禄米仅够支付找人代耕匹费，可以假装不下地，是游手好闲的君子，政治权利则在两可之间，乐意拿礼拘着自个没人管，不乐意也不在礼法受限之内。但当时庶民阶层普遍自觉自愿实行嫡长继承制，将人群细分，一层一层压下去大概也是人性，表面理由是不愿家产分散。赵非处幼，又是庶出，非正房大妻，内位申侯之女——戏夫人亲诞，想要继承家产是没份儿的。

王看在眼里，揪集在心头——真把赵非当孙了。感到自己去日可鉴——照着镜子就能数出来；担心他陟后赵非失去荫蔽，又继承不到家产，未来生活没保障，就弄了这么个事，背着赵非家里人给赵非指一门有势力的婚，想着日后赵非和他哥大成争家产有个撑腰借势的外家，不至于让人黑了，没成想指到大成正根儿外公——戏夫人亲爹呢儿去了。思来想去，索性挑明了，把家长大骆找来，约上老庆家申侯，给他们俩开会，谈谈给赵非拔份儿，以幼代长的事。

召公周公听说都拦过老头，说您不能这样，把手伸到人家里去，您是我周的天儿，您这么干，再有那些不遵礼法不守长幼的事，人可说天儿都这么干了。王说行行，我知道了。

赵非也跪求，说谢君上关爱，但请别这么遮，您这么遮是害我。王不听。

大骆，巨人，站房檐下能顺手摘房檐草揪着玩。早年也学过赶车，在共国给共伯同赶过车，因为个儿太高，共同站旁边跟小孩似的，车跟筐似的，也容易成箭靶子，跟共同出去打过一次猎，莫名其巧挨了两箭，放箭的人说我是冲天放箭，瞄着鹰，怎么落他身上了？幸亏是冬天，穿好几层皮袄，只见了肉，没见骨。后来又发胖，在车上挤得共同没地儿站，一抡膀子老杵共同脸上，共同老得栽巍着，出去几趟都烙了枕。共同忍大骆很久了，皆因公子和喜欢大骆，老骑他脖子上拿竹竿出去跟别家小孩打架，还去人家园子隔着墙摘枣，后来一次驮着共和去人家偷枣，被人家狗撵回来，慌慌张张进门，没低头，大骆进来了，共和挡门外边，掉地上磕掉俩门牙，还让狗咬了。共同说大爷！我用不起你，你找个家里房梁高的高就去吧。也算负责，在公侯圈里打听谁家有二楼，缺上房拣东西的。召公克说我，我，我们家孩子老往房上扔东西，缺顺手能给拣下来的。共伯就推荐了骆。

那时他还不叫大骆，就一个单字：骆。到召公家，老太太先喊他大骆，才这么叫开的。内个老爱往房上扔东西的孩子就是召虎，现在也这毛病，一语犯颜手里不管正拿着什么就往房上扔，经常扔上去的有冠、冕、舄、袆、帔带、玉笏、夹佩、金罂、银爵、各种玉果璹珠。有的第二天还用呢，必须派家人搭梯子上房去找，踩碎瓦不说，还一脚没蹬住，滑下来摔残过两个。大骆到了，问题全解决，随手扔随手拣，捎带手还把房上草全拔了，召公家房脊从没这么光溜过，应了内句俗语：几家臭几家香。犬丘原是召国的疆领，非子能去犬丘马场工作，也是走大骆的面儿，托了老太太，大骆在老太太跟前儿说三就是三。大骆不姓赵，也不知道儿子姓赵，知道了也不能随儿子姓，天上掉雨点，没听说雨点上天的，所以还叫大骆。其余几个孩子也是该叫什么叫什么，大成、大理、大强、大池子、大玫子——后两个是女孩。

非非——家里还这么叫，不改口——和懿王刚好上内会儿，戏夫人还偷摸高兴呢，说嘿，这回有的瞧了。大骆还说媳妇，你甭盼这个，咱们是靠特长吃饭，靠云吃饭，乃天天没云了，上哪儿等雨去？戏夫人说哟喝，个儿高叫特长呀？

王见了大骆，一抬头冕掉背后了，说你这个爹这么高，儿怎么这么低呀？大骆说他妈低。王看了眼申侯：不该呀。

大骆说非非他妈是僰人你听说过么？原来生活在三峡两岸内——壁上；能俩手一手拿一簸箕，从江这头飞到江内头。内年我和共伯出使巴国、邓国，顺流而下时，他妈正好过江，簸箕兜风，飞一半脱手一只，人大头朝下直着往船上栽，逮亏我一手接住，才没砸穿舱。共伯以为是小孩，让我带着——他公务忙；我也以为是小孩，上哪儿都带着，睡觉也带着，谁知不是小孩，就有了非非。王说还有这么一出哪，我怎么不知共伯去过巴国。

申侯说有有，去完邓国还去我呢儿了，要不我怎么认的姑爷呀，我们闺女坐屋里梳头，忽然天阴了，以为要下雨，伸脖子一看，他刚过去。就这么一眼，非要嫁他，希望孩子将来也能一伸手就够着桑叶，那养蚕多踏实阿。大骆说您甭说，大成还真不矮。申侯说大成高，大玫子也高，大池子矮。

王说特别爱跟你们唠家常，乃天多唠，今天就唠到这儿，跟你们说几句正经的。如是这般把他想法这个内个都端给了老两位。说我也觉得特不合适，他们也说我了，管闲事，招人讨厌，可我这人就这样，心里有事不说出来，憋着，我能疯了。二位爱卿，不一定按我说的办阿，你们也可以跟我急，今儿咱们是关上门私聊，有什么说什么，都是为孩子好。

申侯说：我不向着任何人，就说这事，你知咱们是连环庆家么？王说什么意思？申侯说起初，咱们都是西戎内会儿，我的祖先生活在骊山，其中一个姑娘，嫁给了同属戎戎的大骆先人蜚廉他爷戎胥轩为妻，生了中潏，也就是蜚廉亲爹。——大骆，你听明白这人物关系了么？大骆说懂，合着我不是第一个娶老申家姑娘的？申侯说那是！我要查不出这层关系能把姑娘嫁给你？摘什么桑叶？那是照顾你自尊心，哄你咧，我申家姑娘乃个不是金枝碧玺叶，什么时候自己下手干过活？王说我听了半天还是你们两家亲上摞亲，二过二，跟我们怎么连环了？申侯乓乓拍着胸脯说：我姓姜诶！封在申地成了一时辰名儿，老被人喊申猴酉鸡，给我起外号叫申猴儿。——我跟姜尚是双把儿同族诶！他们家图腾是云，我们家是电，合称云电！你们还叫小邦周时候，我们已是名动天下，人皆怀畏的大姜了！我们老姜家一路走来出了多少美女阿！你敢说你们老姬家就没毁过我们家姑娘？从古公檀斧那儿说，还有老刘季历，到文王武王，你进过他们后宫么？

王拱手说：服了，确实是连环庆家。申侯说就因为和你们亲，我大姜才归附尔周，为你们老姬家世代守卫西部边陲，又因为和他们家——戎胥轩——亲；所以西陲一直和睦。

大骆举手说反对！我们家内时候早就不做戎戎了，已经学赶车了，您想阿，夏桀坐的就是我们家车，成汤坐的也是我们家车，我们进中原多少年了？申侯说我怎么不知道，我太知道了，不要讲帝纣也是坐你们家车死的，帝纣爷爷的爷爷大戊坐的也是中潏他爷爷的爷爷中衍赶的车，中衍有多高你知道么？一只鸟那么高，最大的鸟，——鹅！所以不要再说人家僰人什么了，你自己就有这个遗传，贼都别说贼，就说这事，今天我又将女儿嫁给大骆，生了大成，申骆重婚，西戎皆服，您才能踏踏实实做您的王，请好好考虑考虑这其中的利害吧。

王说：原来你和戎戎有这么深关系阿，怪不得你一出山，戎戎都退得远远的。申侯说：我不怕您多想，我确实和戎戎不管乃头的，都说得上话。你们只懂得儿子多家业兴旺，不晓得女儿不论嫁多远，心都向着娘家。王说是阿是阿，这事一涉及到国防，涉及到和友邦世代交情，就不好谈了。

大骆说我能说两句么君上？王说你说，都是你儿子，正想跟你学学怎么一碗热汤平端呢。大骆说：首先感谢你对非非的疼爱。其实我内点家产不值得惦记，召公门儿清，我趁什么呀，就老太太平时赏内点东西，真拿出去置地，也不过小地主——我就算我们家混得最惨的了！当年我家先人大费为舜帝养牲口，牛马羊都繁殖得很快，所以得到舜帝封赠的土地，赐他姓嬴。今天大费的子孙也为您养马，养得也很好，得到您的欢心，为什么您不学舜帝，赐给非非土地，让他有自己的城邑，附庸于我周，永为我周犬马呢？王说哎呀，这个主意好，我怎么没想到呢？申侯说永远奏是这样，富户家里有千钟粟，眼睛却盯着乞丐手里内碗粥。王说我不同意，家有千钟，日食斗升，真饿的时候，差的就是内一口。

孝王九年，王脑血栓，躺在病榻上做出最后决定，也不废除大成在大骆家嫡子地位，另外把燧人氏故地——北溷西南千里牛头河畔一处现属邽戎的崖地，赐给非非，让他自己在那里建立城邑，续上嬴姓的祭祀。布置完这事就陟了。

非非在孝王大体前哭磕三百响头，然后卷了铺盖一脑门血奔了牛头河。非非在滴水崖下台地取土打垒，一寸寸夯实，累劈了，十年乃成，立起土围子，弃赵姓嬴，号曰：秦嬴。后来的事大家都知了。

38

元年庚子春正月，世子翊即位，是谓夷王。夷王年纪不小，即位时已七十，但一直没儿子，也各种努力，乱生闺女，肾都搞虚了，干咳不止，乃至不举。五公会议认真讨论过几次是不是废了他的世子，以免他做了王，无人做世子。

前年——孝王七年，一个焐被窝的小姬意外蹭了一发，谁都没当回事，肚子尖了，有经验老宫人都说还是闺女。

冬十月，哭着喊着岔腿——生了。拍响了举起来一瞅，竟是个带把儿的。话说人生有三大坎儿：少年得财，中年得名，老年得子。都是容易乐极生悲摧的。姬翊得了子，心里鸡冻，世子位子保住了，因为痛恨别人说他是胡揣上的，就给儿子起名：胡；希望以后儿子做了王，天下人避讳这个字。

姬胡刚生下来是个好孩子，圆圆滴，白白滴，还有一个尖下颌。带他的宫人都说胡宝儿将来是个美男。也有那不懂事盩厔来的奶妈，说些村妇见识：长得太好看，守不住祖业产，夏桀、商纣都是美男子。翊听了也不生气，说你懂什么，认识的都是地主。从五帝、成汤到文王武王，都是美男子，颜如玉自古居战士四德之首，也是王者选秀必备条件之一，我是老了，没瞧见过我年少的样子是你福气不够。（李鼻按：另三德是慈、俭、敢为天下先。）翊捏着胡宝儿胖成一棱一棱小嫩肘子把老鼻子凑上去闻，说这要杀了吃肉，都不用焯水，也不蘸姜，直接刺身，姆姆姆——香！

翊做了王，底下宫人更加逢迎胡宝儿，要什么给什么，天天夸宝儿：长得好看！乖！比别的孩子结实，还聪明！吃个饭追得宝儿满地跑。王说她们：不许惯孩子！到点儿吃饭，不吃端走，哭——关小黑屋！没用，宝儿跟谁都不撒娇，见了专门抱他的宫人就一堆毛病，大虫子一样扭个不停，嗯嗯咹咹哼个没完，还爱假哭，一会儿吹响一回小喇叭。替宫人想想，也没法不惯孩子，真管了，关小黑屋，说是虐待，纪侯家一个奶妈，因为搡了纪侯孙子一把，直接就用嘴巴子扇死，后花园挖个坑埋了。惯着吧，惯坏了又不是自己孩子。

召公说怜幼济弱，岂止是人性，简直就是万物之道，你见鸟兽父母有乃个欺压自个孩子的？自古以来大人孩子同时掉河里，都是先救孩子，因为他弱小，所以排序优先。不知哪个混账人说出那样的混账话：棍棒底下出孝子。我周一向讲孝，完整表述是：父慈子孝。父不慈，一天到晚拿棍子狂抽孩子，孩子要能孝才叫见了鬼呢。王说也就是说，你们都鼓励我惯孩子？召公说：首先，别把他打出毛病来。

夷王三年，王请各国诸侯吃饭，说自我践祚还没跟大伙一起吃过饭，彼此也不熟，今天借这个机会跟大伙认识一下，以后有事多通消息。天下诸侯来了一半，大国里只有齐公卜辰本人，就让他坐在王左边，主宾的位子。召公纪侯作陪。宴会搞到很晚，召公有事先告辞了。第二天早上去上班，看到路上闲人三五扎堆，交耳私语，人人脸上一副骇然表情。

召公也没多想，丰京小市民就是爱传小道消息，好像他们多知道似的。经过客舍，想去拜会一下几个跟他熟的同姓诸侯，却见诸侯车一辆接一辆从客舍院内疯狂驰出，快马策鞭奔向城门，看到他的车停在道旁，平时很熟的朋友也不停车，只是一捂脸披发而去。召公这才下车，凑到一帮聊得正骇小市民跟前，只听一个卖羊杂碎的抡着勺子说：就这么囫囵扔锅里——烹了！众人齐作一声喊：阿？召公弱弱问啥烹了？前面一座肉山似的挡着他、浑身流油胖子头也不回地说：还能有啥么？齐公尼嘛——瓜娃！

召公登时觉得俩太阳穴狂跳，车也顾不得上，提着袍子奔春宫跑，心里一遍遍过皮影儿：昨儿吃饭时候没事呀，聊得挺好，都是不挨边的事，田猎呀，女人呀，身体呀，最近都在吃什么药。王还把胡宝儿叫出来显丕给大家看，让他给齐公敬酒，挨座管诸侯叫叔叔，说拜年话：以后请多关照。诸侯都夸宝儿懂事，比自己孩子强多了。齐公还送了胡宝儿一兜东珠，让他当弹球玩。召公走的时候正是宴会最高潮，是在一片欢声谑语中悄默叽撤的，临走还嘱托纪侯，说看着点王，别让他多喝。纪侯说知道，我留着神呢，都给他换的水，没喝多少。没喝多少怎么就出人命了呢？召公不能相信今天的太阳，啪啪扇自己俩耳刮子。远远看见大宴厅门口那只成王时代千斤纯紫铜铸造，号称天下第一鼎——之下，柴已成烬。周围垂手站着一圈惶恐宫仆，齐国小臣侍妾蹲台阶上，抱着齐公冠裳袍带哭泣，齐公人在鼎里——已然化了。

召公问王在哪里？纪侯一脸血丝出来，腮上好像还有烫的燎泡，疲惫说：王去槐里了。召公问怎么回事阿，好好的怎么码了？纪侯摇手：没法说，人要问，你就说是我使的坏，我在王面前说齐公坏话了，王错办了齐公。召公说你跟卜辰也不熟阿，你们头回见面，要说坏话也逮我说呀。纪侯说就别拉你下水了，朝廷这个局面还要靠你维持，我反正没事，大闲人一个，永远也不会去齐国，要恨就让他们恨我吧。

纪侯交给召公一枝竹简，说这是我刚整理的，都是卜辰在酒宴上聊的，总结为四个字：荒淫田游；算我说他的坏话。齐国质问的使节估计已经在路上，到时候你可以交给他们。还有，王临走交代，给卜辰改个名，叫不臣。到时你也可以一并告诉齐使。召公说到底怎么回事你倒是跟我说呀老纪！别什么事都自己扛。老纪摇手，摇头：回家睡觉了。

李鼻按：纪侯进，纪伯周之子，岐山周原人，世为王吏，军功获爵，累迁至伯侯。时为卿事寮冢宰，主教典，所谓“以教官府，以扰万民”。与前殷帝外丙封于东海，国祚绵延至周之姜姓己国无半两毛线关系。纪周这个纪，说起来比姜还古老，可追溯到高古伏羲名臣纪侗。纪家这个侯就封在本村，食邑三百户，全村户口五分之三，所谓三里侯。内二百还封了三个侯，一个一里侯，两个半里侯。时，错别字通行天下，王颁诏命，钟鼎刺铭，士人致书，小人留款皆滥用同音、部首——沾边儿通假；致纪、己不分。周王给山东己国的己伯父丁颁发铜券诰封就刻错了字，多个烂脚丝。己伯亦不以为错乱，己国颁布的文告制命，与诸侯、周王室的问候简牍也时而有脚丝时而无脚丝。故不但天下人搞不清他们这两家关系，他们自己也经常晃范儿。己伯寇当年到丰镐谒王，还专程去纪周家里登望，拟续通族之好，纪周谨守王吏不与诸侯交之官禁，如礼接待了姜寇，如礼送走了他，并未同意在己伯家谱上从姜原那儿接出一枝到自己身上。天下人不知，天下人只看到两家一起绶伯，一起晋侯，有好事者还分头当面拍过两家马屁，美誉曰：一门双侯。丰镐陶作坊也曾出过一套吉祥画篇儿餐具，盘碗盆底通绘一黑门框，起沿两边各攀一彩猴儿，就叫一门双侯。此次纪侯揽责，当属臣下全义，己侯躺箭，不知埋下亡国种因，已被齐国恨上。呜呼，错别字害人莫此为甚也哉！

召公对齐国来使说：齐公身为大国之君，不能一心扑在工作上，反而穷猎三春，淫僻四时，不按节令办事，使得天下女人和鸟兽都怨恨他，在臣民中起了很坏的榜样，给人类造成不良影响，把自己划到了太康、癸桀、受纣那一拨人之中。我们大王不忍见吕尚开创的基业断送在他手里，替齐国先公管教了他。你们还有什么要说的么？齐使说没有了，我得到的指示是要一个回复，至于回复的内容并没有要求。于是告退，上街花铜买了口陶缸，把内锅汤收了，回齐了。

不臣谥号：哀。哀公少年得位，猝然得卒，未曾诞子。齐国公室重臣推举哀公异母之弟静静为公，好像是跟谁怄气似的，为静静择庙号曰：胡；是谓齐胡公。胡公率齐国全体贵族、战士在哀公灵前折箭宣誓：誓灭己国！（李鼻按：有周，谥庙无分。自武王生前自命为“武”，我周王公辈即流行生前自属庙号，每代王、公上位都给自己掂一个字为自己一生定论，既是对自己未来的期许也是希图死后不要让人乱起外号，曰生谥。成康昭穆，都是生前就这么叫了，陟后谥号还是这个，没毛病。也有生前称号与一生所为严重不符，死后被窜庙号，如夷王之子胡，生前自命曰：熙；死后谥曰：厉。生谥死庙，乃我周一时风气，于礼无载，不可不察。）

夷王六年，王在周社栗树林子里试弓，弓弦响处，倒下一头白犀牛。群小臣都觉得惊奇，犀牛不见于我周之境久矣，战士皮甲也早采用老死黄牛皮夹层缝制，小臣说这大概是天下最后一头犀牛了，能选择这么荣誉死法，自己撞到天子弓下，以血灌地，也算是动物界的一种献酹了，可喜可贺。

王仍旧跨着箭步，一手在前一手在后拉着弓，两眼发直目眺天外。纪侯说箭已经射出去了。王毫无反应。纪侯上前掰王的手，说牛已经死翘翘了。王一膀子撞开纪侯，转身张弓对准群小臣。群小臣慌乱一下，四散架势已经拉开，也还镇静，都没动，因为弓上无箭。纪侯揉着胸口对群小臣发火：你们就看着君上又这么一站一上午？小臣说我们都让君上打怕了，太医说君上要是这样僵住了，最好等他自己解锁，他有时就是跟你闹呢，你硬掰他，他能咬你，瞧这胳贝，手，都紫的。我们目前采取的策略就是都不理他，假装没看见。来来来，纪大人，你看今儿天多好。纪侯说那怎么招阿，这么招也不是事阿，要不叫胡宝儿来？不是说老头谁说都不听，就听胡宝儿的。小臣说别别，别叫内孩子来，老头这是病，内孩子是真讨厌，他来还不够对付他的呢，上回来把我们这儿几个女孩衩子都绞了，生往人卡巴裆里拱，我这么说不合适阿，内孩子将来，操，不说了。纪侯说最近，药都吃着呢？

小臣说吃一口，泼半碗。只能把琥珀、蝎子、龟板拿油煎酥了拌羹里哄老头喝几口，闻着药味儿就掀鼎。也难怪，都是泻药，吃完狂吐，拉一地，搁我也不爱吃。纪侯说但是还是见点效？小臣说不见好也不见坏，上回摆人家齐公煲了内种暴蹿儿没再出过，你说见效没见呢？老头嗬嗬一乐，收了把式，走过来说又说我什么坏话呢你们这一狐一鼠？小臣说没说您，聊宝儿呢，孩子越来越懂事了。老头说谁说不是尼，上回抱着俄说，大，大，俄帮您喝药。

隔天纪侯去卿事寮上班，召公正在中庭听最新一批晋爵王吏家世情况和之前的领导对他们个人操守及工作能力的评断。见纪侯穿过叫住他说：老纪，你不要走，有话和你说。老纪说我在办公寮。

一会儿召公来到纪侯办公寮，见纪进眉头锁成蛋蛋，说怎么拉，是不是齐人又写信骂你了？纪进说内个不重要，最近已经少多了，说你的事。召公说我就想问你，听说你昨天见到王了，怎么样阿他的精神状态？纪侯说不好，明白起来还能说几句人话，不明白的时候就不是人了。我从太医处调来他全部病历，正在翻阅，发现他这些年喝的汤还是以涤痰开窍清热泻火为主。召公说不是已经确诊——七情不遂，脏火本炽，致痰涎内生，痰与气结，迷蒙心窍，痰火相搏，上扰神明而——癫狂了么？自然喝这些汤，龙胆泻肝，顺气导痰。纪侯说是，喝这些汤我理解，可是为什么又上这些猛药呢？你瞧瞧，这些个三圣散、龙虎丹，都是痛泻大下之药，这个岁数的人，这么泻，癫狂是狂不起来了，人尚能久乎？

召公说哦，你担心的是这个。这还真是个事，世子尚幼，童蒙未开，这……只能向山川神明、先祖祈祷，眷顾君上，多维一天是一天。纪侯说我在想，我下决心了！愿借十年寿，为君上续命。召公说我也愿意，你借十年，我借八年，这样就能挨到世子成年，就不会出现成王当年幼主临朝谁都不涝好儿那样的糗事了。纪侯说是是是，我最不愿意做的就是替别人当家，不用历史经验就能知道，一定不可能有好结果。

召公说我们现在就去找大祝吧，请他立刻办这件事。叫你一说，我觉得君上今天可能都悬。纪侯说你这人就是心急。

召公纪侯去祝那里办理秘祝借寿之事，路上经过周公利家，召公说哟，忘了这老哥哥了，我得进去跟他说一声，免得他事后怨我，有好事不想着他。

姬利正在家里喝银耳虎骨汤，听了给纪侯掸袖作揖，说：弟弟，你算办了件积大德的事，必须有我呀，我也十年！

三人满打满算凑了三十年阳寿，去与大祝托付。大祝正在准备郊祀的炮祭，在太庙后院里看人劈柴，听了三位来意，说我知道了，放心，一定办得妥妥的。又问您老三位打算出借寿数中内十年呀？召公说这还分阿？大祝说分，眼跟前儿十年和最后乙儿十年太不一样了，最后十年一般身体都不好，受借人身体也不会好，病病歪歪的。譬如到我们这儿请求给孩子借寿的一般都借身子骨最硬朗十年，二十到三十；给老人延寿，一般靠后——能活着就不错了。三公侯说那我们就借九十到一百吧。大祝还给三公侯讲了注意事项：阳寿刚被支取时身上会有些不适，乏力呃逆，四体发酥，小便浓黄，大便恶干。建议七日不要见光，不沾凉水，门窗禁闭，隔绝阴风。因为你想阿，把仨大活人阳寿改签到另一人身上，加乘减除，阴间操作逮多巨复呀，会派小鬼来你们家考查是否确有其人，是否健在。有发生缺德拿邻居阳寿往自个身上添，老人垂危只余一口气子女把仅剩两天折算到自己头上，欺骗阎王，结果人家本主儿找来，搞得阎王也很被动——的事儿。有些机构办事手续那么繁琐，反复求证，真不是难为人，真是怕来人各种不说实话。三公侯说是是，我们都有体会。大祝说房事不建议进行，多喝鸡汤鲫鱼汤补充身体流失养分，多吃红枣红糖这样红色的食品和猪蹄这样富含胶原蛋白食物，食物不要放盐，严重建议喝小米粥。

纪侯召公周公三人一连七日请假不见人，耳报传到夷王那里，王正在严重幻听中，晚上一沾枕头就听到召虎在枕头低下嗤嗤笑说我看老头脸上已经没人色儿了；又听纪进唧唧嘁嘁说老头早就不行了，听宝嫔说内次也是半软半哄，连嘀搂带拨愣，跟夏天吃冰棍似的；召虎又说你们别天真了，怎么可能是，不定怎么回事呢。纪进又说内孩子不灵，看着一副聪明样儿，现在还在尿炕，其实奏是个怂孩子——听到的都是自己心病。一双丝舄在地上刺啦刺啦蹭着走，还在嗑松子，呸呸吐皮儿，不讲话，那也瞒不过本王，——小姬利！

老头坐起来，叫来做过飞贼、有身手的小臣，让他即刻去三公侯府秘侦，看他们是不是在开黑会，是的话，通知大司寇，逮捕他们，摘去冠玉，明日束矢入朝，当廷听审。

小臣去而复回，报告说三公都猫在自己家里，紧闭门窗——臣是倒挂金钟方才得以瞜见——坐在炕上，身围锦被，头包蓝花布，正在喝热鸡汤，没有开会意思，倒像是在坐月子。老头说不对！翻身倒下，拍着枕头说：我这里听得一耳双清，还哔哔呢：什么都有了，人成那样了。——再去！

小臣一夕数倒挂，往来驰报：正在喝鱼汤。正在啃猪蹄。……正在喝人奶！

最后还是惊动了大司寇芮伯良夫，芮伯亲自带着士师、司刺、司隶、罪隶、蛮隶、禁杀戮、禁暴氏、司刑、司寰、掌囚、掌戮、司寤氏、司煊氏、野庐氏一干人等——挨得上挨不上的——到齐；以示重视。跟王说：您踏踏实实的，我的人已经把方圆百里，丰镐二京，四畿三辅，国郊及野每条街、每条小路都用火把点亮，控制起来，谁要开会，阴在哪儿开，都在咱眼皮子底下，保证他嘴还没张，即拿来问罪。

夷王七年，王幻听更严重了，自己却很兴奋，号曰得了神通——千里耳，听见北方太原戎在议论他，说他就是个疯子，早就不配做天子，应当捆起来，筑个土牢圈禁起来。

王震怒，命虢公长父讨伐太原戎，以大不敬治他们罪。

虢公当廷力争，说太原戎乃我周旧属，世受我周恩沐，我先王穆满有大恩于他们，他们也一向抬敬我周，定期纳贡，从无怠慢，与我周互市丝马，诺而有信。您说您听到他们背后说您坏话了，我想请问他们是用戎语说的还是周语？他们说内周语，笨得跟棉裤腰似的，他们自己都听不懂。召公劝虢长父：你说这些没用，你听不懂，我没听见，王耳朵里听得针儿针儿的，和病人争论，无意义。你帅师远征，出了黄河还不是全听你的，你可以学申侯。虢公遂去。

秋八月，虢公帅师至涂水。次于榆泉之野，遗素丝百筐。次日复至，得劣马千匹。乃引师还。

冬十月，有猫化为人。雨夹雹，大如磨刀石。王幻视，以为遇鬼，斩宝嫔。

八年，王疾日甚，终日长啸，与群鬼搏。仗剑弄发于市，国人莫不骇怖竞走。五公命缚于寝，停琥珀，饮阿片，乃静。不复起。诸侯向各所在名山大川祈祷。

九月，王陟。得寿七十有八。

39

元年戊申春正月，世子胡即位。年十岁。是谓厉王。召公、周公、虢公、纪侯、芮伯五公顾命。三月，诏命翻建春宫，拆宴厅，植香草，易其名曰：夷宫；以纪念夷琊。

起初，胡宝儿童小，上有古稀老父罩着，下有及笄少母把着，中间全是满脸堆笑阿姨，那真是要撅着不能让跪着，想饿着不能给喂着，每天生活就是吃玩睡，从打能走路，所有路在他面前都是平的，从打能伸手，所有东西都是能摔的，什么玉虎玉雕龙，玛瑙盏珊瑚枝，到他手里，能砸的砸，能掰的掰，玉山子看着好——推倒！就这么任性！有时宫人手快，还能从孩子手里抢下个把国宝——女娲头顶着打过鱼甜河水的漩涡纹彩陶瓮，黄帝栗下之会请炎帝喝酒用过的镂孔蛋壳黑陶杯什么的。宝嫔就说：这个你抢他干嘛？他将来是要做天子的，眼眶子不能浅，从小就要练拿东西不当东西内王道劲儿，瞅着什么都好，那是做贼！就把宫人夺下来的文物交宝儿手里：拿着，瓴了它！

那也不能说孩子不是好孩子！宝嫔也没存心把孩子培养成废物，还是教孩子要诚实，不管当着谁都要讲实话。宝儿见了召公就说你特别老。见了纪侯说你长得真难看。对重臣们说：你们都归俄大管。

重臣们说：你说太对了。你说这么点孩子怎么连这个也知道，一眼就看出谁是老大。宝嫔说这也不是教的，胎里带的，手里石榴谁吃都不给，一屋人就给他大。他大也乐呵呵说：谁还讲尊卑不是自然属性？天生就有人尊贵，有人下贱。

先王最爱听的声音就是早上没睁眼，一双小脚丫啪嗒啪嗒在地板上跑，接着二十斤肉团子库擦压胸口上——舒坦！一股奶骚香顶着老人臭洋溢斗室。宫人们也说君上这时笑容最灿烂，像铁树开花。

宝嫔也教孩子节俭，碗里蛋粥肉糜都要吃干净，不要浪费，这是尊重食物。食物都是神——自然赐予的，和人造的金银铜玉内些大家伙不一样，凡是摆着看和戴着玩的都叫冗余物，关键时刻是可以扔的。食物来历珍贵，是别的动植物生命制成的，你这里浪费一口，别的地方就要多杀一头小猪或一头小羊，一把黍子就白舂了，就有一只小鸡不能被孵出。宝嫔给宝儿讲的童话故事是这样式的：有个小朋友，不好好吃饭，吃个肉糜弄一身，脸上手上哪儿哪儿都是，碗里老剩一口，一辈子下来无辜小动物为他多死了好几万只。后来小朋友死了，躺在地底下，别的小虫子小蚂蚁吃他的时候也不好好吃，吃一口吐两口，弄得哪儿哪儿都是，小朋友就特别伤心，说你们怎么不好好吃我阿？白瞎了我。小虫子小蚂蚁就说：谁让你也不好好吃别人的，别人白瞎了你怎不说呀？小朋友就很惭愧，说我再也不——不好好吃饭了。小虫子说那你等下辈子吧。小朋友下辈子生到谁家来了？宝儿含着满嘴饭，嘴角一撇一撇地说：生到宝妈家来了。然后哇一声哭出来，喷了满地米粒，还下地拿手抓拾，往嘴里塞，说我好好吃饭。

先王听到孩子哭，停止妄想，从隔壁屋探头出来问怎么了孩子？宝嫔说没四，教他爱惜粮食呢。

时，先王精神头还好，只是睡眠不好，老是被一个从小做到大的梦折磨，宫人们都知道他这个梦，因为他跟谁都讲，显然这个梦此时还未给他造成太重精神负担。先王说，在他还是个小孩，像宝儿这么大就开始做这个梦，夜里在大家都入睡后悄悄起来，来到春宫中庭，春宫中庭这时会像冬天结冰，但是不冷，只是到处亮晶晶的，可以洞悉白天看不到的一些角落，花园小径会在树丛后延伸，带他来到后宫墙上一个隐秘小门，推开门是退潮的礁石滩，有时是热闹的街道。海在他小时候住过的祇宫的另一面，因为看海必须从祇宫他住内个大寝拉开门从廊子上往下看。他是在邵宫出生，对那个地方很有感情，每当他梦见家，总在邵宫同一个朝阳房间。

白天他也去邵宫找过，四周都是路，不可能有海——他也没见过海，但在梦里确有一面临海。热闹街道是丰京市集，一个叫百旺庄的地方，再往前走，是西石门。可是丰京并没有这两个地方。百旺庄街道上有客舍、旅店，旅店有露天餐座，摆着一排排靠背胡凳，好像刚开过早饭，又像是正准备开晚餐，既没有仆人，也没有客人，就那么一排排摆在街边晒太阳，人走过去要穿过胡凳显得道很窄。他穿过酒店后门进入一所房间很多的旧房子，是他很多处房子中的一个，经常会忘了这儿还有一所，每次找到也很高兴，想着这回不要忘了。房间里有人住过的痕迹，一部分是他，一部分是外人，这个人是谁怎么也想不起来，只有熟悉的坐垫、窗帘和白色被单，都该洗了。他会在房子里修修补补，经常发现地下室和洞开的墙，外面人把这儿当过道，往来穿行，他也很无奈。

有时他会迷失在这条街另一端，本来可以轻易穿过的小巷越走越深，小巷里面有人家，有的人家点灯卖已经放凉的肉羹和油腻卤鸭卷。小巷另一端是另一条街，房子高大，街道空旷，走着走着发现到了另一个城市，有时是另一个国家。在这个国家他一个人也不认识，语言也不通，就避免问路，又无处投宿，回家太远，只能在路边等车。过路车牛都很老，车也过时破旧，坐着面目不清男女，说的话一使劲却能听懂。

上了车，来到荒郊，才发现车子不去海滩，再下车已身无分文，这时就醒了。

下次做梦来到海滩，海中有水，却像峡江横着冲刷。对岸是干芜的土地，像被碱侵蚀过，到处是突兀皲裂白石。回望嵯峨邵宫，是新盖的样子，心情是小孩子搬新家的欣喜，在邵宫光可鉴物地板上奔跑，鼻中充满梁柱松香，门扇新绷素帛糨子味儿。父王踞坐在白蒙蒙窗下，身形庞大，多少年都是那么坐着，不发一语，这个梦到这里都是正常的。

宫人们说哎呀，谁没做过这种找不到家的梦阿。像我们这种没家的，一年到头做这种梦。你的梦还挺好，你多趁家呀，各种宫，父王还在家里。我们的梦别提多惨了，村都没了，家里井都成蛇窝了，爹妈都成了鬼火，夜夜在坟圈儿里飘着喊：儿阿！想你阿。王说别特么胡说，你妈我前儿还见呢，抱着你哥孩子，到奶子寮找你嫂子给小孩喂奶，见我还躲呢，我说没事，不差这一口。宫人说这不是聊梦呢嘛。

宝嫔说天子也做这样的梦阿，那就对了。我听说，所有人——家里再多房子的人，也经常做找家的梦。因为人自古无家，在世上流浪，尽管这一世置了地，起了宅子，娶了妻，嫁了人，上有父祖，下有儿孙，内心深处还是内个没家的孩子，知道这宅亩和房中人不随身，下一世还是自己单钵儿独挑，不定在内鸡脚旮栏当土鳖——荒着呢。

夷天子说是阿是阿，下一世我指定不是天子了，这次已经抄上了，不可能回回让我赶上，我也没积那么大德。下一世——我不想再做人了，这一世登顶了，后万千世，全成往下走了，想想就怕。

宝嫔说下一世我罩着你，你到我们家当猫，当蝈蝈也行，不让你饿着。天子说你怎知你下一世就好阿？宝嫔说就冲我这一世这么惨，下一世必须好。宫人说你还惨？如果比惨，我下一世比你还好。宝嫔说那咱们争取做朋友。

大伙还拿这事开了很久玩乐，见着惨的就说：上辈子不定多好呢。

寻家之梦做到夷王二年，梦境起了变化，还是内片礁石滩，海水在峡壁中横流，对岸白石嶙峋。还是父王，一言不发坐在白蒙蒙窗下。梦中的小翙长大了，父王的身形显得矮小。翙一看到那框几乎占据整堵墙的四隔扇素帛窗就觉得哪儿不对，想了一会儿，发现不对在哪儿，父王一直背对着他，这么些年从未转身，只因他以为那是父王，也从未想过看脸。时，辟方已然过世，可在翙的梦里，并无这个梗，父王宛然活在。翙向父王走去，父王在他的注视下肩越来越出溜，背越来越拱缩，耳后皮肤像套了护胄露出瓦片般鳞甲——父王一回头，是只穿山甲。啊呀！王惊叫一声，就醒了。

之后，又被惊吓了恩次，每次入梦，还是那般欢快心情，在空旷邵宫奔跑，一见到窗，踞坐的父，脚下一高，踩中一条又扁又硬布满鳞甲尾巴……醒来满脸棘悚疙瘩。之后，他再入梦，便不再是儿童，手里多了把剑，心里是斩妖的颤栗，见到扁尾就是一击，那怪跐溜嗖一下就不见了。

再次，他绕到窗外廊子，迎面破窗一击，连手带脸冲入室内，那怪胸鳞淌血，抬头看他，是父王辟方含泪的双眼。

从此王再无安眠。每天最怕黄昏点灯，困死，也要拉着宫人小臣陪坐饮酒，说千万别让我睡，我要睡了，你们就把我推醒，不推，任我睡，大嘴巴子——五十！

起初，宫人也很体贴，说我们也有怕做噩梦不敢睡的时候，没四，我们陪着你。也劝：你找休中士圆圆梦，挺灵的，上回我丢了一簪子，就在梦里找着了。王说：不信他们！

有时是真推不醒，摇也不醒，就嫩么一奄拉脑逮内一会儿，就来到窗外廊子，跃身一击，父王眼睛就含泪了。

王自己说，后来，只跟宝嫔一人说：拦不住做梦，大白天，当着无数人，只要一闭眼，就入这个梦，梦也大幅简缩，礁石滩、白石、祇宫快进，直接窗外，想停下改个主意都没工夫，一见礁石滩寒毛就立了，一步就入室了，就出剑了。然后大叫一声醒来，满脸是泪。在场人脸脸相觑。宫人们说王就是内会儿开始眼睛发直的。

宝嫔说占梦我不行，我哥懂这个。就把她哥荣克找来。荣克刚封的公，原是鄠县村里一复员兵，鄠县离丰镐不足百里，属王畿远郊，其民曰国人，或曰乡人。正根儿周人，家家都是复员兵，家家出人为我周流过血，或流过汗，由王授田，世耕罔替，虽则同是庶民，这里的民自觉高百里之外遂人和二百里之外野人不止半头，是我周忠诚子民或曰统治基础。荣克荣宝的爷参加过西征，没回来，部队来人说是过哈扎尔海塞西安蛮部牺牲的，死得很英勇，部队给定了烈士，家里送了匾。荣父随后参了军，参加过南征，渡过江，打越蛮，也牺牲了。部队来人说很英勇，在虞宾不知吃了什么越地生冷食物，好像是醉蟹，一路狂泻，打到会稽拉水，最后拉肠气，脱水脱肛死在被征用为野战医院的会稽青楼里，和其他伤病而死战友一齐葬于涂山万人坑。因为怕传染，衣裳什么的都烧了，只拿回一支火烤过重新换了把儿的戈。

部队还是给定了烈士，送了匾。荣克就扛着这根戈又参了军，在六师老虢师卒里当步兵。高奔戎孙子高旗在他爷死后全家调回丰镐，也参了军，在虢师，此时是荣克的卒长，对荣克评价不高，说他吊儿郎当，人看着聪明缺乏军人素质，各项军事技术完成得都很勉强，就爱和部队营伎和营区外放羊割草小姑娘瞎搭葛，叫人几次告到部队来，说喝了人家的奶拿了人家绣的鞋垫就不理人家了，不是个好兵。

懿王二十一年虢公带队北伐犬戎，他也去了，往回牵马被马踢了，装瘸坐病号车回到宗周，请的是探亲假，回村再没回来。在村里吹，打太原爬城叫箭射中从云梯上掉下来摔瘸的，动不动提起袍子把小时候让狗咬的疤当箭疤亮给人瞧。

部队本来是准备当他开小差往回抓的，六师内时军纪已经不行了，驻地附近有家战士都在家住，平时不见人影儿，吹唢呐开饭，打粥的稀稀拉拉，敲梆子熄灯，营房草垫子上睡的都是野猫，抓逃兵签子一大把，发到旅里，没人执行。

又过了几年，部队想起他了，再打算派人去抓，荣宝已经生了胡宝儿，封了嫔。高旗内时已是负责全师军务的下大夫，说算了算了，这个兵按因残退伍处理。除了他的军籍。

就这么一块料，在村里晃荡多年，好吹，好给人看风水，驱邪喊魂，占梦寻物，兼着半拉神棍，闲时也种地，也倒腾小买卖，卖个针头线脑木刻年画——当时叫鬼画符，因为画刻的内容都是鬼神互殴伍的。主要卖给信仰他，请他寻过失物还真找着了的邻村妇女，和遂野之民打得火热。本村乡亲对他有个评价，公认比较准确：人是好人，货是烂货。

荣宝火了，他也火了，一梦醒来封公，食邑一千户，除了本村，还圈了周围五个小村一半人口，人称五里公。赶时髦也要掂个庙号，乡人也不知避讳，把他姨儿去了个女字旁，叫夷：荣夷公。头回上丰镐喊，听到的人都惊了，说你不知这是你妹夫——我们王的庙号？荣夷公说那怎么了？他叫他的，我叫我的，噢，他叫过王，大家都不许姓王，只能姓汪阿？大家说你厉害，你到你妹夫跟前喊去。真见了妹夫，也没人这么喊，传达室喊的也是：荣公到！（李鼻按：礼曰：卒哭而讳。意思是人死了牌位摆在庙里，那个牌位不能直呼其名，是要避讳的。人死曰鬼，把鬼叫出来也是混乱，此良俗向不涉及生者。考查古籍，避隐的习俗最早发生在一家之内，起心也是防止一家父子爷孙之间重名，彼此叫乱了，和防乱伦生重样儿了一个道理。有夏，家天下，国就是家，避隐也仅限于同朝为官兄弟子侄之间，乡遂之民有什么好避的，喊错谁也喊不到他们头上。周立，虽也是家族治国，标榜血胤承祀，避隐范围未见扩大反见收窄。考查当时诸王公名讳，齐公不臣之子曰静，厉王之子亦曰静，姜静还自命胡公，和人家父子双犯讳，也可能是厉王听说胡公犯讳，我生个儿子也犯你的讳，两家干上了！上犯下这是置的哪口气？真实情况应是大家不在乎，活人之间，没避讳这回事。活人相避这种事在乎起来，应当是春秋，大家都是乱臣，各种心虚，你最好不要提我的名，以免鬼神听见，累及贤者。乃至出现各种趋避，一个王，八家史笔八个名讳，譬如夷王，魏家史书讳翊、鲁家史书讳燮这样叫人犯晕的事。）

荣公从鄠县来到丰京，见了王，为王解梦。说这个这个嘛，在讲儿。王说呕，怎么讲？荣克说曰若稽古，盘古开天，女娲抟人，殊不知神抟他们俩。起初，神照着自己乌有的样子在时间轴上起了个因，随着光阴流转，一天天发育，到今儿才混出一头四体大约母的形象。一定要形象比喻，就像一棵树，从籽儿到芽儿到干，到枝儿到分叉，万物都攀在这棵树上，从化生、湿生、卵生、胎生，虫蝶鱼龙鸟兽到人，都从一条根系上分家，岔出去。故人有十二属相，其实何止十二？我们算命，经常要观察人的面相和性情，那真是像狗的像狗，像猫的像猫——像石马的都有，都带着老辈儿动物先祖内在神气，稍一眯觑，老祖的形儿就显了出来。俄们离动物世界其实不远，返祖现象很普遍，极个别在毛儿、尾巴上，大多在性情上。君上这个情况也不十分罕见，舜时即有先例，禹就曾亲眼看见他大——鲧变成一头熊吓一跳么，他们夏后氏都随黄帝内枝——熊系列上来。祭祖只祭到人祖我以为是很遗憾的事。我请问君上，据您这么几十年与先王密切接触，先王平时是不是就爱低着个头、驼着个背往前走，晚上比白天精神，睡觉喜欢蜷缩在被窝里自个抱着自个儿？

夷羿说你这么一说，我还真想起来了，有这么回事。听俄奶说俄大小时候还爱打洞，没事抓蚂蚁往嘴里塞，没少受俄奶拐哒。

荣公说我说什么来着？那就对了！白天咱们都披着张人皮，俗话怎么说来着——戴着人格面具，互相认识、混得挺熟的内张脸，其实都不是本属，是面具。晚上睡觉，进入梦境，面具都摘了，再相见，赤果果，倏尔感到震惊，不相识，以为怪——也不奇怪。穿山甲甚尔都不能说是先王化身，乃先王之属性，既不是妖，也不是怪，请君上下次见到穿山甲，一定不要伤害他。恭喜君上，您有一眼洞穿人属性的超能力。

宝嫔说哥你真棒！下回君上再见到父王就不用害怕了，父王也不用怕您了，你们爷儿俩还能照过去那样过日子。

夷羿说：俄看俄大是穿山甲，俄大看俄是甚咧？瞅着荣克，两眼发直，——你看俄是甚？

荣克后脊娘发凉，说俄看您是伟大的君上，俄们没您内双巨眼咧。夷羿说俄看你，是一只鹦鹉。

这之后，出的事。齐公在那儿聊，喝了点小酒，设色飞扬，王怎么看他怎么像一只花尾喜鹊，下的令也是：把内只喜鹊烹了。指的可是齐公。殿前力士还违反规定多问一句，拉着齐公说：他么？——规定不许问，令出就要执行。王说费什么话呀，就他——喜鹊。齐公我怎……么了还没出口，就被四力士举过头顶，滴溜溜剥个精光，投入鼎中，还拿大笊篱捂着，不许探头，直到汤大沸，脱了皮，肉臭逸出。

夷王七年，雨夹雹，大如磨刀石，掼得筒瓦哗啦啦响，迎风窗帛如遭殳击，处处破洞，沿窗根码着一堆堆冰球儿。

响雷咔擦！闪电如戟接二劈穿大寝，带着插烛所有火苗一齐颤抖。宝儿吓得不敢睡，钻他妈怀里偎着。宝嫔搂着儿子给他壮胆儿，说不怕，这是老天爷敲金鼓呢，通告天下坏老头，不要起脏心眼害我们家宝儿，我在天上可瞧着你们哪。

王坐在一边瞧着宝嫔，电闪雷轰中，一会儿变豺，一会儿变狞猫，须臾十八变，淌着舌涎，呲着犬牙。王起身，一把扯开胡宝儿，挥剑斩了这只兽。

40

元年七月，诏命荣夷公为卿士，在六官职属之外特设一个宫内卿，掌王事，教礼轨，起居进退，佐王以修其身。

起初，这一任命五公是不同意的，会上议了几次通不过，设这么个人干嘛，王事有我们呢。虢公说这个人我知道，在我手下当过兵，基层反映不是很好。向王报告时，王就躺在地上耍赖，踢腿大闹：今儿不通过我就不起来，你们说为我好，别操蛋了！你们知道我知道？你们是我么？谁也没舅舅对我好！王不起来，五公也不能走，溜溜陪了一天，擦黑都乏了，也饥渴了，王不许人送水，自己也不吃不喝，眯着睡在凉地上，宫人送毡子就踢宫人，一副跟他们耗到底的样子。

召公说算了，别跟他争了，都争出不像话的话了，我们不知道什么叫好，反正是他们家的事，就让他舅舅管他吧。

因为虢公跟荣夷公有恁么层关系，另外四公就让他跟荣公谈。虢公把荣公叫到家里，对他讲：你的任命通过了，你有什么想法阿？荣公很恭敬，侧踞着，手里端把锥子，一支竹简，虢公说一句就往简子上扎俩眼。虢公说认字了？荣公说几百个字几百个字。说没什么想法，就是想把工作怎么做得不让您失望。虢公讲：几百个字不够的，你到了宫里，还是要督促君上多认字，把字认到三千以上，《三坟》不读可以，《五典》《周礼》总要看的，否则就不晓得我周因何、据何牧天下。

荣公说都是书是吧？我记下了。虢公说小孩子想起一出是一出，要多加引导，不要由着他的性子来。有事多沟通，希望你配合我们工作。荣公说那是一定的，我年轻，没经验，还请老首长严格就是爱护，我有问题批评我，不要给我留情面，还像在部队内样儿。王有问题咱们商量，我多请示，共同把工作做好。虢公说你当时在哪个旅，我怎么对你完全没有印象？荣公说二旅，高旗内个卒。虢公说哦，高旗有印象。

荣公回去就把家连媳妇一起搬进夷宫，在西过道紧挨后墙根内排宫人宿舍扫出两间房，紧紧巴巴住下了。任命媳妇为首席女史，掌王后之礼职，管女的。摁手印——媳妇不识字——签发给内廷各任所女官诫令。凡是王后该干的事，随同王接见藩王诸侯内眷，请吃饭陪聊天什么的，因为既无王后也无太后，概由他媳妇英子按照礼仪代为出席。怕媳妇胡来，虽然也比较了解英子，老实孩子，做贼的心比怕现的心小，还是给她戴了个帽，凡涉内廷人事、财务，摁手印前均需向宫内卿打竹本报告，经宫内卿画押后方可执行。英子夜里抠荣公肚脐眼，说俄你还防着？荣公告饶，说：俄这不是做给别人看呢嘛。

两口子进了宫，拿出在乡下做小买卖内劲儿，先维人儿，见了宫里老的少的，无分身份贵贱，男的一律喊哥，女的一律喊姐。原先的膳夫、内饔、典妇功、典丝、内司服、缝人、染人、酒人、浆人、盐人、笾人、醢人一个没开。英子还把搬家翻腾出的箱底、搁糟了出死蚕味儿的老丝、放朽了见黄的素帛、掉了色儿的扎染、被虫子咬了一抖落直掉渣儿的寿衣，还有内些做小买卖进货打了眼卖不动的不咸的盐、不甜的糖、死蹿跟放了强酸似的醋、搭钱白送也没人要嫌不吉利刻歪了的鬼神像，费大劲洗洗晒晒，重新打包装罐，上城根窑坑苇子地割苇子，自己编了十二生肖蝈蝈笼子——手巧！准备送人。荣公回来说送人要送自己舍不得的东西，怎么能送自己使不上的剩货呢？英子说这些东西也是好的呀。荣公说好东西我使，不咸的盐我刷牙，糖不甜搁粥里挂芡儿，醋——刷锅，神像——劈柴！内些丝阿帛阿，能当窗帘当窗帘，不能当窗帘当蚊帐，破洞寿衣给我剪件跨栏背心。

于是叫上留家的儿子，把鄠县老家砸窖的几百卷好羔羊皮筒子都拉镐京来，按人头分好装袋；把王历年赏的，宝嫔偷摸攒的捎回家的丽珠松石，媳妇粘起来给自己整的好头面手饰拆了，一珠一石拿锦帛裹了，装蝈蝈笼里，连羔皮筒子推媳妇跟前：去！拿去送人，别说是礼，说是宝嫔姐留下的，当个念想，给娃玩咧。英子蹲地下捂着脸呜呜哭，说明个俄出去戴个啥呢嘛，光不出溜成鹅咧。荣公说你个瓜婆姨，你个鹅样朝外走，接见外宾，俄看得下去，外甥他叔他伯也看不下去，还能少赏了你？儿子说俄咧，俄能涝个啥么？荣公说你个仰头日老的，拧次怂呢，你能涝个你大在丰镐脸大！

这批货送出去，宫里上上下下的，也不是多稀罕，这帮势利眼，啥球势没见过尼嘛，但都说：荣公，——实在。

对亲外甥，那也是一万个好。王练字攥刀捏疼了手，能拿嘴里含着。王踞坐长了压麻了腿，能拿手心捧着脚揣自个怀里焐着加热嘴哈着。宫人看不过去公老把王的手含嘴里，说鼻涕蛤喇滴他不是个娃咧。荣公说咋不是？就是个娃咧。

王最怕闪电打雷夜晚，天边有块黑云，荣公提早半天上王寝枕头边守着，只要雷内边一响，王这边一坐起来，公就把王搂怀里，兜头蒙眼说：俄娃可怜咧，俄娃没娘咧。每回招得王痛哭，爷儿俩哭成一圪蹴，月朗星繁见晴方休。

英子也是勤谨，王每日换下衣裳，都拿个搓板自己洗。别的宫人说我们这儿有洗衣裳的。英子说俄不是嫌她们洗的扑西来海，俄洗的是安心。夏天屋里热，先拿扇子狂扇席子，席子凉了，再让王睡上。冬天被褥湿冷，自个先逛着咂儿打着嘚嘚钻进去焐被窝，被窝暖了，再给王脱衣裳。王每回钻进被筒都先闻会儿，说一股舅妈味儿。嫌宫里饭不对口，吃了不活适，英子下阳渠蹬沟边采灯笼草自制酸浆，给王做鄠县口儿的酸浆摆汤饭，汤料丰富，有黄花木耳羊肉臊子，撒一层油泼蒜。吃这个饭还逮有点技术，还逮人多，最少三个，每人捧一碗小米饭，中间放大碗温汤，各自拿勺扤饭，深入汤中轻轻摇摆，使汤汁浸透小米，然后仰而食之，姆，五味儿俱在！技术不好的小米就散汤里了。武功内边就叫捞饭。

召公每次来都东闻闻西嗅嗅，隔着老远抽耸鼻子，问王：你又吃蒜了？

啥也不让他人插手，宫里上上下下倒也落的清闲，膳夫炒勺都锈了。召公问宫人怎么样阿，荣公他们公母俩你们啥看法？宫人说挺好，一盆火似的，把天子当乡下娃带咧。

召公教王背诵《五典·轩辕典·君德》：受国之玷，是谓社稷主。受国不祥，是为天下王。给他讲解：一个国，耻莫大于战败举国投降，这时，就需要一个人去领受这份大耻，谁都能跑他不能跑，能做到这一点的人，才有资格做社稷之主，称孤家。一个国，总会出现灾变，形势发展很不乐观，有妖异，这时，就需要一个人出来承当这份天谴，即使身受雷殛也不退缩，不移过臣下，这人才配得上叫天子，称寡人。

王不能理解这里的意思，说打败仗我扛，遭了灾也我扛，要你们这些人干啥呢嘛？把我当冤大头咧？荣公却在一旁深深领会，流下感动的眼泪。回家跟英子一通学舌，英子没听懂，说这跟你有啥关系呢嘛？荣公说一个家，也是如北。

荣季有——荣公之子，在老家管理千户佃户，自从表弟做了王，他大做了卿，没事就爱上周围几个村人家上好水浇地转悠，圪蹴在地头嚼着麻叶看人家做活，问人家卖么？人家说弄啥呢嘛，不卖！他就跟人说不卖好，你就等着俄弟把你连人带户一起封给俄吧。起来拍拍屁股走了。弄得人家心里木乱，夜个被窝里跟婆姨一合计，这个二球残货得很，还仅有可能。明后个心下凄惶，也没心思做活，让人惦记上咧。

起初，武王克殷，为了显示替天行道，击败殷师进入朝歌，并未纵兵大掠，命南宫括将鹿台几代殷帝攒的浮财金铜贝帛分给联军中其他外军诸侯——人家来帮忙打仗是要有收获的。钜桥粮仓陈粟放给因战乱产生的大量流民和朝歌本来就需要救济的贫苦市民——这里也包括失去部队的殷师残兵和离散家属——以安人心。进入殷国宗庙，确实卷走了殷庙陈列的祭祀重器和悬挂的宝玉，也没揣腰包，大封宗室子弟和有功之臣后，按份儿给了这些新得势的周家诸侯，据说是七十一份，实际统计不到，有些后封的譬如秦伯也算在了里头，不同古籍记载不一，都是听说。

准确记录这些器物名称和谁得了什么，都铸录在《分殷之器物》铜鼎内。这只鼎厉王时还在宗周守藏库安顿，辛长父著录《旧殷器物考》曾提到这只鼎，未提铭文详内，只是简略评价了一下工艺成熟度。辛长父是个旧物维护家，亦称守夜者。时，正值青铜时代迈向黑铁时代转捩期，社会一般人群崇铁贱铜风气滋盛，甚或有一斤铁百两铜的黑市价格。辛老对此重器质轻文传的时风忧戚疾首，乃忿而作《旧物考》，殷器只是其中一卷，惜未能终篇，转捩成尸，身与事功俱灭。这只鼎亦未逃脱出物华早凋命运，厉王十二年“国人之变”，乱民冲击了夏庙，之后就消失了，被熔铸币的可能性逼较大。

唉内喂，也就是说，我周对殷发动战争——打天下这么大一事儿上，于现金流上并无进账。所谓大封天下，也是裂土赠人。从目前已知封国位置看，除本陕之外主要集中在北方两山两河之局部地区，再就是汉阳诸姬，中间花插着无数戎夷小邦。所谓封，也就是画一个点，你到那儿去，自己发展。吴楚都不能算他封的，吴太伯虽是周宗室，太王时代就离家出走了，是自唧个在南边混起来的，武王只是派人找到他，说我封你就在这儿了。楚国之祖更早，帝喾时代就到了，说起来和司马迁还沾点亲，是重黎的后代，一直自个混，到成王之世才混出个子侯，地盘都是自己打的。考查诸家史笔，能确认的周室新增土地也就是围绕洛都内一块，是不是能按周礼规划圈出千里王畿，操作上有难点，整个河洛跨出去还不到千里，殷室虽覆，殷民汹汹，局势很不安详，武王这时宣布中原千里全归自己，不是时候。（李鼻按：实际从来也没做到，宗周王畿周室能实行有效垂控的不过五百里，超出部分即是侯服，为异姓诸侯和各戎部割据，几百年下来净跟他们为服不服打乱仗。典籍记载是理想方案，往往不可靠，与真实情况出入很大。）真实情况是，武王封纣王之子武庚为殷侯，要求他继续住在朝歌，维持成汤的祭祀，管理旧殷属地人民。只在他周边打下三个桩脚，分别建立了邶、鄘、卫三个军事基地，叫国；由管、蔡、霍三叔当国。三国面积应该都不大，都在河南嘛。邶国军事基地最大，在汤阴，占地近一个县。鄘在卫辉，一个乡。卫更惨，在浚县，一个集。三位叔后来都犯了政治错误，三国合并为卫，也是著名小国。

唉内喂，我想说什么呢？周室一直很穷，打天下没挣着钱，老本儿还是丰镐近郊到远郊这百里井田，八取一，这百里之郊乡人上交的粟米能吃到嘴。百里到二百里遂人耕作的甸，也是井田，交租子不痛快，因为租赋高，八取二。这么安排是因为遂人不服兵役，不出人，广出粮，遂人也觉得公平。后来兵源质量下降，朝廷抽丁也抽到遂人方域，遂人脸就不好看了，不好看归不好看，打着骂着嚇唬着，也能缺升少两征到手。二百里开外就都是召公周公还有什么公这些宗室近支卿大夫采邑了，叫都鄙之地——国都鄙视的地方；跟他们要点东西，非不成张口，也能讨到，但是——累。

世人皆知，战争归乐包齐是经济活动，打仗就是打钱，人吃马喂睁眼就是钱，没挣着钱就是亏本。武王得胜后并未在殷土久停，立刻带着部队回国，到华山就把马放了，到桃林把牛放了，让它们自个找草吃，然后让部队上交兵器，把战士都复员了，就为省钱。你想省别人不叫你省，殷地复叛，周公二次克殷，也是花大钱见效的行动。周公也是外场人儿，大国统帅，不理财，挣一个花俩，抚弔伤卒犒赏有功都自个掏，老姬家几代先人扛戈卖命攒的家底只取不存，余额叫什么？——清空。

是，后世子孙会过，成康半个世纪，一点点省，养二十二个师常备军。依据小司徒那里人口档案记载（李鼻按：现藏于石渠阁），成王初期，丰镐一带纳入三乡三遂统计的王畿绅民计二十六万两千五百口。到康王末年，增长近三倍，达七十五万一千零五十四口，成八师、殷八师自然不用丰镐人民供养，七十五万口人养老六师，每师两千五百人——共一万五千人，还是有富余，也未见得能攒下金山贝帛铜海。

昭王十九年，丧六师于江汉，一把攮出去大半个国库。穆王西征亿有九万里，回国路上到处借钱。

史家皆言：懿王之时，王室遂衰。懿王干什么了？懿王啥也没干，也没钱干，国库金帛都让他爷祖踢腾光了。共王时宫里蜜穿得都不如密公的蜜。召公的整军计划编了两个旅预算就花光了，再买铁就该动王伙食费了。召公亲到几个国库转了一圈，蹲在旷如广场的地上重重叹了口气，回来跟王说，有事还是找他们同姓诸侯好说话的出兵吧。

魏国史书言：兴居无节，号令不时。抱怨懿王四处瞎溜达，没准谱儿，“诸侯于是携德”。是站在诸侯立场替诸侯说话，把王室之衰归因到个人性情上，是把复杂问题简单化，为诸侯不依制赴镐参加时享岁贡，致礼法制度主要支点，也是王羁縻诸侯最重要手段——随祭，名存实废，辩护。

李鼻在此事上还是说了句公道话，案曰：人好没用，政权威望建立在财政盈余上。没财政，两手攥空拳，诸侯畔命，不能兴王师挞伐不敬，是谓：衰。

我跟司马迁说你别这么写，好像历史都是个人性德决定的，你应该从三乡三遂、赋役贡法制度入手，找出西周财政崩溃深层原因，才于史有益。马迁说我一个字都不提。

41

厉王二年，荣公回鄠县老家卖地。季有扯根麻绳堵门口说：大！你出这门俄就上吊。说：大！你和俄妈在俄弟呢儿闹怂呢嘛？一年木向家捎一根针，月月打醋跟俄要铜，这回家来又要卖地，都说你上镐京做卿美滴很，俄看你像被人坑咧。俄弟也是能嶔嶔，这是舅咧，圪垯马西一河滩，都成怂咧？荣公圪蹴在地上，抱着脑袋说：你包说咧，你弟难咧，坐奈个怂王，尽是些扎式，掐头蒜人家都朝他讹头牛钱，顿顿酸浆摆汤，天天买怂捏腻，几百口子脖子扎起来过，外头看着胡然，里头早空球成怂咧。又说：咋不是舅？年四个谝，还要加封你大万户咧，赐你大免死咧，叫你大拦下咧。

季有说饿贼！拦下了？大你脑子是八是叫牛踢咧，成汤包咧？荣公说你个散片儿，瓜娃，俄把你铲耳巴子！万户？美滴你！关中，八百里周川，村挨村，窑挨窑，人摞人，奏是封过滴，一户也木球有咧，你大上人沟子上剜一块香肉肉，这人还不把你大恨上峁去？塬上那哒你去呢么，戎戎不把你个瓜皮怂日出不给碗接。哈球日的猪崽崽，赶紧把头塞进交裆，一案子起，揭娃！耽误你大办大事业，俄看着你上吊咧。

季有说大，你这四图个啥呢嘛，丧家败业滴？荣公说俄图个啥？俄就图俄妹子——你七姑，在地哈包戳俄脊骨，说俄木亏了她娃，你大人前站着脸不红咧。

这一年，厉王满十二周岁，五公会议援引“王侯十二而冠”古制，决定为王举行冠礼，还政于王。也不光荣公一家往里搭钱，这二年，五公也没少往外掏铜，搭油米。五公进宫都不穿新衣裳，老是内身旧官衣，冬也不围貂儿，一人一件老皮袄。玉也是老几样，有冲有绺儿，已经盘成油饼。说起家来都叹气，地不打粮，佃户瞒产，开销大，奴小太能吃，年年拉饥荒，孩子又摔了，就怕荣公管他们借钱。召公说咱干嘛呀，顶这么大娄子，哄着一孩子，还老朝咱们拽咧子，就认他内个舅和内个怂妈，老觉得他们家钱都让咱们搬家去了，还给我起外号叫姬尹。周公说给你起了，给我也起了，管我叫姬羿。纪侯说管我叫纪泥，念点历史都搁这儿了。

召公说但是，不管怎么样，咱们该说还得说，不能说还政了，咱们就当甩手二大爷了。大家说是是，该说还得说。

三月，在宗庙祭告祖先，由荣公亲手为王把长发挽成髻，戴上三顶帽子：麻冕、皮弁和王冠。召公以叔的身份为王取字：煦；希望他温润有泽，散而为霖雨。将来可以作为自己庙号，也是天下百姓之幸。王回去自己改成：熙。容公说这俩字有什么区别呀？王说不知道有什么区别，就是不愿意别人给我起字。（李鼻按：人之有字，大约是王侯谥庙之滥觞。起初是王者独享的尊荣，春秋礼崩，始见于君子。）

冠礼举行过后，王就正式临朝了。还是起不来，愣给滴溜起来，荣公背着抱着跑到大殿听政，瞪着眼睛犯困，听不懂，插话如同打岔。召公花大量时间给他介绍这是谁谁谁，内是谁谁谁，他俩什么关系，今儿为什么要聊他们，下回聊到这人还问他是谁呀？召公下来叹息你说我这是招谁惹谁了？荣公坐一边都听懂了，当朝不说，下来跟王说你应该这么这么办，嫩么嫩么装糊涂。支的招儿都在情理上，大多也是召公他们建议的。召公后来发现，有些事先跟荣公交底，让荣公回去跟王铺垫一溜够，再谈，省很多事。于是渐渐形成惯例，凡事跟荣公打招呼。我周重大的事首要是祭祀，其次是军事。祭祀是日常生活一部分，像功课，每天早起都要来一段，月有月考，季度有季度摸底，年终有期末大考。学生们很烦，但是习惯，需要想的是今天编什么借口逃课。几个课代表——公，向班主任——王，汇报时也多是些重复的内容，今天班里又谁没来了，谁老没来了，要不要去他们家找他。也不需要头疼，班主任和课代表门儿清，上家找同学这种事已经很久没发生了，也不流行了，同学家长都挺浑的，去——全家出来跟你打架，犯不上，爱来不来吧，只要还记着自己是这学校同学就成。犯头疼的是内些外校野孩子，臭流氓，老在西边截放学同学。西边住着好些老职工孩子，都叫他们打了。学校在西边原来还有校产，出产收入对补贴老师生活很重要，这些年也收不上来。学校原来是所军校，高年级学生很能打，现在这帮学生，不灵！功课功课说不上，体育体育没特长，几次全国运动会拿不到名次，眼瞅着老师让人这么欺负，个高有块儿的同学无动于衷。

虢公负责学校保卫，校领导谈这事时都要到场，也主要想听他的意见。所以虢公、召公、荣公这三个人就形成了一个小核心，凡事在他们之间议了，拿出个基本方案，才去见王。三个人走得近，大家都看在眼里。

这一年，荣公卖了二百户地，给王张罗了一门亲。（李鼻按：周制，王畿之内，土地公有，所谓普天之下莫非王土，封建给诸侯的，理论上也有收回的可能，做得到做不到单说。二百里之内，由王授田，每户一百周亩，二百户地即两万周亩，不算少。考查周礼，并无授田不得流转之硬性规定。土地到了个人手里，耕者播耘细作一百大几十年，亦深觉这就是自家的田，这也就是为什么后来周室追加田赋，激起民变的果因。复按：周制：六尺为步，百步为亩，是为周亩。）

起初，荣公和虢公召公商量，二公还有点不同意。虢公说这个十二岁孩子有那么早么？召公说有了，你想想你十二岁，是不是早上起来就支小帐篷了。虢公说十二岁，太遥远了，你还记得？问召公：你几岁办的事？召公说我？结婚内天，十六。虢公说你老东西真不说实话，要不要我把给你开苞内人名字说出来？召公说别聊我，没劲。问荣公：怎么遮，有情况？荣公说喜欢看狗操狗了，不让我媳妇暖被窝了，换身边姐姐了。召公说正常阿，我小时候也不愿意让我奶奶暖被窝。他身边内几个丫头我知道，没问题，都是考过的，关键时刻能顶上去，比划两下，活儿好不黏人。召公拐哒虢公：你还记得内谁吗？嘎嘎嘎，自己一通狂笑。虢公笑说谁呀你又想起谁了？召公说没事，回头跟你说。荣公说黏不黏人咱也不懂，也盼着她们好，我担心的是别又出我妹内事，这还没个正经大房呢，孩子先有了。召公虢公一起点头，说你这个提醒挺重要，这个世子出身不能太微贱，你妹内次也是没想到。孩子身体不错，将来娃不会少，最佳还是大房嫡出。哟那这个事可要抓紧了，搞不好现在已经晚了。召公瞪着大眼看虢公：虢老，你的意见？虢老说我的意见也是抓紧。

三个人商定，各自回家想一晚，二天碰头，每人拿出三家备选，基本条件是身世清白，岁数拟在二八二九之间，最大不能过二十，太小分不清谁让着谁，太熟怕王降不住她。

二天，仨人在虢公府聚齐儿。荣公拿出的三个人，都是鄠县大地主家闺女，祖辈在老六师当士官，有姓，家里吃穿不愁，人也不娇气，能自己拴车赶车，上树能采桑，下地能扶犁，会熬胶，会起圈，会楦鞋，会绗被货，捏起针能绣花，抄起杠子能打狼；会做馇馇饭、摆汤饭、鱼鱼饭，厨子死了饿不着，扫炕刷锅一门灵——麻利要溜齐！会认几个字，刚好够写自个名字。召公虢公都听乐了，说这个地主有家教，你朋友圈逼格真高。荣公说倒不是真要王后来了干什么，但是逮会，下人蒙不了你。召公说是是，这点很重要。召公虢公想的都是各国诸侯家的闺女，条件都差不多，非说哪个是鹤还真没法说。召公说都给叫来吧，也是老亲戚，就当串个门，怪想的，成不成的让王自个展一眼，还得讲个眼缘儿吧。

就张罗局，拿着王室诰命做人情，今儿封一老太太，明儿封一老太太，点着名问人家闺女，说英子想人家了，也不管人家认不认识英子。各国夫人也都明镜儿，乐得白饶一封诰，上镐京看回花，带着闺女和八字就来了。英子请她们吃饭，游园，赏缎子，王出来客客气气打一照面。英子这二年练得也可以，站呢儿不嗳声也挺式样儿，会摆各种有请手势，看不出是假笑。最后相中的是申侯家闺女，一般人，也不知好在哪儿，问王，王也说不出个五六，低着头玩手指说我就是吧，看见她，想捏她。三老哦哦，那就是她了。

荣公还单备了份礼，屁颠颠跑去请太卜钻龟，太卜看着各种裂巴龟背说好着咧，舅姑合，是段好姻缘。（李鼻按：称公婆为舅姑，应是女主世代遗风，主交媾者惟舅，当家的全是一帮女的，因称姑；高古男性之尊皆仰其母族，故尔。）

六月，荣公作为男方父母代表和王的使者去申国迎新妇。申侯夫妇在家庙摆了筵席款待他。申夫人看见老汉穿红披彩抱着大雁进来，有点扎心，也没嗳嗳，接了这对雁。申侯和公互相敬了黑米香酒，沾沾嘴唇，申侯就打发女儿下台阶登车。到了夷宫，王等在车下，向姑娘作揖，引姑娘进屋，一起吃肘子，拿同一只锡碗喝小酒，酒后把姑娘带进小黑屋。

明日，炕上起来的就不是姑娘了，叫媳妇。媳妇早起摸黑洗澡。

天刚亮，英子就拍门，带着头发还没晾干小两口提着装枣栗和干肉小竹筐出门拐弯，奔西过道墙根拜见扮演男方父亲——老公公的荣克。荣克等在家门口台阶下，眼里痕着泪，接过枣栗筐捧着不住念叨这哈产活咧这哈产活咧。

媳妇拎着干肉筐东张北望，英子说找婆婆呢是吧？我演她。接过干肉筐，也兴得嘴直哆嗦，演向媳妇敬酒，说这回成了，成一家子咧。媳妇进屋，屋里东西都腾出去了，只剩席子，席上搁着碗鹿胎酱和甜米酒。媳妇跪席上把肉酱碗又摆了摆，拜了拜，甜酒泼地上，至此，新妇礼成，是谓申姜。

这位申姜本来就是媒人来的，性格外向，随英子，喜欢张罗，后来把下几辈申家姑娘接连发给下几辈周王，遂演成史家所谓三代申后，二次巨变。当时人还没把舆论矛头指向褒姒，一般认为西周王室倾覆，罪在申侯，引寇入室，祸莫大焉，还带这样做老丈杆子的，姑娘姑爷打架，带兵伐姑爷，还召唤外人，为什么也不成阿，替往后想过没有？申家姑娘后来全砸手里了，没人敢要。其后十年，国人之乱乍起，丰镐街头忽然冒出很多讽讥王室的童谣，其中一首直刺荣公操持的老申家这门婚事，放过申姑娘，把老荣饶进去：荣公醮子，荣公执雁；荣公降阶，荣公枣栗。批评荣老汉揽权，哪儿都有他，又当新郎又当老公公，凌驾于王之上，谐音让荣公早点离开。代为民声，鼓噪国人。指挥乱民围攻王宫的坏头头高旗后来对李耳说过，这些政治动员诗有一些是他编的，《荣公》是不是在其中他不记得了。荣老内时已然身败名污，忝列佞臣，遭世唾骂，共和时期有关他的一切皆成忌讳，人们绝口不提他，聊事扯到他，都说内个谁。打油诗已从人们记忆中挥去，只留下一出婚礼上的忌讳，共和之后凡婚宴，来宾赠仪送枣不送栗，其后殃及梨，以其“早离”之寓不祥，改送石榴葫芦。

同事嫁女送了一筐梨遭人打出贺新嘉宾李老汉耳因叹：人民昏昧忌讳多。（鼻按：《典》曰：占不问昏。《坟》曰：爱厚恨深。《丘》曰：鹿鹿擒媾，伏豹在侧。说的都是婚姻的凶险，且不可测。）

三年，夏有亢，夜间暴雨，白日暴晴，河池盈冲，熙暑蒸腾。西至周原，东至河洛，各地桑园爆发大面积桑疫，叶生锈斑，新梢黑腐，正在结茧期的熟蚕吐出的不是丝是脓，致当年生茧大减产。主管桑蚕的守吏桑虞报告说：今年生茧入库不及常年二成，愈大型种植连片国有桑园桑疫愈重，范宫桑林基本绝收。往年织绢工坊今年都改纺麻，致生麻价格一路扶升而麻袋价格随之暴跌。商丘晓市，一车麻袋卖不过一筐大蒜，沿街乞讨者亦拒收麻绳：干嘛呀，让我上吊去呀？很多织工因俄破产，劈了纺车寄身为奴或入淮为寇云云。

生丝及其绢纺乃我周支柱型产业，财政收入一半仰赖于彼。丝帛自有之日便一身二职，既是穿戴之物也是通货，远在石器时代即与贝币混用。考查古籍，未见有中原腹地大量使用贝币的记载。贝之花纹繁复大小轻重不一，之易碎，行商携带亦不方便，常闻有强盗打劫运贝车，守士与盗激搏，盗退了，车翻了，贝也碎了。太公治营丘，曾于东海设殖币场，向天下发行海虹壳辅币，款式同一，轻重同一，都是黑的，方便天下人去吃摊买碗羊杂碎，上酱缸打碗酱，酒垆抿口酒，一时颇受欢迎，太公也发了财，拿这项发明筑了营丘壮观的城墙，奠定了齐国的大国地位。未几，这些海虹壳还是碎了。有小贩卖一辈子羊汤，攒一炕海虹，一翻身满背是渣儿，哭都没地儿哭去。甚而有之，东海渔民走私淡菜，一船一船背着纤逆河内运，沿途白请人吃蚌肉，皮壳即去兑换丝帛，一时河洛地区绫罗为之一空，布商手里剩一堆海虹皮，捧着扎手，放着怕碎，端着想去换点玉，玉商说我们不换！

唉内喂，时，虽有铜币济世，民间仍多以丝帛丈纯定价，官方发行的铲形铜币虽上市流通多年，老百姓仍按旧时习惯称为布币。与四夷贸易，大宗亦是丝帛，可直接兑金，决无二话。今生茧绝收，周室半空。人矮偏遭连环踹，淮寇今年大盛，遮断主要铜产区铜绿山通往北方水旱两路，朝廷急等用铜，车船过不来。淮夷荆蛮颇见异动，汉阳诸姬不能制。

九月，遍地丰收，夷宫竟揭不开锅。往年特供宫内炊食米肉油商因累欠积账最多达百年——从穆王时就该着了，今年约齐了不付一部分那么是个零头呢，粒米滴油不许入宫。

荣公急急忙忙回家找地契。英子说别找了，我都卖了。荣公说恁么多地……英子说恁么多呀？你以为咱们内点地托一个国家能托几天呀？就这么一票人吃饭，一天万亩。

熙王申后排场不减，还是八簋九鼎，但鼎里菜多是炒蒜苗，拍秋葵。下面宫人小臣排队打汤，汤可洗脸，来晚了，只能上护城河喝水。雌伏于堂的宫人一会儿请假上一趟便所，王说你们怎么老上便所阿？宫人答水喝多了。王说老喝水干嘛呀，没听说还有水中毒？宫人说听说了。八月十五，厨子抡着铜勺敲着锅出来，对外面排队宫人说对不起，我觉得与其天天烧开水，你们不如直接上护城河，今天月亮还好。

宫人围了荣公家，进门就往地上躺。英子守着门口张罗：来来，都进来，我们家里缸里刚上护城河挑的水。不够，我带你们上沣河，顺便再洗个头。揪着自己脸皮扯老长说：咱们姐儿们比比，我要比你们多出一钱肉，你们就把我家拆了。

适逢这时楚人来进贡，献大龟和贝。荣公急令人把龟送到大食堂烹了，又派人拿贝到街上米店付了欠账，赊出小米，才解了急。太卜闻讯来领龟板，一进食堂，就听嘎嘣嘎嘣响，放眼宫人每位嘴里叼着块油煎酥龟板，快活诡异朝他坏笑。

楚王使者跟荣公商量，说王的意思请求朝廷允许他们出兵，恢复铜绿山至北方水陆交通，扫清沿途窥觊淮夷和荆蛮。

荣公说太应该了，太及时了，说吧，需要我怎么配合。

楚使说不用你们配合，擎好吧就。荣公想：不用我们配合？楚使走半天才反应过来，必须配合！一溜烟跑去找召公，召公也说必须配合，妈拉个巴子不配合全成他们家的了。

荣公拉着召公去找虢公，召公说你先去，我昨儿吃顶了，有隔夜谷运动迟缓才至脐下，等我卸了过载再去找你们。

荣公见了虢公，虢公说我这浑身最近老起疙瘩老也不好，可能是湿疹大夫说，太湿最近，再往南去，我怕……说着就咔哧咔哧挠脸挠脖子，把挠红一大片给荣公看：没骗你吧？

荣公也不废话，噗通一声直挺挺跪虢公跟前，说您老不答应我就不起来。虢公当场蹿了，说你不能这样办事，谈得好好的使出这讹人的法子，你就跪着吧，我还就不答应了，你不起来就一直跪着。说完拂袖而去。

召公在家磨蹭半天，坐着马桶忽然来了诗意，完事忙着去书房磨笔铺竹怕忘了，得了两句：荡荡上帝，下民之辟……心中满意，估计内边事儿也谈差不多完了，坐上牛车去了虢府。进门就见虢府前后院黑着灯，前来迎候的家将说公睡了。

召公说今儿怎么睡这么早阿，荣老走了？家将说荣老还在厅里。召公说黑灯瞎火他一人在呢儿干嘛呢？家将说您老自个去看看吧。召公摸进前厅，喊拿火来。家将举着火把跟过来，火光中只见荣公梗着脖子悲愤脸，半截木桩子似的戳在地上。召公二话不说，扭脸奔后院。虢公正就着小油灯喝白果鸡汤，还腾出一只手摸小妾膀子。召公说老家伙，你倒过得恣儿，你知不知前院还跪着个傻子。虢公说我这回真急了，他特么不是头一回跟我来这套，准知道我见不得这个，几次迫使我做出了违心决定，今儿我非治他，扳扳他这毛病。

召公说他也是为了朝廷好。虢公说别！别拿用心说事，谁不是呢？谁是成心跟自个捣乱给自个添麻烦呢？召公说好，不说他，咱们说事。南方你真要跑一趟，六师不堪用，能拉出去拍唬一下人的只有你虢家武骑，朝廷今年税铜十万斤三月就从铜绿山运出了，水路夷情不断，就用车载人挑，走到随境又不敢走了，周围淮荆诸夷皆有动作，目前压在随都，听说楚王正在集结部队，要替我们绥靖道路，我更担心了，你带着你的人去，不管别的，先把这十万斤铜运回来，容我把去年欠六部叙官的俸禄发一半。虢公说你看内墙角挂的是什么？召公说我逮凑近了跟前看，我这眼睛现在全花了，内不是个人阿？哟喝！虢帅皮甲都拿出来了。虢公说牛皮都长霉了，正让她们上油打蜡呢。你再听院里滋凌滋凌干嘛呢？磨我的斩人斧呢。我能不知道你的难么，明儿我就回国。

召公说我就说你是个顾全大局的人。虢公说可有一样，不许告诉前院内人，什么时候我知道他起来了，什么时候我班师回朝。召公说古公亶父在上，我一个字不露，我也特烦他动不动就下跪，把乡下人内一套带到朝廷来，上回非逼着我卖庄子，我也给他跪了，我们俩就嫩么对着跪了半天，才把神请走。——等你押着铜到镐，我再告他。虢公说你这个办法好，下回我也试试。鸡汤要不要来碗尝尝？召公说就等着你问我呢，馋半天了。姆，吃粟米的七年老母鸡对不对？

明日，虢公走偏门出了府，二马为辕二马为骖驷乘奔了宝鸡。当晚人定到达虢都岐邑城下，公子禹举着火把迎候在城门口。虢公说：叫咱家小子都起来，你们封侯的时候到了！

42

冬十月，虢公倾全国之众战车四百乘——号称千乘；武骑七百——号称三千；步兵四千——号称九千；连同军夫杂役营伎男女万余口，旗云车龙，人马咴咴到达东宗洛都。

虢公北面立于东宗太庙之阶，执王赐可行独断诛杀大斧小钺，号令诸侯，命申侯邓侯鄦侯并汉阳诸姬随、唐、蔡、应、息：尔等应立即出动，以强大兵力向随枣线集中，清乡扫荡，打草备粮，以迎王师。

一时河洛震动，江汉震动，坐在丹江口楚都丹阳城中的楚王熊渠，心里长草，不知我周战神虢老二忽至江汉是何居心。他们楚人老是管虢长父叫虢仲，可能是口音问题，虢公长父楚人嘴里往往念成锅中长父，时间久了就简称锅中——虢仲了。又后来，虢公长父在铜绿山订了两件铜器，一只盨，一只鬲，下单子时客户名写得比较潦草，铜师傅给看成老虢家另一位正经排行老二叫虢仲的“虢公林父”，以为给他铸的，铭文记为虢仲，交货时包装盒货品名写虢仲盨，虢仲鬲，都送荥阳东虢——虢公林父家去了。林父一看挺好，平时家里也老订铜器，夫人呀、老夫人呀都爱买，以为她们谁买的呢，就给留下了，装个小米、枣什么的，挺好。后来见着他这隔房哥哥长父，老哥哥说我是不是有件东西叫他们弄错了寄你那儿去了。林父一听，有这么回事，我不知道是您的，回头我再给您寄回去。长父说咱俩谁跟谁呀，费那劲呢，你就留着用吧。哥儿俩都没往心里去，也不是什么大事。但是，强化了楚人印象，老虢家有俩虢仲。而且这还问到哪儿去——问虢长父本人，他也得说对，俩虢仲。因为他爷爷的爷爷的爸，西虢开国之君也叫虢仲。错不在仨俩，在没人记得他爷爷的爷爷的爸，只认得他，所以人家叫他虢老二也不赖人家。其实虢老一直是老大，全族伯仲大排行——为长，故曰长父。

李鼻按：此春秋前无讳又一例。这个老虢家嫡祖孙重名，可见吾祖耳耳相传殆非孤例。春秋百家之一小说十五家末流谱家，时人曰靠谱家。其立腕人辛俅子并非如另十四家出自稗官，专特收集街谈巷语、道听涂说编造渲染，以期小道可观，致远不泥。而是出自春官，世为内史，后迁为小史，掌五礼之禁令与其用等，辨庙祧之昭穆、三族之别、以决亲疏。强项就是查出身。所谓靠谱，指其豪作《有周恩泽表》七十篇，全靠家谱，其所言虽属小知，却无一句刍荛狂夫之议，用辞典雅驯正，无一字、一说无出处，力开一门极拙朴、极见工力文学样式之滥觞，今之曰：非虚构。春秋小说十五家，作文千三百八十篇，千三百十篇俱已湮废，惟辛俅子七十篇作为工具书流传至我汉，每曾开卷有益，颇合小说之道：辍而不忘，数言可采。我汉大儒伯益先生注《周恩七十篇》有勘征：西虢始封之君虢仲和东虢始封君虢叔乃同一人，全名仲叔，王季次子，武王格外推重这位二叔军事才干，在宝鸡封了他，又在荥阳给他弄了块地，设为我周藩屏，或曰飞地。两虢实为一虢，只是史家糊涂，不辨究委，当两国论了。伯益先生亦录有前周巷语一则，说季历二胎乃是双锄儿，长得一毛一样，还是哥儿俩，晚出来一步内位叫虢季叔，简称虢叔；行三。老百姓遇公卿皆仰视或俯首，搞不清面目，当一人会分身了。

唉内喂，老熊不得不防，紧急撤回已部署在鄢国边境楚军，关上城门，蔫不出溜去除王号，摘下王冠，戴上——不知子爵戴什么帽子；出门遛弯跟老百姓说我还是子侯，做出一副心特静、看淡名位、与世无碍的样子，暗地给已在句亶、鄂、越章封王的三个儿子捎话——都是老头自唧个封的——命他们速去王号，就酋长。老二熊红打散头发，脸上画蛇，光着膀子，跟前来清乡噩军将领装傻充彪，说我是蛮夷，跟中国号谥没关系。噩将说没查你这事儿。

老大熊康扶乩占问，请来的仙儿是少司命，下乩语：龙现于野，以其暴，不获其身。凶，不利大人。自邑告命，恒不死。神棍说暴龙就是厉王，显现在这儿的化身就是虢公，不要抵抗，搞不过他。回去向神明祈祷，不会有生命危险。

此一乩语遂成名乩，一时风传于江汉楚蛮民间，老百姓问家长里短也多次出现，位列十大凶乩之四。问婚事，就是克老人，一般就吹吹了。问前程，就是克老板，当场开掉。据传有待字少女，获占此乩，羞愤投江。战国末年，楚灭国，秦军横蹚楚地，十乡八邑女子，因被仙儿指不吉，贞老闺中，茕茕独寝者犹壁壁皆是。（李鼻按：自道废，有行鬼事问人事以来，北卦南乩，爻乩少见不利大人，都是不利想见大人内个小人，故此乩一出，酌补方事空白。此乩春秋时入卦，曰：犯卦；因内时大人普遍不太好。春秋礼崩包括蹿卦，各国野卦师一度将周易增至八十八卦，都是根据当时新出现乱象脑补。后为君子怒删，大卸七块，卦象犹散见于今卦。）

虢公大军长驱入随，并以武骑至江，强征民船，伐竹编筏，放出风声：大军克日渡江，誓扫九夷。这边在随都，一面与随侯把欢，一面下令全军背铜，车装不下，一人背十斤，夙夜回撤。随侯心中存疑，说你这回来打算呆多久？虢公说需要呆多久就呆多久，直到九夷顺服，铜绿至洛驿路通达。

随侯说当年邵王来也是这么说，我们跟九夷的关系这么些年才稳下来。这回我又信了。申侯邓侯都是老油条，只是出几辆兵车到城郊睡几天老百姓姑娘，至今未近汉水。蔡、应、息远在淮北，也只是在淮上阅兵，未挺一卒渡淮。就我和噩国驭方、唐国老唐三个傻子，真是出兵去闯夷人寨子，牵他们的牛，抄了他们的腊肉、鸡子和笋干。你们可不能祸害一圈，抹嘴就走，留下个烂摊子，又使我们十年不得开城。

虢公说你看我像内种人么？一会儿我给你介绍我新收的小妾，我连家都搬来了。回头还要麻烦你，给我推荐个做你们这儿菜比较好、主要会做鱼的厨子，我准备带到黄石去。

随侯说我们这儿会做鱼的我还真没听说，我们这儿主要会做的还是拐子饭，内盆就是，你觉得好，我都会教你做。

虢公说姆，好吃！这是猪脚吧？随侯说就是猪脚。我当然还是劝你谨慎点了，像上回邵王出内种事，也是我不愿意看到的。虢公说老随呀老随呀，你在南方呆得快成蛮子了，心思比渔网密，胆儿比苍蝇蛋小，一日被蛇咬十年怕树杈。

随侯说你还把我当北人阿？我就是这儿生的，人说一代脱胎，三世换骨，我们家都几个三世了？就这么密，还年年被蛇咬。虢公说诶，这个米很好吃嘛，白白的，什么做的？

随侯说稻，没吃过？这也是过年敬神才有的，我平时都吃不上，就为欢迎你，俩妹子舂三天。稻有的是，喜欢送你，多少都有，但是你逮自个舂。虢公说当兵的没事，就让他们舂，兹当练块儿了。来来，酒还没喝，净吃饭了，——敬你。

随侯说酒也是稻酿，怎么样口感？虢公说有点甜，有点上头。随侯说出门才上头哪。二老喝得大醉，各自被蜜搀回。

次日随侯醒来已是下午，兀自头疼，摁着太阳穴坐竹床上发呆，觉得蜜不靠谱，昨天把他搀回来自个闪了。底下人进来说虢公走了。随侯说他倒积极，还是不知夷人厉害。底下人说是往北走的。随侯酒一下醒了，说临走说什么了么？

底下人说：说谢谢你的酒和蜜，蜜不错。铜他都运走了，还扫了晾在府前广场的稻，全挑走了，说是您让挑的。

随侯站在竹床上跳着脚大骂：冒搓的北佬！斑马日的，鬼款瞎款，搞的好日人阿！随即下令关闭城门，扣留所有未出城之周车周卒，男丁全员上城准备滚石擂木。

随侯披着椿绸袍上了城头，噩侯驭方已经带兵围了城，在城下叫骂：老随！你个鸡巴倒地的，这就是你朋友，说来帮我打仗，闷头把我家谷全挑走了，还扛走了我家祠堂的鼎，搞么事吵，你们是不是商量好了坑我？随侯说你要么样，你莫跟老子翻，老子也被坑了，抬走了铜，挑走了谷，怪老子轻信，心说不会回回不说实话吧？还是莫得，老子也很无奈。

驭方说是吵，你不是一伙，就下来，我们铆起追锤子，淮夷兄弟已经准备好了，跟我们一起搞，未必搞不赢虢老二。

随侯说老姞，你莫要冲动，莫忘你是中国人，前朝封的老伯侯家，蛮地就咱们这几家中国人，许他们对咱们这样，不许咱们对他们这样，勾结夷狄，反抗中国，我不愿意看到失去你这个中国朋友。姞驭方说你莫说了，我已和淮王喝了血酒，伢儿扣在那里，锤子决心已下，连前朝仇一道报了。

噩侯和淮夷联军在枣阳追上了虢公部队。公子禹带领轻车武骑阻击他们。双方围绕唐国都城反复交战。唐侯站在同姓诸侯立场支持虢军，从城上放箭射噩侯和夷人。禹率车骑迅速脱离战场，联军就攻打唐城。

联军二次在襄阳追上虢家军，禹又围绕邓都进行战斗，邓侯也在城上为他擂鼓助威。禹脱离战场，邓都遭到围攻。

虢公退至南阳，申都紧闭城门，上悬檑木滚石。申侯甲士立于城头冷冷看着他们。虢公拍着门喊：老申，我！我！

申侯说我知道是你。虢公喊：让我进去，我累了，好几天没好好吃东西了。申侯说不让进，你再往北走十里，呢儿有片空地，给你挖好灶坑，有劈好的柴，你上呢儿吃去。

虢公说申老，你兄弟我，跟驭方、夷兵混战多日，他们现在还在后边追我呢，到了你的城下，米莫得一口，水莫得一滴，连门都不让进——乓乓拍着胸口：你的心不会疼么？

申侯破口怒曰：害想咋滴！你这一趟下来干的好事，没你驭方能反么？我们多少年交下的朋友，辛辛苦苦维持的局面，叫你一下子全搞光了，你告诉我你这次来作么事，是剿夷还是运铜？老随老唐老邓的情况如今么样你知道吵？还要给人家说好话，赔铜。都说你会打仗，我看你专会坑人！

虢公说申老，你这么说特别不公平，我运铜为谁阿？为你姑娘和姑爷。我不跟你一般见识，驭方兵马上就到，我请求伐你城南申社枣木，修理车具军器，构筑拒马桩。

申侯说不许你伐我社枣树，不许你在我城下打仗，城南不行，城东西——北也不行；自个找宽敞地方练去！

虢公说我要非在这儿练呢？申侯举起左手执的弓，晃了三晃：我认识你，我手里弓不认识你。守城甲士一起举弓，齐吼：我们不认识你！

虢公说申猴儿！你以后永远不要想求我，你失去我这个朋友了。

申侯说谁要和你做朋友？谁和你好谁倒霉！

虢公率部撤往方城缺口，命弃十万斤铜于野。噩侯兵至，见金煦煦一座山，下令都不许动。噩师未动，夷兵已乱，人人争搬铜锭。公子禹率武骑三百突出，联军奔溃，获噩侯。

虢公矫王命：夷驭方寿幼。杀了被俘噩人中所有姓姞的。用缴获的斧钺铸了一个鼎，为禹记功，曰禹鼎。禹平时就用这只鼎宴宾，炫耀自己的武功。后来鼎丢了，据说为被俘噩人偷走，背回老家，供奉在涢水畔扬泗山安居镇姞氏祠堂里。

虢公班师回洛，洛都大开九门报捷，献驭方首级于庙。淮王联东夷之众复至，军势浩大，洛都九门皆闭，男皆登垣。

禹以重车长戈击夷，一日数出。夷众阵乱人不散，去而复聚，嚣涌围城。整个冬季，虢部与诸夷在洛都之郊多次交战，互有胜负，不能解洛都之围。夷兵分众掠野焚庐，人民十室十空，洛地残破。虢部也很疲劳，健卒半伤，战车多不能开动。虢公亲自修书，向天下同姓诸侯呼吁，请求他们出兵助战。来的最大一支队伍是东虢公子姬绪家臣组成的私人武装，二千人，有战车百乘，都是昭穆时代老式二十六辐车。姬绪也来了，出战一次，挨了一箭，车都坏半道上了。

来年开春，淮夷撤围，他们中农人也要回家备耕，抢的东西老婆孩子还没看见呢。公子禹率武骑追击，取得战果，割左耳百四十；生俘四百四，都是先前被掳去的洛地周民。

虢公轻装回国——十万斤铜在百日拉锯中锻造軎辖钩矢发放补贴消耗殆尽。洛都被围后期，物价腾贵，十斤铜换一斤粟尚不可得，美人掉价半碗粥即可入怀，饿殍盈街，人民怨恨，称此围城之冬为“虢长父之难”。此怨绵久，数年后厉王奔彘，丰镐内边都叫国人暴动，洛都这边，市民口中仍称“虢长父之难”。后十年，虢公薨，自谥：

武。洛地民口谥：厉；余恨犹未消。

虢公灰溜溜走到函谷关，关令尹喜拦住去路，双手交给他一札诏令。上刻：命虢部就地休整，不得入函谷。虢公说怎么回事？尹喜说小子不知，只知这是镐京快马才送达的。

虢公乃命所部全体稍息。尹喜恭敬捧出刀笔，一揖到地，说我是你蚂蚁上树，请偶像留下宝贵签名。虢公说：滚犊子！

公子禹奉父命潜入镐，找召公打听是怎么回事。召公携禹至卿事寮，指着半屋子竹简，说：都是告你爸的，洛都人捎来的，还有随侯唐侯邓侯签名，万民摁手印请愿，不让你们家走，说明年淮夷还来，必须你们留下，擦这屁股。

禹复父命。公无奈，只得捎话给宝鸡老家人，说我们不回去了，请他们把国搬来。

虢公在三门峡一个叫李家窑的地方选址，夯土为城，曰上阳。国名还叫虢，史称南虢。看附近上村岭风水很好，选为家族墓地，说我死后就葬在这儿，墓向西，日日望我宝鸡。

43

厉王七年，诏令实行专利制度。初，止涉诸侯卿大夫采邑内王室飞地，国有山林、猎场、牧场什么的——本来王占了，周围田地赏给功臣包含其中了，譬如秦岭、南山。还有一些庄子，有特别出产贡米贡瓜，养的鸡下蛋炒出来特别黄，鸭腌蛋特别出油什么的，王打猎经过有时还进来坐会儿，封赏出去时专门说过：这儿还归我阿。专利规定，这些飞地及所在湿地、河段——好多河流经猎场、牧场，或从山谷穿过——出产收益皆归王室。过去不是这样，过去没人管，都挺偏的，二百里开外，打两万斤小米，给王拎去两袋，一熬上面一层米油能揭起一张皮儿内种，王后坐月子可以喝。二百亩瓠瓜，夏天拉两车去，炒鸡蛋，氽丸子，打馅儿包黄米面菜团子，小孩初生周身无皮，也可以烧灰调麻油搽之。几百只鸡，一塘鸭，鸡蛋鸭蛋拣个儿大的每个月送两坛，王就特高兴，说别都给我呀，你们也留点。王也爱吃鱼，每天一条，从沣河渭水钓，太远的地方，鱼拿来都是腌过的，喝粥搛一点，蒸个肉饼也蛮好。有一回王去哪儿也不知打猎，蹚水，一只娃娃鱼游脚背上，吓一跳，蹦老高，人去逮，七手九脚，说这玩意好吃。王说咦，恶心！还有四只手呢。

牧场上的马甭说了，内都逮王掏铜养着，每年光它们王得少吃俩菜。内些羊，都是看的，从小跟小王子小公主一起玩，都有名字，听说小灰雪球死了，公主还能哭一鼻子。王说让孩子从小接触小动物，能培养耐心和责任感。山林也是如是，除非王宫换梁柱，平时就让树嫩么长着，儿时比着头顶刻在树上内道印儿能长到半空中去。王还会说树犹如此，人何以堪。林子里的虎自古就是野的，远远听到虎在林海里啸，王心里会打一激灵，小声说我们不要叫他闻到。打猎射中一头，扒了皮铺在宫里，就很美，跟人说：我打的。没觉得这些动物是财产。有时看林人会捕捉一些羽毛美丽啼声如歌小鸟送给王子公主观赏，王会很严肃跟他们说不许春天张网捕捉孵雏母鸟哟。看林人、农庄管家，牧场工头大都是两京远郊国人次子，在部队服役期间轻微致残，复员回家无田可耕或已不能胜任繁累田间工作，就派往这些王家领地做些监管值守工作。人可靠，野外独立生活能力强，精于使用兵器，在面对周围野兽和野人时，有一定自卫能力。

起初，我周开始实行嫡长子继承制，国人次子、三子、四五子出路都是当兵，在部队建功，获得授田或在部队混下去。老六师整编，内些裁撤下来无地老兵安置问题一度还颇为五公头疼，做了各种紧急情况处突预案，没想到复员工作进行得异常顺利，几千人说走人一下就不见了，经了解，大部分投亲靠战友，为分散海内各王家领地所吸收。

现在都归王了，一根草也不能往外拿。荣公派出林衡、川衡、山虞、泽虞等胥吏于王领各谷壑河泽巡守设卡，以季节计算山木成材量，渊鱼出水量，考平市价，向樵夫渔人征税。厉禁私伐滥捕，有犯禁者，执而诛罚之。南山的隐士也被拿走了芋头和大麻，很多人呆不下去，往秦岭深处转移。

还派出草人、稻人、角人、羽人、囿人、廪人、司稼、掌炭、掌茶、掌染草各种人审计各领地历年出产度支盈亏库余。有盗卖私挪侵占公物者一律令吐出，悉数缴回。追索不得者，扒房牵牛，吊打本人，五刑加身，发卖其家小清偿。

又派出司市、质人、贾师、胥师、司虣、司稽执鞭度守市门。尤特重朝市之商贾、夕市之贩夫，凡入市之木石六畜山珍河鲜，概问明来处，若采自王领哪么一筋一角，均予没收，当街拍卖，所得尽入国库。若有不从敢问者，搏而戮之。

一时王畿骚动，王领治下国人有破家者，有匿亡者，有穷告无门举家入戎者。后，范围旁及郊遂之地，除应缴田赋，王田之上所产六畜林渔、鸟毛兽皮，俱纳入专利，王与乡人五五开。乡师税吏惧谴，不惮过忧不足，私定抽成倒四六，倒三七。厉王八年是个丰年，苛取尤甚，鄠县、盩厔或闻有八二开。国人有乡谣曰：三里桑，犹曝腹。百亩田，食无粟。菽麦秀秀，我赴沟渠。各地均报有无力缴纳专利，税吏封门，苦主举家投河事发生。

五公御前会议讨论将专利范围进一步扩大到市区百货业者，凡入市交易者皆按乡田赋论，九取一。荣公——自虢公南征不还，荣公便开始参加会——说：这么做的理论依据是普天之下，莫非王土，土生万物，百货概莫能外。

芮伯良夫对王座上年轻的王说：咱们现在寒碜成这样了么？荣公已经彻底掉钱眼里了完全不顾后果。利，甲乙易手而得。是，土生百货，要没有人跟人这么一手接一手的倒，枣还是内颗枣，瓜还是内个瓜，何来其利？如今你搞专利，百货万物就您这一手，大家嘬了瘪子您也没得好儿——必须流通起来你晓得伐？老话说人为了预期之利可以假装不爱钱，有百分之一的利就可以骗熟人，百分之十的利可以骗天下人，百分之百的利就敢犯下任何罪行！荣公拿这种法子教您，让您跟我周子民、捧着咱们起家的国人争利，你想想，这是什么问题，你这个王位还能坐得久吗？夫王者，让利上、下，中取天下者也。费尽心思使人、神、百物都合适，还要天天害怕，唯恐哪儿不周到招来怨恨。所以《大雅》说：多多赏赐，我周就是拿钱堆起来的。就是怕给人钱少了，大伙起来跟咱们不干。今天你推行专利，行吗？匹夫专利，犹谓之抢钱。王这么干，下场好的不多。听老荣的，必出大事！

王说你说的我都听进去了，我会回去认真想这个问题。

芮伯去找召虎。荣公在座，见他来一低头，脸上似乎有泪，遂告辞。召公送他往外走时说：你也别太往心里去，我了解你。召公回来，芮伯对他讲：你觉得我在会上讲得对不对？召公说大道理哪有不对的？芮伯说我觉得你这个人越来越不诚恳了，平时叨逼叨，关键时刻不敢站出来，我周现在最大的问题就是没人讲真话。召公说我周现在最大的问题是揭不开锅，真话可以换钱我天天讲真话，俗话说忠言逆耳，可是不治病。大道理谁都会讲，你逮有办法。芮伯说你们现在这个办法是吃盐解渴，越吃越渴。召公说我也不同意他们这么干，刚才内些话就是别人讲给我听的，我没有良策，所以不能说服人。要不这样，咱俩一起想个办法，比他们好的，到时咱俩就可以一起去找他们，说你们的办法不行，我来。

明日，诏命荣公为卿士，正式参襄国政，出席御前会议。

这一年，谤满天下，朝野上下都是议论荣公和王的人。

初次任用卫巫，用观察鸡头眼骨开裂方向侦查谁是心存不满的人。同时发动春官司巫职属男巫女巫各数百，要他们到市集和乡间偷听路人谈话，有不敬只语迅即拿下解官。

芮伯良夫在百官上朝时告诫他们：管好你们的嘴，不要在这种时候充好汉，以为就你敢讲实话。我们反对讲假话，因为假话属骗术。我们反对讲实话，因为实话不代表正确。最坏的实话就是站得比谁都高，看得比谁都远，一句话下来批倒所有人。讲实话是需要能力的，道听途说的人、缺乏常识的人、价值观扭曲的人，万分诚恳讲出的也是鬼话！实话太多，太廉价！很多聪明人以为他在讲大实话，其实都是别处——酒席饭桌上内些烂好人烂过来人嘴里喷出来的世故机巧。什么时候你觉得你确有真知识，也不是以讹生妄化来的高言宏论，又与世有补，也不是故作惊人，——再说话！

芮伯逐个点百官的名：你有吗？你呢？百官皆说：没有。

其后两年，情况发展得有些失控，朝野上下充斥着一种歇斯底里的气氛。司巫处木笼关不下卫巫手下解来的路谤者，人塞得卿事寮各单位哪儿哪儿都是，每棵树、每根廊柱都拴着一圈操各地口音的官绅商民，见人就说帮帮忙。司巫胥用来掌嘴的竹筷子打劈了一车一车往外拉，南山竹为此伐秃了一个山头。王在御前会议上对召公说：我这里也有你的材料哟。召公说我嗓子上火哑了一个月没说话，有我什么材料？

王出示了几根竹签，上面有几行诗句：靡不有初，鲜克有终……殷鉴不远，在夏后之世云云。召公说这还真是我写的，昨儿才想出的句子，今儿就到你手里了。王一笑了已。

卫巫拿着一支刻着“多将熇熇，不可救药”竹签当朝质询凡伯，说这首叫《板》的诗是不是你写的？凡伯抬手给卫巫一个嘴巴：是我写的又怎样？特么的搞到老子头上来了。

王看着也没说话。卫巫去找荣公哭诉，荣公说谁叫你去惹他们同姓了。凡伯写的《板》和召公写的《荡》用词古奥，仍流行于市井，是高雅作品第一次为大众所接受，文盲听到卖唱盲人当街歌咏，似懂非懂深深点头。后为贼和江湖艺人纳入黑话切口和春典，以板荡指手风不顺和看不懂行情。后为文人据典，二次入诗，又过明了，跑偏门者不再使用。

时，怨诗甚多，明确定为反诗被禁的有《民劳》和《桑柔》。两首诗作者都是国人中小贵族，也在专利行动中受到损失，其中一首被指为高旗所作，卫巫派人去捉拿他，他武力拒捕，撂倒几个男巫，翻墙跑了。有一首亦广泛流行，被认为调子不积极、心理阴暗的诗《抑》，其中有“靡哲不愚”——哲人没有不愚蠢的，这样攻击学界的句子；和“庶人之愚，亦职维疾”——庶民愚蠢，是他们特有的素质；这样污蔑人民的措辞。一般认为只能是李耳写的。卫巫曾拿这首诗去夏庙找李耳，那是他们第一次见面，问是不是他写的。

李耳从通壁达梁夏书稿中抬起头，摆出副臭脸，睁着长满白内障老眼迎着光说：你看看我在干嘛？你内些破事我根本不关心。卫巫说我来不是问罪，我是来表达我很同意。

十一年，西戎入侵犬丘，圈走了放养在那里的所有犬丘马，大掠鄠县盩厔武功。召公编练的新式骑兵旅拿出去，一触即溃。非非走后举家搬到犬丘养马的大骆被灭族，申姓妻子也一并死了。申侯这时不说在戎戎呢儿都有面儿了。情况报到申后那里，申姜说哟，我竟不知在呢儿还有个老姐姐。

十二年正月，李耳完成《全夏书》。刻下最后一个字，己未冬于丰西夏庙的“庙”，犯了会儿愣，掷刀笔于地，闻着味儿摸到炭盆前，迎着余温烤脸，在炭灰里掏阿掏——掏出一只芋头，扒了皮，用没牙的牙床抿着，一嘴嘴点巴了。

这一年李耳寿已……此处阙如。

李鼻按：多大岁数不敢说了吧，余替他言，这位李耳二世，邵王四年生人，历邵、穆、共、懿、孝、夷六王至厉王十二年，得寿一百三十有六，俗谓双甲子饶十二属相还挂零。也不算骇听人文，考虑到当时人不过年，岁末多庆冬至，且周历以仲冬十一月为正月，过了正月过冬至，本年不会搞混，年老惚恍，追忆成两年也在情理。各家史书也很错乱，一件事能差出二十年。如共和元年，正史野史皆记庚申年，前一年国人暴动魏家书记厉王十二年，鲁家书记三十七年。两家又同记厉王登基元年戊申。依十三年，国人暴动在己未，王亡奔彘在庚申，与正野史相符。依三十七年，则二十年不知去向，只能认为正月到冬至算一年了。也不止诸侯史笔错乱，周书亦很诡异，每记王登位曰春正月，不知几个意思，冬至前开春，就不怕乱了时令，难不成是我汉太初弃秦历重启夏历——后人蹿入？是故共和之前无信史，信哉此言。又：旧俗人到九十九便不再计岁，皆称期颐；一笔糊涂账，一百是他，二百也是他。这风俗来自一个古老怪谈：过百之人皆是阎王生死薄错讹漏字所致，到日子该你死了，勾魂小鬼按错漏字姓名喊不到你，但是知道你哪年生的，这岁数就剩你了，一听哪儿给百岁老人庆生，准是你！即刻勾魂索脖子上一套，背起走。非要办生日，一百三十六了，值得庆贺，就按零头——六岁办，下面条下六根，八宝饭插筷子插六根。尤有迷信至拧者，老家儿过百，儿不能喊父，孙不能喊爷，见到老人皆以乳名、浑称呼之，务使小鬼搞不清状况。可以肯定耳老时已满百，不能肯定的是几时得子：宗。使其五百年后还能在魏国为将。民间有人自称三百年后还在东宗图书馆见过耳老，从他呢儿得到教诲，余也真是无语，实在缝不上了。只能说老子名头太大，族谱不严谨，漏了人，中间还有若干长寿老人，名讳可查仅伯阳、儋二人，余者失考，盖以老子名之。民间或有人言老子修道得寿，今天还活着。余以祖宗八百辈全家老少性命起誓，决无此事。若耳祖今犹健在，余一头磕死！

人生满百惨阿！同时代人先后下世，什么事往回想，都是快车扫街，一掠而过。眼前全是小朋友，梦见的全是死者。活着，所见皆非，身不能行，口不能言，就像很早以前一棵树，曾经长在林子里，如今成了桩子，戳在庄稼院，刨得如身受五刑光巴溜，跟前拴着叫驴耕牛，闻的全是粪味儿。

李耳在竹书峡谷间病猫一样曲折游走，每一个拐弯突兀身体都记载多次剧痛青紫，带着他在逼仄一线天轻巧穿过，什么也不碰。撰刻夏书的工作像一个噩梦魇住了他，使他多年醒不过来，醒了还在梦里。他早忘了日子，每天醒来都在同一个梦里，做着同样的事，就像一本老日历总也不翻篇儿。这些年，在他梦里，来的都是生人，梦里的人有什么好聊的，都是面目不清，擦身而过。熟人好像都被隔离在更深更远的梦里，进来一个熟人，就知道是旧梦，看着旧梦黯淡演完，又在生人乱窜工作梦里。在梦里，他没有家，没有爱好，也不知吃的是什么，就知道饿不死，炭盆周围老是有食物。有一晃而过可能是十年吧，有只小狸猫曾来陪他，给过他很大安慰，后来不见了，可能是没了。

他对黑暗深重处说：我知道你在呢儿，三个芋头我才吃了一个，内两个都叫你吃了。几天前，他觉得庙里进来人了，带着一星原野土香，一丝长河水腥和浓烈老皮袄酸膻。他说你别藏了，我能闻见你。一会儿听见鞋底擦地，高旗从暗处走出来，小脸蹭得都是灰，背后拖根棍子，看着眼前这个双目失明老树根，还是规规矩矩行个大揖，说李叔，我爷爷问你好。李耳说你爷是谁呀？高旗说我爷是高奔戎。

李耳说七萃我高哥？他还活着？高旗说不好意思，死了，他是我爷，我该管您叫爷。李耳说别改，我愿意你叫我叔，我儿子现在都不让他叫我大了，就叫诶！高旗说您还有儿子哪，就瞧您老一人儿在呢儿发愣。李耳说很多年前的事儿了，来，高儿，叔今天完成了一件俗事，这心一下轻快了，叔藏了坛好酒，正想找人同饮。高旗说是东墙角拿《轩辕本纪》掩着的内坛么，不好意思，我喝了。李耳说这你也找着了？像你爷，鹰渴死的地方他也能找着一口血。那……咱爷俩就干聊吧，外头主事还是共王？高旗说叔，您多少年没出屋了，现在是熙王，姬胡，共王四世孙。李耳说不聊他们了，没意思，你想到庙里工作，召公还在么？高旗说召虎阿，还在。

李耳说找他呀，内人痛快，我跟他熟，跟他说你是高奔戎家孩子，一定成。高旗说找了，虎叔说让我先来试几天工，看喜欢不喜欢，适应得了适应不了，还说回头征求您意见呢。

李耳说我当然是没意见了，说起来这也不是我个人的事，是周公交办的事，朝廷的事，我这一辈子算搭进去了，再做，也做不动了，总得有人接下去，校勘阿，誊抄呀，当务之急是刻一副本，换个安稳地方存放，就这么一孤本，内天一沾火星，很多古籍都是这么没的。高旗说这都是您一人写的？

李耳说抄的。颛顼以后无原创，都是传布前人旧说，锦上作图。再往远说，伏戏之时则本已定，端柄自现，于天地万物再无新闻，公孙诸帝所作也不过是以纪列事，器行有考。千古之下，一派荒芜阿。高旗说行吧，后面事都交给我，你老放心，我尽快把这屋子凡是字都抄一遍，错别字我可能就没空改了，就嫩么搁着行吗？李耳说你可千万别改！内都是我好容易选的错别字，没错讹不叫古本，听说过包浆么，错讹字就是古本书的包浆，好么，你把包浆洗了，那还得了。

高旗说我外行了，您这就算下班了？李耳说大下班，彻底写恶心了，该回家看看了，还在不在老地方，丰京这些年没啥大变化吧？高旗说大风刮倒了几棵树，房子太老自个塌了几间，还是内两条街，一纵一横，大家兹没死都在老地方。

李耳搭着高旗手，跨出门槛子，站在廊子上跟猫似的耸耸鼻，深吸一口气，仰头望月，伸出指头数落，说这个姑娘阿，还是这么一副高高在上、笑话咱们的样子。高旗惊看老头蒙着白翳的眼，说您能看见月？李耳说能感到它的湿凉。

老头一步步下轿子似的下台阶，嘴里哼着歌。高旗说您老唱的是大雅么？老头说大俗，一辈子再抻也就剩这没两天了，给自己一个总结，下个判决，不要脸活了这么久，到底做了什么，刚得一句：你来到这世上，劳作辛苦，转身离去，这世上没添一粒土。

44

厉王十二年季冬，丰镐远近郊忽流行童谣：鼠披狸皮，见黍犹喜。犬披羊皮，甘草无味。犬鼠道遇，各忘其皮。

召公正在家吃肉臊黄粱饭，闻听变色，放下象牙筷子说：这是码逼的节奏阿。喊儿子：召齐，召齐，你们俩还玩呢？

召齐姬静一起从他屋出来，说我们温书呢。召公说赶紧吃饭。对姬静说：今儿你早点回家，别太晚了。

卫巫闻说，捉了三只公鸡，啃了三只鸡头，就着油灯观察鸡骨，三头六眼裂，瞪花了眼也没看出内道骨裂像小人，都是正经窟窿。卫巫变色，攥着鸡骨一溜小跑进宫去找荣公。

荣公一人在家，弓腰在火前热冬至剩的羊肉粉丝杂合菜，把粗麦饼掐成指甲盖大小往吊子里扔。卫巫抖着孔雀手说哥、哥，三占皆凶！荣公端起海碗说来得及吃这碗泡么？卫巫说那倒不耽误。荣公圪蹴着拿筷子扫着小山似的麦饼渣渣边边忒搂，把小山喝得又圆又尖。

厉王家吃的也是冬至剩菜。荐庙致享的牛当庭放血活杀，浮皮潦草烫了皮在太庙大案上躺了一天，冻得梆硬，大家分肉，牛排连脊骨内一大条叫英子拿白茅包着举了回来，先把肋条剁了烤着蘸酱吃了一顿，又把腔骨拆了炖白菜吃了一顿，接着又吃别人家祭祖分的猪羊，吃到腊月，全吃顶了，新鸡新鹅端上来也没人动筷子，看着就够了。每顿就是这些剩菜端上来端下去，王只喝小米粥，后啥也不吃，只喝小酒。申侯虽然是一方诸侯，因为不同姓还是隔了一层，周室赏金赏铜，从未赐他圭与玉勺，所以申家祭祖不能自酿黑黍郁金香酒，每回逮跟周室求，巴儿巴儿弄一小坛，还不够申侯自个忒搂的呢，祭完祖一仰脖没了。申姜长这么大没捞着一口，只能挤在姐妹堆里闻味儿。也偷摸自己试验过，申侯找黔北赤水高人，同样的黑黍郁金香，酿出来是馊的，工艺还逮提高。也拿本地稻和茉莉花试过，一股寡味儿。嫁进周室，逮着了，四时献享，每回走前都跟瞾人说：剩的酒根儿都给我。大寝炕脚码一地小黑坛子，都是半坛，没事就坐在炕上拿只小碗滋儿咂儿个没完。生过孩子更有的说了，说月子里招了风，胃寒，逮拿酒暖着。姬胡骂她你特么都快成酒腻子了。

申姜说管着么？你们家就这点东西能入口，什么特么王阿，一年四季汤泡饭，我们家佣人吃得都比你好。王说别吹了，你们家饭好，你们家吃饭都跟打仗似的，一盆猪蹄放地上，一帮女的抢，你来我们家前都没吃饱过以为我不知道。

小两口自从有了孩子之后就开始吵，不说每天吧，隔天差晚必有一顿，被窝里的事都给抖落出来，王说你丫生了孩子之后越来越像处儿了。后说比你快的也就只有闪电。王也去找英妈哭诉过：她不跟我过性生活。英妈说不应该呀，我就是生了孩子之后才觉得好的。你是不是活儿还是不太细？

王说还要怎么细呀？我这辈子想都没想过的事都干了。英妈说我倒是有几个土法子，一门灵，不过我教你也不太合适，这样，我找个人。叫了街上一大姐来，给王安排了几次宫外密会，给王淘得说话都没力气，说这是教我么，我怎么觉得是拿我解恨呢，她教的内些招儿，我刚跟姜片使，就让姜片一脚踹炕地下。英妈说只是让你知道女的火起来是什么样儿，别对女的失去信心，你不是还有别人呢么。王说对呀，我还有九嫔世妇八史四御呢，她们全哪儿去了，怎么老见不着老你一人阿？荣妈说在呢，都在冷宫呢，你找她们么，找我给放出来。王怒：谁让给她们都关冷宫了？英妈说这不你说的么，你大婚前，我说这些你熟的女的是不是回避一下，蜜月别叫申小姐看见，不痛快。你说先把她们关冷宫，忘了？

王说我也没说把她们关到这会儿阿，快，赶紧放出来，这都几年了。于是英子释出久不见天日诸女官。诸女官被囚多年，以泪洗面，脸都皴了，鬓角也见银丝，王挨个看了一圈，说你们先回屋休养吧。回头还是去缠申后。申后说我求你了！你不行找底下这些宫人随便乃个解决一下成吗？王怒：我他妈逼的好歹也是个王，早死也不能找这些破蜜阿。这话可把宫人得罪下了，悄摸找召公汇报：王和后最近老打架，什么话都说，妈逼什么都带出来了，特别不妥，我们这些做下人的都听不进耳，还互相起外号，王管后叫姜片，后管王叫胡不喇子，我们不好讲话，希望您适当时候能提醒一下。

召公说我跟你费不着话，王就不可能说内些话，就算说了，那是你该听的么？让你在王跟前工作就是让你出来打小报告的？搞清自己位置！赏一顿嘴巴子撵了出去。（李鼻按：所谓古者天子三夫人、九嫔、二十七世妇、八十一御妻，大概是桀纣吧。周室后宫规模一直不大，连使的带看的，区区二三十人也。因属天官冢宰叙官，亦遵世职世守通例，老是这二三十户，奶奶死了孙女接班，赶的巧奶奶有孙女，赶不巧全是奶奶。故王室子嗣始终不旺。偶有新人，也要碰。友邦会来事，有时送俩他们觉得好看的，也不全与王的审美契合。敌邦战败男的怂了派女的出来支应，内时能挑，你们觉得好看不行，逮我们觉得好看！有时挑俩妞儿带走，敌邦还庆贺，把我们这儿最困难的解决了。褒姒有抑郁倾向，在家也老不高兴，跟谁都没好脸，国家新败，全国适龄妇女都出来挨家门口站着，让得胜周将挑。带兵去打褒国的是凡伯，诗人，喜欢内种有内涵、丧的，一眼就把褒姒挑上。也有人说是褒姒她妈塞金了，听说周室条件好，希望能请到最好的大夫给孩子瞧病。为治她的病，幽王也是想尽办法，最后想出不是办法的办法，也是滚到家了。凡伯拿钱办事那是著名的讲信用，后来出了不肖子孙，拿钱不办事，叫请托人半道给截了，带也不知哪儿给黑了。这一枝儿就没了。这也是东周乱象，一个姬姓伯侯说没就没了，都没人说问问，找找。）

厉王一边喝粥一边说，小静怎么还不回来呀，都几点了？申后端着小碗，滋儿一口说上同学家了，说过晚饭不回家吃。

王说又是召齐他们家，老往他们家跑干嘛？后说他不能跟你式的，没朋友。王说我没朋友，是我不交，天子无私谊懂么？你没朋友，是交不上，没人受得了你。后说咱俩今天能不吵么？咱们和和气气地过一天，我不招你，你也别招我，咱俩互不侵犯，你就当我是空气。说完空气又滋儿了一声。

王说你喝酒就喝酒，能别跟踩了耗子似的滋儿滋儿的行么？后说我特么就滋儿滋儿的怎么招吧，瞧我不顺眼，吃了我阿——滋儿！王说你丫纯粹是一神经病。这时就听远外忽起喧沸，像很多人在高声寒暄。屋里亮度被提了一下，雌伏于阶宫人模糊身影忽然明了。王说有人来么？后说月亮红了。

有沉重脚步长跑而来，金属片豁朗豁朗乱响。寺人在院里忽然提高嗓门说话，更多人加入说话。小申后哗——拉开一侧窗扇，月光下宫正宫伯宰夫士师虎贲下大夫——负责宫廷守卫各部门领导正扎堆儿争执，个个全副武装，神情激动，虎贲下大夫还拔剑在手，他们身上的甲鳞和手中剑星星闪耀，几重殿外有冲天火光。王走到廊子上，说有谁能告诉我发生了什么事，失火了？宫正说：报告君上，不是失火。

荣公忽然分开人群冲过来，拉王进屋，说有不明身份武装人员冲击王宫。王说那还等什么呢？立即扑灭他们。荣公说虎贲士正在阻截他们。王说阻截？全体拿下，就地枭首。

荣公说是是，还需要一点时间。忽听一阵雹子击瓦当当噗噗声，临院窗帛成了筛子，透进红光，一枝铁箭当啷掉在地上。申后尖叫一声，王喊：快离开窗户呢儿！

虎贲下大夫一步踏倒门扇进屋，手臂淌血说请王立即走避！院里寺人宫伯宰夫士师都中箭躺在地上，廊柱、窗棂扎满箭。英子是好的，尖叫：贼人上房了！抱头三步两脚越廊蹿进屋。这时院里亮度又提了一下，如同黄昏，有虎贲士跑进院单腿跪地向空引弓。火苗在对过房顶蹿了一下，又从后山窗猛地吐舌，半拉天见红。又是一排箭雨，当当扎在殿内梁架柱屏隔扇上，案几上陶玉珊瑚纷纷粉碎，雌伏于下宫人垂头不起，身下渐渐流出一摊黑。下大夫一把提起王，挟于胁下大步往后走。申姜喊：儿子还在召家呢！荣公一拳击昏后，扛起尾随而去。噗通噗通房上接三连四跳下乱民，手持戈盾，迅速排成一列，一个跃进突刺，院中虎贲皆仆地。

高旗摘下头盔，拿剑挑着一根蜡烛，查看寝殿情况，把尚嫌完整坛坛罐罐一件件扒拉到地上，蜡烛火苗舔到纱帷金鱼一般向上游去。更多乱民进入寝殿，有持弓的，有拎殳的，有的歪戴个盔，有的穿半身甲，看到地上鼎簋里剩菜，纷纷盘腿坐下，说来来来，我们来开个国宴。七嘴八舌：王吃的也不怎么地阿。一个穿老式车武石片铠甲中年汉子前来报告：整个宫搜索完了，王、后都不在，有人看见他们乘车跑了。高旗说去召公府，我听见有人喊，好像世子在那儿。

召公爬上墙垣，即感热浪烘脸，眯觑着眼往外看，只见火把兵刃，人头汹汹，乱民拖着几具宫人裸尸示众，其中有英子。召公感到厌恶。家臣说请允许小人们出去将他们驱离。

召公说笨蛋！看不出来么，这是武王所创拽子阵型，又称右翼突击阵型，牧野之战正是据此步阵大败殷师，这是正规军来了，其中必有六师之人，哪是你们几个家丁搞得定的。

召公喊：弟兄们！我是召虎，有什么话好说，都可以商量，若是要取我召虎家财，悉数奉送。若是有憾于国事，需要我负责的，我也绝不辞诿，我就站在这儿，你们可以乱箭射死我。乱民喊：老家伙，秉废话，交出世子来。召公说我认识你们，指着近前几个人喊名字：灰娃、黑黑、长卫，你们是俄的兵咧，俄对不起过你们吗？长卫看躲不过去，放下捂脸手，上前一步说：召老，俄们无意为难你，不是冲你，是冲王，听说世子在你家，你把他交出来，俄们就走。

召公说有什么事不能跟俄说么？他一个娃娃懂什么？你们也知道俄在朝中地位，不论你们有什么要求，我就能定，完全可以满足你们，得！——现在就定！说吧，是要开仓还是减免田赋，俄先提一个方案你们看怎么样，每家发放粟米五百斤，免田赋三年，三年之后仍按九一比例纳赋。再加一条，取缔卫巫，释放所有因谤收监者，惩办荣公。

长卫说俄们石马也不要，今日只要与王同死。

召公说长卫，你还有婆姨娃咧。黑黑、灰娃，你们倒是也说个话呀，黑黑，你大九十了吧，还嚼滴动馍馍尼嘛？

黑黑说现在还说这些胡球话作甚咧？俄已经把俄大勒死球咧，房点咧，今日必须抓王垫背！

召公喊：弟兄们！乡亲们！你们都是俄周忠实子民，你们的处境我很理解，也很同情，这些年你们的遭遇俄都看在眼里，确实不像话，对你们不公平，可这一切不是不可挽回，任何事都可以想办法，可以办，何苦把自己往绝路上逼？只要你们回去，明个俄第一个进宫，替你们欻欻，王不答应，俄就参加你们，和你们一道，领你们入宫，带捕拘拿荣公，直到王答应——你们相信俄么？乱民齐吼：不信！

长卫说俄们已经把夷宫烧咧，王逼咧了，这事你还能办么？旁边几个蒙面人说还跟这个扯怂废甚话？把火车推上来。对召公说：俄们数十下，到时你不交人，俄们就放火！

乱民将堆满柴草大车推至大门，卸在台阶上，然后引燃箭镞油墩，后撤步拉满弓。乱民齐喊：一、二……

实际召公什么也没想他后来说，脑子一片空白只有四个字：王逼咧了王逼咧了……下墙找到召齐姬静，外面已经数到八，一把薅住召齐，开条门缝就给推了出去。后来的事召公全不记得了，内几天怎么过的也不知道，召公府这扇门一直紧锁，再打开是共和站在台阶上，街上全是他的部队。

召公后来不能听剁馅儿，听就疯，余生家里不做丸子和肉臊饭。

45

厉王十二年腊月最后一天，丰镐郊乡国人，趁冬至城门检查不严，节气期间城中亦不执行宵禁，以走亲戚串门为名，将兵器藏于货担推车之内，三三俩俩混入城内，陆续向夏庙集中，按卒伍编队，指定有战斗经验复转军人为卒伍长，当晚以全城点灯为号，忽然发动，进攻王宫。夷宫守卫毫无提防，稍作抵抗即行溃散。王、后在荣公等少量警卫人员陪同下仓皇出逃，夷宫亦遭焚平。乱民随即转往召公府搜拿世子静，执召公子齐杀而醢之。是谓国人暴动。

起初，王试图前往东宗，王畿之内百里国人皆相与叛，东去之路隔绝。虎贲下大夫韩用为韩侯通少子，遂引王避往龙门，曰北狩。王于龙门传弓矢天下勤王，诸侯皆无响应，连一贯爱管别人闲事的申侯也不抻茬儿。王放下架子给申后跪了，荣公也默默陪着跪在一旁。申后说你也不用给我跪，这也是我自己的事。遂与父侯修书：女儿嫁入周室，原盼一生静好，孰料沦为难妇，辗转颠沛于歧路，也没车，舄底磨穿，遍生血泡，于今三餐不继，夜夜泣望南流水思父，思子……最后一句也是真情，在楠竹上滴下点点珠泪。书未发，听说共伯出兵，正从辉县往这里赶。王、荣公都流了泪。

荣公说共伯一到，我就自裁以谢天下。王说再说。共伯西渡黄河时还专门遣使向王致意，问候起居，送去辉县特产核桃板栗数筐。王乐观和申后说：迎春礼是来不及了，看来还赶得上亲耕籍田，在镐京喝上劳动酒。

春一月，共师入镐，未施一箭，占领了暴动指挥部夏庙。共伯遂将自己的司令部设在夏庙。宣布丰镐实行戒严，派出司铎沿街摇铃通告市民：有窝藏隐匿乱党者，坐同罪，族。有出首举发他人隐匿、指认乱党者，赏。受乱党裹挟参与围攻王宫者自首并主动供述罪行有立功表现，赦。共伯派出兵队入户挨家盘查，清点人口，搜缴刃器长棍，并剪子菜刀，挑水扁担，锨镐锹把儿一齐提走。时，丰镐主妇烧菜只能拿手一把把揪着下锅，去井台打水水罐都顶脑袋上。共师士兵还在各街道闾巷出入口设卡检查，遇郊乡口音无论老少即行带捕，解往夏庙讯问，有三人以上证明不在场者亦暂不释放，留待审核三证明人背景再做进一步研判。士兵砍伐夏庙周遭绿化带树木，临时围起数座营圈，每圈可容百人，旬日即满。

被囚者戴枷成行成列蹲在地上，在孟春小寒风中瑟瑟发抖，每日只供应一顿冷稀饭，由役马拖着爬犁，上置粥盆从一行行囚者面前拽过，任其啄食，守卒称之为喂鸡。有时马小跑两步，所过之人来不及探颈，就饿一天，亦有饿极叼盆磕掉门牙者。从不放茅，内急自便，营地溲臭十数里外可闻。

召公来到夏庙开会，目睹此景，当场就跟共和码了，说胡闹！抓这么多老头小孩干嘛，这都是参与暴动的吗？共和说都是行迹可疑的，还未来及甄别。召公说你比卫巫还厉害，待疑犯还糟糕，你要引起国人二次暴动么？请立即改善囚人待遇，加快甄别，没问题的放人家走，讲不清的铺保具结先行假释。真有问题的交小司寇听讼，用情讯之，附以刑求，一宥不识，二宥过失，三宥遗忘；一赦幼弱，二赦老旄，三赦蠢愚。其余罪在不赦者，明正典刑，然后刑杀，该宫的宫，该辟的辟，国家都是有制度的，有专门机关司职，你们军人在这里乱搞什么？这个世道你当成乱世，它就成乱世。

起初，共和进城第一天，就挨家登门拜会召公周公纪侯芮伯四老，请他们出来主持局面。召公就跟共和讲：你的部队进城，首要任务不是作战，是收拾人心，乱民就是老百姓，一时受人蛊惑，呼啸而起，呼啸而散，现在多数人估计已经回家害怕去了。我给你的建议是，内些已经散伙回家猫在老婆炕头冒充良民的先不要动，出安民告示，只拿首恶，胁从不问，主打内些仍不放下武器，打砸劫掠公私财物冒充义民流氓团伙，绥靖街道，恢复两京治安，再徐图之。

共和说明白，遂去执行，结果搞成这个样子。共和也很无辜，说是按您老说的进行部署，缴刀不杀，只捉流氓。我共国兵士，没见过大城市，瞅谁都不像好人，都跟流氓似的，部队下命令也是严格了一点，不许放走一个乱党，谁放走谁负责，当兵的执行命令，就一股脑抓回来了。主要问题出在人带回来没有效管理，赖我，忽视了。

于兹丰镐滥捕滥捉之风稍减，市面略安。共伯遂与四老组成新的五公会议，因卿事寮房舍虽未遭焚毁，乱民也进去了，办公设备坐席竹笔炭盆水甑能搬的都搬空了，还在各办公寮地上拉了屎，窗帛捅了眼儿，一时添置清扫不出来，遂定于每日上午在共和的司令部——夏庙见面，商讨善后事宜。

首先一条是要不要迎王回来。共和力主迎，说天下皆知我是来勤王的，如今我到了，王回不来，没法跟天下交代。

四公不嗳嗳，绷了好半天，纪侯说：得，还是我这个异姓人说吧，王回来可以，可有一条，荣公的事他得给大家一个交代，他逮有态度。共和说合理，不过分，也不是我们几个难为他，天下人都要他一个态度。那就形成决议了，我派人通知王，把咱们条件告诉他。召公说就这么遮吧。

第二项，共和的意思是还要分兵下乡，清剿乱民余党，现在人是抓了不少，都是外围，一个组织指挥坏头头没抓到，甚至都不知道这些人姓甚名谁哪里人，拷问被捕人员，都反映有个戴我军武骑头盔看不清脸小个子，一直在发号施令，操标准周语，熟悉作战编成和分队战术，可能在我军任过中级职务。据特情反映，我军入城后，此人逃往鄠县盩厔方向。

召公说你这次带了多少人来？共和说两个步车师。召公说区区五千人矣。你知乡遂之地人民有多少？共和说不知。

召公说七十万口。其中十分之一七万五千口男丁是预备役，以其乡党所在编为六军，每军抽一个师常备，是为六师。余众每年季秋九月，秋贮已毕，各自取出家中所藏兵器铠甲，穿戴起来，按战时编组，在收割之后田野演练作战阵法和单兵技能。前日暴动，骨干皆六军之人，事后并未溃散，而是自行有序撤回乡间。这些人冲击王宫，驱逐王者，可谓万众结怨于一人。今日分兵下乡，清党篦闾，搜笼倒箧，势必家家惶惧，人人惊心，你抓了人，杀了头，可谓你我数人结怨于万众。那里的人不是同族就是乡党，亲连着亲，村挨着村，比邻而居，若其余众复起，奈何？

共和说那这事也不能就这么算了，黑不提白不提，朝廷的法度呢？乱民蛰伏乡间，如虎伺鹿，坐在城里就安全么？虎尝过人肉，会上瘾的，我也不能永远留在这里替你们看家护院。召公说特别时期特殊处置，我是不赞成以怨报怨的。

芮伯说这也不叫以怨报怨，我们也不轻纵，也不枉杀，以五刑听讼，以邦法断之，依律科罚，应该叫以直报怨。

召公说直，就是法度吧？一把尺子量所有人，曰：直。今礼上刑下，王同族有罪不即市，民有罪桎梏坐嘉石。我有怨，这次暴动，我失去了儿子，报我之怨，屠民百户，在我是直，在民就是枉了。以直报怨在这种情况下，尺度甚至超过以怨报怨——内种古典的以眼还眼。《三坟》说：你们是强者，要让着弱者，要带他们玩，因为你们本来有的就多，而弱者得的就少。我虽然失去儿子，并不寻求报复，因为使别人失去儿子，并不能安慰我。周公说这就是以德报怨了。

召公说并不知什么是以德报怨，只是带兵多年，素行军规，军规不与民律同，杀贵大，赏贵小，杀即贵重之臣，诛一人而三军震——习惯了。所以我只请求诛荣公一人。

共和说以德报怨，何以报德？

召公说什么是德呀？《三坟》曰：上德无得。《五典》曰：厥德齐天。君子曰中庸之为德，其至矣乎。土财主曰：修德于家，财货有余。战士说：时刻保持警惕是军人的职业道德。术士说摸着规律，是谓玄德。除了上德，其余皆是下德。将欲取之，必先养之、厚之、畜之，是谓盗夸，不报也罢。上德无用无取，何言报？

周公说能够安一方，农民安心下地——马上开春了，工匠安心烧陶做屋，商家安心开店，妇女安心奶娃喂猪，生活回复正常，也是报了。

于是五公会议罢议清乡追剿事。只是以春耕名义请各乡乡师、乡大夫携各州州长、党正、族师、闾胥、比长来夏庙座谈，汇报各乡备耕情况，牛犁种子是不是都到位了，顺便谈谈宗族长老对这次事变态度，比长闾胥讲讲街坊四邻谁内几天不在家或格外兴奋。召公特别强调不是秋后算账，对事不对人，可以不提具体人名，我们了解这些情况，主要是摸一下波及面，多少人涉入其中。请他们回去跟乡亲们讲，这件事就到此为止了。五公会议态度很明确，此次事变责任在上不在下，具体讲就是荣公，他要负全责！他搞的内一套，包括前几年实行的专利制度，增缴田赋，这次也一并废除，以后田赋仍按九取一缴纳，山林河泽税卡一律撤销。希望大家把精力投入到即将到来的春耕中去，不要误了农时。

乡师到比长各级村绅感激至唏嘘，叩首如插秧，说五公大恩大德再造乡梓，我们一定把话带到，带给内些躲进山里的人，让他们回来。说到涉及面，几家跑了人支支吾吾，三分之一到五分之二吧，还是少数。格外兴奋不瞒各位，我们也兴奋，不应该不应该。个别人问王还回不回来？五公定的事，将来会不会推翻？召公说这个事交给我们几个操心，可以负责任地对大家讲，王回来，这个事也不会推翻。

随后共和叫人领他们去集中营指认本乡子弟，凡能叫上名的，由比长闾胥担保，当场释放，领回村去。一时营圈也是呼爷喊叔，叫儿唤侄儿，各人欢喜，十成走了九成。剩下百十号人是卫巫和他手下男巫。共和对看守说这些是坏人，不要叫他们太舒服，叫他们参加劳动，司令部茅坑以后都归他们掏，不掏干净不给饭吃。

散会出来，召公对周公说：看来大家对王还是不放心阿。

有人反映事变之夜，召公与墙下暴徒有对话，好像还认识，叫了为首几个人名字，暴徒对召公也很客气，以老长官相待。共和在一次会上提了这事，召公说可能有，我失忆了。

春二月，共伯的信使到达龙门，将五公决议报告给王。这边话头刚起，内边就听人嚷：荣公奔河边了。王对韩用说把他摁住，不要叫他死了。对来使说我知道了，我要考虑一下，过几日给你答复。你着急可以先走，我派人回复也是一样。使说我不着急，您慢慢想，我等。

荣公捆着手脚被人抬回来。王说死捉什么急，你现在这口气不属于你自己。叫人看好了他，自己一掀帘回了里屋。

申后正坐炕上纳鞋底子，把锥子往多日没洗油汪汪鬓角上抿了抿，一锥子扎一摞小米浆粘的破布上，小声说：你拦他干嘛？这不大家都省事么。王背对申后叉着腰吩儿吩儿喘气，一会儿说：我要应了，万一下一个要求是杀你呢？

春三月，可以观察到地球在转，太阳的位置在西方七宿的胃宿，黎明时北方七宿的牛宿在南天。信使从龙门返回，说王说还要考虑，有些事还没想透，无关荣公，是他自己，还要不要干这个王，这回一闹，他也有点灰心。另外提了个小小的请求，说申后想念儿子，请五公把世子静送到龙门。

五公会议再派信使，敦促王早下决断，王位不可久虚。又说世子身体有恙，医嘱不宜远行，王和后还是请到镐京来看他吧。同时矫王诏，传布天下，褫夺荣公爵，贬为庶人。

王大怒，说我递的话不接，扣着我儿子，摆明了当人质。国人以矢石加我，五公以矫命加我，皆曰畔。拟制诏，夺五公爵，传弓矢于天下。为后哭阻：就剩这么几个人还买你面子，你再给得罪了，焉知后来者不会更不善？韩用亦谏：弓矢再传，臣等就两手攥空拳了。荣克始绝食，韩用用鼻饲。

整个夏天，龙门与镐京信使往来不断，王提各种问题纠泥于细节：我回去住哪儿呢？不想住祇宫，呢儿离城太远，我喜欢听城市喧嚣。我衣裳帽子出来得急，都没来及带，回去进城第一天市民肯定围观我，我穿什么呢？如果方便请先送点鬯酒来，在这里一切都好却不能祭祀祖先，使我很难过。另外也请送点吃渭河草的羊来，韩国的羊吃着都有点膻。

共伯说这小子看来一点记性没长！召公说满足他，不就是惦记口吃食么。给王回信：不愿意住祇宫，可以住邵宫，已经扫出来了。衣裳帽子正在找裁缝金匠重做，已经出了一身，不知道您的肩围头围，就按我的尺寸量的，可能有点大。羊酒现在就可以给您送，吃完了再跟我们说，保证供应。

王看了信骂：你的尺寸？就这一条，就能办你犯上，奶奶的！王在黄河边灌地祭祖，哭喊文王武王，说你们睁开眼瞧瞧，你们的子孙叫人欺负成什么样了！后也陪着掉眼泪。

镐京连番遣使催促王早日动身，说夏收快到了，共伯急着回去参加三夏抢收，出来前答应部队的，好多事必须在共伯走前定。王说你们急我偏不急，看共和走了你们靠谁去！对荣克说你好好吃饭，昂，还没到彻底没戏内天呢。

秋八月，太阳在东方角宿位置，黄昏时南天最先闪亮的星是牛宿，黎明时最亮是觜宿。这个月，鸿雁去，燕子归，鸟都吃得很胖正是打鸟吃禽肉锅子季节。王几次定了回镐，挑了日子，占卜吉，人都上了车，又下来，说预感不好，不是鸟归巢而是鸟投网的赶掘，在这里我还有行动自由，到了镐京他们送来退位诏书我也只能照办。王问后：如果我真宣布退位你什么意见？申后说如果继位的是静儿，我无所谓。王已经拟好退位诏书，又拿柴斧劈了。荣克二次绝食。

镐京方面的变化从来使态度也能感角出来。来使不再是周室旧人，而是共伯部队一个军官，共和妻弟共平，共平当面质问王：你到底有没有准主意？回不回给个痛快话，这么多人陪你玩呢？王说没说不回呀，这不正和你商量呢嘛，乡下人家娶媳妇，下了聘礼还得双方老人选日子不是？共平说谁特么跟你商量，爱回不回。抹头就走。撂下句话：没你这根葱还不炝锅了？后说你跟他内些乱七八糟话干嘛，什么娶媳妇选日子。王说我故意气他呢。忽尔拍地而起：这就是他们对我真实态度，这我要回去，一个小小军官就敢跟我拽脸子，我倒要看看，没我这根葱他们拿什么炝锅！

五公开会决定不能无限期拖下去，定下一个截止日，今年十月年底，十一月正月王还不能决定，就不等了。他不是吃定我们不敢撇开他另立新君么，我们就立一个新君给他看。

周公问召公：世子的情况目前怎么样？召公说就他内个岁数孩子来说，很懂事。我也什么都不瞒他，他为什么现在住在我家，他父母目前在什么地方为什么不能回来。暴动内天他也都看到了。我告诉他这些人就是针对他来的，为什么会这样因为这些人恨他父亲，他父亲做的一些事可能在他父亲看来是不得已但是严重伤害了这些人。他能接受么周公问你这么一股脑端给他。不能接受也得接受召公说，谎言就是谎言没有什么善良不善良都只会坏事，脓包总要挑开，我从来不信人不能接受真相尽管一个个假装挺脆弱必须给真相他，不接受就崩溃，也不配做王——随他。但是还好，哭了几鼻子，之后到现在，很平静。

五公临时休会一起去召公府看望了世子，姬静正在马厩麦草堆上看《帝挚本纪》，见了大人立刻放下竹书起身问好，叫叔叔大爷。周公拿起竹书翻篇儿说我怎么不知道还有《帝挚本纪》哪儿来的？召公说夏庙台阶下垃圾堆拣的应该是李耳他们编的《全夏书》一卷。共伯说我也捞了一卷《寒浞世家》从炭盆里，烧糊了几行还能看还挺好看。纪侯说你也不给孩子整一书房这么爱学习。召公说整了我书房让他随便用反正我现在也不看书了召齐书房让他用他也不去。这孩子爱跟马夫武弁一块混，吃饭叫都不来就爱吃下人内口糙食儿。

芮伯说这也太懂事了吧？周公说我觉挺好，多跟底下人混混听得懂他们说的话，将来有个分辨不至于自说自话火都燎焦了乙巴尖儿尚不自知。

厉王十二年底，冬十月，太阳的位置在尾宿，黄昏南天最亮的星是危宿。共国军属秋收之后在辉县编队，经过月余跋涉，这个月到达丰镐。共军上下一片欢腾，有媳妇的在城里号房子从卒伍食堂拿锅碗瓢盆割肉拎菜准备在镐度冬至。部队情绪得到稳定，东归呼声渐息。共和夫人共晃也来到夏庙，视察了一圈，说我还以为你住什么大宫殿呢不想回去，就这。共和说还宫殿呢，老百姓家院子都不能随便进，我们有纪律。共晃给司令部参谋人员发了一圈核桃板栗，也抓了一把散给召公他们，说尝尝俺们老家特产。召公说没牙了。

李鼻按：礼曰：同姓不媾。共国因共山共水得名，世为共工氏聚居的地方。共工原来确有这么一人，老贵族，其元祖为神农氏世系炎帝之前魁隗世系七世炎帝也即末帝——帝魁。帝魁无子，收神农之孙姜承为婿子，老而禅位于承，承即为神农世系首帝。帝承尊帝魁为上父，故神农帝系有神农生魁，魁生承之序。高古行禅位之名，必也变胤绪在先，才得合法性，曰合氏。有虞代公孙，夏后代有虞莫不效尤也。

帝魁后人心说，我们就别跟着姓姜了，人不人鬼不鬼。时，其部落尚处于军事共产主义阶段，合族共同生活，像一个连队，世代择水而居，族人多善筑坝，有手艺，尤善锯木断石砌砖，是天下驰名工匠，遂改氏名：共工。后代出过一个著名的明知不可为而为，又称史上第一位吹牛而死的人物：夸父。这位老兄是魁隗氏九世嫡孙，一直给儿子起名叫共工。有一茬共工曾随炎帝北伐，参加过百泉涿鹿大战，立有奇功，后入夏，为颛顼所用，封于渔阳。这枝儿共工子孙曾进入尧核心团队工作，亦分管水务，和鲧是同事，曾被尧定为接班人，用了一阵发现不行，转让他负责手工业。后来对尧用舜说三道四，被舜进言淫辟，与推荐他的讙兜、鲧和不驯服的三苗一起被列为四罪人，流配回旧地。后来在帝喾时代，怎么又惹着帝喾了，帝喾命司马迁之祖重黎前去剿灭他们，重黎是管生火的，遇到水没能烧开人家，被浇灭，吃了败仗，被帝喾军法处置。惜乎时无五行观念，而五行自在，故不知规律吃亏的还是人。闲话一句：三哥吴回继承了重黎火正的位子，连生六个孩子都是剖腹产。时间来到殷，共工氏弃工务农，遂去氏名中辍“工”，称共氏。殷举遗民，封共氏一支于甘肃泾川，是谓殷共国。旋为姬昌所灭。共氏另一支迁徙于辉县一直务农不招谁不惹谁故人丁兴旺，为天下共氏首郡。我周有天下，封卫康叔庶子利于共水，是谓周共国。共伯利是第一代共伯。自二世共伯鲜起，始与当地望族共氏联姻，历代共伯正妻皆出共氏。共国人都知道，这个国君共伯姓姬，与共氏不同宗，故无巷议。厉王十二年共和入镐，摄行天子事，成为大名人，每带晃姐出入庙堂，招摇过市。召公便劝他：还是给令夫人改个抬头，每次介绍到你们两口子还是有点别扭。共伯说我也觉得了。回家与夫人私议，你们家原来一直是搞水利的，加个水吧。遂改夫人姓为洪。

十月岁末，龙门传来消息，荣克死了。镐京诸公都很高兴，说最大阻碍没了，王这回没托辞不回来了。共和马上安排洪平抽调一旅装备最好、小伙儿最精神车兵去龙门接驾，护送王回镐。周公召公都说妥当，该给的面子一定要给足。

龙门内头，快到年底，心里也慌，秋天洪平走了就再没来人儿，八月份羊酒吃完，九月份的迟迟未到，几次派人去催，说窖酒喝完，在等新黍。新黍下来，又说老鼠偷吃酒曲，醉在酒池，蒸谷工人粗心，一起蒸了，新酒有肉香，泼了。王问申后：咱能不能有志气，不喝这酒？后说：能！

十月听说共师家属到了，有在丰镐扎下去的意思。岁末将至，荣克就在监护他的人眼跟前活活死了，死状极惨，面色紫绀，鼻孔人中喷的都是小米粒，据报可能是呛死的。

王去停尸呢儿瞅了一眼，扎心了，说这是窝囊死的。片刻又说：今日之荣公便是明日之我。申后给添了把柴火，说世上最疼你的内个人——去了。

仲冬正月，大地冻得像木头，地表开裂，夜鸣求旦的盍旦鸟也冻得张不开嘴，老虎开始交配——站在黄河边就能看见。礼曰：土事毋作。——不能动土。此时动土是谓发天地之大房，冬眠的虫卵都会死，来年没有虫子相生相克，老百姓也会生瘟疫，跟着死去。自王北狩，凡事皆依礼行，说我不能再让人挑出一点毛病了。故丧事从简，把荣克水葬了。

赶着这寸劲，洪平带着一旅兵打着彩旗到了。一直没露面的韩侯也出现了，带来干粮酱货和丝绵鞋，热乎乎对王说：说走就走阿？我还说一起过冬至呢，牛都挑好了，拿精饲料喂上，打着和您喝两罂呢。王说麻烦你，下回吧。问洪平你打算让我什么时候跟你走阿——现在就走？洪平说不急，明儿走也行。王说行，明儿走。叫申后：收拾东西，只带换洗衣裳。洪平说换洗衣裳都不用带，宫里都给您备下了，春秋四季里外三新，您兹带上本人，空着手就能住进去。韩侯说今晚算我的。合拳于乳突三抖作揖：平兄，久闻大名，初次见面，什么时候还要拜托你引见一下共伯老君侯，老说去看他老人家老没得空。洪平说我家君侯也老盼着见您呢。

当晚韩侯设宴欢迎洪平欢送王，王蔼然坐了会儿，沾了一口酒，吃了一羊眼，说明儿还早起，先撤了，你们慢慢喝。

洪平韩侯抡开了对饮，洪平说这次我带来铁箭镞五千枚、铁戈五百头，我家君侯临走还交代侯爷需要什么尽管开口，王在这里吃了你用了你的，列个单子，都可以补给你。韩侯说我必须跟老君侯诉诉我的苦衷。洪平说特别理解。

第二天早上，洪平自然醒，觉得这个鬯酒真是好，不上头。命部队吃过早饭检查车辆，巳时三刻出发，拿出最饱满精神状态。自己往王住内排茅寮走去，心说这些人阿，睡得嫩么早还起不来，都背成这样了还得人等，还是命好。走到近前赶角静得不像话，平常的警卫一个不见，赶到王寮门口，门虚掩着，在外喊：报告！报告！一手推开门……

厉王十三年正月，王东渡河，亡奔霍，在路上发表迁都诏告，送达诏告信使过关都被各关隘关令扣留。召公看着各地收缴上来的诏告说：好好的下场不干，非扑腾。

起初，霍叔处封于霍，因与闻管蔡之谋未及时举报被周公贬为庶人，失国。成王亲政，有感于管蔡之变起于对周公专权不满，囫囵说也可说只反周公不反自己，感情上可以谅解。各位叔参与程度不一，性质还是有区别，周公在世时也做了一些甄反工作，蔡叔度死后周公就又封其子蔡胡为蔡伯许其复国了嘛，于是重封八叔为伯爵，恢复了他的封国，回到霍地当国君。有了这层过往，都是失过国的人家，知道当平民之处处不易，故当今霍伯辛对厉王抱相当同情，韩用密访霍邑，询问可否借三尺之地容王厝身，霍辛便一口答应了。

韩用走后，霍辛找来上大夫陈琛与之商议，说我刚才一不留神答应了韩用，让王上咱们这儿来，现在有点后悔怕，不会给我自己惹事吧？陈琛说拒绝深陷麻烦的朋友，就是坏人也很难做到，会觉得内疚，对不起朋友，诗曰：纠纠葛屦，可以履霜。说的就是坏朋友之间更应该互相取暖，哪怕只是一双草鞋呢，踩在冰霜满地的路上也好过赤脚。霍辛说你认为我们是坏朋友？陈琛说我认为义气不是君子专美，是人性，于熟人间更是义务，无关美德，你这么做在道义上无可指谪。

霍辛说我请你来，不是想获得你的肯定，是要你拿出办法，镐京方面找我麻烦怎么办？陈琛说所以说呢，义也是个奢侈品，是要付出的，故《五典》曰：义不赁。说的就是这不是买卖。上义全世，譬如女娲补天，为的是全世界。中义全国，譬如召公，这次搭上了自己儿子，使我国胤不坠。下义人我俱残，譬如匹夫，两口猫尿进肚，逞不情之义，本来朋友事儿不大，叫他一出手搞成天大的事，搭进去自个也害了朋友。你这个捏，上义谈不上，下义也不是，中义——你自个敢承认吗？霍辛说绝不是！够不着，只是话赶话，做了大大的一个人情。陈琛说还是的，王之残毁全在于自身，你这把柴也冒不起多大烟儿，镐京方面也不会糊涂到认为你要和王搞事情。不要再答应王什么了，管吃管住，一寸铜锡也不要予他。霍辛说可是我也并不喜欢让王住到我家来，王，印象还好，内位申后，受不了。陈琛说你说让他住你家来了？

霍辛说我一激动就说了，我一激动就特别仗义。陈琛说你就是爱激动，回回仗义回回后悔怕，甭管了，我想办法，我去当这恶人不谢。

王车数辆逆汾水之左北上，沿途问路霍邑，路人皆指正北。过了洪洞，路人忽皆指东南，说你们逮过河，到河右边走。王问韩用，你不是来过么，霍邑在河左河右？韩用也有点晕，说我是来过，但是忘了过河没过河，我路盲，再走走看，也许能想起来。又走了半日，迎面一拨拨来人，都指着河东，跳着脚喊：错了！错了！应该过河。韩用说我想起来了，应该过河。王车甫停，汾水上一堆小船划过来，朝他们招手，喊：免费过河，附赠鲤鱼。王说霍国人民真热情。申后说他们闲的，打的鱼吃不了？王说小申，你这种不把人好想的习惯特别不好，咱们都得改改了，以后学着信任别人。

申后说我能说你有点感动么？王点头，说我怎么觉得霍国人民有点稠密阿，大冬天不在家里呆着。韩用说这就是您不懂了，冬闲那是您这种贵人的福利，老农民一年四季不得闲，这种时节正好出来拣粪。申后说粪呢？见过干净马路。

过了汾水，人更加稠密，路上都是背着粪筐拎着粪耙子汉子，人挨人几乎形成人墙，旷野上还有人背着粪筐往这边飞跑，执拗地把他们往东南指：快到了，就在前边，二里地。又走了几个二里，地势越来越高，霍太山赫然兀现眼前，一道跳溪在山为泉，出山为练流，一群群大小野猪跟着车跑。

一帮农人正在水岸空旷处艰难取土夯基，一戴大夫冠者背手在旁监工。王问这是什么地方？陈琛回头说：彘水。

李鼻按：此霍太为北霍太，其山亦有蜚廉石棺冢一处。我国上古名人之穴多双份，应该是传说在先，好事者攀附在后，地名先重了，古迹也重了。

46

这一年是庚申年，王居汾水，改称汾王。不再使用王纪年。诸事仍由五公决，共伯出面执行，并无一人提废立之事。召、周二公长者也，百官皆知政多出二老。百姓只见共和跑来跑去，宣布大赦，撤军于郊，将夏庙打扫交还太史寮，军司令部搬入经过整修的邵宫，都认他是拿事的。百姓写契记账孩子出生老人过世均需记月日，这一年，民间始用共和纪年。周书、各诸侯国书弗用，仍以厉王纪年。

卫巫因民愤极大，经小司寇听讯，初判五刑加身，桎梏坐石示众于市，先黥再劓再刖再宫再大辟。二审到了芮伯那里，召公跟芮伯讲，这个人懂一些古文字，杀了人不可惜字可惜，国平用中典，如今国家形势已经安定，不必参考民愤。

芮伯乃减其刑为黥、宫。宫刑一般在仲冬施行，说是顺应固闭天时，也有医学上考虑，天气严寒伤口不易感染，做这么大手术人较易存活。时已季夏，便拖了下来，将卫巫刺了面，放在夏庙营圈临时看管，每日跟着大伙掏茅房。这次大赦就给赦出来了，安排在夏庙工作，交李耳监管，先从茅房、猪圈、共师移交军营拣拾淘洗散落竹简诸杂役做起。

李耳在年初大搜捕中也曾一度被捕，因他是夏庙工作人员，夏庙又被暴恐分子用作据点，怀疑其中有牵连。老人被带到共师营中，共平一听他岁数，连忙命人释放。共和听说也连忙前来致歉，骂手下兵没长眼睛，说这是我爷老战友！跟李耳客气：小时候就听我爸我爷老提您，你们一起西征，您跟穆王一车，穆王好多主意都是您出的，好多仗都是您指挥打的，我爸想给您提鞋都挤不到跟前。李耳说过了，没内回事，关系很熟是真的——跟你爷，你爸内时候小，不是在前边就是在后边，不大见得到。共和亲自送老人回家，并送猪羊各一只粱米五百斤压惊。

五公会议搬到邵宫办公，部队也悉数开往西郊驻扎，夏庙交地方。李耳是内个接钥匙的，一人儿踱进空荡荡夏庙发呆。经此世变，李耳瘦了，脸儿小了，但人显年轻，本来已经掉光的头发又长出黑茬儿，满脸胡须也由锡白变为花白。

夏庙老邻居基本都不在这儿住了，房子要么烧了，要么赁给部队家属，这帮说辉县话的妇女听说老人九十九，都说不像，像五十多的，看到老头发根儿长出黑茬儿——信了，说这就是传说中的返老还童呀，愈发敬重老人，称老神仙。

太史寮人员也发生很大变化，暴乱中还是有一些误死误伤，一些部队干部进各科层任职，很多老人请调到东宗去了。

共和二年，为了更好地与五公会议衔接，卿事寮太史寮两个单位整体搬迁到邵宫大院办公，邵宫房子也多。李耳在城中就更碰不上旧同事了。

李耳对卫巫说：《全夏书》是我半生心血，今朝一夕荡尽，也无力从头再来，想着就灰心，以后你也不要做别的杂事了，把能找到的夏书散简做个编辑串连，我这里有目录，虽是残卷，聊胜于无，也算是——我不足慰——慰往圣，没白热闹一回。拜托阁下了。卫巫说但凭先生吩咐。

这一年，有白皮肤猃狁部落打到丰镐以西二百里，占领了原西虢土地。共师只是向西戒备，并未出动。

同年，荆蛮入侵河洛。召公去洛都布置军事，顺道去南褒见了虢公，把镐京这两年发生的事跟虢公讲了讲。虢公说你说我冤不冤，人都没在，锅背得死死的，这叫什么事阿。

还是派出两师武骑，由召公率领追击抓一把就跑的荆蛮，止于丹江。

其后数年，天下无事，史家没的写，就把一些年老当卒的小诸侯下世当事儿记于笔下。

共和九年至十四年，也即厉王二十二年至二十六年，连年大旱，天干物燥，很多村庄草房发生自燃。宋僖公杞武公楚子严卒。共和十四年夏六月，汾王陟于彘。谥曰：厉。

大卜打了个马后炮的卦，占卜大有，离上乾下，火天卦，五爻阴，大阳有玄鸟，兆曰：厉王作祟。把五年大旱归因于刚死姬胡灵魂不宁。本来元亨无交害，各种无咎，吉，天佑之，小人弗克无不利的卦，解为大凶。召公说肿么破？

大卜说不知。召公说谁给你钱让你这样说的？大卜说并没有谁。召公笑：跟我装傻。乃于五公例会倡议立世子静为王。四公附议。共和回家，跟晃夫人说：成了。晃夫人连声说我说什么来着，我说什么来着？共和往炕上一躺，一摊泥，眼皮子上下打架，说终于熬出头了，明儿个给我请假，说我吃坏了——天塌下来也别叫我，让我自然醒一回。

明儿例会共和没来，后儿还没来。周公说吃什么了，拉成这样，要不咱俩去看看？共和家住邵宫南院，也近，周公召公抬腿来到共和家，晃正在收拾东西，把在丰镐买的皮子绸缎打包。周公说你们家内位呢？晃说炕上睡着呢。周公扒窗台一瞅，还真炕上卧着一人，睡得无声无息死人一样。

晃说前儿个躺下就没起来，三天了，茅房都没上，也不知尿都憋哪儿去了。周公说干嘛了这么累？晃说一听说不让他干了高兴的，你不知他这些年天天回家唉声叹气，半夜想起一事就得起来走柳。周公笑我们谁不是这样。召公说你收拾东西是要走？晃说这不没我们什么事了，出来也好些年了，家里老人儿回捎信，说再不回见不到最后一面了。召公说没那么快，还好些事呢。这时就听屋里姆一声，有人下地。

晃说这是醒了。接着就听一股激流砸得铜盆叮咚响，接着就是水满上来，灌暖壶内音儿。三人就在外头笑：这逮多大一泡阿。共和晕头转向眯觑着眼从屋里出来，望着周召二公说：你们怎么来了？召公说睡饱了？共和说今儿是几儿阿？晃说三天了大哥。共和说阿？嫩么多天了，我怎么觉得没睡多一会儿，这腰还酸着呢。晃说你老睡，越睡越累。

周公说我们看你老没来，以为你多大不合适呢，合着是缺觉闹的——困了。共和嘿嘿乐，说心里不存事睡得真香。

召公说明儿能去了吧？共和说我还去呀？我别去了，就你们吧，你们四个弄，挺好。周公说别呀，一起弄的事一起弄完呀。共和说真的真的，没我你们一样，我真觉得我多余，过去没我你们不也什么都没耽误，你们就当从来没我。

周公说不行，明儿你一定得来，不来揪你。召公说你就是不来，好多事你也得交待呀，要不我们都不知道乃件事谁在办，把屁股擦干净再走。共和说行，明儿我去，办交待。

明儿，共和来了，带着洪平，让洪平跟周公他们办交待，自个转了一圈，到各办公寮打了一圈哈哈，扭脸颠儿屁了。再找他，躲部队去了。

秋八月，世子将要继位消息已经散了出去，各诸侯回应都是积极评价。百姓也高兴，说这回就等着下雨了。

召公跟大卜说：不下雨我找你算账阿。大卜笑：跟我有什么关系，我也不是老天爷。召公说这回说实话了。

九月，召公下班正在家里眯着等晚饭，脑子里复盘白天内些人和事，内件事漏问了，内个玩笑开得不恰当，内句话词不达意把意思说岔了，也许引起误会。这是他多年养成的习惯，上班高度紧张，下班脑子也停不下来，神思仍在班上，直到入梦，白天对话又像复写纸一样拓过来，拧个个儿，还是这点事。忽听外边有人说，共伯来了。只见共伯拎着壶小酒进来，说我明儿就走了，跟谁也没说，只跟你告个别。

召公说哟，怎恁急阿，说走就走，世子即位还安排你做主宾发言呢，世子还张罗要给你一个惊喜，惊喜是什么不让告诉你。共和说不等了，这也就是您，我才跟您掏心窝子，这些年在镐京碰到的糟心人糟心事比我八辈子碰到的都多，再也不要听这些事，好事——惊喜也不要！召公说怎么还带酒来呀，我这儿什么酒没有。问外边：饭得没得？外边应：粥还差一咕嘟。召公说就别粥了，先上俩凉菜。大师傅拎着炒勺进来说：有客，添俩什么菜阿？召公说下酒的菜会不会弄阿？摊一鸡蛋，切盘皮冻儿，弄一条鱼，再弄一羊蹄。

共和端着小酒碗说敬你，这些年咱俩工作配合得不错，只有我对不住您的时候没您对不住我的时候，您没少给我补台，敬重您。召公说这都说哪儿去了，还不都为了工作，走得太急阿。共和说什么时候您得闲儿去共国，您瞧瞧我是一什么人，我不是在这儿这么讨厌一人，我是一特简单的人。

召公说哪里讨厌，你很好嘛，我们都喜欢你。共和说好吧，我就兹当好话听了，我这辈子没挨过这么多骂，鲁国都把我说成逆臣了，说我干犯王位。召公说那不能够，那是他们不了解情况，回头我批评他们，你做过什么我最清楚。

共和说我什么都不说，我回我的共山共水去，哎，你什么时候到我呢儿去，我让你瞧瞧我是什么人，我是那人么？我是一特简单的人。召公说这才发现共和是喝了来的，已经高了，满嘴跑车轱辘话：都说我土，召老，你是公道人，你说，我土吗？召公说我也土，人家也说我土，你管人家怎么说呢。共和抱住召公大哭：召老，我共家满门忠烈呀，他们凭什么那么说我呀，妈乐隔壁鲁国内帮小人说我是逆臣，你同意我带兵灭了他们么？召公说我不同意，你一人来的？

共和说洪平在外头，洪平这人不错你发觉了吗？从来不误事，对媳妇特好，外头甭管多少人回家媳妇第一，你怎么不喝呀？召公说喝着那。共和说走一个，召老，镐京这些人，我就拿你当朋友，其他人什么周公芮伯我去！——你对我心里到底怎么看其实我也不知道。召公说我对你心里就是表面儿内样。共和说那你同意我灭了鲁国了？召公说同意，明儿就去，灭了他们。共和说那你同意我连齐国一起灭了么？

召公说同意，给他们全灭了。共和说我动一小指头，他们就全完！闹腾了一晚上，最后吐了。洪平进来一通收拾，给召公道歉：不好意思，弄得哪儿哪儿都是。召公说没事，他这是在哪儿喝的呀？洪平说部队不是明儿出发么，今儿下午会餐，各单位给他敬酒，就这样了。又喊进来一个车夫，俩人架起共和往外走，再三给召公道歉：不好意思，明儿起来准后悔。召公说没事，你们明天走，要不要我去送一下。

洪平说不用，我们天不亮就出发，您起不来。部队命令已下，背包都打了，早起一抹脸就走。召公说家属也一起走？洪平说一起走，都安排好了。您留步吧，下回有机会再见了。

秋九月，丰镐西郊百姓夜里听见过队伍，车轱辘咯愣愣咯愣愣跟撬墙似的，马不时打着响鼻，人们整齐的步伐像塌方。早起一看，军营都空了。

当日，大卜来报：江汉大雨。召公说你可真行。回头跟周公说这个老共喝醉了太可怕了。

元年甲戌冬正月，世子静即位，是为宣王。宣王遣使至彘迎母并父柩归，葬厉王于毕，母归养邵宫。申太后一到位，就着手张罗为王择娘家侄女申嬛为后，是为小申后。

起初，召公听到老子返老还童风声也有点好奇，几次去夏庙检查工作老子都没在，这一年循例任命李耳为西宗太史。

召公命人传李太史来邵宫谈话，见了老子不免多瞅两眼，说你看着还真不像过百的人。来人说其实我是李耳之子伯阳，先父已于三年前弃世，未能及时报告是因为我一直在家守制，不便出门，日前期满，才出来。召公说嗐，我还想给你申请人瑞呢，我周这几年太需要祥瑞了。来人说那是先父福薄，不能享受召公美意。召公说不说内个了，谈工作。做了如下指示：一、纪年还用厉王纪年，注明共和元年庚申即可。二、对共和本人正面评价。三、王虚位这十四年实际是我、周公和共伯一起主持朝政，这个锅不能让共伯一人背，要把真实情况反映给后人。伯阳说知道了。

于是伯阳回去记曰：……和有至德，尊之不喜，废之不怒，逍遥得志于共山之首。将这十四年政权性质按古文内种无标点省文句式竖排浓缩为“召周共和”。

这一年，伯阳和卫巫一起去东宗洛都参加史学界关于国人暴动暨共和十四年学术研讨会。卫巫准备了两篇论文《国人暴动成因初探》和《我所经历的国人暴动》要在会上宣读。路上他跟伯阳讲：搜集来的散简以有夏之初三大事件居多，即百泉之战、涿鹿之战和绝地天通。后二事材料比较完整，线索清晰，近日成卷应该不成问题。百泉战问题比较大，核心情节有跳脱，各人物本纪世家讲前期交战很详细，讲两家合军之后也很详尽，却不交代一个关键点，怎么就合了？前一天还你死我活，下一日就把酒尽欢，皆用一句“得其志”含混过去。你当年编写此卷这部分有交代么，你是怎么处理的？伯阳说忘了。卫巫说我怀疑这不是个亡句失读的问题，可能当年这问题就存在，就没解决。伯阳说咱们搞史学，有一分材料说一分话，当年没解决可能也是没材料。卫巫说嗐，什么叫材料阿，不都是各种前言不搭后语只字片竹？不可能忽然出现一辑炎黄二帝访谈录“我们是怎么决定捐弃前嫌共同应对形势的”，信史即语言，没有阐发，信史不存在。

到了洛都，吃得好玩得好，与会人士对卫巫也很友善，一致认为他内两篇论文一手，有分量，尤其是对国人暴动成因分析到位，给评了个三等奖，奖锦一纯。卫巫给自己和伯阳老各做一件新袍子，游览了太庙前一株据说是周公旦手植号曰周公柏的刺柏，导游说周公当年就是在这棵树下口授的《酒诰》《无逸》《君奭》《蔡仲之命》诸篇雄文。

回程过函谷关，下车排队，关上冒出尹喜，说李老，去哪儿阿？伯阳低头对卫巫说别理他，这人很讨厌，来的时候我拿帽子盖脸混过去了，回来还是让他认出来了。俩人装没听见，低头排队。尹喜下到关口，迎着喊李老，李老，李耳老！一队人回头张望，伯阳也跟着回头。尹喜一掌拍伯阳肩上，对他耳朵喊：李耳老！伯阳回头说我不是李耳，认错人了。尹喜说谦虚，不愿意让人认出来？你想我能错么，我是干嘛的？几十年在这儿反扒打黑，昨儿就来通知了，说今儿上午有要客过关，西宗太史李大人，你看看周围这些倒霉的，您旁边这位脸上挂相——卫巫老师是吧？——不是您是谁？上回您且这儿过我正好歇班，没得到机会伺候您，卑职失职。说着向伯阳拢手作揖：这边请，这边有要客通道。

尹喜引李卫二人入关内要客室，指着四壁悬挂竹雕木刻作品，说你瞧我这儿，当今之世活着的名人字儿都有，这是召公的，这是周公的，这儿还有昭王的，珍贵吧？

伯阳说昭王你就在了？尹喜说哪能呢，我收集的。这还有祭公井公毛公当年你们一起西征哥几个的签名，就差你了。

哗啦——铺开联排竹帘，将一支尖如针刀笔捧到伯阳脸上：夫子请。伯阳说行，我给你签一个。尹喜说您再给写两句话，鼓励鼓励我。听说您老在弄全夏书，了不起，什么时候出阿？伯阳说不知道呢。尹喜说将来一定拜读。

伯阳顺手蛇爬划拉了两笔：道可道匪常道名可名匪原名！（原文如此）尹喜在一旁无声鼓掌：牛！

伯阳说能走了么？尹喜说请——，亲自带伯阳过关，一直送上牛车，跟其他关员说这是李老师你们知道么？你们特么就认大官。对卫巫也很客气：卫哥，请替我照顾好李老。

牛车咿呀上路，尹喜在后边喊：不白得您的，送您一句话，得其志，实乃得其士心！

伯阳忽从车上立起，遥相抱拳三抖为敬，对卫巫说：天下兹有人处，净是我师。

李鼻按：世之所传老子青牛西出函谷，尹喜知其将隐，强为之书道德经五千言其实是个很长、多有错会的故事。函谷原为东西两宗之间一通道，在丰镐东而不在西，于西周只是税卡缉拿逃犯等用而非国门，两宗官民往来东去西迎亦属常事。所谓幽王二年三川皆震周太史伯阳曰周将亡矣……见周之衰乃去——事儿有，话也蜡么说过，老说：周亡矣！祸成矣，无可奈何！太史以史为鉴，见世无不堕之国，故多出丧语。但决无意隐，只是一次普通出差，隐也不会走函谷，往东去叫逃难，越走越热闹，隐可直入南山，西行只能是出陇关。余祖初识尹喜在宣王元年，只留签名和寥寥二句，因其有教于余祖，被余祖尊为一句师，后余祖数度出入函谷每必留烦言若干，并嘱后世子，过函谷须拜尹师，留言请教，以为家训。骊山之难，平王东迁，西周故地尽为方侯戎部割据，函谷关禁较前森严，一度曾为军事要塞，或可称国门。时人有西出函谷无衣冠之慨，视函谷以西为化外之地。后秦坐大，佯尊周室，函谷以西路开，恢复正常人员往来。后世各种老子谨遵祖训，每过函谷，少则半句，多则十数句，天上地下，行军做人乃至困居倦游，无事不涉，至东周十六王（含三僭王）——敬王，三百小几十年，积数千言。尹师也非不老，其祖为隐老草医，家族男以七情排辈，喜怒忧思悲恐惊，周而复始，敬王年，关令亦名喜，可能是轮回来了。这位尹喜又截住一个骑青牛出关自称老子者，补了最后一句：圣人之道为而不争。基本是片儿汤话换谁也会说。尹李两家以过关为缘，撮尘为寰集丝成披肩三百年友谊到此结果，道德经乃成。闲话一句：东周敬王名丐，瞧这名起的。

图书在版编目（CIP）数据

起初 · 竹书 / 王朔著 . -- 北京 ：新星出版社，
2023.4
ISBN 978-7-5133-5131-7
Ⅰ . ①起… Ⅱ . ①王… Ⅲ . ①长篇小说 - 中国 - 当代
Ⅳ . ① I247.5

中国国家版本馆 CIP 数据核字 (2023) 第 043998 号

起初 · 竹书

王朔 著

责任编辑 汪 欣
策划编辑 章德宁
特约编辑 孙 腾 黄渭然 第五婷婷
营销编辑 王 玥 李怡佳 李 妍
装帧设计 韩 笑
内文制作 田晓波
责任印制 李珊珊 史广宜

出　　版 新星出版社 www.newstarpress.com
出 版 人 马汝军
社　　址 北京市西城区车公庄大街丙 3 号楼 邮编 100044
电话 (010)88310888 传真 (010)65270449
发　　行 新经典发行有限公司
电话 (010)68423599 邮箱 editor@readinglife.com
法律顾问 北京市岳成律师事务所

印　　刷 山东韵杰文化科技有限公司
开　　本 640mm × 980mm 1/16
印　　张 32
字　　数 388千字
版　　次 2023年4月第一版 2023年4月第一次印刷
书　　号 ISBN 978-7-5133-5131-7
定　　价 89.00元